KB131088

새의 선물

문 학 동 네
한국문학전집
0 1 5

은희경
장편소설

새의 선물

문학동네

아주 늙은 앵무새 한 마리가
그에게 해바라기 씨앗을 갖다주자
해는 그의 어린 시절 감옥으로 들어가버렸네
—자크 프레베르, 「새의 선물」 전문

열두 살 이후 나는 성장할 필요가 없었다

나는 쥐를 보고 있다.

어둠이 내리기 시작하면서 이 카페는 정원에 조명이 밝혀져 유럽풍의 화려한 실내장식과 함께 더욱 이국적인 정취를 자아냈다. 무심코 창밖을 향해 있던 시선 속으로 나뭇가지에 매달려 있는 쥐가 들어왔다. 스테이크 한 조각을 입에 넣고 막 입술 사이로 포크를 빼내려는 참이었다.

처음에는 잘 손질된 정원수 사이로 뭉클뭉클 움직이는 저 더러운 잿빛 털뭉치가 무엇인가 싶었다. 그러다가 어느 순간, 연한 수피에 쉴새없이 이빨을 갉작거리고 있던 쥐와 눈이 마주쳤던 것이다. 머리를 꺼덕일 때마다 그 반동으로 가지 꼭대기가 둔하게 휘청일 만큼 살찐 놈이었다.

창가 자리를 차지할 수 있었던 행운은 겨우 십여 분 동안만 유효했던 셈이었다. 나는 내 행운의 유효기간이 짧았던 것보다 행운과 불운은 순서대로 온다는 것을 잊은 채 창가 자리에 들뜬 엉덩이를 내려놓고 있던 자신의 이완이 더 언짢았다.

쥐가 짧은 다리를 뻗어 옆 가지로 옮겨앉자 꼬리가 긴 곡선을 그으며 잽싸게 따라가 숨는다. 꼬리. 나는 저 꼬리를 어린 시절 변소에 쪼그려앉아서 내려다보곤 했다. 나무발판 밑의 구덩이 속에서 무언가 움직이는 기척이 느껴져 아래를 내려다보면 거기 똥 위에 쥐가 있었다. 조금 전까지 수챗구멍의 허연 밥찌끼 위에 엎뎌 있던 그 회색 쥐.

그 쥐는 마치 흙손으로 개어놓은 시멘트 반죽처럼 제법 꾸들꾸들한 똥 위에 가볍게 올라앉아 이리저리 돌아다녔다. 누렇게 삭아버린 종이쪽과 불다 만 고무풍선 같은 허연 콘돔 사이를 헤치며. 그때마다 꼬리가 유연한 곡선으로 쥐의 행로를 뒤쫓았고 쪼그리고 앉은 채 나는 다리가 저릴 때까지 그 꼬리의 향방을 뒤쫓는 데 열중하였다.

나는 지금도 혐오감과 증오, 그리고 심지어는 사랑에 이르기까지 모든 극복의 대상을 이겨내기 위해서는 언제나 그 대상을 똑바로 바라보곤 한다. 쥐를 똑바로 보면서 어금니에 고인 침 사이로 스테이크를 씹어넘기듯이. 그것은 나의 오랜 습관이다.

갑자기 화려한 바로크음악이 귓가를 파고든다. 쥐의 기억에 몰두해 있는 동안 차단되었던 소리가 무감각의 벽을 뚫고 지각의 영역 속으로 쏟아져들어온 것이다. 동시에 지금 막 마지막 스테이크 조각을 삼키고 접시 위에 포크를 내려놓는 그의 긴 손가락이 눈에 들어온다.

그를 바라보는 내 눈 속에는 여자가 사랑하는 남자를 볼 때 으레 담게 되는 흠잡을 데 없는 다정함이 깃들어 있다. 물론 그를 사랑하기 때문에, 아니 좀더 정확하게는 사랑이라고 짐작되는 감정 속에 속해 있기 때문이다.

나에게 있어 사랑은 거의 마음먹은 대로 생겨나고 변형되고 그리고 폐기된다. 삼십대 중반을 넘긴 나에게 지금까지 사랑으로 인한 가벼운 비탄과 회한이 없었다고는 할 수 없지만 어쩌면 그것도 달콤한 구색이었을 뿐이다. 나는 사랑이란 것은 기질과 필요가 계기를 만나서 생겨났다가 암시 혹은 자기최면에 의해 변형되고, 그리고 결국은 사라지는 것이라고 생각해왔다.

지금 내 앞에 앉아 있는 그.

나는 그를 진심으로 특별히 사랑하고 있으며 심지어 어쩌면 내 생애에 단 하나의 '타인을 위한 사랑'이 아닐까 하는 생각마저 들 정도로 반해 있다. 그가 내 사랑을 증명하기 위해 꼭 필요하다고 요구하기만 한다면 나는 내가 가진 모든 것을 분연히 버리고 그와 함께 남도로 떠나는 밤기차의 창가에 청승맞으나 희망찬 포즈로 앉아서 그를 위해 삶은 달걀 껍질을 벗길 것이다, 얼마든지!

하지만 돌이켜보면 불과 몇 달 전에도 나는 이런 생각을 하면서 다른 남자와 마주앉아 있었다.

나의 분방한 남성편력은 물론 사랑에 대한 냉소에서 온다. 사랑에 대해 아무것도 기대하지 않는 사람만이 쉽게 사랑에 빠지는 것이다. 그리고 사랑을 위해 언제라도 모든 것을 버리겠다는 나의 열정은 삶에 대한 냉소에서 온다. 나는 언제나 내 삶을 대수롭지 않게 여겨왔으며 당장 잃어버려도 상관없는 것들만 지니고 살아가는 삶이라고 생각해왔다. 삶에 대해 아무것도 기대하지 않는 사람만이 그 삶에 성실하다는 것은 그다지 대단한 아이러니도 아니다.

"어젯밤 말야."

웨이터가 날라온 커피잔에 설탕을 넣으며 그가 입을 연다.

어젯밤? 그가 내 쪽으로 밀어놓는 설탕그릇 속에 티스푼을 집어넣으려다 말고 나는 고개를 들어 그의 표정에서 '어젯밤'이 무엇을 뜻하는지 단서를 찾아본다. 있다. 그의 입가에 하기 어려운 말을 꺼내는 사람의 어색한 미소가 떠올라 있다. 그러나 눈을 마주치지 않으려고 내리깐 눈빛에 깃든 수줍음으로 보아 그가 꺼내려는 어려운 말이란 곤란하기보다는 은밀한 쪽이라는 것을 알 수 있다. 그는 섹스에 대해 말하려는 모양이다.

내가 내 삶과의 거리를 유지하는 것은 나 자신을 '보여지는 나'와 '바라보는 나'로 분리시키는 데서부터 시작된다. 나는 언제나 나를 본다. '보여지는 나'에게 내 삶을 이끌어가게 하면서 '바라보는 나'가 그것을 보도록 만든다. 이렇게 내 내면 속에 있는 또다른 나로

하여금 나 자신의 일거일동을 낱낱이 지켜보게 하는 것은 이십 년도 훨씬 더 된 습관이다.

그러므로 내 삶은 삶이 내게 가까이 오지 못하도록 끊임없이 거리를 유지하는 긴장으로써만 지탱돼왔다. 나는 언제나 내 삶을 거리 밖에서 지켜보기를 원한다.

섹스도 예외일 수는 없다. 나는 섹스의 순간에도 언제나 나를 지켜보고 있다. 관능적 교태와 서정적 수줍음을 적당히 연출함으로써 상대방과의 일치된 행복감을 꾀했을 뿐 스스로가 완전히 몰입해본 적이 없다.

아마 그는 사랑에 빠진 남자의 세심함으로 그것을 간파했을 것이다. 그가 꺼내기 어려워하는 '어젯밤' 얘기란 바로 그런 얘기이리라는 짐작에 나는 조금 마음이 답답해진다. 타인을 사랑하는 감정이란 본질적으로 그렇게밖에 허락되지 않는다는 것을 서정적인 사람인 그에게 납득시키기는 어려운 일이다.

그때 1969년 겨울, 나는 조그만 앉은뱅이책상 앞에서 '절대 믿어서는 안 되는 것들'이라는 제목의 목록을 지우고 있었다. 동정심, 선과 악, 불변, 오직 하나뿐이라는 말, 약속…… 마침내 목록을 다 지운 나는 내 가운뎃손가락 마디에 연필 쥔 자국이 깊게 파인 것을 한참 동안 내려다보았다. 그 이후 지금까지 나는 인간이 진심으로 사랑하는 것은 자기 자신뿐이라고 확신하고 있는 것이다. 요즘도 나는 뭔가를 쓰다가 이따금 연필을 내려놓고 가운뎃손가락 마디의 옹이를 한참 내려다보곤 한다. 나는 삶을 너무 빨리 완성했다. '절대 믿어서는 안 되는 것들'이라는 목록을 다 지워버린 그때, 열두 살 이후 나는 성장할 필요가 없었다.

누구의 가슴속에서나 유년은 결코 끝나지 않는 법이지만 어쨌든 내 삶은 유년에 이미 결정되었다. 그리고 그 순수한 시절에 내 인생을 결정하도록 해준 것은 애초부터 선의라고는 갖지 않은 삶의 그나마의 호의일 것이다.

"어젯밤 말야."

그가 망설이며 내게는 이미 발어사 이상의 역할을 하지 못하게 된 그 문장을 한번 더 발음한다. 섹스에 몰두하지 않는 내 감정을 위선적인 사랑이라고 의심하고 있으므로 그의 목소리는 흔들린다. 하지만 그것은 오해이다. 남자를 위해 허락된 내 사랑은 작위일지언정 위선은 아니다. 그의 의심을 덜어주기 위해서 나는 나의 모든 신체적 재능을 동원할 뿐 아니라 그 기회를 되도록 빨리 갖기 위해 오늘 당장 그를 기꺼이 내 아파트로 유혹하리라.

대답할 말을 이미 정해놓은 나는 그의 다음 말을 재촉하듯 다정하게 턱을 앞으로 내밀면서 그렇게 얼굴을 그에게 향한 채로 눈을 돌려, 쥐를 보고 있다. 거리를 재어보고 있다.

14

환부와 동통을 분리하는 법

내가 왜 일찍부터 삶의 이면을 보기 시작했는가.

그것은 내 삶이 시작부터 그다지 호의적이지 않다는 것을 알았기 때문이다. 삶이란 것을 의식할 만큼 성장하자 나는 당황했다. 내가 딛고 선 출발선은 아주 불리한 위치였다. 더구나 그 호의적이지 않은 삶은 내가 빨리 존재의 불리함을 깨닫고 거기에 대비해주기를 흥미롭게 기다리고 있었다. 나는 어차피 호의적이지 않은 내 삶에 집착하면 할수록 상처의 내압을 견디지 못하리란 것을 알았다. 아마 그때부터 내 삶을 거리 밖에 두고 미심쩍은 눈으로 그 이면을 엿보게 되었을 것이다. 그러다보니 나는 삶의 비밀에 빨리 다가가게 되었다.

엄마가 죽은 것은 내가 여섯 살 때라고 한다. 내게는 엄마에 대한 기억이 단 한 가지도 없다. 그래서인지 그리움도 없다. 엄마를 떠올리게 하고, 내게 엄마에 대한 그리움이 없다는 것을 자각하게 하는 것은 오히려 엄마의 존재를 한사코 감추려 하는 할머니에게 서이다. 할머니가 나를 바라보는 눈빛에는, 모든 할머니에게는 귀하기 마련인 제 손녀딸을 보는 대견함 이상의 안쓰러움이 있다. 그 눈빛이 바로 내게 엄마라는 존재의 상실을 떠올리게 하는 한편, 그 눈빛의 넉넉한 울타리 안에서라면 굳이 엄마를 그리워할 이유가 없다는 것을 깨닫게 해주기 때문이다.

지금도 할머니는 부엌문을 열고 나오다가 나를 보고는 눈 속에 그 대견하고 안쓰러운 빛을 담은 채 말한다.

"진희 일어났냐? 이모도 좀 깨워라."

앞섶에 진주색 납작단추가 주르륵 달린 헐렁한 지지미 웃웃에 다 몸뻬 차림인 할머니는 우물가로 가서 손에 묻은 석유풍로의 그 을음을 씻어낸다. 나는 마루 위의 기둥에 걸린 색색으로 바랜 칫솔 네 개 중 빨간색 칫솔에 치약을 짜면서 할머니가 머리에 쓰고 있던 수건을 풀어서 손을 닦는 것을 쳐다본다.

"삼촌은?"

"삼촌은 놔두고. 밤에 못 잤을 텐데 늦게까지 자야지."

하지만 할머니의 말이 끝나기도 전에 삼촌 방 문이 열리고 어깨 위에 수건을 걸친 삼촌이 성큼 마루로 내려선다. 삼촌이 나오자 마루 밑에서 강아지 해피도 쑥 빠져나와 머리를 몇 번 흔들어서 먼지를 털어낸 뒤 꼬리를 살래살래 흔들기 시작한다. 이모를 깨우러 안

방으로 들어가는 나를 삼촌이 힐끗 보며 마루 기둥의 못에서 초록색 칫솔을 빼고 있다.

할머니가 내게 보내는 대견하고도 안쓰러운 눈빛에서 안쓰러움이 빠진, 그러니까 대견함만 가지고 바라보는 대상이 바로 삼촌이다.

'서흥동 감나무집 아들' 하면 우리 읍에서 알 만한 사람은 다 안다.

군대에 가기 위해서 지금은 휴학을 하고 집에 내려와 있지만 삼촌은 우리나라에서 가장 들어가기 어렵다는 서울대 법대생이다.

"영옥이 아직 안 일어났어요?"

"지가 무슨 당나라 소동성이라고 매일 늦잠이다."

"놔두세요. 한두 살 먹은 어린애도 아니고."

"놔두긴, 말만한 기집애가 늦게까지 자긴 왜 자. 밤새도록 공부한 지 오래비도 벌써 이렇게 일어났는데."

이모는 이불 속에 엎드려서 라디오의 주파수를 맞추고 있다가 할머니와 삼촌이 밖에서 자기를 두고 하는 말이 들려오자 "어유, 신경질 나" 하면서 이불을 확 젖히고 일어나 앉는다. 그러고는 무릎걸음으로 이불을 질겅질겅 밟으며 윗목으로 가더니 맨 먼저 집어드는 것이 거울이다.

"밖에 장군이네 식구 나왔디?"

"아니, 아직."

"에이 참, 엄마는. 우물가가 복잡해서 그 집 식구들 세수 다 한

다음에 나갈랬더니…… 나 늦잠 자는 꼴을 그렇게 못 보더라."

'장군이네 식구'라고 표현했지만 이모가 우물가에서 마주치기 싫어하는 것은 장군이네 식구 전체, 즉 장군이와 장군이 엄마, 그리고 그 집 하숙생인 최선생님과 이선생님 모두를 말하는 것은 아니다. 그중에서 최선생님을 가리키는 말이다. 최선생님은 우리 학교 선생님인데 남자가 무용 선생이라서 그런지 여자들과의 신체적 접촉을 스스럼없이 생각한다. 솔직히 말하면 능글맞은 데가 있다. 최선생님이 여자애들의 가슴을 은근히 건드리거나 블라우스 깃의 파인 부분을 유심히 쳐다보거나 하는 일은 이미 학교에서도 소문이 난 사실이다. 그 최선생님이 러닝셔츠와 파자마 바람으로 우물가에 나타나는 아침시간에 이모가 선뜻 나가기를 꺼리는 것은 당연한 일인지도 모른다. 할머니 말처럼 아예 더 일찍 일어나서 미리 세수를 마치면 되겠지만 그러기에는 또 이모의 게으름이 만만치가 않다.

도로 이불 속으로 들어가 라디오를 끌어당기는 이모를 보면서 나는 일단 할머니의 심부름은 마친 셈이므로 다시 방에서 나온다. 우물가에는 그새 광진테라 아줌마가 나와서 자기가 업고 있는 두 살배기 아들 재성이의 얼굴만한 감자의 껍질을 세 개째 벗기고 있다. 광진테라는 우리집 가게채에 세들어 있는 양복점 이름이다. 삼촌 말로는 '테일러'라고 해야 맞다지만 우리 읍내 양복점의 이름은 모두 광진테라처럼 무슨무슨 '테라'자가 붙는다.

우리집은 마당 안쪽으로 들어앉은 살림집 두 채와 대문 쪽에 자리잡은 가겟집 한 채까지, 다 합해서 세 채의 집으로 되어 있다.

살림집 중에서 왼쪽 집은 장군이네가 세들어 살고 있는 곳으로, 방 두 개 가운데 한 방에는 장군이 모자가 살고 다른 한 방은 최선생님과 이선생님이 함께 하숙을 하는 방이다. 그 오른쪽에 있는 집이 주인집인 우리집인데 부엌과 가까운 안방은 할머니와 이모와 내가, 가운뎃방은 삼촌이 쓰고 있다. 대청마루를 지나서 좀 후미진 곳에 돌아서 있는 조그만 뒷방은 빈방이다.

가겟집은 네 칸 모두 세를 주었다. 가장 넓은 칸이 '뉴스타일양장점'이고 그 옆이 '광진테라'와 '우리미장원', 그리고 뉴스타일양장점 지붕 위로 올린 반쪽짜리 이층은 '문화사진관'이다.

그리고 이 세 채의 집 한가운데에 우물이 있다.

그 우물이야말로 장군이네 집과 우리집, 그리고 가게문은 한길 쪽으로 나 있지만 살림하는 방의 문은 모두 우리집 마당으로 향해 있는 가겟집들까지, 모든 식구들의 끼니 준비며 세수며 설거지며 빨래, 그리고 정보교환이 이루어지는 곳이다. 위치로 보아서도 컴퍼스로 그리면 꼭 중심이 되는 삶의 구심점이었다. 몇 년 전 바깥채를 헐어버리고 가겟집을 새로 들일 때에 인부들이 뒤란에 펌프를 하나 설치해주긴 했지만 우리집 사람들은 눈에 번연히 보이는 물을 두레박으로 퍼 쓰는 것에 익숙해져서 안 보이는 물을 뿜어올려야 하는 펌프질을 낯설어했고 그러다보니 펌프는 녹이 슬어 쓸

수가 없게 되었던 것이다.

밖에서 들어올 때면 나는 대문을 들어서자마자 습관처럼 우물 쪽을 먼저 쳐다보곤 한다. 집에 사람이 있다면 으레 그곳에 있게 마련이므로 그런 것이다. 이따금 우물가에 아무도 없는 것을 보고 마음을 놓았다가 대문 바로 옆에 있는 변소에서 누군가가 불쑥 나오는 바람에 깜짝 놀라는 일도 있긴 하지만 어쨌든 우물가는 우리 집의 모든 소문과, 그리고 비밀의 샘터이기도 했다.

우리집 어른들은 모두 나를 귀여워한다. 장군이 엄마는 내가 부모 없이 외할머니 밑에서 자라는 것이 불쌍해서라고 하고 광진테라 아줌마는 언제나 일등을 하기 때문이라고 한다. 문화사진관 아저씨는 인사성이 밝아서 그렇다고 하는가 하면 또 뉴스타일양장점의 시다 미스 리 언니는 내가 예쁘게 생겨서라고 한다.

하지만 나는 어른들이 나를 귀여워하는 진짜 이유를 알고 있다. 그것은 바로 내가 자기들의 비밀을 알고 있다고 생각하기 때문이다. 비밀을 저당잡혀 있기 때문에 그들은 나를 귀여워할 수밖에 없다. 나는 사람들의 마음속에 그런 비굴함이 있다는 것을 진작에 알았다.

내가 어른들의 비밀에 쉽게 접근한 것은 바로 어린애이기 때문이다. 정확히 말해서 '어린애로 보이기' 때문이다. 어른들은 자기들이 다루기 쉽도록 어린애를 그저 어린애로만 보려는 준비가 되어 있기 때문에 어린애로 보이기 위해서는 예쁘다거나 영리하다거나 하는 단순한 특기만으로 충분하다.

나처럼 일찍 세상을 깨친 아이들은 어른들이 바라는 어린이 행세를 진짜 어린이 수준밖에 못 되는 아이들보다 훨씬 더 그럴듯하게 해낸다. 그래서 어른들 비밀의 겉모습은 조금 엿봤을망정 그 비밀의 본질에 대해서는 아무것도 모르는 척 행동한다. 그것이 어른들을 얼마나 안심시키면서 또한 귀여움을 촉발시키는지 모른다. 비밀이란 심술궂어서 자기를 절대 보이기 싫어하는 것만큼이나 누군가에게 공유되어지기를 간청하는 속성이 있기 때문이다.

또 한 가지 내가 어른들의 비밀에 접근하는 방법은 관찰이다. 할머니가 늘 칭찬하는 대로 나는 눈썰미가 있는데다 내가 본 것들을 내 나름대로 분석하는 데 흥미를 갖고 있다. 이따금 나는 동정심, 의리, 탐욕 등 사람의 마음속을 헝클어놓는 것들에 대해 실험을 하기도 한다. 이모 같은 만만한 상대나 장군이처럼 내가 하찮게 여기는 동급생들이 주로 대상이 되는데, 그런 실험은 내게 어른들의 비밀을 해석하는 통찰력을 길러준다.

어쨌든 내가 이렇게 어른들의 비밀 속에서 삶의 비밀을 캐내는 것은 내 삶을 거리 밖에서 보려는 긴장의 한 방법이다. 내 삶을 거리 밖에 떨어뜨리고 보지 못했다면 나는 자폐를 일으켰을지도 모른다.

내가 여덟 살인가 아홉 살 무렵이었다. 도시에서 왔다는 할머니의 조카뻘 되는 친척 아주머니 둘이 방안에서 얘기를 나누고 있다가 내가 들어가자 말을 뚝 멈추었다. 나를 뚫어져라 쳐다보기 위해서 그런 것이었다. 마치 진기한 구경을 하듯 한참 나를 요모조모 뜯어보더니 아주머니들은 이런 말을 주고받았다.

"얘가 그 앤가봐요, 그렇죠? 에미가 그랬어도 애는 정신이 온전한가보죠?"

"그 병이 내림은 아니거든."

"누가 알아요? 언제 어떻게 될지."

"아무튼 부모 없는 애 키우느라고 작은어머니가 고생이구만."

"그러게 말예요. 정신도 성치 않은 것을."

"동생도 참, 어린것을 갖고 무슨 소리야."

"아무리 어려도 저 눈 보니까 귀신이 지키고 있는 것 같아서 어쩌 등뒤가 서늘한걸요."

"귀신이라니, 쟤 에미가 얼마나 참했는데…… 전쟁통에 실성한 사람 우리가 어디 한둘 봤어? 다 멀쩡했던 사람들이지 누가 뱃속에서부터 그런 병 지니고 나왔다던가."

"그냥 실성해 죽은 것도 아니고 쟤 에미는 목을 맸잖아요. 쟤 삼촌이 제 누이 시신을 거둬다가 화장했다면서요. 저게 커서 뭐가 될지 알고…… 아무튼 나 같으면 손녀 아니라 뭐라도 께름칙해서 못키워요."

"아이고, 그만해 동생. 작은어머니 들어오실라."

나에게도 귀와 눈이 있다는 것 따위는 전혀 생각할 필요가 없다는 듯이 그들은 할머니가 들어오실까봐 바깥 기척에만 신경을 쓰

22

며 내 앞에서는 드러내놓고 그 얘기를 길게 늘어놓았다. 자기들의 얘기를 더욱 실감나고 흥미 있는 것으로 만들기 위해서 나라는 물증을 수시로 흘깃흘깃 두드려보고 뒤집어보고 흔들어보면서……

그때부터였을 것이다, 내가 남의 시선을 싫어하게 된 것은. 한동안은 누가 나를 쳐다보고 수군거리기만 해도 엄마 이야기라고 지레짐작했으며 남에게 그것을 눈치채이기 싫어서 짐짓 고개를 숙여버리곤 했다. 그러나 바로 그렇게 남에게 관찰당하는 것을 싫어했기 때문에 나는 누구보다 일찍 나를 숨기는 방법을 터득했다.

누가 나를 쳐다보면 나는 먼저 나를 두 개의 나로 분리시킨다. 하나의 나는 내 안에 그대로 있고 진짜 나에게서 갈라져나간 다른 나로 하여금 내 몸밖으로 나가 내 역할을 하게 한다.

내 몸밖을 나간 다른 나는 남들 앞에 노출되어 마치 나인 듯 행동하고 있지만 진짜 나는 몸속에 남아서 몸밖으로 나간 나를 바라보고 있다. 하나의 나로 하여금 그들이 보고자 하는 나로 행동하게 하고 나머지 하나의 나는 그것을 바라보는 것이다. 그때 나는 남에게 '보여지는 나'와 나 자신이 '바라보는 나'로 분리된다.

물론 그중에서 진짜 나는 '보여지는 나'가 아니라 '바라보는 나'이다. 남의 시선으로부터 강요를 당하고 수모를 받는 것은 '보여지는 나'이므로 '바라보는' 진짜 나는 상처를 덜 받는다. 이렇게 나를 두개로 분리시킴으로써 나는 사람들의 눈에 노출되지 않고 나 자신으로 그대로 지켜지는 것이다.

진짜의 나 아닌 다른 나를 만들어 보인다는 점에서 그것이 위선이나 가식일지도 모른다는 생각을 한 적은 있다. 꾸며 보이고 거짓으로 행동하기 때문에 나를 두 개로 분리시키는 일은 나쁜 일일지도 모른다고 생각했던 것이다. 그러나 내가 '작위'라는 말을 알게 된 뒤부터 그런 의혹은 사라졌다. 나의 분리법은 위선이 아니라 작위였으며 작위는 위선보다 훨씬 복잡한 감정이지만 엄밀한 의미에서 부도덕한 일은 아니었다.

　그러므로 이제 내가 아는 어른들의 비밀을 털어놓는 데에 나는 아무런 거리낌도, 빚진 마음도 갖고 있지 않다.

자기만 예쁘게 보이는 거울이 있었으니

　나에게 모든 비밀을 털어놓은 가장 대표적이고도 중요한 인물은 이모이다.

　솔직히 말해서 올해 스물한 살인 이모가 나와 비밀을 공유한다는 것이 결코 어른다운 일은 아니다. 하지만 상관없다. 무슨 일에 있어서건 어차피 이모는 어른스럽다는 것과는 거리가 멀었으며 어쭙잖은 어른 행세를 하지 않을 때가 차라리 어른스러웠기 때문이다. 나는 이모의 비밀을 통해 삶을 배웠다.

　이모가 펜팔을 취미로 삼은 것은 꽤 오래된 일이다.

　펜팔이란 것이 정숙한 처녀의 행실로는 그다지 어울리지 않는 다소 발랄한 취미였기 때문에 처음 이모가 펜팔을 하게 된 공개적인 동기는 영어공부를 위해서라고 알려져 있다. 어디까지나 실용영어를 확실히 공부할 목적이라는 데야 고지식한 할머니도 이모의 해외 펜팔에 강력한 반대 이유를 대지 못했다. 이모의 직업이라고 하는 것이 명색이 영어 과외선생이었으니 할머니로서는 펜팔이 '쓰잘데없는 편지질'의 다른 표현이라는 짐작은 있었지만서도 직업적 지평을 넓히겠다는 이모의 기백을 막무가내로 가로막을 수만도 없는 일이었던 것이다.

그 펜팔의 시작은 여간 호들갑스럽지 않았다. 먼저 무슨 국제교류협회인가 하는 회사로 자기 사진과 신청서를 보내야 했다. 그 사진과 신청서를 접수받은 '협회'는 자체 판단에 따라 조건에 맞는 외국인의 주소를 하나씩 소개해주었다. 이모는 거기에 보낼 사진을 물론 새로 찍었으며, 한 번은 눈이 짝짝이다 한 번은 너무 촌스럽게 나왔다 하여 두 번이나 다시 찍어달라고 하는가 하면 실물의 특장을 전혀 반영하지 못한다면서 문화사진관 아저씨의 직업적 자존심을 건드리기까지 했다. 그러고 나서 협회로부터 소개받은 주소가 캐나다에 사는 해럴드 뭐라고 하는 16세 소년의 주소였다.

막상 편지를 쓰려고 하니 생각처럼 쉽지 않았던 모양이었다. 이모는 포켓판 영어회화 책과 사전, 고등학교 때의 영어 참고서까지 쌓아놓고 밤늦도록 끙끙대는가 싶더니 간신히 두 장의 편지지를 채웠는데 노력은 쓰고 열매는 달다고, 자기가 쓴 그 편지를 눈앞에 높이 쳐들고 읽어내리는 이모의 목소리는 사뭇 떨렸다.

그날 당장 이모는 영어 과외교실로 그 편지를 들고 갔다. 학생들에게 '독일어는 울고 들어갔다가 웃고 나오고 영어는 웃고 들어갔다가 울고 나온다'는, 어디선가 주워들은 말을 외국어 학습에 관한 최대의 금언이기라도 한 것처럼 인용하면서 이모는 이번 경험을 통해 영어가 어렵다는 사실을 새삼 깨달았음을 강조하는 한편 그럼에도 편지를 훌륭하게 완성한 자기의 영어실력에 대한 감탄을 굳이 숨기려고 하지 않았다. 그 편지를 학생들 앞에서 몇 번이나 되풀이하여 읽어주었음은 물론이요, 영어발음이 좀 되는 학생들의 리딩 연습에 교재로 사용하기도 했다.

그 당시 이모의 과외선생 노릇은 사실 비전문적인 점이 많았다. 이모는 고등학교를 졸업하고 몇 달 빈둥거리다가 중학교 1학년생만으로 서너 개의 팀을 짜서 영어를 가르치고 있었는데 알파벳과 발음기호, 그리고 고작해야 영어 교재 『톰 앤 주디』의 맨 앞 챕터 몇 개만을 가지고 기초적인 리딩 연습을 하는 것이 전부인 그 과외지도는 공부를 가르친다기보다 아이들과 함께 논다는 게 더 정확한 표현일 듯싶었다.

그동안 이모는 비록 뜻한 바 있어 대학 진학은 하지 않았지만 고등학교 때까지 영어만큼은 남에게 지고 싶은 마음이 전혀 없었노라고 공언해왔다. 가끔 포켓판 회화책을 펴들고 이리저리 방안을 걸어다니면서 영어를 씨부렁대고 팝송을 따라 부르는 걸 보면 자신이 주장대로 영어실력이 꽤 있는 것도 같았다. 하지만 이모의 과외지도 방식은 그런 정도의 영어실력조차도 필요 없어 보였다. 마치 사교장 같은 분위기였다. 중학교에 들어가면서 서로 만날 기회가 적어진 남학생과 여학생 들이 이모의 과외방에 무릎을 맞대고 둘러앉아서 홍조를 띠고 서로를 힐끗거리는 모습을 볼 때마다 그런 느낌이 들더니, 과연 과외지도 시간이 다 지나고도 돌아갈 생각을 않고 마루 앞의 평상에 앉아서 노닥거리며 다음 팀이 끝나기를 기다리다가 몇몇은 저희들끼리 짝을 이루어 나가기도 하고 나머지 애들은 단체로 과자파티를 벌이거나 일요일에 놀러갈 계획을 짜는 것을 한두 번 본 것이 아니었다.

어떤 날은 말이야 그럴듯하게 야외수업이라는 구실로 아예 공부를 때려치우고 근처의 국민학교 운동장에 가서 배드민턴을 치기도 했으며 또 어떤 날은 굳이 자리를 따로 마련하지 않아도 충분히 잘되고 있는 친목도모의 날을 정해서 이모가 가르치는 모든 남학생 여학생 들이 좁아터진 방에서 발냄새와 땀냄새를 나눠 맡으며 몇 시간이고 키득거리는 것이었다.

그 학생들은 남학생 여학생 할 것 없이 모두가 이모를 '시스터'라는 호칭으로 불렀다. 선생님이라는 말보다는 친근감이 갈 뿐 아니라 가족적인 분위기에서 자발적으로 수업에 참여할 수 있다는 이모의 교육철학이 담긴 호칭이었다. 하지만 친근감과 가족적 분위기라는 이모의 의도는 지나치게 좁은 의미로만 반영되었다. 중학생들과 죽이 맞아 키득거리고 있는 이모와 학생들의 모습은 희망원의 자매들처럼 천진하기만 했다.

이모의 과외지도는 따라서 오래갈 수 없었다.

이모는 중학생들이 '시스터'를 그렇게나 따르는 데에 흡족해하면서 계속 그 인기의 비결을 공부를 강요하지 않는 자유스러운 수업 분위기에서만 찾았다. 그 결과 '시스터'와 함께 즐거운 시간을 보낸 뒤 중학생들은 집에 돌아가 '실력 없는 영어 과외선생'을 불평했고 이모의 예상을 뒤엎고 몇 달 안 가 과외교실에는 학생이 몇 명 남지 않게 되었다.

이모가 해럴드 뭐라는 소년과의 펜팔을 그만둔 것도 그 무렵이었다. 먼 이국에서 온 편지를 받는 재미에, 그리고 그것을 중학생들 앞에서 읽어주며 으쓱거리는 맛에 서너 번쯤은 답장을 주고받았다. 그러나 과외교실을 닫게 된 마당에 환호해줄 중학생들도 없는데 스무 살 넘은 한국 처녀가 열여섯 살의 캐나다 소년과 공통화제가 있는 것도 아니려니와 '디어 해럴드'를 쓴 다음부터는 쓸 말이 막막하여 사전을 끌어다가 문선공처럼 사전 안의 단어를 한 글자씩 조립해가면서 편지지를 메워나가는 일도 여간 실속 없는 짓이 아니었다. 그렇게 해서 이모의 첫번째 펜팔은 실패로 돌아갔던 것이다.

그러나 이모의 두번째 펜팔은 좀 달랐다. 상대가 외국인이 아닌 한국인이고 성인남자였으며(어쩌면 결혼도 가능하다는 점에서 이것은 중요한 조건이었다) 그리고 무엇보다 군인이라는 신분이 어느 이국의 여드름 자국 성성한 사춘기 소년의 존재와는 비교도 안될 만큼 현실감이 있었다. 맨 처음 이모에게 쓴 편지의 서두를 인용하여 본인의 말을 직접 들어보자면 그는 "22세의 신체 건강한 대한민국 남아로서 국토방위의 의무에 여념이 없는 육군상병 이형렬"이었다.

이형렬의 첫 편지가 도착한 날 우리집은 발칵 뒤집어졌다.

남향 마루에 봄볕이 몹시 따사로운 날이었다. 나는 새로 받은 5학년 교과서의 표지를 싸기 위해서 흰 달력 종이를 자르고 있었고 아침부터 심심하다고 노래를 부르던 이모는 마침내 나갈 곳이 생겼는지 우물가에서 머리를 감고 있었다. 머리를 다 감은 뒤 이모는 물이 뚝뚝 떨어지는 머리카락을 수건으로 감싼 채 내 옆에 와 앉더니 물기를 털기 시작했다. 고개를 내 반대쪽으로 돌리고 힘차게 머리카락을 터는 이모는 남진의 〈미워도 다시 한번〉을 보다 구성지게 부르는 일에 정신을 집중하느라고 물방울이 내 책 위로 마구 튀어오는 것을 깨닫지 못했다.

내가 그것을 지적하려고 얼굴을 쳐든 순간 갑자기 이모의 노랫소리가 뚝 멈추었다.

"어? 우리집에 편지 왔나?"

이모의 시선을 따라가보니 커다란 가방을 멘 우체부 아저씨가 막 대문간으로 들어서고 있었다.

"이 집에 전영옥씨 있어요?"

"전영옥이요? 전영옥은 전데……"

"여기, 편지요."

우체부 아저씨에게서 그 군사우편을 건네받고 처음에는 의아한 표정이더니 겉봉을 뒤집어본 뒤 이모의 뺨 위로 배시시 홍조가 떠올랐다. 그러더니 몇 줄 읽자마자 갑자기 안절부절 일어서서 읽기 시작했는가 하면 그때부터는 무엇이 그리 급한지 중얼중얼 읽는 속도가 빨라졌으며 편지를 손에 든 채 마루 위를 왔다갔다하는 품이 보는 사람을 여간 정신사납게 만드는 게 아니었다. 다 읽고 난 뒤 이모는 그 편지를 무슨 합격통지서를 내밀듯이 자랑스럽게 팔을 뻗어 내게 건네주었다.

"진희야, 너도 볼려면 봐. 펜팔 편지야."

나 혼자만 듣기에는 이모의 목소리가 너무 컸다. 그 목소리는 그대로 방문을 뚫고 들어가서 동여맨 머리띠 아래로 반만 내놓아진 삼촌의 귀에까지 전해졌다. 삼촌이 곧바로 방문을 박차고 나왔다면 나는 이형렬의 첫 편지를 읽지 못했을 것이다. 삼촌은 경솔하게 행동하는 사람이 아니었다. 이모의 두번째 목소리가 들리지 않았다면 아마 삼촌은 바깥 동정을 살피느라 방문께로 돌렸던 시선을 그냥 다시 책상 위의 법전으로 가져갔을지도 모른다. 그랬다면 원래는 할머니의 한복 허리끈이었던 머리띠의 한끝을 분연히 휘날리며 이모의 뺨을 갈기는 일도 일어나지 않았을 것이다. 그러나 내게서 편지를 다시 돌려받으며 이모가 내뱉은 말은 내가 생각해도 누이동생을 가진 오빠를 충분히 흥분시킬 만했다.

"인제 군인이 애인 되면 통닭 사가지고 면회도 가고 재밌겠지?

면회 가면 길 가던 군인들이 막 휘파람 불고 히야까시한다던데, 아
유, 얼마나 웃길까."

그 말이 끝나기가 무섭게 삼촌 방 문이 거칠게 열렸고 "아이고,
엄니!" 하면서 자지러질 듯 놀라는 이모의 얼굴 위로 손바닥이
날아왔던 것은 그러니까 어느 모로 보나 이모의 자업자득인 셈이
었다.

다저녁에 밭에서 돌아온 할머니는 아직까지 쿨쩍거리고 있던
이모를 보더니 일그러진 표정을 지었다. 그리고 나에게 자초지종
을 듣고 나자 그 얼굴이 한층 더 일그러졌다. 이모를 소리쳐 부르
면서 부지깽이로 마구 정지 바닥을 두드리는 것이 당장이라도 이
모를 후려칠 기세였다. 이모가 두 팔로 머리를 싸안고 똥개처럼 옆
걸음을 치면서 슬금슬금 정지로 들어오자마자 할머니는 이모의
팔을 거칠게 붙들어서 바닥에 앉힌 뒤 또 한번 부지깽이로 바닥을
세게 내리치는 것이었다. 하지만 삼촌이 겁을 주었다면 할머니는
가시를 박는 격이었던 것이, 그때부터 끈질긴 문초가 시작되었기
때문이다.

이모의 자백에 따르면 이모는 그 펜팔을 잡지나 가요책 뒤의 펜
팔난에서 주소를 보고 시작한 것은 아니었다. 『명랑』이라는 잡지
의 펜팔난에서 한 군인의 주소를 베껴와 펜팔을 시작한 것은 이모
가 아니라 이모의 친구인 면장집 딸 경자 이모였다. 경자 이모는
펜팔 상대인 군인으로부터 자기에게 진실한 친구가 하나 있는데

그에게 어울릴 만한 진실한 상대를 한 명 소개해달라는 부탁을 받았다. 그래서 경자 이모는 그 진실한 상대로서 우리 이모를 점찍었고 이 이상 진실한 상대를 찾을 수 없으리라는 주석과 함께 이모의 주소를 적어 보냈다. 이모는 "네가 하도 쑥맥이라 허락하지 않을 것 같아서 무조건 주소를 먼저 보내놓았으니 편지를 받더라도 놀라지 마라"는 경자 이모의 말을 듣고는 "너 나를 어떻게 보고 그런 짓을 하는 거니?" 하고 펄쩍 뛰면서 절교를 선언하고 집으로 돌아와버렸다…… 여기까지가 이모가 할머니에게 자백한 내용이었다.

그러나 여기에는 물론 왜곡이 있었다. 경자 이모가 자기의 애인에게 이모의 주소를 써 보낸 뒤 이모에게 그 사실을 말했다는 것은 아무래도 이해가 가지 않는 부분이었다. 인생을 제대로 파악하고 있는 사람이라면 이모 쪽에서 경자 이모에게 압력을 가해 펜팔 상대를 소개받은 것임을 짐작하기 어렵지 않을 것이다. 이모가 펄쩍 뛴 것은 사실이었지만 뛴다는 말에는 여러 가지 뜻이 있다. '뛸 듯이 놀랐다'는 말도 있지만 이모의 경우는 그보다는 '뛸 듯이 기뻐했다' 쪽의 해석이 타당할 듯하다. 그리고 이모가 절교선언을 하고 돌아와버렸다는 것도 사실과는 다르다. 그 장면은 이모가 취조관인 할머니를 따돌리고 훗날 나에게만 털어놓은 '사실과 진실' 인터뷰에서 이렇게 징정된다.

자기에게도 펜팔 상대가 생기게 될 것이란 소식을 미리 전해듣고 이모는 크게 기뻐했다. 상대에 대한 궁금증을 참을 수 없었기에 경자 이모에게 연거푸 질문을 퍼부어대기도 했다.

"근데 어떻게 생긴 사람이래? 키는 크다니?"

"응, 미남인가봐. 별명이 록 허드슨이래."

"뭐? 그럼 순 아저씨같이 생긴 거 아니니? 록 허드슨이 뭐야, 제임스 딘이라면 몰라도."

그러더니 이모는 경자 이모 쪽으로 바싹 다가앉으며 또 물었다.

"너 그쪽에다 내 별명은 뭐라고 했어? 너도 나에 대해 뭔가 소개를 했을 거 아냐."

"했지. 문희 빰친다고."

"얘는 문희가 뭐니, 나타리 우드라고 할 것이지. 그리고 너, 취미는 독서와 음악감상이라고 했겠지?"

"그래애, 장래희망은 현모양처고."

절교선언을 하고 당장 집으로 돌아와버리기는커녕 이모는 이런식으로 경자 이모와 더욱 긴밀한 우정을 나누다가 저녁때가 다 되어서야 아쉬운 마음으로 헤어졌다. 그날의 헤어짐이 특히 아쉬웠던 것은 경자 이모의 입에서 나오는 소리가 모조리 이모의 마음을 달뜨게 했기 때문이었다. 경자 이모에 따르면 이형렬이라는 군인은 서울 사람에다가 부잣집 아들, 대학생, 취미는 영화감상, 특기는 오토바이 타기…… 들으면 들을수록 설레는 얘기뿐이었다. 이모는 자기에게 닥쳐온 행운이 믿어지지 않아 가장 연한 허벅지 안쪽 살을 살짝 꼬집어보고 싶을 정도였다.

그러므로 그날 이모가 할머니의 부지깽이 앞에서 자기의 잘못을 심각하게 반성하고 다시는 펜팔 따위를 하지 않겠다고 두 손을 싹싹 모아 빌며 개전의 정을 호소한 것은 이보 전진을 위한 일보 후퇴라는 제 나름의 전략적 속셈이 있었기 때문이었다.

문초를 끝낸 할머니는 "나가봐라" 한마디를 마지막으로 등을 돌리더니 말없이 뒤주에서 쌀을 퍼내기 시작했다. 할머니의 말없는 등에는 삼촌과 할머니가 이모에게 이처럼 과격해졌던 것은 어디까지나 가족애의 표현이라는 함축이 깃들어 있었다. 이모는 소리 높여 흐느껴 울면서 그 가족애를 받아들였다.

그러나 바로 그날 밤 당장 이모는 그 가족애에 배반되는 심각한 제의를 내게 하였다. 앞으로 이형렬의 편지 관리를 나더러 맡아달라는 것이었다. 정지에서 물러나온 뒤 한동안 앉은뱅이책상에 엎드려 있다가 반성의 기색이 역력한 표정을 지은 채 기운 없이 밖에 나갔다 들어오더니 사실은 어느새 그 길로 경자 이모한테 찾아가 이형렬의 편지가 경자 이모네 집으로 배달될 수 있도록 일을 꾸며놓은 모양이었다. 그러니까 내가 맡게 될 관리란 경자 이모한테서 편지를 찾아다가 무사히 이모에게 전달하는 역할이었다.

나는 한순간 어리둥절해졌다. 이형렬의 편지를 갖고 있다가 들키는 일이 문제인 것이지 경자 이모네 집에서 편지를 찾아오는 일이야 이모가 하든 내가 하든 상관없는 일 아닌가. 나에게서 그 사실을 지적받고 이모는 잠시 혼란에 빠졌다. 그러더니 깜빡 잊었다고 사과를 하며, 사실 자기가 나에게 그 중책을 맡기는 중요한 이유는 바로 그 들켰을 때에 대비하기 위해서라고 말했다. 이형렬과 펜팔하는 것을 들키더라도 내가 연루되어 있다는 것이 밝혀지면 내가 우리집에서 차지하는 위상으로 보아 이모 자신에게 미칠 파문이 적어질 게 아니겠냐며 나에게는 무척 미안한 일이고 이모로서의 체면도 서지 않는 일이긴 하지만 달리 좋은 방법이 없어 부탁하는 것이라고 거듭 사과를 했다.

하긴 어린애들의 편지 심부름이란 하나의 유행 같은 것이었다. 골목 하나를 사이에 두고 있는 상대일지라도 자신이 젊은 베르테르나 된 것처럼 동생 혹은 조카를 시켜 편지를 전하게 하는 것이 청춘남녀가 상상해낼 수 있는 낭만의 일종이었다. 이모가 편지 심부름을 원하는 것도 그 이유 때문인 것 같았다. 아마 이모는 유행에 따르고 싶기도 하려니와 자기의 편지질을 더욱 낭만적으로 하기 위해 비밀의 고리를 만들고 싶어한 것인지도 모른다.

비밀을 공유한 대가로, 또 비밀을 지키겠다는 결심을 보여주는 한 방법으로서 나는 이모의 제안을 받아들여야만 했다.

이제 6월도 막바지에 접어들었으니 이모가 이형렬과 편지를 주고받은 지도 그럭저럭 석 달이 되어간다. 그러나 이모의 감정 기복에 꽤나 시달렸던 때문에 나는 그 펜팔이 한 삼 년은 된 기분이다. 그동안 삶에 대한 이모의 응석을 나는 정말 싫도록 보아왔던 것이다.

우선 이모는 조금만 편지가 늦어도 조바심이 나서 들쓰고 눕기 일쑤였다. 밥상을 들이밀면 겨우 일어나 힘없이 벽에 기대앉는 게 영락없이 한국영화에 자주 나오는 비련의 여주인공이었고 밥맛이 없다며 슬프게 도리질을 할 때는 시한부 인생을 선고받은 부잣집 외동딸 같기도 했다. 할머니의 계속되는 채근에 밥을 먹기는 하되 그 젓가락질이 모래알 헤는 양했고 할머니가 상을 들고 방문을 나가기가 바쁘게 그동안 어렵사리 벽에 지탱하고 있던 몸을 내 쪽으로 던지며 급기야는 "진희야, 난 어떡해, 응? 어떡하면 좋아"라는 대사를 읊을 때는 "문희 뺨친다"는 경자 이모 말대로 연기력이 문희에 결코 뒤지지 않았다.

 그러다가도 이형렬한테 편지만 오면 이모는 그날로 사람이 달라졌다. 하루종일 콧노래를 부르는 것은 물론이요, "자, 가께우동 사먹어도 사십원은 남을 거다!" 하면서 웬일로 생색도 전혀 안 내고 내게 백원짜리 종이돈을 주는가 하면 할머니에게 다가가 "엄마, 힘들죠? 내가 시집가면 식모 두고 엄마 잘 모실 테니 기다리세요, 네?"라고 안 하던 짓을 하여 할머니를 걱정시켰다.

 그런 날이면 또 거울을 들여다보며 하루의 거의 절반을 보내는 게 예사였다. 여드름을 짜거나 족집게로 눈썹을 고르기도 했지만 그보다는 주로 표정 연습이었다. 치켜올린 턱을 모로 비틀며 거만한 표정을 지어보더니 이내 눈을 내리깔고 이마를 찡그리며 슬픈 표정을 짓고, 다시 눈을 치떠서 사선으로 시선을 주면서 화난 표정, 다시 고개를 젖히면서 눈을 가늘게 뜨고 먼 곳을 보며 아련한 표정, 다시 눈을 내리깔고 천천히 도리질을 하며 무슨 말을 할 듯이 입을 쫑긋거리는 애처로운 표정, 다시 입술을 내밀고 고개를 트는 토라진 표정, 다시 턱을 약간 든 다음 눈에 힘을 빼고 입을 조금 벌리는 유혹적인 표정, 그리고 무슨 표정인지 입을 꼭 다물고 눈을 동그랗게 뜬 뒤 고개를 짧게 젖히면서 '흥!' 하는 콧소리를 내보고서야 비로소 이모의 표정 연습은 끝이 난다. 어떤 때는 그 실없는 훈련을 몇 번이나 진지하게 되풀이할 때도 있다.

그러고도 도저히 제 기분을 이기지 못하는 날은 할머니 몰래 내게 이형렬의 편지를 보여주는데 중요한 문서를 열람하기 전 비밀 엄수 등의 여러 가지 다짐을 요구하는 것은 물론이고 봉투를 건네주는 마지막 순간까지 처녀의 수줍음을 가장한 값 올리기 작전을 어찌나 오래 끄는지, 단지 이모의 기분을 맞춰주기 위해서 그 편지를 보고 싶다는 표정을 짓고 있던 나를 번번이 포기 직전에까지 끌고 가곤 했다. 그렇게 해서 받아든 이형렬의 편지는 나의 수고를 전혀 보상해주지 못하는 그저 그런 글솜씨였다.

그의 편지는 항상 "보고 싶은 영옥씨"로 시작되었다. 그다음에는 언제나 날씨 이야기가 이어졌는데, 지난봄에서 초여름을 거치는 동안 그의 편지 서두는 항상 비슷했다. "따뜻한 날씨입니다" "날씨가 따뜻해졌습니다" "점점 따뜻해집니다"와 "여름이 오는가 봅니다" "여름이 오고 있습니다" "이제 여름인가봅니다" 정도에서 더 바뀔 줄을 몰랐다.

날씨 다음에 이어지는 말은 으레 "누구는 이런 말을 했습니다"로 시작하는 명언 명구였다. 그것이 명구라는 것은 알겠지만 그다음 나오는 내용과 어떤 연관을 갖고 인용된 것인지 알 수가 없다는 점이 문제라면 문제였다. 이를테면 "소크라테스는 인간을 사회적 동물이라고 했습니다"라고 써놓고 "그동안 안녕하신지요?"로 이어지거나, "패트릭 헨리는 자유가 아니면 죽음을 달라고 했습니다" 다음에 대뜸 "오늘은 아침 일찍 눈을 떴습니다"가 나오는 식이었다. 그러나 일단 그 관문만 지나면 어려운 단어나 비유법 없이 평이한 문장이 죽죽 나열되므로 아주 읽기가 편하다는 것이, 짧다는 사실과 함께 그의 편지의 장점이었다.

내용을 간추려본다면 대강 이런 이야기였다.

나, 이형렬은 서울에서 사업을 하는 이아무개씨의 이남 일녀 중 막내로 태어났다. 나이는 22세. 대학에서의 전공은 토목과. 누나는 시집을 갔고 형은 가업을 물려받기 위해 아버지의 회사에서 사회경험을 쌓는 중이다. 장래소망은 전공을 살려 토목회사에 취직을 하거나 공부를 계속하여 교수가 되는 것이다. 하지만 고리타분하게 살고 싶은 마음은 조금도 없으며 결혼을 빨리 해서 가정을 이룬 다음부터는 아내와 함께 테니스도 치고 여행도 다니며 즐겁게 살 계획이다. 다룰 줄 아는 악기는 하모니카이고 특기는 오토바이 타기인데 애인을 뒷자리에 태우고 숲길을 쌩 달려보는 게 오랜 꿈이었지만 아직 애인이 없어서 그렇게 해보진 못했다. 그동안은 공부밖에 몰랐고 아직 그럴 때가 아닌 것 같아서 여자를 사귀지 않았기 때문이다. 영옥씨의 사진을 받아보고 특히 눈이 아름답다고 느꼈다. 그리고 그동안 영옥씨의 편지를 받아볼 때마다 어쩌면 이렇게 순수한 마음을 가졌을까 깜짝 놀라고 말았다. 아름답고 순수한 영옥씨를 알게 된 것은 신의 은총이다……

　이모가 편지를 쓰는 시간은 대개 할머니가 잠든 밤이었다. 할머니는 저녁 설거지를 마치고 들어오면 연속극을 듣기 위해 라디오 앞에 앉곤 했다. 하지만 초저녁잠이 많아서 그 좋아하는 연속극을 언제나 끝까지 듣지 못하고 코를 고는 것이었다. 할머니는 귀로 듣기만 하면 되는 라디오인데도 연속극 시간에는 다른 일을 모두 폐하고 꼭 그 앞에 바짝 앉아 굳이 라디오를 쳐다보면서 연속극을 듣곤 했다. 그렇게 보고 있지 않으면 그사이에 이야기가 그냥 지나쳐버리기라도 한다는 듯이 라디오에서 눈길을 떼지 못했다.

　그러면서도 정작 중요한 대목에서 할머니 쪽을 쳐다보면 대개는 곤하게 잠이 들어 있기 일쑤였다. 내가 할머니를 흔들면서 "할머니, 할머니! 들어보세요. 지금 드디어 그 딸이 엄마하고 만났어요. 지금요!"라고 연속극의 진행상황을 설명해주면 그토록 중요한 순간에 잠이 들어버렸다는 데 무안해진 할머니는 전혀 졸지 않았던 사람처럼 목소리를 높게 내며 "나도 안다, 알어" 하고 눈꺼풀에 힘을 주지만 조금 있다보면 어느새 또 푸푸, 하는 일정한 리듬의 숨소리를 내며 도로 잠들어 있었다.

할머니의 초저녁잠이 그렇게 깊었기 때문에 이모는 마음껏 금지된 편지를 썼고 나는 그동안 이모가 우리미장원에서 빌려온 『선데이 서울』을 뒤적이고 있다가 이모가 맞춤법이나 표현에 대해서 물어오면 자문관 역할을 해줄 수 있었다.

이모가 이형렬에게 보내는 편지는 대충 이런 식으로 이형렬이 이모에게 보내는 편지와 사이좋은 대구를 이루었다.

나, 전영옥은 경찰 고위직에 있었던 전아무개씨의 일남 일녀 중 막내이다. 오빠는 현재 법대 3학년이고 어머니가 농업과 건축업(가겟집 세놓은 일을 표현할 고상한 말을 찾던 이모는 집과 관계된 직업 중에 이 말이 가장 무난하다고 생각했다)에 종사한다. 아버지가 6·25 때 순직하여서 국가유공자 집안이다. 나이는 21세. 서울에 있는 대학에 합격했지만(이 사실은 나도 처음 듣는 일이었지만 이모가 원서를 낸 것까지는 사실이라고 얼굴을 붉혀가며 주장했기 때문에 더이상 진위를 가리지 않기로 했다) 어머니 곁을 떠날 수 없어 학업을 포기하고 고향에서 영어를 가르치고 있다. 성격이 조용하여 취미는 독서와 음악감상이고 장래소망은 현모양처. 남자친구는 전혀 없으며 기회는 많았지만 집안이 엄격하여 교제를 해보지 못했다. 좋아하는 계절은 가을, 좋아하는 꽃은 '나를 잊지 마세요'라는 꽃말을 지닌 물망초. 그리고 이상적인 남성형은 변함없이 나를 아껴주는 진실한 남성.

그러나 이모의 편지가 언제까지나 이런 입문단계에 머물렀던 것은 아니었다. 시간이 지날수록 이모의 편지는 점점 센티멘털하게 변해갔다. 그러더니 그리움이라는 단어가 이따금 눈에 띄고 애틋한 구절이 많아진다 싶을 무렵부터 더이상 편지를 보여주지 않았다. 그때부터는 표현에 대한 자문도 구하지 않았고 그런 형식적인 포장을 극복할 만큼은 이형렬과의 관계가 발전한 것인지 맞춤법을 물어오는 일도 거의 없어졌다. 이제 그에게서 온 편지도 보여주지 않았다.

　그래도 편지를 전해주는 일은 여전히 내 소관이었으므로 나는 여전히 이모의 비밀을 혓바닥 밑에 감추고 있는 셈이었다.

네 발밑의 냄새나는 허공

내가 장군이 엄마의 비밀을 안다고 생각하는 것은 이모의 경우와는 좀 다르다. 그것은 어떤 비밀스러운 사건을 알고 있다는 것이 아니라 시샘 많고 심술궂은 장군이 엄마의 속마음을 정확히 간파할 수 있다는 뜻이기 때문이다.

단지 장군이 엄마만이 아니다. 말 잘 듣는 어린애가 갖기 십상인 장군이의 의뭉스러움을 비롯해서, 여자들 곁눈질하기에 바쁜 최선생님의 능글맞은 심보, 늘 얼굴을 찡그리고 다니는 이선생님의 만성 치질과 편두통에 이르기까지 나는 그 집 식구들에 대해 속속들이 알고 있다. 바로 그랬기 때문에 장군이 엄마와 장군이를 골탕먹일 방법을 찾는 일이 그리 어렵시 않았던 것이다.

지난달 초부터 한 보름 동안이었던 것 같다. 나는 장군이의 책 읽는 소리에 아침잠을 깨곤 했다.

전에는 늘 새벽녘 부엌으로 나가시는 할머니의 기척에 잠을 깼었다. 눈을 떠보면 언제나 어슴푸레한 새벽빛 속에서 윗목에 앉아 머리를 만지고 있는 할머니의 구부정한 등을 볼 수 있었다. 할머니의 머리는 우리미장원 아줌마가 볼 때마다 파마를 하자고 성화를 부리고 장날에는 가발공장에 팔기 위해 머리카락을 사가는 장사꾼이 뒤를 따라다니면서까지 탐을 냈음에도 고집스럽게 지켜온 쪽찐 머리였다.

머리를 다 만지고 난 할머니는 기름기 자르르한 붉은 참빗의 빗살에 끼어 있는 머리카락을 훑어내고 왼쪽 오른쪽 어깨 위에서도 번갈아 머리카락 몇 올을 집어낸 다음 그것들을 함께 말아서 뭉쳤다. 그러고는 머리 위로 흰 수건을 둘러 뒷목께에서 매듭을 짓고는 비로소 자리에서 일어나는데, 오른쪽 손으로 오른쪽 무릎을 짚으며 끙, 소리를 내고 일어설 때 보면 언제나 아래는 몸뻬 차림이었다.

할머니는 방문을 열고 나가기 전에 꼭 한 번은 이모와 내가 잠들어 있는 아랫목을 돌아보았다. 그리고 어쩌다 내가 눈을 뜨고 있음을 알아차렸을 때는 더 자라는 표시로 오른손을 들어 가만히 위아래로 흔들었다. 마치 허공에 누워 있는 아기를 토닥이는 것 같은 몸짓이었다. 그러면 나는, 살그머니 방문을 열고 할머니의 뒷모습이 빠져나간 뒤 그 문틈으로 스르르 들어와서 방안을 한 바퀴 휘둘러보는 여명을 어렴풋이 느끼며, 아침 준비를 끝낸 할머니가 깨우러 올 때까지 다시 잠 속으로 들어가곤 했다. 나에게 있어 이 모든 것은 아침을 시작하는 평화로운 습관이었다. 그런데 장군이의 책 읽는 소리 때문에 그 평화가 깨진 것이었다.

장군이 엄마는 스물세 살에 육군상사였던 장군이 아버지에게 시집을 왔다. 읍내에서 이십 리나 더 들어가는 작은 깡촌에서 소작인의 여섯째 딸로 태어나 권세 없고 가난하게 살아온 장군이 엄마는 제복을 입는다는 사실만으로도 직업군인이라는 남편의 직업에 더없이 만족했다. 부하들 사이에 '독사'라는 별명으로 불렸다는 장군이 아버지의 모진 성깔도 '아랫것'들을 부리기 위해 어쩔 수 없이 사용해야 하는 '윗분'들의 권위라고 여겼다. 장군이 엄마는 이삿짐 옮길 때라든지 김장독을 묻을 때 권력의 끄트머리에서 나는 향내를 조금 맛보았다. 그러나 장군이 엄마가 그 썩은 향내를 일 년도 채 누려보기 전에 장군이 아버지는 세상을 떠났다. 남긴 것이라고는 유복자인 장군이뿐이었다. 게다가 군인으로서 장렬하게 순직한 것도 아니고 사병들 기합을 주면서 제풀에 화가 뻗친 나머지 길길이 뛰다 녹슨 못을 밟아 어이없이 파상풍으로 죽은 것이었다.

그러나 장군이 엄마는 남편이 그렇게 죽었다는 것을 까맣게 잊은 듯했다. 언제나 자기 남편이 군인으로서 훌륭하게 죽었다고 떠벌리고 장군이에게도 그것을 되풀이해서 주입시키다보니 그만 스스로도 제가 꾸민 말을 그대로 믿게 됐는지도 모른다. 남편이 대한민국을 위해 젊음을 바쳤다고 하도 내세우고 다니자 그런 훌륭한 군인 이야기는 6·25 때나 있는 줄 알았던 어린 장군이가 "엄마,

그럼 우리 아버지는 육이오 때 돌아가셨어?"라고 물었다는 얘기는 우리 동네에서는 알려질 만큼 알려진 만담이다. 장군이 말처럼 6·25 때 죽었다면 장군이 아버지는 자기 아들이 태어나기 오 년 전에 끝난 전쟁에서 전사한 셈이니 장군이 엄마도 그 말을 듣고 기겁을 하긴 했다. 하지만 그 정도에 기가 눌려 자기의 남편이 훌륭한 군인이었다는 신념, 아니 당위성을 꺾을 장군이 엄마는 아니었다. 장군이 엄마는 아들의 질문에 대해 즉각 대답했다.

"그거야 나이가 적어서 못 그런 거지, 십 년만 일찍 태어났어도 네 아버지는 육이오 때 전사하셨을 거다. 암, 틀림없어."

장군이 엄마의 상무정신은 남편뿐 아니라 아들에게까지 작용되었다. 장군이의 장래 포부가 "아버지의 뜻을 이어받은 훌륭한 장군"이 된 것도 장군이 자신의 의사와는 상관없이 순전히 장군이 엄마 혼자서 결정을 본 부분이었다. 어쨌든 장군이 엄마가 그 결정을 온 동네에 떠들고 다닌 이후 장군이는 '김영수'라는 버젓한 이름을 놔두고 보통 '장군이'라고 불렸는데, 그 호칭 속에 별 네 개짜리 장성이라는 진짜 장군의 뜻보다는 야유 쪽에 가까운 어감이 들어 있다는 사실을 장군이 엄마는 혼자만 인정하지 않고 있었다.

엄마가 드세기 때문에 그 아들로서는 드센 성정이 개발될 필요가 없었는지 장군이는 성격이 조용하고 소심했다. 장군이네 방 앞을 지나다가 방에서 새어나오는 모자의 말소리를 들을라치면 엄마는 화통을 삶아먹은 것 같고 아들은 개미 기어가듯 꼬물꼬물하는 게 여간 대조적이지 않았다.

만약 장군이가 정말로 장군이 된다면 박정희 대통령 같은 장군은 절대 아닐 것이며, 지금 그를 보고 많은 사람들이 장군이 되고 싶어하는 것과 반대로 장군이를 보고는 많은 사람들이 장군을 시시하게 여길지도 모른다. 어쩌면 시시한 장군이란 것은 군인이란 개념을 전혀 다른 뜻으로도 보여줄 수 있다는 상징적 의미에서 훌륭한 장군 못지않게 중요한 역할이 될는지도 모른다. 하지만 장군이는 장군이 되기는 틀렸기 때문에 사람들로 하여금 장군을 시시하게 여길 수 있도록 시시한 장군의 역할을 할 기회마저 분명히 없을 테니 그것이야말로 장군이 엄마의 비애가 아닐 수 없다.

그런데 그 장군이 엄마가 어디선가 『삼국지』를 많이 읽어야 훌륭한 사람이 된다는 중요한 정보를 얻었다. 당장 할부로 『삼국지』 전집 여덟 권을 들여놓았으며 아들로 하여금 아침마다 소리 높여 읽게 하였음은 물론이다. 장군이 엄마의 귀에는 이른 아침에 『삼국지』를 낭랑하게 읽는 장군이의 목소리가 진짜 장군이 병서를 읽는 것 못지않게 위엄 있게 느껴졌다. 덕분에 장군이네 방과 제일 가까운 방에서 잠을 깨는 나는 아침마다 삼국시대 중국의 전장에서 눈을 떠야 했던 것이다.

내세는 싸승스럽기만 한 그 소리가 할머니에게는 얼마간 대견하게 들렸던 모양이었다. 아니면 그 시각에 함께 부엌에 있다는 이유로 아침마다 '책 읽는 장군'에 대해 자랑단지가 깨지는 장군이 엄마의 호들갑에 마음이 동했는지도 모른다. 할머니는 장군이 엄마에게 넌지시 물어보았다.

"『삼국지』가 그렇게 좋은 책이면, 그럼 우리 진희도 좀 빌려다 읽혀볼까?"

그랬더니 장군이 엄마는 금방까지도 자랑을 늘어놓느라 헤벌어졌던 입을 돌연 거만하게 다물면서,

"그래보라고 하죠 뭐. 한데 걔는 그 책 끝까지 읽기 힘들 거예요. 아무리 똑똑하다 어쩌다 해도 결국 계집애들은 그저 계집애더라구요."

하고 눈을 내리깔더라고 한다.

장군이 엄마의 그 말을 애써 심상하게 전하려고 했을 텐데도 저녁 밥상머리에서 그 얘기를 꺼내는 할머니는 언짢은 기색을 완전히 감추지는 못했다. 그 말을 듣자마자 이모는 유치한 반응을 보이며 발끈했다.

"아니, 그러는 자기는 계집애 아니었나? 참, 기가 막혀서!"

나는 그까짓 초보적인 성대결에 참여하고 싶은 마음은 조금도 없었거니와, 단순히 성별에 의해서라고 할지라도 이모나 장군이 엄마와 같은 편에 속하고 싶은 마음은 더더욱 없었다. 다만 나를 '그저 그런 계집애'라고 평가한 장군이 엄마의 확신과는 정반대로 어느 면으로 보나 애초부터 내 상대는 될 수 없으며 누구보다 자기 자신이 그것을 잘 알고 있을 장군이의 동글넙적한 얼굴이 눈앞에

떠올랐을 뿐이다.

　장군이는 나와 같은 5학년이었다. 2학년 때부터 같은 집에서 살았다고 하여 광진테라 아줌마는 우리를 '소꿉친구'라는 단어로 표현하기도 했다. 하지만 소꿉친구라는 말은 도무지 경우에 맞지 않는 말이었다. 흉내내고 싶은 어른들의 세계라는 것이 존재하지 않았기 때문에 소꿉놀이를 해본 적이 없는 나에게 '소꿉'친구라는 말이 애당초 성립될 수도 없었거니와, 무엇보다 중요한 것은 내가 장군이를 단 한 번도 '친구'로 여겨본 적이 없다는 사실이었다.

　장군이는 친구가 아니라 차라리 실험대상에 가까운 존재였다. 그동안 삶과 인간의 본성에 대한 나의 위악적인 실험에, 장군이는 언제나 자발적으로 생체를 제공해왔다. 나는 그런 종류의 실험을 마칠 때마다 내가 그애에게 진 빚을 갚는 방법은 그 실험의 결과를 맨 먼저 그애에게 적용시켜주는 것뿐이라고 생각해왔다. 그래서 나는 인간의 잔혹과 배신 등의 감정을 실험할 때 그애의 감정을 이용했고, 그러고는 그 잔혹이나 배신을 고스란히 그에게 맛보게 했던 것이다.

　그런데도 장군이는 변함없이 나를 좋아했다. 그애가 나를 좋아하는 감정이 어떤 정도의 모멸까지를 감당할 수 있을지 그 한계를 알았기 때문에 나는 그런 모멸들이 항상 은유적으로 표현되도록 배려를 했다. 그리고 은유가 가지는 다의적인 속성 덕분에 때로 그것은 그애에게 기대에 찬 오해를 불러일으켰으며 그애를 한층 내게로 끌어들이는 결과를 낳곤 했던 것이다.

장군이 엄마는 특히 숙제를 도와주라거나 장군이가 두고 간 신주머니를 갖다주라거나 하는 식으로 자기 쪽에서 필요할 때에만 우리에게 '친구'라는 말을 적용시켰다. 그럴 때마다 장군이와 동등한 선에서 취급받는 게 불쾌하지 않은 건 아니었지만 애써 장군이와 나의 상하관계를 규명할 필요까지는 느끼지 않았다. 만약 내가 "장군이와 저는 친구가 아녜요, 전 쟤 안 좋아해요" 하고 도리질을 한다면 장군이 엄마는 "그래그래, 아무렴 그렇겠지" 하고 깔깔거리면서 내가 장군이를 진짜로 좋아하는 게 틀림없다고 멋대로 단정해버린 다음, 그 사실을 누구한테 먼저 떠벌릴까 머릿속에서 하릴없는 수다쟁이의 명단을 급히 뒤적일 것은 뻔한 일이었다. 그러니 더군다나 내가 "장군이 쟤는 제 실험대상일 뿐이라구요" 했을 때의 장군이 엄마의 천지개벽할 노여움은 어느 정도겠는가, 상상하기도 귀찮았다.

하지만 『삼국지』 때문에 나는 노선을 조금 바꿀 수밖에 없게 되었다. 언젠가는 자기 인생에 승전보를 전해줄 게 틀림없는 존귀한 자기의 장군이 '그저 그런 계집애'일 뿐인 나의 발밑에 망토를 깔고 엎드려 있다는 것을 장군이 엄마에게 보여줄 필요도 있다는 생각이 불현듯 스쳐갔던 것이다. 나는 장군이 엄마를 화나게 하면서 한편 그 화를 드러내놓고 표현할 수도 없도록 창피하게 만들어줄 방법을 궁리하기 시작했다.

노골적으로 장군이 엄마를 골탕먹이려면 쉬운 방법도 얼마든지 있었다. 그러나 그런 단순한 장난질은 언제라도 욕을 먹어도 되는 악동들이나 하는 짓이지 나 같은 모범생이 할 일은 아니었다. 그러므로 장군이 엄마를 골탕먹이기 위해서는 안됐지만 이번에도 또 장군이를 실험대상으로 삼아서 원격조종을 하는 수밖에 없었다.

장군이를 변소에(내가 목적하는 바의 본질에 좀더 근접한 말을 쓰자면 똥통에) 빠뜨려보면 어떨까 싶었다. 똥통에 빠진 장군과 그 어머니. 그 장면의 주연으로서 장군이 엄마는 나에게 실컷 표정을 관찰당할 또 한번의 기회를 갖는 셈이었다.

장군이가 똥통에 빠지려면 먼저 발밑의 깊은 똥구덩이 속으로 팔을 뻗치도록 만들어야 했다. 그래야만 몸이 구덩이 속으로 빨려들어갈 수 있다. 나는 그 실험에는 질투심을 이용해보자고 작정했다.

작년 이맘때 우리 학교에 새로 전학 온 남자애가 하나 있었다. 군수 아들인데다 얼굴이 귀공자처럼 잘생기고 공부도 잘했는데 바로 우리 반 반장인 김범진이란 아이였다. 여자애들한테 그애의 인기는 굉장한 것이었다. 하지만 나만은 예외였다. 처음에는 나도 그애의 깨끗한 서울 말씨와 하얀 얼굴에서 도시에 대한 동경심을 자극받았다. 그러나 그애가 아직은 관찰단계로서 상대에 대한 총체적 판단을 유보하고 있는 나에게 친하고 싶다는 눈길을 노골적으로 자주 주었고, 시종일관 쌀쌀맞게 대하는 내 작전에 말려들어서 내 환심을 사려고 애를 태웠기 때문에, 얼마 안 가 나에게 시시

한 존재가 되었다. 학급회의 시간에 내가 손을 들면 더듬거리면서 내 이름을 지목하는 걸 보며 나는 그애의 잘생긴 얼굴 속에서 바보스러운 갈망을 보는 것이었다.

누구를 좋아하게 되면 약점이 생기고 어리석어진다는 사실을 알기에는 너무 어렸기 때문에 그애는 결국 내 마음을 끝까지 붙들지 못했다. 그런데도 그애에 대한 장군이의 질투심은 같잖게도 꽤 집요한 것이었다. 나와의 관계를 견제하는 부질없는 질투심이기도 했지만 반장이 갖추고 있는 조건을 질투하는 열등감이기도 했다.

그애의 이야기를 꺼내면 장군이가 어떤 반응을 보일지 충분히 짐작할 수 있었다. 그리고 그것이 바로 내가 기대하는 바였다.

다음날은 마침 일요일이었다. 오후가 되자 집안이 텅 비고 장군이와 나만 집을 지키고 있었다. 나는 장군이를 붙들고 말을 떼기 시작했다.

"우리 반 반장 말야."

"김범진? 걔가 왜?"

"나한테 왜 그러는지 모르겠어."

"뭘? 어쨌는데? 응?"

연달아 세 번 말끝을 올리며 다가앉는 장군이에게 나는 반장과 나 사이에 있었던 일을 천연덕스럽게 늘어놓았다.

며칠 전부터 반장이 자꾸 내게 무슨 할말이 있는 것처럼 내 주위를 맴돌았다. 어제는 토요일이었지만 다음주에 있을 환경미화 심사에 대비하느라고 학급 임원들이 다 학교에 남아 늦게까지 게시판을 꾸몄는데 그때도 반장은 계속 내 쪽만 기웃거렸다.

우리가 게시판을 다 꾸미고 나서 교실문을 나서니 벌써 밖이 어둑어둑했다. 아이들 모두가 운동장을 가로질러 교문 쪽으로 가는데 무심코 돌아다보니 반장이 혼자서 뒤처져 오다가 나를 향해 손짓을 했다. 나는 다른 아이들이 눈치채지 않게 걸음을 조금 늦추어 걸으며 반장을 기다렸다. 그런데 우리가 나란히 걸을 수 있을 만큼 거리가 가까워졌을 때 교무실 쪽에서 누군가 우리를 부르는 목소리가 났다. 교무실 쪽을 돌아본 아이들이 담임선생님임을 확인하고 우르르 그쪽으로 되돌아 뛰어갔다. 하는 수 없이 우리도 그 아이들 틈에 섞여 선생님 쪽으로 갈 수밖에 없었다.

선생님이 환경미화를 하느라 늦게까지 학교에 남아 있던 우리들 모두를 학교 앞 만둣집으로 데려갔다. 우리는 선생님이 사주는 만두를 먹고 각기 집으로 돌아갔다. 반장이 사는 군수 사택은 향교말에 있었다. 우리집과는 반대방향이었다. 만둣집 문을 나오면서 나는 바로 내 뒤에서 반장이 바짝 따라오고 있다는 것을 직감으로 알았다. 그러나 이번에도 반장은 뜻을 이루지 못했다. 선생님이, 야, 김범진 같이 가자, 하며 반장을 불렀다. 선생님의 하숙집도 군수 사택 뒤에 있는 향교말에 있었던 것이다. 아이들이 합창으로 "안녕히 가세요"를 외치고 선생님이 "조심해서들 가라"로 대답하는 동안 나는 선생님의 등뒤에서 나를 뚫어져라 보고 있는 반장의 시선을 느낄 수 있었다.

"그래서?"

"그게 끝이야."

나는 일부러 여운을 두었다. 그러고는 조금 뒤에 혼잣말처럼 이렇게 덧붙였다.

"반장네 도로 서울로 이사간다더니 나한테 서울 주소라도 알려주려고 쫓아다니는 건가?"

그런 다음 나는 장군이의 얼굴을 빤히 쳐다보며 덧붙였다.

"무슨 편지 같은 것을 주려고 그러는 것 같기도 하고……"

그 말을 들은 장군이의 얼굴에는 대번에 긴장이 떠올랐다. 환경미화 심사와 학교 앞 만둣가게가 등장하는 나의 구체적인 이야기에서 전혀 허구성을 느낄 수 없었던 장군이는 조금 식식거리기까지 했다.

다음날 나는 학교에서 돌아오자마자 마루에 나와 앉아서 얼핏 보아 편지로 보이는 종이쪽을 들고 읽고 있었다. 누가 오면 은근히 감추는 척하면서 장군이가 반응을 보일 때까지 그렇게 했다. 이윽고 장군이의 시선을 완전히 끌어당겼다고 생각했을 때 나는 그것을 구겨서 손에 들고 변소로 갔다. 변소에서 나올 때 내 손에는 아무것도 들려 있지 않았다.

장군이는 변소 쪽으로 눈길만 줄 뿐 짐짓 태연한 척하고 있었다. 궁금하긴 하지만 나에게 자기 마음의 속풍경을 들킬까봐 자존심으로 버팅기고 있는 것이었다. 나는 방안으로 들어감으로써 장군이에게 염탐의 기회를 제공했다. 우리 방 방문이 닫히자마자 장군이는 얼른 변소로 들어갔다. 장군이가 변소에 쭈그리고 앉아서 구멍 사이로 내가 구겨서 버린 그 가짜 편지를, 똥의 켜 위에 얹혀 피어난 그 종이꽃을 내려다보기는 할 것이다. 그러나 과연 거기에 팔을 뻗을까.

늘 나는 세상일은 우연한 행운이 쥐고 흔드는 거라고 생각해왔다. 그 생각은 행운을 가질 기회를 얻기까지는 스스로가 노력을 해야 한다는 꽤 건전한 정강으로 보완돼왔다. 그러므로 장군이가 변소에 빠지고 안 빠지고는 이제 내 손을 떠난 문제였다. 그때 변소에서 비명소리가 들려왔다. 이번에 행운은 순진한 장군이보다는 간교한 나의 편을 들었다.

나는 변소로 가볼 필요도 없이 곧바로 뒤란에서 김칫거리를 다듬고 있던 장군이 엄마에게로 파발마처럼 달려가서 장군이가 똥통에 빠졌다는 비보를 전했다. 그런 다음 재빨리 우리집 마루로 돌아와서 구경할 자리를 잡고 편안히 앉았다.

장군이가 너무 놀라서 발버둥을 심하게 치는 바람에 장군이 엄마 혼자 힘으로는 그애를 똥통에서 빼낼 수가 없었다. 문화사진관 아저씨까지 힘을 합해서야 겨우 똥통에서 끄집어내졌다.

어렵사리 우물로 끌려나온 장군이는 자기에게 닥친 환난이 무섭기도 하고 부당하기도 하고 그리고 창피하기도 해서 마치 도살

장에 끌려나온 돼지처럼 쉴새없이 소리지르며 울고 있었다. 정말 볼 만한 풍경이었다. 옷을 다 벗기자 똥으로 칠갑을 한 장군이의 알몸이 드러났는데 똥이 문신 같은 무늬를 이루며 온몸에 덮인 탓인지 남자애의 벗은 몸이라는 생각은 애초에 들지 않았다. 소리 높여 울면서도 장군이는 고추가 창피하여 한사코 두 다리를 오므리고 쭈그려앉았다.

장군이 엄마는 다급하게 두레박질을 하며 장군이에게로 물을 쫙쫙 끼얹었다. 열 번도 넘게 물을 끼얹고 나서 수건에 비누질을 하여 먼저 얼굴을 문지르기 시작했다. 그다음에는 목 가슴을 그리고 고추와 사타구니를 사정없이 문질러댔다. 그러는 동안 장군이는 울음을, 장군이 엄마는 욕설을 그치지 않았으며 내게는 그것이 절묘한 이중창으로 들렸다. 우물가는 순식간에 똥으로 범벅이 되었다. 수챗구멍에는 빠져나가지 못한 덜 삭은 똥덩이가 뭉쳐져 있었고 온 집안에 똥냄새가 진동했다.

이 광경을 지켜보고 있던 문화사진관 아저씨는, 우물가에 널린 똥덩이를 볼 때는 이맛살이 찡그려지지만 똥통에 빠진 아이를 보면은 도저히 웃음을 참지 못하겠다는 듯 반은 찡그리고 반은 웃는 낯을 하고 있었다.

광진테라 아줌마가 장군이의 우는 소리를 듣고 방문을 열어보더니 "세상에, 이게 웬일이야" 하고 질겁을 했다. 아줌마는 급히 고무신을 꿰고 우물가로 달려와서는 장군이 엄마의 두레박질을 거들었다. 뉴스타일양장점과 우리미장원에서는 이 소식을 뒤늦게 문화사진관 아저씨에게서 듣고 한참 뒤에야 구경을 와서는 "어머, 벌써 다 씻었네" 하고 애석해하면서 킥킥거리며 돌아갔다.

돼지 멱따는 소리가 나서 나와봤다는 옆집 아줌마가 "아이고, 누군가 했더니 장군이 아닌가벼? 어쩌다 장군께서 똥통에 빠졌어그래?" 하고 장군이 엄마의 복장을 지르고 갔다. 조금 있다가는 중학교 다니는 그 집 딸이 학교에서 돌아오는 길에 슬그머니 대문 뒤에서 엿보고 가더니 집에 가서 소문을 냈는지, 늘 고추를 내놓고 돌아다니는 다섯 살배기 그 집 막둥이가 와서는 자기도 여전히 고추를 드러내놓은 채 아예 우물가에 버티고 서서 장군이의 고추를 찬찬히 구경했다.

물에 빠진 생쥐 같은 장군이를 수건으로 감싸서 방으로 들여보내는 장군이 엄마의 얼굴은 차마 쳐다보기가 민망할 정도로 일그러져 있었다. 장군이 엄마는 우물가의 똥에 물을 쫙쫙 부으며 엉뚱한 화풀이를 했다.

"벼락 맞을! 어떤 망할 년이 이런 것을 버렸다냐."

그것은 콘돔이었다. 똥 속에 버려졌다가 장군이의 몸에 묻어서 다시 세상구경을 하게 된 콘돔 하나가 수챗구멍에 아무리 물을 부어도 내려가지를 않았던 것이다. 엄밀히 잘잘못을 따지자면 과실은 콘돔을 변소에 버린 사람이 아니라 그것을 다시 꺼내온 자기 아들에게 있으련만, 이런 때 과부인 자기와는 전혀 상관없는 물건을 트집잡아 괜한 화풀이를 하는 것은 장군이 엄마다운 뻔뻔스러운 방법이었다.

콘돔을 보자 광진테라 아줌마는 제풀에 얼굴이 붉어지더니 비누로 손을 싹싹 씻고는 자기 집으로 들어가버렸다. 거의 사리분별을 할 수 없게 된 장군이 엄마는 아줌마가 사라진 쪽에 대고 아니꼬운 시선을 던졌으며 이 상황에서 도저히 맥락에 닿지 않는 밑도 끝도 없는 과부의 신세타령을 늘어놓으면서 대충 우물가를 치웠다. 장군이는 그때까지도 울음을 그치지 못하고 있었다. 갑자기 당한 봉변에 놀라서 충격이 쉽게 가라앉지 않는데다 창피해서 더욱 그러는 모양이었다. 또 거기에는 자기의 비극을 과장함으로써 자기가 충분히 시련을 받았다는 점을 부각시켜 제 엄마의 꾸지람을 줄여보겠다는 의뭉한 계산도 없지 않을 것이었다.

저녁이 되자 식구들이 하나둘씩 돌아오기 시작했다. 대문간에 들어서면서 내뱉는 첫마디가 한결같이 "이게 무슨 냄새야"였다. 그날 저녁 내내 그리고 다음날과 그 다음날, 별다른 화제도 놀잇거리도 없는 주로 여자들뿐인 우리집에서는 그 얘기가 끊임없이 화제가 되었다.

똥통에 빠진 후로 장군이는 꽤 오랫동안 앓았다. 아직 5월이라 밤으로는 바람이 선선할 때인데 그렇게 발가벗고 오랫동안 물을 뒤집어썼으니 감기에 걸리지 않을 수 없었다. 게다가 똥독이 그렇게 무섭다더니 사실이었다. 온몸에 발진이 생겨서 큰 곤욕을 치렀

다. 그러나 끙끙 앓고 나서 오랜만에 학교에 간 장군이에게는 똥독
보다 더 지독한 수모가 기다리고 있었다.

선생님이고 아이들이고 장군이를 볼 때마다 그냥 지나쳐주질
않았다.

"장군이 너 똥통에 빠졌다며? 괜찮니?"

"어쩨 아직도 똥냄새가 나는 것 같은데?"

한 선생님은 '장군'이란 별명을 아예 '똥장군'으로 바꿔 부르며
노골적으로 이죽거렸다.

"어이고 똥장군, 다 나아서 학교 나오셨네. 똥장군이 똥장군 속
에 빠지면 어떡하나, 응?"

복도에서 마주친 여자애들은 저희들끼리 손을 꼭 붙잡고 장군
이 옆을 너무 조용하다 싶게 지나쳤다. 그러더니 등을 돌리자마자
손으로 입을 가렸음에도 도저히 참지 못하고 새어나오고 만 한 여
자애의 '킥!' 소리가 신호라도 되는 듯이 한꺼번에 까르르 웃음을
터뜨리며 뛰어가기 일쑤였다.

그리고 이것은 장군이네 반 애한테 전해들은 얘기이다. 체육시
간에 비가 와서 운동장 수업을 못하고 교실에 발이 묶이자 아이들
이 옛날이야기를 해달라고 졸랐다. 선생님은 처음에 생각나는 이
야기가 없다고 난처해히더니 장군이를 보고는 갑자기 생각이 났
다 하면서 들려주는 얘기가 주먹장군 설화였다.

주먹이 유난히 컸다는 그 주먹장군의 밑에는 장수들이 많았다.

그들은 칼이나 활을 잘 다룬다든지 병법에 뛰어나다든지, 제각기 장기를 갖고 있었다. 그중 도무지 쓸모가 없어 천덕꾸러기인 장수가 하나 있었는데 굳이 특기라면 오줌을 잘 눈다는 것이었다. 한데 전쟁이 나자 웬걸, 그 전쟁을 승리로 이끈 것은 바로 그 오줌장수였다. 그의 오줌발이 홍수를 이루어 적들이 모두 빠져죽었던 것이다. 공을 세운 오줌장수는 오줌을 잘 누어줬다 하여 큰 상을 받았다. 그 얘기가 끝나자마자 아이들은 일제히 장군이를 쳐다봤으며 하나둘씩 웃기 시작했다. 한번 시작된 웃음소리는 그 시간이 다 끝나도록 그치지를 않았다.

아들에게 그런 얘기를 낱낱이 전해들으며 그때마다 장군이 엄마는 분하고 창피해서 화병이 날 정도였다. 그러나 불행하게도 분풀이할 대상이 없었다. 자기 아들을 통해 똥통에 빠지게 된 경위를 캐보려 했지만 실수로 발이 미끄러졌다는 말 외에는 아무 말도 들을 수 없었다.

이번에도 나는 내 실험에 생체를 제공한 보답으로 장군이에게 위선을 선사했다. 누구나 웃음거리로 삼고 싶어하는 장군이에게 스스럼없이 대했으며 학교에 나오지 않는 동안 뒤처진 과목을 공부하라고 그 반 아이의 공책을 빌려다주기도 했다. 그러지 않아도 자기의 창피한 동기를 일러바치지 않는 나의 성숙된 인품에 감탄하고 있던 장군이는 거의 감격했다. 주변 사람들은 내가 나이에 비해 속이 깊다는 건 알고 있었지만 이 기회에 마음씨까지 착한 것을 알게 되었다고 칭찬을 아끼지 않았다. 나는 거짓과 위선이 한통속이라는 것을 알았다.

어느 날인가 나는 어슴푸레한 새벽빛 속에 밥을 지으러 나가는 할머니의 흰 머릿수건과, 나를 돌아보고는 더 자라고 허공을 토닥이는 그 꿈결 같은 손놀림을 보면서 문득 언제부턴가 장군이의 『삼국지』 읽는 소리가 들리지 않음을 깨달았다.

다시 아련한 잠 속으로 빠져들며 나는 되찾게 된 아침의 평화를 마음껏 음미하였다.

까탈스럽기로는 풍운아의 아내 자격

광진테라 아저씨의 최고의 비밀은 병역 기피자란 사실이다. 하지만 그것을 모르는 사람은 우리 주위에 아무도 없다.

작년에 어른들은 모두 주민등록증이란 것을 만들었는데 그때 아저씨는 병역 문제가 말썽이 될까봐 미리 군청 직원에게 돈을 썼다. 그런데 그 직원이 주민등록증에 붙일 증명사진을 찍으러 온 곳이 우리 읍에 있는 세 개의 사진관 중에 하필 문화사진관이었다. 그는 남을 가르치기 좋아하거나 혹은 직업정신이 투철한 공무원이었던지 무장공비 김신조, 푸에블로호 납치, 통혁당 사건을 열거하며 보안시국에 대한 일장연설을 늘어놓은 뒤, 증명사진을 찍으러 오는 사람들에게 주민등록증 발급의 의의를 잘 설명해주라고 몇 번이나 당부하는 것이었다.

그가 제시한 주민등록증 발급의 의의 중에는 "이 기회에 병역 기피자도 색출할 수 있다"는 것도 있었는데 그는 "실제로 돈을 주면서 사바사바하려는 사람이 있다"고도 발설하였다. 그러고는 문화사진관 아저씨의 표정이 원래 좀 뚱한 편인데 그것을 자기 말의 설득력이 약한 거라고 판단하고 초조해진 나머지, 돈을 주고 병역 기피 사실을 숨겨달라고 하는 사람이 바로 이 동네에도 있다고까지 말해버렸다. 그 바람에 광진테라 아저씨가 병역 기피자란 사실은 우리 동네의 공공연한 비밀이 되었다.

남의 비밀을 알게 된 뒤 사람들은 대개 두 가지로 반응한다. 그 비밀을 이용하려는 사람과 덮어주려는 사람 사이에 비열함과 관용의 뚜렷한 구별이 생기는 것이다. 남의 비밀에 대해 비열함 쪽으로 반응하는 사람은 바로 장군이 엄마 같은 사람이었다.

그날도 우물가에서 설거지를 하며 장군이 엄마는 광진테라 아줌마를 상대로 한참 수다를 늘어놓고 있었다. 처음에는 이모의 월남치마를 두고 폭이 좁다, 무늬가 요란하다, 하면서 한바탕 참견을 해대더니 이왕 나온 월남 이야기를 얼마 전 월남에서 돌아온 자전거포 작은아들로 자연스럽게 이어나가기 시작했다.

"젊은 사람이 안됐어. 다리가 그 지경이 되었으니 시집을 처녀나 있겠어?"

이렇게 동정하는 척히면시 불운을 강조하는 것이 남의 험담에 이력이 붙은 장군이 엄마의 요령이다. 거기 비해 성품이 순박한 광진테라 아줌마의 대꾸는 언제나 솔직하다.

"다들 월남 가기만 하면 테레비 사오고 전축 사오고, 그런 것만 보다가 이번에 그 총각 다쳐서 돌아온 것 보니까, 참, 월남 간다는 말 쉽게 할 것도 아니라는 생각이 들데요. 요새 남자들 기술 있으나 없으나 툭하면 월남이나 가서 돈 벌어오겠다는 말들 잘 하잖아요."

"왜, 재성이 아빠가 그래?"

"아아뇨, 재성이 아빠야 어디 그런 실없는 소리 할 사람인가요 뭐."

그 말을 해놓고 광진테라 아줌마는 켕기는 데라도 있는지 갑자기 양은냄비를 힘주어 문질러댄다.

재성이 아빠, 즉 광진테라 아저씨인 박광진씨야말로 실없는 소리를 안 할 사람이기는커녕 실없는 소리 외에는 안 할 사람이라는 것은 동네에서 공인된 사실이다. 그런데도 광진테라 아줌마는 남편을 곧 죽어도 하느님 받들듯이 떠받든다. 천하에 둘도 없는 남편이라도 된다는 듯이 말끝마다 재성이 아빠 재성이 아빠, 있는 칭송 없는 칭송에 침이 마르는 것은 물론이요 누가 아저씨 험담이라도 할 기색이 보이면 언제나 지금 같은 식으로 선수를 친다.

그 붙임성 있고 상냥한 천성에도 불구하고 언젠가는 아저씨를 나쁘게 말했다 해서 저고리 소매 걷어붙이고 윗마을 사는 과부를 찾아가 따지고 드는 바람에 "젊은 년이 서방 있는 유세도 유만부득"이라는 반격을 받고 "그러면 조선 천지 젊은 년들 다 과부 팔자가 돼야 네년 속이 시원하겠냐" 하며 서로 머리끄덩이를 쥐어뜯고 싸운 일까지 있다.

장군이 엄마는 시원찮은 남편을 자나 깨나 싸고도는 이 젊은 새댁을 아니꼬운 눈으로 쳐다보며 뭐라고 한마디 미운 소리를 마저 박아주려고 입술을 몇 번 움찔거렸다. 그러다가 광진테라 아줌마가 양은냄비 문지르는 일에 하도 열심히 몰두하는 척하는 것을 보고 크게 봐준다는 듯이 눈자위를 한번 위아래로 굴리고는 다시 월남 얘기로 돌아갔다.

"아무튼 세상일이란 그런 거야. 상이군인이 되니까 죽자 사자 하던 애인도 떨어져나간 모양이야."

"죽자 사자 했으면 그 정에 그냥 시집와서 살 일이지 떨어져나가긴 왜 떨어져나갔을까. 남의 가슴에 못박고 가서 얼마나 큰 영화를 볼 거라고 참, 애인이 누군지 아가씨 마음이 얄궂기도 하네."

"죽자 사자 덤볐던 년들 끝까지 지조 지키는 거 봤어?"

"한데, 그 총각이 그래도 돈은 좀 벌어왔다면서요."

"돈을 벌어와? 건달 깡패 노릇하다가 월남 가서 돈푼이나 만져봤다니까 신통해서 하는 소리지 뭐 큰돈 벌어서 하는 얘긴 줄 알아?"

"그 총각이 깡패였어요?"

"왜 김추자 노래에도 있잖아. 말썽 많은 김상사 월남에서 용사 됐다고 말야. 남자는 모름지기 군대를 가야 사람이 되는 거야."

장군이 엄마는 종종 김추자 노래를 무슨 고사성어나 되는 듯이 인용하곤 했다. 노래를 좋아해서라기보다 사실은 자기의 이름이 '이추자'이기 때문에 김추자를 들먹거리는 것이었다. 재작년인가 우리나라 여자 농구가 세계대회에서 준우승을 했을 때 장군이 엄마가 설쳐댔던 것도 국위 선양의 감격에서가 아니고 선수 중에 김추자라는 이름을 발견한 뒤부터였다. 그때부터 "추자라는 이름 가진 사람 치고 재주 없는 사람 없다"고 한동안 말끝마다 추자 타령이었다.

모름지기 군대를 가야 사람이 된다는 장군이 엄마의 말에 광진테라 아줌마는 아무 대꾸도 하지 않았다. 그러나 장군이 엄마는 어디 이번에도 그냥 넘어가줄까보냐 하는 눈길로 은근히 광진테라 아줌마를 쳐다본다.

"근데 참, 재성이 아빠 군대 갔다 왔던가?"

그러자 광진테라 아줌마의 목청이 갑자기 높아진다.

"그럼요. 나이가 몇인데 군대를 안 갔겠어요?"

"아이고 깜짝이야. 왜 갑자기 큰 소리야. 큰 소리는."

장군이 엄마는 짐짓 놀랐다는 식으로 호들갑을 떨면서 눈으로는 계속 광진테라 아줌마의 표정을 살핀다. 상대방이 어떤 반응을 보일지 뻔히 알면서 짐짓 그의 약점을 툭툭 건드려보는 데에 재미를 느낀다는 점에서 장군이 엄마는 시험감독 선생님과 비슷한 데가 있었다. 시험문제를 푸느라 진땀을 흘리는 학생들에게 "힌트 좀 줄까아 말까아" 하면서 지휘봉으로 교탁 끝을 툭툭 치며 빙글거리는 선생님들 말이다. 행여나 하고 "선생님, 제발 힌트 좀 주세요, 예?"
하고 애원하던 아이들의 희망은 "이놈아, 그러니 평소 때 공부를
해야지" 하는 상투적인 해답으로 번번이 좌절되기 마련이었다.

나는 광진테라 부부가 왜 그렇게 뻔한 일을 끝끝내 잡아떼어 기
꺼이 사람들의 농담거리를 자청하곤 하는지 잘 이해할 수가 없었
다. 그런데 곰곰이 생각해보니 그럴 만도 했다. 내 생각에도 군대
에 가기를 피했다는 사실은 인간성으로 봐서도 상당한 비겁자라는
인상을 줄 뿐 아니라 바야흐로 군인의 시대인 요새 세상에 여간한
약점이 아니었다. 극장에서까지도 〈대한뉴스〉 시간에 영화배우 백
일섭이 나와서 진짜 사나이라면 군대에 가야만 한다고 못박아 말
하는 시대가 아닌가. 광진테라 아저씨가 한사코 잡아뗌으로써 자
기가 그 일에 연루됐건 아니건 병역 기피에 대해 근본적으로 반대
한다는 의사만이라도 강력하게 표명하지 않았다면 동네 다방과 당
구장, 비어홀 같은 곳에서 아저씨가 자신의 이미지로 내세우기 좋
아하는 남자다움은 그 정도로라도 지켜지기가 힘들었을 것이다.

내가 요새 세상을 군인의 시대라고 생각하는 것은 학교에서 운
동장 조회 때마다 군인처럼 구령을 붙이고 강재구 소령이 얼마나
훌륭하며 그의 신조인 '굵고 짧게 살자'가 얼마나 좋은 말인지를
귀에 못이 박이도록 들어시만은 아니다. 아이들이 '맹호부대 용사
들아' 하는 노래에 맞춰 고무줄놀이를 하고 라디오에서 "신병훈련
육 개월에 작대기 두 개, 그래도 그게 어디냐고 신나는 김일병" 하

는 노래를 틀어대서도 아니다. 장군이 엄마가 걸핏하면 자기 아들의 장래가 장군으로 결정된 것을 공언하는 은유적 선포로서 우리나라에 장군 이상 가는 존재는 없다는 것을(물론 더 높은 사람으로 대통령이 있지만 박정희 대통령의 경우만 보더라도 어쨌든 장군을 거쳐야 대통령으로 올라가는 것이니까) 입버릇처럼 강조해서도 아니다. 내가 결정적으로 군인의 힘을 통감한 것은 언젠가 군용트럭 때문에 흙탕물을 뒤집어쓴 뒤부터였다.

설날을 지낸 지 며칠 되지 않은 무렵이었다. 날씨가 꽤 푸근한 탓에 눈이 다 녹아서 길바닥이 마치 팥죽을 깔아놓은 듯이 질척거렸다. 걸음을 옮길 때마다 검은 흙속으로 발밑이 미끈덕거리며 빠져들었고 수렁에서 건져낸 것처럼 운동화가 진흙범벅이었으므로 나는 발밑만을 쳐다보면서 조심스럽게 발을 떼고 있었다. 그때 건너편에서 맹렬한 속도로 군용트럭이 달려왔다. 내가 요란한 차바퀴 소리에 얼굴을 드는 것과 그 트럭이 내 얼굴과 몸 전체에 흙탕물을 끼얹고 사라져버린 것은 거의 동시의 일이었다. 언제나 우리를 위해 밤낮으로 고생하는 국군아저씨들이 이런 짓을 했다는 것이 믿어지지 않았기에 나는 머리 꼭대기에서 발등 위까지 온몸에 팥죽 같은 진흙물을 뒤집어쓴 채 한참을 그대로 서 있었다. 그다음부터는 군인을 야만스럽다고 내리보는 마음도 조금 생겼지만, 솔직히 말해서 군인이 못할 것은 없겠더라는 두려움을 느끼게 된 것도 사실이다.

어쨌든 병역 기피자란 것이 광진테라 아저씨의 최고의 비밀이 긴 하지만 나만 아는 비밀은 아니다. 좀더 은밀한 비밀을 들라면 역시 아저씨의 여자관계일 테지만 그것 역시 아저씨의 오토바이를 알아볼 정도의 작은 주의력만 갖고도 얼마든지 알아챌 수 있는 일이었다.

학교에서 돌아오는 길에 나는 길가에 세워져 있는 아저씨의 오토바이를 흔히 발견하곤 했다. 군청 앞과 극장, 차부 등 이른바 아저씨가 있을 만한 유흥가를 두루 거쳐서 돌아오기 때문이다. 아저씨의 오토바이는 그중에서도 차부에서 가장 많이 발견된다.

차부는 시외버스가 도착하기도 하고 나가기도 하는 버스 배차장으로 우리 읍에서는 가장 부산한 장소이다. 그곳은 세워져 있는 버스 밑으로나 이미 버스가 떠나고 없는 빈자리에 기름이 새어나와 번들거리고 폐타이어와 휴지, 빈병 들이 발밑을 뒹굴고 있어 언제나 지저분했다.

기름때에 찌든 전대를 허리에 차고 손에는 버스표 뭉치와 끈으로 이어진 볼펜을 들고는 욕지거리를 내뱉으며 돌아다니는 남자 차장들, 찢어진 누더기를 입고 버스들 사이를 어슬렁거리는 불량스러워 보이는 거지애들, 그리고 떠나는 사람 오는 사람, 마중객과 배웅객 들이 뒤섞여 어수선한 그곳에는 깡패와 소매치기가 언제나 빈둥거렸으므로 늘 주먹질과 시비가 그치지 않았고 그래서 바로 코앞에 파출소가 자리잡고 있었다.

파출소 옆으로는 주로 멀미약과 까스명수를 파는 '차부약국', 망으로 세 개씩 엮인 사과와 오징어 따위를 가게 밖으로 내놓고 팔고 있는 잡화점 '형제상회', '오고파미장원' '풍년종묘상', 그리고 간판도 없는 허름한 식당이 있었는데 아저씨의 오토바이는 주로 그 식당 옆의 '아리랑비어홀' 앞에 세워져 있는 날이 많았다.

한번은 아리랑비어홀 앞을 지나다가 아저씨의 오토바이를 발견하고 조금 기웃거려본 적이 있다. 아직 본격적으로 영업이 시작될 시간이 아니라 막 청소를 끝냈는지 문이 반쯤 열어젖혀졌는데 그 문 뒤에서 아저씨의 목소리가 들려왔기 때문이다.

"치마가 왜 이렇게 짧다냐. 미니스카트가 아니라 미니빤쓰네."

"빤쓰면 어떻고 고쟁이면 어때요? 사장님이 하나 맞춰줄 것도 아니면서. 응?"

여자는 "맞춰줄 것도 아니면서"에다 한껏 콧소리를 섞어서 자기의 의도를 암시했다.

"아 빤쓰라면야 내가 하나 맞춰주지."

아저씨는 여자의 수완에 일단 넘어가는 척해본다.

"정말? 그럼 나 내일 뉴스타일양장점 가서 치수 잰다?"

떠보는 여자.

"그러기 전에 내가 먼저 치수 좀 재보고."

아저씨의 말에 여자는 필요 이상으로 소리를 높여 깔깔댔다.

"아이, 그런 게 어딨어요? 그러지 말고 허리치수 가르쳐드릴게 치마 하나 맞춰주세요. 응?"

"빤쓰 맞추는 데 허리치수 갖고 되나? 그러지 말고 나하고 저 방에 들어가서 치수 좀 재자니까."

그다음부터는 여자의 웃음소리가 더 높아져 무슨 말을 하는지 알아들을 수가 없었다. 들었다 해도 무슨 뜻인지 모르기는 마찬가지이지만 어쨌든 남녀 간의 은밀한 수작이라는 분위기 파악 정도는 나도 할 수 있었다.

집에 돌아오니 우물가에는 할머니와 광진테라 아줌마가 나와 있었다. 삶은 빨래를 흔들어 헹구던 할머니는 내가 들어서는 것을 보고는 "이제 오냐?" 하면서 잠깐 허리를 폈고 재성이를 업고 쭈그려앉아 쌀을 씻던 아줌마도 나를 힐끗 쳐다보았다. 조금 전까지 비어홀에서 허튼소리를 하고 있던 광진테라 아저씨가 떠오른 탓인지 내 눈에는 아줌마의 알뜰한 모습이 어쩐지 청승스러워 보이기만 했다.

"장군이네 어디 갔어요?"

아줌마가 할머니에게 물었다.

"모르겠는데. 곗날인가? 계가 하도 많으니……"

"그렇게 계도 많이 하고 오지랖도 넓고, 그러면서 하숙까지 치는 걸 보면 참 어지간해요. 나 같으면 생각도 못할 거야."

남편을 두둔할 때의 전투적인 변신을 빼고는 광진테라 아줌마는 아무리 봐도 착하고 인정이 많다. 점심때마다 양장점 안에서 혼자 끼니를 때우는 미스 리 언니가 안됐다고 김치를 한 보시기씩 갖다주는가 하면 보통 낮에는 아무도 없는 우리집의 문지기 노릇도 도맡아 한다. 날마다 일에 치여 쩔쩔매면서도 아줌마의 얼굴은 늘 명랑하다.

"장군네 오지랖 넓은 거야 저 좋아서 하는 일이고, 그저 말없이 일 잘하고 마음씨 곱기로는 재성이 엄마만한 사람 없지."

"아이고, 아녜요."

"재성이 엄마가 재성이 아빠 말 하는 걸 싫어하니까 긴 얘기는 않겠지만, 말이야 바른말이지, 재성이 아빠는 조선 천지에서 장가 제일 잘 간 사람이야. 양복점 일도 어디 재성이 아빠가 하나? 재성이 엄마가 다 하지. 남편 그렇게 밖으로 도는데 재성이 엄마처럼 항상 낯꽃 하나 안 변하고 살림 야무지게 하는 사람 어디 또 있겠어? 재성이 아빠는 장가 잘 갔지, 암."

자기 남편의 얘기가 아줌마로서는 워낙 민감한 화제인지라 나는 우려 섞인 눈으로 그들을 보았다. 혹시 아줌마가 화라도 내면 할머니가 민망할까 싶어서였다. 그러나 의외로 아줌마는 고개를 떨어뜨린 채 할머니 말을 묵묵히 듣는가 싶더니 놀랍게도 쌀 씻는 양은함지 위로 굵은 눈물까지 한 방울 떨어뜨렸다. 언제나 밝고 씩씩한 아줌마답지 않게 허물어진 모습이었다.

"재성이 엄마 속 내가 다 알지. 세상에 남들이 서방 욕한다고 맞장구치는 것들은 배알 창시가 없는 것들이여. 어찌됐든 내외간은 한배 팔자인데 뱃머리가 기울면 뒤에서라도 단단히 눌러줘야 할 거 아닌가. 남 보매 집안이 기우는 배 같아 보여서 좋을 게 뭐 있겠어. 입이 방아라고, 말 좋아하는 여편네들한테나 좋은 일 시키는 거지. 지 속에서 검은 연기 나는데도 서방 떠받치는 거 보고 내 재성이 엄마 속 깊은 거 진즉 알아봤어."

"진희 할머니……"

아줌마가 말을 잇지 못하자 할머니는 그 마음 다 안다는 표시로 아줌마의 등을 두어 번 토닥였다.

"다 팔잔데 어쩌겠어. 여자 팔자가 뒤웅박 팔자……"

나는 할머니의 결론이 마음에 들지 않았다.

할머니 말대로 아줌마는 양복점 일이고 집안일이고 간에 깔끔하고 바지런한데다 심성도 고왔다. 그런데도 사나흘에 한 번씩은 아저씨에게 발길질을 당하는 것이었다. 여러 가구가 사는 집이라 '에고!' 소리도 마음대로 내지 못한 채 비명을 참는 아줌마의 헉헉 소리를 밤늦게 변소에 다녀오다가 내 귀로 직접 들은 것만도 한두 번이 아니었다. 그럴 때 아저씨의 단골 대사는 "이게 인간 박광진이를 뭘로 알고!"였다.

인간 박광진―아저씨가 자신을 지칭하는 이 말은 언제나 '왕년에'라는 말과 짝을 이루었다. "이 인간 박광진, 왕년에 말야." 하긴 아저씨가 늘어놓는 왕년 자신의 연대기는 꽤나 거창했다. 병역 기피자, 양복집 주인, 바람둥이, 아내를 때리는 불성실한 가장―우리가 알고 있는 아저씨는 이 정도였지만 자기 자신이 알고 있는 '인간 박광진'은 단지 돈 없고 빽 없어서 불운해진 천하의 풍운아였다.

허풍선이인 아저씨 자신의 말은 물론이요, 그에 대한 어른들의 견해를 정리해보더라도 아저씨가 꽤 복잡한 삶을 산 것만은 사실이었다.

먼저 아저씨의 말에 따르면, 아저씨네 집안은 원래 만석꾼은 안되어도 천석꾼 부자였다고 한다. 할아버지는 만주에서 독립운동을 했고 아버지는 일제시대에 읍면장을 지낸 뼈대 있는 집안으로 아저씨 자신도 '왕년'에는 공무원 신분이었고 일이 잘 풀렸으면 지금쯤 주사는 하고 있을 거라고 입버릇처럼 말하곤 했다. 일제시대 읍면장이면 친일파가 아니냐, 할아버지가 독립투사라면서 왜 아버지가 친일파가 됐냐고 물으면 한숨을 내쉬면서 "다 시대를 잘못 만난 탓"이라면서 민족의 수난사에 대해 산증인을 자처했다.

아저씨와 동향인 성림제재소 아저씨 말을 들으면 이야기가 조금 달랐다. 아저씨 집안은 천석꾼 집안에서 대대로 마름 노릇을 했다고 한다. 아저씨의 할아버지는 주인댁 큰아들이 뜻을 품고 만주로 떠날 때 모든 식솔을 주인댁에 맡기고 주인을 따랐다. 그리고 만주에서 죽었다.

그 대가로 아저씨의 아버지는 가족을 이끌고 주인댁을 나올 수 있었다. 아저씨의 아버지는 자기 아버지가 평생을 바치고 목숨까지 바친 주인댁이 그동안 자기 식구를 박대한데다 자립을 위한 재산으

74

로는 너무 박한 처우를 해주었다고 한을 품는 한편 개처럼 부려지고 소모될 뿐인 자기의 비천한 신분을 뛰어넘을 투지에 불타는 젊은이었다. 그는 신분상승을 위해 주재소의 앞잡이가 되었고 일본의 개로서 하부권력이 핥을 수 있는 뼈다귀의 맛을 조금 맛보았다.

해방되던 해에 그는 마당으로 골목으로 쏟아져나와 덩실덩실 춤을 추던 동네 사람들에 의해 당연히 삽에 맞아 죽어야 했지만 아버지가 만주에서 죽었다는 점이 참작되어 어찌어찌 살아남았다. 이런 연유로 독립투사의 자손이면서 친일파의 자손이 되어버린 그의 두 아들 중 큰아들은 아버지의 죄를 씻기 위해 경찰에 지원했다.

둘째아들 박광진씨는 기회주의자를 택했다. 6·25를 겪으면서도 그는 하루가 다르게 세상이 변하고 낮밤이 다르게 주인이 변하는 그야말로 혼돈의 시기에 때론 지주에게 착취당한 인민으로서, 때론 독립투사의 후예로서, 때론 경찰가족으로서 적당히 처신하여 세상이 바뀔 때마다 바뀐 세상을 큰 소리로 찬양했다. 동네 사람들은 아저씨와 같은 핏줄이면서 다른 맥을 형성하는 그의 할아버지와 형을 생각해서, 그리고 무엇보다 아저씨 자신이 위협적인 적도 되지 못할 위인임을 알기에 그것을 내버려두었다. 아무튼 세상이 자꾸 뒤엎어지고 혼돈 속에 싸여 있던 그때가, 스무 살이 될까 말까 한 그 시절이 아저씨가 그토록 못 잊어하는 '왕년'인지도 모른다. 그가 스스로를 지칭하기 좋아하는 '풍운아'라는 말도 풍향에 따라 이리저리 바뀐다는 의미에서 그때를 말하는 것일 것이다.

세상이 질서가 잡혀갈 무렵 아저씨는 주인댁의 도움으로 농림국 밑의 영림서에 임시직으로 취직이 되었다. 급사와 다를 바 없는 보잘것없는 자리였는데 거기에서 그만 아저씨는 자기 아버지가 일제의 개로서 핥았던 하부권력의 뼈다귀 맛을 알게 되었다. 그는 국유림을 지키는 일에 관계했었는데 벌채꾼들에게 돈을 받고 나무를 몰래 벨 수 있는 방법을 가르쳐주었다. 그러다가 들통이 나자 이번에도 농림국의 높은 자리에 있는 주인댁의 어느 아들이 막아주어서 감옥에까지는 가지 않고 파면만 당하도록 해결이 되었다.

떳떳지 못하게 직장을 쫓겨난 아저씨는 당분간 고향을 떠나 있는 것이 좋기도 하겠거니와 도시로 가서 남아로서의 새로운 인생을 펼쳐볼 마음이 들었다. 형의 친구이기도 한 국민학교 선배가 도청소재지에서 양복점을 하고 있었다. 그는 우선 그곳을 자기의 포부를 펼 교두보로 정했다.

자기의 인생이 양복장이로 결정지어질지는 꿈에도 몰랐던 풍운아 박광진씨는 그 선배가 폐병에 걸렸다는 걸 알고는 그 집에서 나오려고 했다. 선배 부인의 성화에 양복점 일을 돕는답시고 건성으로 뒤에 얼쩡거리기만 했을 뿐 사실은 쏘다니는 게 주된 일과였던 그로서는 선배가 죽고 나면 그곳에 머물 이유가 전혀 없었던 것이다. 그러나 그 결정마저 쉽지 않았던 것은 그 집 식모인 순분이와의 관계 때문이었다.

순분이는 선배의 부인이 친정마을에서 데려다놓은 식모였다. 싹

싹하고 바지런해서 살림은 물론 양복점 일도 곧잘 도왔다. 아저씨
는 촌스러운 순분이가 그리 눈에 차는 건 아니었다. 한데 어느 날
어쩌다가 양복점 뒷방에서 순분이를 강제로 욕보이고 말았다. 순
분이는 울었지만 자기 인생에 닥친 불운을 체념으로 받아들였다.

　얼마 안 가 선배의 부인도 이 일을 알게 되어 아저씨에게 마음
잡고 한번 잘 살아보라고 간곡히 간언했다. 사실 폼만 잡았지 도
시에서의 삶을 따로이 개척해볼 배짱도 없는 그는 한때 양복기술
을 적극적으로 익혀보려 하긴 했다. 그러나 타고나기를 재박덕박
하게 태어난 그는 곁눈질로 배우는 순분이보다 솜씨는 훨씬 못하
였다. 어쨌든 선배가 병을 못 이기고 죽자 아저씨는 한동안 선배의
양복점을 돌봤으며 이듬해에 선배의 부인이 가뿐하게 재가를 할
때 그동안 가게를 지킨 공로를 인정받아 양복점 시설을 물려받았
다. 그러고는 순분이가 모아둔 얼마간의 돈을 가지고 고향에서 가
장 가까운 우리 읍에 '광진테라'를 내고 순분이와 결혼식을 올렸
던 것이다.

　결혼식을 올리기까지 순분이의 마음고생은 아무도 몰랐다. 도
시에서 선배의 양복점을 돌보는 동안에도 아저씨는 가게에 붙어
있는 시간보다 '청년 실업가'를 자처하며 술집을 순례 도는 시간
이 더 많았으며 가게에 있을 때소차도 양복점 안에 있기보다는 가
게 앞길에 나와서 여점원이나 식모 들에게 추파를 던지는 것이 주
요 일과였다.

결혼식을 올리고 나서 순분이는 드디어 이제 고생이 끝나나보다 했다. 그러나 아니었다.

양복장이로서 하지 않을 수 없는 다리미질을 전혀 안 하는 것만 봐도 아저씨가 얼마나 방만하게 양복점을 운영하는지 엿볼 수가 있다. 뜨거운 김을 쐬면 남자의 몸에 좋지 않다나 어쨌다나 하는 이유로 다리미질을 하지 않는 그로서는 가위질이나 재봉틀질 따위의 남자답지 못한 일도 물론 할 수 없었다. 사실 풍운아인 그가 양복점에서 할 수 있는 일은 거의 없었다.

모든 일은 풍운아의 아내가 했으며 그녀는 풍운아의 권좌를 이어갈 왕자를 생산하지 못한다고 시시때때로 찾아와 욕설을 퍼부어대는 풍운아의 어머니에게 차마 '하늘을 봐야 별을 따죠' 따위의 말대꾸를 하지 못해 죽도록 시달리면서도 나무랄 데 없이 풍운아의 아내 역할을 해냈지만 역시 풍운아의 아내 역할이 어렵기는 어려운 것이라서 걸핏하면 풍운아에게 손찌검을 당해야 했다. 그들이 우리집 가게채에 자리를 잡은 지 몇 년 만에 작년에야 풍운아의 아들인 재성이가 태어났는데 만약 그렇지 않았다면 그녀는 풍운아 어머니의 압력을 이겨내지 못하고 풍운아의 아내 자리를 사직해야 했을지도 모른다.

풍운아의 어머니는 독립군과 경찰의 집안에다가 인물 좋고 기술 있는 풍운아가 도시까지 원정을 나가서 데려온 여자가 하필 풍운아의 아내가 되기에는 학력이나 인물, 집안 모든 면에서 처지는

'촌년'인 것을 알고 보통 실망한 것이 아니었다. "저렇게 못나빠졌어도 어디서 서방복은 있어갖고"가 며느리에게 풍운아의 아내 된 자세를 가르치려 할 때 내뱉는 제일성이었다.

일자무식임에도 불구하고 풍운아의 어머니는 칠거지악에 대해서는 아주 잘 알고 있었다. 오입을 하고 새벽에 들어오는 풍운아에게 꿀물을 타서 들여가는 풍운아 아내의 뒷덜미에 대고 눈꼬리가 곱지 않다고 호통을 치면서 들먹이는 말이 "칠거지악에 첫째가 투기여, 이년아!"였다. 그런가 하면 고기반찬이 없다고 밥상 앞에서 획 돌아앉으며 하는 말은 "칠거지악 중 가장 싸가지 없는 항목이 바로 부모봉양 소홀한 것이란 걸 몰라?"였다. 칠거지악 중에 하나라도 거스르면 풍운아의 아내 자리를 언제라도 박탈당하고야 말 것이라는 협박도 잊지 않았다. 그러나 무엇보다 자주 들먹이는 칠거지악의 항목은 물론 자식을 낳지 못하는 악이었다.

풍운아의 어머니는 보름에 한 번씩은 와서 몹시 거친 방법으로 칠거지악에 대해 긴 훈시를 늘어놓고 독립투사를 낸 명가문에 후사가 없다 하여 풍운아 집안의 장래를 방바닥을 치며 걱정한 다음 언제나 적지 않은 돈을 치맛말기 밑에 채워가지고 돌아갔다. 풍운아의 아내 자리가 그렇게나 탐탁한 것인지 오직 그 자리를 지키기 위해 자기 삶을 송두리째 바지는 광진테라 아줌마를 나는 도무지 이해할 수 없었다. 저 지경으로 살면서 양잿물 한번 마시지 않는 것이 차라리 이상했다.

풍운아라서 바람을 타는 것인지 박광진씨는 귀가 얇아 툭하면 남의 말에 넘어가기 일쑤였다. 또 '가오' 잡는 일이라면 낄 데 안 낄 데 가리지 않고 실속도 없이 고개를 디미는가 하면 '기마이'마저 갖추었는지라 돈 씀씀이가 결코 적지 않았다.

재작년 국회의원 선거 때는 야당 후보의 운동을 한답시고 앞장서서 막걸리잔을 돌리며 다녔다. 대통령 선거 때 실컷 들어서 이미 아무런 신선감도 설득력도 없는 "틀림없다 공화당, 황소 힘이 제일이다"와 이에 맞서는 "지난 농사 망친 황소, 올봄에는 갈아치자"를 인용하며 집권당의 실정에 대해 거품을 물고 떠들어댔는데 말끝마다 독립투사의 후손임을 내세워가면서 자기 돈 들여 신명을 바쳤지만 나대고 다니기만 했지 사람들을 끌어들이지는 못하고 오히려 뒷전에서 욕을 얻어먹는 축이다보니, 장군이 엄마가 야당 후보의 사모님한테 듣고 온 바로는 아저씨가 지지하는 야당 후보 진영에서도 그의 운동원 노릇을 달가워하지 않았다고 한다.

선거가 끝나자 오직 진정한 민주주의의 정착이라는 대의를 위해서 사재를 털어 오토바이까지 장만하고(그에게 다른 속셈이 없진 않았던 것이 그는 자기가 미는 후보가 국회의원에 당선되면 신문사 지국장 자리를 얻어서 오토바이 뒤에 신문사 깃발을 달고 읍내를 누빌 꿈을 갖고 있었다) 정치적 신념을 불태웠지만 그에게 남은 것은 손가락질과 빚뿐이었다. 그럴 때마다 아저씨는 단지 어쩌면 세상은 이처럼 끝까지 자기에게 등을 돌리며, 자기의 불운한 풍운아로서의 운명이 어쩌면 이렇게 철저하고 치밀하게 계획되어 있는가에 대한 놀라움 때문에 충격을 받았다. 아저씨는 그 놀라움을 감추지도 않았다. "인간 박광진이는 시대를 잘못 타고났다"는 비탄을 몇 날 며칠 술주정으로 풀어대는 바람에 온 동네 사람이 다 함께 그의 운명의 질곡을 짊어져야만 했던 것이다.

신문사의 깃발을 달고 먼지바람을 일으키며 위세를 떨치고 싶었던 소원은 이루지 못했지만 얼마 안 가 아저씨는 오토바이를 장만한 보람을 다른 데에서 찾았다. 신문사의 깃발 대신 스카프를 머리에 맨 여자들을 뒷자리에 태우고 다니게 된 것이다.

그때부터 아저씨의 허리는 여자의 가냘픈 팔로 둘러져 있는 날이 많았다. 커브길이나 비탈길을 달릴라치면 깍지낀 두 손에 더욱 힘을 주어 아저씨에게 몸을 밀착하는 것은 물론이요 "어머나!" 하고 소리를 지르면서 등에다가 그 작은 얼굴을 꼭 붙이는 귀여운 모습들에서 아저씨는 정치판에서 꿈을 펴지 못하고 좌절한 야당 정객의 포한을 달랬다.

한번은 정다방 레지와 놀러갔다가 예의 커브길에서 무섭다고 몸을 꼭 붙이는 아가씨의 소리에 자극받아 남자로서의 기개를 좀 심하게 보여주려다가 속력을 견디지 못한 오토바이가 뒤집어지는 바람에 그만 창피는 창피대로 당하고 팔이 부러져 깁스를 한 적도 있었다. 지금도 그 후유증으로 손가락 한 개를 자유스럽게 움직이지 못한다. 정다방 레지 미스 양이 군데군데 찰과상만 입은 것만도 천만다행이었다.

순분이, 즉 광진테라 아줌마는 이 모든 것을 견뎌냈다.

아줌마가 삶을 받아들이는 것은 그것이 바로 자기의 삶이라는 생각 때문일 것이다. 그러니까 아저씨가 어떤 사람이든 간에 양복점 뒷방에서 강제로 순결을 잃은 순간 이미 자기의 삶은 결정된 것이라고 생각하는 것이다. 만약 아저씨가 자기 삶이 아니라는 생각이 들면 달라질는지도 모른다. 그러나 아줌마는 그런 생각을 꿈에도 해본 적이 없을 것이다. 아줌마들은 자기의 삶을 너무 빨리 결론짓는다. 자갈투성이 밭에 들어와서도 발길을 돌려 나갈 줄을 모른다. 바로 옆에 기름진 땅이 있을지도 모르는데도 한번 발을 들여놨다는 이유만으로 평생 뼈빠지게 그 밭만을 개간한다.

나는 아줌마가 자기의 삶을 벗어나서 보았으면 하고 생각해왔다. 그것은 성실하고 선량한 사람의 삶에 드리워지는 그늘에 대한 안타까움이기도 했다. 유치한 어린애 짓은 절대 하지 않는 나이지만 만약 아저씨와 아줌마의 사이를 갈라놓는 데 도움이 된다면 고자질 정도야 못할 것도 없었다.

"저기, 아까 차부에 보니까 아저씨 오토바이가 거기 있던데……"

"……"

아줌마는 가만있었다. 대신 할머니가 물었다.

"차부에?"

"응. 정님이 고모네 맥주홀 있잖아. 그 앞에서 봤어."

아줌마는 별 반응 없이 조리로 쌀을 일기 시작했는데 손놀림이 아주 규칙적이었다. 쌀을 다 일고는 말없이 놋숟가락으로 무 껍질을 긁어낼 뿐 여전히 말이 없었다. 엄마가 오랫동안 쭈그리고 앉아 있자 등뒤에 업힌 재성이가 답답하다고 꼬물거리는 것을 뒤로 손을 돌려 아기 엉덩이께를 두어 번 탁탁 두드려주고 계속 무 껍질만 긁어대는 모습이 그런 것은 전혀 대수로운 일이 못 된다는 얼굴이었다.

하지만 내가 보기로는 그런 아줌마의 표정은 오래전에 끝난 전쟁의 뒷소식을 듣는 담담함이라기보다는 폭풍 전의 고요 같은 불길함이 있었다. 단단하게 다문 입속에서 아줌마의 혀는 어떤 반란의 격문을 부르짖고 있는지도 모른다는 생각이 들었다. 아줌마처럼 자기의 고통을 드러내놓지 않는 사람은 그 고통을 가슴속에 쌓아놓고 있는 것이다. 해소되지 못하고 가슴속에 차곡차곡 압축 저장된 그 고통은 언젠가는 엄청난 폭발력으로 터져나올 수도 있다. 그렇게 가슴속에 고통을 꾹꾹 눌러 저장하고 있다는 것이 아줌마가 품고 있는 진정한 비밀일지도 모른다.

일요일에는 빨래가 많다

　이모에게 편지 심부름을 부탁받은 이후 나는 학교에서 돌아올 때마다 경자 이모네 집에 들렀다. 경자 이모가 집에 없는 날도 있고 또 이따금 내가 건너뛰는 날도 있으니 매일은 아니라고 해도 아무튼 배달부로서의 내 임무는 여간 귀찮은 일이 아니었다. 그래도 이모의 성화를 견디느니 차라리 다리품을 좀 파는 게 얼마든지 나은 일이라서 나는 내 임무에 대체로 충실했다.

　며칠 전에도 경자 이모네에 들러 편지를 찾아온 나는 집에 아무도 없는 것을 보고는 이형렬의 편지가 든 책가방을 마루에 던져두고 뒤꼍으로 나갔다. 혹시 할머니가 뒤란 텃밭에 계신가 싶어서였다. 그러나 텃밭으로 통하는 나무문에는 달팽이집 모양의 빙빙 돌아가는 철사 빗장이 질러져 있었다. 다시 앞마당으로 돌아왔는데, 언제 왔는지 어깨에 멘 핸드백도 미처 내려놓지 못하고 선 채로 내 책가방을 뒤지고 있는 이모의 모습이 눈에 들어왔다.

나는 "이모!" 하고 냅다 소리를 질렀다. 화들짝 놀라면서도 이모는 내 책가방을 뒤져서 찾아낸 편지만은 떨어뜨리지 않았다. 나의 험상궂은 표정을 보더니 되레 "책가방 뒤졌다고 그러니? 내 편지 내가 가져가는데 뭐 어때?"라고 소유권 주장을 하는 것이었다. "쪼꼬만 게 무슨 비밀이라도 있나? 책가방 좀 봤다고 저 야단이야"라며 방문을 닫고 들어가버리는 이모의 행동이, 스스로도 떳떳지 않다고 생각한 행동을 현장에서 들켰을 때 어른의 권위를 되찾는 마지막 방법으로 택한 뻔뻔스러움이란 걸 알긴 하면서도 지금까지 성실하게 수행해온 배달부나 자문관의 권위를 잃은 나는 자존심에 작은 상처를 입었다.

하지만 불과 오 분도 지나지 않아 그 상처 위에는 억지로 딱지가 내려앉았다. 쪼꼬만 게 어쩌구 하면서 꽝 닫고 들어간 바로 그 방문을 황급히 도로 열고 이모가 쏟아질 듯 방에서 뛰쳐나오며 아직까지 상한 자존심에 대한 정리가 끝나지 않아 마루 앞에 그대로 서 있는 내 목을 너무나 사랑스럽다는 듯이 꼭 끌어안았던 것이다.

이모는 정말이지 제멋대로 행동했다. 이모의 머릿속에서 세상 사람은 언제나 자기를 몹시 좋아하는 사람과 자기를 알아볼 줄 모르는 사람, 두 부류로만 나뉘었다. 또 세상일은 언제나 사랑과 미움 두 가지뿐이었다. 따라서 그런 몇 가지 생각의 틀 안에서만 이루어지는 이모의 행동에 사려라고는 있을 수 없었다. 이모의 부드러운 팔 안에 목을 죄어 안겨 있는 짧은 순간 나는 앞으로도 내가 이 흥분된 처녀의 연애에 어쩔 수 없이 계속 동참해야 한다는 것을 알았다.

"진희야, 다음주에 휴가래! 휴가 내서 나 만나러 온대!"

이모는 내 목을 꽉 죄고 있던 팔을 조금 풀어 내 어깨 위에 걸쳐 놓고 들뜬 목소리로 말했다. 내 눈을 쳐다보며 그 말을 했지만 나를 보고 있는 것은 아니었다. 가볍게 이마까지 비벼댔지만 그것 역시 내 이마를 비비는 것이 아니었다. 그렇다고 이형렬의 눈을 쳐다보고 그의 이마를 비비는 것이었을까. 그것도 아니다. 이모가 사랑스럽게 쳐다보고 또 비벼대는 것은 자신의 젊음과 연애감정이었다.

그날부터 이모는 첫 데이트에 대한 설렘으로 흥분하여 그러지 않아도 덜렁대는 성격에 한층 정신머리가 없어졌다. 경자 이모네 집을 뻔질나게 드나들며 데이트에 관한 여러 가지 조언을 구하는가 하면 옷장 속에서 옷이란 옷을 다 꺼내놓고 신경질을 부렸으며 거울을 아예 무릎 위에 올려놓고 살았다.

오늘도 아침밥을 먹자마자 목욕탕에 가겠다고 대야를 들고 설치는 바람에 할머니에게 기어코 잔소리를 듣고야 만다.

"며칠 됐다고 벌써 또 목욕을 가냐? 일요일이라 사람도 많을 텐데."

"그러니까 일찍 가려는 거지. 아침 설거지 끝날 시간에 가면 아줌마들이 애들 데리고 떼거리로 몰려들어서 앉을 자리도 없단 말야."

"목욕은 내일 가고 집에 있다가 진희 점심이나 차려줘라."

"엄마는 어디 나가?"

할머니는 그 말에 아무 대꾸도 하지 않는다. 지금 할머니가 머릿수건과 밀짚모자, 그리고 호미를 챙겨드는 것을 보면 밭에 나가는 길임은 물어보지 않아도 뻔한 일이다. 조금만 생각해보면 뻔한 일을 아무 짐작 없이 일일이 물어보는 것이 이모의 버릇이라면 그렇게 뻔한 일에는 절대 대답을 해주지 않는 것이 또 할머니의 고집이다.

할머니가 대문간으로 사라지자마자 이모는 다시 대야에 비눗갑을 담는다. 이모에게는 오늘 꼭 목욕탕에 가야 할 이유가 있다. 그렇다. 이모는 내일 이형렬을 만나기로 되어 있었다. 꿈에도 그리던 이형렬과의 첫 데이트, 드디어 그날이 눈앞에 다가온 것이다.

마침 삼촌은 얼마 전에 서울에 가고 없었다. 삼촌네 학교에서 며칠 전 헌법을 수호하자는 학생총회가 열렸다는데 그 소식도 좀 들어보고 오랜만에 바람도 쐴 겸 며칠 다녀오겠다고 올라간 거였다. 신경질적이면서도 한편 마음이 약하고, 할머니에게 이따금 연애소설을 읽어드릴 만큼 다감한 구석이 있는 삼촌은 서울 가기 전날 저녁상을 물리고는 할머니와 꽤 오랫동안 이야기를 했다. 그리고 할머니가 알아듣든 못 알아듣든, 대통령을 두 번 이상 하지 못하게 한 헌법을 고쳐서 박정희 대통령이 그대로 대통령 자리에 눌러앉으면 왜 안 되는지에 대해서도 설명을 해주었다. 할머니는 무슨 말인지 다는 알아듣지 못할 텐데도 잠자코 그 설명을 듣고 있었으며 삼촌의 말이 끝나자 결론격으로 "다 네가 알아서 하겠지. 몸 조심해라"라고만 대답했는데, 삼촌은 그 말을 듣자 무슨 엄중한 비밀지령이라도 받는 것처럼 무겁게 두어 번 고개를 끄덕이는 것이었다.

그러나 할머니와 삼촌 사이에 흐르는 진지한 기류의 정반대 쪽에서 혼돈의 춤을 추는 난기류가 형성돼 있었다. 바로 삼촌의 서울행에 내심 희희낙락하는 이모였다. 남몰래 데이트를 앞둔 이모로서는 무서운 감시관이 사라지니 그런 행운이 없는 셈이었다. 가방을 든 삼촌의 뒷모습이 골목으로 사라지자 이모는 너무 좋아서 두 손을 맞잡고 장판 위에서 빙그르 돌기까지 했다. 집안에 남자가 있다가 없으니 밥상머리까지 허룽하다며 찬물에 밥을 몇 숟갈 말아서 억지로 점심을 밀어넣는 할머니한테 그 모습을 들키지 않은 것이 얼마나 다행인지 모른다.

이모가 목욕탕에서 돌아온 것은 거의 두 시간이 지나서이다. 뜨거운 김에 얼굴이 익을 대로 익어서 발그스레하고 때수건으로 문질러댄 팔꿈치는 거의 딱지가 앉을 정도로 빨개졌지만 그럼에도 목욕을 마친 이모는 물에서 씻어 막 건져낸 자두처럼 싱싱하다. 우물가 바닥에 대야를 내려놓은 이모는 그 속에서 수건을 꺼내 비틀어 짠 다음 마당의 빨랫줄로 간다. 걸음을 옮길 때마다 엉덩이의 양감이 도드라지면서 폭 좁은 월남치마의 선이 부드럽게 출렁거린다.

높은 빨랫줄에 수건을 널기 위해 키발을 딛고 두 팔을 위로 뻗

쳐들자 이모의 블라우스가 앞쪽으로 팽팽히 잡아당겨져 몸에 감겨든다. 그런데 빨랫줄이 너무 높아 손이 닿지 않는다. 이모는 할머니가 아침에 빨래를 널고 나서 빨랫줄을 너무 높이 올려놓은 것을 불평하며 바지랑대 쪽으로 걸어간다. 바지랑대를 내려서 빨랫줄을 낮추려는 것이다. 그러나 빨랫줄에는 젖은 빨래가 빽빽이 널려 있어 바지랑대가 빨래의 무게를 간신히 지탱하고 있다. 이모가 바지랑대를 끌어내리자 바지랑대가 흔들, 하면서 그것을 잡고 있던 이모의 몸도 기우뚱한다. 재빨리 몸의 균형을 잡느라 이모는 순간 바지랑대를 더욱 세게 움켜잡았는데 그것이 너무 과격한 동작이었던지 바지랑대와 함께 그대로 마당에 고꾸라지고 만다. 빨랫줄이 철렁 내려앉으며 빨래가 모두 마당에 끌린다.

월남치마가 젖혀져 하얗게 드러난 종아리 위로 치마를 끌어내리며 이모의 입에서는 짜증 섞인 불평이 터져나온다. 누가 보더라도 이모가 넘어진 것은 할머니 말대로 '갈상머리가 없어서'이지 빨래나 바지랑대의 잘못은 아니다. 일요일에 빨래가 많은 것은 당연하다. 그리고 일요일이라서 장군이네 하숙생 최선생님도 지금 이렇게 마루에 나와 앉아 있는 게 아니겠는가.

일요일에 최선생님이 장군이네 마루에 나와 있는 것은 자주 있는 일이다. 줄무늬 피자마 차림으로 마루에 앉아 담배를 피우며 하릴없이 우물가나 마당에 시선을 주고 있는 모습이 한가하게 쉬고 있는 것처럼 보이지만 사실은 이모나 뉴스타일양장점 미스 리 언니의 이동반경에 따라 눈동자가 빠르게 움직이고 있다는 것을 나는 알고 있다. 방안에서 우물가의 기척을 다 듣고 있는지는 몰라도 그 두 처녀가 우물가에 나오면 최선생님이 꼭 어슬렁거리며 방에서 나오곤 한다. 오늘은 이모의 젖혀진 치맛속까지 봤으니 최선생님으로서는 운수 좋은 날이다.

최선생님이 아까부터 자기를 보고 있다는 걸 전혀 몰랐던 이모는 그가 슬리퍼를 끌고 다가와서 어디 다친 데 없냐고 묻자 질겁을 한다. 최선생님이 치마의 흙을 털어준다고 엉덩이를 가볍게 치자 이모는 왜 이래요, 하면서 눈알이 아프도록 눈을 흘긴다. 최선생님의 도움을 받아 바지랑대를 겨우 제자리에 받쳐놓은 이모는 어린애가 시위를 하듯이 몸을 약간 비틀면서 팔을 앞뒤로 내두르고 무릎을 크게 올리는 의식적인 거친 걸음으로 마루로 돌아와서는 신발을 획 벗는다. 방안에 들어오더니 숙제를 하고 있던 나에게 "넌 애가 집에 있으면서 저 기다나이 선생 있다고 왜 말 안 해줬니?" 하면서 엉뚱한 화풀이까지 한다. 실제로는 그리 화가 난 것도 아니면서 과장되게 화난 척하고 있는 이모. 최선생님은 그런 처녀의 속마음을 다 안다는 듯 우리 방문에 대고 유들거리는 웃음을 던진 다음 천천히 자기 방 쪽으로 돌아간다.

이모는 앉은뱅이책상 앞에 털썩 주저앉더니 "재수없어!" 하고 혼잣말을 뇌까리면서 거울을 끌어당긴다. 그러고는 거울을 한참 동안 쳐다보는데 이빨에 낀 고춧가루를 찾을 때처럼 어떤 한 부분을 집중적으로 보는 것이 아니라 턱을 조금 쳐들어서 보고 얼굴을 옆으로 돌려서 보고 하는 품이 조금 아까 최선생님의 눈에 자기의 모습이 어떻게 비쳤을지 그것을 염두에 두고 하는 짓이 틀림없다.

최선생님을 능글맞고 징그럽다면서 끔찍하게 싫어하여 이모는 그를 기다나이 선생(이모는 징그럽다는 말을 마음껏 내뱉고 싶으나 차마 한집에 살면서 노골적으로 그런 말을 할 수는 없다면서 일본말을 조금 안다는 이유로 할머니에게 아이디어를 구한 후 '질색'이라는 뜻의 이 말을 차용했다)이라 불렀다. 그런데도 그 기다나이 최선생님한테까지도 여자로서의 흠모를 받는 것은 그다지 싫지 않은 모양이었다. 입으로는 최선생님이 제발 다른 집으로 하숙을 옮겨주었으면 소원이 없겠다고 종알거리지만 속으로는 자기를 향해 집중되어 있는 남자의 시선이라는 면에서 최선생님의 존재가 이모에게 반드시 싫은 것만도 아닌 것 같았다.

이모가 부엌에서 날달걀을 가져온다. 내 도시락에 달걀부침을 해넣으려고 할머니가 아껴둔 달걀이 분명한데 이모는 그것을 뒷마루 모서리에 대고 톡톡 건드려 깨더니 노른자만을 갈라 그릇에 담는다. 마사지를 하려는 것이다.

얼마나 지났을까. 숙제를 다 마치고 일어나서 돌아보니 이모는 달걀 노른자를 얼굴에 바른 채 뒷마루에 누워 잠이 들었다. 노랗게 굳어진 얼굴 어딘가에 구멍이 나서 호흡기로 이어져 있는지 이모의 데스마스크에서는 고르게 숨이 뿜어져나오고 있다.

아까 장군이 엄마는 장군이를 앞세우고 밖에 나갔고, 뉴스타일 양장점은 오늘 문 닫는 날이고 또 부지런한 광진테라 아줌마는 오전에 집안일을 다 마치고는 재성이를 들쳐업고 시댁에 갔다. 노는 일에는 언제나 앞장을 서는 아저씨는 친목계인지 뭔지라며 토요일날 벌써 여수 오동도로 놀러가고 없다. 최선생님도 그새 당구장이라도 갔는지 조용하기만 하다.

일요일 한낮 온 집안이 정적으로 가득차 있다. 그 정적이 깊다 보니 골목을 지나가는 아이들의 무심한 노랫소리만 크게 울린다.

─남편이여 그대, 월남 가서 돈 부치고 빈총 맞아 죽어라.

후렴구가 한번 더 들리면서 점점 멀어진다.

─빈총 맞아 죽어라.

데이트의 어린 배심원

학교가 끝나자마자 부리나케 가방을 들고 교실문을 나서려는데 뒤에서 봉희가 나를 부른다. 자기 집에 가자는 것이다. 나를 자기 네 무리에 자꾸 끌어들이려는 봉희의 속셈이 무엇인지 알기에 내 대꾸는 퉁명스럽다.

"오늘은 안 돼. 이모하고 어디 가기로 했거든."

"너희 이모? 시스터 말이니?"

봉희의 '시스터'라는 발음 뒤에서 들려오는 묘한 어감이 불쾌하다. 중학교에 다니는 봉희의 언니 민희도 작년에 이모에게서 영어를 배웠는데, 발음에 유난히 혀를 굴리며 젠체하는 게 꼴불견이더니 집에 가서는 또 이모에 대해 어떤 험담을 했는지 봉희의 '시스터'를 발음하는 억양에는 언제나 야릇한 여운이 감돌았다.

"시스터하고 어디 가는데?"

봉희가 다시 물었지만 더이상 상대하기가 싫어진 나는 애매하게 웃어 보이며 그대로 교실문을 나선다. 그럼 내일이다, 내일은 꼭 같이 가야 해…… 등뒤에서 들려오는 봉희의 목소리를 거부하는 의사표시로 나는 걸음을 빨리한다.

봉희네 무리는 아이들 사이에 여자 깡패로 통한다. 몇 명이서 떼를 지어 다니며 일부러 눈에 거슬리는 짓만 한다. 수업시간에는 이유 없이 다리를 포개고 앉아 건들거리는가 하면 양계장집 선자에게 매일 달걀을 하나씩 바치라고 윽박지르고 그렇게 해서 상납 받은 날달걀을 아이들 앞에서 깨먹어 보이는 묘기도 선보인다. 책가방에 주머니칼이 들어 있다는 암시를 하기도 하고 대단한 칼부림이라도 한 사람처럼 손목에 손수건을 붕대처럼 칭칭 동여매고 다니는 것이 내 눈에는 보통 유치해 보이는 게 아니다.

나는 봉희처럼 어른스럽게 보이려고 하는 어린애들을 경원한다. 어른처럼 보이고 싶어하는 것처럼 스스로 어린애임을 드러내 보이는 일은 없기 때문이다. 내가 원하는 것은 어른처럼 보이는 것이 아니라 가장 어린애답게 보이는 것이다. 어린애로 보이는 것은 편리하기도 하지만 비상시에는 강력한 무기도 된다. 그런데도 아무런 이지적 노력 없이 가만히 있기만 해도 시간이 해결해주는 그따위 신체적 성장을 남의 눈앞에 앞당겨서 보이려 한다거나 다만 금기라는 사실 때문에 본뜰 가치도 없는 어른 흉내에 매료된다거나 하는 것은 역시 봉희 같은 어린애들만의 생각이다.

대성약국 앞을 지나면서 약국 안의 시계를 힐끗 보고 난 뒤 내 걸음은 다시 빨라진다. 지금쯤 이모는 나갈 준비를 하기 시작한 지는 적지 않은 시간이 흘렀건만 제대로 준비된 것은 하나도 없이 내가 아직 안 왔다는 사실에만 신경질을 내고 있을 것이다. 뻔한 일이다.

대문을 열고 들어서니 아직 외출복도 갈아입지 않고 마루 끝에 서서 머리를 빗고 있던 이모가 나를 보자마자 대뜸, 왜 이렇게 늦게 오니? 신경질을 낸다. 아직 채비를 갖추려면 멀었으면서 마치 나 때문에 시간이 지체되었다는 말투다.

방안은 온통 난장판이다. 내 책상이기도 하지만 이모의 화장대이기도 한 낮은 탁자 위에 뚜껑도 제대로 닫히지 않은 화장품 병들이 여기저기 어지럽게 널려 있다. 옷장 문은 옷소매가 빠져나와 문에 낀 채로 억지로 닫아서 비죽이 열려 있고 양말 서랍, 벽장문까지 활짝 젖혀져 있다. 어찌나 발밑이 어지러운지 내 책가방 하나 내려놓을 곳도 마땅치 않다.

"엄마가 어디 갔다 왔냐고 물으면 뭐라고 할까. 경자랑 셋이서 놀러갔다고 할까?"

"경자 이모 어제 큰언니네 집에 갔다면서 벌써 왔어?"

용의주도하지 못한 이모의 빈틈을 내가 막아준다.

"아 참, 그렇구나. 그럼 그냥 너하고 둘이 샀다고 해야겠구나."

이모는 방으로 들어가 괘종시계를 한번 힐끗 보고 소스라치게 놀라는 시늉을 하더니 난데없이 핸드백을 열어 그 속에 든 지갑을 꺼내 확인하고는 "아, 있구나" 하며 가슴까지 쓸어내리면서 별일 아닌 일로 꽤나 안심을 한다. 만날 시간이 가까워질수록 더욱 긴장하여 정신을 수습하지 못하는 이모는 언제나처럼 자기 자신보다 보는 사람을 더 불안하게 만든다.

오늘 이모의 의상은 큼직한 물방울무늬가 있는 흰색 원피스인데 같은 천으로 머리띠도 맸다. 뉴스타일양장점 미스 리가 두 번이나 가봉 날짜를 어겼다고 그 옷을 입을 때마다 잊지 않고 욕을 하는 옷이다. 미스 리 언니가 약속을 어긴 것은 그녀 쪽 잘못이라기보다는 열흘 걸리겠다고 하면 일주일 안에 해달라고 하고 일주일은 잡아야 한다고 하면 닷새 뒤에 찾으러 오겠다고 고집을 부리는 이모의 조급한 성미 탓인데도 말이다.

무턱대고 빨리 해달라는 것 말고도 이모의 옷에 대한 까탈은 보통 심한 것이 아니다. 이 물방울무늬 옷도 이모가 잡지책에서 보고 마음에 들어서 직접 책을 들고 가 똑같은 디자인으로 맞춘 것인데 이모는 생각보다 옷이 안 나왔다며 미스 리 언니를 얼마나 타박했는지 모른다. 잡지책의 모델이 입었을 때 풍기던 화려함이 똑같은 옷을 이모가 입었을 때는 왜 변형을 일으켜서 촌스러움으로 나타나는지 이모는 그것이 불만이다. 내가 보기에 그 촌스러움은 이런 소읍 양장점의 시다일 뿐인 미스 리 언니의 솜씨가 모자라기 때문이기도 하지만 '루비나'라는 예명까지 가진 그 모델의 서구적 분위기를 흉내조차 낼 수 없는 이모의 체형에 절대적인 원인이 있었다.

"이 베니 색깔 괜찮니? 너무 옅지 않아?"

이모의 입술에는 요즘 한창 유행인 죽은분홍색 립스틱이 칠해져 있다. 할머니가 "요새 구찌베니는 색깔이 왜 그러냐. 밖에 나가 보면 젊은것들이 다들 입을 송장같이 허옇게 칠하고 돌아다니더라" 하자 "정말 별놈의 유행도 다 있다니까요. 얼른 보면 입술이 까진 것 안 같아요? 쩨보 같기도 하고……"라고 장군이 엄마가 냉큼 말을 받던 바로 그 색깔이다.

쌍꺼풀이 없는 이모는 쌍꺼풀 자국을 만드느라 보통 때는 언제나 눈꺼풀 위에 투명한 유리테이프를 붙이고 있었는데 그것을 떼어낸 지 얼마 안 되어 아직 눈두덩에 빨간 자국이 남아 있다. 속눈썹에다 마스카라를 덧칠하고 검은 아이라인 밑에 녹색 눈썹연필로 선을 넣은 것이 누가 보더라도 공들인 화장이었다.

이모의 모습은 꽤나 예쁘다. 비록 잡지 속의 모델처럼 세련돼 보이지는 않지만 물방울무늬의 원피스와 머리띠도 초여름 햇살 아래에서 그런대로 시원스러운 느낌을 준다. 게다가 스물한 살이란 나이는 신기하게도 이모의 하얀 피부와 크고 검은 눈동자 쪽에는 햇살을 쏟아붓는 한편 퍼진 엉덩이와 굽은 어깨 쪽에는 그늘을 드리워주는 모양이다.

댓돌 위의 구두를 신고 나서 이모는 마지막으로 마루 끝의 기둥에 걸려 있는 작은 거울에 자기의 모습을 비쳐본다. 상당히 의식적인 동작으로 머리카락을 한번 쓸어넘겨보더니 옆으로 몸을 틀며 어깨를 살짝 들어올리면서 가볍게 고개를 젖혀보기도 한다. 그러고는 자기의 모습에 대한 흡족함의 표시로 괜스레 비뚤어지지도 않은 내 옷깃을 바로잡아준다.

자기의 모습이 만족스러운데다 나를 들러리로 앞세우고 나서니 비로소 일전을 불사할 자신감이 생기는 듯하다. 그 자신감을 미소로 드러내 보이느라고 이모의 번들거리는 죽은분홍색 입술이 살짝 젖혀진다.

첫 만남을 위해 이모는 장소에 대해 꽤 신경을 썼다. 고심 끝에 이모가 결정한 평생 잊혀지지 않을 낭만적인 장소는 산성 안에 있는 '성안'이다.

우리 읍에는 유서 깊은 산성이 있다. 관광명소는 아니더라도 경치로는 그다지 빠지지 않는 곳이다. 성을 둘러싸고 성곽이 그대로 남아 있어서 매년 가을 '군민의 날'에는 성밟기행사가 성대하게 치러진다. 또 백일장대회나 미술대회가 열리기도 하고 읍의 중요한 행사가 있을 때마다 읍민들의 결집장소가 되기도 하며 연못과 잘 가꾸어진 숲길이 데이트 코스로도 인기 있는 장소이다.

읍내 아이들은 그곳 나무숲에서 놀며 자랐고 휴일에는 도시락을 먹을 만한 조촐한 나들이 장소로서, 우리 읍에서는 유일한 유원지이자 공원 구실도 해준다. 그래서 읍내 사람들에게는 '성안'이라는 말은 성의 안쪽 숲이라는 뜻의 보통명사보다는 우리 읍의 산성을 가리키는 지명으로 쓰인다. 그 성안이 바로 이모의 첫 만남의 성지이다.

성안으로 가기 위해서는 차부 앞을 지나가야 한다.

언제나처럼 차부는 지저분하고 소란스럽다. 막 공중변소에서 나온 한 아주머니가 이마를 잔뜩 찡그리고 발바닥에 묻은 것을 떼내려고 고무신 바닥을 이쪽저쪽 돌려가며 대합실 계단 모서리에 비비고 있다. 파출소 바로 옆에 있는 '형제상회'에서는 늘 다투기로 소문난 만복이 흥복이 아저씨가 말다툼을 하고 있고, 뒷바퀴가 다 빠져 있는 고장난 버스 뒤에서 껌 파는 아이들이 모여앉아 저희들끼리 뭘 주고받는 모습도 눈에 띈다. 내 시선은 종묘상 옆의 허름한 식당에서 염주 모양의 발을 들치며 나오고 있는 한 군인에게 가서 멈춘다. 지나치면서 옆눈으로 유심히 살펴보았지만, 국밥을 먹고 나오는 길인지 번들거리는 입가를 손바닥으로 쓱 문지르는 그는 다행히 사진으로 본 이형렬과는 전혀 닮지 않은 군인이다.

그러나 이형렬과 전혀 닮지 않은 군인 뒤로 그 군인을 내보낸 뒤 아직까지 흔들리고 있던 발을 들치고 나오고 있는 남자, 그는 분명히 내가 아는 사람이다. 그를 본 순간 나는 이모의 팔꿈치를 쿡 찌르며 작게 속삭인다.

"이모, 저기 홍기웅……"

그 남자의 존재를 확인하자마자 이모는 못 볼 것을 봤다는 듯이 재빨리 고개를 돌리고는 걸음을 빨리한다. 뜀박질을 해서라도 그의 시야에서 빨리 벗어나고 싶지만 그런 돌출된 행동이 오히려 그의 시선을 이쪽으로 돌리게 할 위험이 있기 때문에 발놀림을 극히 조심하면서 속도만 내느라고 이모의 걸음은 뒤뚱거려진다. 그러나 그 노력도 허사이다. 이모는 그 남자의 매서운 눈을 벗어날 수는 없다. 이미 남자의 굵직한 목소리가 바로 등뒤에서 들려온다.

"영옥이 어디 가냐?"

"남이사 어딜 가든 말든!"

발걸음을 조심하던 것에 비하면 이모의 태도는 상당히 당돌하다. 샐쭉하게 대꾸를 하면서 혹시 지금 그와 말을 나누는 것을 아는 사람이 볼까봐 주위를 한번 휘 둘러본다. 발걸음은 이형렬이 기다리고 있는 성안을 향해 멈추지 않은 채.

"그렇게 쪽 빼고 어디 가냔 말야!"

이모는 한번 대꾸해준 것만도 커다란 선심이었다는 표정을 노골적으로 지으며 거만하게 걷기만 한다. 그러나 홍기웅은 이모가 서너 걸음에 걸쳐 걸어간 거리를 한 걸음으로 성큼 따라잡으며 따라온다.

홍기웅은 깡패다. 그가 어떻게 깡패질을 하는지는 모르지만 이따금 어른들의 화제에 등장할 때 그가 맡은 역이 늘 깡패이다. 그는 중앙극장 집 아들인데 그냥 아들이 아니고 '작은 각시'가 낳은 아들이라고 한다. 어릴 때는 착하고 유순했던 그는 중학교 때 어머니가 죽은 뒤부터 빗나가기만 하더니 아버지에 대한 강렬한 포한 때문에 결국에는 반항적인 삶을 택했는데 그것이 바로 깡패질이라는 것이다.

여고 2학년 때인가, 이모는 친구들과 함께 딸기밭에 놀러갔다. 원두막에 둘러앉은 이모네는 주로 선생님 얘기인 기나긴 수다를 떨며 즐거운 시간을 보냈다. 그러다가 문득 포플러 사이로 쏴아쏴아 하고 바람 소리가 들려오자 '센치한' 기분이 들어 노래를 부르기 시작했다. 그중에서는 그래도 이모의 노래가 출중한 편에 속했다. 친구들의 잘한다 소리에 고무된 이모는 〈바우고개〉〈산타루치아〉를 불렀고 그뒤에도 잘한다 소리가 계속 나오자 펄 시스터즈의 〈찻집의 고독〉으로 보답했으며 〈예스터데이〉를 불러 팝송 실력까지 과시했다.

그날 여러모로 기분이 좋았던 이모는 그러나 돌아오는 길에 그만 다리를 삐고 말았다. 명자 이모가 "영옥아, 니 다리 밑에 뱀 지나간다!"고 소리치자 이모는 친구들의 기대를 저버리지 않고 "엄마야!" 하면서 다리를 한껏 쳐들었고 그대로 논둑길에 엎어지고 말았던 것이다.

꽤 먼 나들이인데다가 논 한복판에서 벌어진 일이었다. 이모는 어쩔 줄을 몰랐다. 그때 논이 끝나는 저편 언덕에 서 있던 한 남자가 이모에게로 천천히 다가왔다. 그는 이모를 부축했다. 아니 거의 겨드랑이에 끼다시피 했다. 남자의 어깻죽지에 머리를 묻게 된 이모는 창피하긴 했지만 갑자기 흑기사처럼 출현한 그 덕분에 마녀의 첨탑 속에 갇혔다가 구출된 공주라도 된 듯한 기분이었기에 싫다는 생각은 들지 않았다. 그 남자가 바로 홍기웅이었다. 이모를 겨드랑이에 낀 채 홍기웅이 앞장서고 그 뒤를 세 명의 여고생들이 키득거리며 따라가고 있는 장면은 모두에게 잊지 못할 추억이었다. 특히 홍기웅에게는.

읍내가 가까워지자 홍기웅은 자기의 겨드랑이에서 이모를 꺼내 친구들에게 맡겼다. 수줍음과 내숭 때문에 고맙다는 말도 제대로 하지 못하고 함축적인 눈길만 던지는 이모에게 홍기웅이 돌아서며 남긴 말은 이 말뿐이었다.

"아까 〈바우고개〉 부른 게 너지? 우리 어머니가 좋아하던 노래다."

홍기웅의 보잘것없는 정체를 알기까지 그 말과 그 말을 할 때의 야성적이고 우수 어린·표정은 〈맨발의 청춘〉에서 신성일이 엄앵란에게 그랬듯이 꽤나 이모를 사로잡았다. 그러나 얼마 안 가 자기가 흑기사가 아닌 깡패에게 구출되었다는 사실을 알게 된 이모는 친구들에게 아예 그때의 일을 입 밖에 꺼내지도 못하게 했을 뿐 아니라, 잊을 만하면 불쑥불쑥 나타나 앞을 가로막는 바람에 홍기웅이라면 이를 갈게 되었다. 그러나 그럴수록 얄궂게도 홍기웅의 마음속에는 이모가 영원한 연인으로 깊숙이 자리잡았다.

눈앞에 버티고 선 홍기웅을 한껏 노려보면서도 이모의 표정은 여간 불안하지 않다. 두 사람의 사연을 모두 알고 있는 나 역시 이모 못지않게 불안하다. 특히 걱정인 것이 홍기웅이 계속 이런 기세로 따라오다가 성안까지 간다면, 거기서 이모를 기다리고 있는 남자를 목격한다면 어떻게 될 것인가…… 제아무리 용감한 대한민국 군인이라 해도 이형렬 따위는 홍기웅의 주먹 아래 늘씬하게 때려눕혀질 게 틀림없기 때문이다.

이모는 내 쪽으로 고개를 돌려 우는 표정을 지어 보인다. 녹색 아이라인이 일그러지면서 그러지 않아도 허옇게 칠해진 이모의 입술이 조바심으로 한층 창백하다. 이 정도 위기관리도 못하는 이모가 한심해서 나는 되레 용기가 생긴다. 바로 이럴 때에 어린애라는 것이 무기가 되어준다. 하룻강아지인 나는 범 무서운 줄을 모르기 때문에 대담하게도 홍기웅에게 반말로 소리친다.

"우리 이모 보내줘! 나 상 타러 간단 말야!"

속으로는 홍기웅이 금방이라도 그 험상궂은 얼굴로 "뭐야?" 하면서 내게 주먹을 내두를까봐 조마조마하지 않은 건 아니었다. 그러나 그는 겨우 열두 살인 나의 반말지거리를 모욕이라기보다는 어리광이라고 해석해버린다. 당돌함이 귀엽다는 듯 오히려 그는 내게 빙긋 웃어 보인다. 하기야 그는 언제나 내게는 너그럽다. 어쩌다 길에서 마주치면 다정하게 알은체를 하고 가볍게 손까지 들어 보인다. 자기 말을 들어주지 않은 이모한테는 으름장을 놓느라 인상을 쓸 때도 있지만 그 이모의 조카인 나에게는 언제나 선심공세 아니면 이런 식의 너그러움으로 대하는 것이다.

"진희 너 상 타러 간다고?"

그의 눈길은 대견한 빛을 띤다. 착한 아이들이란 언제나 어른에게 공통된 정서를 불러일으킨다. 이 순간 나는 이모와 홍기웅의 공동의 조카가 되는 것이다. 나로 인해 유발된 공통된 정서에 의해 이모와 편이 지어진 채 나란히 서서 대견한 어린애인 나를 내려다보는 그의 표정은 행복하기까지 하다. 행복감을 맛본 그는 이모를 놓아줄 마음이 든다. 그는 발길을 돌리면서 이모를 향해 이 말 한마디만 뱉는다.

"집에 일찍 들어가!"

이모는 기가 막히다는 듯이 차부 쪽을 향해 돌려진 그의 등뒤에 뭐라고 한마디 쏘아붙이려다 상황이 상황인지라 그 가벼운 입을 용케 다물고는 다시 성안 쪽으로 걸음을 옮긴다. 어서 가자고 재촉하는 이모에게 팔을 잡혀 그 자리를 떠나면서 나는 딱 한 번 뒤를 돌아다보았는데 홍기웅의 떡 벌어진 어깨를 감싸고 있는, 계절에 맞지 않는 가죽점퍼는 내가 익히 아는 아리랑비어홀 안으로 사라지고 있다.

"하필이면 이런 때 저 자식을 만날 게 뭐야. 아유, 신경질 나."

이렇게 말하며 손목시계를 보는 이모의 얼굴에는 첫 만남에서 시간을 정확히 지키는 교양을 과시하지 못할까봐 초조함이 깃든다. 여자는 약속시간에 조금 늦게 나타나서 애교스럽게 "코리안 타임이잖아요. 호호" 하면서 비싸게 굴어야 한다지만 편지에 썼듯이 진실한 여성을 좋아하는 이형렬이고 보면 시간을 지키는 편이 교양 있게 보이리라 싶었던 것이다.

홍기웅의 마음속에는 이모뿐이다. 그러나 지금 이모의 머릿속에는 이형렬뿐이다. 홍기웅이라는 꼭짓점에서 뻗어나온 선은 이모를 향한 직선을 그리지만 이모라는 꼭짓점에서 시작된 선은 이형렬을 향한다. 그러면 이형렬의 선은? 그 선은 과연 화살표를 달고 이모 쪽으로 그어질 것인가?

그것은 어쩌면 오늘의 만남에 달려 있다. 만약 이형렬의 선이 이모 쪽으로 그려져 삼각관계를 이루면 팽팽한 도형이 된다. 도형이란 직선과 달리 폐쇄된 것이므로 더이상 뻗어나갈 수가 없어 그중 한 개의 선이 찢겨나갈 때까지 고착돼버릴 것이다. 그러면 어떤 꼭짓점도 서로 가까워지지 못한다. 앞으로 지켜보게 될 삼각관계라는 새로운 실험에 나는 흥미를 느꼈다.

큰길을 벗어나 오솔길로 접어든 뒤 오르막길을 오 분쯤 올라가면 작은 내가 흐르고 그 뒤부터가 성안이다. 우리가 오르막길로 접어들었을 때 성문 쪽에서 휘파람 소리가 들려왔다. 성문의 굵은 기둥에 기대어 군인이 하나 서 있다. 그 모습을 보더니 이모가 잽싸게 윗입술과 아랫입술에 힘을 주어서 두어 번 맞비벼대며 내게 속삭인다. "진희야, 나, 얼굴 괜찮니?" 그러는데 그 군인이 성큼 다가와서 힘차게 경례를 붙인다.

"상병, 이, 형, 렬, 애인에게, 인사드림다!"

수줍은 미소로 그 인사를 받아들이면서도 이모는 군인의 높이와 체적, 그 비율, 이목구비의 균형을 재빨리 훑어본다. 군인 또한 이모의 수줍은 미소와 미소를 만들어내고 있는 입술, 물방울무늬 원피스로 감싸인 스물한 살의 곡선을 본다.

"얘는 제 조카 진희예요."

"네가 진희구나? 이모가 편지에 네 자랑 많이 하더라."

친근하게 말을 붙이는 이형렬에게 나는 고개를 까딱하고 인사를 한다.

처녀들이 데이트에 아이들을 앞세우고 다니는 것은 아이들이 편지를 전하는 것처럼 일종의 유행이라고 할 수 있다. 아이들은 남녀 사이의 서먹서먹함을 눅여줄 뿐 아니라 상대방에게 직접 말하기 껄끄러운 어색한 말을 간접화법으로 바꿔 할 때도 편리하다. "오늘 네 이모 참 이쁘다 그치" "이모보고 아저씨가 좋아한다고 해라" 하는 식 말이다. 처녀 쪽에서는 아이들을 대동하여 데이트에 공개성을 부여함으로써 남자 쪽에 자신의 정숙함을 암시하게 되며 그럼에도 데이트의 배심원이 철모르는 어린애라는 점 때문에 데이트 자체의 은밀성은 크게 방해받지 않는다.

그러나 이것은 어디까지나 남녀가 가까워지기 전까지만의 일이다. 두 사람이 공유하고 싶은 은밀함의 정도가 철모르는 아이마저 걸림돌이 되는 단계에 이르면 더이상 아이들은 필요가 없어진다. 젊은 남녀를 감시한다는 것 자체가 다 헛된 일임을 뻔히 알면서도 어린애들을 동원하는 것이 어린 배심원들 입장에서 보면 기만이 아닐 수 없다.

"영옥씨는 영어를 가르친다고요?"

"네."

"실력 있으신가봐요. 난 영어에 제일 자신이 없는데."

이형렬과 이모는 이렇게 몇 마디 말과 눈길을 나눈 뒤 비탈길을 조금 올라가서 나무 밑의 벤치에 앉는다. 이형렬은 글보다는 말 쪽에 더 소질이 있는지 그의 짧고 평이한 편지에서 느꼈던 것보다 훨씬 쾌활하고 또 넉살이 좋다.

"글쎄, 그 고참이 그러는 거예요. 찬물도 위아래가 있다, 자기도 애인이 없는데 졸병이 애인이 있다는 건 영창감이다, 그러니 애인을 상납해라."

"어머, 뭐 그런 고참이 다 있어요. 그래서요?"

"다른 여자라면 몰라도 제가 영옥씨를 양보한다는 게 말이 됩니까? 기합받을 각오를 하고 딱 잘라 이렇게 말했죠. 안 됩니다, 병장님. 영옥씨는 제 목숨을 바칠 애인입니다, 라고요."

이모가 얼굴을 붉히면서 좋아하는 기색을 도저히 감추지 못하는 걸 보며 나는 나의 '어린 배심원' 역할이 이렇게 빨리 끝난 것이 차라리 다행스럽다.

그리 가파르지도 않은 비틸길을 내려오면서도 이모의 걸음은 비틀거린다. 이형렬은 이모를 부축해주고 싶다는 몸짓을 여러 번 해 보였지만 선뜻 팔을 내밀기는 망설여진다는 눈치이다. 위태롭게 걸음을 옮기던 이모가 갑자기 발밑의 풀이 스르륵 흔들리는 것을 보고 비명을 지른다. 금방이라도 이형렬에게 매달릴 듯이 그쪽으로 한껏 몸을 돌리고 멈춰 서 있는 이모의 동그란 두 눈은 겁에 질려 있고 입술은 귀엽게 벌어져 있다. 마침내 결심했다는 듯이 이형렬이 이모에게 말한다.

"제 팔을 잡으시죠."

이모는 똑같은 호들갑을 두어 번 반복한 뒤에야 짐짓 그의 제안을 받아들인다. 어렸을 때부터 오르내린 익숙한 이 길이 이렇게 가파른지 처음 알았다는 듯이, 그리고 정말 그러고 싶진 않지만 넘어지는 것보다는 처녀의 수줍음을 조금 유보하는 편이 낫겠다는 듯이(그런 의사가 전달되지 않을까봐 기어코 한숨이라도 내쉬어 자기의 마음속에 불순한 의도란 아무것도 없음을 상대에게 확인시킨 다음) 가볍게 이형렬의 군복 소매를 잡는다.

군인과 그의 팔짱을 끼고 걸어가는 긴 머리의 여자. 이형렬과 이모의 뒷모습은 어쩐지 상징적으로 보인다. 군복이 한시성을 표상한다면 긴 머리는 처녀성을 나타내고, 또한 군복이 구속을 나타낸다면 긴 머리에서는 자유로운 젊음이 풍겨나온다. 군복이 제한된 현실에 대한 보상심리를 자극받았을 때 긴 머리의 처녀성은 제물이 될 수밖에 없으며, 긴 머리의 젊음이 자유를 구가할 때 군복에게는 그녀의 배신을 돌이킬 수 있는 개인적 시간이 허용되지 않는다.

군복과 긴 머리 여자의 뒷모습에는 배신의 뇌관이 들어 있다.

그동안 해가 많이 기울었는지 할머니는 우물가에서 벌써 저녁밥에 안칠 보리쌀을 갈고 있다. 가운데가 움푹 파인 돌확에 물과 보리쌀을 넣고 그 위로 주먹만한 돌을 빙빙 돌려 갈면서 할머니가 묻는다.

"왜 혼자 오냐? 이모가 너 데리고 어디 나가더라던데."

"같이 성안에 놀러갔다가 나 먼저 왔어."

"왜?"

"이모는 전에 가르치던 학생 만났는데 뭐 물어볼 게 있다고 해서 가르쳐주러 그 집에 갔고."

나의 말투는 천연덕스럽다. 할머니는 혼잣말로 욕을 한다.

"지랄한다. 지 앞가림은 손톱 처맬 것도 안 해놓은 주제에 남을 가르치긴 뭘 가르쳐. 밤에 돌아다니는 계집들은 사내들한테는 익혀놓은 음식이라고 그렇게 말을 해도 들어먹어야 말이지. 늦도록 싸돌아다니다가 아침에는 지가 무슨 당나라 소동성이라고 해가 머리끝에 와야 일어나고, 도대체가 갈상머리라곤 없는 년……"

이모가 그렇게 늘 늦잠을 자지 않았다면 나는 천년도 전에 중국에 살았던 잠꾸러기 소동성을 알 리가 없을 터였다. 할머니의 욕 중에서 가장 심한 것으로는 '씹어가네'와 '오살년'도 있지만 이모가 여기를 졸업히고부디는 거의 늘어본 적이 없다. 물론 나한테는 절대 그런 욕을 하지 않는다.

할머니가 저녁을 다 짓고 석유풍로에서 콩나물국을 내려놓을 때까지도 이모는 감감무소식이다.

"몽바우 서울 심부름 보내나 마나라고, 근데 이년이 어디 갔길래 아직도 안 와."

해가 길기는 해도 이미 어스름이 내리기 시작한 때이다. 나도 은근히 걱정이 된다. 이모의 데이트에 배심원 역할을 너무 빨리 끝내버린 것이나 아닌지 조금 후회스럽다.

"진희야, 네 이모 어디로 간다고 하더냐? 학생인지 동생인지, 따라갔다는 그 집이 어디야?"

"모르겠는데……"

"넋 빠진 년! 또 어디서 장타령을 늘어놓느라고 해 떨어진지도 모르고 퍼질러 있겠지. 그저 나가면 함흥차사니, 쯧쯧."

동그란 나무상에 숟가락을 놓으며 할머니가 한참 욕을 하고 있는데 그제야 이모가 대문간으로 들어선다. 걸음걸이가 고르지 않은 품이 금방 내뱉은 할머니 욕대로 어딘가 넋이 빠진 모습이다.

할머니의 입에서 쏟아지는 지청구도 귀에 들이는 둥 마는 둥, 저녁밥도 먹는 둥 마는 둥, 계속해서 이모는 허공에 초점을 두고 입을 벙싯거리더니 할머니가 부엌에서 저녁 설거지하는 틈을 타서 살짝 신발을 신는다. 벼락이 떨어질 각오를 무릅쓰고 경자 이모한테 가는 것이다.

그러나 나간 지 얼마 안 돼, 경자 이모가 큰언니네에서 아직 안 왔더라며 그냥 돌아온다. 나는 할머니의 설거지가 거의 끝날 시각이 되었으므로 언제 불호령이 떨어질지 걱정이던 참에 이모가 일찍 돌아와서 은근히 마음이 놓이는데, 반면 이모는 언제부터 그렇게 배짱이 세졌는지 할머니의 야단쯤은 아랑곳없고 단지 오늘 자기에게 닥친 운명을 축복해줄 사람이 없다는 것만 안타까워한다.

결국은 나한테라도 털어놓지 않고는 견딜 수 없었던 모양이다. 할머니가 서울 간 삼촌에게서 소식이 없다고 한바탕 긴 한숨을 쉰 뒤 자리에 누우시자마자 곧바로 내 쪽으로 돌아앉더니 참았던 말을 쏟아내놓기 시작한다.

"자꾸만 내 얼굴이 어디선가 본 얼굴이라는 거야. 그러더니 국민학교 5학년 때 이사간 옆집 여자애하고 똑같다며 무릎을 치더라. 자기 첫사랑이래."

"커피잔에 설탕을 넣는데 손이 부들부들 떨리더라. 데이트 경험이 별로 없나봐. 담배를 집으려고 손을 뻗다가 팔꿈치로 커피잔을 탁 쳐버렸어. 내가 닦으라고 손수건을 꺼내줬거든. 그랬더니 영원히 간직하겠다면서 내 손수건을 가져가버리는 거 있지."

"식구들이 각자 바빠서 외롭게 자랐대. 영화에서만 봐도 부잣집들은 좀 그렇잖아. 그 말을 하면서 고개를 옆으로 싹 돌리는데 얘, 쌍꺼풀이 왜 그렇게 멋있니?"

나는 자꾸만 눈이 감겨서 급기야는 참지 못하고 하품을 해버린다. 그런데도 사방무늬 벽지에 몸을 기대고 앉은 이모는 거의 혼잣소리에 가까운 이야기를 계속 늘어놓는다. 자기 딴에는 클라이맥스라고 생각되는 부분에서는 이불 속에서 무릎을 야단스럽게 흔들어대기까지 할 만큼 제 기분에 취해 있다. 이모의 호들갑에 할머니가 갑자기 끙, 하고 돌아눕는다. 이모는 이불을 입까지 올려 틀어잡고 과장된 몸짓으로 동작을 정지했다가 할머니가 다시 코를 골자 내게 공범임을 확인시키는 웃음을 던진다. 이모는 지금 자기 인생이 장밋빛으로 물드는 것이 신기해서 어쩔 줄을 모른다.

그 장밋빛과 보색관계에 있었던지 광진테라 쪽에서는 거무튀튀한 색의 고함소리가 나더니 와장창 소리가 이어진다.

이모는 자리에 눕자 오래지 않아 작게 코를 곤다. 저녁세수도 하지 않고 잠이 든 이모의 감긴 눈꺼풀 위에서 마스카라와 반쯤 지워진 아이라인이 검게 남아 있는 모습은 처연하고도 흉하다. 이모는 잠들어 있지만 눈이 다 안 감겨 있는 모습이다. 눈가가 거북한지 이모는 잠결에 손을 들어 눈꺼풀에 남아 있던 아이라인을 비벼댄다. 그러자 이모의 눈꺼풀 위에 남아 있던 검은 눈동자가 사라지고 눈동자를 완전히 덮고 있는 밋밋한 살덩이만 남는다.

나는 일어나서 형광등에 달린 끈을 잡아당겨 불을 끄고는 이불 속으로 들어간다. 한껏 소리를 죽였을 텐데도 광진테라 쪽에서 희미하게 우는 소리가 들려온다. 먼 데서 개 짖는 소리는 제법 사방으로 울려퍼지는데 마루 밑의 행복한 강아지 해피는 바스락 소리도 없이 자고 있다.

정적이 내 잠을 완전히 깨워놓는다.

그 도둑질에는 교태가 쓰였을 뿐

삼촌에게서 편지가 왔다.

며칠 내로 다녀온다며 서울 올라간 지 열흘이 넘도록 소식이 없다가 온다는 사람이 안 오고 편지가 대신 도착하니 할머니는 긴장한다. 이모한테 편지를 건네주며 빨리 읽어보라고 재촉하는 얼굴에 유난히 주름살이 깊이 팬다.

다행히 삼촌의 편지에는 건강하게 잘 있으며, 친구의 하숙방에 신세지고 있다는 얘기, 며칠 후에 내려오겠다는 얘기 등으로 할머니가 걱정할 만한 사연은 들어 있지 않다. 학교에 휴교령이 내려졌다는 안 좋은 소식도 있긴 했지만 그 휴교령 때문에 예정보다 더 빨리 내려오게 되었다는 문맥이고 보니 비록 서울 가기 전날 삼촌에게서 들은 말이 있다고는 하나 할머니는 은근히 한시름 놓았다는 표정이다.

할머니와 이모, 내가 마루에 앉거니 서거니 하고 편지를 읽고 있는 양을 보고, 장군이 아버지 제삿날이라고 오랜만에 아침부터 우물가에 나와 있던 장군이 엄마가 뭘 보고 있냐고 참견한다. 삼촌이 늦어진다는 편지라고 하자 "혹시 서울에 숨겨둔 아가씨라도 있는 것 아녜요?" 하고 밑도 끝도 없는 말을 불쑥 던지는데 때마침 변소에 갔다가 우물로 손을 씻으러 나오던 미스 리 언니가 그 말을 듣고는 얼굴이 하얗게 질린다.

삼촌은 고시공부에 열중하여 대부분 방에만 처박혀 있었다. 그러다보니 어쩌다 머리를 식히러 마루에 나와 앉아 있을 때면 마치 긴 은둔생활을 마치고 갓 속세에 나온 수도자처럼 한 손으로 햇빛을 가리며 얼굴을 찡그리곤 했는데 그것이 그의 창백한 얼굴에 귀족적인 거만함을 던져주어 미스 리 언니의 가슴을 그렇게 졸아붙게 만드는 모양이었다. 나는 삼촌을 바라보는 미스 리 언니의 눈길에서 이미 그 사실을 눈치채고 있었다.

사실 비밀을 저당잡힌 탓에 나를 귀여워할 수밖에 없는 우리집의 가장 대표적인 사람은 이모보다는 미스 리 언니인지도 모른다. 미스 리 언니 쪽에서 스스로 비밀을 고백해왔기 때문이다. 이미 짐작하고 있던 일이기는 했어도 어쨌든 언니가 제 입으로 털어놓음으로써 비밀의 공유는 훨씬 공고해진 셈이었다. 그리고 그것이야말로, 나를 통해서 삼촌의 마음을 움직여보겠다는 미스 리 언니의 계산이기도 했다.

비밀을 털어놓은 뒤부터 미스 리 언니는 삼촌에 대해 내게 시시콜콜 물어오기 시작했다. 방안에서 하는 공부가 무엇이며 잘되어가고 있느냐에서부터 무슨 반찬을 잘 먹느냐 서울에 친구가 많으냐에 이르기까지 안 묻는 게 없었다. 또 언젠가는 스웨터라도 뜰 작정이었는지 양장점 줄자를 가져와서 삼촌의 가슴치수를 재달라고 하는가 하면 심지어 좋아하는 여자 배우가 누구인지 알아봐달라고까지 하는 것이었다.

나는 물론 전혀 협조를 하지 않았다. 그런데도 언니는 언제나 내게 상냥했다. 자기가 원하는 것을 가지기 위해서라면 얼마간의 수모는 참을 수 있는 것이 미스 리 언니의 야무진 면이었다.

"어디서 편지 왔어요?"

미스 리 언니는 두레박을 우물 속에 빠뜨리며 짐짓 심상하게 묻는다. 하지만 장군이 엄마가 실없이 던진 말 때문에 속마음은 초조하다. 우리 쪽을 쳐다보느라고 두레박의 물을 대아에 붓는다는 것이 우물 바닥에 다 쏟았는데도 모르고 있다.

"편지, 방에다 갖다둬라."

이모에게 이 말을 던질 뿐 할머니는 미스 리 언니에게는 아무런 대답도 해주지 않은 채 부엌으로 들어가버린다. 미스 리 언니의 지나치게 붙임성 있고 야무진 면을 그닥 좋아하지 않기 때문이다. 그러나 장군이 엄마가 할머니를 뒤따라 부엌으로 들어간 뒤 나와 둘만 남게 되자 미스 리 언니는 다시 내게 상냥하게 말을 붙인다. 금방 무안을 당했는지라 노골적으로 삼촌 소식을 묻지는 못하고 뉴스타일양장점에서 해입은 내 옷을 먼저 서두로 삼는다.

"진희 오늘 그 옷 입었구나? 할머니가 소매가 너무 넓다고 하시더니 것 봐라, 내 말이 맞지. 그렇게 해놓으니까 훨씬 편하지?"

까탈스러운 양장점 여자 손님들 비위를 맞춰본 언니의 말솜씨는 계속해서 내 환심을 살 기회를 찾아낸다.

"어머 너 슬리퍼 신었구나? 애들이 슬리퍼 신은 건 처음 본다야. 여화 아줌마가 갖고 오셨니?"

여화 아줌마는 한 달에 한두 번씩 서울에서 옷이며 신발, 화장품 따위를 가져다 파는 보따리장수 아줌마이다. 여호와의 증인 신도라서 여호와 아줌마라고 부를 것을 그냥 입에서 나오는 대로 여화 아줌마라고 부르게 된 것이다.

소읍에서 구경하기 힘든 물건들을 갖고 오기 때문에 여화 아줌마가 오는 날은 장군이네로 동네 아줌마들이 한방 가득 모여들어 아줌마의 보따리를 요술보따리 풀듯이 재미나게 구경하곤 한다. 할머니도, 자신의 것은 한 번도 산 적이 없지만 여화 아줌마의 단골 중 하나였다. 손녀에게 후하다는 것을 아는 여화 아줌마가 내게 어울릴 만한 물건이면 가장 먼저 할머니에게 선을 보이기 때문이다. 미스 리 언니의 짐작대로 내 슬리퍼도 그렇게 해서 아줌마의 보따리에서 나온 신문물이다.

미스 리 언니는 두 번이나 손을 씻는다. 양은대야 속에 담긴 두

번째의 비눗물을 소리나게 버려버리고는 그러고도 자리를 뜰 생각을 안 하고 다시 두레박을 첨벙 우물 속에 빠뜨려 물을 긷는다. 이번에는 되도록 천천히 발을 씻는다. 그러나 치마를 가랑이 틈에 끼워넣고 선 채로 대야의 물을 발등에 쫙 끼얹는 것까지 끝냈건만 내가 입을 열지 않자. 언니는 한쪽 발씩 번갈아가며 고무신 코를 발끝에 걸어서 몇 번 흔들어 신 안의 물을 빼낸 다음 마침내 양장점 쪽으로 걸음을 옮겨놓는다. 고무신 안에 남아 있던 물이 발바닥과 마찰을 일으켜 걸을 때마다 찌걱찌걱 소리를 낸다.

손을 씻으려고 기다리고 있던 나는 그제야 우물로 내려선다. 우물 속으로 두레박을 내리고 있는데 대여섯 번쯤 가겟집 쪽으로 나던 찌걱찌걱 소리가 멈춰지는가 싶더니 갑자기 미스 리 언니의 목소리가 나를 돌아본다.

"참, 너희 삼촌은 서울서 언제 오니?"

'참' 소리를 유난히 길게 끌어 강조했지만 갑자기 생각난 물음은 절대 아니다.

"며칠 있다가."

내 대답은 심드렁하다.

"며칠 있다가?"

"응."

"그럼 며칠날 오는데?"

"몰라."

"왜 몰라? 편지에 날짜는 안 썼어, 응?"

말문이 트이자 망설임은 사라지고 궁금증만 더 커진 언니가 다그치듯이 묻는다.

그러고 있는 참에 할머니가 부엌에서 나오신다. 찌걱찌걱 소리를 급한 간격으로 내면서 미스 리 언니의 뒷모습이 재빨리 가게 쪽으로 사라진다.

"미스 리가 너한테 뭐라고 하냐?"

"삼촌 언제 오느냐고."

"뭐? 언제 오면 지가 뭐할려고 그런다냐? 참 요즘 것들은 도둑질도 너무 이르다니까."

할머니에게는 세월을 오래 산 사람만의 통찰이 있다. '도둑질도 이르다'는 말은 미스 리 언니가 나이에 비해 하는 짓이 너무 약빠르고 음흉하게 보여서 해본 비유겠지만 미스 리 언니가 삼촌을 좋아하는 것도 어떤 점에서는 사실 '도둑질'과 비슷한 점이 있었기 때문이다.

미스 리 언니에게는 야심이 있었다. 그리고 야심을 실현시키기에 자기가 어떤 부분에서 역부족이며 그렇기 때문에 그나마 갖고 있는 자신의 능력을 어떻게 과포장하여 최대 효과를 얻어내야 할지를 알았다. 나는 그녀의 비밀을 조금 더 알고 있다. 미스 리 언니가 처음 시작한 '도둑질'은 삼촌을 상대로 한 것이 아니라 바로 최선생님을 겨냥했다는 것을.

미스 리 언니는 뉴스타일양장점에 온 지 얼마 안 돼 자기가 늦게 출근해도 문화사진관 아저씨가 대신 양장점의 문을 열어놓도록 만들었으며 풍년쌀집과 붙어 있는 석유가게의 심부름꾼 종구에게 공짜로 석유를 얻어 쓰거나 극장 매표원인 영근이에게 영화표를 선물 받는 방법을 터득했다. 심지어 광진테라 아저씨에게도 다리미나 자 같은 것을 아무때나 빌려 쓰고 양복 재단할 때 쓰는 초크를 마음대로 갖다 쓸 만큼 수완이 좋았다.

그 모든 일을 미스 리 언니는 오직 처녀의 웃음소리와 데이트의 가능성을 암시하는 방법만으로 이뤄냈다. 같은 처녀로서 이모가 미스 리 언니를 도저히 흉내낼 수 없는 것이 있다면 그것은 대담성과 교태였다. 그리고 그 대담성과 교태는 대신 가게 문을 여는 것이나 잡다한 물질적 친절을 위해서만 쓰여질 것이 아니었다. 그것은 장차 미스 리 언니의 진정한 목표인 신분상승의 야심을 위해서 쓰여지기를 기다리며 실력을 연마하고 있었던 것이다.

미스 리 언니는 본격적인 실력 발휘를 할 대상으로 최선생님을 점찍었다. 유들유들하다는 것을 빼고는 최선생님은 그녀에게 과분한 신랑감이었다. 그만하면 인물도 괜찮은 편이었고 무용으로 균형잡힌 체격도 멋있었지만 무엇보다 학교 선생님이라는 지적인 직업을 갖고 있었다. 솔직히 말하면 중졸이라고 말은 하고 다니지만 깡촌에서 국민학교도 제대로 나오지 않은 미스 리 언니가 감히 넘볼 상대도 아니었다. 미스 리 언니는 최선생님을 신분상승의 발판으로 삼기로 마음먹었고 그것을 실현시켜줄 유일한 밑천인 자기의 교태를 기회 있을 때마다 열심히 과시했다.

그녀는 최선생님이 장군이네 앞마루에 나와 앉아 있을 때면 마치 우연이라는 듯이 재빨리 우물로 나와서 그러지 않아도 눈요기가 없을까 하는 최선생님의 시야 속에 출연했다. 그러고는 엉덩이를 유난히 들썩이며 빨래를 했고 치마를 허벅지 높이까지 말아감고 서서 하얀 종아리에 물을 끼얹곤 했다. 또 한 가닥으로 꼭 묶고 있던 긴 머리를 풀어헤치는가 싶더니 가볍게 턱을 내밀고는 막 잠자리에 들려는 새색시처럼 나른하게 눈을 내리깔았다. 머리를 다시 하나로 묶어 높이 치켜올림으로써 까만 머리 밑에 자기의 하얀 목덜미가 드러나 보이도록 하기도 하였다. 미스 리 언니의 그런 모습을 보고, 할머니를 포함하여 우리집 식구 중 몇몇은 미스 리 언니가 최선생님에게 추파를 던진다는 것을 짐작했을지도 모른다. 그러나 내가 목격한 것은 추파가 아니라 거의 옷깃을 붙잡아 끄는 정도의 노골적인 호객이었다.

삼촌이 휴학을 하고 내려오기 두어 달쯤 전이니까 아마 작년 겨울방학 때였을 것이다. 그날 최선생님은 당직이었는데 몸도 좋지 않은데다 학교가 너무 추워서 점심 무렵에 집에 돌아왔다. 그런데 최선생님이 그렇게 일찍 돌아오리라는 것을 알 리 없는 장군이 엄마는 방에 모두 다 자물쇠를 채워놓고 외출중이었다. 주머니를 뒤져 자기 방의 열쇠를 찾던 최선생님은 그것을 학교에 놔두고 와버린 것을 알았다. 하는 수 없이 학교로 돌아가야 했던 최선생님은 마당가에 받쳐두었던 자전거의 받침쇠를 다시 발로 올려 대문간으로 끌고 가면서 더욱 피로한 표정을 지었다. 날씨가 몹시 추웠다. 얼굴을 마구 갈겨대는 매운 바람을 받아내면서 최선생님은 있는 대로 옷깃을 세웠다. 그때 최선생님의 머릿속에는 학교까지 가기 전에 길에서라도 장군이 엄마를 만나게 되었으면 하는 간절한 생각뿐이었을 것이다.

최선생님은 뉴스타일양장점 앞을 지나다가 문이 조금 열린 것을 보고는 혹시 장군이 엄마가 그곳에 있을지도 모른다는 생각이 들었던 모양이었다. 별로 가능성이 없는 희망일 뿐이었지만 당장이라도 따뜻한 아랫목에 몸을 눕히고 싶은 열망 때문에 그 생각은 선생님으로 하여금 양장점 문을 열어보게 만들었다.

거기에서 최선생님은 자기가 그렇게도 눕고 싶어하는 따뜻한 방에서 마치 옆자리에 누군가가(바로 최선생님이) 함께 누워주기를 기다리는 듯한 다정한 자세로 잠들어 있는 미스 리 언니를 보았다. 그것이 자신이 학교에서 돌아올 때부터 줄곧 문틈으로 일거수일투족을 지켜본 그녀의 계획적인 유혹이란 것을 최선생님은 알 턱이 없었다.

최선생님은 당황했다. 그때 미스 리 언니가 잠결에 몸을 뒤챘는데 그 바람에 치마가 그만 훌렁 들쳐지고 말았다. 치맛속의 다리는 뜻밖에도 맨다리였다. 순간 핏기가 몰려서 최선생님은 얼굴이 붉어졌다. 뉴스타일양장점의 여닫이문을 후다닥 열고 뛰쳐나간 최선생님은 뛰는 가슴을 진정시키려는지 잠시 동안 자전거 안장에 한 손을 얹은 채 서 있었다. 이윽고 범죄현장을 벗어나는 범인의 황급한 동작으로 자전거 위로 서둘러 올라타더니 페달을 세게 밟아서 자전거를 출발시키는 최선생님의 모습이 쇼윈도로 비쳐졌다.

잠자는 연기를 하고 있었던 미스 리 언니는 자동인형처럼 가볍게 몸을 일으켰다. 그러고는 쇼윈도가 있는 문 쪽으로 다가가 문틈에 눈을 대고 최선생님이 사라져간 바깥을 허탈하게 내다보며 서 있었다. 미스 리 언니는 길가 쪽으로 향해 나 있는 양장점 정문을 쳐다보며 연기를 했기 때문에 안채 쪽에서 나타나 마악 쪽문을 통해 양장점 안으로 들어가려던 나를 발견할 수가 없었겠지만, 나는 이 모든 장면을 낱낱이 보았다.

마침내 미스 리 언니가 몸을 돌려 아까 자신이 누워 있던 방으로 다시 걸어왔다. 미스 리 언니가 너무 실망한 표정이었기에 나는 차마 양장점 안으로 들어가지 못하고 할머니가 나눠 먹으라던 삶은 고구마 소쿠리를 손에 든 채 발소리를 죽이며 그대로 돌아올 수밖에 없었다. 미스 리 언니는 결국 고구마만 손해를 본 셈이었다.

한동안 미스 리 언니의 야심은 완전히 꺾인 것처럼 보였다. 그러나 삼촌이 서울서 내려온 뒤부터 언니의 교태는 새로운 대상을 향해 맹렬한 기세로 되살아났다. 삼촌은 최선생님과 달리 여간해서는 방밖으로 나오지 않았고 또 최선생님과 같은 유들유들한 훔쳐

보기에도 관심이 없었기 때문에 미스 리 언니의 작업은 더욱 어려워졌다. 하지만 그녀의 투지는 최선생님의 경우와는 비교도 안 되게 거세게 불타올랐다. 그도 그럴 것이 삼촌은 주인집 아들에다 미남이고 지적이었으며 무엇보다도 고시공부를 한다는 점에서 미스 리 언니의 야심인 신분상승의 한 상징과도 같은 존재였던 것이다.

미스 리 언니는 나뿐 아니라 이모의 환심을 사려고도 해보았다. 피부가 희어서 아무 색이나 어울린다는 둥 팔이 가느니까 '소데나시'를 입어보라는 둥 듣기 좋은 소리로 기분을 맞추려고 하였다. 그러나 그렇게 사근사근하게 대하는데도 미스 리 언니에 대한 이모의 평판은 언제나 "건방지다"였다. 이모가 특히 무시하는 부류가 있다면 그것은 영어에 관해 일자무식인 사람이었는데 그 점에서 미스 리 언니는 이모에게 돌이킬 수 없는 흠을 잡힌 것이 있기 때문이다. 그 일을 떠올릴 때마다 콧속의 물기가 콧김의 추진력을 이겨내지 못하고 밖으로 몇 방울 튈 만큼 세차게 콧방귀를 뀌게도 된 것이, 미스 리 언니는 삼촌을 유식하게 부른답시고 '미스터 리 전'이라고 불렀던 것이다. 거기에는 미스 리 언니보다는 뉴스타일 양장점의 주인아줌마에게 더 큰 책임이 있었다.

미스 리 언니는 사실은 미스 리가 아니라 미스 정이었다. 정금례가 미스 리 언니의 이름이니까. 한데 시다로 들어온 첫날부터 주인아줌마가 그녀를 그냥 미스 리라고 불렀다. 주인아줌마는 '미스' 다음에 붙어 있는 '리'가 ('이'도 아니고) 성을 가리킨다는 것을 전혀 몰랐다. '미스 리'라는 말이 아가씨를 가리키는 일반적인 호칭인 줄로만 알았던 아줌마는 총각들은 또한 다 미스터 리라고 불렀는데 그동안은 석유가게 종구나 매표원 영근이 등에게 그 호칭이 잘만 통했다. 미스 리 언니는 주인아줌마의 양재기술과 함께 그 화술과 유식함도 눈치 빠르게 배워갔으므로 아줌마의 말 쓰임새대로 남자는 당연히 모두 미스터 리라고 불러야 유식한 호칭이 되는 거라고 알게되었다. 그런데 미스 리 언니는 아줌마보다는 한 수 위였다. 삼촌의성이 '전'이라는 걸 알자 당장 응용력을 발휘했다. 그렇게 해서 만들어낸 호칭이 바로 '미스터 리 전'이었던 것이다.

나는 할머니나 이모에게 나만 알고 있는 미스 리 언니의 비밀을고자질할 마음은 없다. 그녀가 눈독들인 물건을 결코 가질 수 없으리라는 단정 때문이기도 하지만 또 한 가지 이유는 미스 리 언니의교태와 동갑내기인 이모의 표정 연습 사이에 별 차별성을 느끼지못하기 때문이다. 둘 다 제 몫으로 주어진 삶의 조건에 대한 반응인데, 단지 이모 쪽이 약간 더 운좋은 경우일 뿐 아닌가.

저녁 무렵이 되자 이모는 할머니에게 넌지시 묻는다.

"엄마, 떡 없어?"

"떡이라니?"

"오늘 장군이 아버지 제삿날이라면서? 근데 떡도 안 했어?"

"떡 줄 사람은 생각도 않는데 김칫국부터 마신다더니."

"진짜 안 했나보네? 어떻게 남편 제사에 떡도 안 하냐."

떡 먹을 기대가 꽤 컸었는지 이모는 할머니가 방을 나간 뒤까지도 투덜댄다.

"나물 몇 가지 가지고 제사상 차리는 게 말이 되니? 신세타령할 때는 우리 장군이 아버지, 우리 장군이 아버지, 그렇게 들먹거려쌓더니."

"아까 할머니가 떡 안 했냐고 물어보니까 그러던데? 오늘이 무미일인데 쌀밥 짓는 것만 해도 양심이 찔린다고."

"아이고, 둘러대는 것 좀 봐. 그러면 나물이랑 전은 왜 그렇게 변변찮게 한다니?"

"가정의례준칙 지킨다나봐."

"웃긴다 웃겨. 누가 그 속 모를 줄 알고? 어디 우리 아버지 제삿날 떡 먹겠다고 기웃거리기만 해봐라."

마침 마루로 올라오던 할머니가 이모의 큰 목소리와 그 목소리에 어울리지 않는 어린애 같은 말투를 함께 나무란다.

"아직까지도 떡 타령이냐? 여자 목소리는 문지방 넘어가면 소문이 되는 법인데 어째 그래 목청은 커가지고."

"엄마는 만날 그 소리야. 여자니까 어째야 한다, 여자니까 어쨌다……"

이모의 불평에도 불구하고 할머니는 이모의 앉은 모습을 보자 한번 더 여자의 몸가짐에 대해 잔소리를 하지 않을 수가 없다.

"여자는 문턱에 앉으면 안 된대도."

"알았어. 알았다니까."

입술을 비죽거리며 방바닥으로 내려앉는 이모는 스무 살을 어디로 다 먹었는지 아무리 봐도 어른스러운 모습을 느낄 수가 없다. 저렇게 어린애 상태에서 머물러버린 것은 어쩌면 어린 시절을 고뇌 없이 보냈기 때문인지도 모른다. 그런 점에서 본다면 내게 있어서는 태생의 고뇌야말로 성숙의 자양이었다. '고뇌'라는 그 자양이, 삼촌 방의 다락에서 이루어진 '독서'라는 자양과 합해지면서 비로소 삶에 대한 나의 통찰을 완성시켰던 것이다.

금지된 것만 하고 싶고, 강요된 것만 하기 싫고

삼촌이 휴학을 하고 내려오기 전까지 삼촌 방은 빈방이었다.

그 방에는 다락이 하나 있었는데 그 속에는 삼촌이 고등학교 때 쓰던 교모며 겉장이 뜯겨나간 공책, 끈 떨어진 낡은 가방 따위의 잡동사니 틈에 섞여서 오래된 잡지나 소설책 들이 굴러다녔다. 나는 그 책들을 방바닥에 끌어내려서 엎드려 읽기도 하고 나 정도는 얼마든지 누워 잘 수도 있는 깊은 다락에 그대로 기댄 채 읽기도 하였다.

그것은 독서라는 어엿한 이름보다는 훔쳐보기 쪽에 더욱 가까웠다. 삼촌이 보낸 사춘기라는 호기심 많은 시절의 한 편린이 고스란히 폐기돼 있는 그 벽장 속에는 이른바 고전으로 분류할 수 있는 책보다는 무협지나 통속소설이 훨씬 많았기 때문이다. 나는 그 많은 무협지와 통속소설에 꽤 재미를 붙였으며 삼촌의 의협심과 감수성도 바로 그 책들에서 비롯되었을 거라고 짐작하게 되었다.

독서가 취미라고 말은 해도 이모에게는 책이 그다지 없었다. 여고 시절 하얀 책상보로 덮여 있던 앉은뱅이책상의 책꽂이에 『부활』과 『좁은 문』 『적과 흑』 등이 꽂혀 있긴 했지만 책 임자가 그 책을 얼마나 열심히 봤나 알아보기 위해 꼭 책의 밑바닥을 뒤집어서 책 두께의 더럽혀진 선이 어디까지인가를 확인하는 버릇이 있는 나는 그 책들의 책장이 결코 스무 페이지 이상은 넘겨진 적이 없다는 것을 확신하고 있었다. 여고를 졸업한 뒤 이제 책과의 강요된 인연에서 벗어나게 된 이모는 책상과 함께 책꽂이의 책을 내게 물려주었다. 이제 내 책이 된 그 고전들을 나는 삼촌의 무협지 못지않게 열심히 독파했지만 명성만큼의 감동을 얻진 못한 걸 보면 나는 일찍부터 삶 속에서 진지한 의미를 찾는 일을 거부했던 모양이다.

이모가 물려준 책 중에는 책상 위의 책꽂이에 버젓이 꽂히지는 못하고 늘어진 책상보에 가려 책상 밑에 쌓여 있던 잡지책도 있었다. 그중에는 『새농민』 같은 재미없는 책도 있었지만 닥치는 대로 소설을 읽어대던 내게는 『새농민』의 연재소설도 빠뜨릴 수 없었다.

그러는 동안 나는 통속소설이든 고전이든 어느 소설에서나 침대, 허벅지(때론 대퇴부라고 표현되기도 하였으므로 그런 경우 나의 독서는 국어사전을 찾느라 중단되었다), 젖가슴, 포옹이란 말이 나오면 특히 신중하게 그 부분을 읽어나가곤 했다.

신문소설을 읽어본 뒤 그것이 내가 원하던 읽을거리, 즉 성적인 인상을 강렬하게 주기로 의도한 읽을거리라는 판단을 한 것도 그 무렵이다. 그때부터 신문소설을 샅샅이 읽기 시작했는데 특히 역사소설의 찐득하면서도 내숭이 많은 성애 장면은 두 번씩 읽는 일이 예사였다. 갈수록 신문소설 읽는 법을 터득한 나는 먼저 삽화를 보고 나서 내가 원하는 내용이 있을지 없을지 짐작할 수 있게 되었고 나 같은 독자를 위해 몇 회에 한 번 정도는 꼭 그런 장면을 집어넣어주는 작가의 치밀한 구성력에 감탄하기도 하였다.

나는 삼촌의 다락을 점점 깊이 파고들어갔다. 고전해학전집이라는 이름의 두꺼운 책은 두껍기는 해도 막상 책장을 펼쳐보면 속이 휑한 게 글씨가 얼마 없어서 오히려 다른 소설보다 쉽게 책장이 넘어갔는데 나는 그 고전해학전집 중 셋째권인가 하는 『고금소총』에서, 개에게 입술을 물어뜯기자 마침 오줌을 누고 있던 며느리의 볼기짝을 엉겁결에 떼어서 입술을 이어 붙인 시아버지가 밤마다 어떻게 고통을 당해야 했는지도 읽었다.

그즈음 학교에서 돌아오기만 하면 삼촌 방에 들어가 처박혀버리는 나를 할머니가 근심 어린 눈으로 바라보기 시작했다. 올 것이 오고야 말았구나, 할머니는 그렇게 생각했다. 내가 드디어 부모에 대한 그리움을 알게 된 거라고 판단했던 것이다. 그때부터 할머니는 나에게 부쩍 선물공세를 폈다. 잔치 때 아니면 구경할 수도 없던 마른오징어 '쓰르매'를 한꺼번에 세 마리나 사주는가 하면 비싼 자석필통도 사주었는데 기가 막힌 것은 드레스를 입은 금발의 고무인형까지 사주었다는 사실이다.

그것은 파인 눈구멍 속에 덜그럭거리는 눈알이 들어 있었는데 끝에 눈썹 모양으로 까만 줄이 칠해져 있어서 눕히면 눈을 감았다가 일으켜세우면 다시 눈을 뜨는 인형이었다. 인형을 보고 환호성을 지른 것은 내가 아니었다. 이모였다.

"어머! 인형이 빤쓰도 입었네. 구두도 벗길 수 있게 돼 있고, 아유, 저 눈 반짝 뜨는 것 좀 봐. 너무 이쁘다. 그치, 진희야?"

이모는 당장 반짇고리를 찾아서 엉성한 인형 이불을 하나 꾸며주었고, 할머니는 저녁에 라디오 연속극을 들으면서 그 서양 인형이 입을 한복 치마저고리 한 벌을 완성하였다. 그러나 이따금 바늘귀에 실을 꿰어 할머니에게 건네주면서 그 옆에 엎드려 잡지책만 뒤적거리고 있던 내 가슴속에는 애초에 모성애 같은 부드러운 정서가 결핍되었던 것인지 이모와 할머니가 그렇게 정성을 들이는데도 그 인형을 껴안고 자거나 살뜰하게 보살피기는커녕 머리 한번 쓰다듬어줄 마음조차 생겨나지 않았다. 몸통과 다리 부분을 어떻게 이어붙였나 보기 위해서 팬티를 한번 벗겨보았을 뿐이다.

이런저런 방법을 써봤음에도 내가 여전히 삼촌의 다락방에만 틀어박혀 있자 할머니는 다른 수를 찾아야겠다고 생각하였다. 할머니는 내가 다락방 안에서 무엇을 하는지 이모를 시켜서 넌지시 물어보게 했다.

"진희야, 너 거기서 뭐하느라고 한번 들어가면 꼼짝을 안 하는 거니? 무슨 비밀 있어? 이모한테는 괜찮으니까 다 말해봐, 응?"

"그냥 책 보는 거야."

"책?"

그래서 할머니가 생각한 것이 이번에는 동화책이었다. 할머니는 이모에게 내가 볼 책을 사오게 했다. 내 마음을 달래주고 착하고 예쁜 생각을 하게 하는 재미있는 책이라고 이모가 골라 사온 것은 대부분 공주가 주인공인 책이었다. 긴 속눈썹을 내리까는 일 외에 하는 일 없이 드레스 자락만 사뿐사뿐 끌고 다니다가 너무 예쁘거나 착하다는 이유로 마법에 걸려 억지로 슬픔을 자아내는, 그러다가 왕자를 만나서 결혼하여 행복해지는 서양 동화들을 나는 지루함을 참고 읽어주어야 했다.

책상 위에 일부러 『백설공주』를 펼쳐놓고 나는 여전히 다시 삼촌 방으로 기어들었다. 언젠가는 다락 속을 더 깊이 뒤적거리다가 시멘트 부대같이 누렇고 거친 종이 위에 아무것도 쓰여지지 않은 표지의 책을 발견했다. 한 장을 넘겨보니 차례 위에 '음모를 불태워라!'는 제목이 박혀 있었다.

나는 사전을 세 번이나 뒤적거려야 했다. '음모'를 찾아보니 '거웃'을 찾아보라고 되어 있어서 다시 '거웃'으로 가보았지만 '사람의 외부 생식기 주위, 곧 음부에 난 털'이라는 설명을 잘 알아들을 수가 없었다. 하는 수 없이 또 '생식기'를 찾아보았는데 '생물의 유성생식을 하는 기관, 교접기'라는 말을 보고 골치가 아파져서 포기를 할까 하는 순간에 맨 마지막에 내가 아는 단어, 즉 '성기'를 발견하여 겨우 뜻을 알게 되었다. 한꺼번에 세 개의 단어를 알게 되었으므로 나는 지적 만족감 속에서 그 책을 읽어내려갔다.

여자가 순진한 권투선수를 유혹하고 있었다. 내일 시합을 할 상대 선수의 매니저에게 돈을 받고 순진한 권투선수를 파멸시키러 온 여자였다. 키스 장면이 나왔다. 여자는 거칠게 입술만 비벼대는 권투선수가 답답해서, 키스란 입을 벌리고 혀를 교환하는 것이라고 말해주고 싶지만 순진한 척해야 하기 때문에 그저 '아이……' 소리만 연발한다. 그날 밤 여자는 그 '아이……' 소리를 무기로 권투선수를 한잠도 재우지 않는다. 그리하여 권투선수는 다음날 시합에서 다리를 가누지 못하고 상대 선수를 끌어안기만 하다가 제풀에 미끄러져 다운, 다시는 링에서 일어나지 못한다.

그런데 시합에 진 그 순진한 권투선수의 매니저는 원래 무시무시한 깡패였다. 그는 자기 선수를 유혹한 여자를 끝내 찾아내서 납치하는 데 성공한다. 그러고는 돈을 주어 자기 선수를 유혹하게 한 놈의 이름을 불라고 하면서 단도를 들이댄다. 여자가 쉽게 털어놓지 않자 그는 여자의 옷을 다 벗긴다. 팬티가 흘러내리고 음모가 드러나자 그는 라이터로 음모에 불을 붙인다. 그런 다음 그 라이터로 자기 담배에도 불을 붙인다. 음모에 불이 붙자 여자가 비명을 지르고 싱겁게도 모든 것을 자백하는 데서 그 소설은 '제1부 끝'이라는 말로 끝이 났다.

그 책을 읽은 뒤 며칠 동안 나는 여자의 음모가 불에 타는 영상에서 쉽사리 벗어날 수가 없었다. 지금까지는 목욕탕에서 벌거벗은 여자들을 무심히 보아넘겼는데 그뒤부터는 자꾸만 『음모를 불태워라!』라는 소설이 연상되었다. 목욕탕에 갔다가 마침 그때 내 눈에 띄었다는 이유만으로 음모를 불태우는 가학적 영상에 출연하게 된 낯선 음모에게 죄책감을 느끼는 일도 많아졌다. 그 죄책감이 절정에 이른 것은 내가 마침내 나와 관련 있는 한 특정한 음모를 만나 상상 속에서 자행해버린 그 대담한 화형식 이후였다.

그 음모는 삼 년 전 담임선생님이었던 노처녀의 것이었다. 그녀는 신경질과 히스테리라는 야만적인 방법으로 2학년밖에 안 된 아이들의 공포심을 완전히 장악했다. 늘 대나무자를 갖고 다니면서 아무때나 그것을 세워서 아이들의 손등을 때리는 것을 '편달'의 실천으로 여겼던 그녀는 단지 자기가 우아하게 풍금을 칠 때 무감동하게도 창밖을 보았다는 이유 하나로 백묵 두 개를 씹어서 삼키게 했으며 "너희들 그러면 시험 본다, 부모님 부른다, 운동장 서른 바퀴다" 하는 말을 하루에도 수십 번씩 하는가 하면 "너희들은 다 도둑놈이야, 미친 새끼들이야, 개자식이야" 하는 말은 수백 번씩 했다.

벌을 줄 때도 단순히 팔을 치들고 무릎을 꿇리는 게 싱거웠던지 개에게 뼈다귀를 물라고 하듯이 우리에게 더러운 신발을 물게 하는 것이 누가 봐도 성격이상자가 분명했다. 그녀가 신발을 입에 물라고 소리치면 언제나 고무신에 황토 흙이 잔뜩 들러붙어 있는 촌에서 온 아이들이 가장 먼저 울상을 지었으며 방금 변소에서 똥 묻은 자리를 피해 발을 옮겨 디디며 겨우 오줌을 누고 온 아이들도 얼굴이 질리기는 마찬가지였다.

한 아이를 두고 금방이라도 눈 속에 집어넣을 듯이 귀여워하다가 언제부턴가 돌연 사사건건 그애에게만 욕을 퍼부어대는 선생님 앞에서 아이들은 자신들이 해야 할 행동의 일관성을 찾지 못해 단지 숨을 죽이고 그녀의 일인극을 조마조마하게 지켜봐야 했던 것이다.

그러나 목욕탕에서 본 그녀는 전혀 두려운 존재가 아니었다. 교실이라는 위압적인 배경도 공포의 대나무자도 갖고 있지 않은 그녀는 지팡이를 뺏긴 마녀같이 보잘것없었으며 벗은 몸만으로 평가하자면 더욱이 형편없는 살덩이였다. 욕탕 속에 뚱뚱한 몸을 척 부려놓고 누워 있는 모습이 어쩌면 삶은 밤 속에 들어 있는 살진 밤벌레 같기도 했다. 조그만 바가지로 물을 떠서 끼얹을 때 그녀의 팔을 따라 흔들리는 늘어진 젖가슴은 오히려 연민을 불러일으킬 정도였다. 때수건으로 종아리를 밀 때도 하체가 짧은 그녀는 다른 사람에 비해서 다리 위에 긋는 직선이 짧았다. 그녀는 대나무자로 아이들의 손등을 내리칠 때와 같은 짧은 스타카토로 다리의 때를 밀고 있었다.

처음에 나는 모멸감을 갖는 것만으로 그녀에 대한 단죄를 마칠 뻔했다. 그러나 바로 그때 내 눈앞에 그녀에 대한 모멸감에 전의를 불러일으키는 광경이 펼쳐졌다. 그녀가 빨간 때수건을 사타구니 쪽으로 옮겨 가져가며 갑자기 다리를 쫙 벌렸던 것이다. 거침없이 벌려진 다리 사이에서 불태우기 좋을 만큼 무성한 음모가 내 시선을 붙잡았다. 나의 잔혹성은 상상력 속에서 맹렬한 기세로 가동되기 시작했다. 나는 그 음모에 사정없이 불을 놓았다.

그러나 그날의 쾌거로 인해 나는 심한 죄책감에 시달려야 했다. 성이라는 금지된 영역에 상상력을 사용했고 학생의 본분을 저버리고 선생님에게 잔혹행위를 했으며 게다가 일제시대 이후 모든 학교에서는 아이들을 엄하게 다루는 게 교시로 되어 있는데 거기에 불만을 품고 불경죄를 저질렀으니 상명하복의 시대정신을 위배하기까지 한 나로서는 당연히 죄책감에서 벗어날 수가 없었다. 하지만 그렇게 죄책감을 겪다가 어느 순간 나는 불현듯 내게 씌워진 그 죄목이 타당한지 아닌지에 대해서 한 번도 검토해보지 않았다는 데 생각이 미쳤다. 추리소설도 적지 않게 읽어본 나로서는 피의자의 권리인 공정한 재판을 받아보지 못했다는 점이 억울하게 느껴졌다.

내 마음속의 변호사가 변론을 시작했다.

존경하는 재판장님, 피고는 부당한 죄책감에 시달리고 있습니다. 대체 무엇에 대해 죄책감을 느껴야 합니까? 피고는 성격이상에다 폭력교사인 여교사를 스승으로 존경할 수 없었습니다. 비교육적인 여교사의 태도가 학생들을 바른길로 이끌지 못함은 물론 바람직한 스승상을 망치고 있다고 판단했습니다. 그래서 기회가 주어지자 여교사를 정의의 이름으로 단죄했던 것입니다. 피고의 이런 균형 잡힌 이성이 죄가 됩니까? 또한 피고는 음모를 보면서 성과 관련된 이미지를 상상했다는 이유로 기소되었습니다. 그렇다면 피고는 그런 자연스러운 상상을 하지 않도록 노력해야 했을까요? 그것은 창조주의 섭리를 거스르는 것이 아닙니까? 만약 그것이 죄로 성립될 수 있다면 먼저 원인제공자인 창조주를 이 법정에 세워야 한다고 생각합니다. 존경하는 재판장님, 창조주를 증인으로 요청합니다.

내 마음속의 판사가 판결을 내렸다.

금기가 만들어지지 않았다면 금기를 깨뜨리는 죄도 생겨나지 않았을 것입니다. 그러므로 피고에게 죄책감은 부당하게 강요된 것이라 하겠습니다. 그러나 여기서 나는 무죄를 선언할 필요를 느끼지 않습니다. 사실은 피고 자신이 죄책감을 전혀 느끼지 않으며 다만 강요된 죄책감을 치러내고 있을 뿐이기 때문입니다.

판사의 말이 옳았다. 곰곰이 자신을 돌이켜보건대 나는 실제로는 죄책감을 전혀 느끼지 않으며 단지 어린애에게 부과된 금기에 불편함을 느낄 따름이었다.

금기에 대한 불편은 몇 가지 양상으로 나타났다. 한동안 나는 남자들에게 성기가 있다는 사실 때문에도 불편을 겪었다. 남자에

게는 여자가 드러내놓고 관심을 가져서는 안 되는 부위가 있는데
그곳이 바로 저 바지 속에 있다는 사실이 자꾸만 의식된다는 것만
이 크나큰 불편이었던 것이다. 나를 괴롭히는 것은 남자들의 성기
에 내포된 성적인 의미가 아니라 단지 그것이 바지 안에 감춰져 있
다는 사실 자체였다. 나에게는 내가 그것의 존재함(존재 자체가
아니라)을 의식하는 것이 지나치게 의식되었다. 혹시 부주의한 내
눈길이 내 이성의 만류를 배반하고 나도 모르는 사이 성기가 있는
부분으로 향해지지나 않을까 의식했으며, 그래서 번번이 일부러
다른 곳을 쳐다보려고 하다보면 또 그러고 있는 나 자신이 견딜 수
없이 의식되었다.

　동네 아저씨나 가겟집 총각 들은 물론 교장 선생님, 대통령의
사진, 심지어는 액자 속에 들어 있는 예수의 거룩한 모습을 볼 때
마저도 나는 '저 사람도 그것을 갖고 있겠지' 하는 생각에서 벗어
날 수 없었다. 그즈음에는 어떡해야 저들에게 성기가 있다는 생각
을 하지 않고 남자들을 바라볼 수 있는지 그것이 문제였다. 남들의
오해를 받을까봐 남자 허리띠의 버클조차 쳐다볼 수 없게 되었다.

　"선생님! 남대문 열렸어요."

　이런 말로, 아직 어린애일 뿐인 반 아이들이 담임선생님을 당황
하게 하는 장난을 할 때마저도 나는 그애들처럼 천연덕스럽게 선
생님의 바지 앞단추를 쳐다보는 대신 '성기의 존재함에 대한 의
식'에서 벗어나기 위해 안간힘을 써야 했다.

그것은 성에 대한 고민이 아니었다. 정확히 말해서 금기에 대한 번민이었다. 삶에 대한 깊은 관심과 관찰력 탓에 성에 대한 금기를 조금 일찍 의식하게 되었다는 사실, 단지 그것 때문에 나는 고통받았다.

하지만 언제까지나 대책 없이 그런 고통을 받고 있을 수는 없었다. 나는 고통을 이길 방법을 연구하기 시작했다. 고통에는 그것을 은근히 즐길 만한 점도 없지 않다. 그래서 사람들은 쉽게 고통에서 벗어나지 못하는 것이다. 그러나 벗어나려고 마음먹기가 힘들어서 그렇지 일단 마음만 먹으면 고통은 어느 정도는 이겨낼 수 있다는 것이 내 생각이었다.

나는 비위가 약한 편이었다. 특히 벌레에 대해 신경이 예민했다. 변소 바닥에 허연 밥알처럼 흩뿌려져 있는 구더기, 걸어가는 아이들의 뒷머리에서 어깨 위로 보리톨처럼 툭툭 떨어져내리는 이, 궂은 날이면 방구들 밑에서 기어나오는 노린재, 배추 잎사귀나 탱자나무에 붙어 수많은 마디를 따로따로 놀리며 느리게 움직이는 녹색 벌레, 소나무 아래의 나무벤치 위를 남김없이 뒤덮은 채 꿈틀거리고 있는 송충이—시골에 사는 아이가 벌레에 예민하다는 것은 불행한 일이었다.

어느 날인가 나는 마당에 쭈그리고 앉아 있다가 내 발밑에 수많은 털로 뒤덮인 벌레 한 마리가 기어가는 것을 보았다. 연한 회색 몸통에 진한 검은색의 가로줄이 빽빽하게 그려져 있었고 스무 개쯤 되는 마디마다 양쪽에 발이 두 개씩 달려 있었는데 줄잡아 팔십 개쯤 되는 발이 각자 따로따로 움직이면서 느리게 배밀이를 하는 그 벌레를 처음 발견했을 때, 나는 곧바로 구역질을 했다. 그러나 다음 순간 이 벌레에 대한 징그러움에 굴복할 수 없다는 강한 반발심이 들었다. 나는 무슨 수를 써서라도 그 벌레가 발등으로 기어올라올 때까지 참고 견디기로 결심했다.

수많은 털에 싸여 수많은 발을 각각 움직이며 배밀이를 하던 그 벌레가 드디어 내 발끝에 닿았을 때 내 팔에는 굵은소금처럼 단단한 소름이 돋아났으며 배에는 어찌나 힘이 들어갔던지 목에서 막혀버린 숨이 빠져나오지 못할 지경이었다. 벌레가 발등 위로 올라왔다. 그러나 나는 참았다. 죽을힘을 다해 벌레가 내게 강요하려던 징그러움에 저항한 나는 벌레의 의도대로는 되지 않았다는 점 때문에 어쨌든 성취감도 조금 맛보았다. 벌레를 쳐다보고 있는 동안 입안에 가득 고였던 침을 뱉어버리고 나서 징그러움의 대상에서 경멸의 대상으로 전락한 발등의 벌레를 차내버리기 위해 나는 천천히 몸을 일으켰다. 그러나 다음 순간 머리털이 쭈뼛 서고 말았다. 일어나보니 내 주위에는 적어도 오십 마리가 넘는 그 회색 벌레가 수천 개의 다리로 털을 움직이며 기어다니고 있었다.

보는 즉시로 숨이 멈춰졌지만 한편 그것은 강한 적의에 불을 붙였다. 나는 찡그리지도 눈길을 피하지도 않았다. 오히려 눈을 똑바로 뜨고 그 벌레를 낱낱이 관찰함으로써 내게 징그러움을 강요하는 그 벌레들의 기대를 좌절시켰다.

자세히 보니 벌레들 중에는 두 마리가 겹쳐져 엎드려 있는 것도 있었다. 스무 개의 마디에서 나온 다리들이 이중으로 겹쳐져 있는 것은 한 마리의 벌레가 기어다니는 것보다 적어도 여섯 배는 지독한 징그러움을 강요했다. 더구나 그런 자세로 두 마리가 겹쳐져 있는 것들은 무엇을 하는 중인지 죽은듯이 움직이지도 않았다. 나는 그런 것들을 발끝으로 뒤집어버리는 데 성공했다. 두 마리가 겹쳐진 채 옆으로 뒤집어진 벌레들은 위험을 감지하고 몸을 둥글게 말면서 수십 개의 발을 꿈틀거렸다. 아직 밟아버리는 데까지는 이르지 못했어도 한참 동안이나 그것들을 눈 부릅뜨고 지켜본 결과 징그럽다는 느낌에서 해방될 수 있었다.

징그러움을 이기는 훈련의 성공에 고무된 나는 금기를 이기기 위한 훈련에도 그 방법을 쓰기로 했다.

우선 남자들을 만나면 일부러 바지 앞섶을 꼭 쳐다보기로 했다.

벌레를 피하지 않고 눈 부릅뜨고 쳐다보았듯이 모든 남자에게 성기가 있다는 사실을 알기를 거부하지 않고 오히려 일부러 확인함으로써 그 사실로부터 자유스러워지려는 훈련이었다.

훈련을 시작한 첫날 아침에 가장 먼저 만난 사람이 이선생님이었다. 나는 일부러 그 부분을 똑똑히 쳐다보았다. 괜찮았다. 얼굴이 붉어지지 않았다. 다음으로 세수를 하다 마주친 것이 최선생님이었다. 역시 그리 거북스럽지 않았다. 재성이의 아빠인 광진테라 아저씨, 미자 아빠인 문화사진관 아저씨도 내게 성적 이미지를 연상시키지 않았다. 학교 가는 길에 대성약국 아저씨, 서울상회 아저씨, 풍년쌀집 종구, 은혜서림 아저씨, 담뱃가게 종성이 할아버지, 대건화물 트럭 조수 등등을 만났지만 그들이 성기를 갖고 있다는 사실을 아무리 의식해봐도 특별한 느낌이 없었다.

얼마 지나지 않아 나는 무심코 남자들을 지나쳐가다가 한참 후에야 내가 '성기의 존재함'을 확인하지 않고 그를 보내버렸음을 깨닫게 되었다. 그런 일이 점점 많아지더니 나중에는 그것조차 거의 의식하지 않게 되었다. 보려고 애쓰지 않게 되었다는 것은 보지 않으려고 애쓸 필요가 없다는 뜻이기도 했다. 나는 극기훈련을 훌륭히 성공시킨 것이었다. 그러자 이제는 어쩐지 나 자신이 성의 본질에 대해 모든 것을 알아버린 것처럼 생각되었다.

한마디로 나는 성을 시시하게 여기게 되었으며 봉희네가 어른스럽게 보이려 함으로써 되레 어린애임을 노출시키는 것과 마찬가지로 성 역시 금지되었을 때만 매력을 갖는 삶의 오류라고 단정지어버렸다. 내가 아이들이 '침대놀이'라고 명명한 난교파티에 초대받은 것은 바로 그즈음이었다.

침대는 영화에서나 볼 수 있는 물건이었지만 아이들은 그 놀이에 대한 명명을 할 때 침대에서 이미지를 빌려왔다. 물론 여자애들끼리의 제한된 내부자 모임이었다. 워낙 은밀하고 금지된 놀이였기 때문에 내부자가 되기에는 꽤 조건이 까다로웠다. 금지된 놀이

를 할 만한 배짱과 반항성, 그것을 어른들에게 비밀로 할 수 있을
만큼의 주의력과 지능 등등.

침대놀이에 참석한 아이들은 우선 조를 나누었다. 그런 다음 일
부는 망을 보고 일부는 두 명씩 차례로 이불 속에 들어가 아랫도리
를 벗었다. 어지간한 일로는 긴장하지 않는 나도 거기까지 지켜볼
때는 꽤 긴장이 되었다. 그러나 아이들이 이불 속에서 하는 일이라
곤 다만 휴지를 잠시 아랫도리에 대고 있는 것뿐 다시 옷을 입고
이불 속에서 나오는 것이었다.

금기에 대한 흥분 외에는 아무것도 없었다. 파트너를 쉴새없이
바꾼다는 면에서 보면 그것은 대단한 난교파티였지만 자위행위를
흉내내는 것 이상의 아무것도 아니라는 점에서 싱겁기 짝이 없는
장난이었다. 남녀를 느끼지 못하게 한다는 점에서 그것은 오히려
소꿉장난보다 훨씬 덜 성적이었다. 나는 그애들의 어린애스러움
이 딱했다.

그애들이 나를 그 침대놀이에 끌어들이려 하는 이유는 뻔했다.
봉희네가 나를 자기들의 깡패모임에 참석시키려는 것과 마찬가지
로 그애들은 모범생인 나를 끌어들여 자기들 파티의 질을 높이고
자기들이 완전히는 떨쳐버리지 못한 죄의식에 대한 포장지로 사
용하려 했다. 그 포장은 아이들이 몰려다니는 것을 좋아하지 않는
어른들에게도 유리하게 작용할 것이었다. 이를테면 이미지 제고
를 위한 스카우트인 셈이었다.

아이들은 내게도 휴지를 쥐여주었다. 그애들의 눈빛을 보면서 나는 지금까지 미처 깨닫지 못했던 점 한 가지를 발견했다. 내부자 모임에서 가장 중요한 것은 지능도 신의도 아닌 가담 정도였다. 모임의 비밀이 깨지는지 지켜지는지는 참가자들이 얼마나 적극적으로 가담했느냐에 따라 결정되기 때문이었다. 아이들은 나를 이불속으로 밀쳤다.

그때 언제나 목구멍에 장전돼 있던 치밀한 거짓말이 내 입을 뚫고 발사되었다. 나는 봉희가 오늘 줄곧 나를 따라다녔으며 지금도 이곳으로 나를 찾으러 오는 길이라는 거짓말을, 만약 그 자리에 있었다면 봉희라도 믿지 않을 수 없을 만큼 설득력 있게 개진하였다. 아이들은 그 현실을 파악했다. 폭력과 도덕적 타락은 언제나서로에게 의존하면서 한편 서로를 견제한다. 아이들의 세계에서도 마찬가지이다. 그 자리에서 도덕의 타락을 즐겼던 세력은 폭력을 과시하는 봉희네 세력에게 약점을 노출시키고 싶지 않았으므로 나를 문밖으로 내보내주었다.

나의 훔쳐보기 독서의 마지막 단계는 우리미장원 안에서 이루어졌다. 이따금 이모는 우리미장원에 '고데'를 하러 가면서 나를 데리고 갔다. 연탄 구멍 속에서 벌겋게 달궈진 고데기를 꺼내서 젖은 수건에 한번 찍시면 그것은 '지익!' 소리를 내며 알맞은 온도로 식었다. 그러면 우리미장원 미용사는 이모의 머리카락에 오린 종이를 댄 다음 그 고데기를 마치 엿장수 가위처럼 짤깍거리면서 머리끝을 말아올리는 것이었다. 종이 타는 냄새를 맡으며 나는 이모가 고데를 마칠 때까지 줄곧 『선데이 서울』의 '어른만 보는 페이지'에 고개를 묻고 있었다.

'어른만 보는 페이지'는 책의 맨 뒤 컬러화보의 바로 앞쪽에 있었기 때문에 나는 늘 『선데이 서울』을 뒤에서부터 넘겼다. 거기에는 매 회마다 앞가슴과 엉덩이의 굴곡이 균형 있게 에스자를 그리고 있는 벌거벗은 아가씨가 등장하여, 금지된 성에 대한 욕망이 얼마나 엉큼하고 뻔뻔스러운 것이며 반면 공식적으로 허락된 성이 얼마나 미지근하고 권태로운 것인지를 가르쳐주었다. 내게는 그 만화가 그 책에 같이 연재되고 있던 어느 소설가의 「60년대식」이라는 소설보다 인간의 욕망이나 그 비극성을 훨씬 더 실감나게 그리고 있는 듯이 여겨졌다. 나는 거기에서 성에 대한 냉소를 터득했다. 이제 성에 대해서는 더이상 알 것이 없었다.

언제부터인지 모른다. 그렇게 닥치는 대로 미친듯이 읽어대던 책이며 잡지를 나는 이제 더는 보지 않았다. 좁고 밀폐된 느낌이 좋아서 여전히 삼촌 방의 다락에는 이따금 올라가 누워 있었지만 책장을 들춰볼 마음은 생겨나지 않았다. 할머니의 걱정은 조금씩 사그라들었고, 그리고 얼마 안 가서 삼촌이 휴학을 하고 내려와 자기의 방을 되찾아감으로써 완전히 해소가 되었다. 나는 이제 다시 예전처럼 학교에서 돌아오면 마루에 나와 앉아서 숙제를 하거나 어른들을 관찰했다.

    그 독서편력을 끝낸 뒤 나의 달라진 점이라면 성을 우습게 여기게 되었다는 사실인데, 삶의 이면을 보려고 든다면 누구나 쉽게 알 수 있는 그런 당연한 일을 굳이 나의 비밀이라고 이름 붙일 수 있을는지는 잘 모르겠다.

희망 없이도 떠나야 한다

"어이구, 이 냄새."

장군이 엄마가 아침밥상을 마루 위에 내려놓으며 얼굴을 찡그린다. 오늘처럼 흐린 날은 아랫동네 유지공장에서 나는 비릿한 냄새가 유난히 심하다.

"공장 바로 옆에 사는 사람들은 오죽하겠어."

할머니도 밥상을 들고 나오며 이마에 맞주름을 놓는다.

"접때 그 동네 만미식당에서 곰보아줌마 만났더니 그러데요. 밥숟가락 들기 전에 다들 애 밴 사람 모양 헛구역질부터 한다고요. 그래도 그 사람들은 살판났죠 뭐. 논 한 마지기에 얼마라더라? 그깟 한 마지기에 쌀 몇 섬도 안 나오는 땅, 식구대로 죽어라 파고 있어봤자 뭐해요? 목돈 만져 장사라도 하는 게 백번 낫지."

장군이 엄마는 척박한 논을 좋은 값에 공장 부지로 팔아치운 덕분에 갑자기 목돈을 쥔 그 동네 사람들한테 배가 아프다.

"그래도 끼니때 사람 입속으로 어디 빨랫비누 들어가는가? 농사가 제일이지."

"옛날에나 농사일이 벼슬 다음이라고 했지, 그게 요새도 통하나요? 요즘이 어떤 세상인데요. 다들 서울 서울 하는 데는 다 이유가 있어요. 돈이 다 서울에 몰려 있으니 부스러기라도 줏어먹으려면 하꼬방에서 살아도 서울 하꼬방에서 살아야 한다고요. 농사 천년 지어보세요. 어느 세상에 만석꾼 되나."

저처럼 돈 몰리는 이치에 밝은 사람인데도 부자가 되지 못한 걸 보면 장군이 엄마가 말끝마다 스스로를 "운도 지지리 없는 년"이라고 지칭하는 데도 근거는 있다. 물론 할머니의 낯빛을 좋지 않게 만든 걸로 보면 장군이 엄마는 운이 없다기보다는 덕이 없는 것이겠지만.

할머니도 전에는 일꾼을 두고 직접 농사를 지었다. 그런데 일 감독을 하는 것만도 할머니 혼자로는 힘에 부쳐서 작년부터는 소작을 주었다. 안 그래도 소작 부친 사람들 일하는 게 제 맘 같지 않아 작년 소출이 할머니 감독으로 할 때보다 적게 나와서 내심 언짢았던 할머니에게 장군이 엄마가 하는 말이 듣기 좋은 말은 아니다. 그러나 할머니는 그쯤에서 입을 다물고 만다. 삼짇날 벽장에서 묵은 빨래 풀려나오듯 풀려나오는 저 입을 어떻게 막아. 똥이 무서워서 피하나. 이런 생각으로 아무 말 없이 방안으로 밥상을 갖고 들어온다.

"날씨도 더운데 방안에서 드시게요?"

장군이 엄마가 한창 말발이 선다 싶을 때 사라지려는 청중에 대한 아쉬움을 표현한다.

"저놈의 냄새 땜에 어디 여기 앉아서 밥 들어가겠어?"

할머니는 밉살스러운 장군이 엄마에 대한 마음을 유지공장에 대한 거부감으로 바꿔놓고 삭여버리려고 한다. 그런데 방으로 들어오자 이모가 장군이 엄마 못지않게 할머니 속을 뒤집는다. 아직 잠옷 차림으로 이불 속에서 라디오 다이얼을 이리저리 돌리고 있던 이모는 한쪽으로 이불을 밀치고 일어나 밥상 앞으로 다가앉으며 이렇게 말했던 것이다.

"아유, 또 청국장이야. 밥 안 먹고 다른 것 먹으면서 살 순 없나?"

"미친년."

한마디로 잘라 말하는 할머니의 힐난에 이모는 어린애처럼 샐쭉해진다.

"엄마는 꼭 나만 갖고 그러더라."

하더니 엉뚱하게도 막 숟가락을 들고 있는 나를 걸고넘어진다.

"어떤 땐 진희가 꼭 엄마 딸 같애. 나는 아니고."

그런데 이모의 당치않은 응석에 대해서 또 한번 "미친년!"이라고 욕을 하거나 "시끄럽다!"라고 그 허튼 말문을 막아버릴 줄 알았더니 할머니는 뜻밖에 그러지 않는다.

"자식은 주고 싶은 도둑놈이라는데 어디서 주는 것 없이 미운
놈이 생겨나갖고……"

라고 혼잣말을 할 뿐이다.

할머니는 가끔 이렇게 이모의 응석을 은근히 받아줄 때가 있다.
내가 아는 할머니라면 그렇게 비논리적이고 나이와 처지에 어울
리지 않는 억지 애교를 받아들일 리 없다. 그러나 이모의 어머니
이기에 할머니는 그것들을 다 받아들일 수 있는 모양이다. 할머니
가 나의 할머니이기에 앞서 이모의 어머니라는 것을 깨달을 때 내
게는 어쩔 수 없이 배신감과 질투가 함께 온다. 이모는 늘 할머니
에게 퉁박을 받지 않을 수 없게 행동한다. 반면 나는 언제나 할머
니의 마음에 딱 맞는 존재이다. 대화가 성립된다는 점에서도 할머
니는 이모보다는 차라리 나를 상대하는 편이 나았다. 어떤 점에서
보더라도 할머니의 계보에 가까운 것은 분명 이모가 아닌 내 쪽이
다. 그런 생각은 내가 할머니의 적자이고 이모는 서자 같다는 느낌
을 주면서 정통성을 확보한 나에게 우월감을 심어주었다. 나는 이
모의 어리석음을 경원하는 한편으로 이모가 계속 어리석은 서자
로 남아 내가 할머니의 사랑이라는 보위에 등극하는 데 장애가 되
지 않기를 은근히 기대해왔다.

그러므로 지금처럼 할머니가 나박히 이모를 야단을 쳐야 할 때
어이없이 너그러운 태도를 보이면 배신감을 느낄 수밖에 없다. 내
정통성이 뿌리를 내린 곳은 할머니의 사랑이 아닌 책임감이나 의

무 따위의, 그러니까 사랑보다 훨씬 저급한 감정이 아닌가 의심하게 되는 것이다.

사람을 좋아하는 감정에는 이쁘고 좋기만 한 고운 정과 귀찮지만 허물없는 미운 정이 있다. 좋아한다는 감정은 언제나 고운 정으로 출발하지만 미운 정까지 들지 않으면 그 관계는 오래 지속될 수가 없다. 왜냐하면 고운 정보다는 미운 정이 훨씬 너그러운 감정이기 때문이다. 또한 확실한 사랑의 이유가 있는 고운 정은 그 이유가 사라질 때 함께 사라지지만 서로 부대끼는 사이에 조건 없이 생기는 미운 정은 그보다는 훨씬 질긴 감정이다. 미운 정이 더해져 고운 정과 함께 감정의 양면을 모두 갖춰야만 완전해지는 게 사랑이다.

할머니의 사랑 중에 고운 정을 차지하고 있는 것이 나라면 이모는 물론 미운 정 쪽이다. 이모는 고운 정을 갖기는 틀렸기 때문에 할머니에게서 완전한 사랑을 기대할 수 있는 것은 나뿐이다. 그러나 나는 미운 정을 얻기 위해 할머니에게 함부로 군다는 것은 생각조차 할 수 없다. 자신이 없다. 어쩌면 미운 정이란 고운 정보다 훨씬 더 얻기 힘든 무르익은 감정인지도 모르겠다.

나는 이런 장면을 가끔 상상하곤 했다. 기우제 때 처녀를 바치는 제단이 있다. 비가 오도록 하기 위해서는 이무기에게 처녀를 바쳐야 하는데 처녀라고는 이모와 나뿐이다. 이때 할머니는 우리 둘 중에 과연 누구를 그 컴컴한 동굴 속에 집어넣을까.

그에 대한 내 대답은 놀랍게도 나였다. 또한 그럴 줄을 알면서도 번번이 그 질문을 스스로에게 던져보지 않을 수 없는 것이 내가 가진 간절함이기도 했다.

그러나 내가 일찍이 광진테라 아줌마의 인생 속에서 통찰했듯이 사람이 자기에게 주어진 삶에 대해 갖는 애정이란 집요한 것이다. 나는 나 자신을 배신감과 질투의 탁류 속에 버려두지는 않는다. 내가 나를 탁류가 아닌 옥류로 데려와 정결하게 씻긴 다음 날개옷을 입히는 방법은 이러하다.

먼저 나는 이무기에게 처녀를 바치는 일은 항상 있는 일이 아니지 않은가 하고 반문한다. 우리가 흔히 부닥치는 것은 누가 아름답고 누가 아름답지 않은 처녀인가 하는 일상적인 문제이지 어떤 처녀를 죽음의 동굴 속에 집어넣는가 하는 극적인 문제가 아니다. 마찬가지로 사람이 누구를 선택함으로써 누구를 배반해야 하는 극한상황은 자주 오는 것이 아니다. 이모냐 나냐 하는 기회가 온다면 할머니는 이모를 선택할 것이다. 그러나 그 기회는 일상적인 것이 아니다. 평생 한 번 있을까 말까 한 일이다. 그리고 '운명'이라고 부르는 그런 기회는 어디까지나 우연히 오는 것이다.

따라서 이모가 아닌 나 자신이 폐기되고 말 그런 운명의 순간을 평소에 굳이 의식할 필요는 없다. 평소에는 일상적인 현실 안에서의 우월감을 갖고 살면 그만이다. 서자를 선택할 기회는 극한상황에서나 있는 것이지만 보통의 현실에서 공개적 사랑을 받는 것은 언제나 적자가 아닌가. 나와 이모 중 하나를 택해야 하는 상황이 할머니의 여생에 오지 않기가 쉽다. 그렇게 생각하자.

적자에 의해 일단 권좌에서 배척당한 서자가 조개젓에 젓가락을 대며 묻는다.

"오빠 오늘 내려오겠네?"

"온다고 했으니 오겠지."

이모에게는 삼촌이 오는 게 달갑지만은 않다. 만약 이형렬과의 펜팔 사연을 안다면 삼촌은 이모를 가만두지 않을 것이다.

책가방을 들고 일어서니 할머니가 언제나처럼 묻는다.

"학교 끝나고 오는 길에 입이 궁금하잖냐? 뭐 사먹게 돈 좀 줄까?"

"괜찮아요, 할머니."

우리의 이 문답은 연속극에서 잘 나오는 "학교 다녀오겠습니다" "오냐, 조심해 다녀오거라"라는 문어체 문답의 구어체 변형이다. 문어체가 어색한 사람들의 환치법이기도 하고. 이런 생활의 지혜도 모르는지 이모는 그 환치법에 대해 직설법으로 반응한다.

"엄마, 나도 돈 필요한데 돈 있으면 나나 좀 주지 않고."

"너 줄 돈 있으면 해피 주겠다."

그렇게 받아치면서도 할머니는 밥상을 들어올리며 별 기대는 말라는 양 무심히 "돈은 뭐할려고?"라고 말을 흘린다. 할머니가 이모를 해피에 비유한 것은 옳았다. 그 말에 반색을 하는 이모의 표정은 밥그릇을 보고 할머니의 치마꼬리에 달겨드는 해피와 그다지 다를 바가 없다. 흔들리는 꼬리 때문에 해피는 제 감정을 절대 감추지 못한다. 이모의 벌어지는 입도 마찬가지이다.

마당에 나오니 장군이도 학교에 가려고 신발을 신고 있다. 운동화 앞부리를 바닥에 두어 번 탁탁 찍어 신발을 신은 장군이는 장군이 엄마한테서 도시락을 받아든다.

"진희도 지금 가냐? 우리 장군이하고 같이 가면 되겠구나."

장군이 엄마의 목소리가 어쩐지 부드럽다 했더니 금방 속셈을 드러낸다.

"변또가 두 개니까 이선생님 변또는 진희 네가 좀 들고."

짐짓 못 들은 척하고 걸음을 빨리하여 장군이네 집 앞을 지나치는데 장군이가 종종걸음으로 나를 따라온다. 대문을 열면서 힐끗 보니 장군이는 제 엄마에게 다시 붙들려서 운동화 끈을 고쳐 매고 있다. 그런 장군이 모자가 조금은 정답고, 그리고 얄미워 보인다.

"혼식 검사한다면서? 밥에 보리 좀 섞었으니까 꼭꼭 씹어 먹어라."

"알았어, 엄마."

그다지 다정한 편도 아니면서 아들에게만은 이 세상 온갖 자상한 척은 혼자 다 하고 있는 장군이 엄마 목소리도 듣기 싫지만 장군이의 '엄마' 소리는 오늘따라 너 듣기가 싫다.

내가 학교에 가는 길은 두 갈래이다. 중앙통으로 해서 다리를 지나가는 신작로로 가면 걷기에도 편하고 아이들을 많이 만날 수 있지만 제방으로 해서 올라가는 길은 길이 험해도 혼자 생각에 골몰할 수 있어 좋다. 오늘 내 발길은 제방 쪽으로 향한다.

탱자나무 울타리에서 탱자잎이 무성하게 뻗어나와 있다. 잎이 세 갈래로 갈라진 탱자잎은 며칠 전 인숙이가 공부시간에 몰래 보다가 선생님에게 빼앗긴 만화책 『요괴인간』에 나오는 베로의 손 같다. 아이들은 이 탱자잎을 따서 점을 치곤 한다. 눈을 감고 머리 뒤로 잎을 던져서는 뒤집어지면 그날은 재수가 없는 것이고 똑바로 떨어지면 재수가 좋은 것이다. 자기가 던진 잎이 뒤집어져 나오면 아이들은 구구단을 못 외웠거나 숙제를 안 한 것이 갑자기 께름칙하다.

자기의 잎이 똑바로 떨어진 애들은 자기최면에 의해 돌연 자기가 행복한 아이인 것처럼 여겨진다. 실제로는 그날 안 좋은 일이 계속 생겨도 '그나마 다행'이라고 생각하면서 점괘를 믿으려고 애쓴다. 그것이 철저한 우연이라는 것을 알면서도 아이들은 미래에 대한 궁금증을 그런 식으로 해소한다. 스스로도 믿지 않는다는 걸 뻔히 알면서도 미래에 대한 단서를 찾는 마음은 늘 화투로 운수점을 떼는 장군이 엄마와 마찬가지이다.

나는 걸음을 멈추고 서서 탱자잎을 딴다. 그러나 점을 쳐볼 기분은 들지 않는다. 여기까지 오는 동안 내 발걸음이 꽤 무거웠다는 것만을 깨닫는다. 왜 이러지? 내 기분을 살펴본다. 내 감정에 대한 거리유지가 몸에 배다보니 나의 정서적 반응은 이렇게 한참 뒤에

온다. 때문에 나는 내가 지금 왜 이런 기분인지 항상 돌이켜서 그 이유를 유추해내곤 한다.

탱자잎을 손에 쥔 채 나는 한참을 그대로 서 있다. 자신이 왜 이렇게 기분이 좋지 않은지 기억을 더듬어가면서.

식은 잿더미를 천천히 헤쳐보니 그 안에 불씨가 하나 있긴 있었다. 깊이 묻혀 있던 불씨는 잿더미 밖으로 나오자 산소를 빨아들이며 갑자기 불꽃이 커진다.

'그거였어?'

나는 짜증이 난다. 아무 잘못도 없이 나에게 극복해야 할 상처가 주어졌다는 점에서 어른들에게 적의가 생긴다. 내가 태어나기도 전에 이루어진 부모의 인연으로 인해서 왜 이런 과제들을 짐 져야 하는 것인지 부당하다. 나는 지금 엄마와 아버지 생각으로 마치 돌덩이가 얹힌 듯이 가슴속이 묵직한 것이었다.

지난봄에 우리 읍내에는 미친년 하나가 흘러들어왔었다. 치마는 몇 겹을 입었지만 죄다 나달나달하여 걸을 때마다 땟국에 전 종아리가 다 드러났고 색깔을 알아보기 힘든 누더기 저고리 속에서 젖가슴이 뭉클뭉클 흔들렸다. 손에 작대기 하나를 들고 아무데나 툭툭 건드리며 돌아다니다가 "야, 이년아 여기가 자치기 마당이냐 저리 못 비켜"라고 소리치면 그 소리친 사람이 코흘리개일지라도 무서워하며 비실비실 뒷걸음질을 쳤다.

언젠가 장날이었다. 할머니를 따라 광주리와 고무줄 같은 것을 사가지고 오는 길에 저만치에서 난전을 기웃거리고 다니는 미친 년을 보았다. 이리저리 쫓기면서도 미친년은 여전히 히죽거렸다. 고개를 옆으로 까닥거리면서 걸어오고 있는 미친년의 표정은 천진난만하기 이를 데 없었다.

그런데 그때 미친년은 갑자기 걸음을 멈추고 아주 이상한 짓을 했다. 나를 보더니 반색을 하며 마구 달려오는 것이었다. 조금 전까지의 백치 같은 표정은 간데없고 마치 전쟁통에 잃어버린 딸이라도 찾은 듯이 감격적인 얼굴이었다.

미친년의 눈은 내 손을 뚫어져라 쳐다보고 있었다. 검은 무쇠솥에서 막 쪄낸 찐빵이 들려 있었던 것이다. 그것은 얇은 종이에 싸여 있긴 했지만 뜨거운 김이 종이에 들러붙어서 누가 봐도 알 수 있도록 찐빵 모양을 유지하고 있었다. 미친년이 탐나는 것을 발견하고 취한 갑작스런 행동일 뿐이었지만 내게로 달려오는 미친년을 보고 할머니와 나는 진심으로 당황했다.

내 코앞에 다가와서 히죽거리는 미친년을 할머니는 끝내 빵 한 개 안 주고 매몰차게 쫓아버렸다. 미친년은 막대기를 땅바닥에 질질 끌며 도망쳐갔다. 미친년 따위에게 곤욕을 치른 것이 억울해서일까. 내 눈에는 의미 모를 눈물이 매달려 있었다.

내가 나약하게 자랄 것을 염려해서인지 할머니는 내게 드러내놓고 애정표현을 해본 적이 없다. 정이 뚝뚝 듣는 말을 들으면 나는 감동하기보다는 유치함을 느끼도록 길러졌다. 또한 내가 할머니를 통해서 은연중에 배운 바로는, 감정의 균형을 유지해야만 타인에게 굴복당하지 않는다는 사실이었다. 그래서 나는 감상을 싫어하거나 혹은 느끼지 못하게 되었다. 전쟁영화에서 기둥에 묶여 총살을 기다리는 포로를 볼 때 마음이 조마조마하긴 하면서도 한편으로는 그가 비록 목숨을 잃을 위기일발의 상황에 처하긴 했어도 그렇게 손을 등뒤로 하고 묶여 있으니 굽은 등뼈를 펼 수 있어 시원할 거라는 생각을 하는 것이었다.

그런 내가 미친년을 보고 눈물을 지은 것은 할머니에게 충격을 주었다. 할머니는 내 눈물이 엄마에 대한 연상작용임을 알았다. 하는 수 없이 엄마에 대해 무거운 입을 떼어야 했다.

엄마의 병은 남 앞에서 해괴한 짓을 하는 것이 아니고 오히려 절대 남의 눈에 띄기 싫어하는 대인기피와 우울증이었으며 때때로 거의 나은 것처럼 보이기 때문에 결혼할 무렵만 해도 그 믿음직한 청년과의 행복을 아무도 믿어 의심치 않았다. 결혼 후 서울로 올라간 엄마는 이제 내 아버지가 된 그 청년이 직업상 객지로만 돌고 있는 사이에 혼자서 나았다 도졌다 하는 병을 끌어안고 여위어가다가 어느 날 나의 극성스런 울음소리에 방문을 열어본 안집 주인에 의해 자살이 미수로 끝났고 며칠 안 돼 그 소식을 듣고 달려온 아버지에게 반쯤 죽을 정도로 얻어맞자 아버지가 떠난 뒤 나를 마루 기둥에 묶어놓고 집을 나가버렸다. 그뒤 할머니가 연락을 받고 부랴부랴 서울로 올라간 지 오 일 만에 우리가 살던 효창동에서 멀리도 떨어진 뚝섬 파출소의 순경에게 발견된 거지나 다름없는 엄마를 할머니가 요양원으로 데려갔다. 그런 이야기였다.

그 이야기를 들은 뒤 나는 다시는 엄마 생각을 하지 않았다. 더 이상 궁금해하지도 않았다. 왜냐하면 그 이야기에서 나는 슬픔을 느꼈으며 그런 슬픔이 나에게 약점을 만드는 것을 경계했기 때문이다. 나는 내가 엄마에게나 나 자신에게 연민을 느끼기를 원치 않았다. 건드려질 때마다 아픔을 느끼는 상처를 갖는다는 것은 내 삶에 대한 스스로의 조절능력을 상실하는 거였다. 나는 내 상처를 건드리는 사람의 의도대로 반응하면서 살고 싶진 않았다.

교과서가 효심을 고취시킨다는 목적으로 한 단원쯤은 반드시 어머니의 사랑을 환기시키고 모든 동시와 동화가 어머니를 아름답고 그리운 존재로 찬미할 때마다 나는 찢어진 치마 사이로 땟국에 전 다리가 내비치던 장터의 미친년을 떠올렸다. 그때 비로소 죄의식이나 공포 같은 강력한 것보다 그리움이나 사랑 따위의 보드라운 것을 이겨내기가 훨씬 힘들다는 것도 깨닫게 되었다.

아버지에 대해서는 엄마에 대해서 아는 것만큼도 모른다. 어른들이 우물가에서 하는 말을 얼핏 들으니 아버지가 새장가를 갔다고도 하고 할머니에게 돈을 부쳐왔다고도 한다. 나를 만나러 왔다가 그냥 돌아갔다고도 하며 먼발치에서 나를 봤다고도 하는데 말 만들기 좋아하는 장군이 엄마와 누구한테든 맞장구를 잘 치는 광진테라 아줌마 사이에 오고가는 대화라서 완전히 믿을 것은 못 된다. 그러나 확실한 것은 나에게 아버지가 있고 엄마와 달리 그 아버지는 살아 있다는 사실이다.

살아 있다는 사실만으로 아버지는 엄마의 존재보다 더 강도 높은 극기의 대상이다. 엄마가 죽었기 때문에 엄마에 대한 그리움에는 절망이 동반된다. 그러나 아버지에 대한 그리움은 희망을 동반하고 있기에 이겨내기가 훨씬 더 힘들다. 어제 음악시간에 〈꽃밭에서〉라는 노래를 합창할 때였다. 선생님은 특히 가사를 잘 새겨가면서 노래를 부르라고 말했다.

아빠하고 나하고 만든 꽃밭에
채송화도 봉숭아도 한창입니다
아빠는 꽃처럼 살라 하셨죠
꽃을 보며 꽃처럼 살라 하셨죠

나는 그 노래를 통해서 아빠라는 발음을 처음 해보았다. 꽃을 보면서 노래 속의 아이는 '아빠'를 생각하지만 나는 그 노래를 부를 때만 발음할 수 있는 '아빠라는 말'을 떠올릴 뿐이다.

오늘은 금요일이라 5교시 끝나고 특활시간이 있다. 내가 무용반의 집합장소인 강당에 들어갔을 때는 벌써 아이들이 줄을 맞춰 나란히 앉아 있었다. 오늘은 무용 연습을 하지 않는다. 며칠 뒤에 도

대항 무용대회가 열리는데 거기 나가는 아이들만 무대 뒤로 가서 옷을 '의상'으로 갈아입는 것이다. 무대 밑에서 올려다보는 아이들의 부러운 시선을 받으며 나도 무대 뒤로 간다. 이번 무용대회의 주제가 '온고지신'이라서 우리는 흥부전을 연습하고 있다. 내가 맡은 역은 흥부 역이다.

연습은 흥부가 놀부의 처에게 쫓겨나는 2막에서부터 시작된다. 막이 열리며 흥부인 내가 놀부 처에게 주걱으로 얻어맞고는 뒷걸음질로 무대에 나타난다. 그리고 무대 중앙으로 오자마자 그대로 쓰러져 어깨를 들썩인다(이 부분에서 선생님은 항상 자신의 어깨를 크게 들먹이며 내게 어깨동작을 크게 하라고 '더 크게, 더 크게!'라고 소리치곤 한다). 이제 흥부 처인 신화영이 등장할 차례이다. 그런데 최선생님이 갑자기 음악을 끈다. 흥부의 슬픈 마음을 만천하에 알리려고 소리 높이 흐느끼던 단소 소리가 딱 멈추며 대신 선생님의 고함소리가 들려온다.

"신화영, 옷이 그게 뭐야?"

무대 밑에서 구경하던 아이들의 시선이 일제히 신화영의 옷으로 쏠린다. 그애가 입고 있는 한복은 날아갈 듯 화사하다. 그러나 그래서는 안 되는 것이다. 그애가 맡은 흥부 처의 처지에 맞도록 누더기를 입어야 한다. 흥부 처가 지성으로 공경해 마지않는 남편 흥부, 즉 나의 한복에도 누더기를 흉내내느라고 얼룩덜룩한 천이 아무렇게나 덧꿰매져 있다. 늘 자기의 수예솜씨를 자랑해왔던 이모의 '아플리케 스티치'에 의존했다가 단단하게 꿰매진 게 하나도 없다며 어젯밤 늦도록 할머니가 다시 꼼꼼히 바느질을 해주었던 것이다.

주인공은 맡고 싶고, 그러나 누더기옷을 입기는 싫고…… 신화영의 속마음은 누가 봐도 뻔했다. 병원집 딸인 그애는 어디서나 돋보이는 화려한 존재가 되고자 했다. 남자 옷을 입기 싫어서 언제나 여자 주인공 역만 탐을 냈다. 대부분의 여주인공은 착하고 가냘프고 순종적이라서 완전히 그것과는 반대 성격인 그애가 소화해내기 어려웠지만 병원집 사모님의 물질적 후원을 포기할 수 없는 최선생님은 무용대회를 할 때마다 첫번째 고민이 신화영을 위해 여주인공으로 '보이는' 역할을 찾아내는 일이었다.

최선생님이 아까 야단치던 말투를 부드럽게 고쳐서 "내일까지 다른 옷 갖고 오든지, 아니면 헝겊을 대서 꿰매와야 한다. 되도록 많이" 하고 당부하지만 고집스럽게 입을 빼물고 있는 품이 신화영은 내일도, 물론 대회날에도 그 날아갈 듯한 갑사한복을 포기하지 않을 기세다. 무대 밑의 아이들은 감탄 반 질시 반으로 저희들끼리 귓속말을 하느라 야단이다.

음악이 다시 틀어지고 무용 연습이 계속된다. 흥부 부부가 뒤쪽에서 어깨를 들썩이며 팔동작만 하면서 서 있는 동안 흥부의 자식들이 모두 나와 한 명씩 돌아가며 무대 중앙에서 독무를 춘다. 밥 달라, 떡 달라, 장가 보내달라, 하면서 보채는 장면이다. 나는 오른

쪽으로 두 팔을 크게 벌려 왼쪽 허리를 한번 싸안고 그다음 다시 왼쪽으로 팔을 벌려 이번에는 반대쪽 허리를 싸안는 춤동작으로 무능한 아버지의 안타까움을 표현하게 되어 있다. 한데 그 순간 어쩐 일인지 코끝이 아리다. 자식들이 원하는 것을 주지 못하는 아버지인 나의 무능을 참을 수가 없다. 아니, 아버지라는 가장의 존재를 참을 수가 없다.

박자를 놓친 나에게 선생님이 소리친다.

"강진희! 거기서 틀리면 어떡해. 네가 주인공이란 걸 항상 명심해야지. 심사위원은 주로 너를 본단 말야."

바로 옆에서 나의 처인 병원집 딸이 고소하다는 듯 웃고 있다. 다른 때 같으면 나는 그런 것을 용납하지 않는다. 언젠가는 갚아줄 셈으로 당장 내 마음속의 치부책에 줄 하나를 그어놓는다. 하지만 이 역시 어쩐 일인지 시들하다. 어서 연습이 끝나고 혼자가 되었으면 하는 생각뿐이다.

일부러 아이들이 다 나가고 난 뒤까지 기다렸다가 나는 혼자 천천히 교실문을 나선다. 운동장을 빙 둘러서 깔린 자갈길을 따라 터덜터덜 교문 쪽으로 걸어나간다. 그네에서 누가 부르는 것 같았지만 그냥 지나쳐버린다. 교문 앞에 서 있는 커다란 나무 밑에 설탕을 녹여 오뚜기 모양의 모양틀로 찍어주는 '띠기' 장수 둘레로 아이들이 모여 있다. 거기서 또 누군가 부를 것만 같아 교문 앞을 지나는 내 걸음이 빨라진다. 지금 기분 같아서는 이 세상에 나를 아는 사람이 아무도 없었으면 싶다.

그런데 군청 앞 큰길로 꺾어지는 길목에서 나는 길 건너편에 서 있는 광진테라 아줌마를 보았다. 이런 날이면 꼭 아는 사람도 자주 만난다. 아마 아침에 탱자잎으로 점을 쳤다면 분명 잎이 뒤집어져 나왔을 것이다.

아줌마는 재성이를 포대기로 업고 손에는 기저귀 가방을 들고 서 있다.

군청 앞은 시외버스가 서는 정류장이기도 하다. 표지판 같은 것은 없어도 차부에서 출발한 시외버스가 빠지는 길목이기 때문에 사람들은 으레 여기에서 기다렸다가 버스를 타고 간다. 아줌마의 기저귀 가방이 유난히 무거워 보였기 때문에 나는 아줌마가 어디 멀리 가는가보다 하고 짐작한다.

우리집 우물가에서 푸성귀를 다듬고 기저귀를 빨 때는 별로 몰랐는데 지금 보니 아줌마는 굉장히 촌스럽다. 앞 단추가 주르륵 달린 블라우스 위를 덮고 있는 낡은 포대기가 아줌마의 차림에 어울리는 초라함을 더하고 있다. 재성이의 엉덩이를 받치느라 뒤로 모아진 손에 꼭 쥐어진 기저귀 가방, 왼쪽 가슴께에 꽂은 옷핀 두 개, 그리고 신발은 언제나처럼 어김없이 고무신이다. 그 고무신 뒤축으로 땅을 콕콕 찍으며 서 있는 것이 버스를 기다리는 것이 분명하다.

이윽고 다리 쪽에서 먼지를 일으키며 버스 한 대가 나타난다. 그러더니 차가 달릴 때보다 훨씬 많은 먼지를 피워올리며 아줌마

앞에 멈춰 선다. 버스에 가려서 아줌마는 내 눈앞에서 잠깐 사라진다. 바퀴 사이로 고무신을 신은 발목만 언뜻 보일 뿐이다. 버스는 잠시 멈추었다가 마침내 먼지의 회오리를 탈출하는 듯이 기세좋게 출발한다. 저만치 버스가 멀어진 뒤 비로소 먼지가 가라앉는다. 그런데 그 먼지 속에 아줌마가 여전히 서 있다.

아줌마는 버스가 사라진 쪽을 쳐다보며 서 있었다. 아까의 그자세 그대로 등뒤로 손을 돌려 포대기를 받친 채 버스가 간 쪽으로 고개만 돌리고 있는 아줌마의 모습은 한 장의 사진처럼 정지되어 마음속의 음영을 강한 부조로 나타내고 있다. 아줌마는 갈 곳이 있는 게 아니었다. 떠나고 싶어하는 것이었다.

고달픈 삶을 벗어난들 더 나은 삶이 있다는 확신은 누구에게도 없다. 그러나 사람들은 떠난다. 더 나은 삶을 위해서라기보다 지금의 삶에서 벗어나기 위해서. 아무 확신도 없지만 더이상 지금 삶에 머물러 있지 않아도 된다는 것 때문에 떠나는 이의 발걸음은 가볍다. 그런 떠남을 생각하며 아줌마는 사라진 버스 쪽을 그렇게 오래도록 바라보고 있는 것이리라.

다시 고개를 제자리에 돌리더니 아줌마는 엉덩이를 한번 들썩여서 등에 업은 아기를 추스른다. 넋 나간 듯 버스 꽁무니를 보고 있던 자기의 현재를 되찾는 신호이다. 그것은 또 자기의 헛된 꿈에 마침표를 찍는 동작이 되기도 한다. 무겁게 발을 끌며 다리 쪽으로 걸음을 옮겨놓는 아줌마는 언제나 보는 광진테라 아줌마, 그녀였다. 아줌마의 등뒤에서 그녀의 고달픈 삶을 이어갈 수 있도록 희망을 주는 한편 그녀를 바로 그 고달픈 삶에게로 묶어놓는 재성이가 엄마의 머리끄덩이를 잡아당기며 논다. 재성이가 잡아당기는 대로 가볍게 머리채를 흔들리며 그녀는 뒤웅박이 되어 걸어가고 있다. 뒤웅박 팔자라는 할머니의 해석이 옳았다. 노인과는 지혜겨룸을 할 일이 아니다.

아줌마가 사라진 다리 쪽에서 직각으로 방향을 틀어 나는 아침에 걸었던 제방 길로 접어든다. 버스가 가버린 쪽으로 돌려져 있던 아줌마의 고개의 각도가 눈앞에서 사라지지 않는다. 버스가 아줌마 앞에 섰을 때 아마 아줌마는 충동을 느꼈을 것이다. 그때 버스에 한 발을 올려놓는 것으로 아줌마의 인생은 달라질지도 모른다. '지금의 삶'에서는 벗어날 수 있을 것이다. 그 순간 아줌마가 느꼈을 복잡한 갈등이 내 가슴으로 들어와 스몄다. 나도 떠나고 싶은 건가. 나에게도 지금의 삶에 대한 번민이 있어 여기에서 벗어나고자 하는 마음이 있는 건가. 그렇다면 내가 원하는 다른 삶은 어떤 것인가. 엄마의 존재를 의식하지 않고 또 아버지라는 발음을 극복하지 않아도 되는 삶? 생각이 여기에 이르자 나는 더욱 우울해진다. 내 삶이 이어지는 한 그들의 이미지를 떠날 수 없다는 걸 알기 때문이다. 그런 뜻에서 내게는 '다른 삶'이란 없었다.

해가 기울기 시작하면 제방 길은 책에서 흔히 보는 고향마을 같은 풍경이 된다. 그래서인지 초가집과 탱자나무 울타리 위로 불구름이 번져가는 모습을 보며 어쩐지 누군가 그립고 마음이 심란해지는 때도 있다. 저만큼 탱자나무 울타리 아래에 책보를 내려놓고 놀고 있는 아이들 몇이 보인다. 그중에 민자의 자주색 치마가 섞여 있는 것을 보자 나는 울타리와 반대편인 물가 쪽으로 고개를 돌린 채 빠른 걸음으로 그곳을 지나친다. 그러나 소용없다. 민자의 목소리가 뒤통수에 와서 꽂힌다.

"진희야! 같이 가자!"

민자를 뒤따라서 선숙이와 동생 차숙이도 탱자나무 울타리에서 뛰쳐나와 내 곁으로 온다. 쉴새없이 재잘대며 말을 붙여오는 것이 귀찮았지만 그 셋은 모두 우리 동네에 살았기 때문에 함께 가는 수밖에 없다.

얼마 가지 않아서 우리는 황혼을 향해 걸어가고 있는 말과 마부를 발견했다.

말은 빈 수레를 끌고 가는데도 침을 질질 흘리며 헉헉대고 있다. 제간에는 꾀병을 부리는 것인지 땅바닥에 발을 끌며 느릿느릿 걷는데 그럴 때마다 못마땅한 마부는 고삐를 더욱 세게 잡아당기며 발걸음을 빨리한다. 그러면은 말은 느릿느릿 걸어가는 중에도 앞다리와 뒷다리를 바꿔 딛는 사이사이에 넓적한 똥을 퍽퍽 떨어뜨림으로써 주인에게 모욕을 준다. 말하자면 말과 주인이 신경전을 벌이는데 배짱은 말이 더 센 것 같았다.

그 마부는 우리들이 잘 아는 털보 아저씨로, 제방 끝동네에 살

고 있는 순덕이라는 좀 모자라는 애의 아버지이다. 어른들의 말로
는 순덕이가 그렇게 된 것은 순덕이 어머니가 순덕이를 가졌을 때
뱃속의 것을 떼려고 무슨 약을 먹었기 때문이라고 하며 순덕이 어
머니가 남몰래 애를 떼려고 한 것은 순덕이 아버지의 애가 아니기
때문이라고도 했다.

순덕이 아버지는 볼 때마다 아주 무서운 모습이었다. 무엇보다
길게 기른, 아니 정확히 말해서 아무렇게나 자라난 채로 길어진
검은 수염이 우리 동네 중국집 '중앙관'에 걸려 있는 삼국지 그림
속의 장비처럼 거칠고 무자비한 인상을 주었다. 그러므로 아이들
은 순덕이 아버지와 말의 모습이 저멀리 보일라치면 손뼉으로 운
을 맞추며 "순덕이 어머니, 약 먹었대요. 순덕이 아버지, 핫바지래
요"라고 따라가면서 소리 높여 노래를 부르다가도 순덕이 아버지
의 험상궂은 얼굴이 한번 뒤돌아보기만 하면 혼비백산 달아나버
리는 것이었다.

아이들이란 쉽게 패를 짓고 그것을 공통된 정서로 묶어서 세勢를
형성하기를 좋아했으므로 누구를 괴롭힌다는 데 신이 나서 그렇게
짓궂은 반복음률을 만들어내 남을 놀리곤 한다. 나는 그런 데에 한
번도 끼어본 적이 없다. 아이들 특유의 그런 하찮은 위악성에는 관
심이 없었다. 아이들의 군중심리에서 선혀 슬거움을 느끼지 않기
때문이기도 하려니와 사실은 순덕이 아버지에 대해 그 아이들보다
는 조금 많은 것을 알고 있기 때문이기도 했다.

언젠가 나는 방둑을 걸어오다가 흐르는 물에 말을 씻기고 있는 순덕이 아버지를 보았다. 목욕을 하는 것은 말뿐이 아니었는지 말 주인인 순덕이 아버지도 옷을 하나도 걸치지 않은 알몸이었다. 내가 서 있는 방둑에서 순덕이 아버지가 몸의 중심에 자기의 수염 같은 시커먼 수염을 하나 더 달고 말을 씻기고 있는 냇가와는 그렇게 먼 거리가 아니었다. 그리고 이런 순간, 즉 어린애가 금지된 장면을 훔쳐보는 순간에는 꼭 순덕이 아버지 쪽에서 고개를 들도록 되어 있다. 과연 그는 고개를 들어 방둑에 서 있는 나를 발견했다.

나는 남자어른의 벗은 몸을 우연히 보게 된 순진한 아이로서, 처음 보는 물건에 조금은 놀랐지만 거기에서 무슨 성적인 이미지를 연상하기에는 내가 너무 어리고 바로 그렇기 때문에 그것을 봤다는 사실 자체에만 스스로 겁을 먹고 있다는 식의 표정을 지었다. 그리고 내게서 이내 고개를 돌려 매끈하게 젖은 고동색의 말 등에 물을 끼얹는 순덕이 아버지의 심상한 손놀림에서 내 의도가 충분히 성공을 거두었음을 알았던 것이다. 순덕이 아버지의 몸 중심에 있는 시커먼 수염은 그가 팔을 크게 움직일 때마다 그 반동을 받아서 팔이 왼쪽으로 움직이면 오른쪽으로, 오른쪽으로 움직이면 다시 왼쪽으로, 팔동작보다 꼭 한 박자씩 늦게 따라 움직였다.

그 일로 인해 나는 순덕이 아버지와 나 사이에 약간의 비밀이 생긴 것이라고 여겼다. 내가 본 것을 발설하지 않는 점으로 해서 순덕이 아버지 쪽에서 뭔가 내게 빚진 것이 있는 듯한 생각도 들었다.

그러나 지금 제방 길에서 마주친 순덕이 아버지의 행동을 보면 한껏 순진한 척해 보였던 나의 그날의 연출은 순덕이 아버지같이 질박한 사람에게 지나친 성공을 거두었음에 틀림없다. 왜냐하면 나를 보고도 언제나처럼 심술궂고 심드렁한 순덕이 아버지의 표정에 아무 변화가 없었기 때문이다.

민자와 선숙이가 살금살금 달구지에 다가가서 비어 있는 짐수레에 살짝 책보를 올려놓는다. 그러고는 소리를 죽여 낄낄거리며 마차를 뒤따라간다. 제 언니의 하는 짓을 보고 용기가 생긴 차숙이도 따라 한다. 그애들은 마부가 눈치채지 못하는 것에 고무되어 책보뿐 아니라 자기들의 상체까지 달구지에 올려놓아본다. 달구지 위에 엎드린 채 다리를 대롱거리면서 한참 동안 마차에 실려갔다가 마부가 뒤돌아볼 때가 됐다 싶으면 도둑고양이처럼 재빨리 내려서곤 하는 일을 신이 나서 되풀이하는 것이다. 나 혼자만 묵묵히 책가방을 들고 발밑을 쳐다보며 터벅터벅 걸어가고 있다.

갑자기 "야, 이놈들아!" 하는 천둥 같은 소리에 이어 아이들이 달아나는 다급한 발소리가 들렸다. 얼굴을 쳐드는 순간 나는 갑자기 몸이 허공으로 떠오른다. 순덕이 아버지가 머리채를 잡아서 나를 들어올린 것이다. 순덕이 아버지의 손아귀 힘은 너무나 셌다. 양 갈래로 땋은 내 머리채를 한 손에 움켜쥐고 번쩍 들어올려 그악스럽게 그것을 흔들어대는 바람에 나는 책가방을 든 채로 허공에서 다리를 대롱거려야 했다. 머릿가죽이 벗겨져나갈 듯이 아파서 눈앞에 아무것도 보이지 않았다. 식식거리며 나를 내려다보고 있는 그의 털북숭이 얼굴 위에 번들거리는 땀과 분기가 느껴질 뿐이다.

아이들은 도망치면서 자기들의 도망에 더욱 극적인 성취감을 느끼기 위해 기어코 손뼉을 쳐가며 문제의 그 후렴구를 목청껏 외친다.

"순덕이 어머니 약 먹었대요, 순덕이 아버지 핫바지래요."

그 소리를 듣자 순덕이 아버지는 내 머리채를 잡은 나머지 손에 쥐고 있던 말고삐마저 던져버리고는 아이들을 향해 종주먹을 들이대는데, 그 주먹 소리는 단지 허공을 가를 뿐인데도 꽤나 살벌한 획획 소리를 낸다. 입에서는 더러운 욕설과 침이 함께 튀어나와 내 얼굴에 뿌려지고 있다. 이윽고 내 머리채를 놓아줄 때 그의 우악스런 손아귀에서는 그 손이 자랑하는 완력과는 전혀 어울리지 않는 가느다란 머리카락이 한줌이나 붙어 있다가 힘없이 땅으로 떨어진다.

나는 절대로 울지는 않을 작정이었다. 그리고 고자질 따위도 하지 않는다.

자꾸만 파들거리는 입술을 진정시키느라 꽉 깨물고 있기 때문에 얼핏 우는 것처럼 보일지도 모르지만 자세히 본다면 내 뺨이 경직되고 또 차갑게 메말라 있다는 것을 알 수 있을 것이다. 책가방을 내려놓고 나는 먼저 목뒤로 손을 돌려서 순덕이 아버지가 뒤집어놓은 블라우스 깃을 바로잡는다. 왼쪽 옆구리에 있어야 할 치마의 지퍼도 엉덩이까지 돌아가 있다. 제자리로 치마를 돌리고 나서 치맛단을 두어 번 턴 나는 책가방을 열어 가방 속을 정리한다. 필통이 열려서 연필이며 지우개, 칼이 따로따로 흩어져 있고 책과 공책, 책받침 같은 것도 제멋대로 섞여 엉망이 되어 있다. 쭈그리고 앉아 가방을 정리한 다음 나는 발을 제방 돌 위에 올려놓고 탁탁 쳐서 운동화의 먼지까지 털어낸다.

머리만은 어떻게 할 수가 없다. 손가락으로 갈퀴를 만들어 대충 빗어넘겼지만 머리카락이 다 빠져나와서 할머니가 정성스레 땋아주었을 때의 모습은 온데간데없다. 할머니 생각을 하다니 실수였다. 눈물샘에 금방이라도 넘칠 듯 고여 있던 눈물의 폭포 중 한 줄기가 미처 붙잡을 틈도 없이 뺨 위로 미끄러져버린다. 나는 더이상 눈물의 이탈자가 없도록 고개를 한껏 뒤로 젖혀서 아예 눈물샘을 봉쇄해버린다. 그러고는 가던 길을 다시 걷기 시작한다.

커다란 돌이 차곡차곡 쌓인 제방은 언덕처럼 비스듬하다. 이 길을 가면서 나는 이따금 일부러 길에서 벗어나 제방의 돌 위에 올라가서 위태롭게 걸음을 옮겨보기도 했었다. 내가 그렇게 두 팔을 벌려 균형을 잡으며 걸어보곤 하는 제방 위에 지금 염소가 한 마리 매어져 있다. 언젠가의 나처럼 염소도 균형을 잡으려고 사선으로 서 있다. 사선으로 선 채 매애애 하고 운다. 하얀 털에 황혼이 불붙어 불그레해진 그 염소는 나를 보더니 또 한번 매애애 하고 운다. 고개를 길게 빼며 목젖을 오래 떠는 그 울음소리에 나는 걸음을 멈

추고 잠깐 염소를 바라본다. 아예 고개를 내 쪽으로 돌린 채 매애
애 매애애, 계속해서 애처로운 울음소리를 내는 이 염소를 누가 빨
리 와서 풀어주고 데려갔으면 싶다.

　그런데 그 생각을 하자마자 마치 그런 지시를 기다리고 있기라
도 했다는 듯이 염소의 뒤로 사람의 그림자가 나타난다. 젊은 남자
다. 그는 염소를 몇 걸음 거리 밖에서 내려다본다. 그는 키가 크다.
염소를 풀어줄 생각은 하지 않고 한참 눈길을 던지는 것으로 보아
염소의 임자는 아닌 듯하다.

　염소를 풀어주지 못해 미안한 그는 염소 옆의 돌 위에 앉는다.
그러고는 주머니에서 하모니카를 꺼내 분다. 염소는 자기를 위로
하는 하모니카 연주에 깊은 인상을 받았는지 울음을 멈추고 가만
있는다. 그 하모니카 소리, 그리고 황혼을 배경으로 한 염소와 남
자의 실루엣이 내 마음속으로 들어온다. 웬일인지 내 마음속은 휑
하니 비어 있었던 모양이다. 하모니카와 염소가 들어오자 비로소
꽉 찬 느낌이 든다. 정확히 표현하자면, 벅찬 느낌이.

　대문을 들어서는 나를 보자마자 할머니는 두레박질을 하던 손
을 그대로 멈추고 입을 떡 벌린다.

　"머리가 왜 그렇게 수세미가 됐냐?"

　나는 고집스럽게 입술만 물고 있다. 할머니는 더이상 묻지 않겠
다는 듯이 눈길을 아래로 내리는데 옆에서 빨래를 하던 미스 리 언

니가 조금 상기된 목소리로 한마디한다.

"진희 머리 다시 빗어야겠다. 삼촌도 오셨는데……"

"삼촌?"

"좀 전에 제방 쪽으로 바람 쐬러 나갔다."

할머니가 대답한다. 그제야 부엌에서 풍겨나오는 고기 냄새가 내 코로 스며들어온다. 그리고 미스 리 언니가 왜 그렇게 들떠 있는지 알 것도 같다. 빗을 가져오자 할머니는 내 머리를 풀어서 고무줄 한끝을 입에 물고 돌려서 단단히 묶어준 뒤 평소와 그다지 다름없는 담담한 말투로 말한다.

"머리 다 빗거든 가서 이모 좀 찾아와라. 오늘 삼촌 오니까 얌전히 집에서 기다리라고 그렇게 일렀는데 밭에 다녀왔더니 또 나가고 없어."

아마 경자 이모네 집에 갔을 것이다. 무용 연습이 바빠서 이틀째 경자 이모네 집에 들르지 않았더니 그사이 편지가 왔을까봐 조바심을 참지 못하고 경자 이모한테 간 것이 틀림없다.

경자 이모네 대문을 들어서자마자 기다렸다는 듯이 문간 쪽에 있는 경자 이모의 방에서 이모 목소리가 새어나온다. 이형렬이 이모를 만나고 간 뒤 편지가 더욱 자주 오는 건 사실이다. 하지만 경자 이모와 하루종일 머리를 맞대고 끊임없이 이야기를 엮어갈 정도로 많은 화젯거리가 담겨 있을 성싶진 않다. 자기가 좋아하는 남자의 이야기이니 그래도 이모 쪽에서는 하루종일 되풀이해도 싫증이 안 날지 모른다. 신기한 것은 경자 이모다. 친구의 이야기일 뿐인데 경자 이모 역시 자기 이야기라도 되는 듯이 흥미 있어하는 것이다.

애초에 이형렬과 이모를 소개해준 것은 경자 이모다. 그런데 이 운명적인 일의 계기를 만들어준 경자 이모의 애인이 요즘 편지를 잘 하지 않아 경자 이모는 몹시 괴로워하고 있다. 이런 때일수록 즐거운 이야기를 많이 들려줘야 한다―경자 이모에게 자기가 하고 싶은 얘기를 실컷 늘어놓고 나서 이모는 이런 이유를 달아 그 긴 수다를 우정의 증명으로 삼곤 했다.

삼촌이 왔다는 소리에 이모는 주섬주섬 자리에서 일어난다.

"벌써 집에 도착했어? 그럼 나는 죽었다."

"넌 왜 그렇게 오빠를 무서워하니? 나는 오빠 하나 있는 게 소원인데. 그리고 너희 오빠는 공부만 아는 얌전한 샌님이잖아."

자기의 애인을 죽 오빠라고 불러왔던 경자 이모는 이렇게 말하며 이모를 마중하려고 함께 일어선다.

"얘, 샌님이 화나면 얼마나 무서운지 너 아니?"

이모는 편안히 수다를 떨기 위해 풀어놓았던 치마의 '호크'를 채우느라 왼쪽 허리춤을 붙잡고 일어선다. 허리를 꽉 조이면 배가 더 나와 보이는데도 이모는 항상 옷을 작게 입기 때문에 집에서도 자주 '호크'를 풀어놓고 있다. 문 쪽으로 걸어나오던 이모가 갑자기 걸음을 멈추고 뒤를 돌아본다. 방 한가운데 서 있는데 엉덩이께에 어색하게 힘이 들어가 있다. 이모가 경자 이모에게 눈짓을 하며 말한다.

"경자야, 묻었니?"

"어디?"

잠깐 동안 이모의 엉덩이를 유심히 살펴본 뒤 경자 이모가 "아니, 괜찮아" 하면서 고개를 흔든다. 이모는 생리중인 모양이다. 생리 때마다 이모는 그 단속을 잘 못해서 자고 일어나면 이불에 얼룩을 남기기 일쑤였다. 치마에 얼룩이 묻어 있는 일도 다반사였다. 할머니가 이 자리에 있었으면 꼭 이렇게 말했을 것이다. 저 갈상머리 빠진 년. 그러나 이모는 경자 이모네 대문을 나서면서 이모로서의 어른스러움을 담은 말투로 말한다.

"너 어디 아프니? 얼굴이 노랗다."

내 머릿속에는 적자가 가진 운명의 양면성, 엄마의 이미지와 아버지라는 발음, 흥부, 떠나버린다는 것, 그러나 내게는 결코 없을 '다른 삶', 순덕이 아버지, 황혼의 실루엣 따위가 두서없이 떠오른다.

"왜 그래? 말도 안 하고."

나는 고개를 저어 아무것도 아니라는 것을 표현하려다가 지금 내가 그 동작을 하면 어쩐지 슬픈 동작일 것 같아 그만둬버린다. 제발 누구라노 다정한 말투로 말을 붙이지 않았으면 좋겠다.

삼촌은 우물에서 손을 씻고 있다가 나를 보고 환하게 웃는다.

"진희야 삼촌 왔다."

하고, 눈으로 보면 다 아는 사실을 입으로 공언하여 반가움을 대신 한다.

그러나 내 눈길은 삼촌보다 막 삼촌 방에서 나오고 있는 남자를 먼저 보았다. 염소에게 하모니카를 불어주던 바로 그 남자다.

그 남자가 내 쪽으로 천천히 다가오는 것이 보인다. 제방에서 본 그 실루엣이 너무나 생생하여, 다가오는 남자의 뒤에 염소를 매단 끈이라도 달려 있을 것 같다. 그래서인지 내 가슴이 약간 뛴다.

오늘 나에게는 너무 많은 일이 일어난다.

운명이라고 불리는 우연들

삼촌은 그 남자의 이름을 허석이라고 소개한다. 삼촌 하숙집의 주인 아들이며 같은 학교에 다니고 있어 더욱 절친한 친구인데 휴교령이 내려지자 시골 정취도 맛볼 겸 삼촌을 따라 이곳에 내려온 거라고 한다.

"오, 그러니까 우리 영훈이네 하숙집 아들이로구만."

손님에 대한 예의로서 할머니가 삼촌과 허석의 인연에 대한 감동을 표시한다.

"그런 셈이죠."

허석은 하숙집 아들이란 말이 자기의 격에 그다지 어울리지 않는다는 듯 시큰둥하게 대답하는데, 할머니 역시 허석의 대답이 마음에 들지 않는다. 어른이 물어보면 먼저 "네" 소리를 한 다음 자기 할말을 하는 법인데 "셈이죠"라니, 건방지다. 어머니가 하숙을 친다더니 보고 배운 게 없나? 허석에게 예의를 가르치지 않은 그의 어머니의 모습을 상상해보는 할머니에게는 같은 직업을 가진 장군이 엄마가 모델로 떠오르는 모양이다. 다음 말이 "학생하고 어머니하고 식구는 단둘뿐인가?"인 걸 보면.

허석과 삼촌이 겸상을 하고 여자들끼리 따로 상을 차려 밥을 먹고 있는데 이모는 통 말이 없다. 다른 때 같으면 방정맞은 말참견도 하고 반찬투정도 하련만 오늘은 입을 다물고 수저만 놀리고 있다. 나는 그것이 허석에게 관심이 있어서 짐짓 얌전을 빼는 것인지 무관심한 탓에 할말이 없는 것인지 알기 위해서 이모를 은근히 관찰한다.

이모는 허석의 말을 거의 듣지 않고 있다. 아마 '지은 죄'가 있어서 삼촌의 눈 밖에 나지 않으려고 최대한 조심한다는 게 그만 그 '지은 죄'의 주역인 이형렬의 생각에 빠져들게 되어 말없이 밥만 먹는 것이지 싶다.

그러나 이모와 달리 허석은 이모에게 관심이 있는 듯하다. 미인은 아니었지만 이모의 얼굴은 꽤 청순했다. 이지적인 점이라고는 없다 해도 하얀 얼굴과 긴 머리의 얼굴 사진은 책갈피에 끼우거나 목걸이에 넣고 다니면서 남부끄럽지 않게 얼마든지 그리움을 불러일으킬 만했다. 첫인상에 서정적인 이미지를 심어줄 수 있다는 점에서 이모의 얼굴은 이모의 삶에 해를 끼친 적이 없었다.

하지만 나에게는 이모의 용모가 그리 문제되지 않는다. 허석을 놓고 이모와 내가 경쟁을 한다고 할 때(그것은 내가 염소와 하모니카의 실루엣을 만났을 때 이미 결정된 일이다) 내가 이모에게 처지는 점이라면 나이뿐이다. 나에게는 그 나이 차를 충분히 극복할 수 있을 만큼 이지적인 면이 있기 때문이다. 전문가들이 나를 객관적으로 평가하여 그 엄정한 결과를 공식적으로 남긴 문건, 즉 성적표에도 그것은 명확히 나타나 있다.

—이해력이 빠르고 추리력이 비상합니다. 남을 보는 특별한 눈을 가지고 있습니다. 친구 간에 신망을 얻으며 이지적인 행동을 합니다.

이것은 작년 성적표에 적혀 있던 말이다. 열한 살 때 나는 이미 '이지적'이었던 것이다.

밤이 되자 장군이네 마루에서 술자리가 벌어진다. 장군이 엄마가 오늘 누구네 집 안방에 드러누워 한나절을 버틴 덕분에 석 달이나 밀린 이잣돈을 받았다면서 '기마이'를 좀 쓰겠다고 떠벌려대더니 기껏 내놓은 게 막걸리 한 주전자에, 안주도 멸칫국물에 지진 묵은 김치와 풋고추뿐이다.

이런 일이라면 굳이 '기마이'를 들먹거리지 않아도 종종 있는 일이었다. 밤에 하숙생 선생님들과 마루에서 술자리를 벌이는 것은 장군이 엄마의 큰 낙이었다. 사실 '선생님들'이라고는 말할 수 없다. 장군이 엄마의 강권에 못 이겨서 내키지 않은 얼굴로 몇 번 자리에 끼던 이선생님은 점점 빠지고 요즘은 대개 장군이 엄마와 최선생님 두 사람만 술판을 벌이기 때문이다. 하숙집 아줌마와 하숙생 사이지만 두 사람은 술판이 이윽해지면 누님 동생 사이처럼 허물없이 반말을 하기도 한다.

혼자 객지에 나와 살고 있는 총각 선생님이니 매일 밥 차려주고 빨래해주는 하숙집 아줌마를 정겹게 누님이라고 부르지 말란 법도 없을 터였다. 게다가 최선생님에게는 장군이 엄마 말고는 친절하게 대해주는 여자도 없을 게 뻔했다. 학교 복도에서 누군가 어깨 뒤로 숨결을 내뿜으며 몸을 붙여서 바짝 따라온다 싶으면 최선생님이고, 무용을 가르칠 때도 자세교정을 해주면서 꼭 팔꿈치로 젖가슴 쪽을 건드리니 동료 여선생님이나 여학생 들은 물론이요, 심지어 무용반 제자들한테까지도 배척을 받았던 것이다.

마루에서 들리는 말소리로 보아 지금도 역시 술자리에는 장군이 엄마와 최선생님 둘뿐인 듯하다. 때마침 골목에서 귀에 익은 오토바이 소리가 들리지 않았다면 이내 걷어질 술자리이다.

오토바이 시동 꺼지는 소리가 나고 대문 안으로 아저씨가 오토바이를 끌고 들어오는 기척이 난다. 장군이네 마루에 앉아 있는 장군이 엄마와 최선생님을 봤는지 아, 아직 안 주무셨어요? 어쩌구 하며 인사하는 소리도 들린다. 그러더니 어두운 속에서 뭘 잘못 걸어찬 모양이다. 와장창 깨지는 소리가 난다.

장군이 엄마의 카랑카랑한 목소리가 똑똑히 귀에 들어온다.

"오토바이 타고 다니는 사람이 저렇게 취해서 어째그래. 가게 일은 어쩌고 매일 그렇게 놀러만 다녀요? 돈은 언제 벌려고?"

아저씨는 "인간 박광진이 우습게 보지 마세요!" 하면서 말꼬리를 높이더니 자신의 애창곡을 부르며 광진테라 쪽으로 걸어간다.

"……이래봬도 이 사람은 맥주만 마시는 인생인데, 남의 말을 이러쿵저러쿵하지 맙시다."

그러다가 노랫소리가 뚝 끊기는가 싶더니 갑자기 가던 걸음을 멈춘 아저씨가 장군이네 마루 쪽으로 몸을 돌리며 "이 박광진이 '기마이' 좀 쓰까요?" 하더니 난데없이 자기 집에 대고 큰 소리로 외친다.

"야! 가서 맥주 좀 사와!"

얼마 안 가 술자리에는 이선생님과 삼촌, 그리고 허석까지 불려나온다.

"이선생님! 방에서 뭐하십니까? 그렇게 혼자만 방에 처박혀 있는 거 누가 알면 간첩이라고 오해합니다, 하핫!"

"진희 삼촌! 오늘 내려왔다던데 왜 이렇게 조용해? 젊은 사람이 술도 좀 마시고 호방해야지 날씨도 더운데 방안에서 뭔 공부여. 어서 나오라구!"

광진테라 아저씨가 이렇게 방방마다 돌아다니면서 소리를 질러대는 바람에 모르는 척 그냥 방구들에 엉덩이 붙이고 앉아 있을 수가 없었던 것이다.

장군이네 마루가 갑자기 왁자지껄해지더니 자기소개를 하는 허석의 목소리가 들린다. 자리에 누워서 한참을 이리저리 뒤척이던 나는 모기장을 젖히고 방에서 나와버린다. 덥기도 하려니와 이상하게 마음이 들떠서 통 잠이 오지 않는다.

술자리에서 광진테라 아저씨는 목소리가 더욱 커진다. 아저씨는 사람들이 모이는 곳에만 가면 정치적인 인물을 자처하는 버릇이 있다. 더욱이 지금 시점이 휴교령 이후 며칠밖에 지나지 않았기 때문에 서울에서 내려온 대학생 허석을 의식했는지 부쩍 그런 방향으로 화제를 몰고 간다. 아저씨가 이 술자리를 정치적 집회로 만들려고 하는 것이 진정한 '정치적 소신'에서가 아니라 '풍운아적' 기질에서 나오는 실속 없는 공명심 탓이라는 사실을 우리집 사람들은 다 알고 있기에 별로 대꾸를 하지 않는다. 정치에 전혀 관심이 없는 최선생님과 공부시간 외에는 종일 가야 두 마디 말도 할까 말까 한 이선님, 이웃들에게 전혀 관심이 없는 나머지 어울려 말도 하기 싫어하며 지금도 찡그린 표정을 하고 억지로 나와 있는 삼촌을 빼고 나니 아저씨가 주도하는 정치집회에 참가하는 사람은 두 사람이다. 무슨 일에든 말이 많고 나서기 좋아하는 장군이 엄마와 친구의 이웃들에게 '서울 학생'이라고 떠받들어지자 그 기대에 값할 셈으로 대답을 성심껏 하고 있는 허석뿐이었던 것이다.

장군이 엄마도 정치적 소신만은 확실한 사람이었다. 사람은 모름지기 세상의 흐름에 따라서 살아가야 한다는 순리적인 생활철학 때문에, 보다 솔직하게는 자기가 속해 있는 '원호대상'에게 잘

해준다는 실리적 이유 때문에 장군이 엄마가 대통령으로 생각하는 사람은 누가 뭐래도 오직 박정희였다. 그러나 "누구 덕에 이만큼 잘살게 됐는데" "그저 조선 사람은 작은 고추야, 그만한 인물 없다구"라는 식으로 구체적 근거 없이 심정적 지지연설만 반복하는 장군이 엄마는 얼마 안 가 정치토론에서 도태된다. 따라서 이 자리는 광진테라 아저씨와, 잠깐 사이에 시골 사람들 앞에서 지성적이고 패기만만한 대학생으로 보이는 일에 적응이 되어 뉴페이스의 소임을 다하려고 점점 과격한 표현을 쓰는 허석의 대화로 좁혀진다.

"그러면 서울 학생도 페퍼포그인가 뭔가 하는 걸 직접 맞아봤구면?"

"우리 학교 시위가 제일 굉장했으니까요. 페퍼포그 그거 진짜 맵죠. 아예 눈을 못 떠요, 눈을."

"나쁜 놈들! 무장공비나 때려잡을 일이지 민주주의 하자는데 학교 문은 왜 닫나?"

"공화당이 결국에는 개헌안을 발의해서 국민투표를 하게 될 거예요."

"아, 그러라고 신민당이 가만있나? 재작년 선거 때 안 봤어? 선거 무효 투쟁할 때 야당이 굉장했잖아? 그때 참, 나도 앞장서 일했지만서도 참, 뭐니뭐니해도 국민들 지지가 제일 힘이 되더구먼."

"총선 때 말이죠? 동백림 사건만 안 터졌으면 끝까지 해볼 만했는데 아깝게 됐어요. 그때도 휴교령 때문에 학생들은 뭉치기도 어려웠지만 말입니다."

"그럼 그때도 서울 학생은 시위에 참가했고?"

"예?"

허석이 잠깐 어물거린다.

"67년 6월 때도 시위를 했느냐 말일세."

"그때 아직 고등학생이라서 그건 아니고요. 집에 대학생들이 많다보니 이야기는 다 들었다 그거죠."

"그럼 통혁당 사건이 어떻게 된 건지도 잘 알겠네? 어디 그 얘기 좀 해보더라고. 이런 사람은 정치판에 있어도 촌구석에 박혀 있으니 정보에 어두워서 애로가 많아."

"한마디로 날조예요. 그 핑계로 군사훈련 실시한답시고 대학의 자율권을 뺏는 것만 봐도 알 수 있죠. 이게 민주주의국가에서 있을 수 있는 일입니까?"

야당사의 온갖 풍상을 한몸에 겪은 노정객이나 된 듯한 광진테라 아저씨의 추임새에 고무되어서 허석은 점점 말투가 거침없어진다. 나중에는 삼촌이 약간 긴장된 얼굴로 슬그머니 주위를 휘둘러볼 정도이다. 그때 지금까지 전혀 흥미 없는 것처럼 입을 굳게 다물고 있던 이선생님이 입을 연다.

"학생! 그만하지."

"예?"

"젊다는 건 좋지만 선동은 듣기 좀 거북하구만."

이선생님의 말에 그 자리의 사람들은 어안이 벙벙해진다. 이선생님이 끼어들어 말을 한다는 것도 뜻밖인데 하물며 그 입에서 생전 나올 것 같지 않은 '반대의사'가 나오니 더욱 놀라는 것이다. 듣고 있던 사람들의 그러한 놀람과 말하고 있던 사람들의 무안함 때문에 지금까지의 정치토론은 갑자기 열기가 식어버리고 대신 어색한 침묵이 자리를 감싼다. 그 침묵을 깬 것은 장군이 엄마의 혼잣말이다.

"아까는 모르겠더니 거, 기름 냄새 꽤나 나네."

광진테라 아저씨가 사온 맥주 네 병이 금방 바닥이 난데다가 자신의 식견을 자랑할 기회도 그다지 얻지 못해서 술자리가 재미없었던 장군이 엄마가 그만 파하자는 신호를 보내는 것이다. 그 신호에 따라 모두들 두말없이 주섬주섬 자리에서 일어나 각자의 집으로 흩어지는 걸 보면 좀 빨리 끝내도 좋을 술자리였던 것 같다.

"너 아직 안 잤구나?"

그때까지 마루 끝에 앉아 있는 나를 보고 허석이 말을 건다. 열변을 토한 뒤라서 목이 약간 잠겨 있다.

"근데 이게 무슨 냄새니?"

아랫동네에 유지공장이 있다고 대답하자 허석은 코를 벌름거리며 이마를 찡그린다.

"시골도 옛날 같지 않구나. 이것도 다 조국 근대화 덕분인가."

비꼬는 걸로 보아서 허석은 아직도 정치토론의 분위기를 완전히 털어버리지 못한 모양이지만 삼촌은 그 말이 시골 정취를 찾아 내려온 친구의 실망을 담고 있는가 싶어서 변명 비슷하게 대꾸한다.

"그래도 시골은 아직 시골이야. 장날 한번 나가보면 시골이 이런 거구나 실감할 거다."

"장날?"

허석이 관심을 보인다. 삼촌은 장 구경하는 데는 자기보다 내가 더 안내를 잘할 것이라며 허석에게 나를 따라서 장에 나가보라고 권한다.

"진희야, 장날이 언제지?"

우리 읍내에서는 닷새마다 한 번씩 장이 서는데 삼촌의 말을 듣고 꼽아보니 내일이 바로 장날이다.

"내일인데?"

"잘됐다. 그럼 내일 장구경이나 하면 되겠구나."

방으로 들어와 이불 속에 누운 후로도 나는 한참 동안 잠이 오지 않는다. 좋아하는 남자와의 데이트를 앞둔 밤에 이 세상 모든 여자들이 다 그렇듯이 말이다.

오이디푸스, 혹은 운명적 수음

'우리'는 장터로 들어선다.

포장 아래 길게 펼쳐진 난전을 허석은 신기하게 구경한다.

언젠가 나는 아침 일찍 이 장터를 지나서 학교에 간 적이 있다. 포장을 치기 위해 장돌뱅이 아저씨들이 말뚝을 박고 아줌마들이 가마솥을 걸어서 불을 때고 있었다. 한쪽에서는 짐을 내려놓고 한쪽에서는 풀고 왁자지껄한 것이 괜스레 마음을 달뜨게 만드는 아침 장터의 풍경은 내 마음에 깊은 인상을 남겼다.

그러나 장이 서지 않는 날 이 장터에 한번 와보았다가 그때의 풍경과는 전혀 다른 풍경을 본 적도 있다. 난전이 흐드러지게 펼쳐져 있던 자리에는 기둥들만 썰렁하게 서 있고 더러운 천조각이며 쓰레기 들이 굴러다녔다. 그리고 무엇보다 낯선 것은 빈 장터에 가득찬 적막이었다. 이상하게도 그 적막은 고요하기보다는 나른한 느낌을 주었다.

또한 내 눈길을 끈 것은 꾀죄죄한 집들 사이로 걸려 있는 옹색한 빨랫줄이었다. 장터에 사람이 살고 있었나? 호기심에 가까이 가보니 그 빨랫줄에는, 우리집에서는 방안이나 뒷마당에 널곤 하는 여자의 속옷이 버젓하게 널려 있었다. 그것을 보고 나는 그곳이 바로 어른들이 말하는 '갈보집'이란 걸 알았다. 속옷을 버젓이 내놓고 걸어놓음으로써 간판 구실을 하게 한다는 말을 들은 적이 있기 때문이다. 그런 생각을 하자 깨끗이 빨아서 널어놓은 빨래인데도 그 속옷들은 매우 지저분하게 보였다.

그러나 오늘 '우리'가 들어선 장터에는 장이 파하고 난 뒤의 어수선하고 허탈한 뒷맛이나 몸 파는 여자들이 늘어지게 자고 일어난 오후의 적막 같은 것은 전혀 없다. 장터에는 활기가 가득차 있다. '우리'는 장꾼과 구경꾼 들 사이를 이리저리 헤치며 돌아다닌다. 나는 허석을 약장수들이 국극을 하는 곳으로 데려간다.

약장수들은 먼저 널찍한 터를 찾아서 사방으로 말뚝을 박은 다음 줄을 친다. 객석을 만드는 셈이다. 한번 그 줄 안으로 들어가서 쪼그리고 앉아 약장수들이 펼치는 국극을 구경하기 시작하면 중간에 나오기란 쉽지 않다. 뒤에 서서 구경하던 사람들한테 욕을 먹어서라기보다는 극중에서 헤어진 주인공 남녀가 결국에는 다시 만나 행복하게 살게 되리라는 기대로 끝장면을 보지 않고는 배길 수 없기 때문이다. 그 기대는 언제나 들어맞으며 거기에서 구경꾼

들은 감동을 느낀다.

손님을 끌기 위해 공연하는 이 극에 조무래기들이 늘 객석의 반 이상을 차지하는데도 약장수들은 아이들을 쫓아내거나 박대하진 않는다. 약을 파는 게 목적이지만 국극을 공연하는 일에도 긍지를 갖고 있어 그들은 장날이면 언제나 신명이 나 있다.

이미 줄 안의 자리에는 구경꾼이 가득차 있다. '우리'는 그들의 뒤로 가서 선 채로 연극을 본다. '우리' 앞으로도 어른들의 머리통이 몇 개 서 있어서 나는 무대를 완전히 볼 수가 없지만 다 아는 내용이라서 상관없다. 중간에 놓칠 수 없는 장면이 나온다 싶으면 허석은 친절하게도 내 허리를 잡고 나를 어른들 머리통 위로 높이 올려준다.

무대 위에서는 눈썹을 양쪽 콧마루까지 길게 이어 그린 도련님이 역시 비슷한 눈썹을 가진 아가씨를 품에 안고 사랑을 속삭이고 있다. 국극은 여자들만 하기 때문에 극중에서 남녀를 구분짓는 데 눈썹이 큰 역할을 했다. 남자애들이 모두 계집애처럼 생긴 순정만화에서 그렇듯이 국극에서도 눈썹이 굵은 것은 남자이고 날렵한 것은 여자였다. 도련님과 아가씨는 곧 헤어질 운명이다. 도련님이 바깥세상에 나가 온갖 평지풍파를 겪으며 무술을 단련하고 적을 무찔러야 하기 때문이다.

도련님은 주인공 아가씨와 눈물로 헤어진 뒤 넓은 세상에서 뜻을 펴는 사이에 눈썹의 모양으로 보아서는 주인공 아가씨와 하나도 다를 것 없는 용모의 다른 아가씨 몇 명과도 사랑에 빠진다. 그러다가 돌연 도련님은 왕이 된다. 여기부터가 클라이맥스이다. 무대 반대쪽에 있는 문이 열리며 도련님이 사랑한 아가씨들이 한꺼번에 들어와 기쁨의 노래를 부르는데, 맨 마지막에는 주인공 아가씨도 그 문에서 나타난다. 도련님이 달려가 아가씨의 손을 맞잡고 노래를 하면 다른 아가씨들과 도련님의 장군들이 그들을 에워싸고 사랑의 승리를 합창한다. 그러고는 약장수들이 무대로 뛰어올라와 약의 효능을 설명하기 시작한다.

"진희 넌 저 주인공이 누군지 아니?"

난전 쪽으로 향하면서 허석이 이렇게 묻더니 제 스스로 대답한다.

"왕건일 거야."

"그래요?"

"왕건은 고려를 세워놓고 지방 호족들이 반발할까봐 그 딸들하고 결혼해서 호족들을 다 장인으로 삼아버렸지. 그렇게 해서 거느린 지방의 후궁들이 자그만치 스물아홉 명이라던데, 저 극은 그 혼인정책을 사랑 이야기로 꾸민 거 같아. 정권을 잡으면 다들 중앙집권을 굳히고 정통성을 증명하려고 야단이지. 특히 힘으로 뺏은 정권이라면 더욱더. 무슨 말인지 알겠니?"

좀 어렵고 지적인 이야기를 할 때면 허석은 자기의 말에 여운을 더하는 시니컬한 표정을 잊지 않고 지어 보인다. 허석과 이야기를 나눌수록 나는 점점 더 그가 나와 같은 부류의 인간이라는 생각이 든다.

남자애들이 전쟁놀이를 하며 편을 가를 때처럼 학교에서는 역사적 인물을 가르칠 때 훌륭한 사람과 나쁜 사람, 두 부류로만 가르친다. 그런 교육방식을 가장 잘 받아들이는 것이 장군이 같은 아이이다. 장군이는 중세의 십자군이든 유엔군이든 연합군이든 간에 모든 전쟁에 등장했던 군대의 이름을 '우리나라'와 '남의 나라'로만 구별한다. 좋은 편이다 싶으면 무조건 '우리나라'이고 나쁜 편이다 하면 '남의 나라'이다. '우리나라'는 한국이 아니라 '정의'를 뜻하는 것이고 '남의 나라'는 적병이 아니라 '불의'의 다른 이름인 것이다. 따라서 제가 미국 사람도 아니면서 미군을 가리킬 때 언제나 '우리나라'라고 부르며 미군의 승리를 갖고 꼭 '우리나라가 승리했다'고 한다.

그런 장군이에게 언젠가 이선생님은 일제시대 때는 일본이 '우리나라'이고 미군이 '남의 나라'였다며, 그런 이분법은 절대적인 것이 될 수 없음을 지적해준 적이 있다. 만약 장군이가 일제시대 때 태어났다면 무척 헷갈렸을 것이다. 1945년 8월 14일까지는 일본이 우리나라였는데 하루 자고 나서 15일부터는 적군이었던 미국이 우리나라가 됐을 테니 말이다. 게다가 삼 년 뒤 진짜 우리나라인 대한민국 정부의 수립은 또 얼마나 장군이를 어리둥절하게 했을 것인가.

학교에서 가르치는 이분법에 따르면 왕건은 의심할 바 없이 훌륭한 사람 쪽이다. 교과서가 아이들에게 왕건을 어떤 인물로 알게 하고 싶어하는지를 간파했기에 나는 "다음 중 왕건에 대한 설명으로 바른 것은?"이라는 사회 문제에서 정답을 맞히곤 한다. 하지만 언제나 사실 뒤의 이면에 관심이 많은 나는 단지 "역사적 사명"에 의해서 민족과 나라를 구했다고 알려진 인물의 진면목에 대해 이따금 의구심을 품곤 했다. 조회 때마다 소리내서 외우는 국민교육헌장에 따르면 나 자신도 민족중흥의 "역사적 사명"을 띠고 이 땅에 태어나긴 했지만 말이다.

'우리'는 하얀 광목띠로 엿판을 둘러메고 있는 엿장수를 지나쳐 피라미드를 이루고 있는 찐빵 옆으로 간다. 허석이 내게 찐빵을 사준다. 아줌마가 찐빵을 파란 줄이 쳐진 누르스름한 종이에 싸주는데 찐빵에서 나온 김 때문에 하얗고 푹신한 그 찐빵에 벌써 종이가 들러붙었다. 찐빵을 받아들자 미친년 생각이 난다. 불현듯 나는 불안한 시선으로 주위를 둘러본다.

세상에는 공교로운 일이 꼭 있다. 그렇게 불안한 마음으로 둘러보는 내 눈에 '염상'이라고 불리는 미친놈이 들어온다. 언젠가의 미친년보다 차림새는 훨씬 깔끔하지만 그도 미쳤다는 점에서 하나 다를 게 없다. 사실은 공교로운 일도 아니다. 염상은 장날이면 어김없이 장터에 나온다. 그는 쉴새없이 혼잣말을 중얼거리며 돌아다닌다. 그렇게 '미친듯이' 돌아다니는 것이 미친 사람들의 공통된 특징인지도 모른다.

또 그렇게 중얼대며 걸어가면서 그는 언제나 오른팔을 앞으로 힘차게 뻗었다 구부렸다 한다. 더욱 재미있는 것은 팔을 내뻗을 때마다 손가락을 부챗살처럼 쫙 폈다가 팔을 구부릴 때는 그것을 오므려 꽉 주먹을 쥐는 것이 무슨 구호라도 외치는 것처럼 선동적이라는 점이다. 쉴새없이 걸음을 옮기면서 외쳐대는 구호의 내용이 무엇인지 궁금하기도 하고 호기심 덕분에 대담해진 아이들이 염상 곁에 바짝 붙어 따라 걸으며 그가 무슨 말을 중얼거리는지 내용을 엿들으려 해본 적이 있었다.

그 아이들은 자기들이 들은 것은 문장이 아니라 '쇠쇠' '스스' 하는 빠른 쉿소리뿐이라며 염상이 벙어리일지도 모른다는 새로운 주장을 내놓기도 했다. 하지만 염상의 정체를 규명하려는 노력은 계속되어서 새로운 주장은 다시 새롭게 제기된 더욱 새로운 주장 앞에 번번이 번복되어야 했다.

최근에 아주 설득력 있는 주장이 나왔다. 염상은 고시공부를 하던 머리 좋은 대학생이었는데 머리가 너무 좋다보니 그만 돌아버렸다는 얘기였다. 머리가 너무 좋으면 머리를 돌리다가 머리가 돌아버릴 수도 있다는 것이, 바로 그 이유로 머리가 돌기는 틀린 아이들 간에는 공공의 의학상식이었다. '염상'이란 말은 '염'이라는 성에 일본식 호칭을 붙인 것인데 향교 옆으로 삼십 리만 들어가면 일제시대 때 만석지기였던 '염' 뭐라고 하는 집안이 있고 염상은 바로 그 집의 큰아들이라는 설득력 있는 근거까지 제시되었다. 그러나 한 발엔 고무신을 신고 나머지 한 발엔 털신을 신고는 비 맞은 중처럼 중얼중얼대면서 오른손을 계속 뻗었다 오므렸다 하 며 '우리' 곁을 지나가는 염상은 아무리 봐도 그냥 미친놈이었다.

염상을 본 허석이 지나가는 말처럼 한마디한다.

"남자가 미친 게 낫지. 여자가 저러고 돌아다니면⋯⋯"

나는 허석의 그 말이 어떤 연상에서 비롯된 것인지를 곧바로 간 파했다. 그는 내 엄마에 대해 알고 있는 것이다. 삼촌에게 자기 누 나의 죽음에 대해 들은 적이 있는 모양이다. 그러기에 염상을 보자 기억의 사전에서 '미친놈'이란 항목을 폈고 거기에서 '정신병자. 반대말은 미친년. 미친년으로는 친구 전영훈의 누나가 있음. 딸을 기둥에 묶어놓고 도망나갔다가 요양원으로 보내져 마침내는 자살 함'을 읽었으며 그 연상작용에 따라 "여자가(그의 생각을 정확한 용어로 바꾸면 '진희 엄마가') 저러고 돌아다니면⋯⋯"을 내뱉게 된 거였다.

그것을 깨달은 순간 표정을 어떻게 지어야 할지 몰라서 나는 아 직 자기가 의도하는 표정을 찾아내지 못한 사람의 곤혹이 드러난 어색한 표정을 짓는다.

허석은 자기가 간파당했다는 것을 알았다. 그는 본의 아니게 남 의 상처를 건드린 사람다운 과장된 명랑함으로 그 화제를 비켜가 려 한다. 저기 저쪽에는 뭐가 있니? 그쪽으로 한번 가보자, 재미있겠다. 하면서 다정하게 내 어깨를 감싸기도 한다. 그러나 나는 굳이 비켜가려고 애쓸 필요가 없을 만큼 내가 그 비극으로부터 빠져나와 있으며 그것이 순전히 나의 이지적인 극기훈련 덕분임을 알려주고 싶다. 그래서 이렇게 말한다.

"괜찮아요. 우리 엄마가 미쳤다는 말, 해도 돼요."

처음에 그는 내 말의 엄청난 의미로 미루어 그것이 어른들의 말투를 흉내내는 어린애의 영악함이거나 상처받은 사람의 가식적인 대범함이라고 생각했다. 그러나 한참 동안 나를 쳐다보고 그것이 아니라는 것을 확인하자 이내 내게 감탄한다.

"진희 너 대단한 아이구나."

"나는요, 내가 잘못한 것도 아닌데 그게 왜 내 약점이 되는지 모르겠어요."

"약점?"

"석이 삼촌이 나한테 그런 말을 안 하려고 신경쓰게 하는 것부터가 내 약점이 되잖아요. 난 그러기 싫어요. 내 앞에서 엄마 얘기해도 난 아무렇지도 않아요."

허석은 더욱 놀랐고 그걸 보며 나는 만족한다.

'우리'는 나란히 상터를 나온다. 입구 쪽에 허옇게 센 머리를 상투 튼 할아버지가 앉아서 발밑에 손으로 만든 대나무 바구니나 채 따위를 늘어놓고 팔고 있다. 장터 안에 자리를 잡지 못한 장사치들은 이렇게 입구나 길 쪽에 물건을 내놓고 앉아 팔았다. 그 할아버지가 성안에서 내려오는 것을 본 적이 있어서 아이들은 그를 성안 할아버지라고 불렀다. 나는 허석에게 할아버지의 별칭을 가르쳐준다.

"성안 할아버지라고? 성안이 동네 이름이니?"

나는 성안에 대해 설명해준다.

"거기에는 이상한 사람도 좀 있어요. 저 성안 할아버지 말고 우리가 '성안 식구'라고 부르는 거지가족들도 성안에 사는데 지붕도 없는 무너진 집에서 사는 것부터가 좀 이상해요. 어른들 말로는 빨갱이 식구들이라고도 하고 무당 식구라고도 하는데 그건 잘 모르겠어요."

허석은 성안에 가보고 싶다고 한다. 그래서 '우리'는 이모의 첫 만남의 성지이기도 한 성안으로 향한다.

언제부턴가 성안에 들어서면 나는 성곽과 잇대어져 있는 왼쪽 수풀 쪽을 먼저 살피게 된다. 작년에 친구들과 성안에 놀러왔다가 수음을 하고 있던 남자와 마주쳤던 곳이 바로 저 왼쪽 수풀 쪽이었다. 처음에 나는 남자의 팔동작밖에 보지 못했다. 마치 아기 엄마가 우윳가루와 물을 섞기 위해 우유병을 흔들듯이 남자는 쉴새없이 팔을 흔들고 있었다. 그는 내가 다가가는 것을 보고도 그 동작을 멈추지 않았다. 멈추기는커녕 오히려 그때까지는 옆으로 향해 있던 몸을 내 쪽으로 돌려 나로 하여금 자기가 하는 동작을 똑똑히 볼 수 있도록 배려했다. 정면으로 그의 배꼽께를 보게 된 나는 그제야 그가 어떤 종류의 수상한 짓을 하고 있다는 막연한 느낌이 들었다. 똑바로 보이는 남자의 물건은 무슨 탄력 있는 반죽을 연상시켰다. 거뭇거뭇한 둥근 테두리가 둘려 있는 그 반죽을 늘여뺐다 놓았다 하면서 지속적으로 팔을 움직이는 남자의 동작은 차부 옆에서 호떡을 만들어 파는 아저씨의 직업적인 손놀림 같기도 했다.

나는 아이들이 "엄마야!" 소리를 내며 도망을 치기 전에는 그 자리를 피해야 한다는 사실을 전혀 몰랐다. 그러나 아이들은 남자의 팔동작이 구체적으로 무엇을 뜻하는지 모르면서도 본능적으로 달아났다. 이 경우 이론가들이 실전에 약하다는 말을 적용하는 게 타당할지 어떨지는 모르지만, 적지 않은 독서를 통해 성에 대해 알 만큼 안다고 자부해온 나였지만 위기관리는 역시 본능이 시키는 것이었다.

아이들이 달아나자 자기가 저지른 일의 파문에 자극된 남자가 '흐흐흐' 하고 웃었으므로 나도 도망치는 아이들의 꽁무니를 뒤따라 뛰기 시작했다. 뛰어가다 돌아보니(모든 일에 반드시 대단원을 목도해야 직성이 풀리는 나는 '뒤도 안 보고' 뛰어가는 일은 하지 않는다) 남자는 배꼽 부분에 예의 반죽을 그대로 든 채 벗겨져내린 바지를 질질 끌면서 우리 쪽으로 몇 걸음 뒤쫓아오고 있었다. 그가 쫓아온다는 것 때문에 나는 그 남자를 만난 후 처음으로 공포를 느꼈으면서도 그에게로 돌려진 얼굴은 그대로 남자의 변형된 욕망을 관찰하고 있었다. 드디어 쫓아오기를 포기하고 그 자리에 선 남자는 그래도 산소호흡기에 고무펌프질을 하듯 하는 생명의 팔동작만은 멈추지 않았다.

내가 수음하는 남자를 본 것은 그것이 처음이었지만 그런 동작이 수음이란 것을 안 이후 수음하는 남자는 자주 내 눈에 띄었다. 성안에도 있었고 제방 바위 위에도 있었다. 특히 아지랑이가 아른아른하고 햇볕이 못 견디게 말을 걸어오는 봄날이면 그런 장면은 부쩍 많아졌다. 바위 위에 짐승의 가죽처럼 드러누워서 아무 팔동작 없이 자기의 반죽을 그냥 햇볕에 맡기고 있는 모습들도 있었다. 그중에는 우리 동네 바보로서 얼굴을 알 만한 총각도 있었다.

그들은 한결같이 나른해 보였다. 그들의 동작은 쾌락을 원하는 자발성보다는 오히려 하는 수 없이 이 권태스러운 일을 처리해야만 한다는 책무감이 깃들어 있었다. 그것을 보고 나는 남자들의 거추장스러운 운명을 동정했다.

'우리'는 내가 처음 수음하는 남자를 보았던 왼쪽 수풀 쪽으로 해서 등산로로 접어든다. 그 추억의 장소에 도착하자 나는 거기 깃들인 나의 추억을 허석에게 말해주고 싶은 충동에 사로잡힌다. 나는 그 얘기를 누구한테도 해본 적이 없다. 그 얘기를 하면 누구나 내가 성에 대해 지나치게 호기심이 많다고 생각할 것이며 '온순하고 타의 모범'이 되는 우등생인 줄 알았던 나에게 배신감을 느낄 것이다. 거기까지는 참을 수 있다. 그러나 순진한 줄 알았더니 여간 아니라는 등 나에 대한 개인적인 험구를 하다못해 어른들이 변화하는 젊은 세대에 대한 열등감을 이기기 위한 단 하나의 유리한 조건, 즉 젊은이들이 그 시절을 살아보지 않아서 옛날 일을 모른다는 것을 내세워 "옛날에는 안 그랬는데 요즘 아이들이란……"이라고 결론을 낼 것인데 그런 오해를 하도록 도와줄 순 없다. 하지만 허석이라면 나를 이해하리라.

"봄에는 이곳에 이상한 남자들이 많아져요."

이렇게 말을 시작한 나는 허석에게 내가 목도한 남자들의 수음 행각을 얘기한다. 허석은 내 말을 들으며 당황하기도 하고 놀라기도 하고 약간은 어색해하기도 하더니 남자들의 운명에 동정을 느꼈다는 부분에 이르자 내가 삶을 벌써 이만큼 통찰했다는 게 놀랍다며 나의 결론에 특히 강한 공감을 표시한다. 자신도 남자들의 성적 욕구를 저주한다는 거다.

그는 남자가 자기 몸 가운데 제어할 수 없는 부분을 지닌 피조물이란 걸 알게 된 다음 빠지게 되는 운명적 비탄에 대해 얘기해준다. 운명을 저주하지만 오이디푸스라는 신화 속의 인물이 자기의 눈을 빼버리듯이 그 욕망과의 단절을 상징할 거세의 방법도 쉽지 않다고 말한다. 남자라면 누구나 원죄의식과 더불어 거세욕망이 있다고도 알려준다. 내가 청소년기를 본능과의 싸움으로 허비해야 하는 남자의 운명에 대해 다시 한번 동정과 유감을 표시하자 그는 나의 사유의 깊이를 높이 평가하는 한편, 그러나 대개의 여자들은 남자의 슬픔을 좀더 이해하려고 할 필요가 있다고 분개한다. 여자들이 남자의 욕망을 배척하는 데에 남자들의 운명적 비극은 커지는 거라고 진단하면서, 많은 남자들의 첫경험이 사랑과는 아무 관계 없이 이루어지는 게 현실이라고 알려준다. 자신도 그 범주에서 벗어나지 않았음을 간접적으로 시인하며.

아무래도 좀 심각한 대화였던지 허석은 이런 얘기를 한 다음 주머니에서 담배를 꺼낸다. 담배연기 사이로 보이는 그의 표정은 왕건을 통해 권력의 속성을 일갈할 때 못지않게 시니컬하다. 그의 행동은 언제나 내 마음속에 깃든 염소와 하모니카의 이미지를 완성시킨다. 만약 "너 같은 어린애에게 이런 말을 하기는 뭐하지만" 따위의, 자기가 하고 싶어 못 견디는 얘기를 꺼내면서도 최후까지 자존심을 드러내려는 옹졸한 가식을 담고 있었다면 나는 그 얘기를 그렇게 흥미 있게 듣지는 못했을 것이다(나는 '내 자랑이 아니라'로 시작되는 노골적인 자랑과 '남의 험담 같아서 안됐지만'으로 시작되는 본격적인 험담에 대해 잘 알고 있다). 그러나 그는 나를 어린애처럼 대하는 실수는 하지 않는다.

오히려 그에게는 누이에게 첫사랑의 비밀을 털어놓는 남동생처럼 수줍고 진지한 면이 있다. 비밀을 고백해오는 남자에 대해 보편적으로 여자가 느끼는 감정은 모성애일 것이다. 나라고 예외일 수는 없다. 할머니가 사주었던 인형에게는 전혀 느끼지 못했던 모성애를 나는 나보다 열 살이나 많은 남자에게 느끼고 있다. 허석으로 인해 나는 많은 것을 한꺼번에 뛰어넘는 기분이었다. 사랑을 꿈꿔본 적은 결코 없지만 내가 사랑을 한다면 바로 이 정도의 성숙한 사랑일 거라는 생각도 든다.

성안에서 내려오며 나는 '우리'가 서로 사랑에 빠지게 된 날의 해가 저무는 것을 애틋하게 바라본다.

그러나 사랑의 기쁨을 고스란히 그려넣기에는 현실이란 화폭은 너무 구겨져 있다. 나의 사랑의 기쁨은 대문을 들어서자마자 현실이란 지저분한 화폭에 팽개쳐진다. 허석과의 성숙한 사랑에 취해 있는 내게 최선생님의 꾸지람이 쏟아진다.

"대체 어디 갔다 오는 거냐, 강진희! 대회가 내일모레란 거 알아 몰라, 앙? 주인공 시켜놨더니 연습을 빠져? 너 그런 식으로 건방지게 행동할 거야?"

최선생님은 내가 허석과 나란히 들어오는 걸 보고 더욱 분을 낸다. 그것은 어젯밤 서울에서 온 패기만만하고 지성적인 젊은이에 대한, 그렇지 못한 또다른 젊은이로서의 열패감의 변형이기도 하다.

이때다 싶어서 장군이 엄마가 거든다.

"계집애들은 확실히 책임감이 없어. 그동안 최선생이 무용대회 준비한다고 얼마나 고생을 했는데. 그거 제 눈으로 보고도 놀러가겠다고 연습을 빼먹다니 간도 크지."

할머니는 이모한테 기다나이 선생이라고 조롱을 받을 만큼 채신머리없는 최선생님이 그렇게 선생답게 구는 것을 처음 보거니와 그 어울리지 않는 '가오'가 다른 사람 아닌 손녀딸에게 가해지는 것을 더이상 보고 있을 수가 없다 싶은 참인데 장군이 엄마가 나서니 완전히 속이 꼬여버린다.

"진희가 보통 때 그럴 애가 아니잖우. 서울 학생한테 읍내 구경 좀 시킨다고 그런 거지. 이제 저도 알아들었을 테니 최선생도 그만 화 풀어요. 진희야, 어서 잘못했다고 빌고 밥 먹게 이쪽으로 와. 어서!"

할머니가 나서서 나를 역성든다는 게 최선생님으로 하여금 내놓고 허석을 타박할 구실을 준다.

"지금 누구 구경시키는 게 문젭니까? 무용대회가 애들 장난인 줄 아세요? 학교의 명예가 걸린 중요한 일이라구요."

이 기회에 어젯밤 정치토론에서 실추당한 자기의 위상을 어떻게든 높이고야 말 작정인지 최선생님의 말투는 여전히 공격적이다.

삼촌은 우물가에 쭈그리고 앉아 세수를 하면서 지금까지는 아무 말을 하지 않았다. 하지만 이 일의 발단인 장 구경이 자기의 제안으로 시작된데다 최선생님의 말투에서 친구에 대한 배타성을 느꼈기에 더이상은 방관자가 될 수 없다. 나이든 어른이 끼어들면 적당히 물러날 일이지 할머니에게까지 대거리를 하다니, 최선생님에 대한 평소의 경멸이 마음속에서 꿈틀한다. 세숫대야의 물을 소리나게 버리고 일어나서 어깨에 걸쳤던 수건을 끌어내리며 삼촌은 낮게 한마디 뱉고야 만다.

"거, 애들 일에 어른 감정 끌어들이지 맙시다."

그 말은 지금까지 누가 한 말보다 더욱 내 자존심을 상하게 만드는 말이었다.

저녁밥을 먹는 자리에서 허석의 다정한 태도는 내 상한 자존심을 다소 회복시켜준다. 그는 자기로 인해 시련을 겪은 내게 공동운명체로서의 연대감을 보였으며 자기로 해서 꾸중을 들었으니 꼭 무용대회에 가서 나를 응원하겠다고 약속하는 것이었다.

삼촌이 "오늘 구경은 잘했어?"라고 묻자 "응, 진희가 안내를 워낙 잘해줘서" 하며 나를 쳐다보는 눈빛에도 이제 우리는 각별한 사이라는 동지감이 담겨 있다.

"진희야, 성안에도 갔었니?"

숟가락을 놀리며 이모가 묻는다.

"응."

"약수터까지 올라갔어?"

이모의 물음에 이번에는 허석이 대꾸한다.

"약수터가 있어요?"

"그럼요. 물맛도 좋고 경치도 얼마나 좋은데. 진희가 안내를 제대로 못했구나. 그러면, 팔각정에는 가보셨어요?"

우리는 진지한 대화를 나누고 서로에 대한 호감을 확인하느라 경치에는 그다지 관심이 없었다. 약수터나 팔각정을 염두에 두었을 턱이 없다. 그런데 그때 내 귓가에 이렇게 말하는 허석의 목소리가 들려온다.

"다음에 영옥씨한테 안내를 한번 더 받아야겠군요."

나는 그 말의 진의를 알아보기 위해 고개를 들어 허석을 바라본다. 이모는 허석의 제안에 "네에……"라고 말을 끌며 애매하게 대답하면서 삼촌의 눈치를 본다. 반색을 해도 안 되지만 거절을 해도 오빠 친구에 대한 예의가 아니기에 그냥 고개를 숙여버린다. 나는 이모의 숙인 고개 뒤로 긴 머리가 두 갈래로 갈라지면서 드러난 하얀 목덜미를 보며 이모가 이형렬에게 꽤나 열중해 있다는 걸 불현듯 실감한다.

최선생님이 집안을 뒤집어놓는 통에 정신없어 빨래도 못 걷었다며 저녁 설거지를 마친 할머니가 그제야 빨래를 한아름 안고 들어온다. 날씨가 어쩌 비가 올 것 같다면서 어깻죽지를 꾹꾹 누른다. 할머니가 빨래를 갤 동안 나는 할머니 등을 두드린다. 할머니는 "그만해라, 됐다 됐어" 연신 그렇게 말은 하지만서도 그 말을 그대로 믿은 내가 얼른 끝낼 양으로 골인지점을 눈앞에 둔 마라톤 주자처럼 온 힘을 다해 마무리 안마를 할라치면 "그래, 거기야 거기. 아이고, 시원하다" 하면서 막 손을 내리려는 나로 하여금 다시 팔을 쳐들지 않을 수 없게 만들곤 한다. 이렇게 해서 내 안마는 언제나 끝날 듯 끝날 듯 쉽게 끝이 나지 않는다.

할머니가 잠이 든 뒤 이모는 편지를 쓴다. 요즘은 거의 매일 이형렬에게 편지를 쓴다. 오랜만에 이모가 내게 맞춤법에 대한 자문을 구해온다.

"어떻게 지내냐고 할 때 '어떻게'에서 '떡'자가 기역받침이니 히

읗받침이니?"

"그리고, 잘돼가는지 할 때 '돼'가 '되'니 '돼'니?"

나는 이모가 쓰고 있는 문장이 '어떻게 돼가는지'라는 걸 짐작한다. 이모는 자기가 맞춤법을 물어보는 단어 몇 개로 내가 편지 내용을 짐작하게 될까봐 자기 딴에는 내용을 은폐하려고 머리를 쓰고 있다. 내가 전에 이모가 물어온 단어를 가지고 그렇게 내용을 알아버린 일이 있기 때문이다. '어떻게 돼가는지'같이 명사나 형용사가 없는 문장은 별 뜻이 들어 있지 않으므로 굳이 그렇게 문장을 갈라서 뜻을 은폐하려 하지 않아도 되는데 아무튼 이모는 자기 깐에 궁리를 한다고 한들 이익 되는 게 하나도 없다.

맞춤법을 물어올 때 같은 단어에 대해서 몇 번씩 묻는 것도 나를 짜증나게 하는 것 중 하나이다. 같은 것을 두 번 묻지 않도록 나는 아예 문법을 설명해준다. 하지만 어떻게가 어떠케로 발음되는 이유는 받침에 '히읗'이 있기 때문이고, 돼는 '되어'의 줄인 말이므로 '되어'를 써야 할 자리에는 그냥 '되'가 아닌 '돼'를 써야 한다고 설명을 해줄라치면 듣는지 안 듣는지 "응응" 건성으로 대답만 하고는 다 듣고 나서 한다는 말이 "그래서, 결론이 뭐야, 결론이 히읗이라는 거야 기역이라는 기야?"이냐.

이처럼 깊이 생각하기가 싫어서 자기 역할을 남에게 떠맡겨버리면서도 만약 그로 인해 조금이라도 잘못된 결과가 생겨나면 또 모든 과오를 자기의 일에 관여한 남 탓으로만 돌리는 게 이모이다.

지금도 나는 같은 것을 또 물어오면 절대 대답해주지 않으리라 결심한다. 그러나 얼마 안 가서 이모는 또 묻는다.

"짓밟혀는 '여'라고 쓰니 '혀'라고 쓰니?"

"아까 말했잖아, '펴'라고 소리나는 것은 '히읗'이 들어 있기 때문이라고. 그러니까 '혀'지."

"왜 짜증을 내니? 아까 언제 말했다고 그래. 아까는 '키읔'이고 지금은 '피읖'인데."

"그게 같은 거지, 거센소리잖아."

이모는 우기기를 포기하고 다시 편지지로 시선을 돌리며 "칫, 조선말이 영어보다 어렵다니까. 영어는 받침도 없고, 영어라면 자신 있는데" 한다. 저런 이모를 조금이라도 알면 허석은 이모를 절대 좋아할 리가 없다.

꿈결에 어렴풋이 오토바이 소리가 들려온다. 광진테라 아저씨가 이제 오나보다 하고 생각하는데 대답이라도 하듯이 "이래봬도 이 사람은……" 노래가 들린다. 조금 후에 와장창 하는 소리가 난다. 그리고 한참 지나고 나서 사방이 조용한데 숨죽여 흐느끼는 여자의 울음소리가 들릴락 말락 정적 속에 새어나온다.

잠결에 들리는 그 소리들은 생시인지 꿈인지 분간이 가지 않는다. 그 소리들은 어쩌면 내 꿈속에 있는 소리인 듯도 싶다. 내 꿈속에는 다른 소리도 섞여 있다. 아까부터 우리 마당에서 누군가 뛰어다니는 소리가 들리는데 무슨 소리인지 알 수가 없다. 잠깐 나는 왕건이 군대를 이끌고 우리 읍내 성안으로 쳐들어온 꿈을 꾼다. 말발굽 소리와 함성소리가 아득하게 멀리서 들려온다. 그때 꿈이 깨면서 빗소리가 귀를 울린다. 마당의 흙을 적시는 짧은 빗금의 사각사각 소리, 기와의 홈을 내려와서 처마로 흘러내리는 긴 선분의 주룩주룩 소리, 지붕을 때리는 찰박찰박 소리, 한꺼번에 여러 소리를 내면서 비는 여러 곳에 골고루 내리고 있다.

'내 렌나 죽어 땅에 장사한 것'

비가 오는 날 아침은 방안이 어두워서 불을 켜야 한다. 이런 때의 불빛은 깜깜한 밤에 켜져 있는 환한 불빛과는 또다른 아늑한 느낌을 준다. 아직도 비가 좀 뿌리고 있는 마당을 간간이 내다보며 책가방을 챙기는데, 이런 날은 학교에 가지 않고 아랫목에 엎드려서 볶은 콩이나 주워먹으며 뒹굴었으면 싶다. 2월 언제인가 콩 볶아 먹는 날이라고 할머니가 볶아주던 누런 콩에 검게 탄 자국이 특히 고소해 보여 그런 콩들만 골라먹던 생각이 난다.

우산을 받쳐들고 대문을 나서는 내 귓가로 재성이의 울음소리가 빗속에 희미하게 들려온다. 그 소리를 듣자 꿈결에 여자의 흐느낌을 들었던 기억이 난다. 나는 대문간에 선 채로 잠깐 광진테라 쪽에 귀를 기울여본다.

그때 대문 아래께에 있는 변소 문이 열리는 소리가 나서 돌아보니 그 안에서 허석이 나오고 있다. 그는 변소 문 앞에 선 채 자기가 비를 맞으며 뛰어가야 하는 안채까지의 거리를 가늠하느라 눈을 가늘게 뜬다. 드디어 뛰기 시작한 그의 뒷모습은 바지 뒤춤으로 흰 러닝셔츠가 비죽이 빠져나와 홀아비 영감처럼 칠칠맞지 못하게 보인다. 변소 안에서 나올 때나 자고 일어나 방에서 나올 때처럼 옷차림이 흐트러지기 쉬운 때일수록 매무새가 단정해야 양반질하고 산다는 할머니의 가르침이 떠올랐지만 이상하게 그런 것도 허석의 이미지를 훼손시키지는 않는다. 삶의 이면을 많이 알다 보면 매사에 의심이 많아지기도 하겠지만 이렇게 이해심이 많아지는 면도 있는 것이다.

변소 안에서 바지 단추를 다 채우지 않고 늘 한 손으로 변소 문을 열면서 다른 한 손으로 바지 단추를 채우면서 나오곤 하는 최선생님이 막 장군이네 집 댓돌로 내려선다. 두 사람이 어색하게 지나치는 것을 마저 다 보기도 전에 나는 얼른 대문을 나와버린다. 최선생님과 나란히 걷지 않기 위해서 내 걸음이 빨라진다.

중앙극장 앞을 지나 다리를 건너니 군청 앞에 세워진 아치 위의 '증산 수출 건설'이란 굵은 글씨가 대번 눈에 들어온다. 그때 다리목 큰길가에 있는 대동병원 문이 열리고 책가방을 든 여자애가 하나 나온다. 신화영이다. 학교 가는 길에 가끔 이렇게 마주치곤 하지만 신화영과 나는 절대 알은체를 하지 않는다. 몇 시간 후 무용연습 때에 금실 좋은 흥부와 흥부 처가 돼야 하는 운명이지만, 한쪽은 부모 없이 자라도 공부를 잘하는 실력가이고 한쪽은 공부는 못해도 부모 덕에 선생님들에게 떠받들어지는 세도가이다보니 우리는 결코 가까워질 수 없는 사이이다.

나를 발견한 신화영은 눈꼬리가 샐쭉하게 올라간다. 그러더니 이내 거만하게 눈을 내리까는 걸 보니 내 옆을 지나가면서 어깨를 부딪침으로써 자기 신분이 주는 우월감을 드러내 보일 속셈인 듯하다. 그러나 신화영이 아주 가까이 다가오는 순간을 기다려서 나는 갑자기 몸을 돌려버린다. 어깨를 부딪칠 틈을 주지 않는 것이다. 예상하지 못한 상황에 부닥치자 나보다 신분은 높을지언정 순발력과 위악성에 있어서는 너무나도 비천한 신화영의 빳빳이 세워졌던 어깨는 부딪쳐줄 곳이 없어서 잠시 거만한 균형을 잃는다.

그때 자전거를 타고 출근하던 선생님 한 분이 찌리링 하고 경적을 울리며 지나간다. 공손하게 인사를 하는 내 표정에는 당연히 선생님에 대한 존경심이 떠올라 얹혀져 있다. 선생님은 나에게 가볍게 고개를 끄덕여 보인 다음 아직까지 거만한 태도로 나를 노려보고 서 있는 신화영을 마땅찮다는 듯 힐끗 보고 간다.

오후가 되면서 비가 그치자 창밖으로 보이는 운동장이 무척 깨끗하다. 하루종일 학교가 파하기만을 기다리며 내 머릿속은 줄곧 어제의 시간 속에 사로잡혀 있었다. 드디어 교문을 나서는 시각이 되니 허석이 내가 학교에서 돌아오기만을 기다리는 것이나 아닌지, 그런 생각도 스쳐간다.

허석은 없고 웬일로 이모가 집에 있다. 그런데 무슨 기분 나쁜 일이라도 있었는지 내가 들어서자마자 "글쎄 말야, 진희야" 하면서 손목을 끌어다 앉힌다.

"미스 리, 걔 있잖아."

"미스 리 언니가 왜?"

"보통 같잖은 게 아니더라."

들어보니 별것도 아니다. 이모는 머지않아 이형렬에게 면회 갈 계획을 세워놓고 있다. 그러니 옷을 한 벌 맞춰야만 한다. 미스 리 언니 시건방진 게 맘에 안 들어서 뉴스타일양장점 아닌 다른 양장점으로 가고 싶지만 할머니에게 반강제로 옷값을 내게 하려면 하는 수 없다는 생각에 이모는 아까 점심을 먹고 뉴스타일양장점에 갔었다.

그런데 옷을 다 맞추고 가봉 날짜를 말해주면서 미스 리 언니가 이러더라는 것이다.

"저기 진희 삼촌요, 그렇게 공부 안 해도 되나?"

이모는 어리둥절해졌다.

"그게 무슨 말이야?"

"아니요, 요새 너무 노는 것 같던데 걱정되잖아요."

이야기를 전하는 동안에도 또 한번 열이 오르는 바람에 이모는 침을 꿀꺽 삼켜서 숨을 진정시킨 후 다시 분을 터뜨린다. 마치 삼촌 고시공부를 자기가 다 시키고 있는 것 같더라며 계속해서 콧방

귀를 뀐다. 나는 오랜만에 만난 삼촌이 여전히 시큰둥한 데 절망한 미스 리 언니가 반격에 나선다는 것이 그만 발악이 돼버린 거라고 짐작해본다. 짧게 동정심이 스쳐간다. 이제 막 사랑을 얻은 사람이 그것을 갖지 못해 애태우는 사람에 대해 너그러워지는 것은 당연한 일 아닌가.

"진희야, 이 얘기 엄마한테 해야 되는 거 아니니?"

"어떻게?"

"미스 리 그것이 며느리 자리 노린다면 엄마도 미스 리 당장 내쫓으려고 할 거야."

나는 그거야 뉴스타일양장점 아줌마가 알아서 할 일이지 할머니가 말하면 참견밖에 더 되냐고 사리를 밝혀 알려준다.

"아예 뉴스타일양장점을 쫓아내면 되잖아."

다시 또 나는 가겟집 중에 집세 제일 잘 내는 집이라던데 뭣 땜에 내보내겠느냐, 그리고 이모 시집갈 밑천이라고 할머니가 뉴스타일양장점 아줌마한테 계도 두 몫이나 들었는데 할머니가 쉽게 내보낼 수 있겠냐고, 세상물정을 다 헤아려 말을 해준다.

"너는 늘 엄마하고만 한통속이더니 애늙은이 다 됐어. 어쩜 말투까지 노인 흉내를 내니? 애가 너무 그래도 못쓴다."

현실의 벽에 부딪쳐 미스 리를 단죄할 방법을 찾지 못하자 언제나 긴 생각 없이 말을 내뱉는 이모는 자기가 모르는 것을 너무 많이 알고 있어 죄 많은 나를 타박하기 시작한다. 그러더니 갑자기 결심했다는 듯이 "안 되겠어!" 하면서 돌아앉는다.

"뭐가 안 돼?"

"안 되겠어. 오늘 저녁에도 우리 극장 가는 데 데리고 갈랬더니…… 이제부터는 어른들 가는 데 되도록 안 데리고 다녀야지 애가 호기심만 많아져갖고……"

이모의 변덕은 새삼스러울 것 없다. 그러나 나는 저녁에 극장에 갈 계획이라면 허석이 연관되었는지도 모른다는 생각에 신경이 곤두선다. 길게 기다릴 것도 없이 이모는 가벼운 입을 놀려 내게 필요한 정보를 죄다 제공한다.

"오빠하고 석이 오빠하고 나하고 셋만 갈 거야, 너는 안 데려가고. 무슨 영화 볼 건지 궁금하지? 〈여진족〉이라고 윤정희 나오는 영환데 경심이가 봤대. 윤정희가 여진족 공주고 신영균이 신라인지 고려인지 아무튼 우리 편인데, 활을 맞고 도망을 치게 된 거야. 근데 마침 들어간 게 윤정희 방이었대. 적군이 들어오는 걸 보고 윤정희는 여진족의 딸답게 대담하게 침상 옆에 있는 과도를 집어 들었어. 경심이도 그렇고 같이 갔던 애들이 그 장면에서 다들 '어머!' 하고 소리를 질렀다지 뭐니. 그런데 신영균을 찌르는 줄 알았더니 그게 아니라 접시에 있는 빨긴 사과를 찍어가지고 신영균 얼굴에 탁 대더래. 그러니까 신영균이 사과를 어떻게 하겠어? 웃으면서 조금 베어먹겠지. 그걸 보고 윤정희도 '능글맞은 사나이!' 하면서 웃더니 그때부터 서로 사랑하게 되는 거래. 너무 멋있지!"

〈여진족〉을 볼 기대로 이모는 저녁 내내 라디오 앞에서 흥얼흥얼하다가 저녁밥상을 받는다. 오늘도 밥상은 두 개였고 허석과 삼촌이 방으로 들어오자 우리는 남녀가 유별하게 각자의 밥상 앞으로 앉았다. 할머니는 어제 최선생님한테 야단맞은 일에 대해 아직도 분이 조금 남았는지 오늘은 연습 잘했냐고 묻는다.

"진희야, 너 내일 무용하다가 실수하더라도 절대 당황하지 마. 그럴 때는 어떻게 해야 하는지 아니?"

이모가 참견을 하고 나선다.

"그럴 때는 살짝 웃으면서 '애교로 봐주세요오'라고 말하는 거야. 알겠지?"

애교로 봐주세요, 이 말이 재치 있는 말이라고 생각들 하는지 요즘 유행어인데 이모는 그 말을 꽤 애용하는 편이다. 그러나 나는 애교라는 말 자체가 굴욕적인데다 상대방에게서 애교에 대한 반응을 얻지 못한다면 그것처럼 수치스러운 일도 없을 것 같아 그 말이 싫다. 나 스스로의 힘으로 취하지 않고 남의 처분만 바라는 그런 말은 내 삶의 방식과도 거리가 있다.

할머니가 이번에는 허석에게 인사치레를 한다.

"학생 오늘 심심했겠어. 영훈이 쟤가 꼼짝을 않으니 할 수 없이 같이 감옥살이했지?"

허석이 괜찮다고, 조용한 곳에서 책 보는 것도 좋지요 뭐, 하고 대꾸하자(허석이 아직도 어른의 질문에 "예"라는 대답부터 말해

야 한다는 예의를 실천하지 않자 할머니는 그의 얼굴을 흘깃 본
다) 삼촌이 이렇게 말한다.

"안 그래도 저녁밥 먹고 극장이라도 갈려고 해요."

"그래, 그러기라도 해야지."

할머니는 동의를 마친 다음 나의 기대를 저버리지 않고 습관처
럼 내 쪽으로 고개를 돌린 뒤(할머니는 뭐든 좋은 일이 있으면 나
에게도 그것을 해당되게 하겠다는 강한 의지의 표시로서 꼭 내 쪽
을 쳐다보곤 했다) 삼촌에게 당부한다.

"좋은 구경 같으면 진희도 데리고 가거라."

"진희는 못 가요. 애들 보는 영화가 아니라서."

이모가 나서자 할머니는 이모도 극장에 가도록 돼 있다는 걸 그
제야 알아채고 못마땅하게 쳐다본다.

"너도 가냐?"

"영화 프로도 내가 다 알아봤어."

이모는 자기가 주최측이며 영화 프로를 알아본 공로가 있다는
점으로 영화 구경의 당위성을 인정받으려 한다. 그런 이모에게 할
머니의 공정한 판결이 내려진다.

"네가 보는 영화를 진희가 왜 못 봐. 진희도 데리고 가. 진희
야, 이모 따라가서 너도 구경하고 와라. 이모라는 것이 저렇게 인
정머리가 없어. 애들 삼신은 다 한 삼신인데 어린것 혼자 남겨놓
고……"

"아이, 엄마는, 그게 아니래도."

"시끄럽다!"

할머니는 이 한마디로 문제를 마무리지었고 허석과 함께 영화 구경을 가게 된 나는 기쁜 내색을 내보임으로써 이모를 자극하는 일이 없게 하려고 되도록 조용히 밥을 먹는다.

이모가 알아본 바에 따르면 오늘 중앙극장에서는 윤정희 주연의 〈여진족〉이, 얼마 전 새로 생긴 시흥극장에서는 〈도라 도라 도라〉라는 이상하고 긴 제목의 외국영화를 상영하고 있었다. 삼촌과 허석은 〈도라 도라 도라〉라는 영화에 대해 들은 적이 있는지 그 말이 일본군의 진주만 공격 암호라며 그쪽을 선택하려는 기색이자 윤정희의 "능글맞은 사나이!" 장면을 놓칠 수 없는 이모는 실망을 한다. 이모는 "오빠, 시흥극장 새로 생긴 데 안 가봤지? 논 한가운데 있어서 한번 갔다 오면 신발에 진흙이 묻어 떡 되는데…… 그리고 저, 진희가 그 어려운 영화를 볼 수 있을까. 쟤 잠들면 누가 업고 와?" 하면서 윤정희 나오는 영화 쪽으로 여론을 돌려보려 하지만 쉽지 않다. 결국 〈도라 도라 도라〉를 보기로 결론이 나자 한숨을 쉰다. 그러나 따분한 영화이긴 하지만 그래도 밤마실을 하게 된 것만도 다행이라고 자위하는 눈치이다.

이모 말대로 과연 시흥극장 앞길은 진흙탕인데다 비가 온 뒤끝이라 여간 질퍽거리는 게 아니었다. 우리는 극장에 도착하여 매표구 앞에 깔려 있는 가마니 위에서 한참 동안이나 신발을 문질러 닦아야 했다.

극장 안으로 들어가니 화면 왼쪽에 있는 '탈모'라는 초록색 글자와 오른쪽에 있는 '방첩'이라는 빨간 글자에만 불이 켜져 있을 뿐 아무것도 보이지 않는다. 나는 어둠 속에서 자리가 어떻게 배치될 것인지만 연구하고 있다. 삼촌과 허석은 물론 붙어앉을 테고 나와 이모도 붙어앉게 된다. 그럼 그 경계가 어떻게 될까. 내가 원하는 배열은 '삼촌 허석 나 이모'이다. 역순으로 '이모 나 허석 삼촌'도 괜찮다. 나와 허석이 붙어앉기만 하면 된다. 그런데 만약 '이모 나 삼촌 허석'이나 '허석 삼촌 나 이모'가 되어 삼촌이 내 옆에 앉게 되면 곤란하다. 어두운 극장 안으로 더듬더듬 들어가며 나는 입구에서부터 일부러 허석의 뒤에 바짝 붙어 간다.

시골 극장에는 자리가 꽉 차는 법이 없지만 오늘 극장 안은 비었다기보다 사람을 찾을 수 없다는 말이 더 정확한 표현일 것 같다. 그것이 영화가 얼마나 재미없는지를 증명한다고 이모는 기어코 불평을 터뜨린다. 어두운 속에서 삼촌이 리더 역을 하고 이모는 영화 프로가 마음에 안 든다는 것을 시위하느라 뒤에 처지고 하는 사이에 자리의 배열은 내가 원하는 대로 되어 있다.

시선을 영화 화면에만 집중시키기 위한 차단장치로서 극장에는 어둠이라는 우산이 마련돼 있다. 나는 허석과 단둘이 그 검은 우산 속으로 들어간다. 바로 옆에서 허석의 숨소리를 들으며 잠시 나는 영화 구경을 온 것은 우리 둘뿐이라는 즐거운 상상을 해보기도 한다.

영화를 보는 동안 잠이 든 것은 내가 아니라 이모였다. 주인공이 누구인지도 모르겠고 화면에는 계속해서 타르르르 소리를 내며 비행기만 나타났다 사라졌다 하니 종일 무용 연습을 했던 나도 졸립기로 하면 이모 못지않았다. 하지만 허석과 삼촌은 열심히 화면에 눈을 박고 있다. 허석의 성숙한 대화 상대이자 어쩌면 사랑의 대상인 내가 잠이 들어버리면 창피한 일이 아닐 수 없다. 허벅지를 꼬집어가며 잠을 몰아내던 나는 할머니의 또하나의 어록을 떠올린다. 천하에 장사도 들어올릴 수 없는 것이 바로 자기의 눈꺼풀이라는. 그런 생각을 하면서도 깜빡 잠이 들고 말았나보다.

무엇인가가 부드러운 것이 뺨을 툭 친다 싶어 눈을 떠보니 빙그레 웃는 허석의 얼굴이 바로 코앞에서 나를 보고 있다. 방금 뺨에 와 닿은 것이 허석의 손길이었음을 깨닫고 기뻐할 겨를도 없이 순간 영화가 끝났구나 하는 생각이 들면서 창피한 마음에 눈이 반짝 떠진다. 이모가 아직도 자고 있다는 것이 그나마 다행이다.

내가 깨우는 소리를 듣고 살그머니 눈을 뜬 이모는 전혀 자지 않은 것처럼 시치미를 떼고 "왜 이렇게 흔드니. 나 안 잤어. 다 끝났길래 눈감고 있는 거야" 하는데 그 말을 하는 목소리가 꼭 잠겨 있다.

극장 밖으로 나오니 초여름의 향기로운 밤공기가 여간 상쾌하지 않다. 유지공장과 반대편 쪽에 있어서 역겨운 냄새도 나지 않고 장소가 외진 만큼 숲이 가까워서 바람도 시원하다. 허석은 코를 흠흠거리며 공기를 들이마신다.

"무슨 꽃냄새가 나는 것 같은데?"

"저쪽으로 조금만 들어가면 과수원이 있거든요. 거기서 나는 꽃냄새일 거예요."

내 대답을 듣자 허석은 말로만 듣던 과수원에 한번 가보고 싶다고 한다. 삼촌은 효자라서 "어머니가 기다리실 텐데……"라고도 하고, 원래 계획에 없던 일을 한다는 것 자체를 꺼리는 고지식한 성격이라서 "시간도 너무 늦었고……" 하며 제동을 건다. 반대로 이모는 〈도라 도라 도라〉를 볼 때와는 달리 금강산 선녀봉에서 막 씻은 듯한 밝은 눈을 반짝이며 "오빠, 그러지 말고 우리 바람 좀 쐬고 가요. 엄마는 벌써 잠드셨다고요" 하고 조른다. 나는 아무 말도 하지 않고 삼촌을 쳐다보기만 한다. 그러자 삼촌은 분위기로 보아 자기 혼자만이 반대세력이란 것을 깨닫고는 여론에 밀려 "그러지 뭐" 하면서 자기가 먼저 과수원 방향으로 성큼 발을 옮겨놓는다. 자기 의견이 관철되었음에 만족한 이모는 그것 보라는 듯이 내 손을 한번 꼭 쥐고서 흔든 다음 삼촌의 뒤에다 혀를 낼름한다. 그것이 때때로 그렇듯이 이모의 동작에 균형을 잃게 했다. 젖은 진흙길에 이모의 구두가 미끄러지면서 할머니 표현대로라면 '걸음마를 배운 이래 제대로 걸어본 적이 없는' 이모는 앞으로 고꾸라진다. 허석이 재빨리 붙잡지 않았다면 아마 이모는 또 질척한 논바닥에 그대로 나뒹굴었을 것이다.

"조심하세요, 영옥씨."

허석의 가슴에 약간 기댄 채로 팔을 잡혀 있는 이모의 모습은
어쩔 수 없이 내게 질투를 불러일으킨다. 허석은 이모의 팔을 약간
오래 잡고 있다. 이모도 고마움의 표시로서 그 팔을 모질게 떨쳐버
리진 못하고(나는 그러기를 바랐지만 이모로서는 구태여 그 팔을
떨쳐버릴 이유가 별로 없었다) 마주서 있다. 둘의 눈이 마주친다.
그것도 이 밤 달빛 아래에서. 바로 어제 사랑의 기쁨을 알게 된 내
게 사랑의 괴로움이 너무 빨리 찾아온 것이 아닌지, 그들의 모습에
는 나무랄 데 없는 화음이 있다.

바로 그 장면에 삼촌이 찬물을 끼얹는다.

"영옥이 너는 변소간에서는 안 넘어지냐? 똥통에 안 빠지고 무
사히 변소에 다녀오는 것만도 장하다 장해."

그런데 삼촌의 그 말을 듣고 무안해하는 것은 이모보다 허석 쪽
이다. 허석이 이모를 감싼다.

"말이 좀 심한 거 아냐?"

"그랬나?"

삼촌은 가볍게 인정한다.

"난 영옥이 쟤를 아직도 꼬마로 생각하는 모양이야. 나는 쟤 국
민학교 때부터 서울 올라가 있었잖아. 그래서 그런지 지금도 내 머
릿속에는 그때 그대로 꼬마야. 어떤 때는 진희보다 더 어리게 생각

된다니까."

내 이름이 불려지자 허석은 언뜻 내 쪽으로 시선을 돌린다. 허석이 이모 편에 들어 대변인 역할을 자처하는 걸 보며 배신감과 질투를 느끼던 나는 그의 시선에 조금 마음이 누그러진다. 사랑은 자의적인 것이다. 작은 친절일 뿐인데도 자기의 환심을 사려는 조바심으로 보이고, 스쳐가는 눈빛일 뿐인데도 자기의 가슴에 운명적 각인을 남기려는 의사표시로 믿게 만드는 어리석은 맹목성이 사랑에는 있다. 허석이 다만 한번 쳐다본 것을 가지고 그것이 '이렇게 내가 바라보고 있는 것은 바로 너'라는 의미라도 되는 듯이 가슴이 설레는 걸 보면 진정 나는 사랑에 빠진 모양이다.

과수원이 가까워질수록 꽃향기가 진해진다. 사과꽃 냄새다.

삼촌과 허석이 앞서서 걷고 그 뒤를 이모와 내가 따라간다. 어두운 숲길에는 정적이 깃들어 있고 사과꽃 향기와 풀벌레 소리, 그리고 하늘에는 별도 있다.

정적에 압도당한 이모가 목소리를 크게 내지 못하고 내 쪽으로 키를 낮추고는 속살거리지만 내 귀에는 그 소리가 들리지 않는다. 이따금 삼촌이 낮은 목소리로 허석에게 진주만이 어떻고 제국주의가 어떻고 이야기를 하고 있지만 내 눈에는 삼촌도 보이지 않는다. 나에게 느껴지는 것은 다만 허석, 그와 밤 숲길과 사과꽃 향기뿐이다. 사과꽃 향기에 싸여 그와 내가 밤 숲길을 걸어가고 있는 것이다.

우리가 걷는 양쪽으로 펼쳐진 숲에서는 계속 진녹색의 차고 맑은 공기가 안개처럼 품어져나온다. 사과꽃 향기가 얕게 퍼지며 그 안개의 미세한 알갱이를 채색한다. 향기가 입혀진 안개의 고운 입자가 허석의 뒷모습을 그대로 감싼다. 그는 향기로운 존재가 되어 밤 속으로 걸어들어가고 있다. 그 뒷모습을 보며 나는 누군가가 짓누르고 있는 것처럼 가슴이 답답하고 아파진다.

약간 가파른 곳에 닿자 허석은 뒤를 돌아본다. 이모에겐지 나에겐지 모를 시선을 던지더니 역시 이모에겐지 나에겐지 모를 미소도 던진다.

그가 돌아보는 순간 그 모습은 내 눈 속에 그대로 멈춰버린다. 그러고는 찰칵하는 소리에 이어 현상액에 담가지며 거기에서 물기를 머금고 빠져나와 커다랗게 확대된 뒤 네모난 테두리를 두른 채 내 가슴속으로 스며든다. 가슴에 스며든 그 사진액자를 언제까지나 소중히 간직하겠다는 약속을 하기 위해 나는 두 손을 앞가슴에 모은다. 그렇게 하기 위해서는 먼저 이모에게 잡혀 있던 한 손을 힘겹게 빼내야만 했다.

삼촌이 휘파람을 분다. 〈바우고개〉이다. 이모가 낮게 따라 부른다.

노래가 끝나자 허석이 다시 이모와 내 쪽을 돌아본다.

"영옥씨 노래 잘하시네요."

나는 자칫 허석의 지성이 평형감각을 잃어 이지의 여왕인 나를 제치고 단지 눈에 보이는 이미지뿐인 이모에게 현혹되는 게 아닌가 조금 염려가 된다.

허석은 자기 자랑 겸 이모 칭찬 겸 이렇게 화제를 이어간다.

"저는 기타는 좀 치는데 노래는 못해요. 음치거든요."

"어머, 기타 칠 줄 아세요?"

"〈로망스〉하고 〈알함브라 궁전의 추억〉 정도죠 뭐."

허석이 할머니 앞에서 보여줬으면 얼마나 좋았을까 싶은 겸손함을 담아 겸연쩍은 듯 말한다. 이모는 기타를 친다니까 허석이 멋있어지는 한편 자기의 애인인 이형렬이 생각났고, 어쩐지 허석이 이형렬보다는 멋있으면 안 될 것 같은 마음에 이형렬이 다룰 줄 아는 악기인 하모니카를 기준으로 두 사람의 우열을 가려볼 모험심이 생긴다. 그래서 다짜고짜 이렇게 묻는다.

"그럼 하모니카도 불 줄 아세요?"

불현듯 내 눈앞에는 염소와 하모니카의 실루엣이 생생하게 살아난다. 그런데 허석의 대답은 이상하다.

"아뇨. 하모니카는 잘 못 불어요. 불어볼 기회가 없었어요."

나는 그 말을 하모니카로 〈로망스〉나 〈알함브라 궁전의 추억〉을 불 실력은 안 된다는 말로 받아들인다. 그러나 하모니카를 전혀 불 줄 모른다는 뜻으로 받아들인 이모는 비로소 안심하며 '그러면 그렇지' 하는, 나아가서는 '어휴 살았다'로도 보이는 표정을 하고 내게 눈을 찡긋해 보인다. 너도 알지? 내 애인은 하모니카도 불 줄 알아, 라고 말하는 것이다.

"잠깐 저기 앉았다 가지. 영옥씨 노래도 한 곡 청해 듣고."

옆으로 쓰러져 있는 나뭇등걸과 편편한 바위를 가리키며 허석이 제안한다. 삼촌은 어두워서 바늘이 보이지 않는데도 습관적으로 팔목을 쳐들어 시계를 보더니, 그러지 뭐, 라고 어정쩡하게 엉덩이를 내려놓는다. 삼촌이 앉은 자리를 중심으로 우리도 대충 자리를 잡는다. 어두운 속에 이렇게 가까이 앉아 있으려니 비밀회합이나 되는 듯이 은밀한 기분도 든다. 그런 비밀스런 기분이 이모에게도 느껴졌는지 그럴듯한 말을 한다.

"어두운 데 이렇게 앉으니까 꼭 로미오와 줄리엣이 몰래 만나는 거 같아요."

감상적이 된 이모는 혼잣말 비슷하게 자기의 의견을 개진한다.

"각자 자기의 첫사랑 얘기나 해보면 어떨까."

삼촌이 뭐라고 이모에게 핀잔을 주려는 순간 허석이 이모 못지 않은 감상적인 목소리로 진짜 첫사랑의 경험을 털어놓겠다는 암시를 한다.

"내가 고2 땐데……"

그러자 나는 질투 섞인 관심으로, 이모는 연애 이야기에 대한 호기심으로, 삼촌은 친구의 과거를 듣게 되어 흥미 있다는 듯이, 우리는 두말없이 그의 얘기 속으로 빨려들어갔다.

허석은 고2 봄에 한 여학생을 알게 되었다. 그는 고등학생의 신분으로 그때 이미 음악감상실의 단골이었는데 거기서 알게 된 여학생이었다. 처음에는 사복을 입고 있어서 몰랐지만 그 여학생은 허석네 학교와 같은 동네에 있는 여고의 학생이었다. 그들은 몇 번 편지를 주고받는 사이에 둘 다 음악과 문학에 관심이 높다는 공통점을 발견하였다. 그리고 또하나의 공통점은 둘 다 〈불 꺼진 창〉이라는 이태리(이태리인지 아닌지 그것은 확실히 자신할 수 없다고 한다) 가곡을 좋아한다는 점이었다. 음악감상실에서 만나 신청곡도 같이 듣고 각자 쓴 시를 읽어주기도 하고 그러는 사이 그들은 자연스럽게 사랑에 빠졌다.

그런데 가을이 깊어가면서 여학생은 음악감상실에 잘 나오지 않았다. 어쩌다 음악감상실에 나온 날도 우울하게 창밖을 보고 있는데 얼굴이 여간 창백한 게 아니었다. 그러던 어느 날 여학생의 언니라는 사람이 허석을 찾아와 여학생이 병에 걸려서 어딘가로 요양을 하러 떠났다는 소식과 함께 마지막으로 이것을 전해주라고 했다며 릴케 시집을 건네는 것이었다. 겉장을 펴보니 그 안에는 가냘픈 필체로 '나의 첫사랑 석에게'라고 씌어 있었다. 허석은 여학생의 언니가 사라진 쪽으로 부리나케 뒤쫓아가봤지만 이미 사라진 뒤였다. 그는 벽에 주먹을 짓찧었다. 지금도 간직하고 있는 릴케 시집의 겉장에 희미하게 핏자국이 남아 있는 것은 그때 생긴 상처 때문이다. 그러나 그뿐, 그후로는 여학생의 소식을 영영 알지 못하고 세월이 흘러갔다.

이모는 그 얘기를 듣고 거의 울 뻔했다. 이야기가 끝나고도 한참이나 침묵을 흘려보낸 뒤 잠긴 목소리로 이렇게 입을 뗀다.

"그 노래, 어떻게 부르는 노래예요? 〈불 꺼진 창〉 말예요."

"음치라서 노래는 부를 수 없고…… 가사만 말해볼게요. 이렇거든요. 불 밝던 창에 어둠 가득찼네. 내 사랑 렌나 병든 그때부터. 그의 언니 울며 내게 전한 말은 내 렌나 죽어 땅에 장사한 것. 날마다 혼자 울던 그는 지금 뭇 주검 함께 고이 단잠 자네……"

첫사랑의 애달픈 사연에 이어 애절한 노래가사에 너무나 감동한 이모는 뭐라고 말을 잇지 못한다. 그러나 나는 내 허리까지 휘어져내려와 있는 사과나무의 잔가지 하나를 부러뜨리며 이런 생각을 하고 있다. 또 첫사랑의 추억이야? 남자들은 누구나 여자들의 관심을 끌려고 할 때 첫사랑의 추억을 털어놓는군. 이형렬이 옆집 여학생을 좋아했고 그 여학생이 이모를 닮았다는 얘기와 한 글자도 틀리지 않는 이런 얘기를 듣고 이모는 어쩜 저렇게 처음 듣는 얘기처럼 감동을 할까. 저런 얘기는 삼촌의 벽장 속에 굴러다니는 책에도 숱하게 들어 있고 영화에도 연속극에도 빠지지 않고 나오는 이야기인데 말이야.

만약 허석의 얘기가 덜 슬프거나 덜 아름다웠다면 오히려 내 마음이 움직였을지도 모른다. 감동하거나 질투하거나 둘 중에 하나였을 것이다. 하지만 나는 그런 따위의 아름답기만 한 이야기는 실감이 나지 않는다. 거짓으로 여겨지기도 한다. 변소 문이 보이거나 들쭉날쭉한 빨래가 잔뜩 널려 있어야 '집'이라고 여겨지지 그렇지 않고 깨끗하고 단정하기만 하면 그냥 '건축물'로만 보이는 것과 같은 이치이다.

그러나 사랑이 이해라는 말은 사실인가보다. 나는 변소에서 나오는 허석을 봤을 때처럼 허석의 싱거운 첫사랑 이야기에도 그다지 실망하지 않는다.

이모는 허석의 슬픈 첫사랑에 대한 이야기의 감동에서 어느 결에 빠져나왔는지 명랑한 어조로 이번에는 삼촌을 향해 말한다.

"오빠도 첫사랑 해봤어?"

삼촌의 둘레로 언제부터인지 무거운 침묵이 둘러쳐져 있다. 삼촌은 뭐랄까, 좀 침울한 표정이었다. 첫사랑이란 말에 별 반응이 없는 삼촌을 보고 이모는 허석에게 티 없이 고자질을 한다.

"우리 오빠는요, 이상하게 여자한테 관심이 없어요. 엄마 말이 오빠는 돌부처래요."

"그래요? 저런 미남이 여자한테 관심이 없다니 말이 안 되는데. 혹시 첫사랑을 너무 아프게 겪어서 그러는 건 아니겠지?"

허석은 자기의 첫사랑 이야기가 이모를 감동시킨 것에 기분이 좋은 나머지 내친김에 진짜로 사기 수위에 첫사랑을 혹독하게 치른 나머지 여자를 싫어하게 된 친구가 있다며 그 얘기를 하기 시작한다. 이모는 또 감탄을 하며 턱을 받치고 그 얘기에 몰두한다. 그런데 그 친구가 여자와 헤어진 뒤 약을 먹기도 하고 정신없이 방황

했다는 대목에서 갑자기 삼촌이 말을 막는다.

"그만해둬!"

너무나 낮아서 음산하기까지 한 목소리이다.

허석과 이모는 물론 나까지도 놀라며 쳐다보는데 삼촌은 그만 가려는 것인지 자리에서 벌떡 일어나버린다. 지금까지의 삼촌의 침묵을 암묵적 동참이라고 생각했던 허석은 삼촌이 이처럼 강력한 행동으로 이탈해버림으로써 자기 혼자만 실없는 얘기를 늘어놓은 꼴이 돼버리자 무안하기도 하고 은근히 화도 나는 모양이다. 그런 삼촌의 배신을 비난하면서 한편 그 자리를 농담으로 마무리하려는 마음에 이렇게 능쳐본다.

"왜 그래? 진짜 첫사랑의 상처라도 있는 사람처럼?"

그런데 삼촌은 어쩐 일인지 그 말조차 농담으로 받아들이지를 못한다.

"첫사랑의 상처라고?"

갑자기 옆에 서 있던 사과나무 둥치를 주먹으로 내리치며 삼촌은 거의 혼잣말처럼 이렇게 뇌까린다.

"내 손으로 태워버려서 상처도 없어……"

거기에서 말을 끊고 어렵게 침을 삼킨 삼촌은 어둠 속에다 "가자!" 하고 차갑게 한마디 뱉는다. 허석과 이모는 약간 어리둥절한 채 엉덩이를 털고 일어난다. 그러나 나는 삼촌의 말을 알아들었다. 삼촌이 제 손으로 태워버렸다면…… 그것은 내 엄마였다. 삼촌의 첫사랑은 자기의 누이였던가. 상처가 건드려진 짐승처럼 묘한 비장함을 풍기며 묵묵히 걸어가는 삼촌의 뒷모습을 보며 나는 첫사랑 이야기로는 삼촌의 것이 제일 그럴듯하다고 결론짓는다.

슬픔. 그렇다. 내 마음속에 들어차고 있는 것은 명백한 슬픔이다. 그러나 나는 자아 속에서 천천히 나를 분리시키고 있다. 나는 두 개로 나누어진다. 슬픔을 느끼는 나와 그것을 바라보는 나. 극기훈련이 시작된다. '바라보는 나'는 일부러 슬픔을 느끼는 나를 뚫어져라 오랫동안 쳐다본다. 찬물을 조금씩 끼얹다보면 얼마 안 가 물이 차갑다는 걸 모르게 된다. 그러면 양동이째 끼얹어도 차갑지 않다. 슬픔을 느끼자, 그리고 그것을 똑똑히 집요하게 바라보자.

집에 도착할 무렵에는 이미 마음속이 덤덤해져 있었다. 첫사랑의 얘기로는 삼촌 것이 제일 괜찮았다. 정말이다.

슬픔 속의 단맛에 길들여지기

　아침부터 학교가 술렁인다. 이번 무용대회는 도 대항 무용대회
인 만큼 심사위원들도 도청소재지에서 내려오는 낯선 손님들이
다. 도의 행사가 우리 학교에서 열리는 것부터가 우리 학교로서는
큰 영광이라고 조회 때 교장 선생님이 말씀하셨다.

　무용대회가 열리는 강당 안에는 참가자들과 심사위원, 귀빈만
들어갈 수 있다. 기웃거리는 아이들을 단속하느라 완장을 찬 주번
들이 쉬는 시간마다 나와서 강당 앞을 지킨다. 그런데도 강당에서
새어나오는 음악 소리며 구경하는 손님들의 수군거림, 그리고 화
려한 무용의상을 입고 들락날락하는 참가 학생들의 부산한 분위
기 때문에 아이들은 공연히 마음이 들뜬다. 주번한테 한번 들켜 이
름을 적힐 셈 치고 강당 옆구리로 살짝 돌아와서 닫혀 있는 문틈으
로 눈을 대보는 아이들도 있다. 그러다가 자기가 눈을 대고 있던

강당 문이 안쪽에서 열릴라치면 부리나케 달아나지만 멀찌감치에서 다시 아쉬운 듯 쳐다보고 섰는 것이다.

내가 한 번씩 강당 밖으로 나갈 때마다 아이들이 손가락질을 하며 "저기 흥부다 흥부. 5학년 강진희야"라고 수군댄다. 1학년 때부터 줄곧 무용을 했기 때문에 나는 그런 아이들 사이를 무표정한 얼굴로 태연히 지나갈 줄도 안다. 그런데 오늘은 예외다. 아이들의 부러운 시선을 의식할 겨를이 없다. 허석이 바로 오늘 아침에도 무용대회에 꼭 구경 오겠다고 했는데 대회가 시작한 지 한참이 지난 지금까지 오지 않고 있다. 학교의 위치를 잘 모르니 이모가 함께 온다고 했는데 지금까지 안 오는 것을 보면 어쩌면 이곳으로 오다가 며칠 전 허석의 말대로 성안이라도 새로 안내를 받느라고 늦어버린 건지도 모른다. 마지막으로 한번 더 교문 밖까지 휘둘러보고 강당 안으로 돌아가는 내 발길이 꽤 무겁다.

무대 뒤 대기실로 들어가는데 민자가 입구에 서 있다가 다짜고짜 내 팔을 끌어당기더니 귓속말을 한다.

"신화영이 그 옷 안 꿰매고 그대로 갖고 왔어."

그러리라고 짐작은 했지만 그애의 허영심에 혐오감이 인다. 나는 옷보따리며 소품 들이 놓여 있는 내기실 가운데로 가본다. 마분지 위에 은박지를 입힌 톱과 커다란 바구니 두 개를 붙여 만든 박 옆에 앉아서 신화영이 자기의 추종자들과 깔깔거리고 있다. 진분홍 치마저고리 끝동과 소매에 하늘색이 대어져 있고 옷고름을 나비의 날개처럼 모양을 내서 늘어뜨린 그애의 한복은 어디서나 눈에 띈다. 똥을 누어본 지가 하도 오래되어서 궁둥이가 말라 똥구멍이 찢어지게 가난하다는 흥부 마누라 주제에 낭자머리에는 구슬이 박힌 나비장식을 달아 늘어뜨리고 있다.

나는 최선생님 쪽을 보았다. 신화영의 옷이 여전히 선녀의 날개옷임을 보고 이 대회에서 입상하기는 글러버린 일이다 싶어 굳은 얼굴로 기운 없이 소품만 만지작거리는 최선생님의 얼굴에는 선생님으로서의 권위는커녕 하다못해 블라우스 앞섶을 태연히 흘깃거리는 뻔뻔스러움조차 없다.

신화영은 우리 학교 대의원회의 부회장이다. 회장은 남학생 몫이므로 여학생이 차지하는 명예 중에서는 최고의 자리이다.

대의원회의 회장과 부회장은 각 반의 반장과 부반장으로 구성된 대의원회에서 투표로 뽑게 되어 있다. 처음에 신화영은 병원에 초대하여 성대한 향응을 제공한 그 아이들에 의해서 낙선하였다. 지난 선거 때 할머니는 "고무신이라도 받아먹으면 다른 사람을 찍으려 해도 하늘이 내려다볼까봐 겁이 나서 그 사람을 찍게 된다"고 말했지만 할머니와 달리 아이들은 아이들만의 정의감이 있는데다 민주주의 선거의 4대 원칙을 배웠으며 비밀투표가 어떤 방법으로 강요된 선택을 견제할 수 있는지 알고 있었다. 아이들의 표는 가장 공정한 쪽으로 던져졌던 것이다.

그 결과 누구보다 당황한 것은, 이번 선거는 회장보다 부회장 선거가 재미있다고 말하고 다니던 바로 그 선생님들이었다.

신화영의 아버지인 대동병원 원장은 학교에 상당액의 장학지원을 약속한 바 있을 뿐 아니라 이미 선생님들에게도 적지 않은 '인사'를 했다. 그 무렵 나는 교무실에 심부름을 갔다가 "아이고, 부회장 선거 끝나면 또 한번 배 터지게 먹겠구나" 하는 교무주임 선생님과 "김칫국부터 마시지 마세요. 그러다 엉뚱한 애가 되면 어떡하려고" 하는 담임선생님의 말을 들은 적이 있다. 교무 선생님은 "엉뚱한 애가 되면 안 되지. 기생 나오는 국일관에서 요리 먹고 싶으면 이선생도 협조 잘해. 애들 단도리 잘하라구" 하는 것이었다. 그러니 선생님들 사이에는 신화영의 낙선을 두고 교직원 회의까지 열릴밖에.

교직원 회의에서 내린 결정에 의해 신화영은 부회장 임명장을 받았다. 투표에 의해 뽑힌 진짜 부회장은 아이들로서는 처음 들어보는 '부회장 서리'라는 직책을 맡았는데, 대외적으로는 신화영이 부회장이고 중요한 일이 생겼을 때 부회장의 역할을 하는 것은 부회장 서리라는 설명을 선생님으로부터 들었지만 그 말이 무엇을 뜻하는지 납득이 안 가는 것은 아이들이나 개교 이래 처음 생긴 그 직책을 맡게 될 부회장 서리나 마찬가지였다.

몇몇 아이들은 선생님을 욕했지만 어디까지나 뒷전에서 저희들끼리 그래보는 것일 뿐 현실을 받아들일 수밖에 없었다. 아이들은 그제야 자기들이 아무리 민주 선거의 원칙을 배워 실천해봤자 '하늘이 볼까 무서워' 고무신 한 켤레 준 후보에게 투표한 할머니가 받아들인 바로 그 현실을 바꾸기가 쉽지 않다는 것을 알았다. 여전히 시험문제를 풀 때는 정답을 쓰겠지만 현실에서는 정답을 다른 식으로 찾아야 한다는 사실을 받아들였던 것이다. 아이들은 그것으로 세상을 아는 것처럼 생각되었고 그리고 그것을 안다는 사실을 드러내 보이는 것이 어른스러운 태도라고 믿었다. 대의원들은 교과서에서는 배우지 못하고 직접 선생님을 통해 배운 그 방법을 반 아이들에게 써먹었다. 반장에게 잘 보이지 못한 아이들은 자습 시간 내내 잠만 잤어도 가장 떠든 사람 1순위로 적혀서 선생님에게 보고되었다.

아이들 중에는 선생님의 결정이 끝내 옳지 않다고 생각하는 아이도 있긴 했다. 그러나 그애는 그 정의감과 용기 때문에 선생님의 자존심에 흠집을 냈고 소박하게는 '성격이 비뚤어졌다'에서 교사의 전문용어로는 '반항적이고 공명심이 강하다'는 이유로 교무실 전체의 미움을 받음으로써 다른 아이들에게 다시 한번 현실을 일깨워주는 좋은 본보기로 사용되었다. 그나마도 그애는 단지 자기 아버지가 학교에 찾아올 때까지만 미움을 받았다. 그런 경우 아버지의 교육관과 열성은 순전히 재력에 의해 좌우되는 것이므로 바로 그 재력에 의해서 사면의 시기가 결정되었던 것이다. 그러나 교육관이 투철하지 않은 아버지를 둔 아이는 끝내 '골칫덩이'로 도태되어 '부적응아'라는 판정을 받아야 할 운명이었다.

부회장으로 임명된 신화영은 더욱 기세등등해졌다. 그애는 그 반대세력을 굴복시키는 방법은 자기를 부회장 자리에 올려놓은 그 힘의 절대적 과시에 있다는 것을 알았다. 신화영은 아이들의 지지를 받지 못했다는 열등감을 이기기 위해서 자기의 우월감을 자주 과시해야만 했다.

그애는 먼저 가신들에게 논공행상을 한다는 의미에서 몇 가지 특권을 주었다. 국민학교 대의원회 부회장이 측근들에게 허락할 수 있는 특권이라는 게 청소시간에 감독만 한다든지 학급회의 시간에 외출을 한다든지, 또 급식빵 배급을 맡겨서 남은 빵에 대한 권리를 준다든지 하는 사소한 것일 뿐이지만 다만 다른 대중과 다르게 행동할 수 있다는 점만으로도 그것은 대단한 권세였다.

가신들은 언제나 신화영을 호위했으며, 바야흐로 아름다운 갑사한복 속에서 한껏 우월감을 과시하려는 신화영을 무대로 보내기 위해 지금도 신화영을 둘러싸고 앉아 있다.

나는 신화영 쪽을 향해 똑바로 걸어간다. 치마에 주름을 많이 넣은 탓에 앉아 있는 신화영 주위로 화사한 갑사치마는 둥근 원을 그리고 있다. 나는 한쪽 발로 신화영의 그 신성한 치마 끝을 밟고 선다.

처음에는 놀랐지만 이어 화가 머리끝까지 뻗친 신화영이 금방이라도 "감히 무엄하게!"를 외칠 듯이 발딱 일어난다. 신화영이 갑자기, 그리고 하도 당차게 일어서는 바람에 내가 밟고 있는 그애의 치마에서 '찍' 하고 찢어지는 소리가 난다. 당황한 그애가 자기의 치마를 내려다보는 사이 나는 또다른 한쪽 발로 치마를 밟고는 이번에는 내 손으로 그 치마를 쭉 찢어버린다. 완전히 혼비백산한 신화영은 어쩔 줄 모르는데 나는 아랑곳없이 계속해서 그 화려한 갑사치마를 찍, 찍, 찍, 서너 군데 더 찢어놓았다.

그때 마이크에서 소리가 울린다. 다음은 성서국민학교의 '흥부전'.

강진희 외 아홉 명입니다.

첫 등장 때 흥부 부부는 손을 맞잡고 춤을 추며 나오게 되어 있다. 나는 마이크의 소리를 듣자 다른 생각을 할 틈도 없이 난생처음 닥쳐온 엄청난 재앙 앞에 제정신을 차리지 못하고 있는 신화영의 손을 다짜고짜 낚아 잡고 무대로 나갔다.

흥부는 다정하게 웃으면서 아내를 초가집 앞으로 데리고 나온다. 아내의 등뒤에 선 흥부는 한 번은 아내의 왼쪽 어깨 위로 한 번은 오른쪽 어깨 위로 고개를 집어넣으며 덩실덩실 춤을 춘다. 흥부의 아내도 고개를 이쪽저쪽으로 돌려 남편과 눈을 맞추면서 어깨춤을 춘다. 나에게 눈을 맞추는 신화영의 거의 울 듯한 표정은 짙은 화장에 가려서 나보다 더 활짝 웃는 것처럼 보인다. 그렇게 우는 듯 웃는 표정으로 팔을 쳐들고 덩실덩실 어깨춤을 춘 다음 빙그르르 맴을 돌고 있는 신화영의 고운 갑사치마의 찢어진 사이로는 그애의 허벅지가 훤히 내비친다. 오늘 신화영의 팬티가 흰 바탕에 파란 꽃이 나염된 것이란 사실은 가장 가까이 있는 나에게만 보이지만 그애가 춤을 출 때마다 언뜻언뜻 눈에 들어오는 희끗희끗한 천이 팬티라는 것은 누구나 알 수가 있다.

심사위원과 귀빈 들은 처음에 자기 눈을 의심했다. 이런 중요하고도 큰 행사에 팬티가 다 비치는 찢어진 옷을 입고 나오다니 어떻게 이런 일이 있을 수 있는가. 다음 순간 그들은 자기들이 흥부전을 보고 있다는 데 생각이 미쳤다. 그들의 놀라움은 경탄으로 바뀌었다.

그들은 옷을 기울 천마저 모두 남편과 아이들에게 양보하고 속곳까지 드러낸 채 춤을 추고 있는, 몰락했으나 현숙한 흥부 처를 보고 있는 것이었다. 심사위원들은 지도 선생님의 아이디어에도 감탄했지만 수치스러움을 무릅쓰고 그 역을 맡아 저렇듯 열심히 춤을 추고 있는 흥부 처 역의 아름다운 여학생에게 넋을 잃었다.

무용이 진행될수록 심사위원들의 감탄하는 소리는 높아진다. 왜냐하면 흥부 처 역의 아름다운 여학생이 뒤로 가면서부터 눈물을 줄줄 흘리기 시작했던 것이다. 특히 흥부가 매를 맞는 장면에서 그 여학생은 철철 울고 만다. 흥부 처는 그렇게 쉴새없이 눈물을 흘리며 흥부와 함께 팔을 쳐들었다가 맴을 돌았다 한다. 그럴 때마다 찢어진 갑사치마는 신화영의 희끗희끗한 팬티와 허벅지를 따라 이리저리 가련하게 끌려다님으로써 흥부 처의 슬픔을 완벽하게 연기한다. 귀빈들과 심사위원석에서는 무용을 다 마치기도 전에 힘찬 박수가 터져나온다.

무용대회가 다 끝나기도 전에 강당을 빠져나와버린 나는 장군이에게 우리의 일등 소식을 전해들었다. 흥부가 자리에 없어서 대신 대표로 상을 받으러 무대에 올라간 흥부 처가 열화와 같은 환호를 받았다고 한다. 한쪽에서는 그 치마 다시 한번 입고 나와봐라, 하고 농담을 하는 소리도 들려왔지만 그럴 수는 없었던 것이 무용이 끝나자마자 신화영이 대성통곡을 하며 갈가리 찢어버렸기 때문이라는 말도 전한다.

그러나 내게 있어 무용대회는 이미 닫혀진 장면이다. 내 머릿속에는 무용대회에 오겠다는 약속을 어긴 허석뿐이다. 배신감과 슬픔이 나를 상처주지 못하게 하려고 아까부터 나는 극기훈련을 하고 있다. 허석과 이모가 손을 잡고 약수터에 올라가는 따위의 상상을 열 번도 더 했을 것이다. 미리 그런 상상을 통해 스스로 상처를 내놓으면 단련이 되어서 실제로 닥쳐오는 상처는 작게 느껴지기 때문이다.

허석이 이모와 나란히 대문을 들어서는 것을 보고도 과연 나는 별로 놀라거나 슬퍼하지 않는다. 그 장면은 나의 극기훈련의 한 과정으로 아까부터 내 머릿속에서 스무 번도 더 연출되었던 장면이며 이제는 너무나 많이 보아서 자연스럽기까지 하다. 나는 이모가 허석의 팔짱을 끼고 들어오는 데까지도 상상했는데 그들이 적어도 오십 센티미터는 되는 간격을 두고 걸어들어오는 것을 보니 오히려 다행스럽기까지 하다.

"너네 일등했더라?"

들어서자마자 이모가 대뜸 이렇게 나를 축하해주며 마루 끝에서 있던 내 손을 끌어 마루에 앉힌다.

허석이 다니는 국문과와 어떻게 연관이 있는지는 모르지만 삼촌은 그의 전공과도 관련이 있고 또 그가 역사와 전통문화에 관심이 많으니 한번 들러볼 만할 거라며 이모에게 문화원 안내를 정중히 요청하여 함께 거기 다녀오는 길이라고 이모가 설명한다. 문화원에 가니 마침 허석과 같은 대학생과의 대화를 오랫동안 갈구해 왔던 나이 많은 문화원장님이 자기의 박식에 대해 너무 많은 자료를 제공하는데다 허석과 같은 또래로서 군청에 다니고 있는 자기 아들도 '사보텐 클럽'이라는 청년봉사모임을 조직하여 지역사회 발전에 이바지하고 있다고 자랑을 늘어놓는 바람에 무용대회에 늦었으며 가보니 다 끝나고 시상식을 하더라고 한다.

그런데 대동병원집 딸은 왜 그렇게 울고 가냐며 어린것이 성깔이 얼마나 드센지 옆에서 달래는 기다나이 선생님 쩔쩔매는 것이 보기 딱하더라고 전한다. 그들 바로 옆을 지나가면서도 선생님이 무안해할까봐 알은체도 못했다는 것이다. 나는 최선생님이 겉으로는 쩔쩔맸어도 마음속은 결코 그렇지 않았으리라고 짐작해본다.

내 생각은 틀리지 않았다. 밤늦게 술을 마시고 돌아온 최선생님이 우리집 마루 앞에서 나를 큰 소리로 부른다.

"진희야, 자냐? 이리 나와봐라."

방문을 열고 나간 나는 마루 끝에 서서 절을 꾸벅 한다.

"이놈아, 선생님 오늘 기분좋아서 술 한잔 했다."

최선생님은 내 어깨를 한번 꼭 싸안는다. 술냄새가 확 끼친다. 술냄새 속에는 어른으로서 비겁했던 자괴감의 찌꺼기도 있다. 그러나 내일 아침 술이 깨고 변소에 한번 다녀오면 찌꺼기는 다 청소된다.

최선생님이 방으로 들어간 뒤 나는 그대로 마루에 앉는다. 아직 잠이 들지 않았는지 삼촌 방에서 두런두런 얘깃소리가 들려온다. 별이 많다. 굳이 고개를 젖히지 않아도 널찍한 마당과 가겟집의 낮은 지붕 위로 별이 한눈에 들어온다. 마당 한가운데 나가 서서 하늘을 올려다보면 아마 완전히 별들로 둘러싸인 기분이 들 것이다.

날씨가 맑아서 별은 검은 하늘에 단단히 접착돼 있지 않고 헐렁하게 돌출되어 달려 있는 것이 저러다 마당 한가운데로 툭, 떨어져버릴 것 같다. 하고많은 별 중에서 내가 자신 있게 아는 별자리라곤 북두칠성밖에 없다. 그 별국자는 바로 머리 위에 있다. 일곱 개라는 걸 알면서도 그리고 내가 안 보는 사이에 몇 개가 부러져 없어졌을 것도 아닌데 나는 볼 때마다 하나하나 세어본다. 하나, 둘, 셋, 넷, 다섯, 여섯, 일곱…… 그런데 별을 세는 동안 내가 마음속으로 소원이라도 빌었던 것일까, 신기하게도 그때 삼촌 방 문이 열리고 허석이 나온다.

하긴 내가 마루에 나와 있은 시간이 한나절은 지났을 테니 변소에 가거나 물을 마시기 위해서 한 번쯤 방밖으로 나왔다고 신기해할 일은 아닐 것이다. 그런데도 허석이 나오는 순간 운명의 여신이 한번 더 미소를 짓는 것처럼 느껴지는 걸 보니 사랑에 빠졌을 때 운명이나 행운을 들먹거리게 되는 것은 꽤나 보편적인 일인 모양이다.

허석은 내가 마루에 앉아 있는 것을 보고는, 진희 아직 안 잤구나, 하면서 옆에 나란히 앉는다. 무릎 위에 얹힌 그의 손이 참 예쁘다. 키가 커서 그런지 손가락이 참 길다는 생각이 든다. 저 손가락으로 기타줄을 퉁길 것을 상상하니 어쩐지 그의 옆모습이 낭만적으로 보인다.

허석은 별을 보는지 잠시 아무 말이 없다. 마당 구석에 있는 도토리감나무의 가는 가지가 어둠 속에서 가볍게 흔들린다. 허석이 그쪽으로도 얼핏 고개를 돌려본다. 그 몸짓이 어딘지 쓸쓸해 보이는데 그 쓸쓸함이 왜 이런 감정을 불러일으키는 것인지, 나는 난데없이 애틋한 기분이 된다.

그렇게 쓸쓸해 보이는 채로, 애틋한 채로 우리는 한참이나 말없이 밤하늘만 보고 있다. 흐르는지 멈췄는지 시간에 대해서는 전혀 알 수가 없다.

갑자기 허석이 낮은 목소리로 "진희야" 하고 부른다. 내가 그의 낮은 목소리만큼이나 조용하고 느린 동작으로 그를 향해 몸을 돌리는데 갑자기, 갑자기 그의 팔이 내 어깨를 가만히 감싸안는 게 아닌가. 그의 팔이 너무도 무거웠다. 아니 사실은 그의 팔이 무거운 것이 아니었다. 모든 신경이 어깨로만 가 있어서 내 몸 전체가 온 힘을 다해 그의 팔 하나를 받치고 있는 듯했기 때문에 무겁게 느껴지는 것뿐이었다. 무거운 팔 하나를 그렇게 내 어깨에 올려놓고 그가 여전히 밤하늘을 보며 꿈속처럼 말한다.

"며칠 동안 즐거웠는데, 벌써 헤어지게 됐구나."

처음에는 그가 무슨 말을 했는지 귀에 들어오지도 않는다. 소가 풀을 통째로 삼키듯이 그의 목소리만을 통째로 삼켜버린다. 조금 후에야 소의 밥통에서 도로 끄집어내져 씹히는 풀처럼 그의 말을 도로 새김질해보자 그제야 그의 말뜻이 머리에 들어온다. 헤어지게 됐구나, 라고.

"언제 가는데요?"

"응, 내일."

허석의 짧은 대답은 내 가슴을 짧게 찌른다. 그러면, 허석이 떠난다는 말인가?

나에게 있어 이별의 고통을 느끼는 것과 그 이별에 대한 항체가 분비되는 것은 거의 동시에 이루어진다. 음식물이 들어가자마자 침이 분비되는 것과 같다. 이별이 닥쳐왔다는 것을 깨닫자 그것을 녹여 없애기 위해 내 마음속에서는 또 내가 두 개로 나뉘어진다.

허석을 향한 감정이 너무나 강렬해져 있는 참이라서 지금 이 순간 나를 '보여지는 나'와 '바라보는 나'로 분리하기란 쉽지가 않다.

그러나 나는 가까스로 성공한다. 진짜 나로부터 분리되어나온 나가 허석에게 말한다. 전혀 아쉽지 않은 것처럼 짐짓 명랑한 목소리로.

"우리 고향 어떠셨어요? 인상 좋았지요?"

내 어깨 위에 얹은 허석의 팔에 약간 힘이 들어간다. 허석이 앉은 채로 내 쪽으로 몸을 돌렸기 때문이다. 그 바람에 나는 조금 안긴 자세가 되어 허석의 눈을 마주본다. 내 눈을 똑바로 쳐다보며 허석이 부드러워 보이는 입술을 움직여 말한다.

"응. 특히 진희 넌 잊지 못할 거야."

나는 그다음에 그가 나를 와락 안아버리지나 않을까 하고 상상했다. 그러면 얼마나 행복할까 하는 생각과 함께 한편 그때 마침 삼촌이나 이모가 나오면 어떻게 할까, 화들짝 팔을 풀고는 괜히 어깨를 턴다든가 하면서 은밀한 짓을 들킨 사람의 무안함을 무마해본다? 그건 너무 유치한 짓이다. 그렇다고 "우린 사랑하니까 상관없어요"라고 하면서 계속 포옹을 하고 있을 자신은 없고…… 어떻게 시치미를 떼야 하나, 그 궁리까지 하고 있었다.

그러나 그런 생각은 할 필요가 없었다. 그는 나를 와락 안아버리지는 않았다. 대신 내 어깨 위에 얹었던 팔을 쳐들더니 가볍게 등을 몇 번 토닥이는 것이었다. 그런 다음 몸을 일으키고는 "내일 아침에 보자" 하면서 다시 삼촌 방으로 들어가려 하였다. 아니 들어가려다가 다시 나와서 신발을 신는다. 역시 변소 쪽에 볼일이 있는 모양이다. 신발 신는 소리를 들었는지 삼촌이 방안에서 "석, 후

라시 갖고 가지그래" 하는 소리가 또렷하게 들려왔다. 나는 깜빡 잊고 있었던 것이었다. 마루에서 일어나는 일이 방안에서 비밀이 될 수 없다는 사실을.

이모는 또 편지를 끼적이느라 방바닥에 엎드려 있다. 내가 들어가니 눈길을 그대로 편지지에 박은 채 "저 오빠 며칠 안 있다 가네" 하며 대수롭지 않게 말한다. 그 말은 나와 허석 사이에 이루어진 대화가 방안에 다 들렸다는 사실과 더욱이 그것이 누가 듣기에도 아무런 비밀스러운 점이 없었다는 사실을 확인시켜주는 것이었다. 내가 공개방송 무대에서 공연중이란 것을 나만 몰랐던 셈이다.

삼촌이 차부에 나가겠다고 옷까지 갈아입는 것을 허석은 한사코 사양한다. 토요일이라 버스시간이 바뀌었을지도 모른다며(시골에서는 그런 일이 흔하다) 그가 버스에 올라탄 것을 눈으로 확인해야만 안심이 되겠다는 삼촌의 말에 허석은 정 안 되면 도청소재지로 나가서 차를 갈아타겠다고 우긴다. 삼촌은 할 수 없다는 듯이 그럼 그렇게 하라고 말해놓고 나를 보더니 생각났다는 듯이 이렇게 덧붙인다. "참, 진희 학교가 차부 뒤쪽이니까 아침 먹고 같이 나가면 되겠군."

나는 허석을 배웅할 수 있다는 데에 두말없이 고개를 끄덕인다.

허석도 나의 배웅은 받겠다는 뜻으로 나를 향해 웃어 보인다. 나는 그 웃음을 이제 볼 수 없다는 사실에 가슴이 허전하다.

차부에서 조금 지체할 시간을 갖기 위해 다른 날보다 집에서 일찍 나왔다. 가방을 어깨에 걸쳐멘 허석을 보자 불현듯 서울이든 어디든 그를 따라서 가버리고 싶은 생각이 치밀어오른다. 그가 오던 날도 그랬다. 어디론지 떠날 듯이 보이던 광진테라 아줌마의 모습이 버스가 떠나버린 뒤 먼지 속에서 다시 나타날 때 나는 그리움이라든지 슬픔이라든지 그런 원치 않은 감정에 사로잡혔다. 그때에 허석이 노을을 등지고 염소와 함께 나타난 것이었다. 그날 홀연히 왔던 것처럼 그는 이제 홀연히 떠나려고 하고 있지만.

허석과 나란히 차부 쪽으로 가다가 나는 빵집 '만나당' 앞에서 길을 가로막는 가죽잠바와 마주쳤다.

"진희, 학교 가냐?"

홍기웅이 씩 웃고 서 있다. 깡패답지 않게 일찍도 일어났다고 속으로 중얼거리는데 그가 허석을 곱지 않은 눈으로 본다. 턱을 쑥 내밀고 위아래를 훑어보는 품이 비로소 깡패답다. 내가 서울서 온 삼촌 친구라고 설명했는데도 고릴라가 자기 힘을 과시하려 입을 찢어져라 벌리고 썩은 어금니까지 드러내 보이는 것처럼 계속해서 허석에게 험악한 긴장을 유지하고 있다.

"그런, 가버려."

하고 등을 돌려서 가다가도 뭔가 미심쩍은지 그는 결국 한 번은 뒤를 돌아본다. 눈빛이 여간 날카롭지 않다.

홍기웅이 끝내 수수께끼를 풀지 못한 사람처럼 날카롭게 뒤를 돌아다본 뒤 사라지자 이번에는 허석이 눈꼬리를 올리며 기분 나쁘다는 듯이 묻는다.

"누구야? 깡패같이 생겨갖고."

나는 홍기웅을 우리 읍에서 제일 큰 극장 아들인데 어쩌다 깡패가 됐다고 적당한 데까지만 얘기를 한다. 우리 이모를 구원의 여성으로 섬긴다고 하면 허석이 어떤 표정을 지을지 궁금하긴 했지만 이모와는 끝까지 선의의 경쟁을 해야 하며 그렇더라도 승리를 자신하고 있었기에 구태여 흑색선전을 할 필요는 없었다. 삼촌과 함께 골목 바깥까지 배웅을 나온 이모에게 허석이 뭐라고 말했던가. 폐 많았습니다, 이러지 않았던가. 그 말은 나에게 했던, 잊지 못할 거야, 하고는 너무 거리가 있는 말이었다. 한쪽이 형식적인 인사치레라면 분명히 한쪽은 아쉬운 작별인사였다.

차부는 아침이라 한산하다.

차부 앞에 오니 허석이 떠난다는 것이 실감되면서 이상하게 코끝이 아프다. 앞서 걷던 나는 그에게 보일 마지막 모습이 기억에 남을 만한 아름다운 장면이 되기를 바라면서 작별인사를 하기 위해 그를 향해 돌아선다. 그는 며칠 전 어떤 아줌마가 고무신을 문지르던 그 공중변소 앞에 서 있다가 냄새 때문에 곧바로 자기가 어디에 서 있는 줄을 알아채고 냄새를 피해 대합실로 들어간다. 대합실 나무의자에 가방을 내려놓고 그가 나를 굽어본다.

"편지할게."

나는 목이 막혀 말이 안 나온다. 말없이 고개만 끄덕거리고는 황급히 발밑으로 시선을 떨어뜨린다. 발밑에 들러붙은 껌을 한참이나 노려본다. 이윽고 허석이 자, 그럼, 학교 늦겠다, 하자 나는 목멘 소리로 겨우, 안녕히 가세요, 한다. 그러고는 최대한 침착하게 걸음을 옮기면서 그가 한 번이라도 더 내 이름을 불러주지 않나하는 안타까운 마음에 가슴이 뚫려버릴 것 같다. 그가 뒷모습을 보고 있을 거라는 짐작이 들어 되도록 또박또박 걸으려 했지만 발이 자꾸만 위로 떠올라 걸음이 어색하기만 하다.

대합실을 벗어나자마자 그대로 뛰기 시작했다. 소리를 지를 수 없다면 뛰기라도 해야 답답한 가슴속이 진정될 듯싶었다.

학교에 가니 아이들이 어제 신화영의 치마가 찢어진 일을 가지고 입방아를 찧느라 도무지 허석과의 이별을 조용히 정리할(혹은 음미할) 시간을 주지 않는다. 토요일이라 그나마 다행이다. 오늘 오후와 내일이 지나가고 월요일이 될 즈음에는 아이들은 새로운 화젯거리를 찾아낼 것이다.

공부시간에도 선생님의 말소리가 전혀 들리지 않는다. 멍하니 생각에 잠겨 있다가 들고 있던 연필을 두 번이나 떨어뜨려 심이 부러졌다. 그 연필을 깎다가 이번에는 손가락을 살짝 베고 만다. 피는 나지 않았지만 쓰라리다. 지금쯤 허석은 버스를 탔을 것이다.

칼에 벤 왼쪽 손가락을 입술에 대고 오른손으로는 낙서를 하고 있는 나는 평소의 수업태도와 다르다는 점에서 선생님의 눈에 쉽게 떠었다. 선생님은 그것을 지적하려 한다. 그러나 내가 마음속의 허공을 견디지 못해 마침내는 엎드려버리자, 선생님은 어제의 무용대회가 여러 가지로 나에게는 몹시 피곤한 일이었을 거라는 데 생각이 미친다. 그뒤부터 나는 엎드린 채 마음껏 쓰라린 이별을 음미해도 되었다.

학교가 끝나자 나는 같이 가자는 아이들을 다 뿌리치고 혼자 제방 길을 걸어간다. 허석을 만났던 비탈진 제방을 본다. 나는 어떤 극기훈련으로 이 이별을 이겨내야 할지 자신이 없고 막막하다(한편 이상하게도 이 슬픔에는 단맛이 있어서 굳이 극기훈련을 통해 극복하고 싶지도 않다). 그렇지만 이것을 극복하지 않으면 지금까지 쌓아온 삶의 균형을 잃을 것만 같다. 속이 상한 나는 걸음걸이도 터덜터덜 조심성이 없어진다.

우리집 골목이 보인다. 걸음이 느려진다. 허석이 나를 기다리고 있을 것만 같아서 학교가 끝나자마자 부리나케 이 골목을 들어서던 지난 사흘의 행복한 기억이 더욱 나를 불행하게 한다. 이모가 사온 '자유일기'에는 페이지마다 맨 밑에 '오늘의 명언'이 적혀 있었다. 거기에서 이런 말을 본 적이 있다. "불행한 날에 행복한 지난날을 떠올리는 것은 이중의 고통이다." 그 말이 다가와 가슴을 찌른다. 힘없이 대문을 열며 나는 속으로 그렇게 중얼거린다. 오늘 이 우주에서 가장 슬픈 것은 바로 나일 것이라고.

그런데 대문을 열고 들어가보니 허석이 마루에 앉아 있다.

처음에는 놀랐고 그다음에는 내가 드디어 헛것을 보는가 싶었다. 그리고 그다음으로 내가 느낀 감정은 놀랍게도 실망이었다.

그가 다시 온 것이 반갑지 않을 뿐 아니라 실망스럽기까지 하다는 걸 깨닫고 나는 어리둥절해졌다. 그럴 리가 없다. 불과 몇 초 전, 저 대문을 열고 들어서기 직전까지도 나는 그를 얼마나 그리워했는가. 나는 나 자신을 주의깊게 들여다본다. 아무리 보아도 나는 허석과의 예상치 않은 재회를 달가워하지 않고 있었다. 나는 아까의 슬픔, 바로 거기에서 이별의 이미지가 완결되기를 원했던 것이었다.

팥쥐 역을 맡아 지금껏 열심히 연습했는데 갑자기 콩쥐로 배역이 바뀐 것처럼 나는 맥이 빠진다. 그렇게나 몰두해 있던 팥쥐의 감정이 아무것도 아니게 되면서 콩쥐의 감정에마저 무덤덤해진다. 이별의 슬픔이 무의미해지자 사랑마저 시들해진다는 걸 나는 처음 깨닫는다.

새로 맡은 배역에 미처 적응이 되지 않아 내 표정은 굳어 있다. 다행히 '보여지는 나'가 뛰쳐나와 '바라보는 나'의 실망을 감추는 순발력을 발휘해준다.

"오전에 출발하는 버스가 고장이래. 오후에 두 번 더 있다는데……"

허석은 팔목을 들어 시계를 본다.

"출발할 시간이 거의 다 됐어."

그때 부엌에서 삼촌이 나온다. 어울리지 않게 밥상을 들고 있다.

"시골 버스는 그렇다니까. 그러길래 따라가보려고 한 건데 고집을 부리더니만."

삼촌은 마루 위에 밥상을 내려놓고 내게 말한다.

"어머니가 안 계셔서 상 차린 게 이 모양이다. 대체 영옥이는 어딜 그렇게 쏘다니는지."

"신경쓰지 말라니까. 차부에서 자장면 한 그릇 사먹으면 될걸 갖고."

허석은 미안해한다. 삼촌은 이번에는 반드시 차부까지 따라나서겠다고 같이 숟가락을 든다. 상을 보니 찬장 속에 있는 반찬만 꺼내왔는지 상이 영 부실하다. 내가 부엌에 들어가면 아침에 먹다 만 이 반찬 말고 밑반찬 두어 가지는 더 찾아낼 수 있다. 그런데 이상하다. 나는 그냥 가만히 서 있다.

대충 밥숟가락을 뜬 뒤 허석은 삼촌과 나란히 대문을 나섰다. 그들이 사라진 뒤 나는 혼자 마루에 앉아 있는다.

"그럼 진희 잘 있어라. 이번엔 진짜 가는 거다."

허석이 웃으며 이렇게 말했을 때 내 가슴은 잊었던 상처가 불에 닿듯 아팠지만 아침에 헤어질 때의 강렬한 안타까움은 아니었다. 나는 내 슬픔이 꽤나 차분하다고 여겼다.

그러나 사랑의 감정이란 복잡한 것이었다. 그가 막상 진짜로 가버리고 나니 꺼질 듯 한숨이 나온다. 앞으로 이겨낼 그리움이 다시금 두려워진다.

그가 앉아서 밥을 먹던 자리에 손바닥을 대본다. 아직 온기가 있다. 마룻바닥에 엉덩이의 온기만을 남기고 그가 영영 가버렸다고 생각하자 나는 견딜 수 없는 기분이 된다. 그래서 방안으로 들어가 한참 동안 깊은숨을 쉬며 가만히 앉아 있다.

누구도 인생의 동반자와는 모험을 하지 않는다

허석은 떠난 지 한 달이 넘도록 소식이 없다. 대합실에서 "편지할게" 하던 장면은 내가 머릿속에서 수십 번도 넘게 꺼내보는 동안 낡은 사진처럼 빛이 바래서 이젠 사실감이 느껴지지도 않는다. 그러니 그 낡은 사진 속에서 했던 약속이 그의 마음속에 남아 있을 리도 없다.

그런데도 나는 늘 편지를 기다린다.

그동안 우리집에서 변화가 있었다면 남녀 한 쌍이 사라진 일이다. 삼촌과 미스 리는 이제 우리집에서 더이상 모습을 볼 수 없게되었다. 그들이 짝을 이루어서 함께 사라진 것은 물론 아니다. 한 사람은 눈물 속에 떠나보내졌고 한 사람은 떠난 다음 눈물바다가되었다. 즉 삼촌은 군대에 갔고 미스 리 언니는 돈을 훔쳐서 야반도주를 했던 것이다.

미스 리 언니가 도망을 친 날은 학교가 여름방학에 들어간 지 열흘쯤 지난 날이었다. 나는 식물채집 숙제를 하려고 성안에 올라 갔다가 돌아오는 길이었다. 멀리서 봐도 뉴스타일양장점 앞이 시끌시끌했다. 사람들이 몰려 있어서 처음에는 싸움이라도 벌어졌나 했는데 모인 사람들이 뒷짐을 지고 있거나 어슬렁거리는 품이 싸움 따위의 긴박한 상황은 아닌 듯했다. 가까이 가보니 뉴스타일 양장점 아줌마가 바닥에 퍼질러앉아서 땅을 치며 통곡을 하고 있었다.

"아이고, 그 돈이 어떤 돈인데. 그 도둑년이, 아이고오 그 돈이 어떤 돈이라고……"

나는 누구한테 물어볼 필요도 없이 미스 리 언니가 돈을 훔쳐 도망갔다는 것을 직감적으로 알았다. 집안으로 들어서니 우물가에 안채의 온 식구들이 모여 수군대고 있었다.

장군이 엄마 목소리가 단연 두드러졌다.

"그러게 생겼더라니까. 그 여우 같은 년한테 다 떠맡기고 돌아다닐 때부터 알아봤어. 아, 피 한 방울 안 튄 남이라는데 어떻게 그렇게 사람을 믿었지? 닳고 닳은 계주 노릇을 십 년 넘게 하면서 그렇게 사람 보는 눈이 없을까 원."

"곗돈 받아놓은 것도 미스 리가 다 갖고 있었다면서요. 그럼 그것도 가져갔나?"

광진테라 아줌마는 아직도 믿어지지 않는다는 말투였다.

"양장점 안에 땡전고리 하나 안 남기고 싹 쓸어갔다니까. 아까 양장점에서 '아이고' 소리가 터져나올 때 나는 무슨 난리 터졌나 했어. 김일성이 또 쳐들어온 줄 알고 학교 간 장군이 생각이 퍼뜩 나더라니까, 참말이야."

"어린 처녀가 악착같이 살아보려고 하던데 왜 그랬을까……"

"아, 그러니까 도둑년이지, 달래 도둑년인가. 저만 살겠다고 하는 것이 도둑년 심보 아냐? 그나저나 재성이네는 가까이 지내면서도 그렇게 몰랐어? 엊저녁에 그년 퇴근할 때 수상한 점이 없던가?"

"제가 뭐 유심히나 봤나요? 퇴근한다고 우리 가게에 얼굴 비치길래 그냥 가나보다 했죠."

"어쩜 그렇게도 몰랐을까. 그래도 무슨 눈치는 있었을 텐데. 아니면 비밀로 해달라고 했든지."

"예?"

말을 엇나가게 함부로 하는 장군이 엄마의 심술 때문에 광진테라 아줌마는 죄 없이 당황한다. 할머니가 나선다.

"닦은 길이 짧다고, 미스 리 개도 배움이 없고 어리니까 그런 짓을 하지 날 때부터 도둑질하려고 타고났겠어? 도둑이라고 얼굴에 써붙이고 다니는 것도 아닌데 아무리 가까이 지냈다고 재성이 엄마가 그 속을 어떻게 알아?"

그러고들 있는데 문화사진관 아저씨가 새 소식을 가지고 급하게 대문 안을 들어섰다.

"아이고, 보통 일이 아니구먼."

우물가의 여자들이 일제히 아저씨를 쳐다보았다.

"지금 풍년쌀집도 난리났어요."

"왜요, 왜?"

성미 급한 장군이 엄마.

"왜긴. 아, 종구도 날랐대요. 돈통 챙겨서. 걔는 또 안집에 같이
살았잖아요. 안방 장롱 뒤져서 반지며 노리개 다 가져가고 은수저
까지 챙겨갔다네요."

다들 입만 벌린 채 잠시 말문이 막혀버렸다. 이윽고 장군이 엄
마가 "안살림에 손댄 것 보면 종구 혼자 짓이 아니다"라고 말하자
문화사진관 아저씨가 "밖에서도 다들 미스 리가 종구 꼬드겨서 한
짓이 분명하다고 이미 결론을 냈다"고 그 사실을 확인해주었다.
새 소식이 보태져서 우물가는 아까보다 훨씬 더 술렁댔다.

"그럼 둘이 눈이 맞은 거예요, 뭐예요?"

"종구가 혼자 따라다니던 것 아니었나? 하긴 미스 리 그년이 남
자라면 다 꼬리를 치니까 따라다닌 거지만. 혼자 눈 높은 척은 다
하더니 미스 리 그년 차고 간 것이 하필 또 종구야?"

"처녀 총각 일을 누가 알아요. 좋아하니까 같이 도망을 쳤겠
죠."

"아닐걸. 미스 리 그년은 종구 그까짓 것 금방 차버릴 거야. 단

물만 실컷 빼먹고 말야."

"같이 살 것도 아니면 뭣 땜에 그렇게 함께 도망을 가겠어요. 도망을 아무나 가나요?"

"지금 이 사달이 뭔 사랑타령 땜에 생긴 줄 알아, 재성이 엄마는? 다 돈 때문이라구 돈!"

이 말을 하면서 장군이 엄마는 엄지와 검지를 둥그렇게 모아 동그라미를 만들어 삿대질하듯이 흔들었다. 그걸 보고 할머니가 한숨을 길게 내쉰 것은 아마 뉴스타일양장점 아줌마한테 들어놓은 계가 깨지지나 않을까 걱정이 되어서였을 것이다. 그러나 할머니는 거기에 대해 아무 말도 하지 않았다. 그냥 빨래 '다라이' 앞에 쭈그리고 앉더니 이모의 블라우스를 천천히 주무르기 시작했다.

그것이 신호라도 되듯이 광진테라 아줌마도 두레박줄을 잡았다. 남 얘기가 왜 이렇게 재미있지 하는 표정으로 한창 신이 나 있던 장군이 엄마만 하는 수 없이 세숫대야에 손을 담그면서도 아쉬운 표정이었다. "그나저나 그 돈 갖고 어디로 갔을까" 하면서 얘기를 계속 진행시켜보려 하지만 아무도 반응을 안 보이자 빨리 세수를 하고 곗방에 가서 이 새 소식을 전하는 길밖에 없겠다 싶은지 장군이 엄마는 부지런히 푸푸거리며 늦은 세수를 했다.

마루 끝에 앉아서 나는 은수저 생각을 하고 있었다. "은수저까지 챙겨갔다네요"라는 문화사진관 아저씨의 말을 듣자마자 그 생각이 먼저 떠올랐던 것이다.

바로 전날 낮에 미스 리 언니가 내게 와서 수저 한 개를 빌려달라고 했다. 삼촌이 군대에 가버리자 미스 리 언니의 상심은 눈에 띌 정도였다. 자기의 야심이 두 번이나 좌절되자 풀이 꺾이고 장군이 엄마가 사사건건 트집을 잡아 괴롭히는데다 교태에도 자신을 잃은 모양인지 영 기운이 없어 보였다. 우물가에서 빨래를 하다가 가끔 무슨 생각을 하는지 손을 멈추고 하늘을 향해 한숨을 내쉬는 것도 몇 번 본 적이 있다. 그런 모습을 볼 때마다 나는 비슷한 사랑의 고통을 지닌 사람으로서 은근히 미스 리 언니에게 동정이 갔다. 그러던 차에 마침 수저를 빌려달라고 왔기에 나는 평소의 새침함을 넘어선 친절을 보여 흔쾌히 승낙을 했던 것이었다.

미술 숙제를 하고 있던 나는 미스 리 언니에게 수저를 챙겨주기 위해서 팔레트와 붓을 내려놓고 일어서려 하였다. 그랬더니 미스 리 언니는 자꾸만 미안하다며 그냥 자기가 부엌에 가서 가져가겠다는 것이었다. 미스 리 언니가 우리 부엌에 들어가 수저를 갖고 나오며 내게 "여기, 가져간다"라고 말하고 살짝 들어 보일 때까지만 해도 나는 그것이 은수저라는 것을 전혀 몰랐다.

그런데 저녁밥상에서 할머니가 혼잣말 비슷하게 수저 이야기를 했다.

"이상하다. 영훈이 수저가 안 보여. 분명히 찬장 서랍에 넣어둔 것 같은데…… 내가 그때 영훈이 가고 나서 은수저라고 대청에다 갖다 챙겨넣었나?"

그제야 나는 미스 리 언니가 가져간 것이 은수저였음을 알았지만 이렇게 대꾸했다.

"어제 뭐 찾으러 대청에 가보니까 거기 곽에 은수저가 많이 있긴 있던데."

"그렇지? 내가 은수저 곽에 잘 챙겨놓고 지금 이러지 싶다. 늙으면 그저 저승길 닦는 일밖에 안 남는다더니 정신이 오락가락해."

미스 리 언니는 왜 은수저를 가져갔을까. 단순히 은수저이기 때문에, 아니면 그것이 삼촌의 물건이란 걸 알고 가져간 것일까. 우리집에서 삼촌만 은수저를 쓴다는 것은 할머니가 설거지를 하는 우물가에 늘 드나들기 때문에 미스 리 언니도 얼마든지 알 수가 있었다. 그렇다면 삼촌에 대한 기억을 소중하게 간직하기 위해 삼촌의 입속을 드나들며 타액을 받아내던 밥숟가락을 가져간 것일까.

한편 생각하면 종구와 함께 도망을 치는 마당에 간직할 목적으로 삼촌의 밥숟가락을 갖고 갔다는 것은 이치에 맞지 않을 것도 같았다. 역시 탐이 나서 그냥 훔친 것이라고 봐야 한다. 그러나 그것만으로 보기엔 또 뭔가 미심쩍었다. 장군이네야 항상 열쇠를 채우고 다니니까 안 된다고 치더라도 우리집 방문에는 열쇠를 채우는 법이 별로 없다. 아무리 변변치 않은 살림이라지만 훔치려고 든다면 우리집에서도 탐이 나는 물건은 은수저뿐이 아닐 것이다.

조금 전 광진테라 아줌마의 말도 자꾸 마음에 걸렸다.

아줌마는 같이 살 것도 아니라면 왜 함께 도망을 치겠냐고, 도

258

망을 아무나 치냐고 말했었다. 그 말은 물론 힘든 삶으로부터 벗어나고 싶어도 벗어나지 못하는 자기의 처지가 생각나서 하는 말로, 언젠가 버스를 그냥 떠나보낸 뒤 먼지 속에 도로 모습을 나타내던 아줌마 자신의 체념적 인생관이 담긴 말일 것이다. 하지만 내게는 그 말이 자꾸만 반대의 뜻으로 해석되었다. 미스 리 언니가 도망을 간 것은 절대 종구와 함께 살기 위해서가 아닌 것 같았고 단지 자기의 제한된 현실에서 벗어나고자 한 일탈의 모험처럼 여겨졌던 것이다.

종구 쪽에서야 그렇지 않겠지만 미스 리 언니 쪽에서는 종구라는 존재가 그 모험의 동반자 외에 아무것도 아닐 듯했다. 미스 리 언니가 마음만 먹으면 쉽게 선택할 수 있는 대상 중에서도 종구는 가장 처지는 존재였다. 그런데도 종구보다는 좀더 나은(어디까지나 상대적으로) 다른 상대가 아니고 가장 처지는 종구를 선택했다는 점을 나는 이해할 수 있었다. 종구는 인생의 동반자가 아닌 단지 모험의 동반자였다. 누가 인생의 동반자와 더불어 모험을 하겠는가.

단물만 빼먹고 종구를 차버릴 거라는 짐작으로만 보면 장군이 엄마와 나의 생각이 맞아떨어진 것으로 보이지만 한쪽은 악의에서 나온 험담이고 한쪽은 인생에 대한 냉소로부터 비롯된 통찰이라는 점에서 엄청난 차이가 있었다.

나는 미스 리 언니가 가져간 은수저에 대해서 끝내 할머니에게 입을 다물었다. 좌절된 야심에 대한 흔적으로 삼촌의 은수저를 가

저갔으리라고 생각하니 내가 그 비밀을 지켜주는 것이 그녀에 대한 마지막 우정이라는 생각마저 들었다. 이만하면 고구마를 가로챈 빚은 갚은 셈이었다.

다행히 뉴스타일양장점 아줌마에게 든 할머니의 계는 깨지지 않았고 한동안 아줌마 혼자 가게를 지키는가 싶더니 얼마 안 가 새로운 시다가 왔다. 미스 리 언니의 도망을 교훈 삼아 이번에 온 시다는 수소문 끝에 먼 친척집에서 데려왔다고 했다.

여름 한낮 땡볕의 짧은 그림자처럼 짧은 음영만을 남기고 미스 리 언니가 사라진 뒤 우리집은 다시 평온을 되찾았다.

모기는 왜 발바닥을 무는가

미스 리 언니의 출분 이후 우리집은 별다른 사건 없이 조용하게 여름을 보내고 있다. 나에게는 그것이 조용하다 못해 지루하게 느껴진다. 게다가 이따금은 마음이 울적하고 허전하기도 해서 혼자 터덜터덜 성안에 올라가보는 일도 있다. 그러나 이모에게는 올여름이 잊지 못할 계절이다. 첫 키스와 쌍꺼풀 수술이라는 새로운 경험이 이모의 여름을 멋지게 장식하고 있다.

그동안 이모와 이형렬의 관계는 점점 뜨거워졌다. 편지는 물론이거니와 만나기도 꽤 많이 만났다. 이형렬이 군대에 매인 몸이었으므로 주로 이모가 자주 면회를 갔다. 그리고 중요한 것은 이제 편지를 집에서 받게 되었다는 점이다. 삼촌이 군대에 간 지 얼마 되지 않아 이모는 할머니를 설득해서 허락을 받아냈는데 할머니의 마음을 움직이는 데 가장 공로가 큰 사람은 이형렬의 어머니였다. 이형렬의 어머니가 직접 동원되었다는 얘기는 아니며 그럴 필요까지도 없었다. 할머니는 다만 "이 뭐시기가 군인이란 말이지? 그 어머니도 아들 보내놓고 눈물바람깨나 하겠구나"라고만 할 뿐 교제를 해도 좋다 싫다 더이상 말씀을 안 했던 것인데 이모는 그것이 찬성의 뜻이라고 생각하고 할머니의 목을 끌어안고는 라디오 연속극에 나오는 어린애처럼 "아이 좋아라, 우리 엄마 최고!"라는 탄성을 질렀던 것이다.

그 말이 할머니의 허락을 뜻한다고 본 데 대해서는 이모는 아무런 오류가 없었다. 할머니는 이모에게 무언가를 허락할 때 활짝 웃으며 "이 시간 이후는 그렇게 해라, 어때 맘에 드니? 좋지?"라고 명명백백하게 말하지 않고 꼭 절대 마음이 바뀔 리 없는 사람의 완강한 표정을 그대로 유지한 채 "니 마음대로 해라"라거나 "반대는 않겠다"는 식의 미필적 고의 혹은 비판적 지지의 형식으로 표현하곤 한다. 할머니의 그 비판적 지지는 "어머니가 드디어 우리 관계를 축복해주셨어요"라는 문장을 시작으로 한 긴 편지를 통해 곧바로 이형렬에게 전달되었지만 말이다.

그 주일은 완전히 축제 주간이었다. 이모는 언제나 콧노래를 불렀고 할머니에게나 나에게 명랑하고 상냥했다. 심지어 해피한테까지 친절했다. 이모의 새 구두를 죄다 씹어놓은 다음부터 늘 발로 차이기만 하는 해피는 축제 주간을 맞아 이모한테 붕어빵까지 하나 얻어먹었다. 자기가 강아지 이름을 '해피'라고 지었기 때문에 해피가 유독 자기에게만 행복을 가져다주었다는 것이 이모의 주장이었는데 실제로도 해피는 이모가 "그렇지, 해피?" 하고 묻자 비록 붕어빵을 입에 물고 있어서 대답을 하진 못했지만 꼬리를 앞 뒤로 흔듦으로써 그것을 시인하기는 했다.

주말에 이모가 이형렬을 면회 가기까지 축제 주간은 이어졌다. 미스 리의 유작이 되고 만 투피스를 차려입은 이모는 핍박과 설움 을 이겨내고 이제는 중인환시리에 떳떳이 애인을 만나러 떠나는 길이기에 더욱 마음이 날아갈 듯했다. 그러지 않아도 겉모습은 둥 그렇고 속은 가볍다는 점에서 풍선과 닮은 점이 있는 이모는 마음 속의 부력에 의해 둥실둥실 떠가듯이 대문 밖으로 사라졌다.

이모가 몸치장을 한다고 있는 대로 법석을 떤 다음 대문 밖으로 사라질 때까지 할머니는 이모한테 눈길 한번 주지 않았다. 딸의 데 이트가 대견하다든지 한심하다든지 뭐라고 논평을 해도 좋으련만 그저 빨래를 한다, 마루를 닦는다, 하면서 묵묵히 집안일에만 열심 이었다. 새 옷의 치마가 길지 않냐 뚱뚱해 보이지 않냐는 등 이모 가 할머니의 관심을 끌기 위해 애를 썼지만 어디 십 리 밖에서 동 네 개가 짖냐는 식이었다. 그러나 이모가 나가고 난 뒤 빨랫줄 앞 에 서서 이모의 월남치마를 탈탈 딜어 널고 있는 할머니의 표정은 입술을 어설프게 다물고 있는 것으로 보아 분명 웃음을 참고 있는 표정이었다. 부산스럽기만 하고 철없기는 해도 막내딸의 하는 짓 이 밉지 않은 모양이었다.

바로 그날이 이모가 이형렬에게 입술을 허락한 날이었다.

이모는 저녁 늦게 돌아왔다. 먼 여로에 지쳤는지 피곤해 보였고 무엇보다 얼빠진 사람처럼 팔다리를 제각기 놀리며 세수도 하는 둥 마는 둥 멍한 표정만 짓는 것이 어째 수상하다 싶었다. 그러더니 방으로 들어오자마자 편지를 쓰겠거니 했는데(이모는 이형렬을 만나고 온 바로 그날에 특히 편지 쓸 말이 많다고 했다) 웬일로 편지지를 꺼내지 않고 그대로 이불 속으로 들어간 뒤 한여름인데 웬 이불을 머리끝까지 뒤집어쓰는 것이었다.

이불 속에서는 또 무슨 생각을 하는지 긴 한숨소리를 냈다가 돌연 키득거리는가 하면 갑자기 이불을 확 젖히고 일어나 앉기도 했으며 다음 순간 다시 이불을 뒤집어쓰고 그 속에서 방정맞게 발을 동동 구르며 "어떡해. 어떡해"를 연발하는 것이었다. 이번에도 역시 이모는 자기 쪽의 필요에 의해서 내게 사건의 전모를 털어놓았다. 그리 오래 기다릴 필요도 없었다.

이형렬과 이모는 부대에서 가장 가까운 거리에 있는 유원지로 놀러갔다. 이모는 이형렬과 마주앉아 다정한 얘기를 오래 나누고 싶은데 이형렬은 자꾸 숲 쪽으로 걷자고만 했다. 그들은 오솔길을 따라 한참을 걸어들어갔고 그럭저럭 걷다보니 꽤 한적한 길에 들어서게 되었다. 이모는 다리가 아파서 벤치를 찾았지만 보이지 않았으므로 이형렬의 제안대로 잠깐 바위 위에라도 앉으려고 하였다. 숲 쪽으로 들어간 이형렬이 아름드리나무 그늘 아래에서 알맞은 바위를 발견해내고 이모에게 오라는 손짓을 했다. 이모가 가까이 가자 이형렬은 갑자기 나무 쪽으로 이모의 몸을 거세게 밀쳤으며 나무에 기댄 이모의 얼굴 위에 그대로 입술을 갖다 댔다.

거기에서 이모는 말을 멈추고 통통하고 하얀 자기의 두 손을 뺨에 댔다. 그 장면이 너무 생생히 떠올라 다시금 얼굴이 달아오른다는 수줍은 몸짓이겠지만 이모와 함께 본 〈여자의 일생〉이란 영화에서 최은희가 세 번이나 지어 보였던 그 몸짓을 굳이 내 앞에서까지 연출하는 걸로 보아 이제 그런 것이 자연스럽게 몸에 밴 듯했다.

첫 키스의 비밀을 듣게 된 보답으로서 이모의 카운슬러이자 국어사전, 그리고 차밍스쿨이기도 한 나는 이모에게 첫 키스에 당면한 처녀가 어떻게 대처해야 하는지 그 정보를 알려주었다. 언젠가 뉴스타일양장점에 굴러다니던 여성잡지에서 읽은 내용이었다.

그 잡지에는 첫 키스를 한 뒤 어떻게 행동해야 여자의 자존심을 유지시키면서도 다음 키스를 유발시킬 수 있으며 이후 상대 남자의 지속적인 사랑을 얻을 수 있는지에 대해 비교적 상세히 나와 있었다.

그 잡지에 따르면 첫 키스는 한적한 공원이나 놀이터 같은 곳이 적당하다고 되어 있었다. 왜냐하면 키스를 하고 난 뒤 어색함을 무마하기 위해서는 나무 뒤로 숨거나 아니면 상대의 등에 기대버려야 하는데(지리적 여건이 허락하면 첫 키스 직후 도저히 수줍음을 견딜 수 없다는 듯이 뛰어달아나는 것도 좋다고 하였다) 사람의 시선이 있는 곳에서는 그렇게 하기가 곤란하기 때문이다.

그 잡지는 키스를 하고 난 뒤 여자는 눈을 올려뜨면 안 된다고 충고하고 있었다. 절대 기분좋은 내색을 하면 안 되며 차라리 가볍게 한숨을 내쉬거나 입술을 깨무는 식으로 후회하는 모습을 보이는 편이 상대로 하여금 순결한 처녀의 입술을 소유했다는 성취감을 준다는 것이었다.

그렇게 수줍은 태도를 유지하기는 하되 한순간 살짝 입술에 침을 바르는 것은 또 한번의 키스를 유발시킬 수도 있으니 고려해볼 만한 방법이라는 설명도 덧붙여졌다. 그것이 어려운 사람은 연인에게 귀엽게 보이도록 그네 같은 지지물(그러기에 공원이 좋다)에 갸웃이 머리를 기댄 채 먼 하늘을 올려다보는 것도 괜찮다, 그러나 몸의 중심을 다리에 단단히 두어야 그네가 기우뚱거리지 않는다는 사려 깊은 충고도 들어 있었다.

내 이야기를 들은 이모는 그런 유용한 정보를 미처 활용하지 못했다는 데에 경악했고 사전에 충분한 대비 없이 큰일을 치러버린 사람으로서의 막심한 후회를 하기도 했지만 첫 키스 후 자기의 반응이 그 잡지에서 가르친 행동범주에서 크게 벗어나지 않았다는 걸 확인하고부터는 자기의 여자로서의 매력과 기지가 천부적임을 확인하고 매우 감동했다.

"글쎄 나도 바로 그렇게 했다니까! 내가 나무 뒤로 숨어버렸더니 그이가 다시 나무 뒤로 돌아와서……"

이 말을 할 때 이모는 진짜로 얼굴이 붉어졌다.

이모가 쌍꺼풀 수술을 결심한 것은 그 다음주 무렵이었다. 그 전부터도 쌍꺼풀 수술은 이모의 오랜 숙원사업이었다. 그러나 할머니의 허락을 받기도 어렵고 또 무엇보다 수술을 한다는 것이 무서워서 말로만 타령을 불렀지 실제로 수술을 할 만한 배짱은 없었다. 그러던 것이 사랑에 빠지면서부터 자기의 홑꺼풀에 대한 불만이 높아가더니 요즘 들어서는 화장을 할 때마다 쌍꺼풀이 없어서 이렇게 아이라인이 잘 번지는 거라고 신경질을 부리는가 하면, 남자인 삼촌에게만 쌍꺼풀이 있고 자기에게 쌍꺼풀이 없는 것은 할머니가 몸속에 자기를 가졌을 때 정이 없어서였을 거라는 둥 억지소리로 할머니를 옭아매는 것이 어째 심상치가 않았다. 그러더니 과연 어느 날 내게 이렇게 속삭이는 것이었다.

"진희야, 너 내일 나 따라서 어디 갈래?"

"어디?"

이모는 반은 두려움과 반은 설렘이 담긴 표정으로 털어놓는다.

"눈 수술하러 병원 가려고. 엄마한테는 아직 말하면 안 된다, 알았지?"

다음날 이모와 나는 '눈 수술'을 하기 위해 아침 일찍 버스를 타고 도청소재지로 갔다. 우리 읍내에도 병원이 있었지만 소문이 나면 창피하다고 굳이 먼 곳을 찾아간 것이다. 방학이라서 나는 선선히 이모를 따라나섰지만 수술이 끝나 이모가 병원에서 나오기를 기다리느라고 엄청나게 지루한 시간을 보내야 했다. 그나마 왼쪽 눈만 수술을 했는데 오른쪽 눈은 왼쪽 눈의 실밥을 푸는 날 다시 가서 수술을 받아야 한다는 것이었다.

우리가 집에 도착한 것은 밤이 다 되었을 시각이지만 한여름이라 아직 그리 어둡진 않았다. 우리를 기다리느라 마루에 나와 앉아 있던 할머니는 한쪽 눈에 붕대를 붙인 채 들어오는 이모의 모습을 보고 거의 실신할 뻔했다. 다친 게 아니라고 진정을 시키며 이모와 내가 앞서거니 뒤서거니 자초지종을 설명하자 할머니의 놀라움은 빠르게 노여움으로 바뀌었다. 한동안 들어보지 못한 "썹어가네"와 "오살년"이 침이 튀듯 튀어나왔다.

그날 밤의 일은 길게 설명할 것도 없다. 이모는 몽둥이로 맞지만 않았을 뿐이지 고통의 정도에 있어서는 초죽음을 당했다.

그러나 다음날 "딸년 꼬라지가 저렇게 됐으니 이제 남우세스러워서 밖에 나다니지도 못할 것"이라던 할머니가 유지공장 뒤의 고추밭으로 올라가시자마자 이모는 언제 야단을 맞았냐 싶게 명랑한 목소리로 나를 부르더니, 차마 붕대를 붙이고 밖에 나갈 수는 없으니 경자 이모에게 가서 놀러오라고 전하라는 것이었다.

경자 이모가 온 뒤 방안에서는 하루종일 키득거리는 소리가 새어나왔다. 이모 말에 따르면 경자 이모는 최근 실연의 상처를 "추억으로 간직"하기로 결심했다. 이제 애인이 제대를 앞두고 변심해 버린 것에 대해서도 어느 정도 이해를 할 수 있으며, 배신을 당한 당시에는 군인이라면 치가 떨리더니 추억으로 간직하기로 한 지금은 그렇지 않다고도 했다.

경자 이모는 이모가 이형렬을 만나러 갈 때 길동무 삼아 몇 번 따라가기도 했다. 추억을 간직하기 위해서는 애인을 면회 갔던 그 길도 가봐야 한다며 이모가 데려갔던 것이다(이모는 뭐든지 혼자보다는 둘이서 하는 걸 좋아한다. 경자 이모와 똑같은 옷을 맞춰입은 일도 있다). 경자 이모를 이형렬에게 인사를 시킨 뒤 함께 점심을 먹는데 이형렬이 경자 이모의 우울한 기분을 풀어주려고 얼마나 재미있는 농담을 하고 자상하게 마음을 써주었는지를 늘어놓으며 이모는 이형렬을 "세상에서 가장 따뜻하고 믿음직한 남자"라고 치켜세웠다. 그 이후 경자 이모에게 있어서도 이형렬은 친구의 얘기 속에만 등장하는 친구 애인 이상의 친근한 존재가 되었다.

그들은 이형렬의 편지를 함께 읽는 것은 물론 그에 대한 이야기라면 시시콜콜한 추억까지 나눠가졌으며 나중에는 그의 편지 내용에 대해서 반응도 똑같이 했다. 연애 이야기란 남에게 하면 할수록 달콤해지는 것인지 끊임없이 이형렬의 얘기를 반복하는 이모와, 그 얘기 속 주인공과 자기를 동일시하는 경자 이모를 보면 마치 한지아비를 섬기는 의좋은 처첩 같다는 생각마저 들었다. 쌍꺼풀 수술을 받은 며칠 뒤 이모가 "내 대신 경자가 그이 면회 가주기로 했다"라고 말했을 때, 내 눈앞에는 논에서 일하는 지아비에게 갖고 가라고 첩에게 새참 광주리를 이어주는 큰마누라의 모습이 어른거리기까지 했다.

"그이는 내가 면회 오는 낙으로 군대생활을 버틴다고 하는데 그럼 어떡하니, 실망시킬 수는 없잖아. 그렇다고 이렇게 눈에 붕대를 붙이고 갈 수도 없고…… 경자라도 대신 가면 그이가 아마 나를 본 것처럼 좋아할 거야."

이모는 이형렬을 실망시키지 않기 위해서는 무슨 일이라도 할 작정인 듯했다.

첫 키스 이후 이형렬의 편지가 연일 노골적인 사랑을 호소해오고 있다는 것은 나도 모르는 바가 아니었다. 이모는 경자 이모에게 거기에 대한 즐거운 고민을 털어놓았고 특히 문제가 되는 부분에 대해서는 이형렬의 편지를 한가운데 놓고 둘이서 열띤 토론을 벌이기도 했다. 마루에서 듣자 하니 그것은 대개 '육체관계'에 대한 토론이었다. 이 문제에 있어서는 큰마누라보다 첩이 훨씬 진보적 견해를 갖고 있었다.

"나는 내숭을 떨진 않을 거야."

"그럼 어디까지 허락할 거니?"

"그걸 뭘 미리 정해? 그때 가봐야 알지."

"그러다가 남자가 육체관계를 요구하면 어떡해?"

"결혼할 사람이면 뭐 어때?"

"애 좀 봐라. 기집애, 통도 크다. 그래도 첫날밤이란 게 있는데."

"첫날밤에 아프긴 아픈가봐, 우리 큰언니 말이……"

"쉬잇!"

그러고는 소곤거리는 소리만 한참이나 이어졌고, 할머니가 오셨다는 말을 전하려고 내가 방안으로 들어가자 둘은 제풀에 소스라치게 놀라놓고는 "그렇게 살그머니 들어오면 어떡하나"며, 이미 '성'이라는 금기를 극복했음은 물론 그것을 냉소로써 포장하여 폐기해버린 나를 호기심 많은 초보 취급을 하는 것이었다.

어쨌든 그 다음주에 경자 이모는 혼자 이형렬을 면회하러 갔다.

이모가 아파서 대신 왔다고 하자 이형렬이 몹시 놀라고 슬퍼하며 당장이라도 우리집으로 뛰쳐올 태세이길래 그를 말리는 일로 면회시간이 그대로 다 지나가버렸다는 얘기를 전해들은 나는 거기에 경자 이모의 작문이 들어 있지 않기를 진심으로 바랐다.

그것은 이모를 위해서이기도 하지만 이모가 이형렬과 헤어짐으로써 애인 없는 자유의 몸이 되고 그 결과 나의 연적으로서의 자격을 갖추게 될 것을 두려워하는 견제심리 때문이기도 하다. 만약 이모가 이형렬과 사랑에 빠져 있지 않았다면 허석에게 눈길을 주었을 것이고 그렇다면 지금보다 훨씬 강력한 연적이 되었으리란 짐작은 그리 어렵지 않다. 그렇다. 나는 여전히 허석을 그리워하고 있다.

허석과 함께 걸었던 그 과수원길에 나는 어제도 갔었다. 사과꽃은 다 지고 이제 가지가 휘도록 풋사과가 매달려 있었다. 8월의 뜨거운 햇볕을 받으며 그 과수원길을 나는 한없이 걸어갔다.

사람의 그림자 하나 보이지 않는 쨍쨍한 한낮이었다. 시끄러운 매미 소리가 오히려 정적을 강조하고 있었으며 바람이 포플러 가지를 흔들 때마다 잎들이 한꺼번에 뒤집히면서 반짝거리는 것이, 그리고 그 잎들이 서로 스치는 소리가 마치 시간을 정지시키는 수상한 주문처럼 들려왔다. 파란 하늘에는 뭉게구름 두어 점이 느릿느릿 떠갔고 이따금 그 뭉게구름을 올려다보며 나는 여름방학책 표지에 그려진 아이처럼 밀짚모자를 쓰고 계속 걸어가고 있었다.

어쩌다 한번 그 좁은 길로 먼지를 풀썩 일으키며 트럭이 지나가기도 했다. 그러면 나는 트럭을 피해 사과나무 그늘 밑으로 비켜서 있다가 먼지가 가라앉은 뒤 다시 그 길을 타박타박 걸어갔다. 이따금 트럭이 사라진 쪽을 무심코 돌아다보면서.

내 눈에는 지금의 내 모습이 보이는 듯했다. 나는 외로웠고 그 외로움을 위해서는 그리워할 누군가가 필요했으며 그것은 물론 하모니카와 염소의 실루엣을 배경으로 서 있는 허석이었다.

내 그리움은 할머니의 모기와 같은 것인지도 모른다.

여름이라 모기가 극성이었다. 밤이 되면 마루 끝 기둥에 전등을 켜놓는데 그 불빛으로 모기가 어찌나 달겨드는지 전구 유리에 날개 부딪치는 소리가 귀 따가울 정도였다. 할머니는 밤이면 대야에 물을 담아서 전등이 켜져 있는 기둥 아래에다 갖다놓곤 하였다. 그러면 그 대야 속으로 금세 몇십 마리의 날벌레들이 둥둥 떠올랐다.

모기 때문에 마루에 앉지는 못하고 더운 여름밤을 우리는 마당의 평상에서 보냈다. 수박이라도 한 덩이 쪼개는 날에는 장군이네 식구들도 함께 평상으로 나와 앉곤 했는데 사시사철 새나라의 어린이인 장군이는 어둡기도 전에 모기장 안에 들어가 잠이 들었고 장군이 엄마와 최선생님 둘이서만 끼어드는 자리였다.

모기는 평상에까지 따라왔다. 할머니가 문희의 얼굴을 웃고 있는 종이부채로 탁 치면서 계속해서 쫓아버리긴 해도 피를 원하는 암모기의 집념은 도저히 따돌릴 수가 없었다. 바로 그 평상에서 며칠 전 할머니는 발바닥을 물렸다. 그때부터 할머니는 밤마다 발바닥을 긁는다. 다른 데도 아니고 하필 발바닥을 물어서 보통 가려운 게 아니라고 고통스러워한다. 손톱으로 눌러 십자표시로 자죽을 내기도 하고 침도 발라보지만 소용없다. 그래서 잠이 들기 전까지는 모기 물린 발바닥을 싸안고 밤마다 씨름을 한다.

이상한 일은 그 발바닥이 낮에는 전혀 가렵지 않다는 점이다. 밭일을 하고 논을 둘러보러 다니느라 할머니는 늘 바쁘다. 일을 보러 다닐 때는 모기 물린 상처가 할머니에게 아무런 고통이 되지 않는다. 그런데 저녁 설거지를 마치고 손발을 씻고 바야흐로 휴식을 취하기 위해 평상에 앉으면 그때부터 할머니는 맹렬한 가려움증에 시달리는 것이다.

가만히 보면 할머니는 비쁜 하루 일과를 마치고 휴식에 들어가는 그 시간의 시작을 양말을 벗는 것으로부터 출발시키는 것 같다. 재미있는 게임이라도 시작하려는 사람처럼 기대의 표정으로 양말을 벗는다. 평상에 앉으며 양말을 벗고 발바닥을 들여다보는 할머니의 모습은 어떤 때는 하루종일 방안에 틀어박혔다가 잠깐 방밖으로 나왔던 삼촌이 해피를 부르려고 마루 밑을 들여다볼 때의 표정과 비슷한 점이 있다.

가려운 곳을 긁는다는 것은 짜릿한 맛이 있다. 바로 그 맛을 위해 할머니는 매일 가려운 곳을 일부러 찾는 건 아닐까. 가렵다는 것이 고통스럽기는 하지만 가려운 곳이 없으면 어떻게 긁는 순간의 쾌감을 느낄 것인가. 할머니가 가려움증을 찾듯이 나도 일부러 그리움을 불러들이는 것인가.

장소에 대한 기억은 집요한 것이다. 성안에 들어가 허석과 걸었던 왼쪽 수풀을 보기만 해도 그때 우리가 나누었던 말, 그가 입었던 셔츠 줄무늬의 색깔과 간격, 그의 입김 속에 섞여 있던 연한 담배냄새, 그가 내 어깨 위에서 도깨비바늘 하나를 집어낼 때의 다정한 손길, 그런 따위의 기억이 언제나 집요하리만큼 반복적으로 떠오른다.

그런 한편 장소에 대한 기억은 집요할뿐더러 또 배타적이다. 그 장소는 허석과의 추억 외에는 아무것도도 기억되고 싶지 않은 것인지 이제 성안으로 들어서도 고집스럽게 허석의 기억만을 반추할 뿐 허석 이전의 기억, 그러니까 자위를 하던 남자의 기억은 전혀 떠오르지 않는다. 나는 얼핏 사랑도 그런 것일까, 하고 생각한다. 만약 내가 이 장소에서 새로운 사랑을 시작하게 된다면 이곳에서 허석을 떠올리는 일은 전혀 없을는지도 모른다.

사랑이 아무리 집요해도 그것이 스러진 뒤에는 그 자리에 오는 다른 사랑에 의해 완전히 배척당한다. 그것이 사랑이라는 장소가 가지는 배타적인 속성이다. 그렇기 때문에 다른 사랑, 새로운 사랑은 언제나 가능한 것이다.

운명적이었다고 생각해온 사랑이 흔한 해프닝에 지나지 않았음을 깨달았을 때 사람들은 당연히 사랑에 대한 냉소를 갖게 된다. 그렇다면 다시는 사랑에 빠지지 않을 것인가. 절대 그렇지 않다. 사랑에 빠지는 일에 대한 두려움이 없기 때문에 그들은 얼마든지 다시 사랑에 빠지며, 자기 삶을 바라볼 수 있는 거리유지의 감각과 신랄함을 갖고 있기 때문에 집착 없이 그 사랑에 열중할 수가 있다. 사랑은 냉소에 의해 불붙여지며 그 냉소의 원인이 된 배신에 의해 완성된다.

삶도 마찬가지다. 냉소적인 사람은 삶에 성실하다. 삶에 집착하는 사람일수록 언제나 자기 삶에 불평을 품으며 불성실하다. 나는 그것을 광진테라 아저씨 박광진씨를 통해서 알았다.

태생도 젖꼭지도 없이

날이 흐려서일까. 유지공장에서 흘러나오는 냄새가 유난히 심하다. 날씨가 음산한 날이면 특히 냄새가 심해졌기 때문에 이제는 그 기름 냄새 자체가 음산하게 느껴진다. 독가스같이 음산하고 낮게 퍼지면서 우리 동네 전체를 감싸는 모습을 상상하니 그 냄새에 어쩐지 불길한 전조가 깃들어 있는 것도 같았다. 아무튼 역겨운 냄새이다.

"사건은 밤에 일어난다."

어떤 추리소설에는 이런 말이 열 번도 더 나왔었다. 밤이 모든 것을 은폐해주기 때문일까? 아니면 혹 밤이 용기를 주기 때문은 아닐까. 주위의 것이 다 사라진 어둠 속에서도 유일하게 그 존재를 느낄 수 있는 자기 자신. 어둠 속에서는 그렇게 자기 자신만 남기 때문에 이기적이 될 용기가 생기는 건 아닐까. 그래서 광진테라 아줌마도 밤을 택해 집을 나갔던 것일까.

어제 초저녁부터 재성이 울음소리가 잦다 싶었다. 하지만 아저씨가 들어와서 방문을 발로 내지르기 전까지 안채 사람들은 광진 테라 아줌마가 집을 나갔다는 것을 꿈에도 모르고 있었다. "이년 어디 갔어, 앙!" 하면서 박광진씨가 고함을 질러댔고 그뒤로 으레 모든 비극적 가족사의 한 장면을 장식하는 아기 울음소리가 자지 러지게 들려오자 이 방 저 방에서 불이 켜지며 갑자기 우리집은 긴 장이 감돌았다.

지지미 잠옷 위에 블라우스를 걸친 장군이 엄마가 질세라 맨 먼 저 마당으로 나왔고 이어 할머니와 내가 댓돌을 내려섰으며 이모 는 방안에서 문만 열고 내다보고 있었다.

"이게 무슨 소리예요?"

"글쎄 말이야."

할머니와 장군이 엄마는 그런 말을 주고받으며 아기 울음소리 가 들려오는 광진테라 쪽으로 향했다. 거기에서 아저씨와 함께 무 슨 얘기들을 한참 동안 나누는 듯했는데 "아, 이년이 정신 넋 나간 년 아닌가요?" 하는 아저씨의 고함소리는 컸지만 장군이 엄마와 할머니의 목소리는 당장이라도 집안을 뒤엎을 듯한 아저씨의 발 길질을 달래느라 조곤조곤했다. 조금 있다 돌아오는 걸 보니 할머 니 팔에는 아직도 울고 있는 재성이가 안겨 있었다.

"왜 그래, 엄마? 아줌마 어디 갔대?"

반쯤 열린 방문 틈으로 내다보던 이모가 물었다.

그러나 입을 굳게 다문 할머니는 말없이 마루로 올라설 뿐이다.

"그럴 사람이 아닌데 뭔 일이래요? 애까지 놔두고……"

장군이 엄마조차도 그 말만을 남기고 방으로 들어갔다. 미스 리 언니가 도망쳤을 때하고는 경우가 다른 것이다. 아무리 남의 말 하기 좋아한다고는 하지만 광진테라 아줌마처럼 나무랄 데 없이 착한 사람에 대해서는 선뜻 비방의 포문을 열 수가 없다. 나쁜 사람이 나쁜 일을 저지르면 이야깃거리일 뿐이지만 착한 사람이 나쁜 일을 저지르면 그것은 비극이 되기 때문이다.

할머니는 모기장 속으로 재성이를 데려와 자기 이부자리에 눕히고 벽장에서 헌 홑이불을 꺼내와 할머니 자신의 잠자리를 다시 만들었다. 그러는 동안 이모는 울고 있던 재성이의 가슴을 가만히 토닥여보았다. 지금껏 너무 울었기 때문에 재성이는 지쳤고 자리에 눕혀지자 기운 없이 고개를 한쪽으로 기울였을 뿐인데 이모는 자기 손에 재성이가 얌전해졌다고 신기해했다. 앞뒤 없이 늘 자기 생각을 그대로 입 밖에 내는 이모는 기어코 할머니한테 야단맞을 말을 하고야 말았다.

"어머, 재성이 귀엽다. 우리가 키웠으면 좋겠다."

"저 중정머리 없는 년."

그러나 할머니의 욕은 힘없이 나왔다.

할머니와 이모 사이에 누운 재성이는 얼마 안 가 잠이 들었다.

할머니는 재성이의 고사리 손을 한번 가만히 쥐어보더니 돌아누우며 긴 한숨을 쉬었다. "낼 아침이라도 와야 할 텐데……" 별 희망 없는 일이라고 생각은 하면서도 저절로 이런 혼잣말까지 내뱉었다. 그러고는 또 한숨이었다. 내가 완전히 잠이 들기 전까지 그렇게 계속 한숨을 쉬었으니 언제까지 그 한숨이 이어졌는지는 나도 모를 일이었다. 더구나 새벽에 잠이 깬 것도 바로 할머니의 그 한숨소리 때문이었으니까.

아침이 밝은 것이 달갑지 않다는 듯 할머니는 힘들게 몸을 일으켜 바깥으로 나갔다. 할머니가 재성이 먹일 미음을 쑤어서 갖고 들어올 때에는 이모도 일어나 있었다. 내가 먹일게 엄마, 하면서 할머니에게서 미음그릇을 받아드는 이모를 힐끗 보니 재성이 돌보는 게 재미난 기색이었다.

재성이는 미음을 잘 받아먹었다. 그런데 먹다가 울었다. 울다가 먹다가, 먹다가 울다가 하는 것이다. 주섬주섬 받아먹는 걸로 보아서 배는 고픈 모양인데 미음을 한입 가득 입에 물고 "잉잉잉" 울면서 삼키고는 다시 또 입을 벌려 미음을 받아먹었다. 제깟것이 뭐가 그리 짜증이 나는지 얼굴은 계속 벌겋게 찡그리고 있었다.

"얘 왜 이래, 엄마? 왜 울면서 먹이?"

이모는 아기 엄마 노릇이 신기한데다가 아기가 연출해내는 뜻밖의 상황이 귀여워죽겠다는 얼굴이었다.

"얘도 자기 엄마 집 나간 걸 아나봐. 그러길래 밥을 먹으면서도 슬픈 거야."

이모의 심리분석을 들은 척 만 척 할머니는 잠자코 재성이의 아랫도리를 벗기더니 기저귀를 제쳐보았다. 냄새가 코를 찌르면서 하얀 기저귀 위에 뭉개질 대로 뭉개진 누런 똥이 그대로 펼쳐졌다. 이모는 질겁을 하고 물러나 앉더니 고개를 잔뜩 뒤로 버팅긴 채 팔만 길게 뻗어서 미음 숟가락을 내게 양도했다.

"진희야, 너 광진테라 가서 재성이 기저귀 좀 가져와라."

할머니는 그 말끝에도 한숨을 섞었다. 내가 깨끗하게 빨아서 반듯이 개켜놓은 기저귀를 한아름 갖고 오자 할머니는 "미리 다 작정이 있었구만. 이렇게 준비를 해놓은 걸 보니……" 하더니 아저씨는 어떡하고 있더냐고 물었다.

"자는가봐. 한쪽으로 돌아누워 있어."

"인간 박광진이 꼴좋게 됐구면."

어젯밤 이후 처음으로 할머니는 목소리를 높이는가 싶더니 이내 누그러뜨리며, "밥상 차려가서 굶어다라도 봐야지, 원" 하면서 일어나 부엌으로 향했다. 조금 있다가 바깥에서 장군이 엄마의 새된 목소리가 들려왔다.

"마누라 귀한 줄 알게 그냥 놔두지 뭔 밥상을 벌써 들여가세요? 한번 혼이 나봐야 한다구요. 혼이 나도 벌써 났어야 하는데, 이제껏 재성이네가 너무 참아서 저 지경이 된 거 아녜요?"

"자식 놔두고 밤도망하는 건 잘하는 짓인가?"

"그건 그래요. 재성이네 그렇게 안 봤는데 독하네요. 난 누가 천금을 준대도 장군이 놔두고 혼자 살 생각은 이날 이때까지 해본 일이 없는데."

할머니는 광진테라 아줌마 편이긴 하지만 되도록 공정을 유지하기 위해서 아줌마에게 간 만큼 아저씨한테 덜어주느라고 아저씨 역성을 조금 드는 것뿐인데 장군이 엄마는 단지 욕하는 재미에 이쪽저쪽을 모두 함께 욕하고 있었다.

"말이야 바른말이지, 자식 놔두고 팔자 고치겠다는 년들 잘되는 꼴 못 봤어요. 아, 여자가 다 자식 보고 살지 서방 보고 사는가요?"

"밤마다 패대기를 쳐도 말인가?"

"예?"

"서방이 낮으로는 바람만 피우고 밤으로는 주먹질만 하면서 돈한푼 안 버는데 장군이 엄마 같으면 자식 바라보고 얻어맞으면서 살겠냐고."

방안에서 두 사람의 대화를 처음부터 듣고 있던 이모는 장군이 엄마가 그렇게 무안을 당할 줄 알았다는 듯이 키득거렸다.

아침밥상에서도 할머니는 모래알을 씹듯이 밥을 넘겼다. 아줌마가 돌아오지 않으면 걱정이 한두 가지가 아니었다. 무엇보다 재성이가 제일 큰일이었다. 집안에 여자들이 있으니 며칠이야 어떻게 되겠지만 한없이 데리고 있을 수는 없는 노릇이었다.

"재성이 엄마 올 때까지 며칠만 우리가 재성이 좀 데리고 있자."

할머니는 쓰디쓰게 이 말을 하고는 몸을 일으키며 밥상을 들었다.

"밭에 가봐야 하니까 영옥이 너, 나가지 말고 재성이 좀 잘 보고 있어라. 기저귀 좀 자주 벗겨보고."

"네에."

이런 때의 이모를 두고 "막둥이처럼 대답만 잘한다"는 말이 나왔는지 대답만은 시원하게 하는 이모는 할머니의 말씀 중 '기저귀'라고 하는 부분에서 나를 쳐다보았다. 기저귀 가는 것은 내 몫이 되리라는 예감에 나는 내키지 않은 마음이 들었지만 할 수 없었다. 재성이를 돌보는 것은 광진테라 아줌마에 대한 나의 우정이기도 하니까.

물론 나는 아줌마의 가출을 마음속 깊이에서는 응원하고 있었다. 버스가 떠난 뒤 먼지 속에 아줌마가 그대로 서 있었을 때의 모습이 지금도 기억이 났다. 아줌마는 그때는 떠나지 못했다. 하지만 어젯밤 아줌마는 무엇인가에 이끌려 떠났다. 이제는 아침에 변소에 갔다 올 때마다 전날 밤 들었던 여자의 숨죽인 울음소리가 떠올라서 광진테라 쪽을 흘낏 쳐다보지 않아도 된다. 좋은 일이 아닐 수 없었다.

물론 아저씨 생각은 나와 정반대이다. 이 엄청난 모반을 꿈에도 생각하지 못했던 그로서는 처음에는 그 하찮은 미물이 어떻게 하늘 같은 남편의 심기를 거스를 수 있다는 것인지 어이없어했다. 그러다 다음 순간 그것이 엄청난 노여움으로 바뀌었는데, 만약 집을 나간 지 하루나 이틀 후에 아줌마가 눈앞에 나타났다면 아저씨가 공언한 대로 정말 아줌마의 목을 비틀었을지도 모른다.

할머니 말마따나 "석 삼이 고비"인지 사흘째가 되자 아저씨는 눈에 띄게 풀이 죽은 모습이더니 아줌마를 찾겠다고 나섰다.

아저씨는 아줌마의 친정 동네에 두 대밖에 없는 전화 가운데 하나인 이장네 집으로 전화를 해보고 그 전화를 건네받은 장모와 통화를 했지만 아줌마가 오지 않았다는 퉁명스러운 대답을 들었을 뿐이었다. 아저씨는 장모의 불손한 태도에 비분해서 전화기 잡은 손을 부르르 떨었고 뭐라고 화를 내려고 했지만 갑자기 자기로서는 할말이 없다는 당연한 사실을 깨달았던지라 전화기를 기운 없이 내려놓았다.

아저씨가 두 어깨를 축 내려뜨린 채 할머니에게 와서 이러한 경위를 전하며 아줌마의 친정으로 가보겠다고 결심을 말할 때 재성이는 할머니 등에 업혀 있었다. 아저씨는 물끄러미 재성이를 쳐다보더니 온 집안이 그대로 꺼질 것 같은 깊고 깊은 풍량의 한숨을 내쉬었다. 수염을 깎지 않아서 그런지 사흘 동안 소주병만 불어대서 그런지 뺨이 폭 꺼지고 수척한 아저씨의 모습은 집 나간 아내를 찾아나서는 뉘우친 남편의 모습으로는 아주 그만이었다. 인간 박광진이를 외치며 세상에 대고 삿대질을 해대던 호기로운 모습보다 훨씬 인간적이었다.

나는 꼬박 닷새 동안 할머니가 밭이나 논에서 돌아오시는 오후 너덧시까지 재성이를 돌봤다. 열두 살이나 된 여자애로서 아기를 보는 일이 그리 어려운 일은 아니었다. 나보다 훨씬 어린데도 부모가 논밭일을 하는 동안 밥을 해먹거나 동생을 키우는 아이도 많았던 것이다. 우리 동네에는 바로 점례라는 아이가 그랬다.

점례는 동네 아이들과 어울려 놀 때도 언제나 무명기저귀로 띠를 해서 동생을 업고 있었다. 그애는 등에 아기를 업고도 팔방놀이를 곧잘 했다. 땅바닥에 그려놓은 금을 따라서 앙금질로 돌을 찬 뒤 폴짝 칸을 뛰어넘을 때면 등뒤의 어린아기가 마치 자갈길을 달리는 버스 뒷좌석에 앉은 승객처럼 미리 '헉' 소리를 내며 숨을 들이마심으로써 충격에 대비하는 모습은 언제나 아이들의 웃음을 자아냈다.

점례는 싸움도 아주 잘해 설령 머리끄덩이가 한줌씩 뽑히는 한이 있어도 먼저 물러서는 법이 없었다. 한번은 내가 학교에서 돌아오다 보니 점례가 숨바꼭질 술래였던지 전봇대 쪽을 보고 서 있고 다른 아이는 점례 뒤쪽에서 뭐라고 욕을 해대는데 씩씩거리는 품으로 보아 아마 싸우는 모양이었다. 아무래도 점례 쪽이 욕에서 우세했는지라 상대 계집애는 있는 대로 약이 올라 점례의 등을 한 대 친다는 것이 애꿎게 등뒤에 업은 동생만 맞고 있었다. 맞는 건 동생이었으므로 점례는 동생이 우는 영문을 알 턱이 없었다. 그래서 아랑곳 않고 계속 욕을 해댔기 때문에 동생은 또 주먹을 맞아야 했고 울음을 그칠 수가 없었다. 점례가 드디어 싸움에서 이겨 술래에서 벗어났고 점례와 싸우던 아이가 대신 술래가 되었다. 점례는 짚단 속으로 숨기 위해 급하게 뛰어갔으며 등뒤의 동생은 점례가 뛸 때마다 마치 널뛰기를 할 때처럼 점례의 머리와 엇박자로 머리통이 솟았다 내려갔다 하다가 드디어 짚단 뒤에 점례보다 한 박자 늦게 머리통을 내려놓은 이후 그대로 쥐죽은듯이 엎드려 있었다.

그 점례처럼 내가 본데없이 재성이를 업고 동네 어귀에 나가거나 숨바꼭질을 했던 것은 아니다. 그리고 만약 그런 일이 벌어졌다면 사달이 날 사람은 내가 아니라 이모였다. 할머니가 재성이를 맡긴 것은 나에게가 아니라 이모에게였기 때문이다.

쌍꺼풀 수술을 해서 어차피 집밖에 나다니지도 못하게 된 이모는 재성이를 돌보는 데 적극성을 띠어도 되었다. 하지만 이모는 재성이가 재롱을 떨 때만(특히 할머니가 계실 때는) 호들갑을 떨며 아기를 얼렀을 뿐 재성이가 울거나 보채거나 오줌을 눌 때처럼 막상 보살피는 손길이 필요할 때가 되면 투덜거리면서 아기를 나에게로 떠맡겼다. 아저씨가 아줌마를 찾아나서던 그날에는 왼쪽 눈의 실밥을 빼고 새로 오른쪽 눈을 수술하는 날이라서 아예 아침부터 모습을 볼 수가 없었다.

여름 한낮의 빈집이란 무서울 정도로 조용했다.

너무 조용하다 싶어서 마당으로 내려가 장군이네와 가겟집을 다 둘러봐도 정적뿐이었다. 장군이네 집에 자물통이 채워져 있는 걸 보니 장군이 엄마는 또 장군이를 곗방에 앞세우고 가서 동태전과 꼬막무침 따위를 집어먹이고 있는 모양이었다.

다른 날도 장군이네 집은 비어 있는 날이 많기 때문에 집이 유난히 조용한 것은 장군이네의 부재 탓이 아니었다. 가게로 우물가로 바지런하게 오고가면서 누구와 마주쳐도 언제나 상냥하게 말을 걸던 광진테라 아줌마가 없기 때문일 것이다. 마루 밑을 들여다보니 해피도 나가고 없었다. 하루종일 골목이며 다릿목이며 사방을 어슬렁거리다가 저녁밥 먹을 때나 들어오고, 밤으로는 천하가 뒤집혀도 모른 채 늘어지게 잠만 자는 개가 바로 '행복한 해피'였다.

우리집은 골목 안쪽으로 들어앉아 있기 때문에 안에 있으면 큰길에서 나는 차소리도 잘 들리지 않았다. 너무나 조용했다. 그 조용한 것을 할머니는 '안에서 사람을 죽여도 밖에서는 모를 것'이라고 표현하곤 했다. 그 말이 떠오르자 나는 어쩐지 문단속을 해야 할 것 같아서 댓돌 위로 내려서서 슬리퍼를 꿰었다. 슬리퍼가 햇볕에 달궈져서 따끈따끈했다.

나무대문을 닫다보니 삐그덕 소리가 평소보다 몇 배는 크게 났다. 그렇게 크게 울리는 삐그덕 소리야말로 바로 정적이 내는 소리인 셈이었다. 빗장이 높이 달려 있기 때문에 나는 키발을 딛고 겨우 빗장을 걸어 잠갔다.

재성이는 마루 위에 잠들어 있었다. 바람이 한 점도 들지 않는 더운 날씨라서 잠든 아기의 이마에 땀방울이 송글송글 맺혀 있는 것이 보기에 딱했다. 재성이의 얼굴에 돋아 있는 붉은 땀띠를 보고는 나는 문희의 얼굴이 웃고 있는 종이부채를 가져다가 잠든 재성이 쪽에 살살 부쳐주었다. 문희의 얼굴이 내 손끝에서 누웠다 일어났다를 반복했다. 그러고 있자니 졸음이 슬슬 밀려왔다.

방으로 들어가서 한숨 자고 싶었지만 옮겨가는 도중 재성이가 깰까봐 나는 그냥 마루 기둥에 비스듬히 몸을 기대기만 했다. 하늘을 보았다. 전선 몇 줄이 비뚜름하게 가로질러 걸쳐져 있는 하늘에는 구름 한 점 없었다. 아침에 할머니가 빨아 넌 재성이의 기저귀가 줄을 맞춘 채 미동도 없이 빨랫줄에 꼼짝 않고 붙어 있었다. 파리가 어딘가에서 왜앵왜앵 하며 날개를 비비는 소리가 들려왔다. 그 소리가 일정한 아련함으로 귓가에서 왔다갔다하는 바람에 나는 설풋 잠이 들고 말았다.

내가 그 풋잠에서 깨어난 것은 자지러질 듯한 재성이의 울음소리 때문이었다. 그런데 눈을 떠보니 아기 울음소리보다는 소나기 내리는 소리와 천둥소리가 더욱 크게 귓전을 때렸다. 아까까지 그렇게 쨍쨍하고 정적에 차 있던 마당 안은 어두컴컴해져 있었으며 굵은 장대비 소리와 어울려 멀리서 우르릉쌍 하는 천둥소리가 몰려드는 참이었다.

나는 곧바로 마당으로 달려가 재성이의 기저귀와 빨래를 걷었다. 체육시간에 칭찬을 받는 왕복달리기 실력을 가진 민첩한 동작에도 불구하고 빨래를 걷어가지고 다시 마루로 되돌아와 숨을 헐떡이고 있는 나는 생쥐처럼 흠뻑 젖어 있었다. 그러나 나는 젖은 머리를 닦을 틈도 없었다. 재성이가 그때까지 울어대고 있었던 것이다.

먼저 기저귀를 살폈다. 통통한 허벅지가 미끈덕하게 젖을 만큼 재성이는 오줌을 흠뻑 쌌다. 나는 할머니가 하듯이, 오냐오냐, 하고 달래가면서 기저귀를 갈아주었다. 그러나 기저귀를 갈고 난 뒤에도 재성이는 울음을 그칠 줄 몰랐다. 눈을 꼭 감고 두 팔을 마구 내저으며 우는 모습이 너무나도 완강했다. 배가 고파서인가. 허겁지겁 부엌으로 들어가 미음냄비를 찾는데 그러는 동안에도 재성이는 발버둥을 쳐가며 울어댔다. 미음을 챙겨가지고 나오는 내 발걸음은 아기를 오래 울리지 않으려는 점에서는 거의 아기 엄마만큼이나 신속했다. 입으로는 계속 할머니가 하던 가락을 흉내내어 아기 달래는 소리를 내며 나는 미음을 떠서 재성이의 입에 가져갔다. 재성이는 숟가락을 소리내어 빨기 시작했다. 그제야 급한 마음이 조금 가셨으므로 나는 마루 기둥에 걸려 있는 수건을 못에서 벗겨내 흠뻑 젖은 머리를 닦았다.

어둑어둑한 마당에는 장대비가 퍼부어대는데 고슬고슬한 기저귀로 갈아차고 눈물 맺힌 속눈썹을 살짝 내리깐 채 내가 먹여주는 미음을 만족스럽게 받아먹고 있는 재성이의 얼굴은 꽤 평화로워 보였다. 조금 전 천둥과 빗속에서 빨래를 걷고, 발버둥을 치는 아기를 위해 정신없이 부엌으로 내닫던 일이 모두 마무리된 데서 오는 안도감일까. 비가 내리는 마당을 바라보며 나는 재성이와 단둘이 이 빈집에서 누리는 적요와 평화에 대해 잠시 기꺼움마저 느꼈다.

그런데 그때 재성이가 무슨 이유에서인지 다시 맹렬하게 울어대기 시작했다. 미음 숟가락을 더이상 입에 대기 싫다는 듯이 혓바닥으로 밀어내며 주먹을 꼭 쥐고 우는 것이었다. 기저귀를 들쳐봐도 아무렇지도 않은데 미음 숟가락은 밀어내기만 하니, 그 이상은 아기의 마음을 헤아릴 줄 모르는 나는 당황스러웠다.

조금 전까지 평화롭게 들리던 빗소리가 귀를 따갑게 때렸으며 갑자기 천둥소리도 시끄러웠다. 진땀이 났다. 나는 어찌할 바를 모르고 아기를 바라볼 뿐이었다.

우선 아기를 안아야겠다는 생각이 막연히 든 나는 재성이를 일으켜서 품에 안았다. 그런데 다음 순간 놀라고 말았다. 재성이가 내 가슴으로 파고들면서 고사리 같은 손으로 블라우스를 헤치고 조그만 입술을 갖다대는 것이 아닌가. 내 가슴에 한사코 달라붙는 본능적인 몸짓이 얼마나 절박했는지 아기의 입술은 마치 따뜻한 흡반 같았다. 아기가 원하는 것은 쇠숟가락의 차가운 감촉이 아니리 제 어미의 따뜻하고 보드라운 젖꼭지였다. 재성이는 바로 그 젖꼭지를 내놓으라고 보채는 것이었다. 그래서 그렇게 바둥거리며 얼굴이 빨개지도록 목놓아 우는 것이었다.

나는 둘째손가락을 재성이의 입에 갖다댔다. 재성이는 손가락이 입가에 닿자마자 자기가 그토록 그리던 것이라고 착각하고 작은 입을 이쪽저쪽으로 움찔거리며 급하게 젖꼭지를 찾았다. 그러고는 내가 손가락을 입속에 넣어주자 당장 팔목까지 빨려들어갈 것처럼 힘차게 그것을 빨아대는 것이었다. 얼마 안 가 젖꼭지가 아니란 걸 알아챈 재성이는 배신감과 절망이 뒤섞인 극한적인 몸짓으로 목젖을 떨며 다시 목놓아 울기 시작했다.

이상한 일이었다. 그 순간 내 눈앞에는 기둥에 묶인 채 울고 있는 한 어린아이가 떠올랐다. 그애는 울고 있었다. 제 눈앞에서 엄마가 사라져가고 있기 때문이다. 그래서 그애는 운다. 아니다, 울지 않았는지도 모른다. 아마 울지 않았을 것이다. 울었다면 엄마는 되돌아와서 아이를 묶었던 끈을 풀고 아이보다 더 크게 오열하며 아이를 다시 가슴에 품었을지도 모른다. 울고 있는 아이라면 아마 두고 가지 않았을지도 모른다. 하지만 그것은 내가 서너 살 때의 일이었다. 울었는지 울지 않았는지 나는 아무것도 기억하지 못한다.

아기가 울어대고 빗소리가 그에 못지않은 기세로 마당을 두드려댔지만, 내 눈에는 기둥에 묶인 채로 사라져가는 엄마를 보고 있는 그애만 보였다. 그애가 울고 있는지 아니면 울지 않고 있는지 그것을 자세히 보려고 나는 눈썹을 모으고 눈을 가느다랗게 떴다. 그것은 끝내 알아낼 수 없었다. 그러나 내가 그애의 눈에서 분명히 본 것이 있었다. 그것은 엄마가 떠난 뒤 남겨지는 자기의 존재에 대한 두려움이었다. 그 두려움과 공포 때문에 그애는 얼굴을 일그러뜨리긴 했지만 울어야 할지 울지 말아야 할지 그것조차 결정하지 못하고 있었다.

나는 내 품안에서 발버둥을 치며 울어대는 재성이를 내려다보았다. 직성이 풀리려면 멀었다며 목놓아 울고 있는 재성이가 그악스럽다는 생각이 들었다. 어쩐지 탐욕스러워 보이기까지 했으며 작은 심술꾼 같기도 했다. 얼굴 전체가 땀띠의 색깔과 똑같이 붉어진 채 울어젖히는 재성이의 뺨을 나는 찰싹 때리고야 말았다.

재성이는 불에 덴 듯이 놀라며 자지러질 듯이 세차게 울었다. 나는 뺨을 한 대 더 때렸다. 땀띠이기도 하고 울어서 힘을 쓰느라 그렇기도 하고 나에게 맞은 손자국이기도 하고, 재성이의 얼굴은 완전히 새빨개졌다. 마룻바닥에 재성이를 내려놓아버린 나는 그대로 울게 내버려두었다. 한참을 기세 좋게 울다가 지쳐서 나중에는 목쉰 소리로 컹컹 울었다. 점점 간격을 두고서 울다가 그치다가 했으며 조금 후에는 완전히 지쳤는지 하는 수 없이 잠이 들었다. 자다가도 몸을 흠칫 떨며 한번씩 우는 소리를 냈다.

비도 그쳤다. 나는 우물 속에 두레박을 찰박 빠뜨려 물을 길은 다음 양은대야가 넘치도록 부어놓고 얼굴을 씻었다. 온몸이 땀으로 흠뻑 젖어 있었다.

재성이 역시 땀에 흠뻑 젖어 있었다. 찬 물수건으로 재성이의 얼굴과 손발과 사타구니를 골고루 닦아주었다. 아기의 연약한 뺨에 손자국이 아직도 남아 있었지만 나는 죄책감을 느끼지는 않았다.

비가 쏟아지기 전처럼 문희가 웃고 있는 나무부채로 잠든 재성이에게 가만가만 부채질을 해주기 시작했다. 그러나 내 마음속에 부드러운 감정은 사라지고 전혀 없었다. 그리고 그것이 얼마나 다행인지 몰랐다.

아저씨는 단 이틀 만에 아줌마를 집에 데리고 들어왔다. 찾으러 나설 때의 축 늘어져 있던 모습과 달리 의기양양했다. 반면 아줌마는 이마에 무거운 추라도 매단 사람처럼 고개를 앞으로 수그리고 쭈뼛거리며 대문을 들어섰는데 여전히 고무신에 낡은 블라우스며 힐렁한 치마, 그리고 꼬마 좀도둑한테 줘도 안 가질 성싶은 보퉁이 하나를 든 초라한 모습이었다.

아줌마가 우리집 마루에 눕혀져 있는 재성이를 보자마자 한달음에 달려와서는 "재성아!" 하면서 와락 껴안고 울음을 터뜨리자 할머니는 차마 못 보겠다는 듯이 고개를 돌렸고 한쪽 눈에 안대를 한 이모의 안대를 하지 않은 나머지 한쪽 눈에는 눈물이 그렁그렁해졌다. 아저씨도 그 장면에서는 쓰게 입맛을 쩍 다셨고 장군이 엄마는 쯧쯧 혀를 차서 박자를 맞추었다. 나만이 그 장면을 심상하게 똑바로 바라보았다.

아줌마는 섧게 울었다. 그것은 소중한 재성이를 다시 만나게 된 기쁨 때문이기도 하지만 그보다는 자기 신세에 대한 설움 탓이기도 했다.

지난봄 제재소집 할머니가 돌아가셨을 때 보니 가장 서럽게 우는 것은 이남 삼녀 중에 제일 못살고 고생 많이 한다는 작은딸이었다. 그 작은딸이 어머니의 영정 앞에 몸부림을 치면서 우는 것은 어머니의 죽음을 슬퍼해서이기도 하지만 마음놓고 울 기회를 얻었기 때문에 그 공개적인 기회를 충분히 활용하여 한풀이를 하는 것이었다.

울음이 그칠 만하면 제 신세에 대한 새로운 설움이 떠올라 "아이고오!" 하면서 또다시 울음을 터뜨리곤 하였으므로 마당에 있던 남자들은 그래도 그 딸이 제일 효녀라고 말들 하며 화투패를 돌렸다. 부엌에 있는 여자들은 딸의 심정을 짐작할 만큼 비슷한 신세이거나 인생의 이면에 대해 남자보다는 더 관찰력이 있었으므로 그 딸의 설움이 어머니에 대한 사무치는 추모의 정 때문만은 아니라는 걸 알고 "저 작은딸은 요새도 살기가 그렇게 힘든 모양이지" 하면서 상에 젓가락을 놓았다. 광진테라 아줌마의 흐느끼는 소리를 들으며 내가 연상한 것은 바로 제재소집 작은딸이 어머니의 영정 앞에서 보이던 그 흐느낌이었다.

재성이를 엄마 품에 돌려보내고 다시 셋이 된 우리 식구는 뒷마루에 앉아서 오랜만에 오붓하게 저녁밥을 먹었다. 한여름이면 우리는 자주 그렇게 뒷마루에서 저녁밥을 먹곤 했다. 뒷마당에는 지금도 삼촌의 샌드백이 그대로 매달려 있는 감나무가 있었는데 파란 감이 조금씩 열리기 시작하는 그 감나무 잎이 바람에 흔들리는 것만 봐도 시원함이 느껴졌다. 또 바람이 전혀 없는 날이라도 뒤뜰에 있는 달맞이꽃이 노랗게 피어 호박잎쌈이나 된장찌개의 맛을 돋워주었던 것이다.

이모는 광진테라 아줌마가 너무 쉽게 돌아온 것이 은근히 실망이었다.

"데리러 갔다고 어떻게 그렇게 냉큼 따라오나? 그렇게 자존심이 없으니 만날 맞고 사는 거야."

"한번 시집을 왔으면 그 집 귀신인데 여자가 가봤자 어딜 가겠냐……"

할머니는 지긋지긋한 삶으로 돌아올 수밖에 없었던 아줌마가 측은하여 말끝이 흐려지는가 싶더니 기어이 한숨을 내쉬었다. 이모는 "그 집 귀신"이란 말에 입술을 쑥 빼물었다.

"이혼하면 되지."

"쓰잘데없는 소리. 우리 때는 신랑 얼굴도 안 보고 시집갔어도 잘만 살았다."

"차암, 어떻게 얼굴도 안 보고 남편을 골랐을까."

"이 사람이 하늘이 정한 내 서방이다 하고 마음먹고 살면 사는 거지. 정이야 살다보면 드는 거고. 보고 고르나 안 보고 고르나 남남끼리 만나 사는 건 다 마찬가지야."

"그런데 어떻게 얼굴도 안 보고 만나서 바로 첫날밤을 치렀지? 신방에서 딱 신랑을 쳐다보니 곰보더라, 아이고 그런데도 같이 잤단 말야? 싫은 남자하고 어떻게 같이 잤을까? 그걸 보면 옛날 여자들은 좀 밝혔나봐."

"미친년! 에미한테 하는 소리 좀 봐라."

할머니는 지금까지 대꾸해준 것이 실수라는 표정이 되었다.

"그렇잖아요. 처음 보는 남자하고, 그것도 좋아하지도 않는데 대뜸 같이 잔단 말예요? 말도 안 돼."

"그래도 저년이, 진희도 있는데 그만 못 두냐?"

"진희가 어때서? 진희가 나보다도······"

"시끄럽다!"

말꼬리가 잘린 이모는 밥그릇에 부었던 숭늉을 얼른 마셔버리고는 밥상에서 한 걸음 물러나 앉으면서도 기어코 하던 말을 끝맺었다.

"나보다도 알면 더 잘 알지. 애가 얼마나 조숙한데."

이럴 때일수록 나는 아무 말 없이 달맞이꽃에 이따금 눈길을 주며 밥만 먹고 있었다.

이튿날부터 아줌마는 다시 우물가에 모습을 드러냈다. 아무것도 달라진 것은 없었다. 언제나와 똑같이 집 안팎일에 시달렸고 아직 기운이 없어 보였지만 웃으려고 애를 썼다. 우리 모두에게 전보다 더 잘하려고, 그럼으로써 출분의 불명예를 보상하려고 애쓰는 것은 눈에 띌 정도였다. 아줌마의 삶은 조금도 달라지지 않았을 뿐 아니라 한번 집을 나갔다는 것이 전과가 되어 아줌마 스스로의 도덕적 입지가 오히려 약화되었다. 아저씨의 행동이 달라지기는커녕 목소리만 더 커졌다. 나는 대체 아줌마가 왜 돌아왔을까 의아하기만 했다.

불안 때문이었을까. 아줌마처럼 강인한 사람은 아무리 힘든 삶이라도 자기가 익히 아는 일은 어떻게든 이겨나갈 자신이 있다. 그러나 새롭게 닥쳐올 일에 대해서는 불안하고 자신이 없다. 그것이 아줌마처럼 자기 생에 대한 의지는 강하되 자기 생을 분석할 줄 모르는 사람의 치명적인 약점이다.

할머니에게 하는 말을 들으니 아줌마는 친정에 가서도 남의 집 같아서 잠도 제대로 자지 못했다고 한다. 그것은 미래에 대한 불안으로서, 다른 삶을 시작하려는 사람의 공통적인 정서이련만 아줌마는 자기 집이 아니라서 그런 거라고 해석하고는 자기는 집을 떠나서 살 수 없는 존재였다고 자기의 가출을 거의 후회하고 있었다.

"첫날에는 그렇게 홀가분하고 살 것 같더라구요. 근데 하룻밤 자고 나니까 가게도 걱정되고 또 집안 꼴이 어떨지…… 재성이 때문에……"

아줌마는 목이 메어 말을 잇지 못하고 잠든 재성이의 머리를 한 번 쓰다듬었다.

"아무튼 별일이네요. 내가 자란 친정집에 아무 일 안 하고 가만히 누워 있는데도 온몸이 안 아픈 데가 없고, 또 마음은 왜 그리 불안한지."

"여자가 어릴 때 자란 집은 제 집이 아니라는 말도 있으니까."

"혹시 재성이 아빠한테서 전화가 오면 딱 잡아떼라고 신신당부를 해놨거든요. 근데 정말 밤까지 저 찾는 전화가 안 오는 거예요. 그때부터는 나 없이도 잘사는 건가 싶어서 서운한 마음도 들고 아무튼 잠이 안 오데요."

사흘이 지나자 아저씨가 영영 자기를 찾으러 오지 않으면 어쩌나 하는 생각마저 들게 되었다고 한다. 그러자 자기 자신이 아저씨가 데리러 오기를 애타게 기다리는 것처럼 생각되었고 그것을 의식한 순간부터 실제로도 아저씨를 기다리게 되었다는 것이다. 그날 저녁 아저씨가 친정집 삽짝으로 들어서자 아줌마의 마음속에 생겨났던 반가움은 바로 그런 풍화과정을 거쳐 생겨났던 모양이다. 새 삶에 대한 아줌마의 용기는 풍화작용으로 이미 모서리가 다 깎여서 자갈돌처럼 하찮게 발밑을 굴러다니고 있었다.

"거기 가서 재성이 아빠가 한바탕 안 했어? 불뚝 성질이 있는 사람이라 걱정도 좀 되더구먼."

"막상 재성이 아빠 보니까 가슴이 덜컥하긴 했죠. 다짜고짜 욕을 퍼붓고 막 머리채를 휘어잡고 그럴 것 같아서요. 근데 안 그랬어요. 사정조로 저를 달래더라구요. 근데 진희 할머니, 참 사람 마음 우스워요. 제기 속으로 무슨 생각 했는지 아세요?"

"따라나설 마음이 들던가?"

"아니요. 그보다는 그냥, 저 사람이 아침나절에 집에서 나섰을 텐데 점심은 먹었나 하는 생각이 들더라구요. 앞뒤야 어찌됐건

모처럼 사위가 왔는데 내다보지도 않는 친정엄마가 괜히 야속하고…… 하여튼 여자는 할 수 없나봐요, 다 제 허물이지, 못난 딸년 키워서 시집보낸 친정엄마가 무슨 잘못이라고……"

아줌마는 그 대목에서 쓸쓸하게 웃었다.

아저씨를 마당에 세워둔 채 아줌마가 방으로 들어가버리자 그제야 아줌마의 친정어머니가 나와 아저씨에게 일장연설을 늘어놓았다. 그것을 문틈으로 내다보면서 아줌마는 저러다가 행여 아저씨 성미나 돋우는 게 아닌가 조마조마했다며 또 한번 "여자는 할 수 없나봐요"라고 쓴웃음을 지었다.

그러나 그때까지만 해도 곧바로 아저씨를 따라나설 생각은 없었다고 한다. 처음 재성이를 두고 나올 때는 사는 게 지긋지긋해 뒤도 안 돌아보고 싶었지만 이제는 아저씨가 과거를 뉘우친다면 자식을 봐서라도 돌아갈 마음이야 있었지만 그것도 어디까지나 아저씨의 애를 충분히 태운 다음이었으며 아저씨에게서 과거를 뉘우친다는 약조를 분명히 받아낸 뒤라야 했다.

아줌마의 그런 마지막 결심까지도 무너진 것은 그날 밤이었다.

친정어머니가 "어쨌든 네가 앞으로 저 인간하고 같이 살려면 이 기회에 단단히 기를 죽여놓아야 한다"며 아줌마에게 방밖으로 나오지 말라고 당부했으므로 아저씨는 저녁상을 물리고까지 아줌마를 만날 수가 없었다. 얼굴이라도 보자는 아저씨의 말에 친정어머니는 "데려다 고생시킬 바에는 데려간단 말 꺼내지도 말고 내일

날 밝으면 혼자 돌아가라"고 버텼던 것이다. 그러나 저녁밥을 먹고 뒷마루에 앉아 있는 아저씨의 뒷모습을 보니 아줌마는 무엇보다 재성이 소식이 궁금해서 도저히 견딜 수가 없었다.

"잘 있다는 말 한마디만 들어도 다리 뻗고 자겠다 싶었어요. 이럴까 저럴까, 방안에서 온갖 궁리를 하다가 도저히 안 되겠더라구요. 재성이 소식 딱 한 번만 물어보려고 방문을 열었는데, 재성이 아빠가 저를 보고 사정을 하데요."

"뭐라고 하던가?"

"재성이를 진희 혼자 보고 있다면서, 애를 생각해서 같이 돌아가자고요."

두 사람의 이야기를 가뜩이나 안 듣는 척하려고 애쓰고 있었지만 나는 할머니 쪽을 힐끗 쳐다보지 않을 수 없었다. 할머니가 막 입을 떼고 있었다. 그러나 할머니에게는 말할 기회가 주어지지 않았다. 아줌마가 무슨 비밀을 털어놓을 듯이 할머니 쪽으로 조금 몸을 기울였기 때문이었다.

"저, 진희 할머니니까 말씀인데……"

"……"

"그날 밤 둘째를 가졌어요."

말을 꺼낼 때부터 주저하더니 막상 하려던 얘기를 하고 나서 아줌마는 울 듯한 표정을 지었다.

"제가 미쳤지요. 재성이 아빠가 이제 마음잡고 재미나게 살아보자고 하는데 그 말을 들으니까 꼭……"

드디어 아줌마의 뺨 위로 눈물 한 줄이 흘러내렸다.

"꼭 처음 청혼받는 기분이었어요."

아줌마는 다시 흘러내리려는 눈물을 눈을 몇 번 깜박여서 도로 집어넣고 고개를 조금 숙이더니 이미 뺨 위로 흘러내린 눈물을 손등으로 닦아냈다. 그다음 나오는 목소리는 약간 잠겨 있었다.

"전 그런 소리 난생처음 들었거든요. 결혼할 때도 못 들어봤어요. 그땐 정말 죽고 싶은 마음뿐이었죠. 몸은 이미 버려놨는데, 재성이 아빠 마음은 자꾸 달아나고…… 죽어라고 매달릴 생각만 했지 그런 말은 꿈도 못 꿔봤어요."

할머니는 말없이 아줌마의 등만 토닥거렸다.

그날 밤을 아저씨와 함께 보낸 후 아줌마는 첫날밤을 보낸 새색시처럼 부끄러움을 느꼈다. 그러지 않아도 친정 식구 볼 낯이 없게 되었다 싶었는데 부엌에 나가니 친정어머니 시선이 따가웠다. 그렇게 고랑 죽처럼 무르게 굴다가는 네 신세 평생 그 꼬라지에서 달라질 수가 없다, 고 친정어머니가 미운 소리를 하자 아줌마는 서러워졌고 반면 친정에서도 이렇게 박대를 하니 역시 남편밖에는 의지할 데가 없다는 생각이 강해졌다. 그렇게 해서 아줌마는 아저씨를 따라 집으로 돌아왔다.

그 말을 마치고 아줌마가 몇 번인가 헛기침을 하여 목소리를 가다듬은 후 다시 이야기를 이어가려고 할 때 장군이 엄마가 자기네 방문을 열고 나왔다. 장군이 엄마는 고무신을 꿰어신고 우리집 마루 쪽으로 건너오더니 할머니와 아줌마 사이의 어색한 침묵으로 미루어보아 자기가 왔기 때문에 중단돼버린 어떤 흥미로운 화제가 있었음을 눈치챘다. 그래서 마루 끝에 엉덩이를 걸치며 거기에 끼어보려 시도했지만 할머니와 아줌마는 한참 전에 끝난 기저귀 개키기가 마치 이제야 다 마쳐졌다는 듯이 그것을 끌어다 안으며 자리에서 일어나는 것이었다.

"왜, 일어나시게요?"

"저녁 지을 시간 되잖았는가."

장군이 엄마의 아쉬움을 할머니가 깨끗하게 끊어버렸다.

나는 방안에 혼자 누워 아줌마의 인생에 대해 곰곰 생각하기 시작했다.

그렇게 열심히 살아가건만 아줌마는 자기 인생에 주인 행세를 하지 못하고 있었다. 주어진 인생에 충실할 뿐 제 인생을 스스로 결정한다는 일은 엄두조차 내지 못하는 것이다.

대부분의 어른들은 모험심이 부족하다. 진정한 자기의 삶이 무엇인지 알아내고 찾아보려 하기보다는 그냥 지금의 삶을 벗어날 수 없는 자기의 삶이라고 믿고 견디는 쪽을 택한다. 특히 여자의 경우 자기에게 주어진 삶을 그대로 받아들이도록 만드는 배후에는 '팔자소관'이라는 체념관이 강하게 작용한다. 불합리함에도 불구하고 그 체념은 여자의 삶을 불행하게 만드는 데 결정적인 영향

을 끼친다. 우연히 닥쳐온 불행을 이겨내지 않고 받아들이도록 만
듦으로써 더 많은 불행을 번식시키기 때문이다.

강제로 처녀를 잃었을 때 아줌마는 자기에게 닥친 우연한 불행
을 이겨냈어야 했다. 옷매무새를 수습할 수 있게 되자마자 바로 뺨
을 올려붙이거나 아니면 침을 뱉고 돌아서서 깡그리 잊어버려야
했다. 하지만 아줌마는 그렇게 하지 않았다. 이제 자기 인생이 결
정돼버렸다고 체념했으므로 죽자 사자 아저씨한테 매달렸다. 도
저히 견디지 못하고 도망을 쳤을 때까지도 아줌마는 아저씨가 자
기 둘의 돌이킬 수 없는 운명, 즉 자신이 아줌마 육체의 주인이란
것을 깨닫게 하자 아저씨의 테두리 속으로 돌아올 수밖에 없었던
것이다.

그렇다. 많은 여자들의 결혼은 첫경험에 의해 결정된다. 첫 키
스를 하거나 처음으로 몸을 섞은 사람에게 여자들은 각별한 의미
를 부여하며 어릴 때부터 강요된 금기라는 장치에 의해서 그것을
운명적으로 받아들이도록 길들여져 있다. 단지 첫남자라는 이유
만으로 그와 함께할 삶을 받아들이며 평생 바꿀 생각조차 하지 않
는다.

문제는 그런 첫경험이 우연히 이루어지는 일이 많다는 사실이
다. 내 주변에서 듣고 본 것만 해도 그렇다. 꼭 자기가 사랑하는 남
자와만 첫 키스를 하고 처음 옷고름을 풀게 되는 건 결코 아니다.

그러므로 성은 자기 자신의 것이다. 남편의 것도 아니며 처음

문을 연 남자의 것은 더더욱 아니다.

처녀성을 가져간 사람이 내 주인이라는 생각, 우연에 지나지 않는 그 사건에 운명적 의미를 두는 것, 그 모두가 내게는 어리석게만 생각된다. 이모가 경자 이모에게서 빌려왔던 소설책들의 작가 토마스 하디와 모파상도 그것을 말하려고 『테스』나 『여자의 일생』을 썼을 것이다.

내 생각은 세 가지로 요약된다. 첫째, 첫경험이란 운명이 아니라 우연이다. 둘째, 여자들이 그것을 체념적으로 받아들이게 된 것은 어릴 때부터 성에 대한 금기를 강요받기 때문이다. 셋째, 나는 극기 훈련을 통해 '이성의 성기에 관심을 가져서는 안 된다'라는 금기에서 벗어났으므로 '첫경험'이라는 금기도 얼마든지 깨뜨릴 수 있다.

나는 기회만 닿으면 언제라도 '첫경험'의 금기를 깨뜨릴 준비가 되어 있었다. 그 기회가 어른들이 생각하는 적당한 나이보다 조금 빨리 주어져도 상관없었다. 하지만 그 기회가 그처럼 빨리 올 줄은 몰랐다. 삶이 다 그렇듯이 그 기회는 우연히 찾아왔다.

응달의 미소년

여름이 한풀 꺾였다지만 학교에서 돌아오는 길에 9월 햇살은 아직도 뜨겁다. 요즘 군청 앞길에는 아스팔트 공사가 한창이다. 학교에 오가면서 나는 공사 모습을 재미있게 구경하곤 한다. 처음에는 길을 파헤치고 깎아내더니 그 위에 깬 돌을 깐 다음 모래를 뿌리고 나서 물을 뿌렸다. 그러고는 탱크처럼 커다란 바퀴를 가진 롤러가 한 번 그 위를 지나가자 뾰족뾰족했던 돌들은 그만 납작하게 눌려 땅바닥에 착 엎드려 붙는 것이었다. 며칠 동안 자갈 위에 모래를 덮은 다음 물을 뿌리고 그 위를 롤러가 지나가는 공사만 반복하더니 오늘은 드디어 아스팔트 콘크리트를 까는지 구경꾼들이 꽤 모여 있다.

나도 어른들 틈에 끼어서 땅 위에 접착제가 뿌려지는 모양을 구경한다.

"그러니까 공꼬리(콘크리트) 한 데다가 아스팔트를 그냥 붓는 것이 아니구면."

"그러게 말여, 땅 위에 풀칠을 해서 아스팔트를 붙이는 셈이네 그려."

"저 풀을 뭐라고 부르는 거여? 저 땅딸막한 사람이 서울서 온 기술자인 모양인데 좀 물어보까."

"안 그래도 사람들이 하도 물어봐싸니까 아까 뭐라고 설명을 하던데. 뭐 아스팔트 후라이라든가 후라이마라든가."

"아따, 그나저나 저 아스팔트 좀 봐. 시커먼 것이 김이 펄펄 나고 굉장하네이."

아저씨들의 이야기를 한 귀로 들으면서 나는 시커먼 아스팔트 콘크리트가 부어지고 그 위를 커다란 롤러가 누르고 지나가는 것을 놓치지 않고 쳐다본다. 길이 떡시루처럼 모락모락 김을 내고 있다. 시루떡이 켜켜에 팥을 품고 있는 것처럼 길도 돌조각을 배 밑에 깔고 김을 모락모락 내며 익히는 중이었다.

군청 앞에 있는 정다방과 승리당구장에서도 사람들이 몇 나와서 자갈과 콘크리트를 사정없이 눌러버리는 롤러의 우아한 기계 짓을 구경하고 있다. 구경이라면 빠지지 않는 광진테라 아저씨도 어김없이 그 안에 섞여 서 있는 것이 보인다. 아저씨는 나를 보더니 손사래를 치면서 어서 집으로 가라는 시늉을 한다. 실없이 '친한 척'과 '어른 행세'를 동시에 하려는 것이다. 나는 그를 못 본 척

고개를 숙이고는 일부러 그늘을 피해 뙤약볕 아래로만 해서 집으로 간다. 맨머리통이 뜨거워지고 몸이 지쳐 나른해지는 느낌이 싫지 않다.

대문을 들어서며 나는 언제나처럼 우물가를 본다. 그러고는 뒤꼍쪽도 힐끗 본다. 얼마 전부터 뒤꼍의 모퉁이방에도 사람이 살기 시작했기 때문이다.

이모의 친구 중에 전화교환수가 있었다. 그 교환수 친구가 새로 온 동료 교환수가 살 방을 구한다며 우리집에 빈방이 많으니 세를 줄 수 없냐고 물어왔다. 할머니는 삼촌이 떠나고 난 뒤 집안이 적적한 터라 뒤꼍에 있는 빈방으로 사람이 들어와 사는 것도 괜찮으리라고 생각했다. 남동생을 데리고 있다고 하니 혼자 사는 여자보다는 가족적인 냄새가 나서 좋다는 생각도 들었다. 그래서 도청소재지에서 왔다는 남매가 그 방에 살게 되었던 것이다.

그들 남매 중 누나, 그러니까 내가 혜자 이모라고 부르게 된 그녀는 대단히 아름다운 여자였다. 할머니는 뒷방에 사람을 들일 생각을 할 때와는 달리 막상 혜자 이모네가 이사를 오자 그다지 달갑잖은 눈치였는데 그것은 순전히 혜자 이모의 뛰어난 미모 때문이었다. 서글서글한 눈매에다 몸매가 가냘프고 전화교환수를 해서인지 말을 할 때 약간 비음을 내는 혜자 이모는 어딘지 그늘이 있어 보여서, 좋게 말하면 우수가 깃들었다고도 할 수 있겠으나 솔직하게 말하면 청승맞아 보이는 구석도 있었다.

할머니 말로는 얼굴도 그냥 고운 것이 아니라 눈가에 웃음 잡히는 모양을 보아 남자 여럿 잡을 상이며 손목이 가는 것만 봐도 색기가 있는 거라고 했다. 할머니는 이모에게 어째 그렇게 사람 보는 눈이 없냐고, 저들 남매를 집에 끌어들여 시끄러운 일이 분명 한번쯤은 있을 거라고 퉁박을 주었다. 그러면 이모는 이모대로 볼멘소리를 했다.

"나도 잘 모르는 언니라니까. 친구가 소개한 것뿐이라구. 세들 사람 좀 알아보라고 할 때는 언제고, 엄마는 참. 여자 혼자 사는 건 안 돼도 남매가 함께 있다니까 좋다고 했잖아."

"사실은 그 동생이 더 걸린다니까."

할머니에게는 혜자 이모도 혜자 이모지만 그 동생인 현석 오빠(혜자 이모의 동생을 오빠라고 부르는 것은 촌수에 맞지 않지만 나보다 겨우 세 살이 많은데 삼촌이라고 부를 수는 없는 노릇이었다)도 어쩐지 께름칙했다. 현석 오빠는 보통대로라면 중학교 2학년이어야 하는데 학교에 다니지 않는다. 혜자 이모는 전에 살던 곳에서 급히 이사오느라고 전학수속을 못했다고 하지만 눈치로 보아 현석 오빠가 학교를 다니지 않은 지는 꽤 오래인 듯했다. 그걸 두고 할머니는 단 두 가지의 경우로 질라 해석했다.

"누나가 벌어 가르친다는 게 오죽하겠어. 형편이 어려워 국민학교로 그쳤겠지. 아니면 학교에 잠시 잠깐 발붙일 틈도 없이 이리저리 떠돌아다니는 신세였거나."

그중 어느 경우거나 할머니에게 못마땅하기는 마찬가지였다. 부모 없는 아이인 나를 키우면서도 할머니 역시 부모 없는 아이에 대한 편견은 다른 사람과 조금도 다르지 않았던 것이다. 어디서 어떻게 키워진 아이인지 알 수 없는 사내애가 계집애 꼴이 박혀가는 금쪽 같은 손녀와 한집에서 살게 됐으니 할머니로서는 여간 신경 쓰이는 게 아니었다. 한집 안에 몇 년째 함께 살고 있는 장군이한테는 전혀 느껴보지 못한 경계심이었다.

그도 그럴 것이 현석 오빠는 여러 가지 점에서 어리무던한 장군이 따위와는 비교도 되지 않았다. 무엇보다 인물이 곱상했다. 웃을 때 입가에 보조개가 패는 것이 하얀 얼굴에 어울려 꼭 계집애처럼 예뻤으며 속눈썹이 길고 눈빛이 사뭇 절실해서 누나인 혜자 이모가 그렇듯이 사람의 마음을 붙드는 데가 있었다.

할머니는 밭이나 논에 나갈 때마다 소용없는 말인 줄 알면서도 이모에게 집 비우지 말라고 당부를 하곤 했다. 할머니는 그럴 필요가 없다는 걸 모르고 있었다. 내가 사랑하는 것은 하모니카와 염소의 실루엣을 배경으로 서 있는 허석뿐이었기 때문이다. 현석 오빠를 처음 보았을 때 참 예쁜 남자도 다 있다 하고 생각했던 것은 사실이다. 그러나 그것은 저녁 달맞이꽃을 볼 때 참 애틋해 보이는 꽃이구나 하는 것과 같은 누구나 느끼는 보편적인 감정이다. 그런 보편적 감정이 아닌 나 혼자만의 특별한 감정은 이미 허석에게 선점되어 있는 것이다.

다만 이런 일은 있었다.

할머니의 염려와는 달리 현석 오빠는 내 환심을 사려고 하기는 커녕 내게 먼저 말을 거는 법조차 없었다. 언제나 약간 침울한 분위기 그대로 그림자처럼 조용히, 그러나 설명할 수 없는 향기 같은 것을 풍기며 내 곁을 지나치곤 했다. 현석 오빠가 우리집에 온 지 얼마 안 되었던 무렵이었다. 아침 우물가에서 현석 오빠와 마주쳤지만 그는 대야에 물을 붓고 있는 내게 전혀 눈길을 주지 않은 채 묵묵히 세수를 마치고 일어섰다. 그러고는 마치 대야 속에 푹 담가서 통째로 씻어 건져낸 것처럼 해맑간 얼굴을 수건에 묻는 것이었다. 나는 쭈그린 채 내 대야만을 쳐다보면서 손에 비누칠을 하고 있었지만 사실은 옆눈으로 현석 오빠를 낱낱이 살펴보고 있었다.

"진희 나왔구나."

이 말과 함께, 나의 시야로 현석 오빠의 발이 사라지고 대신 기다나이 선생님의 줄무늬 파자마와 털이 송송한 다리통이 들어왔다.

"오늘 4교시 끝내고 강당으로 오는 거 잊지 마라. 지난번에 일등했으니까 더 열심히 해야지 안 그랬다간 가을 대회에서 큰 창피 본다."

개학한 지 며칠이나 되었다고 벌써부터 닦달을 해대는 선생님이 못마땅했거니와 현석 오빠의 발을 놓쳐버린 데 대한 실망이 더해져서 나는 건성으로 대답을 하고 푸푸거리며 세수를 하기 시작했다. 그러나 세숫물을 수챗구멍에 거칠게 부어버리고 일어서던 나는 멈칫하고 서버렸다. 현석 오빠는 모퉁이 방으로 돌아가버린 게 아니었다. 우물가 도토리나무 아래에서 나를 쳐다보고 서 있었다. 9월 아침의 하늘이 파랬다. 그 파란 하늘을 배경으로 꿈처럼 웃고 서 있는 현석 오빠를 보는 순간 나는 참 예쁜 남자도 있다 하는 생각을 또 한번 했다.

방으로 돌아오니 아직 이불 속에 누워서 라디오를 껴안고 있던 이모는 "밖에 기다나이 선생 있지? 그럼 난 조금 있다가 세수해야지. 그 줄무늬 파자마 꼴 보기 싫어" 하면서 마치 지금 자기가 어린 조카보다 자리에 오래 누워 있는 것이 게을러서가 아니라 처녀의 결벽한 성정 때문인 듯이 한마디했다. 그러나 나는 현석 오빠가 서 있던 도토리나무 아래에서 아직 시선을 거두어오지 못한 터라 아무것도 보고 있지 않았다.

그러나 그뿐이었다. 학교 가는 길에 다리 위를 지나면서 나는 문득 바람이 부드러워졌다는 것을 느꼈다. 허석이 떠난 뒤 벌써 두 달이 지나가고 있었다.

상냥하고 얌전한 혜자 이모는 얼마 안 가 할머니의 께름칙한 마음을 바꿔놓았다. 손끝이 여물고 또 몸가짐이 조신하다고 할머니는 칭찬을 하기까지 했다.

처음 혜자 이모가 이 집에 왔을 때 누구 못지않게 신경을 곤두세우던 장군이 엄마도 트집잡을 것이 별로 없었다. 장군이 엄마의 험구 실력이라면 눈앞에 얼쩡거리는 것만 갖고도 인물 자랑한다 어쩐다 하면서 어떻게든 트집을 잡아볼 수 있을 텐데 혜자 이모는 나가는 직장이 있는데다가 집안에 있을 때조차도 뒷방에 틀어박혀 나오지 않았기 때문에 결국은 장군이 엄마의 마음에 들었다. 이모 역시 혜자 이모의 뛰어난 미모가 샘나긴 했지만 혜자 이모가 우리집에 오도록 다리를 놓은 것이 자기라서 뭐라고 논평이 없었는데 몇 번 매니큐어와 '베니'를 빌려 쓰더니 혜자 이모가 멋쟁이이고 인정이 많다는 점에 반해서 친언니처럼 따르게 되었다.

집안 사람들은 풍기는 분위기나 동생을 데리고 떠돌아다니는 걸로 보아 혜자 이모에게 뭔가 사연이 있을 거라고 짐작은 했지만 이미 한식구로 인정을 한 이상 캐내려고 한다거나 수상쩍어하지는 않았다. 사연이 있다 한들 어쩌겠으며 또 그 사연 안에서 혜자 이모가 악역을 하고 있지는 않을 것이라고 막연하게 믿어주는 것이 한지붕 식구끼리의 정리였던 것이다.

현석 오빠 역시 눈에 거슬리는 점이 없었다. 우선 자기 누나처럼 뒤꼍에서 나오는 일이 별로 없으니 눈에 거슬릴 빌미를 제공하지 않는 셈이었다. 그들 남매는 이방인으로서의 처신에 대해 잘 알고 있었다. 단지 이방인이라는 것 때문에 호기심과 배타적인 눈길에 시달려야 하는 첫번째 단계에서 그들은 조용히 처신했으며 최대한 신중하게 기존의 질서에 편입돼갔다. 그것은 이방인으로서의 그들의 삶이 꽤 연조가 깊은 것임을 뜻하기도 했다.

전화교환수는 야근하는 날이 자주 있었다. 혜자 이모가 야근을 하는 날이면 현석 오빠는 혼자 뒷마루에 나와서 앉아 있는 일이 많았다. 뒷방의 마루와 우리 방의 뒷마루는 대청을 사이에 두고 이어져 있었다. 나는 이따금 뒷마루에서 감나무를 바라보고 앉았다가 저만큼 끝에 현석 오빠가 앉아 있는 걸 발견하곤 했는데 그럴 때면 할머니도 오빠를 보았는지 찐 옥수수나 감자 같은 것을 갖다주라고 내게 심부름을 시키기도 했다. 부모 없이 자란 아이에 대한 할머니의 경계심은 누나가 없는 밤에 홀로 마루 끝에 나와 앉아 감나무를 쳐다보고 있는 소년에 대한 동정으로 바뀐 지 오래였다.

어제 혜자 이모가 야근을 했으니 오늘은 틀림없이 비번이다. 그러면 집안에 남매가 다 있을 텐데도 뒷방 쪽에는 언제나처럼 사람 소리가 없다. 뒷방 쪽은 볕이 잘 안 드는데다가 마당이 깊어서 물도 잘 빠지지 않는다. 장마철에 그쪽에 갔다가는 신발이 마당에 쏙 빠져들어가서, 힘들게 발을 빼보면 진흙이 무겁게 달라붙어 걸음걸이가 비틀거릴 정도이다. 요즘 같은 9월에도 뒤꼍에 가면 서늘한 기운이 느껴지고 마당에 이끼가 파랗게 돋아 있어 어느 모로 보나 사람이 살기에 쾌적한 장소는 못 되었다. 그런데도 이렇게 식구들이 없는 쨍쨍한 한낮에까지 무슨 죄라도 지은 사람들처럼 음습하고 컴컴한 뒤꼍에서 나오지 않고 있는 그들 남매가 어째 안쓰러운 마음이 든다.

나는 책가방을 던져놓은 채 먼저 마루 밑에서 세숫대야를 꺼내들고는 우물가로 간다. 이렇게 뜨거운 볕을 머리에 받으며 한참을 걸은 뒤 달궈진 얼굴을 차가운 우물물에 담그면 마냥 그럭저럭 후줄근한 것보다 얼마나 기분이 좋은지 모른다. 양은대야가 우물가의 시멘트바닥에 놓이면서 쨍강 소리를 낸다. 두레박을 우물 속으로 던져 빠뜨리며 나는 문득 이모가 어디 갔을까 하는 데에 생각이 미친다.

이모는 요즘 취직을 못해 안달이다. 혜자 이모를 붙들고 교환수로 취직을 하려면 어떻게 해야 하냐고 묻기도 하고 이 사람 저 사람 집에 들르기만 하면 공연히 취직자리 좀 없냐고 물어본다.

얼마 전에 아랫동네 유지공장의 간부라는 손님이 찾아와서 공장을 늘리려고 하니 공장 뒤편에 있는 할머니의 밭을 팔라고 조르다가 돌아간 일이 있었다. 그 손님한테까지 이모는 "아저씨, 유지공장에서 오셨어요? 거기서는 혹시 직원 안 뽑아요?" 하면서 다가드는 통에 손님이 돌아간 뒤 할머니한테 "오살년" 소리를 몇 번이나 들었는지 모른다. 이모가 유독 할머니가 계신 곳에서 그 주책을 떠는 데는 다 이유가 있다.

이모는 요새 돈이 궁하다. '시스터' 시절 모아두었던 얼마 안 되는 돈마저 지난번 쌍꺼풀 수술에 다 털어부은데다 이형렬을 만나러 다니는 일에도 저잖은 돈이 들기 때문이다. 구들장에 엉덩이를 붙이고 앉아 있기만 해도 처녀에게는 최소한 들어가는 돈은 다 들어가는 법인데 게다가 혜자 이모와 같은 세련된 용모를 가꿀 야심이 있는 바에야 할머니가 주는 부정기 실업수당만 갖고는 돈이 궁하지 않을 수 없다. 그래서 돈을 벌어야겠다는 생각이 든 이모는 물어보는 것이야 밑천 안 드는 일이고 또 최소한 할머니에게 수당을 올리라는 간접적인 시위라도 될 수 있겠다는 계산에 누구 볼 때마다 취직 타령을 하고 있다.

오늘 아침에도 이모는 밥상머리에서 이런 소리로 할머니를 떠보았다.

"취직이 안 되면 어디 가서 식모살이라도 해야지, 돈 없어 미치겠어."

"식모살이라고? 하지 그러냐. 제 양말 한 짝 안 빠는 것이 식모살이하면 어련히 잘하겠다."

"닥치면 하지 왜 못해? 방앗간집 영숙이도 했는데, 걔는 나보다 훨씬 부잣집 딸이었잖아?"

"그거야 방앗간이 망했으니 저라도 벌어야지 할 수 있냐."

"글쎄 나도 그렇다니까. 돈이 없어서 할 수 없이 식모살이라도 하려고 하는 거라구. 하면 하지 못할 게 뭐 있어."

이모는 논리라는 것을 모른다. 지금 자기가 주장해야 할 것은 식모살이라도 해야 할 만큼 경제가 파탄에 이르렀으니 지원을 해달라는 내용이지 식모살이를 기어코 하겠다는 내용이 결코 아니다. 그런데도 자기 말이 뻗어가는 대로 엉뚱한 곁가지를 잡고는 자기가 식모살이를 못할 이유가 없다는 주장을 하느라 침을 튀기고 있다. 그렇게 하다가 결국 자기에게 식모살이를 할 충분한 이유와 능력이 있다는 주장을 관철시킨 후에는 자기가 그 주장을 위해서 왜 그렇게 핏대를 올렸는지 말머리를 잃어버리며 자기의 앞에 놓인 결론, 즉 자기가 식모살이하기에 이유와 능력을 충분히 갖추었으니 당장이라도 식모살이를 해도 된다는 판정만이 남아 있다는 데에 스스로 어리둥절해진다. 매번 그런 식이다.

영숙 이모 얘기라면 나도 알고 있다. 그 동생인 영님이가 나와 같은 학년이라서 이모보다 더 자세히 안다. 영님이네는 방앗간이 망하는 바람에 식구가 뿔뿔이 흩어졌다. 산더미 같은 빚을 어머니에게 남겨놓고 아버지가 화병으로 세상을 뜨자 어머니는 돈을 벌어오겠다며 영님이네 오남매를 놔두고 집을 나갔다. 막내인 영애는 아직 어려서 촌에 있는 외갓집으로 보내졌고 영님이가 밥을 해먹으면서 두 동생과 함께 학교에 다녔으며 그 동생들의 학비와 생활비를 벌기 위해서 맏딸인 영숙 이모는 대동병원 식모로 들어갔다.

일을 해본 적이 없는 영숙 이모는 신화영의 어머니기도 한 대동병원 사모님에게 말할 수 없는 구박을 받았다. 대동병원 사모님은 아랫사람을 다룰 때는 처음부터 자기는 사람이 아니고 기계라는 생각이 들 정도로 호되게 단속을 해놓아야만 나중에 조금만 잘해줘도 주인의 인정스러움에 감동한다는 생각을 갖고 있었다. 영숙 이모는 오직 동생들을 먹여살려야 한다는 책임감에 대동병원 사모님이 시키는 지옥훈련을 삼 년째 견뎌내고 있었다. 그 삼 년 사이에 영숙 이모는 계집애에서 처녀가 되었다.

대동병원 원장은 자기 아내가 식모를 좀 심하게 다룬다 싶었다. 그러나 인정 많은 성격도 아니었고 그까짓 식모 일에 간섭하는 것 자체가 채신머리나 깎일 뿐 하나도 이득 없는 일이었다. 애초에 자기와는 아무런 상관이 없는 일이기도 했다. 식모를 혹독하게 다룬들, 또 설령 식모가 병에 걸려 죽어나간들 그날 저녁 차려진 밥상만 평소와 다름없으면 그에게는 아무 일도 일어나지 않은 것이었다.

그런데 자기와 아무 상관 없는 식모가 처녀꼴이 박이면서부터 대동병원 원장은 자꾸만 그 식모가 자기와 아무 상관도 없지는 않은 것이 아닌가 하는 생각이 들기 시작했다. 질투가 심한 아내를 생각하고 슬그머니 시선을 거두긴 했지만 그럴수록 식모의 싱싱한 자태가 눈에 쏙쏙 와서 박히는 거였다. 어느 날 밤 술김에 대담해진 그는 "영숙아, 벌써 자냐? 고단하냐, 영숙아?"라며 식모 방의 문을 두드렸다.

그 식모, 우리의 입장에서 보면 '식모'보다는 '비운의 처녀'인 영숙 이모는 주인아저씨의 목소리가 은밀하다는 것도 눈치채지 못하고 "조금만 잘해줘도 주인의 인정스러움에 감동"하는 식모답게 황급히 방문을 열었다. 그러자 술냄새가 확 끼치며 영숙 이모의 순결한 몸 위로 탐욕스러운 대머리 사내의 몸뚱이가 덮쳐왔다. 영숙 이모는 죽어라고 소리를 질렀고 그러지 않아도 요즘 식모를 바라보는 남편의 거머리 같은 시선에 신경을 곤두세우고 있던 사모님이 득달같이 달려왔다.

남자의 몸뚱이 아래에서 몸을 빼내며 영숙 이모는 안도감을 느꼈다. 이제 드디어 정의가 승리하는 순간인 줄 알았다. 그러나 그 밤으로 영숙 이모는 옷보퉁이만을 안고 쫓겨나야 했다. 어디서 주인한테 꼬리를 치느냐, 점잖은 주인어른 꼬셔놓고 신세 망쳤다 어쨌다 하면서 아예 안방 차지해서 팔자 고치려 드는 네깟년 속셈을 모를 줄 아느냐, 내가 이래서 사람 쓰는 걸 그렇게 까다롭게 따지건만 어렵게 자란 애는 아니라고 해서 불쌍하게 보고 거둬줬더니 은혜를 모르기는 마찬가지다, 소문 안 내고 도망시켜주는 것만 해도 우리로서는 할 만큼 하는 것이다…… 대동병원 사모님은 이런 말로 게거품을 물었다. 추방당한 영숙 이모의 죄목은 이를테면 혼인빙자 간음죄였다.

영숙 이모는 서울로 갔다. 밤길을 밟아 고향을 떠나가며 식모살이는 다시 안 하겠다고 작정을 했으므로 술집밖에 발 디딜 곳이 없었던 그녀는 지금은 미군부대 근처에서 잘살고 있다고 한다. 미군과 결혼을 했다는 말도 있긴 하지만 우리 읍내에서 공식적으로는 월급 많이 주는 어떤 가발공장에 다니는 걸로 되어 있다.

어찌됐건 영남이네는 영숙 이모가 돈을 꽤 부쳐와서 살림이 폈다. 어디서 그 소문을 들었는지 영남이 엄마도 놀아왔기 때문에 얼마 전부터 영남이는 소녀가장에서 벗어나 다시 5학년 어린이가 되었다. 영남이는 국민학교만 졸업하면 서울에서 성공한 언니에게로 갈 거라고 자랑이 대단하다. 다른 공부 다 필요 없고 영어만 잘

하면 돈도 벌고 성공할 수 있으니 영어공부에 정진하라는 제 언니의 편지를 받고, 구구단도 작년에 겨우 외운 더딘 머리로 벌써부터 에이비시를 외고 다닌다. "에비시디 이예쁘지 에치알젤케 엘레메 높이……" 영님이의 에이비시 외는 소리를 이모가 들으면 그것이 설마 영어라고는 생각조차 못할 것이다.

자기도 식모살이를 하겠다며 식모살이의 직업적 위상을 설명하려고 예로 든다는 게 하필 영숙 이모였을까. 만약 할머니가, 그래, 영숙이처럼 양갈보 될래? 하고 비꼬지 않은 것만도 다행이다. 한때 서양을 동경하여 캐나다 소년과 펜팔까지 했던 이모이고 보면 양갈보와 '시스터' 사이에 분명 유사점이 있긴 하다는 것 때문에 당황할 것이고 그러면 또 자기 앞에 떨어진 공을 받아쳐야겠다는 단순한 생각에 엉뚱하게도 이번에는 양갈보라는 직업의 고결성을 주장하고 나섰을지도 모른다.

그렇게 단순하고 자기 위주인 것이 타고난 성품이기도 하지만 그 타고난 성품을 고쳐서 성숙한 인간이 되기에는 이모에게 너무 시련의 기회가 없었다는 생각이 든다. 사랑도 평탄하게 이루어지고 있다. 불안한 것은 그렇기 때문에 이모가 사랑을 너무 평탄하게만 생각하고 있다는 점이다.

어쨌든 세상에는 이모와는 달리 평탄치 않은 사랑 때문에 고통받는 사람도 많다. 알고 보니 혜자 이모도 그중 하나였다.

갑자기 대문이 부서질 듯 요란스럽게 열린다. 우리 식구 가운데 저런 식으로 문을 여는 사람으로 광진테라 아저씨가 있긴 하지만 한밤중에, 그것도 술에 취했을 때나 부려보는 호기일 뿐이다. 대체 누가 저렇게 남의 집 대문을 요란하게 밀치는 것일까. 우물가에 앉아 있던 나는 엉겁결에 대야에 담그고 있던 손을 그대로 앞으로 뻗은 채 얼른 일어나 섰다.

웬 아줌마다. 땅딸한 몸매에 요즘 유행하는 국화꽃 무늬의 빤짝이 한복을 걸쳤는데 그 풍채도 풍채지만 눈꼬리를 한껏 치켜올라가게 대칭으로 그린 한 쌍의 눈썹이 우스꽝스러울 만큼 무시무시하다. 금방이라도 소매를 걷어붙일 듯이 씨근벌떡하며 마당으로 재게 들어서는 품이 영락없이 장화와 홍련의 계모가 살아난 것이거나 아니면 빚쟁이다.

"이년 어딨어, 앙? 이년 어딨냐고!"

아줌마는 마루 앞에 버티고 서서 고무신이 벗겨져라 거칠게 한쪽 발을 굴러대며 고래고래 소리친다. 그러나 집안이 텅 비어 안타깝게도 자기의 기세에 겁을 집어먹을 만한 죄지은 사람은 하나도 없고 영문 모르는 웬 꼬마인 내가 자기를 물끄러미 쳐다보고 있는 것을 깨닫자 꼬마라서 봐준다는 투로, 낯모르는 꼬마 앞이니 어른의 권위는 유지하겠지만 행여 지금까지 과시한 자기의 분노에 변함이 있으리라는 기대는 아예 하지도 말라는 다짐이 깃들어 있는 째지는 목소리로 내뱉는다.

"야, 이 집에 정혜자라는 년 살지?"

그제야 나는 『장화홍련전』의 계모 같아 보이던 그 아줌마의 정체가 사실은 『사씨남정기』의 교씨 부인이란 걸 알았다(다음 순간 사씨 부인이 정실이고 교씨 부인이 첩실이므로 입장이 바뀌었다는 걸 깨달았지만 내 상상 속의 교씨 부인과 그 땅딸한 부인의 모습이 너무나 흡사했기에 그냥 그렇게 지칭하기로 했다) 교씨 부인과 혜자 이모와의 관계를 짐작하는 것은 나에게 전혀 어려운 일이 아니었다. 혜자 이모의 그늘진 사연은 바로 그것이었다.

"야! 정혜자 그년 어딨냐니까. 안 들려?"

교씨 부인은 잔뜩 공포 분위기를 만들어내며 그 묵직해 보이는 발을 내 쪽으로 한 걸음 옮겨온다. 고무신 안에는 버선발이 터져나갈 듯 그득히 담겨 있다. 그 발을 보자 나는 이상하게도 그 발과 공통점이라고는 하나도 없는, 빨간 비닐끈으로 엮인 슬리퍼 속에 담겨 있던 혜자 이모의 하얗고 날렵한 발을 연상한다. 내가 교씨 부인의 남편이라고 해도 저렇게 고무신이 터져나갈 듯 그득히 담긴 버선발보다는 빨간 비닐끈으로 엮여 있는 날렵한 발을 선택할 것 같다. 그러나 이 사태는 결코 선택이나 승패의 여지가 있는 싸움이 아니었으며, 혜자 이모에게 유리한 싸움은 더더욱 아니었다. 이것은 일방적인 응징이었다.

오늘의 사태가 싸움이 아니라 응징이라는 것은 때마침 빨래 다라이를 들고 우물가로 나오던 혜자 이모의 얼굴에서 금방 나타났다. 교씨 부인을 본 혜자 이모의 얼굴은 새파랗게 질렸고 이내 종잇장처럼 창백해지더니 가냘픈 어깨를 바들바들 떠는 것이었다. 안 그래도 집안을 다 뒤집어 엎어놓고야 말겠다고 하늘에 대고 한바탕 삿대질을 하고 있던 교씨 부인은 뒤꼍에서 나오다 말고 그 자리에 못박힌 채 바들바들 떨고 있는 혜자 이모를 발견하고 눈이 등잔만해진다.

"이녀언!"

이렇게 외마디소리를 지르면서 마치 먹이를 발견한 매처럼 교씨 부인은 몸매에 비해 엄청나게 날렵한 기세로 혜자 이모를 덮친다. 요란한 소리를 내며 다라이가 혜자 이모 손에서 미끄러졌고 혜자 이모는 그대로 땅바닥에 나동그라진다. 이제 매부인으로 변신한 교씨 부인의 발톱은 겨냥을 할 것도 없이 사정없이 혜자 이모의 얼굴을 할퀸다. 양손으로 머리끄덩이를 잡고 마구 내둘렀으며 한복치마의 벌어진 틈으로 조선무 같은 다리를 뻗는가 했더니 어느새 혜자 이모를 차서 쓰러뜨린다. 입으로는 쉴새없이 욕을 퍼부었는데 과격한 운동을 하느라 숨이 차서 중간에 자꾸 말이 끊기곤 했지만 대충 이런 내용이다.

"이년, 낯바닥 좀 번변하다고 어디서 남의 서방을 호리냐, 이 갈보년, ……하늘 아래 부끄러운 짓을 하고도 탈없이 살 줄 알았더냐…… 이년, 이 똥갈보년아, 조강지처가 이렇게 눈 부릅뜨고 있는데 이년이 통 크게도 어디다 유부남한테 꼬리를 쳐, 응? 이 갈보년아. 전화교환 좋아하시네, 네년 하는 일이 사내 후리는 일이지

이 갈보년아, 교환은 무슨 교환. 여기다 취직은 누가 시켰어, 앙?
말 못해, 이년아, 누구 돈으로 살림났어, 이년아……"

　도토리감나무 옆으로는 담이 있고 그 너머에는 사기그릇을 파
는 영원상회 안집이 있었다. 담이 높아서 평소에는 누가 사는지조
차 잊고 사는데 아마 사다리까지 놓고 구경을 하는지 이 사람 저
사람 얼굴이 번갈아가며 나타났다 사라졌다 한다.

　혜자 이모는 가냘픈 목소리로 "사모님, 그게 아니라……"라고
변명을 해보려 하지만 쉴새없이 쏟아지는 교씨 부인이자 매부인
의 육탄공격을 받아내는 데만도 얼이 빠져서 엉엉 울기만 할 뿐 말
을 잇지 못한다. 이리저리 머리끄덩이를 흔들리고 옷을 쥐어뜯기
며 당하고만 있다.

　그때 뒤꼍에서 현석 오빠가 나와 울면서 소리친다.

　"그 손 놔요, 우리 누나 놓으란 말예요!"

　교씨 부인은 소리나는 쪽으로 고개를 돌려 현석 오빠를 발견하
자 계속 어깨를 들썩이면서 씨근거리는 중에도 눈을 가늘게 뜨고
상당히 겁주는 낮은 목소리로 이렇게 말한다.

　"오호, 네놈 자식이 그 쥐새끼로구나. 네가 왔다갔다 심부름 다
하고 다녔다 이거지. 거지 같은 새끼, 갈보년을 누나라고 잘도 떠들
어봐라. 어림없지, 어림없어. 이까짓 똥갈보 내 손에 죽으나 마나."

　'이까짓'이라는 대목에서 교씨 부인은 입을 앙다물고 혜자 이모
를 더욱 거칠게 발로 내질렀으며 혜자 이모는 '악' 소리를 내고 쓰

러지면서도 현석 오빠에게 한 손을 뻗어 들어가라는 뜻의 손짓을
한다. 혜자 이모의 입술이 터져 피가 흐른다. 산발을 한 채 한 손으
로는 피가 흐르는 입을 막으면서 다른 한 손으로는 동생에게 너라
도 들어가 화를 면하라는 손짓을 하는 혜자 이모의 모습은 처연하
기 짝이 없다.

그러나 뭇사람에게 안타까움을 불러일으킬 혜자 이모의 그런
비극적인 모습이 교씨 부인에게는 더욱 질투심과 투지에 불을 지
를 뿐이다. 자기가 악역을 하고 있는 동안 누군가가 선량한 피해자
의 역할을 너무나 잘해내고 있으면 그것처럼 화나는 일도 없으며
또 그것처럼 자기의 악역을 독려하는 것도 없다. 교씨 부인은 애처
롭게 쓰러져 있는 혜자 이모의 등을 타넘고 이번에는 현석 오빠가
나온 뒷방을 향해 돌진한다. 저렇듯 매부인에서 멧돼지부인으로
변신을 한 교씨 부인이고 보면 이번에는 입 밖으로 튀어나온 송곳
니로 얼마 안 가 뒷방을 쑥밭으로 만들어버리리라는 짐작은 어렵
지 않다.

몇 발짝 뒤따라가서 보니 교씨 부인은 질퍽한 뒷마당에 고무신
자국을 꾹꾹 눌러 남기며 혜자 이모네 방으로 다가가더니 그 흙발
로 부엌문을 걸어찬다. 그리고는 양은솥이며 곤로며 밥그릇이며
얼마 되지 않는 혜자 이모네 살림이 하나씩 밖으로 내던져진다. 그
러는 중에도 욕은 교씨 부인의 입을 떠날 줄을 모른다. 교씨 부인
은 방문도 걸어찬다. 부엌살림처럼 방안에 있는 살림살이도 손에

집히는 대로 모조리 방문 밖을 향해 던져지기 시작한다.

"이것도 다 누구 돈으로 산 거냐, 앙? 누구한테 붙어먹으면서 이런 걸 샀어, 이 회충 버러지 같은 년아……" 하면서 내던진 것은 현석 오빠의 유일한 친구인 트랜지스터이다.

질척한 땅에 엎어진 누나를 부축하여 일으키고 있던 현석 오빠는 마룻바닥을 한 번 찍고 자기 앞으로 튕겨져나오는 트랜지스터를 보았다. 열다섯 살 소년인 현석 오빠는 키도 제법 컸고 뼈도 굵직했다. 아무리 교씨 부인이 거품을 물고 매부인에서 멧돼지부인으로 여러 가지 변신술을 쓰고 있지만 싸우려고만 들면 적수가 되지 말란 법도 없다. 현석 오빠는 주먹을 부르르 쥐면서 교씨 부인 쪽으로 덤벼들려고 한다. 그러나 누나가 하도 섧게 울면서 팔을 붙잡는 통에, 더욱이 자기를 붙잡는 누나의 팔에 기운이라고는 하나도 남아 있지 않았던 탓에 그냥 "누나!" 하고 부르며 와락 껴안고 울어버릴 수밖에 없었다. 작년에 〈미워도 다시 한번〉이란 영화를 봤는데 문정숙에게 구박을 당하고 문희와 김정훈이 서로 껴안고 우는 장면도 이렇게 슬프지는 않았다.

이 모든 장면을 낱낱이 본 것은 다행히 우리집에서 나 혼자뿐이다. 나는 혜자 이모 남매가 이렇게 비참하게 당하는 꼴을 누구에게도 보이고 싶지 않았다. 더욱이 내가 눈물을 흘리는 장면까지 들어 있다는 것만 해도 오늘의 이 한국영화는 공개할 만한 필름이 못 되었다.

한바탕 난리를 치고 나서 교씨 부인은 다시 혜자 이모에게 다가
간다.

"이년아, 오늘은 이 정도로 그치지만, 그래도 정신 안 차리면 다
음번에는 내 손에 죽을 줄 알아?"

라고 으름장을 놓으며 이제는 거북부인이 되어 솥뚜껑 같은 손
으로 혜자 이모의 가슴팍을 몇 번 툭툭 치는데 완전히 진이 빠진
혜자 이모는 그렇게 건드리기만 해도 짚인형처럼 고개가 푹 꺾였
다 세워졌다 하는 것이었다. 교씨 부인은 찬바람이 나도록 쌩하게
치맛말기를 말아쥐고 대문간으로 가는데 시앗을 반 죽여놓고 돌
아가는 큰마누라답지 않게 웬일인지 오른손으로 치마를 잡고 있
다. 할머니 말로는 치맛말기를 왼손으로 잡아야 양반댁이고 오른
손으로 잡는 것은 기생들이라고 하던데 말이다. 어쨌든 교씨 부인
은 그렇게 갔다.

한참 동안 혜자 이모는 진흙땅 위에 무릎을 꺾고 엎어져 소리
죽여 운다. "현석아" 하면서 현석 오빠의 어깨를 끌어다 함께 우
는데 솥단지며 곤로며 화장품이 어지럽게 널려진 진흙땅에 엎어
져 우는 그들의 모습은 비참하기는 하지만 한편 상처입은 영혼들
처럼 순결해 보이는 겸도 있나. 교씨 부인이 그렇게 목청껏 갈보와
회충에 빗대고 갔음에도 불구하고 혜자 이모는 진흙 속에 핀 연꽃
아니면 눈밭에 넘어진 사슴처럼 순결한 존재로 보인다.

불현듯 내 머릿속에는 우물가에서 이따금 '양갈보'라는 호칭으

로 입에 오르내리는 영숙 이모가 떠오른다. 그러나 똥갈보니 양갈보니 그런 말로 불려도 혜자 이모나 영숙 이모가 더러운 존재라는 생각은 들지 않는다. 아무리 그런 말을 듣는다 해도 혜자 이모나 영숙 이모가 상처입은 순결한 영혼처럼 느껴지기는 마찬가지이다.

광진테라 아줌마는 전에 없이 낮잠이 많아졌다고 한다. 어찌된 일인지 둘째 입덧이 재성이 때보다 훨씬 심하다고 하면서 낮에는 누가 업어가도 모르게 잠이 쏟아진다는 것이었다. 그런 아줌마도 대문 소리가 어찌나 요란하게 나는지 그 소리에 낮잠을 깼는데, 그 소리는 들어오는 소리가 아니라 교씨 부인이 오른손으로 치마를 말아쥐고 나가는 소리였다.

아줌마는 찌뿌드드한 몸을 일으켜서 방문을 열고 대문 쪽을 내다보았다. 대문은 교씨 부인이 나간 여진이 남아서 앞뒤로 조금 흔들릴 뿐 누가 왔다 갔는지 알 수는 없었다. 신발을 꿰고 우물가로 나와본 아줌마는 거기에서 진흙이 뭉개진 고무신 자국을 보았다. 무슨 일인가 싶어 뒤꼍으로 돌아가보고는 마음씨 착한데다 임신중이기까지 한 아줌마는 악 소리가 나도록 놀라고 말았다.

아줌마의 도움으로 혜자 이모는 부엌과 안방을 대충 정리했다. 혜자 이모는 아침까지도 멀쩡했던, 다리가 부러진 탁상시계를 보고 시간을 가늠해본다. 혜자 이모가 비통한 마음으로 집안 정리를 서두른 것은 그리고 다리가 부러진 탁상시계를 몇 번이나 쳐다본 것은 그날도 밤근무가 있었기 때문이다.

아줌마는 아무 말도 묻지 않는다. 그냥 "살림도 얼마 안 되는구먼 뭘" 하면서 자기가 대충 정리를 해줄 테니까 들어가 누워 있으라고 말한다. 혜자 이모에게 오늘이 밤근무 날이라 곧 나가봐야 하며 갑자기 순서를 바꿀 수도 없기 때문에 빠져서는 안 된다는 말을 듣고 아줌마는 그 몸을 해갖고 어떻게 나가겠으며 나가봤자 일인들 제대로 하겠냐고 인정 어린 말을 했을 뿐 아니라 정 나가려면 밥이라도 먹고 나가봐야 기운을 좀 차릴 게 아니냐고. 그런데 지금 이 부엌은 밥 지을 부엌이 아니라면서 급한 걸음으로 자기네 부엌으로 가더니 조촐한 밥상을 차려온다. 혜자 이모는 밥상 앞에서 흐느껴 울기만 한다. 아줌마는 안타깝게 혀를 차며 밥상을 도로 가져가야 했다.

저녁 무렵 집에 돌아온 할머니는 혜자 이모가 나가는 것을 보고는 밤근무가 있는 날인가보다 하고 여긴다. 두 눈이 다 덮이도록 앞머리를 길게 늘어뜨린데다 얼굴도 제대로 안 돌리고 인사를 하고 나가기에 조금 의아한 생각은 들었지만 그다지 신경쓸 일은 아니었다. 혜자 이모가 대문을 나서는 걸 확인하고 난 광진테라 아줌마가 부엌으로 들어와 집안어른인 할머니에게 낮에 있었던 일을 낱낱이 전해주기까지 할머니는 혜자 이모가 그렇게 불행한 일을 당했다는 걸 알 턱이 없었다.

아줌마의 얘기를 듣고 물론 할머니는 혜자 이모를 동정한다. 그렇게 곱고 착한 아가씨한테 그런 복잡한 사연이 있었다며 혜자 이모의 딱한 운명에 대해 한참 동안이나 혀를 끌끌 차며 불쌍해한다. 자기가 첫눈에 관상을 보고 그런 짐작이 있었다는 말은 꺼내지도 않는다. 그러나 나는 할머니가 그 남매를 머지않아 내보내리라는 것을 알 수 있다.

누나가 밤근무일 때면 마루에 나와 앉아 있곤 하던 현석 오빠가 오늘은 마루에 나오지 않았을 뿐 아니라 쥐죽은듯 소리조차 없다. 할머니는 혜자 이모도 안쓰럽지만 죄 없이 무슨 봉변이냐며 현석 오빠를 더 애처로워한다. 저녁밥상을 물리고 나서 할머니는 내게 센베 과자가 든 소반을 들려주며 말동무 좀 해주고 오라고 시킨다. 아무래도 그들 남매를 내보내야겠다는 생각에 할머니는 더 그들이 불쌍한 모양이다.

현석 오빠 방에는 대나무로 된 긴 의자가 하나 있다. 누울 수도 있는 길이의 긴 의자였는데 현석 오빠가 이따금 감나무 밑의 뒷마당으로 가지고 나오기도 했기 때문에 내게도 낯이 익은 물건이다. 현석 오빠는 방에 불도 켜지 않은 채 그 긴 의자에 비스듬히 누워 있다. 내가 방문을 열고 불러봤지만 몸을 일으키지도 않았으며 나를 반기는 기색도 아니었다.

나는 신발을 벗고 방안으로 들어간다. 이 방에 아무도 살지 않을 때는 간혹 혼자 처박혀 있고 싶을 때 이 방이 나의 은신처가 돼주기도 했으므로 그 방의 전등 스위치가 어디 있는지는 훤히 알고 있다. 나는 스위치 쪽으로 팔을 뻗는다. 그런데 현석 오빠가 낮은 목소리로 이렇게 말하는 것이었다. 불 켜지 마.

저녁이라고는 하지만 방안은 생각처럼 어둡지는 않다. 소반을 든 채로 나는 현석 오빠가 누워 있는 대나무의자로 다가간다. 오빠는 눈을 감고 있다. 가까이 다가가서 보았더니 그 예쁘고 긴 속눈썹이 눈물로 촉촉하다. 나는 그 속눈썹에 올올이 달려 있는 눈물을 보자 가슴이 뭉클해진다. 몸을 조금 움직이기만 해도 그의 슬픔에 공감하지 않는 불온한 행동으로 보여질 것 같아서 나는 꼼짝 않고 그대로 선 채 현석 오빠의 얼굴을, 아니 속눈썹을 내려다보고 서 있다.

어둑어둑한 방안에 하얗게 떠오른 현석 오빠의 얼굴은 수려하다. 살아 있는 사람의 얼굴 같지 않고 마치 뛰어난 솜씨로 빚어놓은 신성한 석고조각 같다. 검은 속눈썹만이 물에 적신 빗으로 빗어놓은 것처럼 가지런하고 촉촉하여 살아 있는 존재임을 느끼게 할 뿐이다. 아름다운 모습이었다.

그 아름다움에 넋을 잃은 나머지 너무 가까이서 내려다본 탓인지, 그러느라고 내 입김이나 콧김이 현석 오빠를 간지럽게 만든 것인지 그때 현석 오빠가 불현듯 눈을 뜬다. 나는 당황한다. 왜냐하면 그 순간 '바라보는 나'가 알려주기를 지금 누워 있는 현석 오빠의 얼굴에 내 얼굴을 가까이 대고 있는 이 장면이 마치 남녀의 키스 장면 같다고 알려주었기 때문이다. '바라보는 나'는 '보여지는 나'에게 얼른 이 장면을 태연하게 무마하라고 일깨운다. '보여지는 나'는 그러려고 한다. "할머니가 센베 갖다주래" 하면서 소반을 쳐들어 보이거나 "아이, 깜짝이야. 난 또 자는 줄 알았지" 하면서 한 발짝 뒤로 물러나거나 하려고 한다. 그러나 그렇게 할 수가 없었다. 내가 그러기 전에 현석 오빠가 먼저 두 팔을 내 쪽으로 뻗었다. 그 팔이 내 어깨를 잡아당기는 바람에 내 얼굴은 누워 있는 오빠의 얼굴 위로 바싹 다가갔으며, 그리고 입술이 닿았다.

입술이 닿은 것은 한순간이었다. 나는 그때까지도 놀란 눈을 똑바로 뜨고 있었지만 현석 오빠는 눈을 감고 있다. 약간 흥분된 정신을 수습하며 나는 '바라보는 나'에게 이것이 나의 첫 키스인 것이냐고 물어본다. '바라보는 나'도 정리를 하지 못하고 있다. 다만 어서 이 자리를 피해야 한다는 것만 알려준다. 거리를 두고 내 모습을 다시 한번 살펴보니 나는 현석 오빠가 누워 있는 대나무의자 옆에 소반을 든 채로 뻣뻣이 서서 얼굴만을 오빠의 얼굴에 꼭 붙이고 있다.

나는 튕겨지듯 몸을 일으켜서 그 자리를 바로 달려나와버릴 수도 있었다. '보여지는 나'는 내가 그렇게 할 것을 바랐다. 그러나 '바라보는 나'가 그렇게 하면 현석 오빠가 무안할 텐데 가뜩이나 슬픈 일을 겪은 사람에게 할 짓이 아니지 않냐며 조금 자연스럽게 자리를 모면하라고 충고한다. 아무 일도 없었던 듯 시치미를 떼고 되도록 천천히 그 자리를 빠져나오라는 것이다.

내가 놀랄 만큼 침착한 동작으로 소반을 방바닥에 내려놓고(손만은 내 침착성을 완전히 따라올 수 없었는지 몹시 떨렸다) 조용히 방문을 나오려던 순간이었다. 갑자기 등뒤에서 현석 오빠가 아까와 똑같이 침울한 목소리로 다시 한번 입을 열어 이렇게 말한다. 가지 마.

막 문턱을 넘어서려던 내 발은 거기서 그대로 멈춘다. 차마 그대로 문턱을 넘어가버릴 수가 없다. 어떻게 하겠다는 작정은 없지만 현석 오빠를 이대로 두고 갈 수는 없다는 생각에 나는 다시 오빠가 누워 있는 대나무의자 곁으로 돌아와 선다.

가지 말라고 붙잡더니 내가 곁으로 다가갔는데도 현석 오빠는 아무 말이 없다. 그대로 눈을 감고 있을 뿐이다. 나도 아무 말도 하지 않고 그대로 서 있는다. 잠깐 사이인데도 방안은 아까보다 꽤 어두워져 있다.

어둠 속에서 나는 현석 오빠의 얼굴에 손끝을 대본다. 얼굴이 완전히 젖어 있다. 감고 있는 눈 근처도 만져본다. 손가락 끝에 묻어나는 물기에는 아직 온기가 있다. 그 물기를 따라 내려와보니 턱 끝에도 눈물이 매달려 있었으며 입술도 축축하다.

눈물로 뒤덮인 아름다운 얼굴…… 그것은 견딜 수 없는 벅찬 감정을 불러일으켰다. 굳이 이름을 붙이자면 인간에 대한 사랑, 아니 차라리 인간된 슬픔에 대한 공감이라고나 할까. 어쨌거나 그것은 슬픔에 가까운 감정이었다.

'바라보는 나'가 보고 있는데도 불구하고 나는 현석 오빠의 입술에 내 입술을 가만히 갖다댄다. 그러자 내 입술이 오빠의 입술에 닿은 것이 아니라 때마침 눈물이 가득 고인 오빠의 눈시울을 눌렀다는 듯이 곧바로 따뜻한 눈물이 오빠의 뺨을 타고 내려온다. 나는 손바닥으로 그 눈물을 닦아주고는 가만히 그 어두운 방을 나온다.

모퉁이를 돌아 나오니 저만큼 떨어진 환한 불빛 아래 앉아서 이모가 발톱을 깎고 있다. 할머니가 부엌에서 나오다가 밤에 발톱을 깎는다고 야단치는 모습이 보인다. 나는 갑자기 그런 일상적인 것들이 한심하다. 슬픔과 아름다움, 그리고 비밀의 어둠 속을 막 빠져나온 나로서는 딴 세상같이 불을 환하게 켜놓고 사소한 일로 티격태격하고 있는 평화로운 삶들이 시시하기만 하다.

"너 언제 그 방에 갔었니?"

내가 감나무 아래에서 나타나자 이모가 놀라며 묻는다. 그 말을 들은 체 만 체 나는 방안으로 들어가서는 책가방에서 공책과 필통을 꺼낸다. 그리고 숙제를 하기 시작한다.

"진희 왜 저래, 엄마? 혜자 언니네 집에 무슨 일 있었어?"

"무슨 일은, 현석이한테 센베 갖다주고 오는 거다."

"현석이 혼자 있는데 밤에 진희 심부름 보내고 참, 엄마는. 열두 살이라도 진희 쟤 알 것 다 안단 말야."

"진희 걱정할 정신 있으면 네 눈앞이나 걱정해라. 발톱 깎는다고 살점 뜯어내겠다."

"엄마는 진희를 너무 싸고돌아서 큰일이야. 저렇게 얌전해 보이는 애들이 나중에 큰일낸단 말야. 내 친구들 봐도 일찍부터 설치던 애들은 다 중매결혼하고 얌전한 애들이 죄다……"

"시끄럽다! 이모라는 것이 말본새 좀 봐라."

"이모니까 이런 걱정 하지. 남 같으면 걱정을 왜 해."

나는 다섯 줄이나 쓴 사회 숙제를 박박 지워버린다. 허석의 얼굴과 현석 오빠의 얼굴이 머릿속을 헝클어놓는다. 숙제를 마치기 위해서는 먼저 헝클어진 머릿속을 정리해야 했다.

나는 사랑하는 남자를 두고 다른 남자와 첫 키스를 했다. 단지 슬픔을 나눠갖기 위한 의식으로서. 또한 그 경험으로 인해 나는 사랑뿐 아니라 슬픔을 공유하는 데에도 키스가 소용되는 것임도 알게 되었다. 그렇다. 나는 첫경험을 했다. 하지만 '첫'이 뜻하는 형식적 의미에 결코 구속받지는 않을 것이다. 이미 폐기처분된 체액을 썼다는 점에서 '첫경험'은 코 푼 휴지와도 비슷한 점이 있다. 내 첫 키스의 기억은 코 푼 휴지처럼 아무데나 버려질 것이다.

이렇게 해서 나의 첫 키스는 슬픔에 잠긴 자를 위로하기 위한 제단에 바쳐졌다. 나는 내가 '첫경험'이라는 금기의 굴레에서 벗어났다고 믿는다. 그러므로 다시 사회 숙제에 몰두하기 시작했고 쉽게 그것을 마쳤으며 비교적 가벼운 기분으로 잠자리에 든다.

어둠 속에서 나는 입술에 기민히 손가락을 대본다. 거기에는 아무 기억도 흔적도 남아 있지 않다.

첫 키스를 슬픔의 제단에 바친 뒤 내가 겪어야 했던 후유증이라면 아주 약간의 후회였다. 현석 오빠의 기대감이 깃든 어색한 태도가 여간 거북하지 않았던 것이다. 현석 오빠는 여전히 조용했지만 나와 마주치면 전에 없이 미소를 보냈다. 또 우물가에서나 뒷마루에서나 마주치는 일이 부쩍 잦은 것도 단순한 우연은 아닌 것 같았다. '첫'이라는 것의 처녀성에 속박당하지 않으려는 나에게는 현석 오빠의 그런 태도가 조금은 유치했다.

삼촌의 다락에서 읽었던 소설 중에 산에서 만난 남녀의 이야기가 있었다. 나는 현석 오빠에게 그 얘기라도 들려주어야 하는 게 아닌가 싶기도 했다.

산에서 조난을 당한 여자를 남자가 구했다. 이미 날이 어두워져서 그들은 그날 산을 내려갈 수가 없었다. 서로 사랑에 빠졌기 때문에 설령 대낮이라고 하더라도 어차피 그들은 그대로 산에서 함께 밤을 보냈을 것이다. 산속에서의 하룻밤은 꿈같이 아름다운 사랑을 이뤄놓기에 충분했다.

다음날 남자는 여자에게 주소를 물었다. 그러나 여자는 우리의 사랑은 여기서 끝나야 한다고, 이것으로 이미 완성돼버린 것이라고 말하면서 운다.

나는 그 여자의 심정을 충분히 이해할 수 있다. 그러나 현석 오빠는 결코 이해할 수 없을 것이다. 여자의 어깨를 흔들어대며 그럴 수는 없다고, 어서 주소를 말하라고 다그치는 소설 속의 남자처럼 그럴 기회만 주어진다면 내게 이렇게 다그칠 것이다. 우리는 특별한 관계야, 네가 그렇게 무심할 수는 없어, 라고.

다행히 현석 오빠는 이방인으로서의 세월을 사는 동안 빨리 체념하는 법을 배웠고 이해할 수 없는 일을 가슴에 묻어버리는 법, 남의 사랑을 믿지도 바라지도 않는 법 따위를 알고 있었다. 얼마 지나지 않아 일부러 뒷마루에 나와 있지도 않고 세수를 다 한 다음에도 나와 눈이 마주치기를 기다리느라 도토리감나무 밑에 서 있는 일도 하지 않았다. 대신 눈빛이 더욱 우울해졌는데 그 예쁜 얼굴에 그늘이 드리운 것은 나로서도 바라지 않는 일이라서 나는 속으로 극기훈련치고 어렵지 않은 것이 없다고 탄식하곤 했다.

사실 나는 현석 오빠에게 속마음보다 훨씬 더 냉랭하게 대하고 있다. 첫 키스 후 여자들에게 일어나는 일반적 현상에 저항하기 위해서이다. 얼마나 훌륭하게 '첫경험'의 속박을 벗어났는지 스스로에게 보이고 싶었던 것이다.

나의 극기훈련은 그렇게 오래 끌지 않았다. 현석 오빠와 마주칠 일이 적어졌기 때문이다. 교씨 부인에게 그토록 심한 습격을 당한 뒤 그 몸을 이끌고 밤근무를 했던 혜자 이모는 다음날로 앓아누워서 한동안 자리에서 일어나지 못했다. 나중에 안 일이지만 교환수 일도 그날로 그만두었다고 한다. 사람이 몸만 아프면 쉬 일어나지만 마음까지 아프면 병이 깊어시는 거라면서 할머니는 혜자 이모가 쉽게 못 일어날 것임을 미리 알아맞혔다.

하루종일 누나 곁에 붙어서 수발을 드느라고 현석 오빠는 거의 방밖으로 나오지 않았다. 그들 남매는 있는지 없는지 기척도 없이 그렇게 습기찬 뒷방에 한동안 처박혀 있더니 혜자 이모의 몸이 좀 좋아지는 듯싶자 할머니에게 와서 다음주쯤 떠나겠다고 말했다.

할머니는 대놓고 나가라고 말하기가 야박해서 속으로만 내보낼 궁리를 하고 있던 차에 혜자 이모가 스스로 알아서 떠나겠다고 하니 속마음을 들킨 것 같아 미안하기도 하고 또 그런 나머지 혜자 이모네가 더욱 딱하게 여겨지는 모양이었다.

"갈 데는 정했고?"

할머니가 묻자 혜자 이모는 힘없이 웃는다. 그러고는 짐짓 의연하게 대답한다.

"어차피 객지생활인데 어디 가면 못 살겠어요?"

하지만 혜자 이모의 얼굴은 금세 흐려지고 만다.

"그래도 여기 오면 현석이 학교는 보낼 수 있을 줄 알았는데……" 하면서 울음을 못 새어나오게 하려고 입술을 꽉 깨문다.

할머니는 안타깝고 불쌍한 마음에 그만 "그러게 어쩌다……" 하고 유부남과의 잘못된 인연에 대해 말문을 열었지만 이러는 게 아니다 싶어서 그냥 입을 다물었고 혜자 이모는 할머니가 하려다 만 말이 무엇인지 다 짐작한다는 듯이 "다 제가 못나고 팔자가 드세서 그렇죠. 누굴 원망하겠어요"라고 대답을 해준다. 그러고는 다시 한번 "다들 저한테 잘해주셨는데 소란만 피우고, 죄송해요"라고 말끝을 흐리더니 할머니가 아무 말 못하고 어깨만 두어 번 토닥이자 몸을 돌려 고개를 푹 숙인 채 부엌을 나가는 것이었다.

"누굴 원망하겠어요"—내 귓가에서는 이 말이 쉽게 떠나지를 않는다. 그 '누구' 중에는 혜자 이모가 사랑한 남자도 있겠고 교씨 부인도 있겠고 자기에게 동생을 맡기고 일찍 죽어버린 부모도 있 겠지만 최종적으로 내가 판단하기로는 혜자 이모가 원망하지 않 는다는, 그렇지만 마음속 깊이에서는 원망하지 않을 수 없는 '누 구'란 바로 세상 전체였다.

혜자 이모네가 떠나던 날은 날씨가 맑았다. 맑게 갠 가을 날씨 였다. 큰길가에 대놓은 트럭의 시동 소리가 요란했다. 아무런 미련 도 없다고 생각했는데 막상 대문을 나서는 현석 오빠의 뒷모습을 보자 내 가슴은 픽 미어졌다. 예쁜 속눈썹과 저 섬세한 입술의 선 을 다시는 볼 수 없으리라고 생각하자 저절로 한숨이 나왔으며 미 소년의 수줍은 미소에 화답하지 않았던 과거지사에 대해서 얼마 간 아쉬운 마음도 들었다.

완전히 헤어진다는 것은 함께했던 지난 시간을 정지시킨다. 추 억을 그 상태로 온전히 보전하는 것이다. 이후로는 다시 만날 일이 없기 때문에 새로운 시간에 의해 지나간 시간의 기억이 변형될 염 려도 없다. 그러므로 완전한 헤어짐이야말로 추억을 완성시켜준 다. 현석 오빠와 완전히 헤어짐으로써 내 첫 키스라는 추억의 박제 는 완성되었다.

혜자 이모네를 실은 트럭이 시야에서 사라져버린 뒤 나는 추억 의 자리를 찾아서 뒷방으로 가본다. 혜자 이모의 깔끔한 성미대로 마루며 부엌까지 깨끗하게 치워져 있다. 그런데 방안을 둘러보니 한구석에 대나무의자가 눈에 띈다. 왜 이 의자를 두고 갔을까. 나와의 추억을 이 방에 다 두고 가겠다는 현석 오빠의 의사표현이었을까.

나는 잠시 대나무의자를 멍청히 쳐다본다. 이 의자에는 혜자 이모네 다른 살림살이에 어울리지 않는 호사스러움이 있었다. 아마 혜자 이모는 새로 시작하는 또다른 객지생활이 더 고달플 것을 알았기에 그곳에서 이 의자가 거추장스러울 것도 알았을 것이다. 그래서 이곳에 버리고 간 것이다. 또는 이 대나무의자가 현석 오빠 아닌, 의자의 원래 주인이었던 혜자 이모의 추억을 담고 있는지도 모른다. 새로 시작할 삶에 거추장스러운 추억을 끌고 가지 않겠다는 의지의 표현으로서 혜자 이모는 이 추억의 상징물을 버려두고 갔는지도 모를 일이다. 의자를 장만해준 사람과의 추억을 박제로 만들어버리겠다는, 모진 결심을 품고.

가을 한낮 빈집에서 일어나기 좋은 일

혜자 이모가 버리고 간 추억의 상징물은 장군이 엄마의 차지가 되었다. 장군이 엄마는 자기네 마루에 그 의자를 내다놓고 주로 장군이로 하여금 이용하게 했다. 장군이는 그 의자의 등받이 쪽을 비스듬히 눕혀놓고 기대 있곤 했다. 그리하여 우리집 식구는 누구든지 변소에 갔다 오거나 대문에 들어설 때면 자기 집 마루의 높직한 대나무의자 위에 비스듬히 누워 있는 장군이의 바보 같은 모습을 보지 않으려야 않을 수 없게 되었다.

물건이란 것이 때로 물건 주인의 이미지를 고스란히 간직하고 있는 경우도 있다. 가게에서 깃 사온 물선이면 그렇지 않을 텐데 주인이 있던 물건은 그 주인을 연상시키게 마련이다. 현석 오빠의 대나무의자도 보는 사람으로 하여금 원래 주인을 연상시키는 잔영을 담고 있었다.

장군이 엄마도 처음에는 그 잔영에서 자유롭지 못했다. 대나무
의자 위에 누워 있는 장군이를 한참 동안 물끄러미 쳐다보고 있더
니 갑자기 밑도 끝도 없이 "현석이 개가 인물 하나는 훤했어" 하
고 혼잣말을 중얼거림으로써 그 의자에 앉아 있던 현석 오빠를 볼
때와 지금 장군이를 볼 때 어딘지 그림이 맞아떨어지지 않음을 시
인했던 것이다. 그러나 장군이 엄마는 장군의 어머니가 아니던가.
자기 아들의 신화가 애초부터 미소년이 아닌 장군이었다는 데에
생각이 미치자 다음 순간 장군이 엄마는 미소년과 관련된 의자의
이미지를 재빨리 장군만이 오를 수 있는 보좌의 이미지로 바꾸었
다. 장군이 엄마의 입에서 곧바로 이런 말이 튀어나왔다.

"우리 장군이, 그렇게 높이 앉아 있으니 진짜 장군 같다, 응?"

장군이 엄마의 눈에는 장군이의 모습이 위엄 있어 보이는지 몰
라도 내가 그 모습에서 연상할 수 있는 군인의 모습이란 고작해야
읍내의 재향군인회관 앞에서 이따금 마주치는 휠체어의 상이군인
이상은 아니었다.

어쨌든 그 이후 장군이는 틈 있는 대로 그 높직한 보좌에 올라
우물을 중심으로 한 집안의 움직임을 감시하면서 만화책을 보기
도 하고 라디오를 듣기도 했다. 얼마 안 가서 장군이는 그 일에 진
력을 냈다. 천하에 둘도 없는 효자이므로 장군직에서 사직을 할 수
도 없는 장군이는 언젠가는 나에게 그런 감시역이 얼마나 힘든지
를 털어놓으면서 차라리 대나무의자가 불타 없어져버렸으면 좋겠

다고 호소하기도 했다. 그러면서도 자기 엄마가 부엌에서 "장군이 뭐하냐? 석유배달 아직 안 오냐?" 하고 소리치는 것이 들리면 황망히 자기의 보좌로 올라가며 "응, 보고 있어 지금"이라고 보고를 하는 것이었다.

지난번에 찾아왔던 유지공장 간부가 또 할머니를 찾아온 것은 며칠 전 저녁 무렵이었다. 그 아저씨도 장군이의 레이더를 통과해야 했던 것이 장군이의 "진희 할머니! 어떤 아저씨가 와요" 하는 소리를 듣고서 할머니가 부엌에서 나왔기 때문이다.

아저씨를 보자마자 할머니는 딱 잘라 말을 했다.

"그 밭은 땅심이 좋아서 절대 안 판다는데도 자꾸 헛걸음하시네."

그런데도 아저씨가 기어이 마루 끝에 엉덩이를 내려놓는 것을 보자 할머니의 목소리가 조금 높아졌다.

"그리고, 바른말로 해서 말이지, 소채가 나던 내 밭에서 비누 짜내는 꼴 나는 못 보요. 날이면 날마다 땅귀신 같은 시커먼 공장에서 날아오는 시커먼 연기 받아먹으면서 밭 매는 것만도 속 뒤집어지니까 그리 아시우."

"아따, 아주머니도. 오늘은 나른 일로 왔으니 너무 박대 마십시오."

공장에 대한 적대감을 드러낸 뒤 할머니는 괜히 쓸데없는 말까지 했다 싶어서 굳게 입을 다무는데, 아저씨가 복음을 전하는 전도 사처럼 짐짓 쾌활한 목소리로 말한다.

"전에 이 집 아가씨가 취직한다고 하잖았어요? 우리 공장에 사무 보는 여직원 하나가 필요한데……"

아저씨의 말이 끝나기도 전에 방문이 와락 열리고 그 안에서 이모의 얼굴이 불쑥 내밀어졌다.

"아저씨, 저 취직시켜주려고 오신 거예요?"

그 말의 대답을 기다릴 틈도 없이 방에서 급히 나오는 이모가 너무 서두른다 싶었다. 그러더니 다음 순간 기어코는 문턱에 새끼발가락을 찧어서 "아이쿠" 소리를 내며 발을 싸쥐었다. 잔뜩 찡그린 얼굴로 몇 걸음 절뚝거리며 다가와 아저씨 앞에 앉는 이모는 그러면서도 할머니를 한번 힐끗 쳐다보는 것만은 잊지 않는다. 남 앞이라서 혀를 속으로 차는지 할머니는 입만 벌렸을 뿐 아무 소리도 내지 않고 있었다. 이모의 취직도 썩 내키지 않거니와 이 아저씨의 속셈이 뭔지도 따져봐야 하기 때문에 냉큼 결정할 일이 아닌데도 허둥지둥 덤벼대는 이모가 불안하기만 한 눈치였다.

"부족한 아이 취직자리까지 알아보시고…… 큰 수고를 끼쳤구먼요. 잘 상의를 해보지요."

할머니가 처음보다 훨씬 풀어진 태도로 말하자 마루에서 엉덩이를 들며 아저씨가 지나가는 말처럼 덧붙인다.

"그리고 그 땅 문제도 잘 생각해보세요. 모르셔서 그렇지 공장이 꼭 나쁜 것은 아닙니다. 농촌도 이제 발전을 해야죠. 또 이 집

아가씨 같은 처녀들 취직자리도 생기잖습니까."

아저씨가 대문 밖으로 사라지자마자 이모는 눈을 치켜뜨며 볼멘소리를 했다.

"엄마가 뭐래도 난 취직하고 말 거야."

"취직이고 뭐고 사람이 나잇값을 해야지. 원 창피스러워서……"

공장이 밭보다 쓸모가 있다는 뜻으로 던진 아저씨의 마지막 말에 할머니는 더욱 마음이 언짢다.

"내가 어쨌다고 그래?"

"다 큰 계집애가 남한테 속창자까지 다 뒤집어 보여주는 것도 유분수지 너는 왜 그렇게 앞뒤가 없냐?"

"엄마한테 손 내밀지 않고 내 손으로 벌어 쓰겠다는데도 야단이야. 취직 못하게 하려면 엄마가 돈을 많이 주든지. 돈도 안 주면서 취직도 못하게 하면 나보고 어쩌라는 거야."

이모의 목소리가 높아지자 할머니는 일단 이모를 달랬다.

"누가 못하게 한다고 그래."

"그럼 왜 상의를 하겠다 어쩌겠다 하면서 자꾸 미루는 거야?"

"네 오빠하고도 편지로 상의를 해봐야지 이런 일이 어디 우리끼리 함부로 결정힐 일이냐?"

할머니는 이모의 취직을 저지하는 악역을 삼촌에게 떠맡겨버릴 속셈인 듯했다.

삼촌에게 상의를 한다면 물어보나 마나 결과는 뻔했다. 씩씩거리던 이모는 삼촌과 상의한다는 말이 의미하는 바를 충분히 알기 때문에 금방 전의를 상실하고 울상을 지었다. 모르는 척 부엌으로 들어가버린 할머니 대신에 나를 쳐다보면서 이모가 내뱉는 말은 분명 나한테 하는 말은 아니었다.

"빨리 시집이나 가버려야지. 우리집 식구들은 다 나 잘되는 꼴을 못 봐."

그러나 이모의 화는 오래지 않아 가라앉았다.

곰곰이 생각해보니 취직을 하면 집에서 노는 것처럼 편할 수는 없는 노릇이었다. 직장에 얽매이다보면 지금처럼 자유롭게 이형렬의 면회를 다닐 수도 없을 것이고 또 아무리 사무를 보는 일이라고는 하지만 이형렬에게 공장에 다닌다는 말을 쉽게 입 밖에 낼 수 있을 것 같지 않았다. 차라리 지금처럼 현모양처가 되기 위해 가사를 돕고 있다는 것이 듣기에는 훨씬 부드러웠다. 자기 잘되는 꼴을 도무지 두고보지 못하는 식구들을 잠깐 동안 원망했지만 이모는 이런저런 생각 끝에 자기가 취직을 그다지 원하지도 않았다는 사실을 깨달았다.

혼잣말을 중얼거림으로써 이모는 자신에게 그 사실을 확인시켰다.

"형렬씨한테 자주 가기 위해 취직도 안 하는 거야. 형렬씨한테 잘 보이려고 공장에도 안 다니고…… 뭐든지 형렬씨를 위해서 결정을 내리게 되니 내 인생은 완전히 형렬씨 거야."

이모는 거기에서 갑자기 말을 끊고 방안으로 들어가더니 급히 종이 위에 뭘 끼적였다. 아마 금방 자기가 뱉은 말이 마음에 들어서 잊어버리기 전에 적어두었다가 편지에 쓰려고 그러는 듯했다.

이모의 취직자리는 경자 이모에게 이양되었다. 그 취직자리가 밭을 팔라는 간접적인 회유일 거라는 할머니의 우려는 지나친 것이었던지 경자 이모가 이모의 자리에 대신 들어가는 일은 쉽게 이루어졌다. 이모는 경자 이모가 첫 월급을 타면 반은 자기 것이라는 둥 함께 이형렬을 만나러 가서 그 돈으로 불고기파티를 열자는 둥 호들갑을 떨며 자기 일처럼 기뻐했다.

"영옥이 넌 어쩜 그렇게 네 생각만 하니? 첫 월급은 원래 부모님 거란 말도 못 들었어? 월급 타면 너희 어머니 내복부터 먼저 사다드릴 거야."

경자 이모의 말을 듣자 이모는 의외로 시무룩해졌다.

"하기야, 우리 엄마도 안되셨어. 홀몸으로 자식을 셋이나 키워놨어도 아직 일에서 못 벗어나는 걸 보면 참 자식복도 없으셔."

"웬일로 제법 철든 소리를 다 하고? 그러는 네가 좀 잘해드리지?"

"그러려고 하는데 경자 네가 내 취직자리 뺏어갔잖아."

이모의 얼굴에는 다시 천진난만한 전영옥의 표정이 되살아난다.

"내가 뺏은 거니? 네가 싫어서 나한테 던진 거지."

"무슨 소리야. 뺏어간 거란 말야. 넌 옛날부터 내 것 다 뺏어갔잖아. 책상보 수놓은 것도 뺏어가고 책갈피에서 네잎클로버도 뺏어가고, 기집애, 다음번에는 또 뭐 뺏어갈래?"

"참 내, 쩨쩨하게 별걸 다 기억하고 있다. 다음번에는 뭐 뺏어갈 거냐고? 애인 뺏어갈란다, 애인! 어때, 약오르지?"

"너 그럼 내가 가만있을 줄 알아? 머리 풀고 입에 칼 물고 네 꿈에 나타날 건데?"

"그럼 나는 불귀신이 돼서 막지. 지난번 우리 봤잖아, 〈봉신방〉. 거기서 불귀신 봐. 얼마나 무시무시하디?"

마루에 앉아서 다듬으라는 콩나물은 신문지 위에 그대로 펴놓고 경자 이모와 이모는 새살만 까고 있다가 부엌 쪽에서 할머니의 발소리가 들리자 얼른 콩나물 몇 뿌리를 집어들었다. 그런데 이모는 딴생각을 하느라고, 다듬은 콩나물은 다 신문지에 버리고 거꾸로 콩깍지와 뿌리만 쟁반에 담고 있었다.

할머니는 머릿수건을 벗어서 마루 끝에다 대고 몇 번 탈탈 턴 다음 다시 머리에 둘러쓰고는 지나가는 소리로 말씀하셨다.

"다 큰 것들이 무슨 귀신 얘기냐. 귀신은 귀신 얘기 하는 곳에만 찾아다니는 거여."

할머니의 나직한 목소리에 이모는 갑자기 등뒤가 오싹한지 자기 뒤를 힐끗 보았다.

"엄마는 꼭 저래. 하나도 안 무서웠는데 저런 말을 해서 꼭 무섭게 만들더라."

그러면서도 무서운 얘기가 재미가 있긴 한지 할머니가 다시 부엌으로 들어가자마자 지난번 곰치고개에 나타났다는 처녀귀신 이야기로 입에 거품을 물었다. 그러나 이모가 귀신 이야기를 길게 늘어놓는 동안 경자 이모는 추임새를 겸한 감탄사 한마디 안 던지고 조용하기만 했다. 한쪽에서 한마디하면 다른 쪽에서 맞장구를 치느라고 언제나 아무 내용 없이도 대화가 끊이지 않고 이어지던 그들의 수다에 익숙해진 나는 뭔가 이상하다고 느껴서 경자 이모의 얼굴을 넌지시 쳐다보았다. 경자 이모는 이모의 귀신 얘기를 전혀 듣지 않는 것 같았다.

내 짐작이 틀리지 않았다. 경자 이모는 이모를 힐끗 보더니 속마음을 떠보는 듯한 시선으로 말을 던졌는데 귀신 얘기와는 전혀 관계없는 이야기였다.

"영옥이 너, 내가 진짜로 애인 뺏어가면 어쩔래."

귀신 이야기에 열중했던 이모는 무슨 엉뚱한 얘기냐는 표정으로 경자 이모를 보다가 조금 전에 그런 얘기를 했었지 싶어서 '아하' 하고 고개를 끄덕였다. 그러나 다음 순간 어쩐지 경자 이모의 말이 농담만은 아닌 것 같아서 표정이 심각해졌다.

"니 혹시……"

이모의 표정이 딱할 정도로 심하게 일그러지는 걸 보고 경자 이모는 짐짓 다정하게 이모에게 눈을 흘겼다.

"어이구, 저 눈 좀 봐. 뺏어가는 건 그만두고 쳐다만 봐도 산발하고 칼 물고 나타나겠네, 걱정 마, 한번 해본 얘기니까. 네 애인은 두름으로 갖다줘도 안 가진다, 안 가져. 내가 그까짓 헌 물건을 뭣 땜에 탐내니?"

몇 번 눈을 깜빡거리며 경자 이모를 빤히 쳐다보던 이모는 한참 만에야 표정을 풀었다. 이모를 안심시키겠다는 것인지 경자 이모가 마지막으로 이런 말을 덧붙였다.

"내가 꼬셔봤자 철통같은 이형렬 상병 일편단심이 무너지기나 하겠어?"

내 귀에는 이 말이 겉으로는 장난기가 짙어도 속으로 한숨이 조금 섞인 듯이 들렸다. 그렇건만 이모는 영원한 우정을 맹세한 친구와 영원한 사랑을 맹세한 애인 둘 다를 잠깐이나마 의심했던 자기의 옹졸함을 사과하는 뜻에서 하나도 우습지 않은 경자 이모의 그말에 배를 움켜쥐고 뒹굴었다.

이모들이 다 다듬은 콩나물 쟁반을 내가 부엌으로 갖다주자 할머니는 할머니대로 잔뜩 못마땅한 얼굴이었다. 콩나물을 함지에 담고 그 위에 물을 부으면서 푸념을 길게 늘어놓았다.

"허구한 날 편지를 써도 이 뭐시기한테이고, 걱정을 해도 이 뭐시기뿐이지 어떻게 된 애가 지 오래비는 챙길 줄 몰라. 추석이 낼모렌데 명절 닥치면 군대에서 오죽이나 집 생각이 더 나겠어. 오래비 면회나 한번 갔다 오면 좋을 테지만, 오살년. 추석 다가온다니까 하는 말이 여화 아줌마 대목장사하러 내려올 때 옷이나 사달라고 하고, 원. 오래비가 올여름 뙤약볕에 얼마나 고생했을까 그 생각을 하면 웃 사달란 말이 입에서 나오나? 피붙이라고는 저희들 남매뿐인데 지 오래비 생각은 뒷전이고 허구한 날 그놈의 이 뭐시기인지 저 뭐시기인지, 쓸개고 간이고 다 내주고, 썩을 년…… 저년 낳고 내가 시어머니한테 미역국 얻어먹은 생각하면 저승에다 낯바닥 들이밀 걱정에 억장이 무너진다니까."

장군이 엄마가 부엌으로 들어오는 걸 보고 할머니는 얼른 입을 다물었다. 장군이 엄마는 저녁 반찬에 대해서 아무 내용도 없는 말을 몇 마디 붙여보더니 비로소 자기의 용건을 꺼냈다. 혜자 이모네가 살던 뒷방에 다시 사람을 들일 건지 물어보는 것이었다. 글쎄, 하며 할머니가 내키지 않는다는 듯이 대꾸를 하자 장군이 엄마는 앉은걸음으로 한 발 바짝 다가앉으며 눈을 빛냈다.

"그럼, 그 방 내가 좀 써도 될까요?"

"어차피 빈방이긴 하지만…… 갑자기 방은 왜?"

"아니 최선생이 자꾸 불편하다네요. 이선생이 좀 괴팍한 데가 있잖아요. 같이 방 쓰기 싫어서 하숙 옮겨야겠다고 노래를 부르더니, 나는 그 방 비었다는 거 생각도 못하고 있었는데 자기가 먼저 진희 할머니한테 그 방 쓸 수 있나 좀 물어보라잖아요."

뻔한 거짓말이었다. 최선생님 핑계를 대서 공짜로 하숙방을 늘리려는 속셈이 틀림없었다. 그 속셈을 할머니라고 모를 리 없지만 거절할 수도 없었다. 이런 경우는 달라고 하는 사람이 잘못인 것이, 있는 줄 알고 달라고 하는데 안 주기란 어렵기 때문이었다. 장군이 엄마는 자기가 받아낸 반승낙을 온승낙으로 만들기 위해 온 집안이 다 들리도록 크게 혼잣말을 했다.

"그럼 나는 뒤꼍에 가서 방 한번 둘러보고 청소나 해놔야겠네. 도배도 하게 생겼으면 새로 하고."

말 떨어진 지가 언제라고 벌써 방 주인 행세를 하려 드는지, 장군이 엄마의 뻔뻔스러움은 정도 이상이었다. 할 수 없이 어정쩡하게 반승낙을 하긴 했지만 할머니는 영 마음이 개운하지 않은 듯했다. 뭔가를 한참 생각하더니 갑자기 "진희야, 최선생이 '딴스'도 추냐?" 하고 묻는 것이었다.

할머니는 작년에 우리 읍내에서 춤바람 때문에 일어났던 한바탕의 소란이 생각나는 모양이었다. 그때 봉희네 집에서 한복을 차려입은 동네 아줌마들이 얼굴을 가리고 줄줄이 떠밀려나오던 장면은 지금 생각해도 볼 만한 구경거리였다. 카바레 같은 게 있을 리 없는 시골이라서 춤바람이라고 해봤자 대낮에 가정집 안방에 대형 전축을 들여놓고 남자 몇이 수많은 아줌마들을 상대로 돌아가며 맞붙들고 춤을 가르쳐주는 교습 겸 여흥이었다. 조명이나 술도 없었다. 그러나 퇴폐 풍조를 일소하겠다는 시대적 소명에 불탄 나머지 유원지에서 어깨춤을 추는 것까지 단속을 하던 시절이기 때문에 이 사건은 퇴폐향락 풍조의 본보기로 처벌을 받았다. 아줌마들이 경찰 백차에 단체로 실려갔다가 저녁 무렵에 집으로 돌려보내졌을 뿐이지만 우리 읍내에서는 그것이 엄청난 추문이었고 한동안 그 아줌마들은 '자유부인'이라고 손가락질받을까 무서워서 바깥출입조차 하지 못했다.

그런데 올여름 읍내에서 가까운 해수욕장에서 개장 쇼가 열렸는데, 작년에 경찰 백차로 실려갔던 아줌마 중 누군가가 무대에 나와서 지르박을 추더라는 소문이 있었다. 할머니는 그 소문을 장군이 엄마에게 전해들었으며 장군이 엄마가 "춤꾼들은 놀아도 꼭 저희들끼리만 놀더라구요. 이런 사람은 춤바람나고 싶어도 못 난다니까"고 부러운 듯 말했다는 사실을 기억해냈다. 방을 달라는 것이 춤바람 부흥의 전조가 아닌가 싶어서 할머니는 걱정이 되는 것이었다.

할머니의 걱정은 경자 이모의 취직 때처럼 이번에도 기우였다. 다음날로 당장 방을 청소하더니 이틀 후에는 최선생님의 짐을 옮겨가는데 아무리 보아도 전축 따위는 눈에 띄지 않았다.

다음날 아침 장군이 모자는 마루에 나와 앉아 실랑이를 벌이고 있었다. 옆에 물사발이 놓인 것을 보니 또 그 환약 때문인 듯했다. 장군이 엄마는 여름방학이 시작될 무렵 장군이를 중앙극장 옆 최약방에 데리고 갔었다. 최약방 최영감님은 여름이면 밥맛이 없고 땀을 많이 흘린다는 장군이를 진맥하더니 허약체질이라고 약을 두 제는 먹어야 한다고 했다. 장군이 엄마는 그것을 몽땅 환으로 빚어달라고 부탁하여 최영감님을 놀라게 했다. 일이 바빠서 달여

먹일 시간이 없다며 장군이 엄마가 어떻게 좀 안 되겠냐고 간청하
자 그럼 약은 한 제만 달여 먹이고 환약은 따로 좀 지어줄 테니 체
하거나 놀랐을 때 한 주먹씩 먹이라는 것이 최영감님이 내놓은 타
협안이었다. 그 이후 장군이 엄마는 장군이가 얼굴만 좀 찡그려도
까맣고 동글동글한 환약을 꺼내들고 나섰는데 그때마다 그 쓰고
역겨운 냄새 때문에 장군이는 코를 싸쥐는 것이었다.

장군이는 먹지 않겠다고 버텼지만 결국은 서너 알쯤을 삼키고
서야 변소에 가겠다며 그 자리를 모면했다. 나는 장군이가 변소 쪽
으로 사라진 뒤 장군이 엄마가 장군이가 먹다 만 나머지 환약을 종
이에 싸서 도시락과 함께 도시락보 속에 넣는 것을 보았다.

그날 나는 5교시가 끝나고 변소에 다녀온 짝으로부터 장군이에
대한 슬픈 소식 한 가지를 들어야 했다. 그 소식을 듣기까지 나는
장군이의 도시락 속에 든 까맣고 동글동글한 환약에 대해서 깜빡
잊고 있었다. 장군이 또한 어디선가 지독한 환약 냄새가 나는 것
같긴 했지만 자꾸 트림이 올라오고 그럴 때마다 입안에서 약냄새
가 고이는 걸로 보아 다 아침에 삼킨 몇 알의 환약 때문이려니 하
고만 여기고 있었다. 그러나 고약한 환약 냄새는 입속에서 나는 게
아니었다.

점심시간에 도시락보를 풀자 양은도시락 뚜껑 위에 웬 꺼먼 알
갱이들이 흩어져 있는 걸 보고 장군이는 비명을 질렀다. 그것이 쥐
똥인 줄 알았기 때문이었다. 환약을 쌌던 종이가 풀어져버리는 바

람에 도시락보 안에는 꽤 많은 환약이 굴러다니고 있었다. 장군이의 비명을 듣고 기대에 차서 장군이 주위로 몰려든 아이들은 고약한 냄새로써 그 알갱이들이 쥐똥이 아니라 환약이란 걸 알고 약간 실망했다. 그러자 언제나 기발한 생각을 해내서 반 전체를 웃겨주곤 하는 까불이 조성우가 아이들을 실망하도록 내버려두지 않았다. 그애는 이렇게 소리쳤다.

"야! 똥장군 변또 맛있겠다. 염소똥을 싸왔구나 야!"

교실은 일시에 웃음바다가 되었고 장군이의 얼굴이 빨개졌는가 하면 다음 순간 누가 먼저랄 것도 없이 아이들 사이에서는 자연스럽게 이런 노래가 울려퍼졌다.

"아니 공갈 염소똥, 십원에 열두 개. 배 아픈 데 먹는 약, 소화 잘된다."

노래는 한 번으로 끝나지 않고 되풀이되었다. 제자리로 돌아가 도시락을 먹으면서도 아이들은 염소똥으로 화제의 꽃을 피웠다. 아이들은 두 패로 갈라졌다. 한 아이가 자기가 알기로는 그 노래의 가사가 '십원에 열두 개'가 아니라 '일원에 열두 개'라고 주장하자 몇몇 아이들이 자기들도 형이나 누나한테 바로 그렇게 전수를 받았다며 맞장구를 쳤고, 지휘하는 시늉까지 하면서 그 노래를 가장 선동적으로 부르던 다른 아이가 절대 그럴 리가 없다며 시세로 봐서도 약이 일원에 열두 개라는 건 말이 안 된다고 하자 그 아이한테도 또한 추종세력이 형성되어 패가 갈라졌던 것이다.

아이들이 서로 아옹다옹하는데 이번에도 또 까불이 조성우가 나서서 "그 일원과 십원은 마찬가지 뜻이다. 다 화폐개혁 때문이다. 요즘도 십원짜리 백동전에 백환이라고 쓰여 있지 않느냐. 지금 십원이 전에는 일환이나 마찬가지였다"고 말했다가 언제나 논리적으로 잘난 체를 하는 반장에게 "화폐개혁 때문이라면 전에 백환이었던 것이 지금의 십원이 되는 것인데 우리가 따지고 있는 문제는 전에는 일원이라고 했던 것이 왜 십원으로 바뀌었냐고 하는 점이니 네 얘기는 앞뒤가 맞지 않는다"는 지적을 받기도 했다. 아무튼 똥장군과 염소똥 이야기는 점심시간이 끝나가도록 교실 이곳 저곳에서 그칠 줄 모르고 이어졌다.

이 이야기를 전해준 짝에 따르면 자기가 변소 앞에서 장군이와 마주쳤는데, 장군이는 꽁무니를 따라다니며 '아니 공갈 염소똥'을 불러대는 아이들 때문에 5학년 변소로 가지 못하고 다른 아이들이 잘 가지 않는 구 건물의 1학년 변소로 가더라는 것이었다.

그 소식을 전해듣는 내 마음은 썩 유쾌하지는 않았다. 장군이는 순진한 아이이고 조금 의뭉하다는 걸 빼고는 대체로 착실한 소년이다. 학교 전체의 놀림감이 되는 것은 아이들로서는 평생 잊지 못할 시련인데 그런 시련이 죄 없는 장군이에게 떨어진 것은 부당한 일이다. 하지만 그런데도 장군이는 그 시련에 딱 어울리도록 운명지어졌다. 나로서도 어쩔 수 없는 일이다.

장군이는 자기 엄마의 부덕을 용서받기 위해 대신 바쳐지는 희생양이다. 유복자로 태어날 때부터 이미 효자의 운명을 피할 수 없게 된 장군이에게 있어 그 역할은 누구도 자기의 부모를 선택할 수 없다는 것과 함께 운명적인 천형이었다. 장군이 엄마라는 여자의 아들로, 그리고 유복자로 태어날 때부터 장군이의 운명은 이미 효자 희생양으로 결정되었던 것이다.

그 희생양은 자기의 털을 태우기 위해 불이 피워지고 있는 또다른 번제에 대해 지금은 아무것도 모르고 있었다.

그 일은 추석을 열흘쯤 앞둔 어느 날 오후에 일어났다.

집안이 조용했다. 마루 위의 대나무의자에 비스듬히 기대서 자고 있는, 장군의 위엄은커녕 차라리 망루를 지키다 깜박 잠이 든 보초병처럼 고개를 한옆으로 떨어뜨린 채 침을 흘리면서 자고 있는 장군이를 빼고 집안에는 나 혼자였다. 금방까지도 부엌에서 달그락거리던 장군이 엄마는 뒤란 텃밭에 호박이라도 따러 갔는지 소리가 없다. 호미질 한번 도와준 적 없으면서 장군이 엄마는 할머니가 가꾸어놓은 텃밭의 채소를 번번이 따갔던 것이다.

나는 볕이 들지 않는 뒷마루로 가서 고전읽기 경시대회에 대비하여 단테의 『신곡』을 읽기 시작했다. 까다로운 외국 이름이 페이지마다 새로 나오고 주석이 너무 많아서 내용이 쉽게 머릿속에 들어오지 않는 따분한 책이었다. 몇 장 읽기도 전에 하품이 나왔다. 시험을 잘 보기 위해서는 아홉 가지 지옥이며 거기에서 벌어지는 일들을 다 외어야 하는데 주인공은 외울 것이 많아지면 아이들이 더욱 괴로워하는 것에도 아랑곳하지 않고 수없이 많은 곳을 돌아다니며 자기 견문만 넓히고 있다. 졸음이 밀려들었지만 추석이 지나자마자 곧바로 고전읽기 경시대회가 있으므로 꾹 참고 읽어야만 했다.

아이들의 약점을 잘 알기 때문에 선생님들은 명절이나 휴일이 오면 아이들이 휴일의 마지막 날을 바로 그 다음날 닥칠 시험이나 숙제검사에 대한 두려움으로 망쳐버리도록 머리를 짜낸다. 하지만 아이들은 그 마지막 날 저녁을 제외하고는 휴일 내내 마음껏 놀아버림으로써 과중한 숙제를 내는 것은 어디까지나 실력 향상을 위해서라는 선생님의 명분을 매번 실패로 만든다. 그것을 알면서도 선생님들은 아이들이 노는 것을 막을 순 없어도 노는 동안 불안하게는 할 수 있다는 기대 때문에 다음 명절 때에도 시험과 숙제에 대한 부담을 지우고서야 아이들을 그들이 그토록 고대하는 휴일 속으로 놓아보내주며 그것이 선생님들로서는 아이들을 향한 일종의 존재증명이다.

그런 선생님들의 존재증명이 나에게는 필요 없다. 엘리트라고 하는 집단은 지금 보초병처럼 졸고 있는 장군이 같은 아이와는 처지가 다른 것이, 누가 시키는 게 아니라 스스로의 의지에 의해 끊임없이 긴장하며 예지의 칼날을 벼려놓아야만 직성이 풀린다. 비록 단테가 『신곡』을 이것보다 열 배가 넘는 방대한 분량으로 썼다 해도 나는 엘리트의 소명에 의해 자발적으로 고전읽기 시험 준비를 할 것이다.

그러나 졸음은 엘리트에게도 쏟아졌다. 천하장사라도 자기의
눈꺼풀은 들어올릴 수 없다던 할머니 말씀에 다시 공감하며 나는
졸음을 쫓기에 바쁘다. 그동안 『신곡』을 얼마나 읽었는지 분량을
헤아리기 위해 책을 세워서 책 바닥의 새까매진 부분을 재어도 보
지만 그 까만 줄은 아직 면보다는 선에 가깝다. 감나무 밑으로 내
려가서 바람이라도 쐬어보면 어떨까 하는 생각이 들었다. 억지로
책 위에 엎드려 있는 것보다는 나을 것 같아서 나는 마루를 내려가
신발을 신었다.

감나무 아래로 걸어간 나는 가지 끝에 매달린 삼촌의 샌드백을
한번 건드려보았다. 샌드백은 생각보다 무거워서 내 주먹으로는
꿈쩍도 하지 않았다. 그러자 나는 그 샌드백을 제대로 맞혀서 샌드
백으로 하여금 자기가 얻어맞았다는 사실을 확실히 알게 하는 것
은 물론 나의 첫 주먹에 꿈쩍도 하지 않은 것을 후회하게 만들어주
고 싶어졌다. 그러려면 먼저 정신집중이 필요하리라고 여겨졌으
므로 샌드백을 두 손으로 잡고 잠시 그것을 똑바로 노려보았다. 내
게는 샌드백이 높았기 때문에 그 팔 모양은 마치 슛을 하기 직전의
농구선수 같기도 했다.

정신집중의 효과가 있었던 모양이었다. 정신을 집중하기 전까
지는 듣지 못했던 어떤 소리가 불현듯 내 귓가로 스며들었던 것
이다.

처음에 나는 그 소리를 아기가 칭얼대는 소리라고 생각했다. 어차피 집중된 정신이고 해서 조금 더 집중해 들어보니 그것은 고양이 소리 같기도 했다. 하지만…… 나는 이맛살을 모으고 집중에 집중을 더했다. 아기의 소리도 고양이 소리도 아니다. 어쩌면, 여자의 울음소리? 순간 나는 머리칼이 쭈뼛 서는 기분이었다(이모가 해주었던 귀신 얘기가 생각나서 혹시 내 머리카락이 세 개가 선게 아닌가, 이러다가 사흘 안에 죽는 게 아닌가 하여 경황중에도 짬을 내어 머리카락을 만져보았다).

그러다가 불현듯 나는 깨달았다. 그 소리가 수상하고 자극적이며 불결한 소리라는 것을. 공개할 수 없는 짓이기에 수상한 신음이었고, 주변에 대한 주의력을 잃을 만큼 자극적인 숨소리였으며, 어쨌든 불결한 교성이었다.

그리고 내가 알기로 그런 소리는 이 시각 이 장소에 들려서는 안 되는 소리였다.

몰래 뒷방에 다가가서 염탐을 할 용기는 나지 않았다. 그렇다고 우리집에 잠입하여 저런 대담한 일을 벌이고 있는 저 낯선 남녀에 대해 아무것도 보고 들은 바가 없다는 듯이 고스란히 덮어둘 수는 없는 일이었다. 모르긴 해도 이렇게 큰일이 집안에서 벌어졌는데 나 혼자만 알고 덮어두기로 결정해버리는 것은 어쨌든 어린아이로서는 월권일 것 같았다.

나는 답답해졌다. 내가 가진 이지적인 성숙은 흔히 말하는 세속적인 어른스러움과는 다른 것이었다. 비록 어른들의 삶을 이면까지 통찰한다고는 해도 그들의 세상에서 벌어지는 세속적인 일은 그네들이 세속적인 방식으로 해결할 일이었다. 나는 나 혼자 이 문제를 해결할 수밖에 없도록 집을 맡기고 나가버린 어른들의 무책임에 짜증이 났다. 그때 갑자기 내 머릿속에 마루에서 자고 있는 보초병 장군이가 떠올랐다.

좋은 생각이었다. 장군이로 하여금 저 장면을 보게 하는 것이다. 그러면 장군이가 내 대신 저 문제를 해결해야 하는데 아마 사려라고는 없는 순진한 어린애답게 깜짝 놀라면서 소리를 지르든지 못 볼 것을 본 데 겁이 나서 도망을 칠 것이며 장군이의 그런 모습은 낯선 남녀의 눈에 띄지 않을 수 없도록 돌발적인 것이 될 수밖에 없다. 수상한 짓을 벌이고 있던 남녀에게는 발각 자체가 응징일 것이므로 상황은 자연스럽게 종료될 뿐 아니라 나중에 어른들에게 이 모든 것을 설명하는 수고도 장군이가 대신할 것이다. 나는 그것을 지켜보기만 하면 된다.

내가 여기까지 생각을 진전시키는 데는 정말 눈 깜짝할 시간밖에 걸리지 않았다. 발소리를 죽이며 나는 장군이를 부르러 갔다. 그런데 장군이네 집으로 가면서 우연히 텃밭 쪽으로 고개를 돌린 나는 텃밭문이 달팽이집 모양 철사로 잠겨 있는 걸 보았다. 그 순간, 아주 잠깐, 뒷방에서 소리를 내고 있는 목소리의 주인공이 장군이 엄마가 아닌가 하는 생각이 스쳐갔다. 그러나 워낙 짧게 스쳤던 생각이라서 그것은 이내 사라졌으며 설령 주인공이 장군이 엄마라고 하더라도 그것이 일단 이 사건의 산증인으로 위촉된 장군이의 직무를 번복할 이유는 되지 못했다. 여기까지의 생각 역시 눈깜짝할 시간 안에 이루어졌다.

장군이는 자기의 직무가 보초병에서 순찰병으로 바뀐 데 아무 불만도 말하지 않고 순순히 내 결정에 따랐다. 뒷마당에서 무슨 소리가 난다니까 귀신 소리더냐고 묻는 장군이에게 그건 절대 아니라고 안심시키자 장군이는 연신 뒤를 돌아다보며 내가 따라오는지 안 오는지를 불안하게 확인하면서도 떠미는 대로 뒷마당으로 향했다.

우리가 발소리를 죽이며 뒷마당으로 들어서자 그 소리는 아직까지 계속되고 있었다. 우리는 뒷방의 문고리 쪽을 뚫어져라 쳐다보면서 살금살금 걸음을 옮겼다.

장군이가 댓돌 위에 최선생님의 신발과 나란히 놓인 제 엄마의 신발을 발견하고 그 자리에 우뚝 서버린 것과 내가 한 손으로 장군이의 옷소매를 붙들고 다른 한 손으로 방문을 세게 밀어버린 것은 거의 동시의 일이었다. 어이없게도 방문은 잠겨 있지 않았다.

문소리에 놀란 남녀는 서로 엉긴 채 한꺼번에 우리 쪽으로 얼굴을 돌렸다. 하도 갑작스레 얼굴을 돌리는 바람에 그 동작은 마치 벌거벗은 몸만 봐서는 자기들이 누구인지 확실히 모를 테니 이 얼굴을 똑바로 보라는 듯이 단호해 보이기도 했다. 그들이 만약에 이

갑작스런 침입에 경악하여 그렇게 동시에 단호하게 문 쪽을 쳐다보지 않았다면 나는 누군지 정말 몰라볼 뻔도 했다. 왜냐하면 방안의 광경이 눈에 들어오자마자 몸을 돌려 달아나는 나의 동작 또한 그만큼 빨랐기 때문이다.

나는 사실 아무것도 보지 못했다. 방안에 벌거벗은 남녀가 엉겨 있다는 사실, 그 남녀의 얼굴이 장군이 엄마와 최선생님의 얼굴로 보인다는 사실…… 그 두 가지를 알자마자 도망쳤고 그 장면을 봤다는 것 외에는 남녀의 정사에 대해 견문을 넓힐 만한 아무런 새로운 정보도 얻은 바가 없었다.

나는 도망치면서 빠르게 생각을 회전시켰다. 놀라운 일이다…… 어떻게 선생님이 저럴 수가…… 어떻게 장군이 엄마가 저럴 수가…… 이제 저들은 어떻게 되나…… 선생님은 학교에서 쫓겨나고 장군이 엄마는 이사를 가야 하겠지…… 그나저나 장군이는 얼마나 놀랐을까…… 바지에 오줌이라도 싸지 않았을까…… 도망도 제대로 못 치는 걸 보면 단단히 놀란 거야……

빠르게 돌아가던 내 생각은 그러나 거기에서 급제동이 걸렸다.

아니야, 어쩌면 저런 일이 처음이 아닌지도 몰라…… 전에는 장군이네 방에서 일을 벌였을 테지…… 하지만 장군이도 설마 대낮에 저 방에서 그런 일이 벌어질 줄은 몰랐을 거야…… 그러니까 군말 없이 내 뒤를 따라온 거고…… 어쨌든 저들 셋 사이의 일은 별문제가 안 돼. 그 장면을 봐버렸으니 문제는 바로 나야……

이 사건을 피하기 위해 나는 해결사로서의 직무를 장군이에게
위임했건만 다시 사건은 원점으로 돌아온 셈이었다.

여기까지 생각하는 사이에 벌써 대문간까지 뛰어와 있었다. 그
러나 나는 거기에서 생각을 멈춰야만 했다. 새로운 상황이 닥쳤
다. 바로 여화 아줌마가 양손에 무거워 보이는 보따리를 들고 대문
안으로 들어섰던 것이다.

모든 중요한 일의 결정적인 해결은 꼭 우연이 해준다. 복잡한
계산과 치밀한 논리를 다 동원하고도 아직 결론에 이르지 못하고
있을 때 우연은 그 어렵고도 중요한 일을 어이없을 만큼 가볍게 해
결해버린다. 여화 아줌마는 내게 그것을 가르쳐주기 위해서 대문
을 들어선 것이었다. 뛰어나오던 나와 맞닥뜨린 아줌마는 '니'자
가 많이 들어간 약간 어색한 서울 말씨로 반가움을 표현한다.

"진희구나. 그사이에 어쩜 이렇게 예뻐졌니? 어디 가는 길이
니? 집에 아무도 없니?"

조금 전까지 도망자였던 나는 이제 손님을 맞이하는 주인이 되
어야 했다.

내게 닥친 두 상황 사이에서 어떻게 처신해야 할지 혼란스러워
서 나는 어정쩡하게 서 있었다. 하지만 아줌마가 무겁다는 듯이 보
따리를 한번 추켜들자 그만 그 보따리의 한쪽 매듭을 함께 잡고 도
로 집안으로 들어오고 말았다. 아줌마는 낑 소리를 내며 보따리를
마루에 내려놓더니 "어휴, 추석이 낼모렌데 왜 이렇게 날씨가 덥

니? 물주전자 어디 있니?" 하면서 부엌으로 들어갔다. 아줌마는 할머니가 물주전자 두는 곳을 알고 있었다. 물주전자가 뒷마루 위에 있다는 걸 알기 때문에 부엌으로 해서 뒷마루로 갈 것이다. 그 마루는 기역자로 꺾어지며 문제의 뒷방과 연결된 곳이기도 했다.

아줌마가 뒷마루 쪽으로 가는 것이 불안해서 나는 아줌마를 따라 들어갔다. 거기서 나는 장군이 엄마의 목소리를 들었다. 장군이 엄마는 너무나 화가 나 있었다. 원래 욕이라면 남에게 지지 않는 사람이긴 하지만 그래도 자기 아들에게 그런 심한 욕을 퍼붓는 것은 처음 있는 일이었다.

"이 새끼야, 의자에 앉아서 망이나 볼 일이지 왜 여기까지 찾아 들어와서 지랄이야. 죽일 놈 자식."

그것은 아들의 비행을 나무라는 어머니의 꾸지람이 아니라 욕정을 마무리짓지 못한 여인의 발작처럼 들렸다.

언젠가 장군이 엄마가 해피에게 했던 짓이 떠올랐다. 우리집 골목에서 해피가 암컷의 위에 올라탄 채 낑낑거리고 있었고 몇몇 아이들이 둘러서서 구경을 하고 있던 참이었다. 아이들이 뭘 그렇게 재미있게 보는지 참견하려고 가까이 와보았던 장군이 엄마는 암수가 합해진 개들의 체위를 보자마자 입이 썩 벌어졌다. 당장 해피 놓지않게 씨근덕거리며 부리나케 우물로 가더니 들고 오는 것이 대야였다. 그때 해피를 향해 힘껏 대야의 물을 끼얹어버린 다음 허리에 손을 척 걸치고 개의 반응을 지켜보는 장군이 엄마의 얼굴은 가학적이기도 했지만 고소하다는 표정 같기도 했다.

한창 일에 열중하다가 물벼락을 맞은 수컷과 암컷은 얼마나 소스라치게 놀랐는지 모른다. 그렇게 그악스럽게 개들의 교미를 중단시켜놓고 시원하다는 듯이 대야를 탈탈 털던 장군이 엄마는 지금 자기의 신방에 찬물을 끼얹은 아들에게 욕을 퍼붓고 있었다.

물론 그렇게 거친 욕설과 뻔뻔스러운 반격을 함으로써 민망함을 무마해보려는 다소 왜곡된 속죄의 방법이기도 하겠지만, 그렇게 의지하고 믿어왔던 엄마에게 다그침을 당하며 벌게진 얼굴을 푹 수그리고 눈물만 빼내고 있는 장군이의 모습은 아무리 효자가 되기 위해 태어난 희생양이긴 하지만 가련하기 짝이 없었다.

하느님에게 이웃의 일에 결코 무심해서는 안 되는 걸로 가르침을 받은 여화 아줌마는 아이의 우는 소리를 쫓아서 뒷방 쪽으로 갔다. 거기서 아줌마는 머리며 옷매무새가 상당히 흐트러진 채 장군이를 야단치고 있는 장군이 엄마를 보았다. 여화 아줌마는 아이를 야단치는 일이 옷차림이 저 지경으로 되어야 할 만큼 과격한 노동인가 의아하게 생각하면서 그쪽으로 한 걸음 다가갔다.

장군이 엄마는 상황이 상황인지라 판단력이 약간 흐려져 있었다. 갑자기 모퉁이를 돌아 나타난 여자가 누군가 하고 뜨악하게 쳐다보았다. 그러다가 추석 대목을 바라고 나타난 보따리장수 여화 아줌마라는 걸 깨닫고는 놀라서 벌떡 일어났다. 놀라기는 여화 아줌마도 마찬가지였다. 그러나 여화 아줌마가 놀란 것은 다른 이유 때문이었다. 여화 아줌마는 방안에서 웃통을 벗은 채 팬티 바람으로 담배를 피우고 앉아 있는 최선생님을 발견했던 것이다.

일은 그렇게 되었다. 내가 그렇게도 떠맡기 싫어했던 해결사 역을 여화 아줌마는 기꺼이 자처했다. "세상에, 세상에"를 중얼거리면서 앞마당을 계속 왔다갔다하며 안절부절못하던 여화 아줌마는 할머니가 대문간에 들어서자 변소 앞까지 뛰어가서 맞이했다.

"진희 할머니, 글쎄 이 일을 어쩐대요. 하나님의 심판이 내릴 것이고만요."

아줌마는 더이상 그 어색한 서울말도 쓰지 않았다.

"말세가 가까웠어요. 성경 말씀이 맞다니까요. 그나저나 진희 저 어린것이 마귀의 소행을 다 봤으니 어쩐대요. 아이고, 애들 보는 데서 무슨 해괴한 짓이야그래. 마귀가 아니고는 그렇게 할 수가 없지, 암, 마귀가 씌었어."

흥분한 여화 아줌마의 두서없는 말을 짜맞추느라고 할머니는 한참이 지나도록 사건의 핵심을 알지 못했다. 그러다가 마침내 오늘 우리집에서 벌어진 일을 알게 되자 할머니는 얼굴이 하얗게 질렸다. 그런 불미스런 일이 자기 집에서 벌어진 것도 화가 나지만 그 장면을 내가 봤다는 것이 더욱 당혹스러운 모양이었다. 그러나 할머니는 사건의 목격자라고 해서 나를 붙들어 앉히고 호기심 어린 질문으로 다그친다거나 아줌마처럼 금방이라도 나를 치마폭에 싸서 악의 무리로부터 보호할 듯한 호들갑스러운 배려를 하지는 않았다. 다만 나를 똑바로 보지 않고 적당한 거리 밖에서 내 기색을 살폈으며 이 모든 것을 대수롭지 않은 일인 듯이 보이려고 애를 썼다. 할머니다운 지혜였다.

나는 자리를 피해 슬그머니 방으로 들어갔다. 장군이네에서는 쥐 죽은 소리도 나지 않았다. 뒷방은 더더욱 조용했다. 언제나 그렇듯이.

혜자 이모 생각이 났다. 최선생님에게 교씨 부인 같은 아내가 없기 때문에 이 불미스러운 일은 어쩌면 혜자 이모의 경우보다 훨씬 조용히 끝날지도 모른다. 조용하다는 것은 순리적이라거나 조화롭다는 것과는 상관없이 합의가 빠르다는 뜻이기도 하니까.

빛이 밝을수록 그림자도 깊은 것을

과연 할머니와 장군이 엄마는 그럭저럭 합의를 본 모양이었다. 소문이 나지 않기를 바라는 것은 할머니도 장군이 엄마나 마찬가지였기 때문이다.

최선생님이 뒷방에서 철수를 한 것은 물론이고 장군이 엄마는 이제 할머니 앞에서는 입도 뻥긋 못하는 신세가 되었다. 대신 할머니는 입을 다물어주었고 여화 아줌마에게도 그렇게 해줄 것을 당부했다. 최선생님이 학교를 그만두지도 않았고 장군이네가 이사를 가지도 않았다. 게다가 곧바로 추석이 닥쳐와 집안이 부산스러워지는 바람에 장군이 엄마 문제는 그런대로 빨리 매듭이 지어졌다. 겉으로는 아무 일도 일어나지 않은 셈이었다.

무슨 일인가가 일어났다고 한다면 엉뚱하게도 바로 나에게였다. 잠깐이나마 마귀와 옷깃이 스쳤던 죄를 씻기 위해서 여화 아줌마의 성화에 못 이겨 아줌마의 왕국회관에 따라가야 했던 것이다.

왕국회관은 어떤 가건물의 이층에 세들어 있었다. 시멘트바닥이 차가워 가마니를 깔아놓았는데 그 위에서 열에 들뜬 얼굴로 노래를 힘차게 부르고 기도소리를 주고받을 뿐 특별히 이상한 점은 없었다. 그것이 나를 실망시켰다. 지루해진 나는 가마니 위에 무릎을 꿇고 기도를 드리고 있는 어린양 가운데에서 아는 얼굴이 없나 하고 찾아보기 시작했다.

꼭 한 사람 있었다. 유지공장에서 일하는 '정여사'라고 불리는 아줌마였다. 정여사 아줌마의 남편은 뼈대 있는 유학자 집안의 둘째아들인데 유명한 빨치산이었다고 한다.

반공영화에서 잔인하고 무식한 빨치산의 모습을 익히 보아온 나로서는 학자 집안에서 빨치산이 나왔다는 게 잘 상상이 되지 않는다. 작년에 이승복이 "나는 공산당이 싫어요"라는 말을 남기고 무장공비에게 죽음을 당했을 때, 그리고 〈124군 부대〉라는 영화를 단체관람하고 난 다음날 담임선생님이 공산당, 빨갱이, 빨치산을 한데 묶어 그들의 잔학성을 얼마나 통렬하게 고발했던가. 하지만 어른들 말로는 정여사 아줌마의 남편 덕분에 전쟁 때 성안의 유적들이 고스란히 보존되었다고도 하고 오히려 그 사람 때문에 빨치산들을 소개작전으로 내몰 때 경찰이 산속에 있는 오래된 암자 몇 채를 다 불태워버린 게 아니냐고도 한다.

어쨌든 지금 정여사 아줌마의 남편인 그 빨치산은 감옥에 갇혀 있는데 죽기 전에는 그곳에서 나올 수 없을 거라고 하니, 아줌마가 청와대에 직접 편지까지 보낼 정도로 열심히 남편을 탄원하는 것도 당연한 일이었다. 하지만 정여사 아줌마의 탄원을 나서서 도와주려는 사람이 아무도 없다는 것이 문제였다. 부역을 한 적이 있거나 정여사 아줌마의 남편인 그 빨치산에게 은혜를 입었다거나 하는 사람들이 특히 더 정여사 아줌마를 멀리했다. 정여사 아줌마는 그런 사람들에게 배신감을 느끼고 현실에 절망하기도 했지만 요즘은 모든 것을 포기하고 여호와의 증인의 왕국회관에만 열심이라는 소문이었다.

큰 소리로 기도를 하고 있는 정여사 아줌마는 약간 정신이 나간 듯한 모습이었다. 가마니에 코를 박고 엎드려 기도를 한 뒤 모두가 일어날 때도 언제나 제일 나중까지 죽은 듯 엎드려 있었고, 노래를 부를 때도 어디를 보는지 시선이 멍청했다. 나는 정여사 아줌마의 그런 넋 나간 듯한 모습을 관찰함으로써 그럭저럭 하품을 참아낼 수 있었다.

왕국회관을 나오며 아줌마는 처음 하나님을 알현한 나의 소감에 관해 토론을 하고 싶어했다. 그 부담스러운 진지함과 지겨운 성실함이 내 눈꺼풀을 너욱 무섭게 끌어내렸다. 마침 서너 발짝 앞에서 계단을 내려가고 있는 정여사 아줌마의 뒷모습에 눈을 박으며 나는 또 한번의 하품을 깨물어야 했다. 바깥바람을 쐬자 정신이 좀 들었다. 정여사 아줌마의 뒷모습이 골목 안에서 기다리고 있던 어떤 그림자에게 다가가는 것이 보였다. 밤늦은 시각이라서 누가 아줌마를 마중나온 모양이다. 그런데 그 앞을 지나치며 무심코 그쪽으로 고개를 돌렸던 나는 잠시 멈칫했다. 전봇대 뒤에 서 있어서 또렷이 보이지는 않았지만 그 그림자가 어딘지 눈에 익었던 것이다. 이선생님의 모습 같기도 했다. 정여사 아줌마와 이선생님? 하지만 다음 순간 나는 픽 웃을 수밖에 없었던 것이, 치질에 편두통으로 늘 얼굴을 찡그리고 있는 이선생님이 아까 저녁에 장군이가 변소에서 나오기를 기다리느라 마루에 앉아서 새끼손톱으로 후벼낸 귀지를 후, 하고 불던 장면이 떠올랐기 때문이다. 아무래도 최선생님의 뒷방 사건 이후 생각이 그런 쪽으로만 돌아가는 것이라고 나는 스스로에게 솔직하게 인정했다.

이모는 자지 않고 또 편지를 쓰고 있었다. 형광등 불빛 아래 쌍꺼풀의 음영이 짙게 드러난 얼굴로 나를 돌아다본다.

"어휴, 저놈의 냄새. 머리가 지끈거려서 편지도 못 쓰겠어."

이모가 신경질을 내면서 펜을 내려놓고 잉크병 뚜껑을 덮었다. 유지공장에서 나는 냄새는 익숙해져서 거의 못 느끼다가도 한 번씩 심하게 코를 파고들 때가 있다. 날이 흐려서 갑자기 냄새가 강하게 스며들었던 것은 사실이다. 나는 그 냄새가 코에 스밀 때마다, 온 사방을 덮어버리는 그 기세로 보면 공장이라는 존재가 하늘에서 내리는 비나 눈 못지않게 한꺼번에 많은 사람의 기분을 바꿔놓는다고 생각하곤 한다. 그러나 은밀히 스며든다는 점에서 보면 비나 눈보다 훨씬 음산하고 불길하다. 자연시간에 배운 바로는 비누란 기름 덩어리라는데 유지공장 안에서는 무엇을 태우기에 연기에서 저런 역한 냄새가 나는 것일까. 갑자기 나는『음모를 불태워라!』라는 소설과 그것을 읽고 해보았던 화형식이 생각나서 나도 모르게 얼굴을 찡그렸다. 마치 살 타는 냄새가 나기라도 한다는 듯이.

"공장이 들어오려면 과자공장이나 들어올 일이지. 그러면 냄새가 나도 달콤한 냄새가 날 텐데 우리 읍에는 하필 저놈의 유지공장이 들어섰을까."

그러나 이모가 신경질을 내는 것은 냄새 때문이 아니었다. 요즘 이모는 하루종일 신경질만 냈다. 쌍꺼풀 수술 탓인지도 모른다. 수술은 그다지 성공적이 못 되었다. 이모가 원하던 서구적인 미모는 커녕 칼자국이 선명하고 아직 눈두덩의 부기가 빠지지 않아서 부석부석했다. 그래서 밖으로 활발히 나다니지 못하고 대신 늘 경자 이모네 집에 출근하다시피 하고 지냈는데 그 경자 이모마저 취직을 해버리자 이모는 인생이 답답하고 무료한 것이다.

이모는 그 답답하고 무료한 자기의 인생에서 유일한 출구는 이형렬밖에 없다고 생각하고 있었다. 솔직히 말하면 이모의 신경질은 바로 거기에서 비롯된 것이었다. 이모 인생의 유일한 출구인 이형렬이 요즘 그 출구를 닫아버리고 있기 때문이다. 내가 기억하기로도 이형렬에게서 편지가 온 지 보름은 넘은 것 같다.

이런 때일수록 냉정함을 잃지 않고 치밀하게 대처해나가야 할 텐데 이모는 그러지를 못한다. 자기의 불안하고 안달이 난 마음을 속속들이 담은 편지를 이틀이 멀다 하고 뻔질나게 보내고 있다. 이모가 쓰다 만 편지를 아무데나 펼쳐놓고 나가는 바람에 나도 몇 번인가 본 적이 있는데 할머니 말대로 이모는 이형렬에게 창자며 간이며를 다 꺼내 보일 뿐 아니라 창자 속에 든 똥까지도 다 보여주는 것 같다. 예컨대 이런 문장을 보면 말이다.

"……당신이 달라진 제 얼굴을 보고 낯선 사람 같다고 할 때 제 마음은 얼마나 조마조마했는지 몰라요. 그 일로 저를 나무라지나 않았는지요. 당신에게 미리 허락을 받지 않고 저지른 것을 저도 후회하고 있답니다. 그러나 사랑을 위해 저지른 짓이기에 철없는 저를 용서하시겠지요……"

(게다가 이모는 그 편지에서 쌍꺼풀을 쌍꺼플이라고, 비둘기를 비들기라고 쓰고 있었다.)

이모는 이형렬이 자기의 영원하고도 유일한 사랑이라는 지극히 서정적인 생각을 갖고 있었다. 내가 알기로 세상을 서정적으로 보는 사람은 상처받게 마련이다. 영원하고 유일한 사랑 따위가 존재한다고 생각하는 서정성 자체가 고통에 대한 면역을 빼앗아가기 때문이다.

이모처럼 감상적인 사람은 삶을 너무 낙천적으로 생각한다. 아니 삶이 자기를 배반할 수도 있다는 가능성에 대해 생각해보지 않는다. 자기의 행복과 불행의 조종간을 통째로 타인의 손에 쥐여준다면 그 타인에게 매력적인 존재가 되는 것도 잠시일 뿐이다.

사람의 감정이란 언제 변할지 모르며 특히 젊은이를 변심하게 만드는 일은 이 세상에 너무나 많다. 그러므로 상대가 나를 사랑할 때 내가 행복해진다면 그것은 상대의 사랑을 잃을 때 내가 불행해진다는 것과 같은 뜻임을 깨닫고 그 사랑이 행복하면 행복할수록 한편 그것이 사라질 때의 상실감에 대비해야만 하는 것이다. 타인을 영원하고 유일한 사랑이라고 생각해서는 안 되며 이 세상에 그런 사랑은 있지도 않다는 것을 이모는 진작에 알았어야 했다.

졸음이 다시 서서히 몰려들었으므로 나는 자리에 누웠다. 이모도 불을 끄고 자기 이부자리 속으로 들어간다.

"참, 진희야."

이모가 부르는 소리가 아주 멀리서 가물가물하게 들렸다. 잠 속으로 빠져드는 이런 순간에는 내 몸에 단단히 매어져 있던 의식이 수없이 많은 매듭을 하나씩하나씩 풀고 몸속에서 서서히 빠져나가는 느낌이었다. "진희야, 자니?" 거의 매듭을 다 풀고 의식이 몸으로부터 나가려는 순간 의식과 몸 사이의 좁은 틈으로 이모의 목소리가 스며들었다. "진희야, 지난번 왔던 허석 오빠 말야." 허석이라고? 그의 이름이 불려지는 바람에 내 몸은 빠져나가려고 하는 의식을 황급히 붙들었다. 급하게 다시 매듭을 하나씩하나씩 묶었다. 그렇게 필사적으로 붙든 덕에 몸밖으로 나가려던 의식이 가까스로 돌아오고 있었다.

"그 오빠가 신문에 났더래."

막 내 몸을 빠져나가려던 의식은 깜짝 놀랐고 거의 빠져나왔던 내 몸속으로 재빨리 다시 들어가 탄탄하게 분 풍선처럼 단단히 내 몸속을 채웠다. 다시 의식과 몸을 모두 갖춘 나는 드디어 눈꺼풀을 번쩍 들어올렸다.

"아까 이선생님이 나보고 그러더라. 저번에 왔던 서울 학생 이름이 허석이 맞냐고. 신문에 얼굴이 났는데 비슷하더래. 학교도 같은 학교고."

"그래서, 뭐래? 왜 신문에 났는데?"

"그 말밖에 안 했어."

당장 자기에게 필요하거나 흥미를 끄는 일 아니면 남 얘기에 성실하게 귀를 기울이지 않는 이모는 내게 더이상 말해줄 게 없었다. 너무나 답답했지만 이선생님에게 자세한 얘기를 들으려면 내일이 와야만 한다. 그러니 빨리 자는 것이 낫다. 하지만 그렇게도 무겁게 눈꺼풀을 짓누르던 졸음은 흔적도 없이 벗겨져나가고 정신이 더없이 맑았다. 여호와의 증인의 왕국회관에서 그토록 밀어올리려고 애쓰던 눈꺼풀을 이번에는 끌어내리려고 노력했지만 나는 한참을 뒤척이고 나서야 겨우 잠들 수 있었다.

다음날 이선생님은 자세한 소식을 전해줬을 뿐 아니라 문제의 신문을 찾아서 내게 주기까지 했다. 신문을 펴는 내 손은 약간 부자연스러웠다. 허석의 얼굴은 '발언대'라는 제목 밑의 동그라미

속에 들어 있었다. 입자가 거친 흑백의 점들로 이루어진 그의 얼굴은 이선생님이 허석이라고 알아봤다는 사실이 의아할 정도로 뭉개져 있었다. 하지만 그것은 분명 허석의 얼굴이었다. 내가 그 사진을 뚫어져라 쳐다보자 그도 동그라미 속에서 정면으로 나를 마주 쳐다보았다. 우리는 한참 동안 그렇게 마주보고 있었다.

허석이 '발언대'에 나와서 한 말은 사라져가는 우리 문화를 되살려야 한다는 것이었다. 일제에 의해 훼손된 문화재와 민족적 자긍심을 되찾아야 한다는 발언을 하며 그는 전통문화 보전에 앞장서고 있는 한 소읍의 문화원장과의 대화 내용을 인용했는데 물론 우리 읍내의 문화원장님이었다. 그 부분을 쓰면서 그는 기억을 더듬느라 문화원장과의 면담시간을 떠올렸을 것인데 나는 그 자리에 함께 있었던 이모에 대한 기억도 조금 곁들여져 떠오른 것은 아닐까 싶어서 질투를 느꼈다. 그러나 그는 또 산성의 유서 깊은 내력과 아름다운 경치에 대해서도 '발언'했는데 그것을 쓸 때는 당연히 나와의 추억을 강렬하게 떠올렸을 것이므로 마음이 진정되었다.

나는 그 신문의 칼럼을 오릴까 했으나 그냥 접어서 서랍 속에 넣어두었다. 그의 얼굴을 오려서 소중히 간직해두었다가 사랑이 지니기버린 그 어느 날인가 문득 낡은 신문 조각 이상의 의미가 없는 그 종이를 발견하고 그것을 구겨버리게 될 때, 그런 때 찾아드는 아무 쓸모 없는 회한 따위가 달갑지 않았기 때문이다. 소설 속에서는 그런 추억의 물증을 모았다가 불에 태우는 장면도 간혹 나오지만 그것은 어디까지나 감정이 남아 있을 때이고 사랑이 완전히 떠난 뒤라면 불에 태우는 일도 의미 있는 의식이라기보다는 번거로운 노동일 뿐일 것이다.

하지만 학교에서 돌아오자마자 나는 서랍을 열어 다시 한번 허석과 마주보았다. 서랍 속에 애인을 넣어두고 다니는 기쁨은 꽤나 큰 것이었다. 만약 그것과 비교도 되지 않는 또다른 기쁜 소식이 없었다면 그 일은 아마 꽤 오래 지속되었을지도 모른다.

그 또다른 기쁨, 그것이 무엇이겠는가.

그렇다. 바로 허석으로부터 편지가 온 것이었다.

우체부 아저씨가 주는 편지를 심상하게 받아드는데 뜻밖에도 겉봉에 바로 내 이름이 쓰여 있었다. 봉투를 뜯기 전에 나는 거기 쓰여 있는 내 이름을 한동안 쳐다보았다. 그의 만년필이 내 이름의 획을 긋는 모습을 천천히 그려보면서.

허석의 편지는 두 장이나 되었는데 이런 내용이었다.

허석이 쓴 '발언대' 기사를 우리 읍내 문화원장님이 읽고 깊은 감명을 받았다. 특히 자기가 한 말을 인용해준 데 대해 고마움을 느꼈다. 그래서 원장님은 10월에 열리는 군민축제에 허석을 초대하기로 하였다. 군민축제 때는 원장님의 주도 아래 민속놀이도 열리고 성안에서 잔치가 벌어지니 전통에 대해 올바른 생각을 갖고 있는 허석에게도 좋은 경험이 될 것이라는 원장님의 편지를 받은 뒤 허석은 다시 한번 우리 읍에 내려와보고 싶었고 특히 나를 보고 싶기도 했지만 삼촌이 군대에 가버린 터라서 좀 망설였다. 그런데 마침 허석의 학교 교지에서 전통문화 보전에 대한 비슷한 내용의 글을 써보지 않겠냐는 제의가 들어왔다. 그 제의를 받자 허석은 자기의 글이 이렇게 많은 사람에게 파급되고 공감을 얻었다는 사실에 기쁨을 느꼈으며 앞으로 더욱 전통문화에 대한 견문을 넓히고 기회가 닿는 대로 거기 관한 글을 많이 써야겠다고 결심했다.

그것이 다음주에 열리는 군민의 날 행사에 허석이 우리 읍내에 내려오게 된 경위였다. 삼촌은 없지만 할머니가 허락하면 삼촌 방에서 이틀쯤 머물고 싶다고 내게 잘 말씀드려달라는 당부로 허석의 편지는 끝이 났다.

나는 실망스럽기도 하고 기쁘기도 하였다. 그의 문체가 장황하긴 해도 나에 대한 뜨거운 감정을 엿볼 수 없는 건조체라는 것에 실망했지만 다음주면 그를 만날 수 있다는 사실에는 기뻤던 것이다. 내가 편지 내용을 전하자 할머니도 군대 간 아들에 대한 기억의 산증인이라는 점 때문에 전에 가정교육이 시원치 않다는 이유로 허석을 약간 못마땅해했던 것을 모두 잊고 아들 친구를 반겼다.

이모는 아무 말도 하지 않았다. 우체부 아저씨가 대문간으로 들어서기에 그토록 기다리는 이형렬의 편지인 줄 알고 슬퍼 왼쪽과 오른쪽을 바꿔 뗀 채로 부리나케 마당으로 나가 우체부의 손에서 빼앗듯이 편지를 잡아챘던 이모는 겉봉에 내 이름이 쓰여 있는 것을 보고는 실망하다 못해 화까지 났던 것이다. 이모는 아직도 어리둥절해 있는 우체부의 손에 거칠게 도로 편지를 올려놓았다. 심지어 삼촌에게서 편지가 올 때에도 이모는 요즘 그와 비슷한 반응을 보였다.

저녁때가 되자 이모는 경자 이모 퇴근시간에 맞춰 집을 나간다.

"다저녁에 어디 나가냐? 밥은 어쩌고?"

"경자하고 먹을게."

뒤도 안 돌아보고 대꾸하는 이모에게 할머니는 더이상 아무 말도 하지 않는다. 이모의 기분이 좋지 않은 것을 눈치채고 뒷모습에 대고 혼자 혀를 찰 뿐이다.

광진테라 아저씨가 웬일로 이 시간에 집에 들어오고 있었다.

아저씨는 다음주에 있을 국민투표 때문에 운동을 하느라고 요즘 발바닥에 땀이 나도록 돌아다닌다. 시국이 이러니 그만 정치와 인연을 끊고 싶어도 도저히 그럴 수 없다는 아저씨 자신의 하소연처럼 올해는 유난히 아저씨 가슴속의 잠자는 의협심을 건드리는 사건이 많이 일어나는 것 같다. 거기에 따라서 아저씨도 거의 한 달 간격으로, 잊을 만하면 한 번씩 '정치적' 스캔들을 만들었다. 7월 한 달은 휴교령 가지고 떠들고 다니더니 8월은 신민당 가두시위가 어떻다고 분통을 터뜨렸으며 9월 초에는 어느 국회의원이 광주에서 서울까지 개헌반대 도보행군을 했다는 소식을 듣고는, 애국심을 표현하는 데 그런 좋은 방법이 있는 줄 몰랐다며 당장 기자들을 불러모아 오토바이로 전국을 도보행군하겠다는 결심을 밝히겠노라고 떠들고 다녔던 것이다. 개헌안이 변칙처리된 날은 또 술을 마시고 동네가 떠내려가게 비분강개하여 자기의 조상인 독립군이 지켜낸 민족혼이 운다며 통곡까지 하였다.

그런데 오늘은 정치활동이 일찍 끝났는지 대문을 들어서는 아저씨는 노래까지 흥얼거리고 있다.

"길을 가다가 사장님, 하고 살짝 불렀더니 열에 열 사람 모두가 돌아보네요. 사원 한 사람 구하기 어렵다는데 왜 그렇게 사장님은 흔한지 몰라요. 앞을 봐도 뒤를 봐도 몽땅 사장님……"

아저씨는 오토바이를 받쳐놓고 노래 끝을 올리면서 후렴구를 불렀다.

"사랑 사랑 내 사랑아 몽땅 사장님, 몽땅 사장님."

그 노래의 2절은, 사장님 하고 불러도 돌아보지 않고 그냥 가는 사람이 있기에 가서 물어보니 전무였다, 전무님도 이제 곧 사장이 될 테니 사장님이나 마찬가지가 아니냐, 그러니 전무 역시 몽땅 내 사랑이다, 이런 내용이었다. 아저씨가 이 노래를 부르는 것은 자기도 사장님인지라 가사에 공감을 느껴서이기도 하려니와 얼굴이 벌건 것으로 보아 지금까지 어디선가 술을 마시며 이 노래를 부르다가 왔기 때문일 것이다.

사회가 질서가 안 잡히고 안정이 안 되어서 사장이 많은 것이라는 말을 이선생님한테서 들은 적이 있다. 사장이 많다는 것이 사회현상과 어떤 함수관계인지 자세히는 몰라도 내 주위만 봐도 사장님이 많긴 많다. 다리 밑에서 벽돌을 찍는 장씨 아저씨도 아저씨들 간에는 "어이, 장사장"이라고 불렸고 라디오 연속극에서도 술집 아가씨들이 콧소리로 손님을 부르는 호칭이 으레 '사장니임'이라는 걸로 미루어 그 노래의 가사가 얼토당토않은 것은 아니었다. 그러나 할머니는 이모 때문에 기분이 상한데다 그런 노래를 들으니 "저놈의 소리가 지금 무슨 소리다냐? 요즘 노래는 술집것들 장사시켜주는 노래뿐이야"라고 못마땅하게 중얼거렸다.

방으로 들어간 나는 허석의 편지를 다시 한번 꼼꼼히 읽어보았다. 그러나 편지를 그의 얼굴이 박힌 신문과 함께 서랍에 넣으며 나는 애써 냉정한 표정을 짓는다. 기쁜 일이 생겼을 때 마음껏 그 기쁨만 누리는 것은 좋지 않다고 생각했기 때문이다.

삶이란 장난기와 악의로 차 있다. 기쁨을 준 다음에는 그것을 받고 기뻐하는 모습에 장난기가 발동해서 그 기쁨을 도로 뺏어갈지도 모르고 또 기쁨을 준 만큼의 슬픔을 주려고 준비하고 있을지도 모른다. 그러니까 너무 기쁨을 내색해도 안 된다. 그 기쁨에 완전히 취하는 것도 삶의 악의를 자극하는 것이 된다. 허석과 만날 일이 기쁘면 기쁠수록 내색을 하지 말자. 그리고 한편으로는 누구의 삶에서든 기쁨과 슬픔은 거의 같은 양으로 채워지는 것이므로 이처럼 기쁜 일이 있다는 것은 이만큼의 슬픈 일이 있다는 뜻임을 상기하자. 삶이란 언제나 양면적이다. 사랑을 받을 때의 기쁨이 그 사랑을 잃을 때의 슬픔을 의미하는 것이듯이. 그러니 상처받지 않고 평정 속에서 살아가려면 언제나 이면을 보고자 하는 긴장을 잃어서는 안 된다. 편지를 가슴에 껴안고 즐거워하거나 되풀이해서 읽으면서 행복한 표정을 짓는 내 모습을 악의로운 삶에게 들키면 안 된다.

언젠가 할머니에게 질투심 많은 삼신할머니의 얘기를 들은 적이 있다. 사랑스러운 아이일수록 안아주지 말아야 한다, 삼신할머니에게 그 사랑을 들키면 반드시 해를 입기 때문이다. 삼신할머니란 아이들을 보내준 장본인인데 그 아이들에게 해를 끼친다는 것이 이해가 가지 않는다는 내 말에 할머니는 '삼신이 마음속에 선과 악을 함께 갖고 있으며 변덕이 심하기 때문'이라고 대답하면서 그것은 사람의 마음도 마찬가지라고 말해주었던 것이다.

사람의 마음에 선과 악이 함께 있다는 것은 굳이 할머니 말씀을 듣지 않아도 나 스스로 체득한 지 오래이다. 나는 선이나 악 모두가 내 마음 깊이에 똑같이 자리를 잡고 있다는 것을 알고 있으며 그중 어느 한쪽만을 나의 진실한 모습이라고 주장할 마음은 전혀 없다.

그러나 사람들은 그것을 인정하지 않으려 한다. 선한 것은 자신의 진정한 모습이지만 악에 대해서는 실수라거나 충동이라거나 하는, 자신의 통제로부터 이탈되었다는 뜻의 이름을 달아 진정한 자기가 아니라고 말하고 싶어한다. 그런 사람들은 삶을 위대하고 진지한 것, 아름다운 것으로만 보려는 서정적 인간임에 틀림없다.

밤이 되자 언제나처럼 라디오 연속극을 들으며 꾸벅꾸벅 졸던 할머니는 자리에 눕자마자 코를 골고, 나와 이모는 각자의 사랑에 대한 생각으로 뒤척이고 있었다.

이윽고 이모 쪽에서 먼저 나한테 말을 걸어왔다. 오후에 경자 이모네에 다녀온 뒤로 약간 밝아져 있던 얼굴이 웬일인지 다시 어둡고 또 혼란스러운 표정으로 바뀌어 있다.

"진희야, 너 이번 토요일에 경자 따라서 어디 좀 갔다 올래?"

"어디?"

"아니야. 아니야, 아무것도."

이모는 금방 생각을 바꿨는지 고개를 몇 번 저었다. 확실한 생각을 말하는 게 아니라 언제나 '생각중인 생각'까지를 입 밖에 내는 것이 이모의 버릇이었다.

중국인 화교가 하는 우리 동네 중국집 중앙관에 함께 간 적이 있는데 거기 가서도 이모는 "진희야, 우리 자장면 먹자. 아니 흰 블라우스에 튈지 모르니까 야끼만두가 낫겠다. 그래도 국물이 좀 있어야 하는데, 차라리 우동 먹을까? 야끼만두하고 우동을 다 먹고 싶은데 그랬다간 배가 터지겠고. 하기야 우리 둘이서 우동 두 그릇하고 야끼만두 하나는 먹을 수 있을지 몰라. 참 너는 양이 적으니까 그럼 우동 하나만 시키고 야끼만두를 먹을까? 엄마가 아시면 또 크는 애한테 너무 적게 먹였다고 야단하겠다. 안 되겠다. 우동 두 개하고 야끼만두 시키자. 아저씨, 그렇게 주세요. 우동 두 개에다 야끼만두요. ……그래도 중앙관에 왔으면 자장면을 먹어야

하는데. 아저씨 잠깐만요. 진희야, 그렇지 않니? 역시 자장면이 좋
겠지? 이 블라우스 빨아서 오늘 새로 입고 나왔는데, 에이, 옷 좀
버리면 어때 뭐. 그러면 어떻게 해야 하지? 자장면 두 개? 참 참
야끼만두는 먹어야지. 그럼 자장면 두 개하고 야끼만두 하나네?
다 먹을 수 있을까. 야끼만두에는 국물이 있어야 하는데 우동이 낫
지 않나?" 한다. 이렇게 해서 얘기가 처음으로 돌아가 다시 시작
되는 것이다.

뚱뚱하고 마음씨 좋은 중앙관 아저씨는 "천천히 생각하라구, 천
천히" 하면서 우리 주위를 왔다갔다하다가 드디어 이모가 결정을
내리면 주방에 대고 중국말로 크게 주문을 하는데 그때마다 나는 속
으로 자장면 두 개라는 말이 저렇게 긴 문장은 아닐 거라는, 자장면
이라는 결론에 이르기까지의 과정이 얼마나 어려웠는지를 야유하는
말도 분명히 들어 있을 거라는 의구심을 떨쳐버릴 수가 없었다.

그래도 밖에서는 좀 덜한 편이었다. 집에서 나에게 뭘 시키거나
이야기를 할 때 이런 식의 기다란 '생각의 과정'을 낱낱이 늘어놓
는 바람에 결론이 날 때까지 기다리기가 얼마나 지루한지 모른다.
지금처럼 말을 꺼내놓고 "아니야, 아무것도" 하고 말하지만 조금
있으면 다시 그 말을 시작할 것이 뻔했다.

그런데 이번에는 꽤나 심각한 일인지 아니라고 해놓고 다시 그
말을 꺼내기까지 시간이 꽤 걸렸다.

"경자가 말야, 이번주 토요일에 형렬씨 면회 가기로 했거든? 너

따라갈래?"

"이모는 안 가고?"

"난 형렬씨가 오지 말라잖니……"

이모의 쌍꺼풀진 눈에 눈물이 핑 돈다. 이형렬이 이번달은 계속 바쁘니까 면회 올 필요가 없다는 편지를 보낸 지 두 주일이 지나도록 편지를 안 한다며 사연을 털어놓는다.

경자 이모에게 자꾸만 하소연을 하자 경자 이모는 선뜻 진상을 알아보기 위해 자기가 가보겠다고 했다. 이모는 그 우정에 고마워했다. 혹시 경자 이모가 가서 자기의 슬픔을 전하면 뭔가 오해를 하고 있음에 틀림없는 이형렬이 오해를 풀고 용서를 비는 편지를 보내올 거라고 기대했기 때문이다. 그러나 집에 돌아와서 곰곰 생각해보니 경자 이모의 태도에 뭔가 미심쩍은 구석이 있어서 나에게 따라가보라고 하는 거였다.

"친구는 믿어. 하지만 내가 나쁜 년인가봐. 자꾸 이상한 생각이 든다? 지난번에도 말야, 내가 말해주기도 전에 형렬씨와 했던 얘기를 다 알고 있는 거야. 그때는 내가 그 얘기를 이미 해놓고 깜빡 잊고서 또 했나보다 했거든. 근데 자꾸 마음에 걸려. 나 눈 수술해서 못 다니는 동안 내 부탁으로 걔가 면회 한 번밖에 안 갔거든. 근데 부대 앞에 있는 다방도 나보다 훨씬 잘 알아. 아니, 아닐 거야. 걔가 워낙 길눈이 밝으니까. 내가 미쳤지. 왜 이런 생각을 자꾸 하는지 몰라. 진희야, 너 잊어버려라. 경자가 가서 내 얘기 잘 하고 올 거야. 다 잘되겠지 뭐. 오늘도 형렬씨 편지를 다 읽어봤는데 그렇게 나한테 진실하던 사람이 그렇게 쉽게 돌아선다는 건 말이 안 돼. 나는 왜 이렇게 누굴 믿지 못하는지 몰라. ……그나저나 그건 참 이상해. 형렬씨가 지난주에 서울로 외출 나갔다는 것을 경자가 어떻게 알지? 나도 모르는데 말야. 진희야, 그러지 말고 너 갔다 올래? 아무래도 그게 낫겠지? 근데 형렬씨가 너를 보면 뭐라고 생각할까? 친구로도 모자라서 조카까지 다 동원시켰다고 자존심도 없는 여자라고 생각하지 않을까? 맞아, 그렇게 자존심 상하는 짓을 하면 안 돼. 그래도 경자 걔 혼자 보내는 것은 께름칙하고…… 어휴, 이제 와서 가지 말라고 하면 경자가 이상하게 생각할 거고, 정말 미치겠어."

이만큼 길게 말하고도 아직 결론이 나지 않은 거였다. 그 말을 하는 동안 이모는 표정이 다양하게 바뀌었고 그럴 때마다 음영 짙은 쌍꺼풀이 한몫을 단단히 해주었다. 부기가 빠지지 않아 부석부석한데다가 아직도 굵고 벌건 쌍꺼풀선이 칼 닿은 자국임을 상기시켜주고 있는 이모의 눈. 더욱이 울어서 눈알까지 빨개져 있다. 눈꺼풀은 겨울날 차디찬 물에 걸레를 빤 식모의 손등처럼 투박하고 벌겠다.

작년인가 올봄인가, 뉴스타일양장점에서 잡지를 뒤적이다 연재소설 하나를 읽은 적이 있다.

잘생긴 남자 대학생과 예쁜 여자 대학생은 서로 열렬히 사랑하는 사이였다. 그들은 휴일이면 함께 등산을 했다. 그날도 둘은 함께 산에 올라갔다. 남자가 버너에 불을 붙여놓고 물을 뜨러 간 사이에 여자는 버너에서 올라오는 시커먼 연기를 보았다. 연기를 잡으려고 버너를 조작하던 여자는 갑자기 폭발음과 함께 얼굴에 열기를 느꼈다. 여자는 불을 끄려고 계속 버너를 붙잡고 있다가 돌이킬 수 없는 화상을 입고 말았다. 여자의 화상은 그녀의 미모를 앗아갔고 남자는 물론 여자 곁을 떠났다.

내가 읽은 곳은 그뒤 여자가 모자와 안경으로 흉터를 감추고는 울면서 남자에게 복수하기로 결심하는 대목까지였다. 여자가 복수에 성공했는지 어쩐지는 뉴스타일 아줌마가 잡지책을 더이상 사지 않아 나로서는 알 수가 없다. 하지만 그것으로 충분했다. 나는 남녀의 사랑이란 외모라든가 순간적인 분위기에 의해서, 그러니까 단편적인 이미지에 미혹되어 생기는 것이라는 사실을 이미 알고 있었던 것이다.

나는 이형렬의 변심(이모는 '오해'라고 표현했지만 정확한 용어로는 '변심'이다)을 이모의 외모, 즉 쌍꺼풀 수술 후 청순미를 잃고 대신 칼자국을 연상시키게 돼버린 이모의 눈 때문이라고 생각하고 있는 모양이었다. 그러니 화상을 입어 애인이 변심한 그 소설을 연상한 게 아니겠는가.

사랑의 시작은 언제나 상대의 이미지에 의해 촉발되는 것이다.

홍기웅은 죽은 어머니가 좋아하던 노래, 그 노래를 부르고 있는 이모의 모습을 단 한 번 보고 영원한 연인으로 결정해버렸다. 이형렬 역시 이모의 증명사진을 내무반 모두에게 돌려보게 한 다음 거기에서 매겨진 점수에 의해 이모를 '국군의 이상형 여자'로 믿어버렸고 그 이미지에 의해 이모를 사랑하였다. 이모가 쌍꺼풀 수술을 해도 홍기웅의 가슴속에 있는 이모의 이미지는 손상되지 않는다. 그러나 이형렬의 가슴에 있던 이모의 이미지는 심각하게 파손될 수 있다.

단 한 번의 충격으로 산산조각이 나버리는 거울처럼 조그만 이미지 하나가 파손되면 그것의 파문은 전체로 퍼진다. 지금까지의 모든 이미지가 일시에 다른 모습으로 나타나게 된다. 이형렬은 지금까지 이모의 애교 있고 순수하게만 보아왔던 면이 그처럼 어리석고 유치하게 보여진다는 사실에 스스로 놀랄지도 모른다. 청순한 이미지 하나를 잃음으로써 이모의 순수함은 유치함으로 전락되며 진실함은 거머리 같은 아둔함으로 이형렬을 짜증스럽게 만드는 것이다. 이것은 '미운 정'의 깊이까지 가지 못하고 '고운 정'에서 끝나버린 숱한 풋사랑의 파국이기도 하다.

어쩌면 이모의 파손된 이미지를 약간 물러나서 바라보게 된 것만이라면 이형렬의 마음이 그렇게 쉽게 돌아서지 않았을 수도 있다. 하지만 약간의 균열이 생겼을 때 경자 이모라는 지렛대가 그 틈을 작용점으로 해서 힘을 가했고 마침내는 이형렬의 마음을 들어올려 움직이게 했다면? 이모는 사랑을 위해 쌍꺼풀 수술을 했지만 그로 인해 사랑을 잃을 지경에 처했다. 삶은 지금 이모를 조롱하고 있다.

드디어 이모의 결론이 났다.

"너까지 갈 것 뭐 있겠니, 경자가 잘 얘기하겠지."

그러고 나서도 자기의 결론이 마음에 들지 않은지 이모는 땅이 꺼지도록 한숨을 내쉬었다. 광진테라 아줌마가 도망갔을 때 아저씨가 와서 내쉬던 그 한숨의 풍량과 비슷했다. 이모의 한숨소리가 크긴 컸는지 할머니가 자다 말고 갑자기 눈을 뜨더니 몸을 반쯤 일으키고 두리번거렸다. 할머니의 얇고 축 처진 눈꺼풀 아래 눈동자가 초점이 없다. 할머니가 두리번거리는 동안 숨을 죽이고 있던 이모는 마침내 할머니가 다시 어린애처럼 얌전하게 머리를 베개에 올려놓는 것을 보더니 이불을 둘러썼다. 얼마 안 가 작은 흐느낌소리가 새어나오기 시작했다. 내일 아침 이모의 쌍꺼풀은 더 부어 있을 것이다.

토요일, 경자 이모는 퇴근하자마자 이형렬에게로 떠났다. 그날 안으로 돌아오려면 시간이 너무 빠듯하기 때문에 서둘러야 했다. 경자 이모를 사절로 보내놓은 뒤 외교적 낭보를 기다리는 이모에게 있어 토요일 오후는 백 년같이 긴 시간이었다. 이모의 초조해하는 모습은 보통 딱한 게 아니었으며 보는 사람으로 하여금 그 초조함의 원인제공자에게 저절로 원망을 품게끔 만들었다.

밤이 되면서부터 이모는 경자 이모네 집에 세 번이나 가보았다. 갈 때마다 허탕이었다. 자정 사이렌이 불기 바로 전에 이모는 마지막으로 한번 더 경자 이모네 집에 가보겠다고 일어섰다. 나도 이모를 따라나섰다. 방문 쪽에 누워 깊이 잠든 할머니의 발치를 넘어서 우리는 살그머니 문을 열고 마당으로 나갔다. 그믐이 가까워서 밖은 무척 어두웠다.

거리는 무섭게 조용했다. 드문드문 가로등이 켜져 있을 뿐 사람은 그림자도 보이지 않고 여기저기서 개 짖는 소리만 들려왔다. 불빛이 거의 사라진 동네의 검게 웅크린 모습과 정적에 나는 조금 겁이 났다. 그러나 상심한 나머지 비장한 기운마저 돌고 있는 이모의 옆얼굴을 보니 무서운 게 문제가 아니었다. 겁이 많기로는 나보다 훨씬 더한데도 이모는 이 순간 이형렬의 '오해' 이외에는 아무것도 겁나지 않는 모양이었다.

시간이 너무 늦었는지라 우리는 대문으로 들어가지 못하고 경자 이모의 방 창문이 나 있는 골목 쪽으로 들어섰다. 경자 이모는 역시 돌아오지 않았다. 창문에 불이 꺼져 있었던 것이다. 불 꺼진 창을 보며 이모는 입술을 깨물었다. 그러고는 침착하려고 애쓰며 창 아래로 한 걸음 다가가서 조심스럽게 창문을 두드렸다. "경자야, 경자야." 속삭이듯 두 번 연달아 경자 이모를 부르는 이모의 목소리는 간절했다.

이모의 동작을 지켜보고 있는 나도 사뭇 간절하게 경자 이모의 불 꺼진 창을 바라보았다. 금방이라도 그 창문을 올리고 경자 이모의 얼굴이 나타나서 골목에 서 있는 게 우리라는 것을 알아본 순간 황급히 방의 불을 켜고 우리를 맞을 것만 같았다. 그렇게 무대의 불이 환하게 밝혀짐으로써 오늘의 밝은 소식을 전할 막이 오른다면…… 하지만 격자무늬 들창문의 나무살 속에 깊숙이 박혀 있는 무거운 어둠은 우리가 아무리 간절히 쳐다보아도 꿈쩍도 하지 않았다.

창문도 골목 안도 컴컴하고 조용하기만 했다. 가을바람 한줄기가 스산하게 얼굴을 스쳤다. 바람이 불자 담 안에서 텅 빈 양은 개밥그릇이 넘어지는 소리가 났다. 그 소리를 듣는지 못 듣는지 불 꺼진 창을 올려다보고 서 있는 이모의 뺨 위로는 쉴새없이 눈물이 번들번들 흐르고만 있었다.

그날 경자 이모가 돌아오지 않았다는 사실은 이모의 의혹에 대한 가장 확실한 대답이었다. 그 안에는 두 가지의 배신이 있었는데, 특히 이 밤을 함께 보냄으로써 배신의 당사자들이 자기들의 행위를 공식화했으므로 이제는 그 배신이 영원히 돌이켜질 수 없는 사실이 되고 말았다는 점이 이모에게는 가장 큰 충격이었다. 이모는 친구와 애인의 배신을 알아야 했을 뿐 아니라 유일하고도 절대적인 사랑을 되찾을 수 있는 가능성마저도 깡그리 차단당한 것이었다. 이제 이모에게 남은 것은 실패한 쌍꺼풀과 절망뿐이었다.

우리는 아무 말 없이 골목을 나섰다. 사거리 석유집 앞을 지날 때 가로등 불빛 아래에서 보니 이모의 아래턱이 심하게 떨리고 있었다. 다시 또 바람 한줄기가 얼굴을 스쳐갔다. 이모의 머리카락 몇 올이 바람에 날리며 뺨 위로 흘러내리더니 눈물에 젖어서 그대로 얼굴에 달라붙었다. 한 걸음씩 발을 떼놓는 이모의 걸음은 똑바로 앞을 향해 있었지만 허방을 짚듯이 위태로워 보였다.

다음날 하루 온종일을 이모는 싸고 누워 있었다. 전날 밤을 뜬 눈으로 새운 모양으로 얼굴이 꺼칠했지만 눈물은 바닥났는지 이제 울지는 않았다. 다만 멍하니 천장의 사방무늬를 올려다보기도 하고, 눈을 감고 있어서 자는가 싶으면 갑자기 한숨을 폭 내쉬기도 하고 이따금 견딜 수 없다는 듯이 이불을 얼굴 위로 덮어쓰곤 했는데 그 모든 것이 절망의 현실을 받아들이기 위한 처절한 안간힘이란 것은 두말할 필요도 없다.

월요일 아침 내가 학교에 갈 때까지도 이모는 그대로 이불 속에 몸을 부려놓은 채 아무 의욕을 찾지 못했다. 이모가 도리질을 하자 하는 수 없이 그대로 밥상을 내가는 할머니 표정도 잔뜩 찌푸려져 있었다.

이모의 비통해하는 모습을 지켜보면서 한편 나는 허석이 올 날을 손꼽아 기다렸다. 어쩔 수 없는 일이었다. 나의 이 은밀한 기쁨이 제발 이모의 슬픔에 대한 또다른 배신이 아니기를 빌 따름이었다. 이제 군민잔치는 이틀 뒤로 다가왔던 것이다.

학교에서 돌아와보니 이모는 아직도 이불 속에 있는데 심하게 중병을 앓는 사람처럼 눈이 퀭하고 얼굴이 핼쑥했다. 오늘은 할머니가 논이나 밭일을 보러 나가지 않고 종일 집에 계신 덕분에 집안팎이 깨끗했다. 뒤꼍에서 할머니는 유기로 된 제기니 은수저니 하는 대청마루에 있던 묵은 살림을 다 꺼내서 닦고 있었다. 삼촌이 입대한 다음날 온 집안 이불의 홑청이란 홑청을 죄다 뜯어서는 양잿물에 삶는다. 푸새를 한다 하면서 하루종일 일에 매달리던 그때처럼 이렇게 대청마루의 그릇을 다 꺼내놓은 걸 보면 아마 할머니 마음도 꽤 심란한 모양이었다.

아침밥을 먹으라고 할 때는 도리질을 하더니 할머니가 저녁밥상을 들여오자 이모는 한쪽 팔을 방바닥에 짚고 힘들게 몸을 일으켰다. 그 모습에는 깊은 슬픔이 풍겨져나왔다. 어쩌다 이형렬의 편지가 늦어질 때 세상 전체에게서 버림받은 것처럼 금방이라도 자지러질 듯 슬픔을 연기할 때와는 분명 다른 모습이었다. 절망 이후 이모의 선택은 체념뿐이었으며 내키는 대로 삶에 대해 응석을 부리며 살아온 이모에게는 체념을 알아가는 과정이 일종의 탈태였다. 이모는 번데기의 태를 벗어버리기 위해, 생전 처음 자기의 존재와 싸우고 있는 것이었다.

경자 이모가 대문을 들어선 것은 이모가 힘들게 밥그릇을 반쯤 비우고 이불을 무릎 위에 씌운 채 멍하니 벽에 기대앉아 있을 때였다.

"영옥아, 저……"

말을 잇지 못하는 경자 이모를 보자 애써 평정을 찾아가던 이모의 얼굴이 벌겋게 달아올랐다. 입술을 꽉 깨물었지만 아래턱이 다시 부들부들 떨렸고 눈에 불이 일었다. 경자 이모는 마당이 어둑해질 때까지 마루 끝에 한참 동안 걸터앉아 있었지만 별말을 못 꺼내고 돌아갔다. 차마 이모를 똑바로 쳐다볼 수 없는지 텅 빈 빨랫줄을 하염없이 보고 있다가 마침내 조용히 몸을 일으키며 들릴 듯 말듯, 나중에 올게, 라고 말했고 지금까지 한마디 없던 이모가, 올 것 없어, 하고 차갑게 내뱉자 이모 못지않게 입술을 꽉 깨물며 뛰듯이 대문간으로 사라지던 거였다.

경자 이모가 그렇게 간 뒤 이모는 다시 이불을 둘러쓰는가 싶더니 큰 소리로 울었다. 할머니가 설거지를 마치고 들어와서는 아직까지도 울고 있는 이모를 내려다보며 혼잣말을 했다.

"무슨 일인지 잘은 모르겠다만, 비는 장수는 목을 못 베는 법이다."

그러자 이모는 더 큰 소리로 섧게 울었다. 사랑을 잃은 처녀의 눈물로 새워질 또 하루의 밤이 눈앞에 다가와 있었다. 이모에게는 너무나 긴 밤이었다. 그리고 그 밤이 지나자 화요일이 되었다. 이제 하루만 지나면 허석이 오는 날이었다.

사과나무 아래에서 그녀를 보았네

　군민잔치는 해마다 10월 셋째주 수요일에 시작하여 금요일까지 사흘 동안 열렸었다. 그런데 올해는 박정희 대통령을 다시 대통령으로 뽑을 수 있느냐 없느냐 하는 개헌안에 대한 국민투표가 금요일에 있기 때문에 수요일과 목요일 이틀로 줄어들었다.

　수요일에는 우리 학교 운동장에서 기념식과 각 면 단위로 민속놀이 경연대회를 하고 성안에서는 백일장대회와 사생대회가 열린다. 문화원에서는 전시회가 열리고 밤에는 성城공주 선발대회도 있었다. 목요일 낮에는 군에서 주최하는 여러 가지 행사가, 그리고 밤에는 여중고생들의 연등행사와 성밟기가 있었는데 그것이 끝난 뒤 맨 마지막 순서로는 시가행진이 있을 예정이었다.

　경자 이모가 다녀간 후 자신에게 닥친 현실이 돌이켜질 수 없다는 것을 결정적으로 깨달았는지 혹은 그로 인해 자기 존재와의 싸움에 더욱 분연히 달겨들었던 것인지 화요일이 되자 이모는 자리를 털고 일어났다. 세수를 하더니 긴 머리를 빗어 질끈 묶고는 제 손으로 밥상을 들여오는 등 마음을 가라앉히려고 애쓰는 모습이 역력했다. 며칠 사이에 얼굴이 좀 상해서 그렇게 보였을까. 마음속에 시련을 겪은 이모에게서는 앳된 기운이 스러지고 어딘지 성숙한 분위기가 났다.

군민위안잔치에서의 무용공연을 위한 연습을 끝내고 내가 집에 돌아온 것은 꽤 늦은 시각이었다. 뒷마루에 앉아 쟁반 위의 콩깍지에서 콩을 털어내고 있다가 방으로 들어서는 나를 고개를 갸웃이 빼고 쳐다보는 이모의 얼굴은 낯선 느낌을 주었다. 어쩐지 이모가 아름답다는 생각이 들기도 했다. 마치 젖살이 빠져나가 제 윤곽을 찾은 아기의 얼굴처럼 이모의 얼굴은 군더더기 없는 청순함을 내뿜고 있었다. 부자연스럽던 쌍꺼풀도 차분한 표정에 알맞게 균형을 이루었다. 말없이 콩깍지를 비트는 심상한 손놀림 역시도 늘 뜬구름 같던 그 호들갑스러운 몸짓이 아닌 듯했다.

물론 순간적인 느낌일 뿐일 것이다. 아무리 실연의 상심이 컸다 한들 이모는 이모이고 며칠 사이에 다른 사람으로 바뀔 수는 없다. 내가 유의한 것은 이모가 변했다는 사실이 아니라 이모의 내면에 다른 모습이 들어 있을 수도 있다는 점이었다. 어쩌면 이모의 내면에는 수많은 다른 모습들이 함께 들어 있는지도 모른다. 그 모습들 중에 하나씩을 골라서 꺼내 쓰는 제어장치, 즉 이모의 인생을 편집하는 장치가 지금까지와 다른 방식으로 작동되면 이모는 전혀 다른 사람이 될 수 있을지도 모른다. 대체 우리들이 나라고 생각하는 나는 나라는 존재의 진실에 얼마나 가까운 것일까.

그때 사람의 그림자 하나가 성큼 우리 대문을 들어서는 게 보였다. 그림자는 변소 앞을 지나고 장군이네 마루 앞을 거치더니 우리집 마루 쪽으로 방향을 틀었다. 우물 앞에 이르러서는 고개를 돌려 우물 쪽을 한번 힐끗 쳐다보기도 했으며 그런 다음 이윽고 내가 서 있는 마루 앞에 다가와 섰다. 그러고는 나를 올려다보며 씩 웃는 것이었다. 그때까지도 나는 그가 허석이라는 것을 깨닫지 못했다. 그가, 잘 있었니 진희야, 하고 말하자 귓가가 윙윙거리면서 순간 눈앞이 아뜩해 멍하니 입만 벌리고 있을 뿐이었다.

그는 단정한 학생복 차림에 옷깃에는 학교 배지를 달고 있었다. 큰 키가 더욱 커 보였고 봄에 봤을 때보다 훨씬 어른스러운 모습이었다. 눈썹까지 흘러내린 머리카락이 그리고 그 웃음이 내가 그렇게 그리워했던 사람의 강렬한 기억을 환기시키며 짜릿하게 가슴속으로 스며들었다. 이것이었어. 얼마나 기다렸던가. 이 시간, 저 사람의 웃음과 눈빛이 있는 이 풍경, 저 사람과 내가 이렇게 가까이에서 하나뿐인 세상을 공유하며 서로를 바라볼 수 있는 이 순간.

내가 마루를 내려서자 그는 한 손을 내 어깨에 얹으며 허리를 굽혀 내 얼굴에 자신의 얼굴을 가까이 가져왔다. 그리고 이렇게 말했다.

"할머니는 어디 계시니."

나는 자연스럽게 행동하려고 애를 썼다. 먼저 부엌으로 들어가서 할머니께 허석이 왔음을 알려야 했다. 그러지 않아도 남자 목소리가 나자 무슨 일인지 나와보려고 아궁이 앞에서 몸을 일으키던 할머니에게 나는 필요 이상으로 목소리를 높여서 그가 왔음을 전했고 할머니가 나간 뒤 국자가 걸려 있는 부엌 기둥에 몸을 기대고 잠깐 가쁜 숨을 진정시켰다. 부엌문이 열린 사이로 할머니와 허석의 만나는 장면이 보였다. 나는 내가 당황하고 있다는 것을 알았기 때문에 부엌 안에서 한참 동안 더 마음을 가라앉혔다. 할머니가 불러서야 나는 마루로 나갔다. 마루에는 이모도 나와 있었는데 허석과 인사를 마치고 다시 뒷마루에 가서 콩을 마저 까려고 일어나던 참이었다.

"삼촌 방 열쇠 좀 꺼내오너라. 내일 올 줄 알고 방도 안 치워놨네."

할머니는 첫번째 문장은 나에게, 두번째 문장은 허석에게 던져놓고 눈은 이모의 뒷모습을 좇아가고 있었다.

"영옥씨는 어디 아픈가요?"

할머니처럼 이모의 뒷모습을 눈으로 좇던 허석이 작은 목소리로 물었다.

삼촌 방 열쇠는 방안의 경대 서랍에 있었다. 그것을 꺼내려면 방으로 들어가야 하는데 마루에 앉아 있는 허석의 코앞에서 걸음을 옮긴다는 게 어색하여 나는 부엌을 통해 뒷마루 쪽으로 돌아들어갈 생각이었다. 그러나 부엌으로 들어가려는 순간 허석의 목소리를 들었고 그 목소리가 이모의 이름을 담는 부분에서 미세한 긴장을 싣고 있다는 것을 눈치챘다. 부엌에 들어간 뒤 나는 다시 한번 국자가 걸린 기둥 앞에 잠시 서 있었는데 그것은 아까처럼 격정을 식히려는 게 아니었다.

허석은 분명 이모에게 각별한 감정을 품고 있었다.

나는 혼란에 빠져버렸다. 내 마음속에 한꺼번에 일어나 소용돌이치는 것의 정체를 알고 그것들의 우선순위를 따져보기 위해 시간이 필요했다.

삼촌 방의 열쇠를 갖다주고 난 뒤 나는 혼자 혜자 이모가 있던 뒷방으로 갔다. 썬득하고 눅눅한 방안에 누워 창문 밖에서 흔들리는 감나무 그림자를 뚫어져라 쳐다보았다. 내 마음속에는 질투가 있었지만 상처받은 사람을 위로하고자 하는 도의도 있었다. 질투는 이모를 반목했으며 도의는 이모를 싸고돌았다.

나는 삶의 기회에 대해 생각했다.

구국의 영웅이 되는 것과 살인자가 되는 것의 차이는 그에게 어떤 기회가 주어지는가에 달려 있다고도 할 수 있다. 살인자가 되는 것은 그에게 살인을 할 기회가 주어졌기 때문이고 배신자가 되는 것 역시 배신의 기회가 왔기 때문이므로. 그 기회를 받아들이느냐 물리치느냐 하는 선택은 스스로가 하는 것이지만 선택의 전 단계에서 어떤 기회를 제공하느냐는 순전히 삶이 하는 일이다. 배신을 하는 것은 자기 자신이지만 배신을 하도록 기회를 마련하는 것은 언제나 삶의 짓인 것이다.

그동안 나는 할머니가 나와 이모 중 한 사람을 선택해야 하는 순간이 온다면 마지막으로 선택받는 사람은 이모일 거라는 생각을 해왔다. 그렇다면 그 진실 안에서 내가 바랄 수 있는 것은 그런 순간이 왔을 때 할머니가 이모 아닌 나를 선택해주는 것이 아니라 부디 그런 선택의 순간이 오지 않았으면 하는 일뿐이다. 최종적으로 그 선택을 하는 주체는 할머니이지만 그 선택의 순간이 다가오는 일은 할머니의 의지와는 상관이 없다. 할머니로서는 평생 그런 선택을 하지 않고 살고 싶다. 그러나 삶이 할머니를 조롱하기 시작하면 그 선택을 해야만 하는 기회는 필연적으로, 한편 우연히 주어진다.

나에게도 그처럼 피하고 싶은 선택의 기회, 즉 배신의 기회가 온 셈이다. 나는 이모와 허석 중에 한 사람을 택해야 했다. 허석에 대한 사랑은 질투 쪽을 부추겼고 이모에 대한 사랑은 도의 쪽을 부추겼다.

머리가 지끈거렸다. 할머니가 내 이름을 부르는 소리가 날 때까지 나는 눅눅한 방에 그렇게 반듯이 누워 있었다.

저녁밥상에서 화제는 주로 삼촌에 대한 것이었다. 이모가 조용했기 때문에 허석과 할머니가 말을 주고받아야 했는데 그 둘의 공통화제라고는 삼촌뿐이었다. 하숙집에서의 삼촌의 행적을 기억해내느라 허석은 애를 썼다. 몇 번인가 농담을 하기도 했는데 그것은

할머니보다는 이모 쪽을 겨냥한 농담이었기에 애당초 할머니는
알아듣기 힘들었고 이모는 웃을 기분이 아니었으므로 결국 허석
이 혼자 크게 웃어젖히고 나서 따라 웃는 사람이 없자 헛웃음으로
슬그머니 무안함을 감추며 끝을 내곤 했다. 그런 헛수고를 허석은
몇 번이나 시도했고 그러는 사이에 밥그릇이 비었다. 허석은 마지
막으로 이모를 향해 모험을 해보기로 결심한 모양으로 이렇게 말
을 걸었다.

"영옥씨, 문화원장 댁에 인사를 가야겠는데 혹시 그분 집 아세
요?"

사보텐 클럽인가를 만들어 청년문화를 선도하고 있다는 문화원
장의 아들은 이모와 국민학교 동창이었다. 이모는 그 집을 알고 있
었다. 물론 그 집을 알기는 나도 마찬가지였다. 나는 여느 때처럼
할머니가 나서서 다 큰 처녀가 저녁에 남자와 돌아다니면 보기 안
좋다고 하며 이모를 제치고 나를 강력히 추천할 줄 알았다. 그러나
뜻밖에 할머니는 이모를 쳐다보며 말하는 것이었다.

"갔다 와라. 머리 아프다면서 바람도 좀 쐬고……"

그러자 이모는 계속 방바닥에 두고 있던 시선을 들어 허석을 한
번 쳐다보더니 말없이 고개를 끄덕였다. 언젠가 나와 함께 심부름
을 가게 된 장군이의 얼굴이 그랬듯이 허석의 얼굴에 서서히 기쁨
이 번지는 것을 나는 고통스럽게 바라보았다. 상을 내가며 할머니
는 버릇처럼 또 혼잣말을 중얼거렸다.

"게으른 사람도 한 짐, 부지런한 사람도 한 짐이라더니…… 철 딱서니 없는 것도 속을 끓이기 시작하니 호되게 끓이네, 원."

할머니는 이모가 안쓰러운 거였다. 갈상머리 없고 덤벙대는 막내딸이 속을 끓이며 아파하니 그것이 더 할머니 마음에 와 닿는 모양이었다. 성숙한 어른이 슬퍼하는 것보다는 철없는 아이의 슬픔은 더 마음을 아프게 한다. 그러므로 철없는 사람은 마음껏 철없이 행동하면서도 슬픔에 닥치면 불공평하게도 더 많은 사랑과 배려를 받는 것이다. 성숙한 사람은 으레 슬픔을 이겨낼 수 있으리라고 여겨지기 때문에 그같은 배려를 받지 못한다. 성숙한 사람은 언제나 손해이다. 나는 너무 일찍 성숙했고 그러기에 일찍부터 삶을 알게 된 만큼 삶에서 빨리 밑지기 시작했다.

이모와 허석은 나란히 대문을 나섰고 약간 밤이 이슥한 시간에 그 대문으로 나란히 들어왔다. 다른 점이 있다면 나갈 때는 이모가 고개를 숙이고 몇 걸음 뒤처져서 갔지만 들어올 때는 두 사람이 나란히 어깨를 붙이고 들어왔다는 점이었다. 그런데 그날 밤 대문의 역할은 그들을 내보내고 들이는 것만으로 끝나지 않았다. 이모가 들어온 지 한 시간이나 되었을까. 꽤 깊은 밤이었는데 대문이 요란한 소리를 내며 흔들리는 것이었다. 처음에는 광진테라 아저씨거니 했다. 하지만 아줌마가 뛰쳐나가 문을 열었을 시간이 충분히 지나갔는데도 계속 대문 흔들리는 소리가 요란하게 들렸으며 그 소리 사이사이에 거친 남자의 목소리가 섞여 들려왔다.

처음에는 무슨 말인 줄 몰랐는데 한참 들으니 그 목소리는 이모를 소리쳐 부르고 있었다.

"영옥이 나와! 못 나오냐! 야, 영옥이 나오란 말야!"

나와 이모가 방문을 열고 나가자 한 발 앞서 삼촌 방에서 나온 허석이 우리를 쳐다보고 물었다.

"누구예요?"

"모르겠어요."

이모도 나도 어리둥절한 표정으로 서 있자니 언제 들어왔는지 광진테라 아저씨가 자기 집 방에서 나오는 모습이 보였다. 아저씨가 대문간에 버티고 소리를 질렀다.

"누구요? 누가 남의 대문을 부수는 거야?"

"이 문 못 열어? 영옥이 나오라고 해, 영옥이! 영옥이, 너 가만 안 둔다. 죽여버릴 거야!"

그제야 나는 그 목소리를 알아들었다. 이모 쪽을 보니 이모도 이미 알아챘는지 얼굴이 하얗게 질려 있다.

광진테라 아저씨는 대문에 가까이 갈 생각은 못하고 자기 집 문을 잡고 서 있는 품이 여차하면 도로 방으로 들어갈 기색이었다. 위급한 순간에는 그토록 자랑하는 남자다움을 포기하는 것이 아저씨가 가진 호방함의 이면이었다. 속물적이라는 점에서 아저씨와 짝을 이루는 장군이 엄마에게로 문득 생각이 미쳤다. 다른 때 같으면 누구보다 먼저 나와 옹기그릇 깨지는 소리로 참견을 하고 나섰을 테지만 지금 장군이 엄마는 기침소리 한번 내지 않는다. 방 안에서 듣고만 있자니 좀이 쑤시긴 해도 자숙의 기간이라 밖으로 나와보지 못하는 것이다.

저 정도로 심하게 흔들어댔다면 아마 대문의 빗장이 거의 벗겨졌을 것 같았다. 허석이 신발을 신으며 내게 물었다.

"아는 사람이니?"

이모와 나는 아무 대답도 할 수가 없었다. 웬만한 일로는 방해를 받지 않는 할머니의 초저녁잠도 그 소란에는 견딜 수가 없었는지 잠에서 깬 할머니가 방에서 나왔다.

"누가 온 거냐? 왜 저렇게 시끄럽게 해?"

"……홍기웅이야."

내가 대답하자 할머니가 버럭 소리를 질렀다.

"그 자식이 왜 우리집에 와서 행패야? 내 이놈을 당장!"

급하게 댓돌로 내려서려다가 말고 신중한 할머니는 혹시나 싶어 이모를 돌아보았다.

"영옥이 너, 저 자식하고 무슨 일 있었던 거 아니지?"

이모가 당황하여 얼른 대답했다.

"아니야! 아까 이 오빠랑 같이 오는데 길을 가로막고 어디 가냐고 시비를 걸길래 내가 대꾸도 안 하고……"

벌벌 떠느라 말을 잇지 못하는 이모의 말이 끝나기도 전에 허석이 말을 가로챘다.

"그 자식이에요?"

허석은 눈빛이 날카로워지더니 씩씩거리며

"영옥씨, 내가 저 자식 좀 봐줘도 되겠습니까?"

라고 주먹을 불끈 쥐었다.

홍기웅의 고함소리는 계속 들려오는데 그가 부서져라 두들겨대는 대문은 거의 열렸을 것 같고, 광진테라 아저씨는 이제 자기 집문 뒤에서 고개만 내밀고 있고, 그런데 허석은 우리 읍에서는 알아주는 깡패 홍기웅을 상대하겠다고 주먹을 쥐고……

할머니는 고무신을 신더니 차분한 걸음으로 대문으로 걸어갔다. 할머니가 변소 앞쯤에 이르렀을 때 드디어 빗장이 풀려 대문이 떨어져나갈 듯한 소리와 함께 홍기웅의 가죽잠바가 대문 안으로 들어섰다.

"영옥이 못 나오냐. 너 내 손에 죽어볼래?"

하며 기세 좋게 들이닥치던 홍기웅은 그러나 할머니를 보자 순간 멈칫하더니 꾸벅 절을 한다.

"어머니, 영옥이 좀 나오라고 하세요. 제가 할말이 좀 있습니다."

"무슨 놈의 어머니이고 이 밤중에 할말은 또 무슨 할말이란 말인가. 가서 환한 낮에 와. 여자들만 사는 집에 술냄새 풍기면서 한밤중에 처들어오다니 이게 뭔 짓이야?"

"죄송합니다. 한잔했습니다. 빨리 영옥이 내보세요. 이 홍기웅이가 오늘은 무슨 일이 있어도 할말 좀 해야겠습니다."

그러더니 홍기웅은 할머니의 어깨를 가볍게 밀치면서 다시 한번
"야, 영옥이 못 나오냐"고 소리쳤다. 허석은 분을 못 참고 주먹을
들었다 놓았다 하고 있더니 할머니의 어깨가 밀쳐지는 것을 보고
"저 자식을!" 하고 부르짖으면서 진격명령이 떨어지기만을 기다리
는 병사의 눈으로 이모를 쳐다보았다. 창백한 모습으로 질려 떨고
있는 이모의 얼굴에는 복잡한 슬픔 같은 것이 어려 있을 뿐이었다.

홍기웅은 할머니를 제치고 성큼 걸음을 옮겨 안채로 걸어들어
오기 시작했다. 장군이네 집 앞까지 들어와서야 홍기웅은 비로소
우리를 보았다. 우리, 쓰러질 듯 마루 기둥에 기대서 있는 그의 영
원한 연인과 나(배역을 맡지 못했으므로 어쩌면 나는 그의 눈에
안 보였을지도 모른다), 그리고 전의에 불타는 시선으로 자기를
노려보고 있는 낯선 그의 연적을.

홍기웅이 주먹을 내뻗은 것은 순식간의 일이었다. 허석은 그대
로 마당으로 팽개쳐졌고 이모가 악, 하고 비명을 질렀으며 한발 뒤
처져 대문에서 달려온 할머니가 소리를 지르며 홍기웅을 막아섰
다. 그러나 재빨리 몸을 일으킨 허석은 할머니의 등뒤에서 벗어나
옆쪽으로 달려가서 홍기웅에게 달려들었다. 그의 주먹이 홍기웅의
얼굴에 가까이 가기도 전에 허석은 다시 한번 나동그라져야 했다.

처음부터 그는 홍기웅의 상대가 되지 못했다. 홍기웅은 허석이
비틀거리며 일어나기를 기다렸다가 번개 같은 주먹을 내뻗곤 했

다. 할머니가 홍기웅의 가죽잠바를 붙잡고 늘어졌지만 그는 할머니를 적당히 피하면서 대여섯 차례나 허석을 쓰러뜨렸다. 마치 김기수 선수가 조그만 남녀 어린이 둘과 권투시합을 하는 것 같았다.

홍기웅의 주먹이 휘둘러지고 그 주먹이 가는 방향에 따라 할머니의 치맛자락이 이리저리 펄럭이고 그때마다 허석이 윽, 하고 비명소리를 냈다. 어디가 찢어졌는지 얼굴에는 피가 흐르기 시작했다. 그런데도 이모는 두 손으로 얼굴을 감싸쥐고 떨면서 서 있기만 했다. 홍기웅을 말릴 수 있는 것은 자기뿐인데도 비운의 여주인공 이상의 역할을 생각해내지 못하고 허석이 맞는 것을 쳐다만 보고 있는 이모에게 나는 갑자기 화가 치밀었다.

허석의 얼굴에서 피를 본 순간 나는 나도 모르게 두 손으로 힘껏 이모를 홍기웅 쪽으로 밀쳐버렸다. 너무 세게 밀쳤던 것일까. 이모는 홍기웅의 다리 아래로 쓰러졌으며 그러자 갑자기 잊었던 대사를 기억해낸 배우처럼 소리 높이 울면서 홍기웅의 바짓가랑이를 붙잡았다. 이모가 그렇게 무릎을 꿇지 않았다면, 아니 내가 이 폭력사태를 불러일으킨 장본인인 이모를 현장에 투입시키지 않았다면 홍기웅과 허석과 할머니, 그 셋의 그림자 인형극 같은 싸움은 조금 더 계속되었을 것이다.

이윽고 홍기웅이 주먹을 내리자 할머니가 허석을 부축해서 마루에 앉혔다.

홍기웅은 울고 있는 이모를 내려다보았다. 숨을 거칠게 몰아쉴

뿐 그는 아무 말도 하지 않았다. 이모는 홍기웅의 다리를 붙잡았던 손은 떼었지만 땅바닥에 주저앉은 채 계속해서 소리 높이 울고 있었다.

어떤 의미로 보면 이 상황은 이모가 원해왔던 순간이었다. 이모는 며칠 전부터 이렇게 마음껏 울어보고 싶었다. 이모는 지금 자기를 울게 하는 것이 무엇인지 알지 못했다. 이모의 마음속에는 울고 싶다는 것, 그 한 가지 생각뿐이었다. 이모의 눈물은 지금 홍기웅이 착각하듯 홍기웅 때문도 아니요, 허석이 착각하듯 허석 때문도 아니었으며 그렇다고 이형렬 때문도 아니었다. 이모는 자기 자신의 슬픔 때문에 우는 것이었다. 이모로서는 이 순간이 슬펐고 그 이유가 무엇이든 울 수 있으면 그만이었다.

그래서 이모는 초승달의 희미한 달빛 아래 몸을 떨며 울었다. 홍기웅은 자기의 발 아래 울고 있는 이모를 더는 못 보겠다는 듯이 고개를 돌렸다. 마침 그가 고개를 돌리는 쪽에 서 있었던 나는 그의 얼굴에도 눈물이 흐르는 것을 똑똑히 볼 수 있었다. 굳이 만져보지 않아도 알 수 있었다. 그것은 아주 뜨거운 눈물이었다.

그는 땅바닥에 그토록 사랑했던 영원한 연인을 내버려둔 채 그대로 몸을 돌려 대문 밖으로 사라졌다. 한번쯤 팔을 올려 눈물을 씻을 법도 한데 끝까지 가죽잠바 양쪽 소매의 대칭을 유지하고 사라지는 그의 뒷모습은 마치 검은 산 같았다.

눈물의 요정처럼 실컷 울고 난 이모는 다음날이 되자 예전의 기력을 많이 되찾았다. 보다 극적인 사건을 겪고 나니 배신의 상처도 얼마간 아물어든 듯했다. 그 사건이 이모와 허석을 가깝게 만들어주었음은 설명할 필요도 없는 일이다. 허석은 이모를 괴롭히려는 깡패에 맞서 싸워준 정의의 사나이였고 이모는 자기 몸을 던져서 허석을 깡패의 손아귀에서 구해낸 구원의 여성이었다. 뜨거운 눈물을 보이고 사라진 검은 산 홍기웅은 결국 어젯밤 깡패 이외의 아무것도 되지 못했다. 그로서는 어쩔 수 없는 일이었다. 삶이 그렇게 보잘것없는 역할만을 맡기는 한 할 수 없었다.

나 역시도 마찬가지였다. 내게는 허석을 사랑할 기회가 주어지지 않았다. 삶이 그 기회를 나 아닌 이모에게 주기로 결정했다는 것은 어제 이후 어느 모로 보나 명백해졌다.

그렇다면 내 마음속에 생겨나버린 사랑은 사라지기 위해 생겨난 것인가. 그렇게 사라질 것이라면 왜 삶은 내게 하모니카와 염소의 실루엣을 간직하게 하였는가. 사랑을 이룰 수 있는 기회를 줄 생각이 아니라면 나에게는 어떤 기회가 준비되어 있기에 삶은 내 안에 사랑을 만들었는가. 거기에 대해 삶은 또 무슨 말인가를 할 것이다. 삶이 내게 할말이 있었기 때문에 그 일이 내게 일어났다. 나는 그런 생각으로 허석과 이모의 다정한 모습을 보아넘기려 애썼다.

다음날 이모와 허석이 문화원장의 안내로 귀빈석을 차지하고 하루종일 군민잔치를 구경다니는 동안 나는 백일장대회에 나갔고 무용 총연습을 해야 했다.

저녁밥상에서 그 한 쌍은 성공주 선발대회가 열리는 중앙극장에 가기 위해 숟가락을 빨리 놀리고 있었는데 보자하니 허석은 이모를 드러내놓고 다정하게 쳐다보았고 이모는 성심껏 허석의 다정함에 응하는 것이었다.

성공주 선발대회는 두어 주일 전부터 읍내의 화제였다.

학교에서 여자애들도 모여앉았다 하면 줄곧 그 얘기였다. 우리 읍에서 예쁘기로 치면 조양관 기생 누구만한 인물이 없는데 직업상 읍을 대표할 자격이 없기 때문에 애석하다는 얘기며 우리 학교 여선생님 중의 누구도 강력하게 추천을 받았지만 우리 읍 출신이 아니라서 역시 자격미달이라는 얘기, 뚝방 옆의 탱자나무집 딸은 나가기만 하면 일등은 따놓은 거나 마찬가지인데도 옷 맞출 돈이 없어서 출전을 못한다는 얘기, 또 과수원집 딸 역시 말도 못하는 미녀이긴 해도 미스코리아 대회에 나가려는 꿈을 갖고 있어서 군 대회에는 참가를 사양했다는 얘기 등등이었다.

대회 결과를 두고도 여러 가지 예측이 분분했다. 빽이 든든한 수리조합장 둘째딸이 될 거라는 둥 서울서 대학 다니는 쌀집 딸이 이 대회에 출전하기 위해 잠시 내려왔는데 서울 멋쟁이를 어떻게 당하겠냐는 둥 경찰서에서 교환원을 하는 미스 박이 경찰서 안은 물론이고 읍내 전체 총각들 마음을 흔들어놓고 있으며 전에 미스 무슨 대회에 출전했던 동료에게(혜자 이모를 가리키는 말이었다) 심사위원의 마음을 사로잡을 비법을 들어 알고 있어 가장 유력하다는 등 각종 소문이 떠돌았다.

그다음으로 화제를 불러일으키는 것은 출전하는 처녀들의 의상과 준비과정이었다. 성공주를 뽑는 대회였으므로 의상은 당연히 한복이었는데, 도청소재지에 가서 한복을 맞춰왔다는 후보만도 대여섯 명이 넘었으며 누군가는 특이하게 보이려고 까마귀처럼 검은색으로 했다고도 하고 누군가는 수를 너무 많이 넣어서 옷이 무거워 입어보다가 넘어졌다는 소문까지 나돌았다. 그런가 하면 첫인상이 가장 기억에 남으므로 1번이 유리하다는 등 앞부분에서는 기준을 엄격하게 두던 심사위원들도 끝으로 갈수록 그 안에서 반드시 일등을 찾기 위해 점수가 후해지므로 뒷번호가 유리하다는 등 순서에 대한 논평도 만만찮았다.

저녁을 먹은 다음 이모와 허석은 나를 동반하여 중앙극장으로 가기로 되어 있었다. 허석은 할머니에게도 같이 가자고 권했으나 그것은 마루 밑의 해피가 듣기에도 형식적인 말이었다.

극장에 들어가니 벌써 사람들이 자리를 꽉 메우고 있었다. 맨 뒷자리만이 비어 있어 겨우 자리를 잡고 앉았다.

첫번째는 교환원 미스 박이 화려한 주황색 한복을 입고 무대를 한 바퀴 돌았으며 두번째는 서울서 무용대학에 다닌다는 쌀집 딸이 나비같이 고전무용을 추며 등장하여 관객과 심사위원석은 물론 그 아이디어를 미처 생각해내지 못한 다른 출연자들의 가족석을 술렁이게 만들었다.

나는 세번째까지만 보고 집으로 돌아와버렸다. 머리가 아파서 돌아가겠다고 하자 허석과 이모는, 아프다는 말은 단 한마디밖에 하지 않았는데도 정 그렇게 아프다면 집에 가서 누워 쉬는 편이 낫겠다고 지나치게 증세를 염려하며 선선히 나를 보내주었다.

그들의 충고대로 나는 집에 돌아오자마자 자리에 누웠고 며칠 전의 이모처럼 내게 닥친 배신의 운명을 원망하며 천장의 사방무늬를 노려보았다.

왜 혼자 오냐고 할머니가 물었지만 나는 할머니가 꼭 대답을 듣기 위해 물은 것이 아님을 알고 있었다. 할머니는 이모와 허석이 어울리는 것을 이미 마음속에 다 받아들이고 있었으며 어젯밤 홍기웅의 사건 이후 둘 사이가 가까워진 것을 당연하게 여겼다. 이모의 상처를 쉬 아물게 해준 것이나 홍기웅의 내습이라는 위기상황에서 군대 간 아들 대신 이모의 오빠 노릇을 늠름하게 해준 것이나 할머니로서는 허석이 고마웠다. 따지고 보면 이모와 허석이 가까워져서 나쁠 것은 하나도 없었다. 게다가 이모가 며칠 실연의 상처를 앓는 것을 보고 막내딸이 성숙한 여자로 자랐음을 실감했던 할머니는 맞춤하게 그 순간 성숙한 남자의 배역을 맡아 출연한 허석의 연기를 거부감 없이 바라보게 되었던 것이다.

그렇게 할머니마저도 이모와 허석의 세계에 속해 있었다. 그 세계에 속하지 못한 것은 나뿐이었다. 나에게는 질투와 도의 사이에서 갈등할 양식이라도 있었지만 지금 여기에 나 혼자만을 버려두고 자기들만의 세계를 만들어버린 것에 대해 허석도 이모도 할머니도 아무런 갈등을 느끼지 않았다. 그들은 이 세계가 아주 잘 돌아간다고만 생각했으며 거기에서 제외된 나의 외로움은 전혀 알지 못했다.

며칠 사이에 삶은 여러 번 같은 무대에서 배역을 바꿔가며 우리를 시험했다. 처음에는 친구와 애인에게 한꺼번에 배신당한 가련한 여인 역의 이모와 몇 달 동안 그리던 사랑을 만날 기대에 부풀어 있는 기다림의 화신 역의 내가 등장하여 열연을 펼쳤다.

그러나 이제 배역이 바뀌어 내가 배신당한 역을, 이모가 새로운 사랑의 시작에 도취한 역을 맡게 되었다. 나는 이모와 허석과 할머니에게 한꺼번에 배신당했으며 더욱 비참한 것은 그렇게 배신당한 것을 아무에게도 눈치채여서는 안 되므로 이모처럼 노골적으로 비탄에 빠질 수도 없고 위로나 배려를 받을 수도 없다는 점이었다. 내 고통은 바로 거기에 있었다. 나는 모든 사람들의 내면을 이해할 수 있었지만 나를 이해하는 사람은 아무도 없었다.

내 눈앞에 언젠가 광진테라 아줌마가 타지 못하고 보내버렸던 그 버스가 먼지를 일으키며 달려오고 있다. 버스가 내 앞에 서자 나는 발을 올려놓는다. 그 발을 보니 고무신이 신겨 있었으며 버스에 올라탈 때 나는 뒤에 업은 아기 때문에 잠시 무게중심을 잃고 휘청한다.

버스에는 사람들이 가득차서 빈자리라고는 아까 극장에서처럼 맨 뒷자리밖에 없다. 가파른 자갈길을 올라가는 동안 버스는 무척 흔들렸는데 그때마다 나는 버스 천장까지 튀어오르며 쉴새없이 엉덩방아를 찧는다.

어디선가 하모니카 소리가 들려온다. 하얀 치마저고리를 입은 여자가 하모니카를 불고 있다. 차창으로 황혼이 스며들면서 여자의 옷이 붉게 물들었다. 여자는 하모니카를 불고 있었지만 입속에 또다른 입이 하나 더 있는지 하모니카를 부는 한편 살짝 웃고 있다. 게다가 동시에 내 이름까지 부른다.

나는 그런 발음을 처음 듣는 것만 같았다. 내 이름이 그렇게 다정한 소리를 낸다는 것을 처음 안 나는 감동한다. 그래서 대답을 하려고 한다. 그러나 웬일인지 목소리가 나오지 않았다. 여자에게 대답을 하려고 입을 벌리는 나의 노력은 필사적이었다. 그러나 소리가 나지 않는다. 금붕어처럼. 갑자기 나는 차창 밖에서 이모와 허석의 모습을 보았다. 언제 극장을 나왔을까. 그들은 언젠가의 밤처럼 검은초록색 안개에 감싸인 과수원의 사과나무 아래에서 첫사랑의 고백을 하고 있다. 이모를 서서히 덮쳐가는 안개. 그러나 이모는 그것이 위험하다는 것을 전혀 모르고 있다. 그 사실을 알려줄 사람은 나뿐이다. 나는 이모를 소리쳐 부른다. 그러나 하모니카의 여자에게 대답을 하려고 할 때처럼 아무리 몸부림을 쳐도 소리가 나오지 않는다. 이모, 이모! 하지만 가슴을 쥐어뜯고 발버둥을 쳐도 소용없다.

　그때 버스 안에 탔던 사람들이 일제히 일어나서 나를 향해 아우성을 친다. 사방이 웅성거리고 소란스럽다. 나 혼자만 목소리를 내지 못하고 가슴을 쥐어뜯고 있다. 시끄럽게 웅성거리는 소리는 찢어질 듯한 비명과 아비규환의 부르짖음으로 바뀐다. 한사코 나는 목소리를 내려고 몸을 비틀고 고개를 내두르며 안간힘을 썼다. 제발, 단 한마디만, 이모라고, 제발, 제발 한마디만, 이모…… 드디어 꽉 막혔던 목구멍이 터지며 내 입에서 가느다란 소리가 새어나왔고, 그리고 나는 눈을 떴다.

　그런데 이상했다. 꿈이 깼는데도 버스 안에서 나를 향해 외치던 사람들의 웅성거림이 여전히 들려오고 있었다. 비명이 들려오고 소란스러운 아우성, 발소리가 어지러웠다. 그 소리에 섞여 다급하게 외치는 소리가 꿈속에서처럼 아득하게 들려왔다. 불이야. 불, 불이야.

　문을 박차고 나가보니 아, 밤하늘이 빨갛게 타고 있었다.

　큰길을 가득 메운 사람들이 넘어지고 달려가고 소리를 지르는 등 말 그대로 지옥과 같았다. 빨갛게 타고 있는 하늘을 올려다보던 나는 갑자기 그곳이 바로 성공주 선발대회가 열리고 있는 극장 쪽이란 걸 깨달았다.

　그 순간 목구멍에서 울컥, 하고 구역질이 치밀었다. 관장약을 먹었을 때처럼 아랫도리에 힘이 빠지면서 얼굴이 싸늘하게 식고

식은땀이 솟았다. 나는 그 자리에 주저앉아버렸다. 쭈그리고 앉은
채 나는 멀건 물을 조금 토해냈다. 다급하게 달려가는 사람들의 발
길에 몇 번이나 등을 차이고 어깨가 밀려 넘어지면서도 나는 사타
구니 사이에 고개를 처박은 채 한참 동안 노오란 구토 기운을 다스
려야 했다.

소방차 사이렌 소리가 들려왔다. 내 꿈속에서 하모니카 소리가
저랬던가.

"진희야!"

누군가가 어깨를 잡더니 나를 안아 일으켰다. 할머니였다.

"할머니……"

내 눈에는 눈물이 철철 흘러내리기 시작했다.

"할머니, 극장에 불이…… 이모하고 허석……"

할머니는 말을 잇지 못하는 내 손을 꼭 잡아쥐면서 다른 한 손
으로 내 등을 감싸안았다.

"아가, 걱정 마라."

"이모가 지금 극장에서……"

"괜찮다니까. 불난 곳은 극장 옆의 유지공장이야."

할머니는 계속해서 내 등을 토닥거렸다.

"조금 아까 그쪽에서 오는 사람을 붙잡고 물어보니까 극장에 있
던 사람들은 다 피했다더라. 이모는 괜찮을 거야."

그 말을 듣자 내 눈에서는 더욱 많은 눈물이 흘러내렸다.

지금까지 느끼지 못했던 매캐한 냄새가 그제야 코를 찔렀다. 언제
부터 이 냄새가 났을까. 하늘을 보니 빨간 불덩이를 에워싼 시커먼
연기가 아까보다 더욱 넓게 퍼져 있었다. 폭발음도 들려왔다. 두려
움과 수심이 가득찬 할머니의 주름살 위로 검은 불티가 날아와 앉았
다. 아우성치는 소리와 소방차 소리, 발소리로 귓가가 멍멍했다.

"아가, 어서 집에 들어가 있어라. 난 아무래도 아랫동네에 가봐
야겠다. 저 불길이면 사람이 죽어도 몇십 명은 죽었을 텐데. 대체
무슨 죄지은 일이 있다고 우리 동네에 이런 재앙인지, 그놈의 공장
에서 무슨 사달이 나고야 말 줄 내 알았어……"

말소리도 잘 들리지 않았지만 할머니는 이렇게 말하는 것 같았
다. 그러고는 사람들 틈에 끼어 유지공장이 있는 아랫동네 쪽으로
섞여들어갔다. 사람들에 휩쓸리다시피 하며 내 발길도 저절로 그
쪽을 향해 뛰고 있었다.

유지공장으로 가까이 갈수록 주위가 점점 환해졌다. 사람들이
이리 뛰고 저리 뛰고 하는 사이로 엄청난 불길을 내뿜고 있는 공장
건물이 보였다. 그 앞에는 소방수들이 왔다갔다하고 있었는데 그
들의 발밑에는 새까만 것들이, 바로 타버린 시체들이 굴러다녔다.

들것에 실려가는 사람들의 얼굴은 흉측하게 일그러져 있었고
옷이며 몸의 형체가 너무 그을려서 누군지 알아볼 수도 없었다. 한
남자는 옷에 불이 붙은 채 비명을 지르며 공장 안에서 뛰쳐나왔으
며 구조를 기다리다 못한 사람들이 여기저기 창문에서 뛰어내렸

다. 소방차의 물줄기는 두어 층 올라가다 말고 맥없이 포물선을 그리며 떨어져내릴 뿐인데 공장 안에는 아직도 폭발물이 있는지 이따금 펑펑 소리를 내며 터지는 소리가 났고 그럴 때마다 더욱 높이 치솟는 불길을 피해 사람들이 소리를 지르며 일시에 뒷걸음질을 치곤 했다.

대성약국 아저씨가 들것에 누워 비명을 지르는 사람들에게 응급처치를 해주고 있었고 그 옆에서는 읍내에 하나밖에 없는 대동병원으로 환자들을 실어나르느라 제재소집 트럭이 분주히 움직이고 있었다. 모든 것이 뒤죽박죽이었다. 누가 누군지 여자인지 남자인지 죽었는지 살았는지, 미친듯 타오르는 불길 앞에서 사람들 역시 미친듯이 울부짖고 뛰어다닐 뿐 제정신인 사람은 하나도 없었다.

불은 그후로도 몇 시간을 더 탔다.

바람이 잦아들면서 겨우 불길이 잡힐 즈음에는 벌써 날이 훤히 밝고 있었다. 온 읍내가 다 잠 한숨 자지 못하고 맞이한 참혹한 아침이었다.

죽은 뒤에야 눈에 띄는 사람들

하루 사이에 읍내에는 불행한 사람들로 가득찼다. 군민잔치는 모두 취소되었다.

밤에 불이 나서 불행 중 다행이라고는 하지만 공장에 남아 잔업을 하던 사람의 숫자도 적지는 않았다. 죽은 사람이 열몇 명이라는 말도 있고 삼십 명이 넘는다는 말도 있었다. 대동병원에만도 이십명 가까운 환자가 입원해 있고 나머지는 도청소재지로 옮겨졌다는 소식이었다.

갑자기 폭발음이 나면서 몸이 붕 뜨더니 정신을 차려보니 논바닥 위에 떨어져 다리를 좀 삐었을 뿐이라는 운좋은 사람도 있었고 친구가 성공주 선발대회에 출전하기 때문에 죽어라고 떼를 써서 그날 잔업당번을 바꾸는 바람에 화를 면한 사람도 있었지만 대부분의 뒷소식은 억울하고 슬픈 얘기뿐이었다.

그중에서도 가장 억울하고 슬픈 것은 두말할 것도 없이 죽은 사람들이었다. 작은 읍이라서 거의 아는 사람들이었다. 월남에서 다리를 다친 뒤 술로 세월을 보내다가 최근에 마음을 잡고 유지공장에 취직했던 자전거포집 둘째아들도 죽었다. 순덕이 점덕이 자매, 두부집 점례언니도 죽었으며 장군이네 반 까불이 조성우의 큰형도 죽었다. 죽은 사람의 이름이 들먹여질 때마다 나는 등뒤가 섬뜩했다. 그러나 이모와 허석의 안부가 확인된 뒤부터는 나와 가까운 사람이 죽었으리라는 생각은 전혀 들지 않았다.

이모에게는 유지공장에 취직한 친구들이 적지 않았다. 친구들 소식을 알아보겠다고 아침에 나간 이모가 넋 나간 듯이 들어오는 것을 보고 나는 한순간 온몸에 소름이 쫙 돋았다.

마루에 앉아 있던 할머니가 벌떡 일어나며 "쟤가 왜 저런다냐, 저, 저, 쓰러지겠다" 하면서 이모에게로 달려갔는데 그사이를 기다리지 못하고 이모는 그 자리에 그대로 고꾸라졌다. 할머니가 소리치자 삼촌 방에 있던 허석이 나와서 황급히 이모를 안다시피 하여 들어왔다. 눈에 초점을 잃은 채 허석의 품안에 늘어져 있는 이모를 받아 방안에 눕히면서 할머니도 나도 짐작 가는 바가 있었나. 그 짐작이 틀리기를 바라는 마음이 너무 간절하여 차마 이름을 입 밖에 내어 물어보지는 못하고 불안스레 눈길만 던지는데 이모가 눈을 뜨더니 결국 그 이름을 말하고야 마는 것이었다.

"엄마, 경자가……"

평정을 유지하려고 애쓰며 할머니가 잠겨드는 목소리로 물었다.

"……많이 다쳤더냐?"

이모는 초점 없는 눈을 천장으로 향한 채 단 한마디로 대답했다.

"죽었어."

'죽었어'라고? 이모의 말이 너무나 거짓말 같아서 나는 마음 같아서는 한번 더 물어보고 싶을 정도였다. 그러나 할머니와 나는 어렵사리 그 말만을 하고 다시 감아버린 이모의 양쪽 눈시울에서 길게 줄을 그으며 내려오는 눈물을 멍청히 쳐다볼 뿐이었다. 그렇게 망연히 서 있는데 이번에는 장군이 엄마가 소리 높여 울면서 대문간을 들어섰다.

"아이고, 세상에 이럴 수가. 세상에 이럴 수가, 아이고!"

우리를 보자마자 장군이 엄마는 더욱 울음소리가 높아졌다.

"진희 할머니, 글쎄 이선생님이…… 이선생님이."

"다, 다쳤구먼?"

할머니의 목소리가 떨려나왔다.

"아니요. 아니요. 아주 가셨어요. 아이고. 글쎄, 정여산가 뭔가 그 빨갱이 여편네 살려내겠다고 불속에 뛰어들었다네요. 어떻게 이런 일이 있어요. 평생 남한테 싫은 소리 한번 안 하는 분이 이게 무슨 개죽음이래요, 아이고!"

할머니는 방바닥에 주저앉았으며 누워 있던 이모는 계속 눈을 감은 채 큰 소리를 내며 울었다. 이번에는 허석도 고개를 한옆으로 돌리며 눈을 한 번 꾹 감았다 떴는데 흰자위가 빨갛게 충혈돼 있었다.

학교에서나 우리집에서나 이선생님은 매사에 말이 없고 뒤로 처지기 때문에 심하게 말하자면 하찮은 존재로 취급되기 일쑤였다. 그러나 나는 이따금 남들이 모르는 이선생님의 괴짜스러운 모습을 볼 기회가 있었다.

지난여름에는 이선생님이 땅강아지를 먹는 것을 보고 깜짝 놀란 일이 있었다. 이선생님이 발밑에 기어가는 땅강아지의 허리를 두 손가락으로 꼭 쥐어올릴 때만 해도 나는 단지 곤충을 관찰하기 위한 동작인 줄로만 알았다. 그런데 이선생님은 대뜸 입을 크게 벌리더니 마치 할머니가 얼김치 간을 보듯이 땅강아지를 높이 쳐들어 혓바닥 위에 올려놓는 것이었다. 그뿐이 아니었다. 이선생님은 땅강아지를 산 채로 꿀꺽 삼키고 나서, "진희야, 땅강아지가 제 발로 내 목구멍 안으로 기어들어가는 것 봤지? 고놈 참 기특하지 않더냐?"고 말하며 흐물하게 웃기까지 했다.

그러면서 이선생님은 이런 말을 했다. "이상하게 보이냐? 내가 벌레를 먹는 것이나 내 몸이 벌레들에게 뜯어먹히는 것이나 다 좋은 일이지. 벌레들한테 뜯어먹히면서 고통을 느끼지 않아도 되는 게 바로 죽음이고. 진희야, 그러니 죽는다는 건 얼마나 평화로운 일이냐……" 그때 나는 도무지 무슨 뜻인지 알 수는 없었지만 이선생님이 성냥개비를 부러뜨려서 더러운 손톱 밑을 후벼가며 뜨문뜨문 늘어놓는 그 말과 분위기에 괜스레 숨을 죽였던 것이 지금도 기억에 생생하다.

그때의 이선생님을 떠올리며 나는 금방 내 턱에서 미끄러져 방바닥에 툭 떨어진 눈물을 발끝으로 뭉갰다.

집집마다 곡성이 터져나왔다. 유지공장에서는 음산한 냄새 대신 매캐한 냄새가 뿜어나와 거대한 박쥐우산처럼 온 읍내를 뒤덮었다. 대동병원에서는 환자들의 울부짖는 소리가 길가에까지 들려왔으며 사람들은 친지들의 안부를 확인하느라 불안하고 경직된 얼굴로 바삐 길거리를 오가고 있었다.

"다음은 학생 대표의 조사 낭독이 있겠습니다."

"……언제나 자상하시고 저희들을 사랑해주시던…… 불의를 보면 굽힐 줄 모르는 용기와…… 목숨을 던져 남을 구하시고…… 비록 몸은 떠나셨지만 마음은 저희들 곁에 남아…… 하늘나라에서도 학교의 발전을 지켜봐주시고…… 영원히 저희 성서국민학교의 선생님으로서 마음속에 간직되시며……"

불과 지난주까지만 해도 잡부금을 걷은 실적이 제일 낮다며 이선생님은 교감 선생님께 닦달을 당했다. 교무실 청소하는 아이들이 전하는 바로는 교감 선생님은 길쭉한 막대기로 칠판에 그려진 납부실적 그래프를 탁탁 치면서 노골적으로 이선생님에게 무능교사라며 욕을 했다고 한다. 옆에 다른 선생님들도 있었지만 그렇게 모욕적으로 추궁을 당하는 동료가 누구인지 뒤돌아보고는 이선생님이란 걸 알게 되자 대수롭지 않은 일이라는 듯이 도로 등을 돌려 자기 할 일만 하더라는 것이다.

그런 이선생님은 죽음으로써 무능교사에서 벗어나 불의를 보면 굽힐 줄 모르고 언제나 자상하여 하늘나라에서까지 학교의 발전을 지켜주는 이상적인 스승상으로 추모를 받고 있다. 이 장면을 이선생님이 본다면 껄껄 웃고 말 일이다. 웃느라고 지금까지 산 채로 삼킨 땅강아지 수백 마리가 입에서 튀어나올는지도 모른다.

언제나 눈에 띄지 않는 자리에 말없이 들어앉아 별로 관심을 끌지 못하는 존재였으므로 사람들은 이선생님에 대해 잘 알지 못했다. 따라서 이선생님의 죽음을 둘러싸고 온갖 구구한 억측을 내놓았다. 다른 사람을 구하려다 자신이 희생되었다는 사실로 인해 일단은 영웅시되었으나 그가 구하려던 다른 사람이 하필 정여사 아줌마였기 때문에 죽은 이선생님은 구설수를 피할 수가 없었다.

세상 사람을 남자와 여자 두 종류로 먼저 분류하는 사람들에 의해 두 사람 사이가 깊은 관계라는 소문이 돌았다. 선생님이 불길을 뚫고 정여사 아줌마가 갇혀 있는 곳으로 가긴 했지만 둘 다 그곳을 빠져나오지 못해 불이 꺼지고 한참 뒤에야 까맣게 탄 시체로 발견되었는데 두 시체가 꼭 껴안고 있있다는 것이 강력한 증거라는 것이었다. 어떤 소문에 의하면 아마 아줌마의 딸도 이선생님의 혈육일 거라며 서울에서 학교에 다니는 그 딸의 보호자 이름난에 이선생님의 이름이 적혀 있더라는 근거까지 댔다.

하지만 정여사 아줌마의 남편과 이선생님이 절친한 친구 사이라는 것이 밝혀지자 그 억측은 뒤집어졌다. 그동안 이선생님이 정여사 아줌마를 경제적으로 돌봐줬다는 사실이며 딸의 후견인이 된 것도 친구의 간곡한 부탁 때문이라는 것이 새로 밝혀졌다. 그러자 이번에는 악명 높은 빨치산과 무능교사 이선생님의 우정을 두고 그 해석에 따라 패가 갈라졌다. 빨치산에게 은근히 존경심을 품는 무리가 있는가 하면 무능교사인 이선생님의 사상을 의심하는 쪽도 있었다.

성안에 사는 이상한 가족들과 이선생님의 관계가 새로 밝혀지기도 했다. 그것은 성안 약수터에 갔던 차부약국 아저씨가 발견했는데 그 이상한 가족이 모두 모여앉아 대성통곡을 하고 있기에 가까이 가서 보니 그들이 폐가의 마당에다 뭔가를 쌓아놓고 태우더라는 것이다. 그것이 이선생님의 옷과 물건임을 알아보지 못했다면 그들이 왜 우는지 알 수 없을 뻔했다고 말하는 차부약국 아저씨는, 늘 두통에 시달리던 이선생님이 차부약국에서 자주 '뇌신'을 샀으며 이선생님이 굼뜨게 돈을 꺼낼 때마다 그의 양복 주머니께를 어쩔 수 없이 한참 동안 쳐다보아야 했으므로 그 옷이 눈에 익어 금방 알아본 것이라고 전했다.

이번에도 역시 패가 갈라졌다. 이선생님을 가엾은 부랑자들을 돕는 의인으로 보는 축이 있는가 하면 빨갱이의 친구라는 사실로부터 이선생님의 사상을 의심하기 시작한 사람들은 성안 가족이 빨갱이의 가족임을 환기시키며 자기의 정치적 신념을 굽히지 않았다.

정여사 아줌마에 대한 소문도 이선생님에 관한 것 못지않게 꼬리에 꼬리를 물었다.

광진테라 아저씨가 '각별히 친하여 형님 동생 하는 사이'라는 경찰서 수사과장에게 물어본 바에 따르면 유지공장의 불은 실화가 아닌 방화라고 했다. 또 불을 지른 용의자로 정여사 아줌마가 가장 유력하다는 것이었다. 아무 할 일도 없이 늦게까지 공장에 남아 있었던 점 등 여러 가지 정황이 수상하게 여겨졌으며 동료에게 몇 번이나 말했다던 "이놈의 세상, 불이라도 확 질러버리든지 해야지"라는 발언도 문제가 되었다.

방화의 동기에 있어서는 정여사 아줌마의 두 가지 이력, 즉 빨갱이의 아내라는 점과 여호와의 증인이라는 점이 모두 중요한 단서였다. 정여사 아줌마는 여호와의 증인이 되면서부터 열렬한 신도라기보다는 약간 정신이 나간 듯이 행동했다. 그러므로 정신이상 상태에서 불을 질렀을 가능성이 있었다. 하나 그것보다는 정치적 동기 쪽이 훨씬 설득력이 있다는 게 경찰서 내의 중론이었다. 여러 가지 행태로 보아 정여사 아줌마는 고정간첩일 가능성이 많다는 것이었다. 걸핏하면 '이놈의 세상'을 빗대어 현 정부를 비판했고 종교단체에 가입하여 신분은닉을 꾀했으며 무엇보다 유지공장에 침투한 점이 노동자를 선동하려는 목적이 있었음을 단적으로 보여준다는 것이었다.

물론 넋 나간 듯이 보이는 정여사 아줌마가 공장 내에서 이른바 '선동'을 하기에는 너무나 영향력이 없었고 실제로 아무 공작도 시도하지 않았으며 그녀가 간첩이라는 물증은 아무것도 없었지만 바로 그것이 고정간첩들의 상습적인 위장술이라고도 하였다.

이런 연유로 죽은 정여사 아줌마가 고정간첩이라는 데는 의심의 여지가 없었다. 따라서 정여사 아줌마와 긴밀히 접선한 이선생님도 간첩일 수밖에 없었다. 뒤늦게 밝혀진 그의 여러 가지 괴짜스러운 행동과 불평불만이 많았다는 점, 그리고 등산을 좋아하여 자주 산에 들어갔다는 점까지도 의심을 샀다.

몇 명의 낯선 남자들이(나중에 할머니가 방첩대라고 말해주었다) 와서 장군이네 집에 있던 이선생님의 유품을 가져갔다. 그들은 신발을 신은 채 방으로 들어갔는데 그 세모눈으로 한번 쳐다보기만 하면 빨갱이와는 아무 관계도 없는 사람, 이를테면 나까지라도 스스로 간첩임을 자백하지 않곤 못 배길 만큼 눈빛이 날카로웠다. 하지만 이선생님이 고정간첩이라는 결정적인 증거는 발견되지 않았다. 대신 장군이 엄마의 장롱 속에서 양담배가 발견되어 갑자기 장군이 엄마가 잡혀갔으며 여름날 파리처럼 싹싹 빈 후에 벌금을 물고 겨우 풀려났다.

정여사 아줌마와 이선생님은 죽은 뒤 유명해졌다. 방화범으로서 읍내 전체의 원한을 사기도 하고 간첩으로서 경각심을 불러일으키기도 했지만 한편으로는 이미 죽어버렸다는 점에서 동정도

받았다. 화재의 원인이 전기누전으로 밝혀진 것은 며칠 지나지 않아서였다.

우리 읍 전체를 비극으로 몰고 간 재난과는 상관없이, 그리고 우리 읍의 저조한 참여율에 전혀 아무런 영향을 받지 않은 국민투표는 그사이 박정희 대통령에게 다음 대통령 자리를 약속하는 쪽으로 결과가 나와 있었다. 그들의 예정된 축제는 취소되지 않은 것이었다.

그러나 그뿐이었다. 이 모든 것은 천천히 잊혀져갔다. 결코 잊혀지지 않을 것 같았던 일도 있었지만 놀랍게도 그것 역시 너그러운 세월에 의해 그런대로 익숙해지게 되었다.

시간이 지나면서 사람들은 어떻게든 고통을 이겨내게 되어 있는 모양이었다. 또한 고통을 이겨내기 위해 망각이 있었다. 불에 대한 집단공포에 시달렸던 우리 읍내는 그 공포를 기억의 창고 속에 밀어넣어 저장했고 아이들은 다시 불장난을 하게 되었다.

한동안 거리에는 화상을 입은 사람이 언제나 눈에 띄었으며 두어 달이 지나자 화상의 흉터로 피부가 일그러지고 하얗게 탈색된 사람들이 우리 읍을 활보했다. 어떤 사람은 얼굴의 반 이상이 히얗게 벗겨져 만화에 나오는 우주인 분장을 한 것 같았다. 우리는 그런 얼굴을 봐도 징그러움을 느끼지 않았다. 화상에 일그러진 그 얼굴들은 우리가 익히 아는 친지들이거나 아니면 그렇게 화상을 입은 친지들과 비슷한 모습을 하고 있었으므로 낯설 이유가 없었다.

심지어 그런 얼굴을 한 사람을 읍내 밖에서 만나면 우리 읍내 사람이라는 확실한 비표를 달고 있는 셈이었으므로 반갑기조차 했다.

읍 전체의 재앙이었던 거대한 화재는 이처럼 어떤 부분은 망각되고 어떤 부분은 익숙해진 채 그럭저럭 정리가 되어가고 있었다.

이모의 고통도 어느 정도 정리가 되었다.

한동안 이모는 악몽에 시달렸다. 특히 경자 이모와 콩나물을 다듬으며 나누었던 얘기가 꿈속에 재현되었고 그때마다 소스라쳐 깨어난 이모의 얼굴은 눈물에 젖어들곤 했다.

이모는 꿈에서 진짜 불귀신이 된 경자 이모를 봤다고 했다. 경자 이모가 불꽃 속에 앉아 훨훨 타들어가면서 이모를 힐끗 쳐다보는데 지난번 마지막으로 찾아와서 마루 끝에 앉아만 있다가 돌아가던 그때의 옷을 입고 있더라는 것이다.

이모는 나에게 이런 하소연을 하기도 했다.

"경자가 꼭 나 대신 죽은 것 같아, 진희야. 내 취직자리였는데 경자를 대신 그 자리에 넣은 거잖아. 내가 죽을 자리에 걔를 대신 밀어넣은 거라구. 근데도 나는 내 자리를 뺏었다면서 경자를 욕했어."

"이모, 그건 장난이었잖아."

"그리고 경자가 내 애인을 뺏겠다고 했을 때, 너도 그 자리에 있었지? 내가 복수한다고 했더니 경자가 뭐라고 했니, 걔가 그랬어. 불귀신이 되어서 막겠다고. 꼭 그 말대로 된 거야. 걔는 내 대신 죽었고 내 애인을 뺏은 게 미안해서 늦게까지 공장에 남아 있다가 불귀신이 된 거라구. 다 내 잘못이야."

"이모한테 미안해서 공장에 남아 있었다고 누가 그래? 그게 왜 이모 잘못이야?"

"아니야. 내가 남자 하나 때문에 제일 친한 친구를 죽였어. 그날 마지막으로 찾아왔을 때 그렇게 쌀쌀맞게 하지만 않았어도……내가 나쁜 년이야."

"그거야 경자 이모가 그럴 만한 잘못을 했으니까 그런 거잖아."

"아니야, 아니라니까! 너는 몰라. 내가 나쁜 년이야. 그날 죽을 짓을 한 건 나야, 나라구. 내가 죽어야 하는데, 죽어야 할 년은 난데…… 이제 난 어떡하면 좋아, 어떡하면……"

내가 성심껏 위로를 하는데도 격정을 이기지 못한 이모는 끝내 울음을 터뜨렸다. 이모는 불이 났던 밤을 떠올릴 때마다 자기를 혐오했고 마침내는 이렇게 "어쩌면 좋아"를 부르짖으며 울고 마는 것이었다.

이모의 죄의식이 근거가 없진 않다 하더라도 분명 지나친 감이 있었다. 이 무렵 한꺼번에 닥친 시련과 그로 인한 자기 마음속의 혼란을 다스리지 못하겠기에 그중에서 가장 강력한 사건인 경자 이모의 죽음 한 가지로 자기의 시련을 대표하게 하여 그것에만 모든 슬픔을 모아서 던지고 있는 건지도 모른다. 즉 이형렬에 대한 감정이 깨끗이 사라져버린 데 대한 회한, 사랑이 그렇게 허망한가에 대한 허무감, 게다가 허석에 대한 그리움이 뒤섞인 복잡한 감정

을 이기지 못해 일으키는 분열의 한 증세인지도 모를 일이라는 것
이다. 그러나 이모의 그 증세도 읍내 전체가 슬픔을 잊거나 혹은
익숙해졌듯이, 그리고 화상을 입은 자리에 새살이 덮이듯이 얼마
간의 흉터를 품은 채 그런대로 정리가 되었다.

　나도 나름대로 재앙의 후유증을 겪지 않은 것은 아니었다. 한동
안 나는 죽음에 대해 심각한 두려움을 가졌었다.

　죽음에 대한 두려움을 나는 어릴 때 이미 다 치렀다고 생각해왔
다. 여덟 살 때였던가, 나는 할머니에게 이렇게 물은 적이 있었다.

　"할머니, 아침에 일어났는데 눈이 안 떠지면 어떡해? 그래서 죽
으면?"

　할머니는 웃으면서 내 등을 토닥거렸다.

　"그런 일은 절대 일어날 수 없으니 걱정 마라."

　"그걸 어떻게 알아?"

　"이 세상에는 지금까지 그런 일이 한 번도 없었으니까."

　"전에 한 번도 일어나지 않은 일은 앞으로 절대 일어나지 않는
거야?"

　"글쎄다. 꼭 그런 것은 아니지만……"

　할머니는 약간 당황하기 시작했다.

　"전에 한 번도 안 일어났던 일이 나한테 맨 먼저 일어날지도 모
르잖아. 할머니, 나 내일 아침에 눈이 안 떠지면 어떡해? 사람들이
와서 보고 눈이 안 떠져서 죽은 애는 처음 봤다고 말하면서 눈이

안 떠져 죽는 애도 있다는 걸 나 때문에 알게 됐다고 하면? 그럼 그것을 모르고 죽어버린 나만 손해잖아."

그러나 내가 심각하게 말하면 할수록 할머니는 문제 해결을 해주려고는 하지 않고 웃기만 하였다. 나는 그런 일이 절대 일어나지 않는다는 할머니 말을 믿을 수가 없어서 밤이면 눈을 감지 않고 자려고 애썼으며 결국 잠이 들긴 했지만 아침에 깨어나자마자 눈이 떠지지 않을까봐 두려운 나머지 번쩍 눈을 뜨지 못하고 먼저 손으로 가만히 눈꺼풀을 만져보는 버릇이 생겼었다.

그다음으로 죽음에 대해 생각한 것은 재작년인가 한 광부가 지하에 갇힌 지 십이 일 만에 살아서 구조되었다는 소식을 들었을 때였다. 죽음이란 어떤 느낌인가 시험을 해보려고 물이 담긴 세숫대야에 얼굴을 담그고 도저히 견딜 수 없을 때까지 숨을 쉬지 않고 견뎌본 적이 있었다. 더이상 참을 수 없을 때 물속에서 얼굴을 꺼내 한꺼번에 숨을 몰아쉬며 나는 실험에 의한 가정을 통해서나마 죽음의 고통을 짐작했으며 시시각각 죽음이 눈앞에 다가오는 것을 바라보는 것보다는 한칼에 자살을 해버리는 편이 낫겠다는 결론을 내리기도 했다. 죽음이란 육체적인 고통이기두 하지만 정신적인 공포 때문에 더욱 두려운 것이라는 깨달음을 어렴풋이 얻은 것이었다.

하지만 그런 것들은 모두 막연한 생각이었다. 직접 죽음을 목도한 유지공장의 화재 이후 나는 진짜 두려움에 사로잡혔다. 죽음이 두려웠다. 하루살이를 보면 그것이 오늘 안으로 죽는다는 사실이 끔찍하게 여겨졌고 어쩌다 대문간에 끼워진 부고를 볼라치면 부정탈까봐 집안으로 들여놓지 못하고 문간에 두고 간 그 누런 봉투의 붉은 글씨가 너무나 불길하여 흠칫 몸을 떨기도 했다. 학교에 있을 때도 갑자기 내가 구덩이 속에 앉아 있고 그 위로 흙이 덮이는 환영에 시달렸으며 당장이라도 내 눈 속으로 흙더미가 쏟아져 들어오는 것만 같아서 순간 눈을 질끈 감고 얼굴을 비껴 피하는 일까지 있었다.

특히 날이 어둑어둑해질 때면 견딜 수 없는 불안을 느꼈는데 혼자 뒷마루에 앉아서 날이 아주 캄캄해질 때까지 담장 위의 쥐를 바라보는 것이 그 불안을 이기는 유일한 방법이었다. 쥐는 긴 꼬리를 끌고 끊임없이 담장 위를 돌아다녔다. 눈앞에서 그 쥐의 꼬리를 놓치는 날에는 마치 생명의 끈을 놓치기라도 하는 것처럼 나는 정신을 집중하여 쥐를 바라보았다. 왜 그랬는지 모른다. 아마 죽음이란 정신이 육체를 이탈하는 것이라고 여겼기 때문에, 내 정신이 육체를 이탈하지 못하도록 붙잡기 위해서는 눈앞에 보이는 확실한 실물을 대상으로 정해서 거기에 정신을 집중하여 놓치지 않도록 해야 한다고 생각했는지도 모른다. 아무튼 나는 그 무렵 언제나 쥐를 바라보며 죽음의 불안에서 벗어나곤 했다. 그러나 얼마 지나지 않아 그렇게 쥐를 바라보는 일을 하지 않게 되었다. 날씨가 추워져서 더이상 마루에 나와 앉아 있을 수도 없었다.

연말이 가까워지면서 라디오에서는 70년대가 온다고 떠들어
댔다.

KAL기 납북사건이 일어나자 그 얘기로 핏대를 높이느라 잠시
들어가는가 싶었지만 그래도 새롭게 열리는 시대 70년대는 여전
히 올 연말 라디오의 중요한 화두였다.

70년대는 무엇이 어떻게 달라질 것이라고 희망찬 설계를 했으
며 그와 더불어 60년대가 우리에게 준 것들에 대해서도 이야기
했다. 5·16혁명과 경제개발 오개년 계획의 성공으로 우리는 민
족중흥의 길로 들어선 것입니다―아나운서가 그런 내용을 읽을
때 뒤에서는 으레 '잘살아보세' 합창소리가 씩씩하게 울려퍼지곤
했다. 70년대 세계는 어떻게 돌아갈 것인가 하는 문제를 두고는
전문가들이 직접 나와서 여러 가지 전망을 내렸다. 그와 함께 케
네디, 사토, 둡체크, 드골 같은 60년대를 정리하는 이름이 열거
되었다.

나는 라디오를 무심코 흘려 듣고 있었다. 그런데 라디오에서 그
이름들을 말하는 순간 문득 점심시간마다 케네디와 드골의 얼굴
을 칠판 가득 그려놓곤 하던 우리 반 남자애가 생각났다. 그애는
그림을 참 잘 그렸다. 특히 인물을 잘 그렸는데 마분지에 그린 미
술 선생님의 얼굴은 유럽 어디선가 열리는 세계 어린이 미술대회
에 보내져 입상을 하기도 했다. 주최측으로부터, 원한다면 입상 학
생을 기꺼이 그곳의 전문 교육기관에 추천하겠다는 내용의 국제

우편을 받아들고 미술 선생님은 몹시 흥분했지만 그 소식을 듣자 오히려 어두운 표정이 되어 말없이 창밖만 바라보고 있던 그애. 그애는 지난가을 밤 유지공장에 다니는 아버지에게 심부름을 갔다가 죽었다.

유지공장 화재로 죽은 아이로는 그애 말고도 또 6학년에 다니는 전진국이라는 남학생이 있었다. 전진국은 성안 밑에 있는 고아원 아이로 밤에만 공장 일을 했다고 하는데, 의무교육인 국민학교를 마치자마자 공장에 취직하는 고아원 아이 중에는 그런 식으로 6학년만 되면 고아원 원장과 공장장의 이해가 맞아떨어져 미리부터 공장 일을 하는 애들이 꽤 있었다. 그애는 우리 학교 축구부에서 제일 축구를 잘하던 아이였다. 비록 신분의 제약 때문에 절대 주장은 될 수 없었지만 축구대회에서 결승골을 넣고 환호하는 응원단에게 손을 흔들던 그애의 웃음은 언제나 늠름했다.

축구를 할 때만 사람 대접을 받는 것 같아 살맛이 난다며 꼭 훌륭한 축구선수가 되겠다고 하는 그애의 작문 숙제를 글짓기반 선생님이 뒤늦게 발견하는 바람에 그애는 죽고 난 뒤 잠깐이나마 사람들의 관심을 끌 수 있었다. 지방 신문에 실린 그 기사의 제목은 아마 '화마가 앗아간 고아소년의 꿈, 한국의 펠레가 되고 싶어요'였던 듯하다.

그애들의 죽음을 생각함으로써 나도 나 나름대로 60년대를 정리하는 셈이었다.

방학을 앞둔 며칠 전 교무실에 심부름을 갔다가 나는 60년대가 가버렸음을 또 한번 깊이 실감한 적이 있었다. 교무 선생님이 두툼한 서류용지를 한 묶음 꺼내놓고는 한 장씩 넘겨가며 거기에 계속 짧은 줄을 긋고 있었는데 그것은 날짜가 인쇄된 부분, 즉 '196'이라고 인쇄된 것에서 6자를 지우는 일이었다. 선생님의 펜 끝에서 쓱 소리를 내며 6자 위에 두 개의 줄이 그어졌다. 그리고 그 위에 선명한 잉크로 7자가 새로 등장하는 것이었다. 거기서도 나는 60년대가 사라지는 것을 실감했다.

그러나 라디오에서 그렇게 독려해대는데도 불구하고 70년대에 대해 굳이 기대나 희망을 따로 품어야 할 필요는 느껴지지 않았다. 앞으로의 학교생활에 계획을 세우는 일은 모범생으로서 교과과정에 따라 마땅히 하는 일일 뿐 내게는 그것이 기대나 희망을 의미하는 것은 아니었다. 방학이 가까워지자 나는 방학계획표를 짰다. 그 계획표에 짜여진 내용을 어쩌면 거의 다 지킬 것이다. 이렇게 삶에 성실하면 그만이지 거기에 더해 무슨 꿈을 가진단 말인가.

모든 것이 그전으로 돌아갔다.

삼촌에게서 온 군사우편은 한 달에 두어 번씩 전선의 평화를 전해왔으며 장군이 엄마의 남 험담하는 목소리는 다시 우물가를 휘감아돌았고 광진테라 아저씨 역시 여전히 밤늦게 오토바이 소리로써, 또는 거기에 손찌검을 피하는 아줌마의 낮은 비명을 보탬으로써 자기의 귀가를 알렸다. 어느 날은 똥지게를 진 아저씨가 와서 대문간에서 골목으로 이어지는 고약한 냄새의 선을 그어가며 변소에서 똥을 퍼냈고 미스 리 언니 이후로 벌써 두번째 바뀌는 뉴스타일양장점 시다가 재성이를 데리고 놀던 중에 바늘이 없어졌다고 사색이 되어 달려오는 바람에 바로 제 치맛단에서 그 바늘을 발견할 때까지 온 집안이 재성이가 바늘을 삼켰는지 말았는지로 발칵 뒤집히기도 했다. 장군이 엄마는 "그러게 여우하고는 살아도 곰하고는 못 산다지 않냐"며 이제는 아무 이해관계가 없어진 미스 리 언니를 참 야무진 처녀였다고 괜스레 생각나는 척했고 그 미스 리 언니나 혜자 이모네는 여전히 뒷소식을 알 수 없었다. 우리미장원은 문을 닫았고 대신 그 자리에 505편물점이 들어왔다.

장군이 엄마는 "어디로 갔는지 요즘 차부에도 통 나타나지 않는다"며 이따금 생각난 듯이 홍기웅의 이름을 입에 올렸으며 트럭을 몰던 그의 친구 하나가 사고를 내서 감방에 갔는데 홍기웅도 이유야 다르겠지만 그 비슷한 처지가 된 게 아니겠냐고, 자기 짐작이 틀림없을 거라고 토를 달곤 했다. 늘 외박을 일삼던 해피는 11월 이후 마루 밑에서 영영 사라지고 말았다. 그 무렵부터 광진테라 아줌마는 우물가에 나올 때 스웨터를 걸쳐입기 시작했는데 약간 불러오는 배 때문에 채워지지 않고 벌어진 단추가 세 개나 되었다. 할머니는 추수 때문에 며칠 바빴던 일을 빼고는 이제 논밭일에서 조금 놓여나는 계절을 맞아 집에 있는 시간이 많아졌다.

달라진 것이라면 이모와 나였다. 이제 허석을 그리워하는 것은 내가 아니라 이모라는 점에서 말이다.

허석은 유지공장에 불이 난 이튿날 서울로 떠났다. 다들 경황이
없었던 터라 제대로 작별의 의식을 치르지 못했음은 물론 군민잔
치가 취소되는 바람에 원래 계획한 전통문화에 대한 자료수집에
도 별 성과를 얻지 못했다. 그에게 무엇보다 서운한 것은 이모와
헤어지는 일이었을 것이다(나는 그것을 인정하기로 했다). 마지막
순간까지 그는 잠깐이라도 이모와 단둘이 할 얘기가 있다는 눈치
를 보냈지만 경자 이모의 죽음 때문에 넋이 달아난 이모는 꼭 일부
러 그러는 사람처럼 한사코 허석의 시선을 피했다.

끝내 마음속에 있는 작별의 말을 나누지 못한 채 댓돌로 내려서
는 허석의 표정은 몹시 어두웠다. 그리고 그 표정을 보며 나는 이제
그와 나 사이에는 완전히 막이 내려져버렸음을 알았다. 그렇게 해
서 내려진 휘장을 보니 그 위에 금색으로 수놓아진 사랑의 문장紋章
도 퇴색하여 실밥만 나달거렸다. 다시 막이 열리면 조금 전까지 무
대 위에서 사랑의 기쁨을 노래하던 배우는 사라지고 다시 새로운
배우가 나타나 사랑의 기쁨을 새로운 창법으로 노래할 것이다. 내
가 알기로는 이모와 나는 이 무대의 더블캐스트였지만 사랑이 이리
아를 연습해온 허석의 입장에서 보면 나는 진짜 소프라노가 아닌
보이소프라노에 지나지 않았을는지도 모른다.

이모는 허석과의 관계를 이형렬 시절처럼 내게 다 드러내지 않
았다. 그런데도 나는 이모가 허석을 얼마나 그리워하는지 충분히

알 수 있었기 때문에 어느 날인가는 허석이 발언대에 나와 발언했던 신문을 이모에게 주었다. 겉봉 뒷면에 허석의 주소가 적힌 편지도 함께 주었다. 그런 것을 간직하는 일은 이제 이모 몫인 것 같았기 때문이다. 그것을 받으면서 이모는 왜 이걸 내게 주느냐는 둥 네 물건이니 네가 가지라는 둥 속이 빤히 들여다보이는 질문을 한 뒤 네가 정 주겠다면 받기는 하겠다는 식으로 호들갑을 떨지 않았다. 그것도 이모의 달라진 점이었으며 허석을 그리워하면서도 편지를 쓰지 않는다는 점 또한 이모의 변신을 결정적으로 시사해주는 일이었다. 편지를 쓰는 대신 이모는 505편물점에 나가서 그 집 주인아줌마와 함께 뜨개질을 했고 할머니의 부엌일을 돕기도 했다.

엊그제는 우물에서 빨래를 하고 있는 이모를 기특하다는 듯이 바라보던 광진테라 아줌마가 슬쩍 떠보는 말을 했다.

"진희 이모, 요새 얼굴이 한창 피는 것 같은데 어디 중매 좀 서볼까?"

그 말에 이모가 번쩍 얼굴을 쳐드는 것을 보고 나는 희색이 만면한 표정일 거라고 기대하고는 이제야 다시 옛날의 이모가 되었나 했다. 그러나 뭐에 놀란 사람처럼 화들짝 고개를 쳐들고 이모가 하는 말은 뜻밖에도 이런 말이었다.

"전 시집 안 가요."

"그 말을 나더러 믿으라고? 처녀가 시집 안 간다는 말을?"

광진테라 아줌마가 농담조로 대꾸하자 이모는 대야에 담가져

438

있던 할머니의 몸뻬를 꺼내 빨랫비누를 비벼대며 조용히 말하는 것이었다.

"저는 그냥 우리 엄마하고 살 거예요. 정말 시집은 안 가요."

"오라, 저번에 왔던 오빠 친구를 마음에 둔 모양이구나? 그렇지, 진희 이모? 그래서 선은 안 본다는 거지?"

"진짜예요. 저는 혼자 살 거라니까요!"

시집을 안 간다는 이모의 표정은 결연해 보이기도 했지만 한편 침통해 보이기도 했다. 그런 표정을 지을 수 있다는 것이 삶을 알기 시작한 이모의 아픔을 말해주는 것이었으며 바로 그것이 이모의 가장 많이 달라진 점이기도 했다.

새해부터는 더욱 달라질 것이다. 문화원장님의 추천으로 이모는 1월부터 군청에 다니기로 되어 있다. 문화원장님은 허석과 함께 온 이모를 두어 번 만나본 결과 동양적인 수줍음을 간직하고 있으면서도 밝고 스스럼이 없는 성품을 눈여겨봤다. 그래서 군청의 문화재 관리 일을 하는 쪽의 여사무원으로 이모를 취직시켰다. 취직이 결정된 날 이모는 허석의 사진이 박힌 신문을 꺼내 사진을 뚫어져라 바라보고는 한숨을 한 번 내쉰 다음 그가 발언대에서 '전통문화 보전만이 우리 민족의 살 길'이라고 주장한 내용을 읽어내려갔다.

허석이 나와 이모의 삶을 뿌리째 흔들어놓은 것은 부인할 수 없는 사실이었다. 그런데도 이제 우리 곁을 떠난 이후 그는 우리와 전혀 관련없는 사람이 되어 살아가고 있었다.

　이모와 나 또한 그라는 존재를 가슴에 간직한 채 그대로 덮어두고 살아가기로 마음먹었다. 그를 가슴속에서 끄집어내 뭔가를 물어보려고 한다거나 지나간 일의 의미를 확인해보려고 한다면 그날로 우리 모두의 삶이 다시 한번 흔들리리라는 것을 짐작할 수 있었기 때문이다. 우리는 그 질문에 대답을 들은들 현재의 아무것도 바꿔놓을 수 없으며 과거의 감정에 대해 진의를 알고 싶어하는 것 자체가 헛된 미련일 뿐이라는 것을 알았다. 이 모든 것을 우리는 함께 치러냈다. 그 가을 이후 이모는 많이 성숙했다. 그리고 내가 이모를 그렇게 느끼는 것만큼이나 이모 역시 나를 보고 많이 성숙했다고 느끼는 모양이었다.

　내가 생각하기로 나는 더이상 성숙할 게 없었다.

　어느 날 나는 지나간 일기장에서 '내가 믿을 수 없는 것들'이라는 제목의 긴 목록을 발견했다. 무엇을 믿고 무엇을 믿지 않는다 말인가. 이 세상 모든 것은 다면체로서 언제나 흘러가고 또 변하고 있는데 무엇 때문에 사람의 삶 속에 불변의 의미가 있다고 믿을 것이며 또 그 믿음을 당연하고도 어이없게 배반당함으로써 스스로 상처를 입을 것인가. 무엇인가를 믿지 않기로 마음먹으며 그 일기를 쓸 때까지만 해도 나는 삶을 꽤 심각한 것이라고 여겼던 모양이다.

　나는 그 목록을 다 지워버렸다.

　이제 성숙한 나는 삶을 심각하게 생각하지 않는다. 또 어린애의 책무인 '성숙하는 일'을 이미 끝마쳐버렸으므로 할 일이 없어진 나는 내게 남아 있는 어린애로서의 삶이 지루하지나 않을까 걱정이다.

눈 오는 밤

이제 내 얘기도 다 끝났다. 아직 하지 않은 이야기가 있다면 두 가지 정도가 남아 있긴 하다. 하지만 그 얘기를 하는 것은 어쩐지 망설여진다. 나 자신이 울었던 얘기인 만큼 조금은 슬픈 이야기인데 나는 도무지 슬픈 얘기는 잘할 줄을 모르기 때문이다. 하나 둘 다 사랑의 종말에 대한 이야기이므로 하지 않을 수 없다는 생각도 든다. 바로 허석에 관한 이야기이다.

허석은 그 가을 이후 나와 이모에게서 완전히 사라졌지만 자기와의 관계를 정리할 수 있도록 이모와 나 각자에게 단서를 한 가지씩 남겼다. 우리는 그가 떠난 뒤 다시는 그를 만날 수 없었지만 삶의 미묘한 원격조종에 의해 멀리 떨어진 그와 정식으로 이별의 의식을 치를 수 있었던 것이다.

허석이 그렇게 떠나버린 후에도 내 마음의 평정은 쉽게 되찾아지지 않았다. 나는 염소와 하모니카의 실루엣에서 도저히 벗어날 수가 없었다.

바람이 제법 차가워졌을 무렵 어느 날 나는 정말 우연히 제방 길을 걷게 되었다. 지난여름에는 일부러 이 길을 피해 다녔던 것인데 그 이후 습관이 되어 제방 길 쪽으로는 거의 걸음을 하지 않았기 때문에 참으로 오랜만에 나와보는 길이었다.

처음 허석을 만나던 날처럼 노을이 짙게 내려깔리고 있었다. 그 길을 터덜터덜 걸어가며 나는 처음 허석을 만나던 순간이 마치 어제 일처럼 또렷이 기억되는 것에 고통을 느끼고 있었다.

그런데 참 어이없는 일이었다. 허석이 하모니카를 불었던 바로 그 자리에 누군가가 서 있었다. 허석처럼 키가 컸다. 그 옆에는 염소까지 묶여 있었으며 게다가 그 염소의 흰 털이 노을에 붉게 물들어 있었다. 나는 삶이 나를 조롱하는 데 대해 화가 났다. 왜 내게 허석과의 만남을 이처럼 생생하게 기억시키려는 것인가. 왜 그때와 똑같은 상황을 내 눈앞에 연출하여 일껏 벗어나려고 애쓰는 염소와 하모니카의 실루엣을 더 깊이 각인하는가. 화가 난 나머지 나는 삶에 맞서서 삶을 비꼬아주기 시작했다. 그렇다면 하모니카는 없는가? 기왕 모든 것을 재현하려면 하모니카까지 갖추지 않고?…… 거기까지 생각했을 때 끔찍한 일이 벌어졌다. 그 키 큰 남자가 주머니에서 하모니카를 꺼내 불기 시작했던 것이다. 기억하건대 허석을 처음 만났던 날 들었던 바로 그 멜로디였다. 순간 그 남자가 허석이 아닌가 하는 생각으로 내 얼굴에는 피가 몰렸다. 한 발 가까이 가서 보니 노을을 배경으로 하모니카를 불고 있는 그의 옆에서 염소가 짧은 다리를 버팅기며 줄이 묶인 채 이쪽저쪽으로 고갯짓을 하고 있었다. 염소와 하모니카의 완벽한 실루엣이 그의 옆모습을 감쌌다. 그러나 물론 허석은 아니었다.

그제야 나는 삶의 경고를 깨달았다.

경악한 나는 하모니카를 불고 있는 남자 쪽으로 마구 달려가보았다. 그렇다. 가까이 가서 보니 더욱 모든 것이 명백했다. 그날 하모니카를 불던 사람도 바로 이 사람이었다. 허석이 아니었다. 하모니카와 염소의 실루엣은 허석의 것이 아니라 바로 이 낯선 남자의 것이었다. 내 사랑이 이 이미지에서 비롯된 것이라면 나는 마땅히 허석이 아닌 이 더러운 낯빛의 구부정한 아저씨를 사랑했어야 하는 것이었다. 그런 거였다.

멍하니 서 있는 내게 하모니카 아저씨가 말했다.

"너 하모니카 소리 좋아하는 모양이구나. 몇 살이니? 귀엽게 생겼구나. 이리 가까이 와봐, 아저씨한테. 자, 어서."

제방 길 옆에 문둥이가 산다느니 폐병 환자가 산다느니 하는 말이 헛소문만은 아니었다. 나는 뒤도 안 보고 도망을 쳐야 했다. 집에 가까이 와서야 나는 내가 울고 있다는 것을 알았다. 삶에게 조롱당한 것이 분해서만은 아니었다.

우는 나를 보면서 나는 아직 내게 사랑에 대한 환상이 남아 있었음을 알았으며 내 몸속에 물기로 남아 있는 그 환상을 마지막 한 방울까지 짜내어 배설시켜버리기 위해서 울 수 있는 한 실컷 울었다.

죽은 이선생님이 이런 얘기를 했었다.

숲속에 마른 열매 하나가 툭 떨어졌다. 나무 밑에 있던 여우가 그 소리에 깜짝 놀라 도망치기 시작했다. 멀리서 호랑이가 그 여우를 보았다. 꾀보 여우가 저렇게 다급하게 뛸 때는 분명 굉장한 위험이 있는 것이다. 그래서 호랑이도 뛰기 시작했다. 호랑이의 뛰는 모습을 숲속 동물들이 보았다. 산중호걸인 호랑이가 저렇게 도망을 칠 정도면 굉장한 천재지변이거나 외계인의 출현이다. 그래서 숲속의 모든 동물이 다 뛰었다. 온 숲이 뒤집혀졌고 숲은 그 숲이 생긴 이래 최대의 위기를 맞았다.

삶도 그런 것이다. 어이없고 하찮은 우연이 삶을 이끌어간다. 그러니 뜻을 캐내려고 애쓰지 마라. 삶은 농담인 것이다.

그런 생각을 하면서 울고 있는 순간까지도 라디오는 60년대가 가고 70년대가 온다는 얘기를 떠들어대고 있었다. 나는 그런 구획의 의미를 애써 생각해보았다. 만약 그 옛날 기원을 정할 때 조금 앞이나 뒤로 잡았다면(물론 지극히 사소한 이유로) 70년대는 이미 왔거나 혹은 아직 오지 않았다. 시간의 구분은 사물의 뜻을 공유하고 분류하기 위해 고안한 일종의 장치일 뿐이다. 절대시간이란 것은 없다. 그런데 70년대가 오면 새로운 삶이 시작되기라도 할 듯이 떠들어대는 저 사람들. 70년대라고? 새로운 농담인가?

그날인가 그 다음날인가 이모가 내게 선물을 사왔다. 브래지어였다. 이모는 병풍 뒤에 가서 한번 입어보라고 했다. 웃풍을 막기위해 윗목에 세워놓은 병풍은 탈의실로 간이변소로(날씨가 추워서 우리는 요강을 사용했다) 훌륭히 공간 분할을 해주고 있었다. 병풍 뒤에서 나는 스웨터와 내복을 벗었다. 한 손에 브래지어를 들고 다른 한 손으로는 그 브래지어로 감쌀 작은 젖가슴을 만져보았다. 그전에는 한 번도 젖가슴을 만져본 적이 없었다. 내 손바닥 안에 볼록한 곡선이 잡히면서 젖가슴 속의 딱딱하고 작은 멍울이 만져졌다. 그리고 그 도톰한 지방층 아래에서 심장이 팔딱거리는 소리가 손바닥에 전해오고 있었다.

심장. 그곳은 내 이성이 통제할 수 없는 유일한 육체였다. 내 몸을 모두 내 마음대로 정지시킬 수 있건만 심장만은 그럴 수가 없었으며 그 박동은 나 스스로 원치 않는데도 무의미한 열정을 가속시킬 때가 있다. 나는 마치 심장을 쥐어짜듯 작은 젖가슴을 움켜쥐었다.

나의 심장의 박동이 무의미한 열정을 싣고 가속될 때가 있었다. 그리고 목이 비틀어진 뒤에도 여전히 죽음의 공포로 팔딱거리는 닭의 심장처럼, 박동이란 무의미하다는 것을 깨달았다고 해서 한순간 멈춰져버리는 것도 아니었다. 심장의 박동은 생명력이기도 하지만 한편 자기 존재에 대한 무력감이기도 했다.

"맞니? 안 크지? 내가 호크 채워줄까?"

병풍 앞에서 이모의 목소리가 들렸다. 나는 갑자기 벗은 윗몸에 한기를 느끼고 브래지어 끈 속으로 팔을 꿰었다. 이모가 병풍 뒤로 다가와서 호크를 채워주었다.

"오지 말라니까."

"여자끼린데 뭐 어때?"

이모는 팔을 꿰기 전에 먼저 브래지어의 호크 부분을 앞으로 돌려서 걸쇠를 채운 다음 다시 등뒤로 돌리고 난 뒤 양팔을 꿰어 입는 법을 가르쳐주었다.

"처음에는 혼자서 채우기가 힘드니까 이렇게 해."

그러고는 브래지어만 입은 내 윗몸을 가볍게 안았다.

"예쁘다, 너."

아랫목의 온기가 차단된 병풍 뒤에 한참 서 있었던 탓에 내 팔에는 소름이 돋아 있었다. 이모가 브래지어의 캡 부분을 똑바로 대칭이 되게 잡아주자 나는 그 위에 내복과 스웨터를 다시 입었다. 처음 브래지어를 입으니 뒤에서 누가 가슴을 꽉 끌어안고 있는 것도 같고 자꾸만 등을 잡아당기는 것도 같아 거북했다.

이모가 내 귓가에 이렇게 속삭였다. 다 끝났니?

이모는 생리가 다 끝났는지를 묻고 있는 거였다. 이모가 브래지어를 사온 것도 내게 생리가 시작되었음을 보고 이제 내가 정신적으로뿐 아니라 신체적으로도 성숙한 여자가 되었다는 것을 알았기 때문이었다. 지난주에 나는 초경을 치렀다. 아침에 일어나니 온

몸이 나른하고 아랫도리가 묵직한 것이 영 기분이 불쾌했다. 이불을 개다가 나는 내 요 위의 얼룩을 보았고 여자로서의 일이 시작되었음을 알았다. 이모가 아침이면 요 위에다 얼룩을 만들고 경자 이모에게 "묻었니?"를 묻던 기억이 났다. 그러고 보니 한동안 이모가 그런 얼룩을 만드는 일이 없었다는 생각도 들었다.

할머니는 이미 올봄에 내 젖가슴에 처음 멍울이 생겼을 때 포목점에서 무명베를 떠다가 생리대를 준비해두었다. 무명베를 적당한 길이로 가위질한 다음 솔기가 풀어지지 않도록 끝부분을 잘 홀쳐서 삶아 빤 생리대가 차곡차곡 개어져 할머니의 장롱 맨 밑에 들어 있었다. 내가 초경을 하게 된 것을 알고 할머니는 작게 한숨을 쉬었다.

"이제 우리집에서도 삼대가 다 달거리를 하게 됐구나. 하긴 한 집안에 삼대가 달거리를 하는 것은 흔한 일이야. 나 처녓적에 우리 동네 어떤 집은 딸 다섯에 시누이들, 동서들, 시어머니까지 다 합해서 한집안에 열네 명이 달거리를 한다 했으니."

"지겨워. 여자들 팔자……"

이모도 할머니처럼 한숨을 내쉬며 대꾸한다.

"그래도 그런 말 하면 못쓴다. 여자란 생산을 해야 제대로 구실을 하는 법이야."

할머니의 그 말에 이모는 아무 대꾸가 없었다.

그 무렵 이모는 한층 신경이 예민하고 우울했다. 그리고 변소에도 자주 들락거렸으며 변소에서 나올 때마다 미심쩍고 실망한 표정을 짓는 것이 변비에라도 걸린 사람 같았다. 밥도 먹기 싫은지 밥상을 들여오는 것만 봐도 어금니를 꼭 깨물면서 슬그머니 일어나 나가버리곤 했다. 할머니가 걱정을 하자 소화가 안 돼서 그러는 것뿐이라고 대답했지만 음식을 먹기는커녕 아예 쳐다보지도 않는데 왜 소화가 안 된다는 건지 알 수 없는 노릇이었다. 그렇게 일주일인가를 보내더니 어느 날 아침 학교에 가는 나를 불러세웠다. 꺼칠한 얼굴을 잔뜩 찌푸린데다가 속이 거북한지 손은 명치께에 올려져 있었다. 기운이라고는 하나도 없어 보였다.

"진희야, 학교 갔다 오는 길에 편지 좀 부쳐줄래."

"편지?"

"응, 네 가방 속에 넣어놨어."

확인을 하기 위해 내가 가방을 들어 열려고 하자 이모가 황급히 손을 내저었다.

"지금 꺼내지 마. 꼭 부쳐야 한다. 나는 나가고 싶어도 꼼짝을 못하겠어. 속이 메스꺼워서."

속이 메스꺼워서. 그 말을 뱉은 이모나 불현듯 그 말의 속뜻을 알아챈 나나 갑자기 얼굴이 굳었다. 한참 동안 이모는 아무 말도 하지 않았다. 그러더니 무슨 생각이 들었는지 내 앞에 놓인 책가방을 천천히 끌어당긴 다음 그 속에서 자기의 편지를 끄집어냈다.

"이모!"

"그래, 생각해보니 바보짓이야."

이모는 그 편지를 스웨터 속에 넣어 숨겨가지고 기운 없이 방에서 나갔다.

무거운 마음으로 대문을 나서려던 나는 변소에서 나오는 이모와 마주쳤다. 이모의 손에는 아무것도 들려 있지 않았고 스웨터 속도 판판했다. 아마 이모의 편지는 잘게 찢어져서 질퍽한 똥 속에 장난감 깃발처럼 꼿꼿이 서 있을 테지만 얼마 지나지 않아 독한 똥독에 못 이겨 깡그리 삭아 없어질 것이다.

이모와 함께 도청소재지에 간 것은 그 주말이었다. 이모가 수술실로 들어간 뒤 나는 산부인과 복도에서 수술이 끝나기를 기다렸다. 지루하고 불안한 시간이었다. 병원 문이 열리고 만삭이 된 아줌마가 서너 살 된 계집애를 데리고 뒤뚱거리며 들어오는 것을 나는 물끄러미 쳐다보았다. 그 아줌마는 자기가 진찰을 받는 동안 아이를 좀 봐줄 수 있냐고 내게 물어왔다. 이런 데 올 나이는 아닌데, 엄마 따라왔니? 라고도 물었다. 전혀 예상하지 못했던 엄마라는 말에 나는 뜻밖에도 당황했다. 그 아줌마 뒤로도 열 명이 넘는 환자가 진찰실 안을 들락거린 다음에야 몇 시간 만에 종잇장처럼 핼쑥한 얼굴이 된 이모가 문을 열고 나왔다.

밖은 이미 어두워져 있었다.

오늘 안으로 돌아가기 위해서는 서둘러야 했다. 팔을 붙잡으니 허깨비 같은 이모의 몸은 내가 붙잡는 쪽으로 맥없이 기울어졌다.

병원 문을 나서자마자 어둠이 눈앞을 가로막았다. 차부 바로 앞에 있는 병원을 택했기 때문에 버스 타는 곳까지는 오 분도 걸리지 않았지만 어두워진데다 날씨마저 추워서 여간 마음이 조급한 게 아니었다. 다행히 막차는 아직 떠나지 않고 있었다. 우리가 올라타자마자 차장이 버스 옆구리를 탕탕 치며 "오라이!"를 외쳤다.

버스가 움직이기 시작하자 차 안에서 삶은 달걀과 사과 따위를 팔고 있던 아줌마가 황급히 '다라이'를 챙겨들고 나오며 "잠깐만요!"를 서너 번 외쳐댔다. 자기가 먼저 버스에서 내린 다음 무거운 다라이를 승강구로 끄집어내리면서 아줌마는 그 짧은 시간을 이용해 입구에 앉아 있던 우리에게 마지막 장사를 할 셈으로 "아가씨, 계란 좀 사요"라고 말을 던졌다. 창 쪽에 앉아 있던 이모는 아줌마의 다라이에서 달걀과 사과를 받아들고 버스 차창을 통해서 돈을 건네주었다.

달걀 두 개를 이모는 제법 맛있게 먹었다. 그 달걀은 입덧이 사라진 뒤 처음 먹는 음식이었던 것이다. 나는 내 몫으로 이모가 무릎 위에 놓아준 달걀을 집어서 이모의 무릎 위에 올려놓았다. 이모가 그 달걀을 다시 내 무릎 위로 돌려준다.

"너 먹어. 시간이 늦었는데 배고프잖니. 기다리느라고 지루하기도 하고."

"점심을 너무 많이 먹었나봐. 난 배부르니까 이모나 먹어."

"그까짓 가께우동 하나 먹고 점심을 많이 먹기는…… 난 이 사과면 됐어. 달걀은 네가 먹어."

"수술했으니 배고플 거 아냐."

그 말에 이모는 한참 동안 나를 빤히 쳐다보더니 입술을 지그시 물면서 천천히 고개를 돌렸다. 그러고는 말없이 사과 네 개가 엮인 그물망 속에서 사과알을 빼냈다. 짐짓 거칠게 사과를 베어 물며 이모는 아예 시선을 창밖으로 돌려버렸다.

한참 동안 시선만 창밖을 향하고 있을 뿐 이모는 어지러운 생각에 마음이 붙잡혀서 아무것도 보고 있지 않았다. 그런데 어느 순간 갑자기 창밖의 풍경이 눈에 들어온 모양이었다. 꿈에서 깨어난 사람처럼 눈을 몇 번 깜박거리더니 얼른 창 쪽으로 얼굴을 바싹 가져갔다. 이모의 얼굴이 한순간 환해졌다. 핏기 없는 입술에서 낮은 탄성이 새어나왔다.

"어머, 눈이 오네."

그 말을 듣고 나도 창 쪽으로 고개를 돌렸다. 그러나 내 눈에 들어온 것은 눈발이 아니라 이모의 얼굴이었다. 어둠이 만들어낸 차창의 거울 속에는 이모의 얼굴만이 하얗게 떠 있었다. 처음 눈발을 발견했을 때의 찬탄도 잠시, 지금 눈발을 바라보는 이모의 얼굴에는 착잡함이 깃들어 있었다. 버스가 흔들릴 때마다 함께 평면 이동을 할 뿐 이모의 얼굴은 초상화처럼 고정된 표정이었다. 살아 있는 얼굴이 아니라 차라리 창틀을 액자 삼아 들어 있는 흑백사진 같았다.

사진 속의 여자는 슬픈 듯도 싶고 지쳐 보이기도 했지만 정확히 말해서 무표정에 더욱 가까웠다. 이 사진을 찍기 전에 여자는 어디에 자기의 시선을 두어야 할지 마땅한 곳을 찾지 못해 고심했던 듯하다. 그러기에 마침 시선 둘 곳을 찾아낸 지금 마치 거기에 자기의 온 세계가 투사돼 있다는 듯이 그 대상, 즉 눈발을 저처럼 하염없이 바라보고 있는 것이리라. 여자의 흑백사진 위를 쉴새없이 비껴가고 있는 흰 사선의 눈발을 나는 그제야 보았다.

이윽고 생각난 듯이 이모는 손에 쥐고 있던 사과를 다시 한입 깨물었다. 사과를 씹다가 문득 제 손의 사과를 내려다보는 저 정지동작—지금 이모의 머릿속에 스쳐가는 것이 〈도라 도라 도라〉를 본 날 사과꽃의 기억인지 그날 애석하게 보지 못한 영화 〈여진족〉에서 윤정희의 사과를 베어먹는 신영균의 기억인지는 알 수가 없다. 어쩌면 내가 알 수 없는 다른 날 다른 사과나무 아래에서의 잊을 수 없는 기억인지도 모를 일이다. 내가 그날 밤 꿈속에서 보았던 그런 짙고 푸른 안개 속의 사과나무인지도……

눈은 쉴새없이 내렸다.

"첫눈이 많이 오면 풍년이라는데……"

뒷자리에서 누군가 말문을 열었다.

"말만 풍년이면 뭐해, 몇 년 동안 가물어도 너무 가물었어. 농사 지어봤자 고생만 직사하게 하고 재미진 줄을 모르겠으니."

"그러게요."

"대통령이 헬리콥터 타고 와보면 뭐하나. 국민학교 운동장에 내려서 꽃다발이나 받고 삼십 분도 안 돼 그냥 올라가는데, 그따위 짓이야 신문기자들 일 만들어주는 거지 원, 가뭄에 무슨 도움이 된다고."

"집 짓는 사람만 좋아났대요. 건축사업 한다고 하면 나라에서 돈도 잘 빌려주는데 거기다 몇 년째 날씨도 계속 가물기만 하니 공사 쉬는 날이 없잖아요. 우리도 농사 때려치우고 집장사나 할까."

"돈은 뭐 빽 없이 아무나 빌려주는 줄 알아? 송충이는 솔잎을 먹어야지."

"성국이네는 농사 때려치우고 서울 갔잖아요. 자리잡으면 올라와서 함께 살자더니 잘사는지 몰라."

"거, 쓰잘데없는 소리!"

여자는 잠시 아무 말도 하지 않고 잠자코 있더니 창밖을 보고 있었던 것인지 한참 뒤에 다시 이렇게 말문을 뗐다.

"눈 한번 소담스럽게 온다."

남자의 대꾸는 이번에도 무뚝뚝하다.

"눈이 이렇게 와서 이거 차가 시간 안에 도착할까 모르겠네. 이런 날씨에 길가에서 서버리면 큰일인데."

"설마 그럴라고요."

뒷자리의 대화는 더 이어졌지만 그후부터는 그들의 목소리가 가물가물하게 들렸다. 춥고 배도 고팠지만 그런데도 잠이 쏟아졌다. 체온을 뺏기지 않으려는 본능으로 내 손은 어느새 무릎 사이에 끼워져 있었다. 발이 꽁꽁 얼어붙어 한쪽 발로 다른 쪽 발을 눌러 봐도 얼얼한 감각밖에 오지 않았는데도 그 추위 속에 몸을 웅크린 채 나는 졸음을 받아들였다. 요람처럼 흔들리는 버스의 반동에 몸을 맡긴 채 그대로 잠 속으로 빠져들었다. 참 차가운 요람이었다.

잠이 깬 것은 아무도 더이상 요람을 흔들어주지 않기 때문이었다. 무언가 허전한 기분에 눈을 떠보니 버스가 제자리에 서 있었던 것이다. 아까 솔잎을 먹어야 한다고 말하던 뒷자리의 송충이 아저씨가 지르는 고함소리 때문에 깼는지도 모르지만.

"고장이면 고쳐야 할 것 아뇨. 이 밤중에 여기서 읍내까지 걸어 가라는 거요, 지금?

"그러려면 차비라도 물어내야지. 내 돈 내고 이게 무슨 고생이 야."

부부가 함께 따지고 들었지만 운전사의 목소리 또한 만만치 않다.

"아, 지금 차비가 문제요? 갑자기 눈이 쌓여서 이 고개를 넘어 가기 위험하다니까 내 말 못 알아들었소? 목숨 내놓고 갈라요? 저 양반들은 목숨이 두 개냐? 천길 아래로 굴러떨어지고 나서도 차 비 내놓으라고 할라나. 참 내!"

나는 정신이 번쩍 들어 눈을 떴다.

오가는 이야기를 계속 들어보니 우리가 탄 버스는 출발할 때부 터 뭔가 이상이 있었던 모양이었다. 막차라서 정비할 사람도 없었고 또 늘 다니던 길이어서 괜찮겠지 하는 생각으로 운전사는 그냥 차를 출발시켰는데 아까부터 덜컹거리는 소리가 심해진다 싶더니 급기야는 이 고갯길 앞에 이르고 보니 도저히 브레이크를 믿지 못하겠다는 마음이 들었다. 운전사는 읍내가 얼마 남지 않았으므로 차라리 차를 두고 걸어갔다가 내일 장비를 싣고 와서 차를 고치는 편이 승객의 안전을 최우선으로 삼는 자기로서는 최선의 방법이라고 생각했다.

사정이 이렇다보니 위험을 무릅쓰고 차를 달리라고 우길 수도 없는 노릇이었다. 버스에 탄 사람들은 투덜거리면서도 모두 차에서 내렸고 그나마 읍내가 멀지 않다는 것을 약간의 위안으로 삼으려 애썼다. 이모와 나도 버스에서 내렸다. 벌써 발목까지 눈이 쌓여 있었다. 운전사 말로는 이십 분 정도만 가면 된다고 했지만 밤길에 고개를 넘기란 쉬운 일이 아니었다. 어디서나 넘어지기 잘하는 것은 그만두고라도 이모의 몸은 평소와는 달랐다.

이제 이모의 탄성을 받을 수 없게 된 심술궂은 눈발은 쉬지 않고 내려서 어깨 위에 쌓여갔다.

버스에 탔던 사람은 모두 열몇 명쯤 되었다. 그들이 열을 지어 한밤중에 눈발을 뚫고 고개를 넘어가는 모습은 피난민의 행렬에 버금가는 환난의 장면이었다. 막상 걷기 시작하니 기분이 썩 나쁘지는 않았다. 웅크리고 있을 때보다 오히려 추위도 덜한 것 같았고 발밑에 버석거리는 눈의 감촉도 괜찮았으며 두런거리는 어른들의 말소리에도 위난한 상황을 함께하는 연대감 때문인지 온기가 느껴졌다. 눈이 있어서 길도 생각보다 훤했으므로 걷기가 그리 어렵지 않았다. 그러나 그것은 처음 얼마 동안뿐이었다.

조금만 더 가면 되려니 하면서 걸음을 재촉했지만 읍내까지는 생각보다 먼 거리였다. 이십 분이면 된다던 운전사의 말대로라면 도착하고 남을 시간이 흘렀을 텐데 겨우 고갯길이 내리막길로 접어들었을 뿐 갈 길이 아직 먼 것 같았다. 거의 쓰러지다시피 하면서 힘겹게 걸음을 옮겨놓고 있는 이모의 얼굴 위로 다른 사람보다 유난히 많은 입김이 피어올랐다. 아니나 다를까, 이모는 서너 발짝도 더 가기 전에 눈길에 그대로 엎드려버렸다.

행렬이 멈춰졌다. 누군가가 이모를 업었다. 업힌 채 축 늘어뜨려진 이모의 팔은 바느질이 잘못된 헝겊인형처럼 헐렁하게 흔들거렸다. 이모를 업은 남자에게서 자주 힘든 신음이 새어나왔다. 조금 시간이 지나자 이모는 정신을 차린 모양으로 몇 번인가 남자에게 내려달라고 말했는데 남자도 꽤 힘들었는지, "정말 괜찮겠소?" 하고 두어 번 묻더니 이모를 눈바닥에 내려놓았다. 다시 걸음을 떼어놓는 이모의 다리는 위태로워서 봐줄 수가 없었다. 기적이라도 일어나서 이모를 고스란히 날라다 따뜻한 우리집 방안에 눕혀주었으면 싶었다.

세상에 기적이란 없다. 그러나 우연은 많다. 아니 세상의 중요한 일은 공교롭게도 모두 우연이 해결한다. 다행인 것은 우연 중에는 나쁜 우연이 더 많지만 간혹 좋은 우연도 있다는 것이다. 구부러진 고개 저편에서 거짓말처럼 헤드라이트의 불빛이 나타났을 때 나는 이모와 나에게 좋은 우연이 오고 있다는 것을 직감했다.

트럭이었다. 트럭은 밤길에 난데없는 사람의 행렬을 보고 속도를 줄이더니 천천히 우리 쪽으로 다가와 섰다. 사람들이 모두 트럭 쪽으로 뛰어간 것은 물론이었다. 트럭 운전사는 이내 그 사람들이 이 시각에는 벌써 자기 집에 들어갔어야 할 막차의 승객이란 걸 알았다. 책임감을 느낀 버스 운전사가 사람들을 제치고 앞으로 나서며 모두를 읍내로 데려다달라고 부탁했다.

하지만 트럭 운전사도 눈 오는 밤길에 차를 끌고 나섰을 때는 자기 나름의 급한 용무가 있었을 것이었다. 그는 차마 그냥 가겠다는 말은 하지 못했지만 읍내까지는 십여 분밖에 걸리지 않을 거라는 말만을 거듭하며 난처해했다. 그러자 아까 이모를 업었던 남자가 맨 뒤쪽에 처져 서 있는 우리를 가리켰다.

"환자가 있어서 그래요. 내가 계속 업고 왔는데 저 아가씨 그대로 두면 큰일나겠던데, 기사양반, 어떻게 좀 안 될까요."

사람들은 트럭 운전사에게 환자가 잘 보일 수 있도록 조금씩 몸을 움직여 비켜났다. 기사양반이라고 불린 운전사는 높은 운전석에 앉은 채 이모 쪽을 힐끗 쳐다보았다. 그때 그의 눈에 비친 것이 무엇이었겠는가. 그는 보았다. 상처입은 사슴처럼 눈밭 위에 떨고 서 있는 애처로운 그 여자, 자기의 영원한 연인을.

한동안 그는 숨도 쉬지 못했다. 자기들이 트럭을 탈 수 있을지 없을지 결정을 내리기 위해 걸리는 시간을 인내심을 갖고 참아내 며 사람들 역시 숨을 죽이고 있었다. 그러나 트럭 운전사가 너무 오래 생각한다 싶어서 하나둘 재촉을 하기 시작했다.

"거 좀 탑시다. 좋은 자리 있을 때 봐주슈."

환자를 보고도 선뜻 태울 생각을 하지 않다니 싸가지가 없는 인 간이라고 생각하여 트럭 운전사를 비꼬는 사람도 있었다.

"아따, 알량한 트럭 하나 갖고 유세가 정승벼슬 저리 가라네그 려."

"저 아픈 아가씨만이라도 태워주면 안 되나?"

라고 속보이는 말을 하는 사람도 있었다.

이 순간 홍기웅의 가슴속에서는 격정이 끓어오르고 있을 것이 다. 눈밭에 떨고 있는 자기의 영원한 연인을 낚아채듯 품에 껴안고 제가 가진 체온을 마지막 온기까지 남김없이 쏟아부어주고 싶은 마음이 용솟음칠 것이다. 하지만 그는 한참 만에야 어렵게 입을 떼 더니 목멘 소리로 가까스로 이렇게 말했다.

"진희야, 이모 데리고 앞으로 타."

이제 보니 아는 사이였구만 어쩌구 하면서 사람들이 모두 짐칸 으로 올라타는 동안 나는 이모를 부축하여 운전석 쪽으로 갔다. 트 럭이 높기도 했지만 이모가 워낙 기운을 잃었고 신발 밑에 눈이 꽁 꽁 얼어붙어서 이모의 몸은 트럭 좌석으로 올라가려다 번번이 미끄러졌다. 보다못한 홍기웅이 운전석에서 내리더니 차 앞을 돌아서 우리 쪽으로 다가왔다. 그러고는 내게서 이모를 받아 안았다.

이모와 홍기웅의 눈이 마주친 것은 아주 짧은 시간이었으며 홍기웅이 이모를 가슴에 품고 한 번 눈을 꼭 감았다가 뜬 시간은 더 짧았다. 홍기웅은 이모를 번쩍 들어 앞자리로 올렸고 그 옆으로 내가 올라타자 문을 닫은 뒤 손잡이를 잡아당겨 문이 완전히 잠겼는가를 확인하고는 다시 트럭 앞을 돌아서 운전석으로 갔다.

그러나 운전석으로 올라가려다 말고 그는 다시 우리 쪽으로 돌아오더니 잠바를 벗어서 차문을 열고 내게로 던졌다. 그가 아무 말도 하지 않았지만 그 잠바가 이모를 덮어주기 위해서 그의 몸에서 벗겨졌음은 설명할 필요도 없는 일이었다. 눈에 익은 가죽잠바였다. 아직 홍기웅의 체온이 따뜻하게 남아 있는 그 잠바를 나는 이모의 얼어 있는 등에 씌워주었다.

홍기웅이 다시 손잡이의 걸쇠를 확인한 다음 운전대로 오기 위해 차 앞을 지나갔다. 그가 차 앞을 지나갈 때 이모의 눈동자가 스웨터 바람인 그의 상체를 따라 오른쪽에서 왼쪽으로 천천히 움직였다. 헤드라이트의 밝은 불빛 때문에 이마를 약간 찡그리고 허연 입김을 날리며 차 앞을 가로지르는 그의 탄탄한 옆모습은, 비록 첨탑 속의 공주를 구하는 흑기사 같은 품위는 없었지만 위험에 처한 제인을 구출하기 위해서 지구 끝 설원까지 달려온 타잔처럼 믿음직스러웠으며 어떤 여자라도 그의 제인이 되고 싶어질 만큼 강렬한 매력을 풍겼다.

"밟지 마요" "꼭 붙들어" "어서 갑시다", 하는 소리로 짐칸이
소란스러웠다.

트럭이 출발했다.

눈발이 앞유리에 부딪치며 쉴새없이 달려들었다. 그것을 밀어
내는 와이퍼의 반복동작만을 바라보면서 우리는 아무 말이 없었
다. 우리는 셋 다 그날 밤의 일을 생각하고 있는 것이었다. 홍기웅
이 대문을 부서져라 흔들던 날 바로 그 덕분에 이모의 새 사랑은
시작되었다. 홍기웅은 끝내 깡패의 역할밖에 주어지지 않았으므
로 울면서 돌아갔다. 지금, 지금은 많은 것이 바뀌었다. 허석을 새
사랑이라고 여기고 경솔하게도 삶의 악의에 몸을 던져버렸던 이
모는 그 대가를 치르느라 몸과 마음이 다 망가졌지만 홍기웅은 그
날 밤 이후 어떤 결심을 했는지 그 과정은 모르겠으되 지금 분명
그때보다는 격상된 삶 속에 있었다. 거들떠보지도 않고 그렇게나
박대하던 홍기웅에게 이모는 전적으로 몸을 의지하고 있는 형편
이고 홍기웅은 늠름하게 그 이모를 지탱하고 있었다.

앞유리의 와이퍼만을 보고 있지만 홍기웅은 거의 쓰러질 듯한
이모 때문에 마음이 쓰라린지 표정이 굳어 있다. 그 쓰라림이, 자
기가 눈물을 훔칠 생각조차 못하고 검은 산처럼 사라져준 뒤 이모
가 허석과 사랑에 빠지고 그의 아이를 갖고 그리고 그 중절수술을
하느라 얻은 고통이란 것을 그는 짐작조차 할 수 없을 것이다. 혹

시 그것을 알았다면 이모를 다시 저 눈밭으로 내쫓아버릴까. 그렇지 않다. 모든 것을 알았다 할지라도 이모의 고통이 그의 마음을 쓰라리게 하는 것은 마찬가지일 것이다. 그는 꽤 희귀한 것을 갖고 있는데, 바로 순정이었다.

드디어 저멀리 군청의 아치가 보였다. 트럭은 불이 훤하게 켜져 있는 정다방 앞에 멈춰 섰다. 사람들이 하나둘 내리기 시작했다. 내가 문의 손잡이를 잡으려고 하자 트럭을 탄 뒤 처음으로 홍기웅이 입을 열었다.

"내리지 마."

손잡이를 잡은 채 몸을 돌려 쳐다보는 내게 홍기웅은 이렇게 덧붙였다.

"집까지 데려다줄게."

이모는 얼어붙은 듯이 말이 없었다. 트럭이 출발할 때 몸이 기우뚱하는 것을 빼고는 무슨 묵직한 곡식자루처럼 움직이지조차 않았다. 두어 번쯤 홍기웅은 입을 열 듯하다가 다물고 열 듯하다가 다물더니 결국은 우리집 골목 앞에 차가 설 때까지 아무 말도 하지 않았다. 차를 세우고 홍기웅은 처음 우리가 이 트럭에 탈 때처럼 차 앞을 돌아서 우리 자리로 왔다. 이모를 안아서 내려주려는 것이었다. 그가 문을 열자 내가 뛰어내렸고 홍기웅이 다가가 이모를 향해서 팔을 벌렸다. 애처로울 만큼 창백한 이모의 얼굴이 그의 팔에 기대지는가 싶더니 완강한 힘으로 트럭 아래로 들어내려졌다.

그대로 돌아서는 홍기웅의 등뒤에 대고 이모가 겨우 목소리를
쥐어짜며 말했다.

"저 이거……"

그는 이모가 내민 자기의 잠바를 받아들었다. 그와 이모의 사이
에는 꼭 팔 두 개 길이만큼의 간격이 있었다. 그 간격을 사이에 두
고 이모의 손과 홍기웅의 손이 만났다. 잠바를 전해주고 받는 것뿐
이었지만 어쩐지 그 순간은 꽤 길었다. 잠바를 받아든 홍기웅은 쏘
는 듯한 시선을 여전히 이모에게 박은 채 잠바 속에 팔을 꿰었다.
두 팔을 다 꿴 다음 앞섶을 한번 가지런히 잡아당길 때까지도 그
의 시선은 이모에게서 떠나지 못했다. 그러나 그뿐이었다. 그는 천
천히 운전석에 올랐고 시동을 걸었으며 다시 한번 이모를 보거나
하지 않고 그대로 트럭을 출발시켰다. 차가 출발하는 순간 이모는
"고마워요"라고 말했지만 나 혼자 듣기에도 너무 작은 소리였다.

차가 눈앞에서 완전히 사라지자 이모는 집 쪽으로 돌아서며 흠
칫 어깨를 떨었다. 홍기웅이라는 따뜻한 잠바가 어깨에서 걷혀져
버린 것을 그제야 깨달은 사람처럼. 앞서가는 이모의 흔들리는 발
걸음을 보며 나는 홍기웅이 이제야 비로소 이모의 가슴에 자기의
이미지를 새겼다는 것을 알았다.

우리집 마루에는 외등이 환하게 켜져 있었다. 집에 돌아왔다는
느낌 덕분일까. 그 외등 불빛에 비쳐서 마당으로 쏟아지고 있는 눈
발이 소담스럽기만 했다. 마당으로 들어서자 마침내 다리가 묵직

하고 걸음이 풀리는 것이었다.

"엄마!"

"할머니!"

이모는 가냘프게, 나는 조금 벅차게 할머니를 불렀다.

마치 긴 세월 동안 집을 떠나 있던 탕아처럼 혹은 눈 내리는 밤 몇십 년 만에 고향을 찾아온 나그네라도 되는 듯이 방문 앞에서 할머니를 부르는 내 목소리에는 환희를 억누르는 떨림마저 있었다. 오늘 겪은 일들이 한꺼번에 머릿속을 스쳐갔다. 산부인과, 눈발, 추위 속의 행군, 트럭의 헤드라이트…… 그 일들은 어쩌면 열두 살까지의 내 삶의 마지막 시련이었는지도 모른다. 나는 어쩐지 이 순간이 내 삶의 한 매듭이라는 느낌에 사로잡혔다. 며칠 후면 시작되는 70년대는 정말 다른 시대일지도 모른다는 생각마저 들었다.

그때 방문이 발칵 열리면서 할머니의 얼굴이 나타났다. 마루의 전등불이 일직선으로 바로 내리비쳐서 할머니의 표정은 잘 보이지 않았다. 보나마나 늦게 왔다고 한바탕 잔소리가 쏟아질 것이었다. 그리고 그런 욕설이 없다면 우리는 할머니가 별로 걱정을 안 했으리라고 생각하고 되레 서운한 마음이 들는지도 모른다. "밤에 돌아다니는 계집들은 사내들한테 익혀놓은 음식"이라고 먼저 우리의 행실을 나무라고, 금방 갔다 온다더니 한밤중까지 사람을 기다리게 한다 해서 "몽바우 서울 심부름 보내나 마나"라고 욕을 하다가 나중에는 "예쁘게 낳으려던 딸이 눈먼다"는 말을 들어가며 나보다는 이모 쪽을 더욱 타박할 것이다.

그런 욕이 머리 위로 쏟아지기를 기다리며 나는 잠자코 신발을 벗었다. 눈이 털신 속으로 들어가 얼어붙는 바람에 발이 잘 빠지지 않았다. 나는 화가 나 있을 할머니에게 최대한 얌전하게 보일 양으로 발꿈치 뒤에 손가락을 넣어 털신을 얌전히 벗은 다음 털신을 댓돌에 탁탁 치며 그 속의 눈까지 털어냈다. 그러다가 나는 갑자기 깨달았다. 할머니의 욕설이 들리지 않았다. 이상하게 사방이 너무나 조용했다. 왼쪽 신발을 벗어 터느라고 왼쪽 발을 오른쪽 종아리에 걸치고 한 손으로 문설주를 잡은 채 외발로 위태롭게 서 있던 나는 그제야 고개를 들고 방문 쪽을 쳐다보았다.

할머니의 등뒤로 한 남자가 서 있었다. 허석이 온 것일까? 아니면 삼촌이 휴가를 나온 것일까? 홍기웅이 어느새 트럭을 세워놓고 집안에 들어오기라도 했단 말인가?

남자가 마루 위로 나왔다. 허석도 아니고 삼촌도 아니었다. 처음 보는 얼굴이었다. 그는 이모와 내 쪽으로 다가왔다. 이모가 입을 벌리고 망연히 서서 쳐다보는 걸로 보아 이모와 잘 아는 사람인 것도 같았다. 불빛 바로 아래라서 그늘이 짙게 드리워진 탓인지 남자는 금빙이라노 울 듯한 표정이었다. 아니면 이렇게 눈 오는 밤 여러 가지 일을 겪고 겨우 집에 돌아오다보니 내 마음이 감상적이어서 그렇게 보이는 건지도 모른다. 나는 어쩐지 울먹이는 듯한 그 남자에게 친밀감을 느꼈다. 짙은 눈썹 아래의 부드러운 눈빛, 광대

뼈에서 뺨을 타고 흐르는 얼굴 윤곽, 그리고 인중이 뚜렷한 입술 모양이 어디선가 본 적이 있다는 기분마저 들었다.

남자는 마루 아래 서 있는 이모와 키를 맞추기 위해서 한쪽 무릎을 꺾었다. 가까이에서 보니 꽤 나이가 든 남자였다. 이마에 굵은 주름살이 세 개나 되었다. 이모는 아저씨 타입을 싫어하기 때문에 아마 그것은 그의 치명적인 결점이 될 게 뻔했다. 이형렬을 소개받을 때도 이모는 그가 록 허드슨보다는 제임스 딘 쪽을 닮아주기를 바랐었다. 그런데도 나는 이모가 그를 좋아해주었으면 하는 생각이 들었다. 아마 나라면 서슴없이 이 남자를 택하리라는 엉뚱한 생각까지 들었으며 그 생각이 든 순간 오랜만에 이모에게 질투를 느꼈다.

이모 쪽을 쳐다보니 이모는 몹시 놀라기는 했지만 그 남자를 배척하는 표정은 아니었다. 이런 때야말로 이모가 변한 것을 더욱 실감하게 된다. 이제 이모는 샐쭉하거나 일부러 지어 보이는 교태 따위는 부리지 않는다. 지금처럼 제 모습 그대로 이모는 아름답다. 이제야 말이지만 나는 변한 후의 이모 못지않게 변하기 전의 이모 역시 좋아했던 것 같다. 또 내 생각을 더욱 솔직히 말하라면 나는 이모가 완전히 변했다고는 여기지 않는다. 사람은 성숙해가긴 하지만 크게 변하진 않는다는 게 내가 알고 있는 진실이다. 이모는 변한 게 아니라 성숙한 것뿐이며 얼마 안 가 잠시 유보되었던 천성이 이모를 다시 본래 모습으로 돌려놓을 것이다. 철없고 그리고 순수한 본래 모습으로.

그때 철없고 순수한 이모가 내 어깨에 손을 얹으며 이렇게 말했다.

"진희야, 네 아버지야."

이모가 말문을 열자 지금까지 힘들게 참았다는 듯이 남자도 그 말을 되풀이했다.

"진희야, 아버지다."

나는 왼쪽 털신 속에 발을 집어넣고 이번에는 오른쪽 털신을 벗어들고는 그 안의 눈을 털어냈다. '보여지는 나'가 말한다. 공손하게 인사를 해. 침착하게. '바라보는 나'가 말한다. 반가워하지 마. 아버지라고? 농담이야. 60년대엔 나에게 아버지가 없었지. 그러니 이건 새로운 농담이 틀림없어. 70년대식 농담인 거야. 시대라는 구획에서 자유로울 수 없다는 건 어쩔 수 없이 인정하더라도 맙소사, 아버지라니, 70년대엔 내게 아버지가 있다니, 이건 대단한 농담이다.

한쪽 손으로 마루 기둥을 잡고 한쪽 손으로 댓돌 위에 털신을 연신 패대기치면서, 그리고 한쪽 다리로 서 있었지만 나는 조금도 비틀거리지 않았다.

눈이 계속 쏟아지고 있었다. 크리스마스 카드를 만들 때 나도 이런 눈을 만들어본 적이 있다. 붓에 흰 물감을 듬뿍 적셔서 검은 켄트지에 마구 뿌려대는 것이다. 그러면 검은 밤 위로 흰 눈이 쏟아지는데 눈이 너무 많이 쏟아지니 시야가 흐릴 것이므로 당연히 다른 풍경은 그릴 필요가 없었다. 지금 나도 시야가 흐렸다.

상처를 덮어가는 일로 삶이 이어진다

불 끄지 마.

그가 마른 목소리로 말한다. 전등 스위치를 누르려던 나는 몸을 돌려 침대에 누워 있는 그를 돌아본다. 천천히 몸을 일으켜 내 쪽으로 다가오더니 그는 이번에는 내 몸을 감싼 배스타월을 획 낚아채서 걷어내버린다. 서른여덟이란 나이에 환한 불빛 아래에 알몸을 드러낸다는 것은 그다지 뽐낼 만한 일은 못 된다. 내 표정은 약간 난감해진다.

나는 침대에서 그를 맞을 때 레이스 잠옷이나 네글리제를 입지는 않는다. 어차피 관능적인 몸매를 가진 것도 아니어서 그런 노골적인 분위기를 완성시킬 자신이 없을 바에야 공연히 연출의 느낌을 주는 소품을 사용하지 않는 편이 낫다는 생각도 있거니와, 두드러진 아랫배와 시든 젖가슴의 탄성 없는 곡선을 감추고 한편 불륨의 관계가 주는 퇴폐적인 분위기를 조금이나마 적게 느끼기에는 보이시하고 헐렁한 티셔츠가 훨씬 유용했기 때문이다.

그는 어둠 속에서 내 티셔츠 속으로 손을 넣으며 '사랑해'라는 암호로 내 육체의 문을 열곤 했다. 그런데 불 끄지 마, 라고? 오늘 그는 좀 다르다. 쏟아져내리는 불빛에 그대로 알몸을 드러낸 채 나는 그가 자기 나름대로의 이 난폭성을 통해서 증명해 보이려는 것이 무엇인가를 생각해본다. 하긴 난폭성이란 것이 때로 소유를 확정해주는 경우도 있긴 하다. 함부로 시험할 수 없긴 하지만 섹스에서 난폭성이 괜찮은 기교임에는 틀림이 없다.

그가 어깨를 밀쳐 누르는 바람에 나는 침대 위로 넘어진다. '보여지는 나'가 거칠게 다가오는 그의 입술을 맞는 동시에 '바라보는 나'가 그의 표정을 엿보기 시작하는 순간이다. 키스를 하면서도 나는 눈을 감는 법이 없다. 상대가 원하는 것이 무엇인지 알아내어 그것을 제공하기 위해서 언제나 나는 눈을 뜨고 있다. 하지만 오늘은 그것마저 좀 다르다. 어찌된 영문인지 그 역시 눈을 뜨고 나를 바라보고 있다. 모든 인간관계가 다 그렇듯이 섹스 역시 조화를 이루기 위해서는 누가 누구의 아래에 있는지 힘의 서열이 명백해야 하는데 이까짓 눈싸움에 대한 승패 따위로 중요한 섹스를 망칠 수는 없는 일이다. 나는 순순히 눈을 감는다.

눈을 감으니 그애의 모습이 홀연 눈꺼풀 속으로 들어와 박힌다. 할머니가 사준 새 스웨터는 하얀색과 빨강색이 바둑무늬로 짜여지고 목둘레와 소맷부리에는 빨강색으로 고무뜨기가 되어 있었다. 그 스웨터 속에 이모가 선물한 브래지어를 하고 그애, 그러니까 열두 살의 나는 아버지를 따라 '집'으로 떠난다. 그 '집'에는 엄마라고 부를 계모가 있고 아직은 계모의 뱃속에 들어 있는 곧 태어날 동생도 있다(아버지는 바로 그렇기 때문에 더이상 나를 데려가는 일을 미룰 수가 없었다고 할머니에게 말했다).

이제 내게는 할머니와 이모 대신 엄마와 아버지와 동생이 있다. 그것은 가정환경조사서를 쓸 때 거리낄 게 없는 무난한 가정에서 자라는 버젓한 보통아이가 되었다는 뜻이다. 그러므로 할머니와 이모, 그리고 아버지와 새엄마 어른들은 모두 이제 새해부터는 내가 보통의 열세 살짜리가 되리라고 기대할 것이다. 새엄마와 열두 살이나 어린 동생, 태어나서 처음으로 보는 것 같은 아버지, 어쨌든 그것은 나에게 있어 매우 새로운 삶인 것만은 틀림없다. 그러나 어른들과 달리 나는 새 삶에 대한 기대가 없었다. 새로 만난 삶이 또 새로운 방법으로 나를 조롱할 기회를 주지 않기 위해 어차피 그곳에서도 나는 삶을 멀찌감치 두고 보려고 애쓸 것이다. 그뿐이다.

할머니와 이모를 떠나야 한다는 사실도 나는 순순히 받아들였다. 나는 삶을 그렇게 살기로 마음먹지 않았던가. 쉽지는 않은 일이다. 그러나 그럴 때마다 나는 나 자신을 바라보는 나와 보여지는 나로 분리시킬 것이다. 만약 실패하면 엄마의 자아처럼 분열돼버릴지도 모르지만, 그럴 가능성은 그다지 없다. 나는 거리 밖에 있는 내 삶을 그런대로 성실하게 꾸려갈 것이다.

사실로도 지금까지 나는 내 삶에 성실했다. 애초부터 신념 따위의 강렬하고 고급한 감정은 갖추지 못했지만 내게 주어진 모든 것에 대체로 적응은 해왔다. 십대에 공부했고 이십대에 일했으며, 지난 학기부터 소도시 전문대학에 자리를 얻었으니 삼십대에는 그런대로 남들이 말하는 바의 사회적 기반도 잡은 셈이다. 십여 년 넘은 묵은 우정도 몇 가지고 있으며 내 주변에는 깊은 밤이나 잠을 설친 새벽 나의 위로를 불러내기 위해서 내 전화번호를 수첩에 적어가지고 다니는 다감한 사람이 적어도 열은 넘는다. 내 스무 살 이후 몇 번 되지 않았던 직접선거 때마다 빠짐없이 투표를 하고 재야단체의 서명운동이든 구세군 냄비이든 거리에서 내 애국심과 선의를 물어오는 이들에게 선선히 동조했던 나의 그동안의 삶이 일탈된 것이 아니었음은 물론이다. 나는 내 삶을 방치한 적은 없다. 두 번의 중절수술과 각기 한 번씩의 둔주, 방화까지를 포함해서.

불 좀 꺼봐.

이윽고 내 몸 위에서 내려온 그가 숨을 거칠게 몰아쉬며 말한다. 불끄지 마, 를 호기롭게 말하던 그도 마치 바람 빠진 풍선처럼 축제의 부력을 잃고 한갓 고무주머니가 되어버린 육체의 뒤처리가 공개되는 것만은 자신이 없는 모양이다. 나는 일어나서 불을 끄고 대신 텔레비전을 켰다. 내 아파트로 들어선 시각이 여덟시가 조금 지나서였다. 그런데 텔레비전에서는 아직까지 아홉시 뉴스를 진행하고 있다. 한 시간밖에 지나지 않았나? 언뜻 '무궁화호 발사 성공'이란 자막이 눈에 들어온다.

리모컨을 찾아들고 채널을 돌린다. 역시 똑같은 무궁화호 발사 화면이다. 조금 있다가 여자 앵커의 모습이 화면을 채우더니 단정한 입 모양으로 돈들의 향방과 색다른 죽음, 욕망, 폭력에 대한 새 소식을 전하기 시작한다. 가명계좌와 사천억, 광복절 사면, 보스니아, 삼풍 유가족…… 생각 없이 화면을 바라보고 있는 내게 이따금 이런 단어들이 하나씩 귀에 들어온다.

90년대지만 지금도 세상은 나의 유년과 하나도 다를 바가 없다. 여전히 세계 어느 곳에선가는 베트남전이 일어나고 있고 아이들은 선생님에게서 위선과 악의를 배워가며 이형렬들은 군대에서 애인을 구하고 뉴스타일양장점의 계는 깨졌다가 다시 시작되며 신분상승을 위한 미스 리의 교태가 반복되는 한편에서 광진테라 아줌마는 둘째아이를 가짐으로써 뒤웅박 팔자 속에 구덩이를 판다. 정여사 아줌마의 남편들은 아직도 감옥에 있으며 유지공장의 불 같은 뜻밖의 재난이 끊임없이 사람들을 떼죽음으로 몰아가고 그 사고는 이내 잊혀진 뒤 반복되며 사고가 잊혀진 뒤까지도 그때 대동병원이 번 돈처럼 논늘은 증식을 계속한다.

그때 젊은이였던 이들이 장년이 된 지금도 요즘 젊은이들이 자신의 젊은 시절과 다르다는 탄식은 변함이 없다. 그리고 사랑은 여전히 배신에서부터 시작한다. 지금 내 곁에서 침대에 엎드려 텔레비전에 눈을 주고 있는 저 사람, 그는 나의 하나뿐인 열두 살 아래 여동생의 지도교수이자 첫사랑이다. 사랑이 여전히 배신에서 비롯된다는 것을 깨닫는 일은 나를 안심시킨다. 만약 사랑이 무겁고 엄숙한 것이었다면 나는 열두 살 그때처럼 상처의 내압을 견디기 힘들었을 테니 말이다.

하긴 사랑이나 존재라는 말 못지않게 배신이란 말의 뜻도 가볍다. 스무 살 무렵의 그에게는 내가 첫사랑이었다. 그 시절 나의 동급생이었다가 이제 나와 같은 학교의 동료가 된 지금, 그가 정지된 젊음 속으로 되돌아가서 오래전 던져놓았던 미결된 첫사랑의 그물을 끌어올리려 하는 것을 비난할 수는 없다. 그러므로 누가 누구를 배신한 것이며 누구의 배신이 더 심각한가 따위, 배신의 진앙과 진도를 따지는 일은 무의미하다. 그런 것을 따지다보면 결국 우리는 스스로 의도하진 않았다 할지라도 누군가를 배신하지 않고 살기란 불가능하다는 결론에 이를지도 모른다. 마치 서로에게 별다른 의미가 없는 것처럼 심상하게 얽혀 짜여져 있지만 이 삶 속에서 누군가의 적이 되지 않고 살기란 불가능한 것처럼, 삶 속에는 타의가 있는 법이니까.

그가 샤워를 하러 일어난다. 물소리가 들리는 듯싶더니 뭐라고 투덜대는 나직한 소리도 들려온다. 얼마 안 가 욕실에서 나오는 그의 몸에서는 딸기향이 진하게 풍기고 있다. 그는 거품목욕을 할 때 쓰는 버블 솝을 쓴 모양이다. 거품을 씻느라 꽤 애를 먹었을 게다.

그 '스트로베리 버블스'는 작년에 유학을 떠난 여동생이 방학 때 나오면서 사다준 것이다. 그애는 이렇게 나를 통해서 어쨌든 자기의 첫사랑인 그의 몸에 비누칠을 해보긴 한 셈이다.

뉴스가 끝나자 텔레비전은 무궁화호 발사에 대한 특집이 이어진다. 인공위성을 실은 로켓이 꽁무니에 불길을 달고 하늘로 치솟는 모습과 그것을 보고서 경탄하는 두 여자의 모습이 열 번도 넘게 반복하여 방영되고 있다. 열두 살. 그때 7월에도 나는 텔레비전에서 비슷한 화면을 본 적이 있다.

우리 동네 사람들이 저녁마다 텔레비전을 구경하러 가는 곳은 신성토건 집이었다. 저녁이 되면 그 집에서는 창턱에 높직이 텔레비전을 올려놓고 마당에 모여앉은 동네 사람들에게 그 신기한 구경거리를 제공하곤 했다. 마당의 넓은 평상은 어른들이 차지하였으므로 아이들은 마당 한쪽에 쌓여 있는 철근더미며 '가다와꾸', 통나무들 위로 올라가 앉았고 어떤 아이는 감히 만져보기도 두려운 그 집의 커다란 덤프트럭 위에 겁없이 올라갔다가 야단을 맞기도 했다.

그날은 밤이 아니라 낮인데도 온 동네 사람들이 텔레비전을 보기 위해 신성토건 집으로 모여들었다. 아폴로 11호가 달에 기착하는 역사적인 날이었던 것이다. 학교에서 돌아오다 보니 신성토건 집 대문이 부산했다. 운좋게도 나는 마침 그 대문을 들어가려던 문화사진관 아저씨의 눈에 띄어 그 역사적 현장을 목격할 수 있었다. 아저씨를 따라 들어가서 본 텔레비전 화면은 그러나 무슨 그림자 같은 형체를 알아보기 힘든 윤곽이 희미하게 움직이는 것으로, 한참이 지나도록 단조로운 화면이 뿌옇게 비쳐질 뿐 우주를 향한 인류의 집념과 성취를 엿볼 만한 극적인 점은 하나도 없었다. 그런데도 어른들은 저마다 감격의 말을 한마디씩 내뱉고 있었다. 달나라를 '정복'(그들은 그런 말을 썼다)했으니 세상이 완전히 달라질 거라고들 했다. 심지어 누군가는 위대한 과학의 발달이 저렇게 우주를 정복해가다보면 머지않아 지구상에는 결핍이나 분쟁이 완전히 사라질 거라고까지 말했다.

그가 냉장고 안에서 캔맥주 두 개를 꺼내온다. 맥주를 건네받아 뚜껑을 따면서도 나는 텔레비전 화면을 보고 있다. 고개를 조금 쳐들고 맥주캔을 기울여 마시는 순간에도, 조준이 맞지 않아 입가로 조금 흘러나온 맥주를 한 손으로 닦으면서도 여전히 내 시선은 화면에 가 있다.

하지만 나는 아무것도 보고 있지 않다. 무엇이든 보고 있지 않으면 안 되기 때문에 보는 것뿐이다. 생각 없이 무엇을 바라보고 있는 것, 아무것도 보고 있지 않으면서 어딘가에 뚫어질 듯한 시선을 두고 있는 것은 나의 너무나 오랜 습관이다. 오래되어서 나는 그것이 습관이란 것도 알지 못한다.

불현듯 옆으로 시선을 돌려본다. 줄곧 나를 쳐다보고 있었던지 곧바로 그의 눈이 마주쳐온다. 그가 천천히 손을 뻗어 내 입술에 묻은 맥주 거품을 닦아준다. 손끝에 온기가 있다. 나는 그의 눈 속을 한참 동안 쳐다본다. 건조한 성격으로 살아왔지만 사실 나는 다혈질인지도 모른다. 집착 없이 살아오긴 했지만 사실은 집착으로써 얻지 못할 것들에 대한 두려움 때문에 짐짓 한 걸음 비껴서 걸어온 것인지도 모른다. 고통받지 않으려고 주변적인 고통을 견뎌왔으며 사랑하지 않으려고 내게 오는 사랑을 사소한 것으로 만드는 데에 정열을 다 바쳤는지도 모를 일이다. 하지만 상관없다.

지금 나는 무궁화호를 보고 있다.

90년대가 되었어도 세상은 내가 열두 살이었던 60년대와 똑같이 흘러간다. 열두 살 이후 나는 성장할 필요가 없었다.

나는 무궁화호를 보고 있다.

나는 아폴로 11호를 보고 있다.

나는 쥐를 보고 있다. 수챗구멍과 변소 구덩이를 오가는 쥐의 태연하고 번들번들한 작은 눈, 긴 꼬리의 유영, 그리고 그 심각하지도 비루하지도 않은 회색의 일과들을.

어느 황홀하지 않은
저녁의 소설

강지희(문학평론가)

당신은 아름답지만 난 당신을 배신해야 해.
　　　　　　　　　　—밀란 쿤데라, 『생은 다른 곳에』

1. 세상의 얼굴에서 가면을 보는 눈

뉴욕의 팝 아티스트 로이 릭턴스타인의 회화 한 점에서부터 이야기를 시작해보자. 릭턴스타인은 지극히 대중적인 만화의 한 컷을 밝은 색채와 단순화된 형태로 확대하고, 인쇄의 망점까지 그려넣음으로써 특유의 거리 감각을 도입했다. 〈물에 빠진 소녀Drowning girl〉는 장식적인 파도를 배경으로 눈물을 흘리는 소녀를 보여주지만, 내용의 통속성과 그걸 묘사한 경쾌한 기법 사이의 틈새로 연민은 증발해버린다. 가볍게 눈을 감고 황홀경에 빠진 슬픔을 노골적으로 호소하는 소녀를 보는 동안, 우리는 소녀의 과잉된 자의식이 주는 이물감을 감지하게 된다.

나 자신을 '보여지는 나'와 '바라보는 나'로 분리시킴으로써 언제나 스스로를 일정한 거리 밖에서 지켜보아왔던 은희경 소설의 주인공들을 하나의 그림으로 고정시켜 벽에 걸어둔다면, 아마도 릭턴스타인의 작품에서처럼 끊임없이 프레임 바깥의 누군가를 의식하며 울고 웃는 소녀들일 것만 같다. 그러니 『새의 선물』 속 주인공 '진희'가 자라 어떤 모습이 되었는지를 보여주는 은희경의 두번째 장편 『마지막 춤은 나와 함께』에서, 무심하게 그녀의 배경으로 〈물에 빠진 소녀〉 그림이 두 번이나 포착되는 것은 우연만은 아닐 것이다. 그렇게 연기자와 연출가를 한몸에 지니고 살아가는 '나르시시스트의 위생학'(황종연)은 진화를 거듭해나가 이제 은희경은 '하나의 장르'(신형철)가 되었다.

2000년대 중반 강력한 유전자로 부상했던 칙릿 계열 서사들에서 우리는 "나는 레이스가 달린 팬티는 입지 않는다"는 도발적인 선언과 함께, 결혼을 전제로 하는 상대를 만날 때까지는 어떻게든 팬티를 사수하겠다는 순결 전략을 세우는 정이현의 언니들을 만났고, 남자친구의 여자들과 남자를 공유해야 하는 비극적 상황을 쿨하게 자매애적 연대로 변전시키는 이홍의 언니도 만났다. 세상에 대한 위악적 태도를 연료 삼아 연출하는 이 차가운 열정의 드라마 뒤에 은희경의 그림자가 어른거렸다면 비약일까. 이십대의 생태학을 가장 잘 구현한다는 평가를 받는 김애란 소설 속 인물이 같이 사는 동안 옷차림뿐만 아니라 농담과 말투까지 공유하기 시작한 후배를 점점 불편해하다 결국에는 내보내고 홀로 껌을 씹을 때, 인정투쟁의 고독함과 고단함에 눈물 대신 침이 고이는 인물에게서 일찌감치 서정시대를 작파하고 농담을 장착한 은희경의 오묘한 미소가 그려지는 듯했다면 과장일까.

지금 다시 돌아보며 은희경의 고유한 매력을 완성하는 것은 진실성이 아니라 스타일이었음을 확인한다. 서정적인 것, 통속적인 것에 대한 염오는 지적이고 냉담하지만 매력적인 인물과 문체를 낳았다. "냉혹한 서기관의 가차없는 시선"(신수정)으로 삶의 이면에 "다시 복원해야 할 깨끗한 삶의 본질이 있다고 생각하는 그 자체가 최대의 미혹"(김미현)임을 알려주는 은희경의 등장 이래, 한국문학은 어떤 슬픔과 불쾌도 무심한 표정으로 넘겨버릴 줄 아는 위악의 연기술을 익히게 되었다. 그리고 바로 이런 은희경 소설의 기원에 "열두 살 이후 나는 성장할 필요가 없었다"고 당돌하게 선언하는 『새의 선물』 속 주인공이 있다. 1990년대 중반 이미 최고의 반열에 올랐고 수없이 말해졌던 작품임에도 불구하고, 십여 년이 흐른 지금 『새의 선물』을 다시 읽으며 놀라게 되는 것은 냉소와 위악으로 설명되어왔던 소설 속 화자의 시선이나 곳곳에서 던져지는 아포리즘들이 상당한 세월을 거쳤음에도 그 활력이 전혀 저하되지 않고 있다는 점이다. 아무리 날카롭더라도 대상이 분명한 풍자들은 시대의 흐름에 따라 더 빨리 힘을 잃고 낡아버리곤 하지만, 『새의 선물』에서 은밀하게 웃음짓는 대상은 우리가 일상적으로 꿈꾸는 환상의 속성들, 그리고 인생 그 자체다. 이데올로기를 상실한 시대가 일상에 함몰되어 있었을 때, 속깊은 애도와 손쉬운 환멸이 구별되지 않고 있었을 때, 우리에게 은희경이 왔다. 그리고 물기 어린 비극 앞에 항상 승리하는 것은 건조한 아이러니라는 것을 알려주었다. 황홀경에 빠진 채 흘리는 눈물은 시간이 흐르면 말라버리지만, 그것을 또렷이 지켜보는 시선은 낡을 수가 없다. 『새의 선물』은 세상의 얼굴에서 가면을 볼 줄 아는 눈이 특유의 균형 감각으로 포착해낸 이야기, 도무지 낡지 않는 이야기다.

2. 나는 연기한다, 고로 존재한다

『새의 선물』을 오랫동안 매력적인 작품으로 만들어왔던 것은 성장소설로서의 면면들을 착실히 갖추고 있으면서도 이를 배반하는 통쾌함이 동시에 자리하고 있기 때문일 것이다. 실제로 소설의 구성은 전형적인 성장소설의 관습에 충실하다. 진희는 이모와 함께 사랑과 이별을 경험하고, 성과 죽음에 대한 공포를 극복하며, 여성 성장소설에 필수적인 '초경'의 표식을 거쳐 '아버지의 귀환'을 맞이한다. 이 과정을 거치는 동안 진희를 독자들로 하여금 마음 붙일 수 있는 캐릭터로 만드는 것은 아이답지 않은 안정감 있고 영민한 시선이다. 대개 어리숙한 미성년들이 자신을 보호하는 방식 중 하나는 귀여움이라는 미적 범주 안으로 스스로를 끌어들이는 것이다. 어른인 이모는 자기 삶의 비방을 전수하듯 진희에게도 무용대회에서 실수를 하게 되면 살짝 웃으면서 "애교로 봐주세요오"라고 말하면 된다고 귀띔해주지만, 진희는 애교라는 말 자체가 굴욕적이라고 느낀다. 사실 애교는 자신을 이질적인 대상이 아니라 편안히 소화할 수 있는 대상으로 만들어 상대에게 더 많은 보살핌을 요청하는 테크닉에 가깝다. 불평등한 생에 일일이 불평하지 않는 강건함을 지닌 진희는 남의 처분만 바라는 교태를 몸에 익히는 대신, 어떤 두려운 대상도 무감하게 느껴질 때까지 눈을 부릅뜨고 쳐다보기를 택함으로써 삶에서 불안과 금기의 개수를 줄여간다. 점잔 빼는 어른들의 이면을 교활하리만큼 철저하게 들여다보는 진희의 시선이 가장 유머러스하게 드러나는 지점들은 본래도 철딱서니 없는데다 대책 없이 사랑에까지 빠진 이모를 관찰할 때다.

우선 이모는 조금만 편지가 늦어도 조바심이 나서 들쓰고 눕기 일쑤였다. 밥상을 들이밀면 겨우 일어나 힘없이 벽에 기대앉는 게 영락없이 한국영화에 자주 나오는 비련의 여주인공이었고 밥맛이 없다며 슬프게 도리질을 할 때는 시한부 인생을 선고받은 부잣집 외동딸 같기도 했다.(37쪽)

거울을 들여다보며 하루의 절반을 보내는 게 예사인 이모가 입을 쫑긋거리다 내밀었다 고개를 틀어대는 표정 연습의 현장은, 그

허영을 까발리는 시선의 적나라함 때문에 안쓰러움까지 불러일으 킨다. 이모와 편지를 주고받는 군인 이형렬과의 관계에서 진희가 목격하는 것은 자연스럽게 우러나오는 감정을 기반으로 대사와 행동 들이 나타나는 것이 아니라, 역으로 자연스럽다고 공인된 포 즈들을 모방하는 동안 발생하는 은밀하고 우스꽝스러운 격차들이 다. 대사와 행동이 먼저 있고 그에 대한 감정이 사후적으로 발생하 는 구도 속에서, 통상적인 로맨스의 공허함은 적나라하게 드러난 다. 호들갑과 한숨 등으로 남자 앞에서 있는 한껏 처녀의 수줍음을 연기하는 이모의 건너편에는, 신분상승의 동아줄이 되어줄 수 있 는 최선생님을 유혹하기 위해 잠결에 몸을 뒤채다 우연히 치마가 훌렁 들춰지는 시나리오를 짜내는 '미스 리'도 있다. 지적인 대학 생 '허석'마저 어디서 많이 들어본 '병에 걸려 자신을 떠나야만 했 던 가냘팠던 여학생과의 애달픈 첫사랑'을 각색해 들려주다 짐짓 우수에 젖어든다. 소설에서 모든 인물들은 '인간적인 너무나 인간 적인' 통속적 연기의 틀을 벗어나지 못한다. 이들은 특별히 화려 함을 선망하거나 자신을 과시하기 위해서만 행동하는 일반적 속 물들과는 거리가 멀지만, 인간인 이상 '나는 연기한다. 고로 존재 한다'는 명제에서 자유로울 수 없음을 증명이라도 하듯 목하 연기 중이다. 그리고 이 모든 연기들은 진희의 냉소적인 시선에 의해 까 발려진다. 어른들은 계속해서 열정적으로 실패하고, 이 상투적 패 턴의 세계는 연극적으로 과장된 경험의 감수성을 꿰뚫어 보는 시선으로 인해 캠프적으로 비춰진다.

그러나 눈치 빠른 진희의 영특함은 이를 자신이 필요한 만큼만 적절히 이용할 뿐, 절대 솔직하게 생각을 발설해 어른들의 비위를 거스르는 데까지 나아가지 않는다. 무엇보다 "새로 맡은 배역에 미처 적응이 되지 않아 내 표정은 굳어 있다"고 말하거나 "며칠 사이에 삶은 여러 번 같은 무대에서 배역을 바꿔가며 우리를 시험했다" 등의 서술에서 진희 역시 어른들이 벌이는 연극 속에서 열연중임이 드러난다. 가족의 생계를 책임지는데다 밤마다 남편에게 구타당하면서도 쉽사리 가출을 감행하지 못하는 광진테라 아줌마가 버스가 남긴 먼지구름 속에 쓸쓸하게 서 있는 모습이나, 미스 리 언니가 다른 남자와 도망을 치면서도 오랫동안 사모하던 삼촌의 은수저를 챙겨갔음을 알게 되는 순간을 소설은 상당한 시간과 공을 들여 묘사한다. 그리고 그때 진희의 시선에는 초연함과는 다른 온기가 머무는 것처럼 보인다.

아마 이 온기의 정체는 진희가 일찌감치 습득한 시선이 상처받기 두려운 자의 자기방어라는 사실에서 비롯될 것이다. 이미 날카롭게 지적됐듯이, 진희의 욕망은 "자폐적 고립을 향한 충동과 타인의 정서적 시혜에 대한 갈망 사이에서"(황종연) 위태로이 움직인다. 가면 뒤에 숨은 채 쏘아내는 타인에 대한 관찰이 집요해지고 냉소적으로 보일수록, 부모 없이 할머니와 살고 있는 진희가 실은 어떤 친밀함을 갈구하고 있다는 사실은 처연하게 노출된다. 스스로를 연민하는 순간 창백한 생의 맨얼굴이 드러날까 두려운 아이는 필사적으로 고고한 표정을 놓치지 않으려 애쓰지만, 잃어버린 낙원의 오후는 되돌아오지 않는다.

소설을 쓰는 방법에 '업둥이 형'과 '사생아 형' 두 가지만 있다고 생각한 마르트 로베르가 이런 진희를 만나봤다면 아마 꽤나 당황했을 것이다. 근본적인 층위에서 업둥이 형이나 사생아 형이 모두 자신이 평범하다는 것을 견디지 못하고 특별함을 증명해주는 환상을 만드는 것과 달리, 진희는 최대한 평범해 보이기 위해 노력한다. 진희의 목표는 "어른처럼 보이는 것이 아니라 가장 어린애답게 보이는 것"이다. 이는 대개 행복은 '평범'한 데서 시작되는 반면 불행이야말로 '특별'한 무엇에서 온다는 것, 자신의 특별함이 인생을 격상시키기보다는 나락으로 내몰았음을 일찌감치 경험한 데서 오는 다소 서글픈 지혜의 산물이다. 그래서 이후에 소녀를 주인공으로 삼는 은희경의 소설들에서 스스로가 성숙하다고 믿지만 무엇이 잘못됐는지 모르는 서툰 연기 끝에 우스꽝스러워지고 마는 아이들과 진희는 다르다. 진희의 천연덕스러운 연기는 깊은 슬픔의 심연을 단단한 구심점으로 삼고 있기에 실패하지 않고, 자기연민을 지속적으로 배제함으로써 지탱되는 냉소의 끝에는 한줄기 온기가 매달려 있다.

3. 냉소하는 자도 속는다

이형렬을 향한 이모의 사랑이 상대에게 푹 빠져들기로 작정한 것처럼 초지일관 열렬하고 과장된 형태로 지속된다면, 진희의 첫 사랑은 "황혼을 배경으로 한 염소와 남자의 실루엣"에서 우연히 시작된다. 삼촌의 친구인 허석을 처음 본 순간 제방에서 염소에게 하모니카를 불어주던 남자의 실루엣이 겹쳐지고, 그때부터 진희는 허석을 사모한다. 물론 진희는 자신의 호감과 사랑이 맹목성 속에서 허우적거리도록 내버려두지는 않는다. 허석과의 사랑에서 이모와 자신 중 누가 더 유리할지 속으로 저울질할 때마다 자신의 지성과 통찰력이 상대에게 충분히 매력적으로 어필되고 있음에 만족하고, 그의 표정과 행동 들이 자신의 마음속에 깃든 염소와 하모니카의 이미지를 완성시켜주는 것을 흡족하게 음미한다. 허석의 가슴에 약간 기댄 채로 팔을 잡혀 있는 이모의 모습을 보며 질투가 난다고 말하면서도, 그것을 바라보는 자신이 어느새 '사랑의 괴로움'까지 알게 됐음에 감탄하는 자아는 여지없이 자기 충족적인 나르시시즘의 궤적을 그리고 있다. 무엇보다 서울로 떠나려다가 고장난 버스 때문에 잠시 돌아온 허석과 예상치 않게 재회하자, 배웅할 때의 슬픔에서 "이별의 이미지가 완결되기를 원했던 것"이 무산된 것에 달갑지 않은 감정을 느끼는 이 소녀에게 첫사랑만이 안겨주는 환희와 비탄의 광채는 찾아보기 어렵다.

그런데 그렇게 '바라보는 나'가 한순간도 긴장을 놓치지 않고 적재적소에 냉소를 불어넣었음에도, 허석에 대한 사랑은 무참히 배반된다.

그제야 나는 삶의 경고를 깨달았다.
경악한 나는 하모니카를 불고 있는 남자 쪽으로 마구 달려가보았다. 그렇다. 가까이 가서 보니 더욱 모든 것이 명백했다. 그날 하모니카를 불던 사람도 바로 이 사람이었다. 허석이 아니었다. 하모니카와 염소의 실루엣은 허석의 것이 아니라 바로 이 낯선 남자의 것이었다. 내 사랑이 이 이미지에서 비롯된 것이라면 나는 마땅히 허석이 아닌 이 더러운 낯빛의 구부정한 아저씨를 사랑했어야 하는 것이었다. 그런 거였다.(444쪽)

실재와 환상은 끝내 대면하고 만다. 애초에 사랑을 시작할 수밖에 없도록 만들었던 실루엣 자체가 더러운 낯빛의 구부정한 아저씨의 것임을 알게 되었을 때, 진희의 사랑 역시 환상을 기반으로 하고 있었다는 사실이 적나라하게 드러난다. 상투적인 오해와 착각으로 삶을 위무하고 지탱해나가는 사람들을 약하다고 여겼으나 결국 자기가 그 자리에 서 있음을 깨닫는 역설은, 하모니카와 염소의 쓸쓸한 실루엣으로 압축된다.

이 사실이 더욱 통렬하게 다가오는 이유는 허석이야말로 '감나

490

무집' 외부에서 온 명철한 인물로서 진희의 인정욕망을 만족스럽게 채워준 유일한 존재였다는 점 때문이다. 허석 앞에서 진희는 엄마가 미쳤다는 최고의 치부를 자신이 이지적인 극기훈련으로 넘어섰다는 것을 보여주었고("괜찮아요. 우리 엄마가 미쳤다는 말, 해도 돼요"), 그에 대한 진심어린 감탄을 얻어내는 데("진희 너 대단한 아이구나") 완벽하게 성공했던 것이다. 문제는 본인조차 의식하지 못하고 있었겠지만, 이 장면이 극복된 상처가 우연히 노출되는 순간이 아니라, 트라우마로부터 자유로워진 것처럼 보이고 싶어하는 욕망으로 연출된 필사적인 연기의 시간이었다는 점이다. 연기하는 자아가 최후까지 욕망하는 대상이 있다면 그것은 바로 자신의 연기를 실제로 믿어주는 한 명의 관객이며, 진희의 연기에 완벽하게 동화해준 유일한 관객은 바로 허석이었다. 삶의 이면을 들여다보고 진실과 대면하고 있다는 확신을 기반으로 한 냉소의 정신 비약 운동은 이렇게 스스로의 처지를 방어하는 데 실패하며 추락한다. 세상과 거리를 두기 위한 냉소의 방책조차도 결국 타인의 시선을 전제로 삼을 때에만 가능한 것이다. 삶을 믿고 싶다는 갈망 이상으로, 삶을 믿고 싶지 않다는 것 역시 뜨거운 욕망이라는 사실을 진희는 몰랐다.

이제 다시 물어야 한다. 삶이 내보이는 거대한 균열을 가릴 수 있는, 생채기를 내는 삶을 방어할 수 있는 전략을 세우는 것은 과연 가능한가. 어떻게든 삶에 속지 않으려는 태도야말로 또 하릴없이 생이 마련해놓은 함정에 어처구니없이 속아넘어갈 것임을 미리 짐작하는 데서 오는 몸부림은 아닌가. 삶이 숨겨놓은 비밀은 냉소하는 자들이 내면에 지독한 고독감을 품고 있다는 것이 아니라, 냉소적 거리를 내세우는 사람들이 실은 남몰래 누구보다 삶을 애착한다는 사실에 있다. 그렇게 보면 냉소는 세상에 대한 불화감을 인정받고 싶어하는 우리들의 또다른 얼굴인지도 모른다. 한 번만 속으면 충분할 텐데, 우리는 두 번도 속고 세 번도 속는다. 통속극의 지리멸렬함에 치를 떨지만, 별다른 수 없이 그렇게 또 속으며 살아간다. 소설 속 진희의 말마따나, 사람이 자기에게 주어진 삶에 대해 갖는 애정이란 집요한 것이다.

심장. 그곳은 내 이성이 통제할 수 없는 유일한 육체였다. 내 몸을 모두 내 마음대로 정지시킬 수 있건만 심장만은 그럴 수가 없었으며 그 박동은 나 스스로 원치 않는데도 무의미한 열정을 가속시킬 때가 있다. 나는 마치 심장을 쥐어짜듯 작은 젖가슴을 움켜쥐었다.

(······)

심장의 박동은 생명력이기도 하지만 한편 자기 존재에 대한 무력감이기도 했다.(446쪽)

헛소동처럼 자신의 내부에 있던 사랑에 대한 환상을 알아차린 후, 진희는 문득 "통제할 수 없는 유일한 육체"로서의 심장을 발견한다. 소설에서 성장의 순간을 찾는다면 바로 이 지점일 수밖에 없을 것이다. 그러나 성년의 문턱을 넘는 순간의 크고 격렬한 감정의 분출을 보여주는 다른 소설들과 달리, 여기서의 깨달음은 건조하고 적막하다. 진희는 어떻게든 자신의 인생을 통제하고 연출하려 했지만, 끝내 타인과의 관계 속에서 자유롭지 못한 채 연기하는 출연자가 되어 있는 자신을 발견한다. 불수의근으로 이루어진 심장이 절망과 무관하게 박동한다는 사실은 여기서 희망의 클리셰로 작동하는 것이 아니라, 생을 관조하는 것이 불가능하다는 것을 보여주는 아이러니의 지표가 된다.

악의 없는 무심함을 지닌 채 소설은 일러준다. 우리가 인생을 포기하지 않는 한 어떤 간계로도 고통과 슬픔을 피해 갈 수 없다고. 만일 성장이 순수가 오욕이 되어 돌아오는 일들에 익숙해지고 어떤 일에도 상처받지 않는 것이라고 믿는다면, 그 누구도 성장을 완료할 수 없다고. 살아 있는 한 어떤 비참 뒤에도 또다시 찾아오는 희미한 희망으로부터 우리를 방어할 수 있는 전략은 없다고.

4. 성장이 무의미한 시대, 지속되는 농담

작년부터 이어진 영화 〈건축학 개론〉부터 드라마 〈응답하라 1997〉에 이은 〈응답하라 1994〉 등에 이르기까지 최근 대중문화는 노스탤지어의 풍성함으로 가득하다. 그 회상의 시기는 정확히

1990년대 중반부를 겨냥하고 있고, IMF 위기 직전의 흥성했던 문화 콘텐츠들에 대한 감응과 소비는 역설적으로 2010년대 개개인들이 느끼는 존재론적 위기감과 피로의 무게를 징후적으로 드러낸다. 회고의 시기가 어느 순간 급작스럽게 90년대로 올라온 것은 시간의 흐름에 따른 자연스러운 변화라기보다, 정치적인 것에 대한 환멸이 무관심으로 변하고 있음을 보여주는 하나의 지표처럼 보인다. 그래서 1990년대를 모두가 조증에라도 걸린 듯 명랑했던 시기로 회고할 때, 한국문학사에서 냉소하며 연기하는 여성 주체의 탄생을 보여주는 『새의 선물』이 갖는 위치는 더욱 특별하게 느껴진다.

성장소설일 뿐만 아니라 훌륭한 세태소설로서 『새의 선물』은 한 개인의 기억 속을 향한 구심력과 그 기억의 현실적 배경을 향한 원심력을 동시에 보여준다. 여기서 흥미로운 것은 1990년대와 1960년대라는 시간의 틈새다. 거대담론의 붕괴로 인해 환멸의 정서가 짙게 드리워지며 탄생한 1990년대의 냉소는, 1960년대로 돌아가 풍자의 웃음과 함께 증폭된다. 소설 속 배경이 되고 있는 1969년이라는 시간은 박정희 정권이 삼선 연임을 위해 헌법을 개정한 해이며, 이는 결국 유신체제와 장기 집권에 실질적 기반이 되었다. 그런데 소설에서 삼선개헌을 위한 국민투표는 마을 유지공장의 화재 사건으로 모두가 혼란에 빠져 있는 동안 유야무야 흘러가버린다.

우리 읍 전체를 비극으로 몰고 간 재난과는 상관없이, 그리고 우리 읍의 저조한 참여율에 전혀 아무런 영향을 받지 않은 국민투표는 그사이 박정희 대통령에게 다음 대통령 자리를 약속하는 쪽으로 결과가 나와 있었다. 그들의 예정된 축제는 취소되지 않은 것이었다.(427쪽)

화자에게 죽음이라는 추상적 개념을 실질적으로 체험하게 만든 사건이자 마을 최악의 재난과 무관하게, 거대 역사의 "예정된 축제"는 무심히 계속된다. 중요한 역사적 사건이 얼마나 가벼워져 일상 속으로 매몰될 수 있는가를 포착하는 이 시선은 정확히 1990년대의 것이다. 중요한 역사적 사건으로부터 한 공동체가 무관하게 소외된 채 공백으로 남는 것을 보여줌으로써 소설은 독자들에게 소설 속 인물들이 현실에서는 얼마나 사소한 위치를 차지하고 있는지를 간접적으로 현시하는 동시에, 민중들의 의지와는 무관하게 흘렀던 한국 현대사의 이면에 대한 냉소와 불신을 드러낸다.

소설의 마지막에 이르러 1992년에 발사되는 '무궁화호'는 화자의 머릿속에서 1969년에 쏘아올려졌던 '아폴로 11호'와 겹쳐진다. 다소 노골적인 남근의 형상을 띠고 있는 이 발사물들은 상승하고 진보하는 세계를 표상하지만, 화자가 느끼는 것은 "90년대지만 지금도 세상은 나의 유년과 하나도 다를 바가 없다"는 권태와 환멸의 감정이다. 아폴로 11호가 드높이 쏘아올려져도, 아버지가 부재하는 '감나무집'에서는 광진테라 아저씨만 '풍운아적' 기질에서 나오는 실속 없는 공명심으로 나댈 뿐이다. 이상도 이데올로기도 없이 부재하거나 우스꽝스러운 모습으로 드러나는 소설 속 남성들을 통해, 그리고 외부적 정치 상황과 무관하게 일상 속으로 파고들어와 범람하는 대중문화의 기호들을 통해, 소설은 본의 아니게 거대한 가치체계가 제대로 작동하지 못하는 현실을 누설한다. 개체적 인성의 함양이 사회와 유기적인 관련을 맺을 수 없는 시기에, 개인적 성장은 사회와 절연된 채 무의미하게 이어지는 자기 충족적 일상 속에서 자아를 비대하게 불리는 일에 지나지 않게 된다. 소설은 그렇게 1960년대 후반의 불안과 1990년대의 환멸을 겹치는 가운데 성장 불가능성을 현시한다. 이는 2010년대의 독자들에게 동시대성을 지닌 감각이다. 갑자기 나타난 아버지를 보며 이건 "70년대식 농담"이라며 경악하던 진희처럼, 2012년 대선이 끝나고 우리도 잔혹한 농담처럼 귀환한 시대를 웃지도 울지도 못한 채 받아들여야 하지 않았던가. 이렇게 우리가 아닌, 그들의 예정된 축제는 여전히 계속되고 있다. 모두 혼신의 힘을 다해 자기계발하는 '피로사회'(한병철)에서 잉여라 지칭되는 존재들이 범람하는 것 역시 사회와 화해로운 성장이 얼마나 무의미하거나 불가능한지 드러내는 한 단면이 아니겠는가.

서두에 제시된 자크 프레베르의 동명의 시에서 눈치 빠른 독자들은 이미 짐작했겠지만, 「새의 선물」이라는 시에서 낭만적인 것은 제목뿐이다. 씨앗을 가져다준 새는 "늙은 앵무새"이고, 해바라기 씨앗을 얻은 대신 "해는 그의 어린 시절 감옥으로 들어가"버린다. 조로한 주인공(늙은 앵무새)인 진희가 삶의 간계를 꿰뚫어 보는 이른 성숙함(해바라기 씨앗)을 받아들임으로써 궁극적으로 얻은 것은 유년 시절의 상실뿐이다. 여기에는 고작 해바라기 씨앗을 던져주는 대신, 고귀한 열망으로 이루어진 삶의 빛들을 박탈해가는 것이 세상의 이치라는 것을 깨우친 서늘한 시선이 있다.

그래서 『새의 선물』 속 욕망은 찬란한 젊은 날로 회귀하고자 하는 파우스트적 열망과는 거리가 멀다. 은희경이라면 회한에 가득차 인생의 시계를 자정에서 정오로 돌리고자 했던 파우스트를 안쓰러운 눈으로 바라볼 것이다. 미성년의 시기로 되돌아간다는 것은 자신에게만 집중하느라 곧잘 상처입고 연민에 빠지는 불완전한 '서정시대'로 내던져지는 것에 다름아니다. 뿐만 아니라 되돌아간다고 해서 달라지는 것은 아무것도 없다. 성장은 이미 이루어졌거나, 혹은 끝내 이루어지지 않는다. 따라서 주인공 진희는 열두 살에 불과하지만, 『새의 선물』은 앞날에 대한 비전과 희망을 제시하는 정신한 아침의 소설이 아니라, 문득 하루의 과오가 뚜렷해지는 어느 황홀하지 않은 저녁의 소설이다. 소설은 우리에게 해바라기 씨앗 대신, 세상에 대고 잠시 웃을 수 있는 한줌의 농담을 남겨두었다. 은희경은 이렇게 농담은 오래 지속된다고 속삭인다.

한국문학의 '새로운 20년'을 향하여

　문학동네가 창립 20주년을 맞아 '문학동네 한국문학전집'을 발간한다. 1993년 12월 출판사 간판을 내건 문학동네는 이듬해 창간한 계간 『문학동네』와 함께 지난 20년간 한국문학의 또다른 플랫폼이고자 했다. 특정 이념이나 편협한 논리를 넘어 다양한 문학적 입장들이 서로 소통하는 열린 공간이고자 했다. 특히 세기말 세기초에 출현하는 젊은 문학의 도전과 열정을 폭넓게 수용해 한국문학의 활력을 높이는 데 이바지하고자 했다.

　돌아보면 세기말은 안팎으로 대전환기였다. 탈이념화를 중심으로 디지털 기반 정보화와 신자유주의 세계화가 서로 뒤엉켰다. 포스트 시대의 복잡성은 광범위하고 급격했다. 오래된 편견과 억압이 부너시는가 싶더니 도처에 새로운 차이와 경계가 생겨났다. 개인과 사회를 하나의 개념으로 묶어내기 힘든 형국이었다. 많은 시대가 겹쳐 있었고, 많은 사회가 명멸했다. 과잉과 결핍이 롤러코스터를 타고 전 지구적 일극 체제를 강화했다.

지난 20년간 문학을 둘러싼 환경은 호의적이지 않았다. 새삼스럽지만, 문학의 위기, 문학의 죽음은 언제나 현재진행형이다. 그래서 문학의 황금기는 언제나 과거에 존재한다. 시간의 주름을 펼치고 그 속에서 불멸의 성좌를 찾아내야 한다. 과거를 지금-여기로 호출하지 않고서는 현재에 대한 의미부여, 미래에 대한 상상은 불가능하다. 한 선각이 말했듯이, 미래 전망은 기억을 예언으로 승화하는 일이다. 과거를 재발견, 재정의하지 않고서는 더 나은 세상을 꿈꿀 수 없다. 문학동네가 한국문학전집을 새로 엮어내는 이유가 여기에 있다.

이번 전집은 몇 가지 특징을 갖는다. 먼저, 한글세대가 펴내는 한국문학전집이라는 것이다. 문학동네는 전후 한글세대를 중심으로 1990년대 이후 한국문학의 주요 생태계를 형성해왔다. 이번 전집은 지난 20년간 문학동네를 통해 독자와 만나온 한국문학의 빛나는 성취를 우선적으로 선정했다. 하지만 앞으로 세대와 장르 등 범위를 확대하면서 21세기 한국문학의 정전을 완성해나가고자 한다.

문학동네 한국문학전집의 두번째 특징은 이번 문학전집이 1990년대 이후 크게 달라진 문학 환경에 적극 대응해온 결과물이라는 것이다. 문학동네는 계간 『문학동네』의 풍성한 지면과 작가상, 소설상, 신인상, 대학소설상, 청소년문학상, 어린이문학상 등 다양한 발굴 채널을 통해 새로운 문학적 징후와 가능성을 실시간대로 포착하면서 문학의 영토를 확장하는 데 기여해왔다. 그래서 이번 전집을 21세기 한국문학의 집대성을 위한 의미 있는 출발이라고 해도 좋을 것이다.

셋째, 이번 전집에는 듬직한 동반자가 있다는 것이다. 김승옥, 박완서, 최인호, 김소진 등 작가별 문학전(선)집과 세계문학전집, 그리고 한국고전문학전집이 그것이다. 문학동네는 창립 초기부터 한국문학의 해외 진출을 위해 지속적인 노력을 기울여왔다. 문학동네 한국문학전집은 통상적으로 펴내는 작품집과 작가별 전(선)집과 함께 한국문학의 특수성을 세계문학의 보편성과 접목시키는 매개 역할을 수행해나갈 것이다.

새로운 한국문학전집을 펴내면서 '문학동네 20년'이 문학동네 자신의 역량만으로 이루어졌다고 자부하려는 것은 아니다. 문인, 문단, 출판계, 독서계의 성원과 격려가 없었다면 문학동네의 오늘은 불가능했을 것이다. 그러므로 오늘, 문학동네 성년식의 진정한 주인공은 문학인과 독자 여러분이어야 한다. 이 자리를 빌려 거듭 감사드린다. 창립 20주년을 맞아, 문학동네는 한국문학의 더 나은 미래를 위해 한국문학전집 1차분 20권을 선보인다. 문학동네는 해를 거듭할수록 그 가치를 더해갈 한국문학전집과 함께, 그리고 문학인과 독자 여러분과 함께 '새로운 20년'을 향해 한 걸음 한 걸음 나아가고자 한다. 많은 관심과 성원을 부탁드린다.

문학동네 한국문학전집 편집위원
권희철 김홍중 남진우 류보선 서영채 신수정 신형철 이문재 차미령 황종연

은희경

1995년 동아일보 신춘문예에 중편소설 「이중주」가 당선되어 작품활동을 시작했다. 같은 해 첫 장편 『새의 선물』로 제1회 문학동네소설상을 수상했다. 소설집 『타인에게 말 걸기』 『행복한 사람은 시계를 보지 않는다』 『상속』 『아름다움이 나를 멸시한다』 『다른 모든 눈송이와 아주 비슷하게 생긴 단 하나의 눈송이』 『중국식 룰렛』 『장미의 이름은 장미』, 장편소설 『새의 선물』 『마지막 춤은 나와 함께』 『그것은 꿈이었을까』 『마이너리그』 『비밀과 거짓말』 『소년을 위로해줘』 『태연한 인생』 『빛의 과거』가 있다. 문학동네소설상 동서문학상 이상문학상 한국소설문학상 한국일보문학상 이산문학상 동인문학상 황순원 문학상 오영수문학상을 수상했다.

문학동네 한국문학전집 015
새의 선물
ⓒ 은희경 2014

1판 1쇄 2014년 1월 15일
1판 17쇄 2023년 10월 10일

지은이 은희경

펴낸곳 (주)문학동네 | 펴낸이 김소영
출판등록 1993년 10월 22일 제2003-000045호
주소 10881 경기도 파주시 회동길 210
전자우편 editor@munhak.com | 대표전화 031) 955-8888 | 팩스 031) 955-8855
문의전화 031) 955-2696(마케팅) 031) 955-8864(편집)
문학동네카페 http://cafe.naver.com/mhdn
인스타그램 @munhakdongne | 트위터 @munhakdongne
북클럽문학동네 http://bookclubmunhak.com

ISBN 978-89-546-2337-7 04810
      978-89-546-2322-3 (세트)

www.munhak.com